JOHN SANDFORD

Das Messer im Schatten

Buch

Inspector Lucas Davenport von der Polizei in Minneapolis steht vor einem gewaltigen Problem: Ein psychopathischer Killer, der es offenbar ausschließlich auf Frauen abgesehen hat, versetzt die Bevölkerung in Angst und Schrecken. Im weiten Umkreis hinterläßt er seine blutige Spur, und niemand scheint ihn aufhalten zu können. Gemeinsam mit einer Kollegin versucht Davenport, dem Morden ein Ende zu bereiten. Doch selbst nachdem die Polizei das Rätsel um die Identität des skrupellosen Killers gelüftet hat, ist die Jagd noch nicht vorüber. Denn hier hat es Davenport mit einem Gegner zu tun, der ihm stets ein paar Schritte voraus ist. Und das kann tödlich sein…

Autor

Schneller und härter als John Sandford schreibt kaum ein zeitgenössischer Thriller-Autor. Seine Romane um den Polizisten Lucas Davenport finden sich regelmäßig auf den amerikanischen Bestsellerlisten. Der mit dem Pulitzerpreis ausgezeichnete Journalist lebt in Minneapolis.

Außerdem von John Sandford bei Goldmann

Blinde Spiegel. Roman (41352)
Böses Spiel. Roman (43429)
Die Schule des Todes. Roman (41031)
EisNacht. Roman (42549)
Königin der Nacht. Roman (41120)
Stumme Opfer. Roman (41533)

JOHN
SANDFORD

Das Messer im Schatten

Roman

Aus dem Amerikanischen
von Manes Grünwald

GOLDMANN

Die Originalausgabe erschien 1994 unter dem Titel
»Night Prey«
bei G. P. Putnam's Sons, New York

Umwelthinweis:
Alle bedruckten Materialien dieses Taschenbuches
sind chlorfrei und umweltschonend.
Das Papier enthält Recycling-Anteile.

Der Goldmann Verlag
ist ein Unternehmen der Verlagsgruppe Bertelsmann

Deutsche Erstveröffentlichung 2/97

Umschlaggestaltung: Design Team München
Satz: Uhl + Massopust, Aalen
Druck: Elsnerdruck, Berlin
Verlagsnummer: 43398
AB · Herstellung: Sebastian Strohmaier
Made in Germany
ISBN 3-442-43398-3

1 3 5 7 9 10 8 6 4 2

Für
Esther Newberg

Kapitel 1

Der Abend war warm, die Dämmerung einladend. Paare mittleren Alters in pastellfarbenen Hemden schlenderten händchenhaltend über die alten, ungepflegten Spazierwege entlang des Mississippi. Eine Gruppe von College-Studentinnen in Sweatshirts und Jogginghosen trabte über den Fahrradweg, schnatterte ununterbrochen während des Laufens, und die einheitlich blonden Pferdeschwänze der Mädchen wippten im Rhythmus auf und ab. Um acht Uhr gingen mit einem hörbaren Knacken, Block für Block, die Straßenlaternen an. Am Himmel, über dem frischen Grün der Ulmen, stießen Ziegenmelker ihr *Skizzizk* aus, und ihre Flügelschläge zeichneten Silberstreifen in die Dämmerung wie die Dienstgradbalken auf den Schultern frisch beförderter First Lieutenants.

Der Frühling ging in den Sommer über. Die Narzissen und Tulpen waren verblüht, Petunien breiteten sich jetzt wie Mennoniten-Quilts auf ihren Beeten aus.

Koop war auf der Jagd.

Er fuhr in seinem Chevy-S-10-Truck langsam durch die Wohnstraßen, das Autoradio auf Country-Lite eingestellt, den Ellbogen aus dem Fenster gestreckt, eine Flasche Pig's-Eye-Bier zwischen die Oberschenkel geklemmt. Der sanfte Abendwind strich durch seinen Bart, fühlte sich an wie die Finger einer Frau.

An der Kreuzung Lexington und Grand Street überquerte eine Frau in einer scharlachroten Jacke die Straße vor seinem Wagen. Sie hatte einen langen, anmutigen Hals, trug das dunkle Haar in einem Knoten, und ihre hohen Absätze klackerten über den Asphalt. Sie wirkte zu selbstbewußt, zu lebhaft, bewegte sich zu forsch; sie war eine Frau, die wußte, welches Ziel sie ansteuerte. Nicht Koops Typ. Er fuhr weiter.

Koop war einunddreißig Jahre alt, sah aber, aus welcher Entfernung man ihn auch betrachtete, zehn bis fünfzehn Jahre älter aus. Er war ein recht kleiner, stämmiger Mann mit dem verbitterten Gesicht eines verarmten Farmpächters und engen, argwöhnischen grauen Augen; er hatte eine besondere Art, die Leute von der Seite anzusehen. Sein rotblondes Haar war auf Millimeterlänge gestutzt. Die Nase war spitz, ledrig und lang, und er trug einen kurzgeschorenen, pelzigen Bart, deutlich röter als sein Haar. Seine schweren Schultern und der breite Brustkorb gingen in schmale Hüften über. Die Arme waren dick und kräftig, endeten in backsteingroßen Fäusten. Er war früher ein gefürchteter Raufbold gewesen, ein Mann, der sich mit drei Bieren im Bauch über einen unpassenden Blick in maßlose Wut hineinsteigern konnte. Dieser Jähzorn steckte immer noch in ihm, aber er hatte ihn jetzt unter Kontrolle – bis auf besondere Gelegenheiten, wenn er wie ein Schweißbrenner in seinem Bauch aufloderte…

Koop war ein Athlet ganz besonderer Art. Er konnte Klimmzüge machen, bis es ihm langweilig wurde, er konnte vierzig Meter so schnell laufen wie ein professioneller Linebacker im Football. Er konnte elf Stockwerke eine Feuerleiter hochsteigen, ohne daß sein Atem auch nur eine Spur schneller ging.

Koop war ein Fassadenkletterer. Ein Dieb und ein Killer.

Koop kannte alle Straßen und fast alle Gassen in Minneapolis und St. Paul. Und war dabei, sie auch in den Vorstädten zu erkunden. Er verbrachte seine Tage damit, herumzufahren, herumzulaufen, neue Örtlichkeiten auszukundschaften, sich immer besser mit dem Spinnennetz der Avenues, Boulevards, Straßen, Wege, Gassen und Gäßchen in seinem Einsatzterritorium vertraut zu machen.

Jetzt zockelte er im Wagen gemächlich die Grand Avenue hinunter, dann hinauf zum Summit, zur St.-Paul-Kathedrale, kam an einem Crack-Dealer vorbei, der seine Geschäfte vor dem Verwaltungszentrum der Erzdiözese St. Paul und Minneapolis erledigte, dann ging es wieder den Berg hinunter. Er drehte zwei Runden um die United Hospitals, schaute zu den Krankenschwestern hinüber, die zu ihren speziell ausgewiesenen Parkplätzen für Frauen eilten – ein Witz, diese Parkplätze... Er betrachtete im Vorbeifahren die Schaufenster der Antikläden auf der West Seventh, fuhr an der Stadtverwaltung vorbei, ließ sich dann den Kellogg Boulevard hinuntertreiben, bog links in die Robert Street ein, schaute auf die Uhr am Armaturenbrett. Er war früh dran. Es gab mehrere Buchläden im Zentrum, aber nur einer davon interessierte ihn. *Saint* hieß der Laden, und dort fand eine Lesung statt. Es ging um irgendeinen Scheiß über »Frauen der Prairie« oder so was.

Der Laden wurde von einem ergrauenden Absolventen der St.-John-Universität betrieben. Bücher neu und gebraucht, tauschen Sie zwei alte Taschenbücher gegen ein neues ein. Die Tasse Kaffee kostet zwanzig Cents, bedienen Sie sich selbst, wir verlassen uns darauf, daß Sie das Geld in das Körbchen legen. Eine vornehme Sitzecke, in der schüchterne Leute sich entspannen konnten... Koop war erst einmal dort gewesen, bei einer Gedichtlesung. Der Laden war voller langhaariger Frauen mit enttäuschten Gesichtern – Koops bevorzugtem Frauentyp – und Männern mit kahlen Stellen auf den Schädeln, Schmerbäuchen und unordentlich von Gummibändern zusammengehaltenen grauen Pferdeschwänzen gewesen.

Eine Frau hatte ihn angequatscht: »Haben Sie das *Rubaiyat* gelesen?«

»Hää...?« Wovon redete die?

»*Das Rubaiyat* von Omar Khayyam? Ich habe es gerade wieder mal gelesen«, schwätzte sie weiter. Sie hielt ein dünnes Buch mit einem schwarzen Einband in der Hand. »In der Übersetzung von Fitzgerald. Ich hatte es seit dem College nicht mehr gelesen. Es hat so manche Saite in mir zum Klingen gebracht. In einer bestimmten Weise gibt es Analogien zu den Gedichten, die James heute abend vorgetragen hat.«

Koop interessierte sich einen Scheiß für James oder seine Gedichte. Aber die Frage selbst – *Haben Sie das Rubaiyat gelesen?* – klang irgendwie gut. Intellektuell. Einen Mann, der die Frage stellte *Haben Sie das Rubaiyat gelesen?* würde man als... als ungefährlich betrachten. Nachdenklich. Rücksichtsvoll.

Koop hatte an diesem Abend nicht das Bedürfnis nach einer Frau verspürt, aber er hatte sich das Buch gekauft und versucht, es zu lesen. Es war totaler Scheißdreck. So große, echte Scheiße, daß Koop es schließlich aus dem Fenster seines Trucks geworfen hatte, denn es gab ihm ein dämliches Gefühl, es auch nur auf dem Sitz neben sich liegen zu haben.

Er hatte das Buch weggeworfen, aber den Spruch hatte er sich eingeprägt: *Haben Sie das Rubaiyat gelesen?*

Koop fuhr im Kreis, überquerte dabei mehrmals die Interstate 94. Er wollte nicht vor Beginn der Lesung bei dem Buchladen ankommen; er wollte, daß die Leute den Künstler anschauten, nicht ihn. Was er heute abend machte, entsprach nicht seiner sonst äußerst vorsichtigen Vorgehensweise. Aber er konnte nicht anders – der Drang war unwiderstehlich; er würde eben so vorsichtig wie möglich sein.

Er kam wieder über die Interstate, hielt vor einer roten Ampel und schaute zur Polizeistation von St. Paul hinüber. Die Sommersonnenwende lag erst zwei Wochen zurück, und um halb neun war es noch hell genug, Gesichter auch aus einiger Entfernung zu erkennen. Eine Gruppe uniformierter Cops, drei Männer und zwei Frauen, saßen auf der Treppe, unterhielten sich, lachten über irgend etwas. Er sah sie sich an, dachte an nichts, sah nur hin…

Der Fahrer des Wagens hinter ihm hupte.

Koop schaute in den linken Rückspiegel, dann in den rechten, dann zur Ampel hoch; sie hatte auf Grün geschaltet. Er sah wieder in den Rückspiegel, fuhr an, wollte nach links abbiegen. Vor ihm ging eine Gruppe von Leuten gerade los, wollte die Straße überqueren, sah ihn kommen, blieb abrupt stehen.

Koop bemerkte die Leute erst jetzt, stieg auf die Bremse, und der Wagen kam mit quietschenden Reifen zum Stehen. Als er aber sah, daß die Leute stehengeblieben waren, fuhr er wieder an; als sie wiederum sahen, daß er angehalten hatte, setzten sie sich wieder in Bewegung, kamen dem Wagen in die Quere. Sie stoben auseinander, und Koop mußte mit wilden Lenkbewegungen um einen fetten Mann im Overall herumkurven, der nicht beweglich genug war, ihm aus dem Weg zu springen. Ein Mann schrie ihn wütend an, seltsam krächzend, und Koop zeigte ihm den Stinkefinger.

Koop bereute es sofort. Er war doch der unsichtbare Mann … Und der zeigte den Leuten nicht den Stinkefinger, wenn er bei der Arbeit oder auf der Jagd war … Er war immer noch erst einen halben Block von den Cops entfernt, schaute schnell zu ihnen hinüber. Eines der Gesichter war ihm zugewandt, drehte sich dann weg. Die Leute auf der Straße lachten jetzt, gestikulierten miteinander, zeigten auf ihn.

Wut stieg heiß in seinem Magen auf. »Schwule Säue«, murmelte er vor sich hin. »Verdammte Arschficker …«

Er beruhigte sich, fuhr weiter zum Ende des Blocks, bog rechts ab. Auf der Straßenseite gegenüber dem Buchladen machte gerade ein Wagen einen Parkplatz frei. Sehr gut. Koop wendete, wartete kurz, bis der Wagen endgültig weggefahren war, stieß rückwärts in die Lücke, stieg aus und schloß den Truck ab.

Als er über die Straße ging, hörte er wieder das krächzende Schimpfen. Die Gruppe, die er eben beinahe angefahren hatte, ging am Ende des Blocks ebenfalls über die Straße, schaute zu ihm herüber. Einer der Männer drohte ihm mit der Faust, wieder war das krächzende Geschimpfe zu hören, dann lautes Lachen. Schließlich verschwanden die Leute hinter einem Gebäude.

»Verdammte Arschlöcher.« Leute wie die da, die so dämlich auf der Straße rumliefen, gingen ihm schwer auf den Keks. Saublöde Scheißer, man sollte … Er schüttelte eine Camel aus der Schachtel, steckte sie an, machte ein paar schnelle, wütende Züge, ging dann mit hängenden Schultern über den Bürgersteig auf den Buchladen zu. Durch das Schaufenster sah er eine Menge Leute vor einer dicken Frau sitzen, die so was wie eine Zigarre zwischen den Fingern hielt. Er machte noch einen letzten Zug an der Camel, schnipste sie dann auf die Straße und ging in den Laden.

Der Raum war voller Leute. Die dicke Frau saß auf einem Holzstuhl auf einem Podium, nuckelte, wie sich jetzt herausstellte, an einer Lakritzstange, und rund zwei Dutzend Leute saßen auf Klappstühlen im Halbkreis vor ihr. Etwa fünfzehn bis zwanzig andere standen hinter den Stuhlreihen. Einige Leute schauten kurz auf Koop, dann wieder auf die dicke Frau. Sie sagte gerade: »Da ist ein schockierender Moment der Erkenntnis, wenn man anfängt, es mit Scheiße zu tun zu kriegen – und nennen wir es doch beim Namen, mit guten alten angelsächsischen Ausdrücken –, mit Pferdescheiße und Schweinescheiße und Kuhscheiße; ich sage Ihnen, an den Tagen, an denen Sie in der Gülle rumrühren, reiben Sie sich als erstes ein bißchen davon in die Haare und unter die Achseln, reiben Sie sie so richtig fest ein. Auf diese Weise brauchen Sie nicht zu befürchten, daß sie etwas davon an ihr eigentliches Ich bekommen, und Sie können einfach weitermachen und Ihrer Arbeit nachgehen…

Im hinteren Teil des Ladens hing ein Schild »Fotobände«, und Koop schob sich in diese Richtung. Er besaß ein altes Buch mit dem Titel *Dschungelfieber* mit Bildern und Zeichnungen von nackten schwarzen Frauen. Das Buch turnte ihn immer noch ganz schön an. Vielleicht würde er so was Ähnliches da drüben finden…

Direkt unter dem Schild »Fotobände« zog er ein Buch aus dem Regal und blätterte es durch. Schuppen auf Feldern. Er schaute sich unauffällig um, machte Bestandsaufnahme. Einige der Frauen hatten diesen »unruhigen« Blick, den Blick von Menschen, die Kontakte suchten, die ihre Aufmerksamkeit nicht wirklich auf die Autorin richteten, welche gerade vortrug: »… gewisse menschliche Fähigkeit, anderen einen aufs Dach zu geben; oh, dann wird man wütend, manchmal so wütend, daß man nicht mal mehr kotzen kann…«

Koop war beunruhigt. Er sollte nicht hier sein. Er sollte nicht auf der Jagd sein. Er hatte im vergangenen Winter erst eine Frau gehabt, und das sollte für eine Weile genug sein. *Sollte* genug sein – wenn da nicht diese Sara Jensen wäre.

Wenn er die Augen schloß, sah er sie vor sich…

Siebzehn Stunden vorher, als er Sara Jensen noch nie gesehen hatte, war er in das Mietshochhaus gegangen, in dem sie ein Appartement bewohnte. Er hatte den Schlüssel benutzt und wegen der neugierigen Augen der Videokameras in der Lobby einen leichten Mantel und einen Hut getragen. Als er die Kameras hinter sich hatte, stieg er zügig und dennoch lautlos auf den Gummisohlen seiner Mokassins die Feuertreppe zum obersten Stockwerk des Gebäudes hoch.

Um drei Uhr morgens waren die Flure still und leer, es roch nach Teppichreiniger, Messingpolitur und Zigarettenrauch. Im elften Stock blieb er einen Moment hinter der Feuertür stehen, horchte, ging dann nach links in den Flur. Vor der Tür zu Appartement 1135 blieb er stehen und preßte sein Auge an den Spion. Dunkel. Er hatte den Türschlüssel dick mit Bienenwachs eingefettet; dadurch wurde der Schließmechanismus der Tür beim Aufschließen eingefettet und das Klicken gedämpft. Er hielt den Schlüssel in der rechten Hand, umschloß das Handgelenk mit der linken und schob den Schlüssel langsam ins Schloß. Er ließ sich reibungslos einführen.

Koop hatte das schon rund zweihundertmal gemacht, aber es war so eine Routinehandlung, die immer noch an seinen Nerven zerrte, als sei es das erste Mal. Was war hinter dieser Tür? Ein Bewegungsmelder, ein Dobermann – oder hunderttausend Dollar in bar? Koop würde es bald wissen... Er drehte den Schlüssel um und drückte die Tür auf: nicht schnell, aber fließend, in einem Zug, und das Herz schlug ihm dabei bis zum Hals. Es machte leise *klick*; er wartete, horchte wieder, trat dann in das Appartement, drückte die Tür hinter sich ins Schloß, blieb stehen.

Und roch sie.

Das war seine erste Wahrnehmung.

Koop rauchte filterlose Camel, vierzig bis fünfzig am Tag. Und er schniefte fast jeden Tag Kokain. Seine Nasengänge waren vollgepfropft mit dem Teer der Zigaretten und zerfressen vom Koks, aber er war ein Geschöpf der Nacht, sehr sensibel gegenüber Geräuschen, Gerüchen und allem, was er anfaßte – und der Duft des Parfums war geheimnisvoll, sinnlich, verlockend, hing in der sterilen Luft des Appartements wie die Vision von einer nackten Frau auf einem Pferd. Der Duft fesselte ihn, lenkte ihn ab. Er hob den Kopf wie eine witternde Ratte und sog den Duft ein. Er war sich nicht bewußt, daß er seinen eigenen Geruch hinterließ, den beißenden Gestank kalten Zigarettenrauches.

Die Vorhänge im Wohnzimmer waren aufgezogen, und von der Straße herauf drang ein schwacher Lichtschimmer in den Raum. Als seine Augen sich langsam den Lichtverhältnissen anpaßten, erkannte er die wichtigsten Möbelstücke, die Rechtecke der Gemälde und Drucke an den Wänden. Er wartete immer noch, stand reglos da, roch die Frau, horchte auf Bewegungen, auf Worte, auf alles mögliche, schaute sich angestrengt um – vor allem nach einem kleinen roten Licht an der Konsole einer Alarmanlage. Nichts. Das Appartement war in tiefen Schlaf versunken.

Koop schlüpfte aus den Mokassins und schlich lautlos durch den dunklen Flur tiefer in die Wohnung hinein. Links lag das Badezimmer, rechts das Arbeitszimmer. Am Ende des Flurs führten zwei Türen zu Schlafzimmern, links zum Schlafzimmer der Frau, rechts zum Gästezimmer. Er wußte, welche Räume hinter den Türen lagen, weil ein ehemaliger Sträfling, der für die Spedition *Logan Van Lines* arbeitete, es ihm gesagt hatte. Der Mann hatte geholfen, Jensens Möbel in dieses Appartement hochzuschleppen, er hatte den Abdruck von dem Schlüssel genommen, hatte den Plan der Wohnung gezeichnet. Und er hatte Koop gesagt, die Frau heiße Sara Jensen, sei eine reiche Fotze, hätte »was mit der Aktienbörse zu tun«, und sie hätte eine Vorliebe für Goldschmuck.

Koop streckte die Hand zur Schlafzimmertür aus. Sie stand ein paar Zentimeter weit auf. Gut. Paranoide und unruhige Schläfer machten meistens die Tür zu. Er wartete wieder eine Weile, horchte. Dann stieß er mit den Fingerspitzen die Tür langsam ein Stück weiter auf, streckte das Gesicht durch den Spalt, schaute nach innen. Links war ein Fenster, und wie im Wohnzimmer waren auch hier die Vorhänge zurückgezogen. Über dem Dach des Nachbargebäudes hing ein bleicher Halbmond, dahinter waren der Park und der See zu sehen – ein Bild wie in einer Bierreklame.

Und er konnte im fahlen Mondlicht die Frau ganz deutlich sehen.

Sara Jensen hatte die leichte Sommerdecke von sich gestrampelt. Sie lag auf dem Rücken auf einem dunklen Leintuch. Sie trug ein weißes Baumwollnachthemd, das sie vom Hals bis zu den Fesseln einhüllte. Ihr tiefschwarzes Haar umrahmte den Kopf wie ein dunkler Heiligenschein, das Gesicht war leicht zur Seite geneigt. Eine Hand lag entspannt neben ihrem Ohr, und es sah aus, als ob sie ihm zuwinken würde. Die andere Hand ruhte leicht gekrümmt in Höhe der Beckenknochen auf dem Bauch.

Ein kleines Stück unterhalb der Hand meinte Koop ein dunkles Dreieck zu erkennen, an ihren Brüsten den Schatten der braunen Brustwarzen. Dieses Bild von ihr hätte man nicht auf einem Film festhalten können. Das Halbdunkel, die Schatten – all das trug sicher auch zu einer phantasievollen Ausmalung bei. Das Nachthemd dichter, weniger durchsichtig, als Koop sich das einbildete... Aber Koop war in Liebe entbrannt.

Eine Liebe wie das Aufflammen eines Streichholzes in dunkler Nacht.

Koop blätterte ein paar Bildbände durch, lauerte, lauerte... Er sah sich gerade das Foto eines verstorbenen Filmstars an, als »seine« Frau um die Ecke kam, zum Regalbrett »Hobby- und Sammlerstücke« hochschaute.

Er erkannte den Typ sofort. Sie trug eine lose fallende braune Jacke, ein wenig zu lang, schon ein wenig aus der Mode, aber hübsch und gut zu ihr passend. Ihr Haar war kurz, gepflegt, sorgsam gekämmt. Sie hatte den Kopf in den Nacken gelegt, schaute zu den oberen Regalbrettern hoch, ließ den Blick über eine Reihe antiquarischer Bücher gleiten. Sie war unscheinbar, trug kein Make-up, war weder dünn noch dick, weder groß noch klein, und sie trug eine Brille mit übergroßen Gläsern und Schildpattgestell. Eine Frau, die in einem Fahrstuhl von anderen Mitfahrern nicht wahrgenommen werden würde... Sie schaute weiter zu den oberen Regalbrettern hoch, und Koop fragte: »Kann ich Ihnen was von da oben runterholen?«

»Oh... Ich weiß nicht...« Sie versuchte sich an einem charmanten kleinen Lächeln, aber es wirkte eher nervös. Sie hatte Mühe, diesen Eindruck zu korrigieren.

»Nun, wenn ich helfen kann...« sagte er höflich.

»Vielen Dank. Sie wandte sich nicht ab. Sie wartete auf etwas. Und wußte nicht, wie sie es von sich aus in Gang setzen konnte.

»Ich habe die Lesung verpaßt«, sagte Koop. »Ich habe gerade das *Rubaiyat* zu Ende gelesen. Ich dachte, ich würde auf irgendwelche, verstehen Sie, analogen Dinge stoßen...«

Und kurz darauf sagte die Frau: »...Harriet. Mein Name ist Harriet Wannemaker.«

Sara Jensen, ausgestreckt auf dem Bett liegend, bewegte sich zuckend.

Koop, der gerade zur Kommode schlich, erstarrte. Sara war während der Collegezeit eine starke Raucherin gewesen, und ihr immer noch auf Tabak reagierendes Unterbewußtsein sprang auf Koops nikotingeschwängerte Atemluft an, aber sie schlief so fest, daß sie nicht aufwachte. Wieder durchlief ein leichtes Zucken ihren Körper, aber dann entspannten sich ihre Muskeln. Koops Herz hämmerte, und er schlich auf sie zu, streckte die Hand aus, hätte beinahe ihren Fuß gestreichelt.

Und dachte: *Was zum Teufel mache ich da?*

Er trat einen Schritt zurück, blieb wie versteinert stehen, und das Mondlicht spielte über ihren Körper ...

Gold.

Er atmete tief durch, ging zur Kommode. Frauen verstauten jeden gottverdammten persönlichen Gegenstand im Schlafzimmer – manchmal auch in der Küche –, und Jensen machte da keine Ausnahme. Das Appartement hatte eine Tür mit Sicherheitsschloß, Videokameras überwachten die Eingangshalle, ein privater Sicherheitsdienst fuhr nachts mindestens ein halbes dutzendmal am Gebäude vorbei, hielt zur Beobachtung gelegentlich auch an. Sie war hier sicher, dachte sie. Ihre Schmuckschatulle, poliertes dunkelbraunes Nußbaumholz, stand auf der Kommode...

Koop hob sie vorsichtig mit beiden Händen hoch, preßte sie an seinen Bauch wie ein Fullback den Football. Er schlich auf Zehenspitzen aus dem Zimmer, durch den Flur zurück ins Wohnzimmer, und dort stellte er die Schatulle auf den Teppich und kniete sich daneben. Er nahm seine kleine Taschenlampe aus der Brusttasche. Das Glas hatte er mit schwarzem Klebeband so abgedeckt, daß nur ein winziges Loch in der Mitte offenblieb. Er knipste sie an und hielt sie zwischen den Zähnen. Er hatte jetzt einen dünnen Lichtstrahl, gerade hell genug, einen Edelstein aufglitzern zu lassen oder seine Farbe zu zeigen, ohne daß seine an die Dunkelheit angepaßten Augen dadurch irritiert wurden.

Sara Jensens Schmuckschatulle enthielt ein halbes Dutzend mit Samt ausgelegter Einsätze. Er nahm einen Einsatz nach dem anderen heraus und fand einige gute Stücke. Ohrringe, davon einige aus Gold, vier mit Edelsteinen: zwei mit Brillanten, eines mit Smaragden, eins mit Rubinen. Die Steine waren schön – bis auf ein Paar, bei dem die Brillanten eher nach Splittern und nicht nach geschliffenen Steinen aussahen. Gesamtwert etwa fünftausend. Er würde zweitausend dafür bekommen. Nicht schlecht...

Darüber hinaus fand er zwei Broschen – eine mit einem Kreis aus Perlen besetzt, die andere mit Brillanten –, ein goldenes Hochzeitsarmband, einen Verlobungsring. Die Brillantbrosche war ein exzellentes Stück, das beste, was sie besaß. Er wäre allein deswegen gekommen. Der Brillant auf dem Verlobungsring war gut, aber nicht großartig. Dann waren da noch zwei goldene Armbänder und eine Armbanduhr, eine Damen-Rolex, Gold mit rostfreiem Stahl.

Kein Schmuckgürtel.

Er steckte alles in einen kleinen schwarzen Beutel, stand auf, stieg vorsichtig über die leeren Einsätze, ging zurück ins Schlafzimmer. Langsam, ganz langsam zog er nacheinander die Schubladen der Kommode auf. Der wahrscheinlichste Platz war die oberste linke Schublade, der zweitwahrscheinlichste die unterste, abhängig davon, ob sie etwas verstecken wollte oder nicht. Er wußte das aus langer Erfahrung.

Er nahm sich zuerst die obere Schublade vor, zog sie auf, fuhr mit den Händen durch die nicht deutlich zu erkennenden Wäschestücke. Nichts Hartes...

Der Gürtel war in der untersten linken Schublade, ganz hinten unter Wollsachen für den Winter versteckt. Sie war also doch ein bißchen argwöhnisch. Er nahm ihn heraus, wog ihn in der Hand, wandte sich wieder Sara Jensen zu. Sie hatte ein festes Kinn, der Mund war jedoch weich und entspannt. Ihre Brüste waren rund und voll, ihre Hüften kräftig. Sie war wahrscheinlich eine recht große Frau. Nicht mollig oder dick, einfach nur groß.

Mit dem Gürtel in der Hand trat Koop den Rückzug an, blieb dann aber plötzlich stehen. Er hatte das Fläschchen auf der Frisierkommode stehen sehen, es aber ignoriert, wie er so was immer ignorierte. Aber diesmal... Er nahm es an sich. Ihr Parfum. Er schob sich rückwärts wieder zur Tür hin, stolperte beinahe: Er schaute nicht auf seinen Weg, er schaute auf die Frau, die da ausgestreckt auf dem Bett lag, nur eine Armlänge entfernt, und sein Atem ging schneller.

Koop blieb stehen. Fummelte einen Moment an dem Gürtel herum, faltete ihn zusammen, steckte ihn in die Tasche. Machte einen Schritt zurück, schaute wieder auf sie hinunter. Weißes Gesicht, runde Wangen, dunkle Augenbrauen. Das Haar um den Kopf ausgebreitet.

Ohne zu denken, ja ohne zu wissen, was er tat – er wäre sonst über sich selbst geschockt gewesen, wäre zurückgeschreckt –, trat Koop neben das Bett, beugte sich über sie und ließ leicht, ganz sanft, seine Zunge über ihre Stirn gleiten.

Harriet Wannemaker war ohne Umschweife einverstanden, einen Drink mit ihm bei *McClellan's* zu nehmen: Sie hatte jetzt Farbe im Gesicht, Farbe von der Hitze der Aufregung. Sie würde ihn dort treffen, diesen ein wenig gefährlich wirkenden Mann mit dem moosigen roten Bart.

Er verließ vor ihr den Buchladen. Seine Nerven waren jetzt angespannt. Noch hatte er sich unter Kontrolle, noch war er okay, noch gab es nichts, über das er besorgt sein müßte. Hatte irgend jemand gesehen, daß sie sich unterhalten hatten? Er glaubte es nicht. Sie war so farblos, wer nahm sie überhaupt wahr? In ein paar Minuten...

Der Druck machte sich körperlich bemerkbar. Eine Schwere in den Eingeweiden, ein Brennen in der Brust, ein Schmerz im Nacken. Er dachte daran, schleunigst nach Hause zu fahren und die Frau zu vergessen. Aber er würde es nicht tun... Denn da war noch ein anderer Druck, ein Drang, der sich viel fordernder bemerkbar machte. Seine Hände am Lenkrad zitterten. Er stellte den Truck in der Sechsten Straße ab, oben auf der Hügelkuppe, öffnete die Wagentür. Atmete erregt durch. Noch war Zeit, davonzufahren...

Er griff unter den Sitz, zog die Dose mit dem Äther und den Plastikbeutel mit dem Wattebausch hervor. Er öffente den Verschluß der Dose, entleerte sie schnell in den Plastikbeutel, verschloß beides wieder. Der Äthergestank war ekelerregend, aber er verflüchtigte sich innerhalb einer Sekunde. In dem luftdicht verschlossenen Plastikbeutel würde sich der Wattebausch schnell mit Äther vollsaugen... Wo blieb sie?

Sie kam ein paar Sekunden später, parkte ihren Wagen hügelabwärts hinter seinem Truck, blieb noch einen Moment im Wagen sitzen, richtete ihre Frisur. Eine Bierreklame in einem Seitenfenster von McClellan's mit einer defekt flackernden Glühbirne war hier oben auf dem Kamm des Hügels das hellste Licht weit und breit. Noch konnte er einen Rückzieher machen...

Nein. Tu es...

Sara Jensen roch nach Parfum und ein wenig auch nach Schweiß. Roch angenehm...

Sie bewegte sich, als er mit der Zunge über ihre Stirn fuhr, und er zuckte zurück, machte einen Schritt auf die Tür zu... und blieb stehen. Sie murmelte etwas, eine unverständliche Silbe, und er schlüpfte schnell, aber lautlos, durch die Tür, hin zu seinen Mokassins. Er lief nicht, aber sein Herz hämmerte wie wild in der Brust. Er schlüpfte in die Schuhe, nahm den Beutel mit der Beute an sich.

Und blieb wieder stehen. Die wichtigste Verhaltensregel für einen Einschleichdieb war einfach: mach alles langsam. Wenn es so aussieht, als ob es Schwierigkeiten geben könnte, mach alles noch langsamer. Und nur wenn sich alles wirklich ganz schlecht entwickelt, dann lauf weg wie der Teufel. Koop riß sich zusammen. Warum sollte er losrennen, wenn sie gar nicht wach wurde? Kein Grund zur Panik. Aber es zuckte immer wieder durch seinen Kopf: *du Arschloch, du Arschloch, du Arschloch...*

Aber sie kam nicht. Sie war wohl wieder fest eingeschlafen; und obwohl Koop es nicht sehen konnte – er schlüpfte aus der Wohnungstür, drückte sie leise hinter sich ins Schloß –, die Spur seines Speichels auf ihrer Stirn glitzerte im Mondlicht, lag kühl auf ihrer Haut, bis sie langsam verdunstete...

Koop schob den Plastikbeutel in die Jackentasche, trat ans Heck des Trucks, schloß die Tür des Camper-Aufsatzes auf der Ladefläche auf.

Sein Herz schlug jetzt sehr schnell...

»Hi«, rief sie. Aus fünfzehn Metern Entfernung. Errötend? »Ich war nicht sicher, ob Sie's rechtzeitig schaffen würden.«

Sie hatte Angst gehabt, er würde sie sitzenlassen... Er hätte es ja auch fast getan. Sie lächelte, scheu, vielleicht ein wenig verängstigt, aber sie hatte noch mehr Angst vor der Einsamkeit...

Niemand in der Gegend zu sehen...

Und jetzt hatte es ihn gepackt. Dunkelheit legte sich über ihn – eine Dunkelheit im wahrsten Sinne des Wortes, eine Art Nebel, eine schwarze Wut, die aus dem Nichts zu kommen schien wie eine plötzliche Windbö. Er rollte den Plastikbeutel in der Tasche auf, griff mit der Hand hinein; der mit Äther vollgesogene Wattebausch brannte kalt auf der Haut seiner Finger.

Er preßte ein Lächeln auf sein Gesicht, ging zu ihr, sagte: »Hey, wie wär's mit 'nem Drink? Kommen Sie... Heh, schaun Sie mal da drüben...«

Er drehte sich um, als wolle er ihr etwas zeigen, kam dadurch schräg rechts hinter sie, legte den Arm um sie, drückte mit der rechten Hand den Wattebausch gegen ihren Mund und die Nase, hob sie hoch; sie strampelte wie ein Eichhörnchen in der Schlingenfalle, aber für einen Beobachter konnte es so aussehen, als seien sie ein Liebespaar in einer leidenschaftlichen Umarmung. Wie auch immer, sie strampelte nur für einen kurzen Moment...

Sara Jensen drückte auf den Aus-Knopf des Weckers, drehte sich auf den Bauch, schlang die Arme um das Kopfkissen. Als der Wecker geläutet hatte, hatte ein Lächeln auf ihrem Gesicht gelegen. Es verebbte langsam. Ein seltsamer Alptraum lauerte irgendwo in ihrem Unterbewußtsein. Sie konnte sich nicht genau erinnern, aber er war da, wie die Fußspur auf dem Dachboden, bedrohlich...

Sie atmete tief durch, war im Grunde willens aufzustehen, wollte es dann aber doch noch nicht so richtig. Kurz vor dem Aufwachen hatte sie von Evan Hart geträumt. Hart war Anwalt in der Wertpapierabteilung. Er entsprach nicht ganz dem Bild des romantischen Helden, aber er war attraktiv, ausgeglichen, und er konnte witzig sein – obwohl er das, wie sie meinte, ihr gegenüber unterdrückte, um sie nicht zu verprellen. Er kannte sie nicht gut genug. Noch nicht.

Er hatte schöne Hände. Kräftige, lange Finger, die aussahen, als könnten sie fest zupackend und doch zugleich sensibel sein. Er hatte sie einmal berührt, an der Nase, und sie spürte jetzt noch, hier in ihrem Bett, wie warm die Finger gewesen waren. Hart war Witwer, hatte eine kleine Tochter. Seine Frau war vor vier Jahren bei einem Autounfall ums Leben gekommen. Seitdem hatte er sich ausschließlich seinem Kummer und der Erziehung seiner Tochter gewidmet. Der Büroklatsch unterschob ihm zwei kurze, häßliche Affären mit falschen Frauen. Er war reif für die richtige Frau.

Und er lungerte herum, man brauchte nur zuzupacken...

Sara Jensen war geschieden; ihre Ehe war ein einjähriger Irrtum direkt nach dem College gewesen. Keine Kinder. Aber die Trennung war ein Schock gewesen. Sie hatte sich in die Arbeit gestürzt, war die Erfolgsleiter hochgeklettert. Aber jetzt...

Sie lächelte über sich selbst. *Ich* bin bereit, dachte sie. Etwas Beständiges; etwas fürs ganze Leben... Sie döste wieder ein, nur ein paar Minuten, träumte von Evan Hart und seinen Händen, ein wenig warm, ein wenig zärtlich...

Und dann drängte sich der Alptraum in den Vordergrund. Ein Mann mit einer Zigarette im Mundwinkel starrte sie aus dem Dunkel an... Sie zuckte zusammen. Und der Wecker schrillte wieder los. Sara fuhr sich über die Stirn, hob die Augenbrauen, setzte sich auf, schaute sich im Zimmer um, schob die Decke von sich, hatte das Gefühl, daß irgend etwas nicht in Ordnung war.

»Hallo?« rief sie, aber sie wußte natürlich, daß sie allein in der Wohnung war. Sie ging zum Badezimmer, zur Toilette, blieb jedoch unter der Tür kurz stehen. Irgendwas... Was aber?

Der Traum? Sie hatte in diesem Traum geschwitzt; sie erinnerte sich, daß sie sich die Stirn mit dem Handrücken abgewischt hatte. Aber das schien nicht der eigentliche Grund zu sein...

Sie drückte auf die Spülung, ging zum Wohnzimmer, immer noch das Bild im Kopf: schwitzend, die Stirn reibend...

Ihre Schmuckschatulle stand mitten im Zimmer auf dem Boden, die Einsätze leer daneben. Laut sagte sie: »Wie kommt das denn hierher?«

Für einen kurzen Moment war sie verwirrt. Hatte sie das gemacht, war sie zur Schlafwandlerin geworden? Sie machte einen Schritt weiter ins Zimmer, sah einen kleinen Haufen von Schmuck neben der Schatulle liegen, alles billiges Zeug.

Und dann erkannte sie die Wahrheit.

Sie trat zurück, eine Schockwelle zuckte durch ihre Brust, ein Adrenalinstrom ergoß sich in ihre Adern. Ohne zu wissen, warum sie es tat, hob sie den Handrücken zum Gesicht, zur Nase, roch das Nikotin – und das andere...

Das andere – was?

Speichel.

»Nein!« Sie schrie das Wort heraus, riß den Mund auf, die Augen.

Sie wischte den Handrücken krampfhaft am Nachthemd ab, wieder und wieder, wischte mit dem Ärmel über die Stirn, auf der Hunderte von Ameisen herumzukrabbeln schienen. Dann hörte sie plötzlich auf, schaute sich um, erwartete, ihn zu sehen – zu sehen, wie er sich materialisierte, aus der Küche kam, aus dem Wandschrank, oder daß er wie ein Golem aus dem Teppich auf dem Parkettfußboden aufstieg. Sie wandte sich in diese Richtung, dann in jene, rannte schließlich wie besessen in die Küche, riß den Telefonhörer vom Haken an der Wand.

Schrie auf dem Weg dorthin.

Schrie und schrie.

Kapitel 2

Lucas Davenport hielt seine Dienstmarke aus dem Fenster. Der pickelgesichtige Vorstadt-Cop hob das gelbe Tatort-Absperrband hoch und winkte ihn durch. Lucas steuerte den Porsche an den Einsatzwagen der Feuerwehr vorbei, fuhr über einen flachen Segeltuchschlauch, stoppte schließlich auf einer zerfurchten, mit Asche bedeckten Fläche, die ein paar Stunden vorher noch ein Rasen gewesen war. Einige Feuerwehrmänner, die gerade Kaffee tranken, drehten sich um und begutachteten den Wagen.

Das Telefon piepste, als er ausstieg. Er beugte sich in den Wagen und zog es aus der Halterung. Als er sich aufrichtete, traf ihn der Gestank des Feuers mit voller Breitseite: verbrannter Gips, verbrannte Isolierungen, verkohltes Holz.

»Ja? Davenport hier.«

Lucas war ein großer Mann mit breiten Schultern, einem eckigen Gesicht, dunklem Teint und beginnenden Krähenfüßen in den Augenwinkeln. Sein dunkles Haar hatte einen ersten Anflug von Grau; die Augen waren verblüffend blau. Eine dünne weiße Narbe zog sich über die Stirn und die rechte Augenhöhle, verlief dann nach unten bis zu seinem Mundwinkel. Er sah aus wie ein kampferprobter Athlet, ein Catcher oder Hockey-Verteidiger, vor kurzem aus der aktiven Laufbahn ausgeschieden.

Eine frischere, rosafarbene Narbe verlief direkt über dem Knoten seiner Krawatte quer über den Hals.

»Sloan hier. Die Zentrale hat mir gesagt, du wärst bei dem Feuer.« Sloan klang heiser, als ob er eine Erkältung hätte.

»Bin gerade angekommen«, sagte Lucas und schaute hinüber zu der ausgebrannten Nissenhütte.

»Wart auf mich. Ich komme rüber.«

»Was ist los?«

»Wir haben ein neues Problem«, sagte Sloan. »Ich sag's dir, wenn ich bei dir bin.«

Lucas drückte das Telefon wieder in die Halterung, schlug die Wagentür zu und ging auf das ausgebrannte Lagerhaus zu. Es war eine große, hellgrüne Nissenhütte aus dem Zweiten Weltkrieg gewesen, hatte vornehmlich aus galvanisiertem Stahl bestanden. Das Feuer war so heiß gewesen, daß sich die Stahlplatten verbogen, gekrümmt und aufeinandergefaltet hatten wie riesige metallene Tacos.

Mit Schweinefleisch...

Lucas berührte seinen Hals, die rosafarbene Narbe, die von dem Schuß des Mädchens stammte, kurz bevor die Geschosse aus dem M-16-Gewehr es in Stücke zerfetzt hatten. Dieser Fall hatte auch mit einem Feuer angefangen, mit demselben Geruch, demselben Gestank nach verkohltem Schweinefleisch, der jetzt aus dem ausgebrannten Trümmerhaufen herüberwehte. Schweinefleisch und doch nicht Schweinefleisch...

Er berührte wieder die Narbe, ging dann zu dem geschwärzten Gewirr aus umgekippten Stützpfeilern. Ein toter Cop läge in den Trümmern, hatte man ihm beim ersten Anruf gesagt, seine Hände seien hinter dem Rücken gefesselt. Dann hatte Del vom Tatort aus angerufen und gesagt, der Cop sei einer seiner verdeckten Ermittler. Lucas solle besser mal herkommen, obwohl der Tatort außerhalb der Zuständigkeit der Polizei von Minneapolis läge... Die Vorstadt-Cops liefen mit grimmigen Einer-von-uns-Gesichtern herum. In Lucas' Umgebung hatten schon so viele Cops ins Gras gebissen, daß er keinen großen Unterschied mehr zwischen ihnen und Zivilisten machte, solange es sich nicht um Freunde von ihm handelte.

Del stapfte geschäftig durch die verkohlten Trümmer. Er war wie immer unrasiert und trug ein aschgraues Sweatshirt, dazu Jeans und Cowboystiefel. Er sah Lucas und winkte ihn zu sich. »Er war schon tot«, sagte Del. »Ehe das Feuer ihn erreicht hat.«

Lucas nickte. »Wie?«

»Sie haben ihm die Hände gefesselt und ihm dann in die Zähne geschossen, anscheinend drei- oder viermal in die verdammten Zähne, nach allem, was wir bisher von diesem verdammten Alptraum wissen«, sagte Del und rieb unbewußt seine Hände, als ob er sie waschen wollte. »Er hat es kommen sehen.«

»O Gott, ja, Mann, es tut mir leid«, sagte Lucas. Der tote Cop war ein Deputy aus dem Hennepin County. Zu Beginn des Jahres hatte er einen Monat lang eine Ausbildung bei Del gemacht, um auf die Aufgabe als verdeckter Ermittler unter der Tarnung eines Stadtstreichers vorbereitet zu werden. Er und Del waren fast Freunde geworden.

»Ich habe ihn wegen seiner Zähne noch gewarnt; kein Mensch im verdammten Straßenmilieu hat diese großen weißen Jacketkronen-Zähne«, sagte Del und schob eine Zigarette zwischen seine Lippen. Seine eigenen Zähne waren gelbe Pfähle. »Ich habe ihm vorgeschlagen, unter einer anderen Tarnung zu arbeiten. Alles andere wäre besser gewesen. Er hätte als Verkäufer von Autoersatzteilen oder Barkeeper oder irgendwas arbeiten können. Aber nein, er mußte ja unbedingt als Stadtstreicher auftreten...«

»Ja... Warum hast du mich hergerufen?«

»Hast du Feuer?« fragte Del.

»Aha – du wolltest Feuer für deine Zigarette, deshalb...«

Del grinste mit der unangezündeten Zigarette im Mund und sagte: »Komm mit nach hinten. Dort mußt du dir was anschauen.«

Lucas folgte ihm durch die Trümmer des Lagerhauses, entlang einem schmalen Pfad durch Öffnungen in halb verbrannten Zwischenwänden, an Stapeln verkohlter Holzpaletten vorbei. Im hinteren Teil sah Lucas die schwarze Plastikplane, mit der die Leiche abgedeckt war, und der Gestank nach verbranntem Schweinefleisch wurde intensiver. Del führte ihn zu einer umgestürzten Zwischenwand, hinter der in einer flachen Holzkiste drei dünne Rohre lagen, alle etwa hundertfünfzig Zentimeter lang.

»Sind das tatsächlich die Dinger, für die ich sie halte?« fragte Del.

Lucas ging neben der Kiste in die Knie, nahm eines der Rohre in die Hand, schaute sich die innere Gewindebohrung an einem Ende an, dann am anderen, erkannte die Züge im Lauf einer Schußwaffe. »Ja, sie sind es – wenn du an Ersatzläufe für Maschinengewehre Kaliber 50 gedacht hast.« Er legte den Lauf zurück zu den anderen, watschelte im Entengang zu einer anderen flachen Kiste einen halben Meter daneben, nahm ein Metallstück heraus. »Das ist das Schloß für ein MG 50«, sagte er. »Schloß MG Kal. 50 für Explosivgeschosse. Kaputt. Sieht aus wie ein Haarriß. Schlechter Stahl... Was war hier in diesem Teil des Gebäudes?«

»Ein Maschinenladen, glaube ich.«

»Ja, ein Maschinenladen«, sagte Lucas. »Ich wette, die haben hier diese MG-Schlösser hergestellt und gegen kaputte ausgewechselt. Holten sich die Läufe von einer anderen Quelle – die Dinger da sind Spezialanfertigungen, man findet sie nicht an normalen MGs, sind zu schwer. Wir sollten unsere Waffenspezialisten ranholen, sie sollen sich das mal ansehen, und wir sollten versuchen rauszufinden, wo die Läufe herkommen und für wen sie bestimmt sind.« Er ließ das kaputte Schloß auf den Boden fallen, stand auf und nickte mit dem Kopf in Richtung auf die Leiche. »Hinter wem war er her?«

»Hinter den *Seeds*, wie seine Freunde sagen. Ich hatte lange keinen Kontakt mehr mit ihm.«

Lucas schüttelte den Kopf. »Das hat uns gerade noch gefehlt, daß wir es mit diesen Arschlöchern zu tun kriegen.«

»Sie haben neuerdings politische Ziele«, sagte Del. »Wollen ein paar Schwarze umlegen.«

»Ja... Du willst in die Sache einsteigen?«

Del nickte. »Deshalb habe ich dich hergeholt«, sagte er. »Du siehst diese Waffen, du riechst das verbrannte Schweinefleisch, wie kannst du da nein sagen?«

»Okay... Aber du hältst mich alle verdammten fünfzehn Minuten auf dem laufenden«, sagte Lucas und tippte ihm mit dem Zeigefinger auf die Brust. »Ich will über alles informiert werden, was du rausfindest, klar? Über jeden Namen, auf den du stößt, über jedes Gesicht, das dir begegnet. Beim geringsten Anzeichen von Ärger setzt du dich ab und sagst mir Bescheid. Sie sind dumme Arschlöcher, aber sie werden dich umlegen, wenn du nicht aufpaßt.«

Del nickte, sagte: »Bist du sicher, daß du kein Feuer für mich hast?«

»Del, ich meine es ernst«, sagte Lucas. »Wenn du mich bescheißt, stecke ich deinen Arsch wieder in eine Uniform. Dann wirst du den Verkehr auf der Zufahrt zu 'nem Parkplatz dirigieren dürfen. Deine Frau ist schwanger, und ich will nicht in die Lage kommen, dein Kind großziehen zu müssen.«

»Ich brauche verdammt noch mal Feuer«, sagte Del nur.

Die Seeds: die »Heusaat-Mafia«, der Motorradclub »Böse Saat«. Fünfzig bis sechzig Kriminelle – Autodiebe, Schmuggler, Lastwagen-Entführer, Harley-Davidson-Freaks, die meisten im Nordwesten Wisconsins beheimatet, durch Familienbande oder Heirat oder auch gemeinsame Knastaufenthalte miteinander verbunden. Strohhaarige Arschlöcher vom Land mit Babygesichtern. Sind bewaffnet, machen die Gegend unsicher. Und sie waren vor kurzem von einem bösartigen Bazillus befallen worden, der einen apokalyptischen, irren Haß auf Schwarze bei ihnen erzeugte, und man hatte sie im Verdacht, einen schwarzen kleinen Ganoven vor einer Billardhalle in Minneapolis umgebracht zu haben.

»Wozu brauchen Sie die MGs?« fragte Del.

»Vielleicht bauen sie irgendwo in den Wäldern ein Waco auf – wie diese Sekte.«

»Der Gedanke ist mir auch gerade gekommen«, sagte Del.

Als sie wieder draußen waren, schob sich gerade ein Streifenwagen der Stadtpolizei von Minneapolis durch die Ansammlung von Feuerwehrwagen, Fahrzeugen der örtlichen Polizei und des Sheriffs. Der Wagen hielt direkt vor ihnen, und Sloan stieg aus, beugte sich zu dem Fahrer hinunter, einem uniformierten Sergeant, und sagte: »Der Rest ist für Sie.«

»Leck mich«, sagte der Fahrer freundlich und fuhr weiter.

Sloan war ein kleiner Mann mit einem runden Arschbackengesicht. Er trug einen braunen Hunderfünfzigdollar-Sommeranzug, braune Schuhe mit einem nicht zum Anzug passenden Stich ins Gelbe sowie einen Filzhut in der Farbe von Bratensaft.

»Hallo Lucas«, sagte er. Dann sah er Del an. »Del, Mann, du siehst beschissen aus.«

»Wo hast du diesen Hut her?« fragte Lucas. »Ist es zu spät, ihn umzutauschen?«

»Meine Frau hat ihn mir gekauft«, sagte Sloan und ließ die Fingerspitzen um den Rand gleiten. »Sie sagt, er paßt zu meiner temperamentvollen Persönlichkeit.«

»Sie hat wohl Scheiß im Kopf, wie?« meinte Del.

»Vorsicht«, sagte Sloan beleidigt. »Du redest… von meinem Hut.« Er sah Lucas an. »Wir müssen los.«

»Wohin?«

»Wisconsin.« Er wiegte sich auf den Spitzen der zu gelben Schuhe. »Hudson. Uns eine Leiche anschauen.«

»Jemand, den ich kenne?« fragte Lucas.

Sloan hob die Schultern. »Kennst du eine Puppe namens Harriet Wannemaker?«

»Nein, ich glaube nicht.«

»Aber so heißt sie wahrscheinlich.«

»Und warum soll ich sie mir ansehen?«

»Weil ich es sage und du meinem Urteil vertraust?« Sloan ließ es wie eine Frage klingen.

Lucas grinste. »Okay.«

Sloan schaute zu Lucas' Porsche hinüber. »Darf ich fahren?«

»Sah wohl schlimm da drin aus, wie?« fragte Sloan. Er warf seinen Hut auf den Rücksitz und schaltete runter, als sie auf das Stoppschild vor dem Highway 280 zufuhren.

»Sie haben ihn hingerichtet. Ihm in die Zähne geschossen. Könnten die Seeds gewesen sein.«

»Verdammte Arschlöcher«, sagte Sloan ohne besondere Schärfe. Er fuhr auf den Highway 280 auf.

»Was ist mit dieser Wie-heißt-sie-noch-mal passiert?« fragte Lucas. »Wannebe oder so ähnlich.«

»Wannemaker. Sie verschwand vor drei Tagen von der Bildfläche. Ihre Freunde sagen, sie hätte am Freitagabend zu einem Buchladen gehen wollen, wissen aber nicht, in welchen, und sie ist am Samstagmorgen nicht wie verabredet bei ihrem Frisör erschienen. Wir haben eine Vermißtensuchmeldung losgelassen, und das war auch schon alles, bis heute morgen Hudson anrief. Wir haben ihnen ein Polaroidfoto rübergefaxt; es war nicht besonders gut, aber sie glauben, es ist diese Wannemaker.«

»Erschossen?«

»Nein, erstochen. Die angewendete Technik besteht im Prinzip aus einem Aufschlitzen – ein Stich in den Unterbauch, dann ein Hochreißen des Messers bis zum Brustbein. Großer Kraftaufwand... Du verstehst jetzt, warum ich mir das anschauen will.«

»Hat es was mit dieser Wie-heißt-sie-noch zu tun, dieser Tante von der Staatspolizei?«

»Meagan Connell«, sagte Sloan. »Ja.«

»Wie ich höre, gibt's Ärger.«

»Das kann man wohl sagen. Eine komplette Persönlichkeitstransplantation wäre bei ihr sehr angebracht«, sagte Sloan. Er zischte an einem Lexus SC vorbei und lächelte überheblich. Der Typ in dem Lexus trug eine Sonnenbrille und Fahrerhandschuhe. »Aber wenn man ihre Unterlagen liest, die Fakten, die sie zusammengetragen hat – ich muß sagen, da ist was dran, Lucas. Aber Gott sei uns gnädig, daß es nicht wieder einer von den Morden dieses Kerls ist. Es klingt so, als könnte es sein, aber es ist noch zu früh für ein endgültiges Urteil. Wenn er es trotzdem sein sollte, dann legt er an Tempo zu.«

»Das machen die meisten«, sagte Lucas. »Sie werden dazu getrieben.«

Sloan hielt vor einer Ampel, raste bei Grün wieder los, die Auffahrt zum Highway 36 hinauf. Er beschleunigte auf fünfundsiebzig Meilen, hielt diese Geschwindigkeit und drängelte sich durch den Verkehr wie ein Hai auf Beutesuche. »Der Kerl hat ja bisher immer regelmäßige Zeitabstände eingehalten«, sagter er. »Ich meine, wenn es ihn gibt... Er hat einmal im Jahr oder so einen Mord begangen. Jetzt wären wir bei vier Monaten. Den letzten Mord hat er ungefähr um die Zeit begangen, als du diesen Schuß in den Hals abgekriegt hast. Griff sich die Frau in Dulutz, ließ die Leiche oben im Carlos-Avery-Wildpark liegen.«

»Irgendwelche Spuren von ihm?« Lucas strich über die rosafarbene Narbe am Hals.

»Verdammt wenige. Bis auf die in Meagans Aktensammlung über ihn.«

Sie brauchten zwanzig Minuten, bis sie das Netz der Highways östlich von St. Paul hinter sich hatten und Wisconsin ansteuerten. Die Landschaft war grün und üppig nach dem feuchten Frühjahr. »Hier draußen auf dem Land ist alles besser«, meinte Sloan. »Mein Gott, die Medien werden wegen dem ermordeten Cop durchdrehen.«

»Da kommt 'ne Menge Scheiß auf uns zu«, stimmte Lucas zu. »Na ja, der Cop war wenigstens keiner von uns.«

»Vier Morde in fünf Tagen«, sagte Sloan. »Wannemaker bringt uns auf fünf in einer Woche. Vielleicht sind es sogar sechs. Wir untersuchen den Fall einer alten Lady, die in ihrem Bett erstickt ist. Einige meinten, da wäre ein bißchen nachgeholfen worden. Aber bis jetzt geht man noch von einer natürlichen Todesursache aus.«

»Der Fall Dupont ist klar, oder?« fragte Lucas.

»Ja. Der Hammer-und-Meißel-Fall...«

»Tut irgendwie weh, wenn man sich das vorstellt.« Lucas grinste.

»Bekam es genau zwischen die Augen«, sagte Sloan, offensichtlich tief beeindruckt. Er hatte es noch nie mit einem Hammer-und-Meißel-Fall zu tun gehabt, und Neuerungen waren im Mordgeschäft nicht gerade häufig. Im Normalfall kratzte sich ein angetrunkener Typ am Hintern und sagte: *»Herrgott, sie hat mich echt auf die Palme gebracht, verstehen Sie?«* Sloan fuhr fort: »Sie wartete, bis er fest eingeschlafen war, und peng. In Wirklichkeit wohl eher peng, peng, peng. Der Meißel ging durch bis in die Matratze. Sie zog ihn raus, legte ihn in die Spülmaschine, stellte die Spülmaschine an, wählte dann die Notrufnummer... Macht mich irgendwie nachdenklich, wenn ich abends ins Bett gehe. Du erwischt deine Alte dabei, wie sie dich seltsam anstarrt...«

»Irgendwelche Milderungsgründe? Langzeitiger Mißbrauch oder so was?«

»Bis jetzt nicht. Bisher sagt sie nur, es wäre sehr heiß in der Wohnung gewesen, und sie hätte die Schnauze voll davon gehabt, daß er dauernd nur schnarchend und furzend rumlag... Kennst du Donovan vom Büro des Staatsanwalts?«

»Ja.«

»Er sagt, er hätte auf Mord zweiten Grades plädiert, wenn es nur einmal ›peng‹ gewesen wäre«, sagte Sloan. »Aber mit ›peng, peng, peng‹ müsse er auf ersten Grad plädieren.«

Ein Lastwagen schob sich plötzlich vor sie, und Sloan fluchte, ging auf die Bremse, gab wieder Gas und überholte ihn rechts.

»Und die Sache mit Louis Capp?« fragte Lucas.

»Wir haben ihn«, sagte Sloan befriedigt. »Zwei Zeugen, einer von ihnen kannte ihn... Capp schoß dreimal auf das Opfer, hat hundertfünfzig Dollar erbeutet.«

»Ich war zehn Jahre hinter Louis her, habe ihn aber nie erwischt«, sagte Lucas. Eine Spur von Bedauern lag in seiner Stimme, und Sloan sah ihn an, grinste. »Bringt er was zu seiner Entlastung vor?« fragte Lucas.

»Die übliche Masche«, sagte Sloan. »*Das war 'n anderer Typ.* Wird aber diesmal nicht funktionieren.«

»Er war schon immer ein dämlicher Mistkerl«, sagte Lucas. Er sah Louis Capp wieder vor sich. Großer Kerl, Arme wie Baumstämme, riesiger Bauch. Trug den Gürtel unterhalb des Bauches, so daß der Hosenstall fast zwischen den Knien hing. »Die Sache war ja die, daß er alles so einfach abspulte, daß man dabei sein mußte, wenn man ihn überführen wollte. Sich hinter ein Opfer schleichen, ihm eins über den Kopf ziehen, ihm die Brieftasche abnehmen. Der Kerl muß in seiner Karriere mindestens zweihundert Leute zusammengeschlagen haben.«

»Er ist so niederträchtig, wie er dumm ist«, sagte Sloan.

»Mindestens«, stimmte Lucas zu. »Was haben wir sonst noch?

Den Vergewaltiger Hmong und die hingefallene, hingestürzte, hingestoßene, tote Kellnerin...«

»Hmong wird uns diesmal nicht entkommen«, sagte Sloan. »Die Kellnerin hatte Hautpartikel unter den Fingernägeln.«

»Aha.« Lucas nickte. Das gefiel ihm. Haut – das war immer gut...

Lucas war vor zwei Jahren aus dem Polizeidienst ausgeschieden, nicht ganz freiwillig, nachdem er eine Schlägerei mit einem Zuhälter gehabt hatte. Er hatte eine Firma gegründet, die anfänglich Spiele verschiedener Art konzipierte. Die Computer-Kids, mit denen er zusammenarbeitete, hatten ihn dann in eine neue Richtung gedrängt – die Herstellung von Computerspielen, bei denen es um Simulation der Polizeiarbeit bei der Überführung und »Erledigung« von Verbrechern ging. Er fing gerade an, das große Geld zu machen, als die neue Polizeichefin von Minneapolis ihn bat, wieder in den Dienst zurückzukommen.

Er konnte nicht wieder als städtischer Angestellter übernommen werden; er hatte jedoch das politische Amt eines Deputy Chief akzeptiert. Er arbeitete im Bereich der Verbrechensaufklärung, wie er es vorher getan hatte, und zwar mit zwei hauptsächlichen Zielen: Überführung der aktivsten und gefährlichsten Verbrecher sowie Rückendeckung des Departments bei Schwerverbrechen, die die Aufmerksamkeit der Medien auf sich zogen.

»Versuchen Sie uns davor zu bewahren, in irgendwelche Fallen der Spinnen da draußen zu geraten«, hatte der – weibliche – Chief gesagt. Lucas zögerte einige Zeit, aber die Tätigkeit des Geschäftsmannes langweilte ihn, also stellte er einen Geschäftsführer für seine Firma ein und nahm das Angebot des Chiefs an.

Er war ganz unten wieder eingestiegen, hatte sich einen Monat lang auf den Straßen herumgetrieben und versucht, seine alten Informationsquellen wieder zu erschließen, aber es war schwerer gewesen, als er gedacht hatte. In nur zwei Jahren hatte sich vieles geändert. Grundlegend verändert.

»Es überrascht mich, daß Louis den Revolver benutzt hat«,

sagte Lucas. »Er hat damals meistens mit einem Totschläger oder einem Bleirohr gearbeitet.«

»Heutzutage haben sie alle Revolver«, sagte Sloan. »Alle. Und sie haben nicht die Spur von Bedenken, sie auch einzusetzen.«

Der St. Croix zog sich als stahlblaues Wasserband unter der Hudson-Brücke hindurch. Segel- und Motorboote trieben auf dem Fluß wie Konfettischnipsel.

»Du solltest eine Bootsstation kaufen«, sagte Sloan. »Ich könnte dann die Tankstelle für dich betreiben. Ich meine, sieht das nicht verdammt toll aus?«

»Biegst du hier ab oder fahren wir durch bis Chicago?«

Sloan gab es auf, die Schönheit der Landschaft zu bewundern, stieg auf die Bremse, schnitt einen Kombi, bog in die erste Abfahrt auf dem Gebiet von Wisconsin ein, fuhr dann nach Norden in Richtung Hudson. Direkt vor ihnen tauchte an einer Bootsrampe eine Ansammlung von Notfall-Einsatzwagen auf, etwa ein halbes Dutzend, und uniformierte Polizisten der Stadtpolizei von Hudson dirigierten den Verkehr an der Rampe vorbei. Zwei Cops, die Daumen in ihre Revolvergürtel gehakt, standen vor einem Müllcontainer. Seitlich davon redeten ein dritter Cop und eine blonde, breitschultrige Frau mit Sonnenbrille und schwarzem Hosenanzug aufeinander ein. Sie schienen sich zu streiten. Sloan sagte: »Oje, Scheiße.« Als sie den Schauplatz erreichten, kurbelte er das Fenster herunter und rief dem nächststehenden, mit der Verkehrsregelung beschäftigten Cop zu: »Polizei Minneapolis«. Der Cop winkte ihn durch zu den anderen Fahrzeugen.

»Was ist los?« fragte Lucas. Die Blonde wedelte mit den Armen in der Luft herum.

»Ärger«, sagte Sloan. Er stieß die Wagentür auf. »Das ist Connell.«

Ein knochiger Deputy Sheriff mit dunklem, wettergegerbtem Gesicht sprach gerade mit einem der Cops an dem Müllcontainer; als der Porsche vorfuhr, grinste er kurz, rief etwas in Richtung des Cops, der mit der blonden Frau herumdiskutierte, und kam dann auf den Porsche zu.

»Hellstrom«, sagte Lucas zu Sloan, nachdem er den Namen aus dem Gedächtnis hervorgekramt hatte. »D. T. Hellstrom. Erinnerst du dich an den Professor, den Carlo Druze ermodet hat?«

»Ja.«

»Hellstrom hat ihn gefunden«, sagte Lucas. »Er ist ein netter Kerl.«

Sie stiegen aus, und Hellstrom streckte Lucas die Hand entgegen. »Hey, Davenport. Hab gehört, daß Sie wieder im Dienst sind. Als Deputy Chief, nicht wahr? Gratuliere!«

»Hey, D. T., wie geht's Ihnen?« begrüßte ihn Lucas. »Wir haben uns nicht mehr gesehen, seit Sie damals den Professor gefunden haben.«

»Ja, aber das ist schlimmer«, sagte Hellstrom und schaute hinüber zu dem Müllcontainer. Er rieb sich die Nase.

Die blonde Frau rief an dem Cop vorbei. »Hey, Sloan.«

Sloan murmelte etwas vor sich hin, sagte dann laut: »Hey, Meagan.«

»Arbeiten Sie mit dieser Lady zusammen?« fragte Hellstrom Sloan und deutete mit dem Daumen auf die blonde Frau.

Sloan nickte und sagte: »Mehr oder weniger.« Lucas deutete auf seinen Freund: »Das ist Sloan«, sagte er zu Hellstrom. »Mordkommission Minneapolis.«

»Sloan!« rief die Frau. »Hey, Sloan, kommen Sie her!«

»Ihre Freundin ist ein Brechmittel«, sagte Hellstrom zu Sloan.

»Sie haben hundertprozentig recht, bis auf die Tatsache, daß sie nicht meine Freundin ist«, sagte Sloan und setzte sich in Bewegung. »Ich komme gleich zurück.«

Sie standen auf der Bootsrampe, auf deren schwarzem Asphalt Parkplätze für Personenwagen und Wohnmobile eingezeichnet waren und auf der ein Parkscheinautomat und ein Abfallcontainer standen. »Auf was seid ihr denn nun gestoßen?« fragte Lucas Hellstrom, während sie auf den Container zugingen.

»Auf einen Irren ... Er hat den Mord auf eurer Seite der Brücke begangen, nehme ich an. Es gibt kein Blut hier, außer dem an der Leiche. Sie hat aufgehört zu bluten, noch ehe sie in den Müllcontainer geworfen wurde, es sind keinerlei Blutspuren auf dem Boden. Und es muß verdammt viel Blut gegeben haben... Mein Gott, schauen Sie sich das an!«

Auf dem Westausläufer der Brücke stand ein Van mit flackerndem Gelblicht direkt am Geländer, und ein Mann richtete eine Fernsehkamera auf sie herunter.

»Darf der das denn?« fragte Lucas.

»Keine Ahnung«, antwortete Hellstrom.

Sloan und die Frau kamen auf sie zu. Die Frau war groß und jung, Ende Zwanzig bis Anfang Dreißig. Trotz des Zornes wegen der Auseinandersetzung mit dem Cop war ihr Gesicht nicht gerötet, sondern weiß wie ein Leintuch; ihr blondes Haar war so kurz geschnitten, daß die bleiche Kopfhaut durchschimmerte. »Es gefällt mir nicht, wie ich hier behandelt werde«, sagte die Frau.

»Sie sind hier nicht zuständig«, fauchte Hellstrom sie an. »Sie halten jetzt entweder den Mund oder verschwinden über die Brücke. Ich habe die Schnauze voll von Ihnen.«

Lucas sah die Frau neugierig an. »Sind Sie Meagan O'Connell?«

»Connell. Kein O'. Ich bin Untersuchungsbeamtin bei der Staatspolizei. Und wer sind Sie?«

»Lucas Davenport.«

»Oje«, stöhnte sie. »Ich habe von Ihnen gehört.«

»So?«

»Ja. Sie sind so was wie ein Macho-Arschloch.«

Lucas lachte verkrampft, wußte nicht, ob sie das ernst gemeint hatte, sah Sloan an, aber der hob nur die Schultern. Sie hatte es tatsächlich ernst gemeint... Connell schaute Hellstrom an, der sich ein leichtes Grinsen erlaubt hatte, als Connell so heftig auf Lucas losgegangen war. »Darf ich die Leiche jetzt sehen oder nicht?«

»Wenn Sie mit der Mordkommission Minneapolis zusammenarbeiten...« Hellstrom sah Sloan an, und Sloan nickte. »Seien Sie mein Gast. Aber fassen Sie nichts an.«

»Mein Gott...«, murmelte sie und stolzierte zu dem Müllcontainer hinüber. Der Rand des Containers reichte ihr bis zum Hals, und sie mußte sich auf Zehenspitzen stellen, um reinschauen zu können. Sie warf einen kurzen Blick ins Innere des Containers, ging dann schnell zur Seite, auf den Fluß zu und übergab sich würgend.

»Seien Sie mein *verdammter* Gast«, murmelte Hellstrom.

»Was hat sie denn bisher gemacht?« fragte Lucas.

»Kam her, als ob sie Feuer unterm Arsch hätte, und fing an, jeden einzelnen von uns anzuschreien«, antworterte Hellstrom. »Als ob wir vergessen hätten, uns die Pferdescheiße von den Stiefeln abzukratzen.«

Sloan war besorgt, wollte zu Connell gehen, blieb dann aber stehen, kratzte sich am Kopf, ging zum Container, warf einen Blick hinein. »Wow.« Er drehte sich weg. »Gottverdammte Scheiße!« Dann, zu Lucas: »Du hältst besser den Atem an.«

Lucas atmete durch den Mund, als er in den Container schaute. Die Leiche war nackt und steckte in einem grünen Plastik-Müllsack, der oben zugebunden war. Der Sack war beim Aufprall auf den Boden des Containers aufgeplatzt, vielleicht hatte ihn auch jemand aufgeschnitten.

Der Bauch der Frau war aufgeschlitzt worden, und die Eingeweide quollen heraus wie verfaulter Maisbrei. Sloans frühere Beschreibung traf zu: Sie war nicht erstochen, sie war aufgeschlitzt worden wie eine Sardinenbüchse, mit einem langen Schnitt von der Beckengegend bis zum Brustbein. Im ersten Moment dachte Lucas, Maden hätten bereits mit ihrer Arbeit begonnen, sah dann aber, daß es sich bei den weißen Flecken auf der Leiche um Reiskörner handelte, offensichtlich Abfall von irgendeinem Benutzer des Containers.

Der Kopf der Frau lag im Profil auf dem grünen Plastiksack. Dieser war mit einer roten Schnur zugebunden, und die Schleife lag auf dem Ohr der Frau wie auf einem Weihnachtspäckchen. Fliegen krabbelten überall auf dem Körper herum wie winzige russische MiG-Jagdbomber. – Über ihren Brüsten, etwa eine Handbreit oberhalb des Endes des Schnittes, waren zwei kleinere Einschnitte in die Haut, die wie Buchstaben aussahen. Lucas sah sie sich eine Weile an, trat dann zurück, atmete erst wieder durch die Nase, als er mehrere Schritte von dem Container entfernt war.

»Der Mann, der sie hier reingeworfen hat, muß ziemlich kräftig sein«, sagte Lucas zu Hellstrom. »Er hat sie sehr hoch anheben und dabei aufpassen müssen, daß keine Innereien in der Gegend verstreut wurden.«

Mit kreidebleichem Gesicht kam Connell über die Rampe wieder auf sie zugewankt.

»Was haben Sie gerade gesagt?«

Lucas wiederholte es, und Hellstrom nickte dazu. »Richtig. Und nach der Personenbeschreibung, die man uns gegeben hat, war sie keinesfalls ein Leichtgewicht. Sie hat rund hundertfünfunddreißig Pfund auf die Waage gebracht. Wenn es Wannemaker ist.«

»Sie ist es«, sagte Sloan. Er war um den Container herumgegangen und sah von der anderen Seite nach innen. Mit Augen, Nase und Ohren über dem Rand des Containers sah er aus Lucas' Perspektive aus wie Kilroy. »Und ich will euch was sagen: Ich habe die Videoaufnahme von der Leiche gesehen, die man oben im Carlos-Avery-Wildpark gefunden hat. Wenn das nicht derselbe Killer war wie der hier, dann haben die beiden Aufschlitz-Unterricht beim selben Lehrer genommen.«

»Genau dasselbe?« fragte Lucas.

»Völlig identisch«, sagte Connell.

»Na ja, nicht ganz«, korrigierte Sloan und trat vom Container zurück. »Die Carlos-Avery-Leiche hatte nicht diese komischen Schnörkelschnitte über ihren Tit..., ehm, Brüsten.«

»Schnörkelschnitte?« fragte Connell.

»Ja. Sehen Sie sich das mal an.«

Sie schaute wieder in den Container, sagte nach einigen Sekunden: »Die Schnitte sehen aus wie ein großes S und ein großes J.«

»Dachte ich auch«, sagte Lucas.

»Und was soll das heißen?« fragte Connell.

»Ich bin kein Hellseher«, antwortete Lucas. »Schon gar nicht, wenn es um Leichen geht.« Er wandte sich an Hellstrom. »Kann es sein, daß jemand da drin rumgewühlt hat? Was rausgenommen hat? Aus dem Container?«

»Das bezweifle ich. Es hat seit Freitag ein paarmal geregnet, und die Leute haben übers Wochenende alles mögliche reingeschmissen, aber… Warum fragen Sie?«

»Wir sollten es uns besser mal ansehen.« Lucas ging zum Porsche, machte den Kofferraumdeckel auf, holte seinen Plastik-Regenmantel für den Notfall heraus, der in einer kleinen Tasche steckte, die kaum größer als seine Hand war. Er zog den Mantel aus der Tasche, ging damit zum Container, sagte zu Hellstrom: »Halten Sie mich an den Beinen fest, damit ich nicht reinfalle, D. T.?«

»Natürlich…«

Lucas breitete den Mantel sorgfältig über dem Rand des Containers aus, stemmte sich dann hoch, bis sein Bauch auf der Kante lag. Sein Oberkörper hing nach innen, und sein Gesicht war kaum dreißig Zentimeter von dem der Toten entfernt.

»Sie hat, ehm…«

»Was?«

»Sie hat was in der Hand… Ich kann's nicht genau erkennen. Sieht aus wie 'ne Zigarette.«

»Nicht anfassen…«

»Natürlich nicht.« Er schob sich noch ein paar Zentimeter weiter nach unten. »Auf ihrer Brust liegen Krümel. Ist, glaube ich, Tabak…«

»Man hat ja Abfall auf sie gekippt.«

»Zieh mich hoch…« Lucas ließ sich auf den Asphaltboden gleiten und atmete mehrmals kräftig durch. »Das Zeug ist zum Teil mit Blut bedeckt. Sieht aus, als ob man eine Zigarette über ihr zerkrümelt hätte.«

»Was hältst du davon?« fragte Hellstrom.

»Daß der Killer geraucht hat, als er sie getötet hat«, antwortete Lucas. »Daß sie ihm die Zigarette beim Kampf aus dem Mund gerissen hat. Ich meine, sie hat ja wohl bestimmt nicht geraucht, zumindest nicht mehr, als er auf sie losging.«

»Es sei denn, er ist gar nicht wie wild auf sie losgegangen«, sagte Sloan. »Vielleicht lief zunächst alles in gegenseitigem Einverständnis ab, die beiden entspannten sich danach, und erst dann ist er mit dem Messer auf sie losgegangen.«

»Quatsch«, sagte Connell.

Lucas nickte ihr zu. »Zuviel Gewaltanwendung«, sagte er. »Nach einem normalen Orgasmus bringt man nicht soviel Gewaltbereitschaft auf. Wir haben es hier mit hochgradiger sexueller Erregung zu tun.«

Hellstrom sah von Lucas zu Connell, dann zu Sloan. Connell schien seltsam zufrieden mit Lucas' Beurteilung zu sein. »Er hat also geraucht, während er das tat?«

»Er killt sie, um die Zigarette so richtig genießen zu können, vielleicht ist es das... Ich sehe schon die Schlagzeilen in den Zeitungen vor mir«, sagte Lucas zu Hellstrom. »Lassen Sie den Parkplatz hier absuchen, vielleicht finden wir was, das uns weiterhilft.«

»Wir haben auf dem Parkplatz schon alles aufgesammelt, was irgendwie von Bedeutung sein könnte – Bonbonpapier, Zigarettenkippen, Flaschenverschlüsse, all so was.«

»Vielleicht ist es Marihuana«, meinte Connell hoffnungsfroh. »Könnte doch sein.«

»Potheads machen so 'ne Scheiße nicht, jedenfalls nicht, wenn sie gerade rauchen«, sagte Lucas. Er sah Hellstrom an. »Wann wurde der Müllcontainer zum letztenmal geleert?«

»Am Freitag. Er wird regelmäßig dienstags und freitags geleert.«

»Sie wird seit Freitagabend vermißt«, schaltete Sloan sich ein. »Wurde wahrscheinlich noch in der Nacht ermordet, dann hierher gebracht. Man kann in den Container nur reinsehen, wenn man sich auf die Fußspitzen stellt, vielleicht hat er sie einfach reinfallen lassen, ein paar Müllsäcke über sie gezogen und es dabei belassen.«

Hellstrom nickte. »Das meine ich auch. Die Leute fingen heute morgen an, sich über den Gestank zu beschweren, und ein Angestellter von der Bootsstation kam her und schaute nach. Sah ein menschliches Knie im Container und rief uns an.«

»Sie liegt auf einem kleinen weißen Müllsack, scheint darauf gelandet zu sein. Wir sollten nachschauen, ob was drin ist, über das wir denjenigen rausfinden können, der den Sack reingeworfen hat«, schlug Lucas vor. »Wenn wir damit Erfolg haben, hätten wir einen Ansatz für die Uhrzeit.«

»Machen wir«, sagte Hellstrom.«

Lucas schaute noch einmal in den Container, aber es war nichts Neues zu entdecken, nur wieder die blaßgraue Haut, die Fliegen und das sorgsam gefärbte Haar mit der weißen Strähne. Sie hat ihr Haar sehr gepflegt, dachte Lucas; wegen ihres Haares hatte sie sich gemocht, und jetzt war das alles verflogen wie verdampfendes Benzin...

»Noch was?« fragte Sloan.

»Nein, wir können fahren.«

»Wir müssen miteinander reden«, sagte Connell zu Sloan. Sie hatte sich, die Hände auf die Hüften gestützt, vor ihm aufgebaut.

»Natürlich«, sagte Sloan, und er klang nicht besonders glücklich dabei.

Lucas ging auf den Wagen zu, blieb dann aber so abrupt stehen, daß Sloan gegen ihn stieß. »Entschuldige«, sagte Lucas und drehte sich noch einmal zu dem Container um.

»Was ist los?« fragte Sloan. Connell sah Lucas neugierig an.

»Erinnerst du dich an Junky Doog?« fragte Lucas.

Sloan sah zur Seite, überlegte, schnippte dann mit den Fingern und schaute Lucas aufgeregt an. »Junky, natürlich«, sagte er.

»Wer ist das?« fragte Connell.

»Sexueller Psychopath, fixiert auf Messer«, erklärte Lucas. »Er wuchs auf einer Müllkippe auf, hatte keine Verwandten. Die Arbeiter auf der Müllkippe kümmerten sich um ihn. Er mochte es, an Frauen rumzuschnipseln. War vor allem hinter Mannequins her. Er schnitzte Weinstockmotive in ihre Haut und signierte seine Kunstwerke.« Lucas schaute wieder zu dem Müllcontainer hinüber. »Das da drüben ist eigentlich zu roh für Junky.«

»Und außerdem sitzt Junky in St. Peter's«, sagte Sloan. »Oder nicht mehr?«

Lucas schüttelte den Kopf. »Wir werden alt, Sloan. Die Sache mit Junky war vor langer Zeit, muß zehn oder zwölf Jahre her sein...« Seine Stimme verebbte, und seine Augen wanderten über den Fluß, richteten sich dann wieder auf Sloan. »Mein Gott, es ist siebzehn Jahre her! In meinem zweiten Jahr bei der Kripo. Wie lange sitzen die Kerle im Durchschnitt in St. Peter? Fünf bis sechs Jahre? Außerdem: Erinnere dich, vor ein paar Jahren kamen sie ja mit dieser Rehabilitations-Theorie und entließen alle aus den staatlichen Anstalten. Muß Mitte der achtziger gewesen sein.«

»Der erste Mord dieser Art, auf den ich gestoßen bin, geschah 1984 in Minneapolis, und er ist bis heute noch nicht aufgeklärt«, meldete sich Connell.

»Wir müssen Junky finden«, sagte Sloan.

»Es ist zwar lange her, aber er war ein beknackter Mistkerl... Erinnerst du dich, was er mit dem Mannequin nach der Modenschau in Dayton angestellt hat?«

»Ja«, antwortete Sloan. Er rieb sich nachdenklich die Wange. »Wir setzen Anderson drauf an, ihn aufzuspüren.«

»Ich werde mich auch darum kümmern«, sagte Connell. »Ich sehe Sie gleich noch, Sloan?«

Sloan schaute nicht sehr glücklich drein. »Ja, bis nachher, Meagan.«

Im Wagen legte Sloan den Sicherheitsgurt an, startete den Motor und sagte: »Übrigens, ehm, der Chief will dich sprechen.«

»So? Weswegen denn?« fragte Lucas. »Wegen dieser Sache hier?«

»Ich glaube, ja.« Sloan steuerte den Wagen auf die Straße, hielt auf die Brücke zu.

»Sloan, was hast du wieder angestellt?« fragte Lucas argwöhnisch.

Sloan lachte; es war eher ein röchelndes, schuldbewußtes Kichern. »Lucas, es gibt zwei Leute im Department, die diesen Kerl fangen können – du und ich. Ich habe derzeit schon drei schwierige Fälle am Hals. Alle fünf Minuten schreit mich irgendeiner an. Und die verdammten Fernsehleute campieren in meinem Vorgarten.«

»So war das aber nicht abgemacht, als ich in den Dienst zurückkam«, knurrte Lucas.

»Nun spiel nicht die Primadonna«, sagte Sloan. »Dieses verdammte Arschloch bringt reihenweise Frauen um.«

»Wenn es ihn gibt.«

»Es gibt ihn.«

Einen Moment schwiegen beide, dann sagte Lucas: »Societas Jesu.«

»Was?«

»Gesellschaft Jesu. Der Orden der Jesuiten. Sie schreiben die Initialen SJ hinter ihren Namen, wie zum Beispiel ›Pater John Smith SJ‹. Wie diese Buchstaben auf der Brust von Wannemaker.«

»Na, da denk dir aber lieber was anderes aus«, sagte Sloan. »Die Mordkommission Minneapolis jagt keine verdammten Jesuiten...«

Als sie über die Brücke fuhren, schaute Lucas zu dem Müllcontainer hinunter, wo Connell immer noch mit Hellstrom sprach. »Was weiß man denn über Connell?« fragte er.

»Der Chief wird dir alles über sie erzählen«, antwortete Sloan. »Sie geht einem ganz schön auf den Wecker, aber sie ist dieser Sache mit dem Serienmörder auf die Spur gekommen. Ich habe sie seit einem Monat oder so nicht mehr gesehen. Aber sie war verdammt schnell hier.«

Lucas schaute zurück auf die Rampe. »Sie hat irgendwas Bedrücktes an sich«, sagte er.

»Sie hat es eilig, diesen Kerl zu fangen«, erklärte Sloan. »Sie muß ihn in einem Monat oder so geschnappt haben.«

»So? Warum diese Eile?«

»Sie wird bald sterben«, sagte Sloan.

Kapitel 3

Die Sekretärin des Chiefs war eine knochige Frau mit einem Muttermal auf dem Kinn und buschigen Augenbrauen. Als Lucas hereinkam, drückte sie auf einen Knopf an ihrer Sprechanlage und sagte: »Chief, Davenport ist da.« Zu Lucas sagte sie: »Gehen Sie rein.« Sie formte mit Daumen und Zeigefinger eine Pistole und richtete sie auf die Tür zum Zimmer des Chiefs.

Rose Marie Roux saß hinter einem großen, mit Papieren überladenen Kirschholzschreibtisch und rollte eine Zigarette unter der Nase hin und her. Als Lucas hereinkam, nickte sie ihm zu, fummelte noch einen Moment an der Zigarette herum, seufzte, zog eine Schreibtischschublade auf und ließ sie hineinfallen.

»Hey, Lucas«, sagte sie. Ihre Stimme war vom Rauchen rauh wie ein Reibeisen. »Setzen Sie sich.«

Als Lucas aus dem Polizeidienst ausgeschieden war, hatte Chief Quentin Daniels' Büro sauber, ordentlich und dunkel ausgesehen. In Roux' Büro lagen überall Bücher und Papiere herum, und ihr Schreibtisch war ein einziges Chaos aus Papierstapeln, Markierstiften, Taschenrechnern und Computerdisketten. Grelles blaues Licht von Neonlampen an der Decke drang in alle Ecken. Daniel hatte für Computer nichts übrig gehabt; jetzt aber stand ein modernes IBM-Modell auf einem Computertisch neben Roux Schreibtisch, und in der oberen linken Ecke des Screens blinkte ein Memo-Lämpchen. Roux hatte Daniels Ledergarnitur durch bequeme Polstermöbel ersetzt.

»Ich habe Kupiceks Bericht über die Grabräubereien gelesen«, sagte sie. »Wie geht es ihm übrigens?«

»Kann nicht gehen.« Lucas hatte zwei Mitarbeiter – Del und Danny Kupicek. Kupiceks Sohn war ihm mit dem Dodge Caravan der Familie über den Fuß gefahren. »Ist für einen Monat weg vom Fenster.«

»Wenn die Medien mit Fragen zu diesen Grabräubereien auf uns zukommen, erledigen Sie das? Oder Kupicek?«

»Ich mache das. Aber ich werde nicht von mir aus auf die Medien zugehen.«

»Ich weiß nicht – ist doch eine gute Story.« Eine anhaltende Serie von Grabräubereien war von Dieben begangen worden, die auf Eheringe und sonstigen Schmuck aus waren, wobei einige Verschwörungstheoretiker im Department allerdings meinten, es handle sich um eine Gruppe von Satanisten, die sich auf diese Weise Leichenteile zur Abhaltung von schwarzen Messen beschaffen wollten. Wie auch immer, die Angehörigen der Toten waren entsetzt. Roux hatte Lucas gebeten, sich der Sache anzunehmen. Etwa zu dieser Zeit waren in einem bestimmten Kunstgewerbe-Laden polierte menschliche Finger- und Zehenknochen aufgetaucht. Kupicek hatte den Lieferanten, eine Frau, ausfindig gemacht und unter Druck gesetzt, und die Grabschändungen hatten aufgehört.

»Das Zeug, das diese Frau auf den Markt bringt, paßt gut zu einfachen schwarzen Kleidern«, sagte Lucas. »Natürlich, man will ja auch, daß es zu den Ohrringen paßt...«

Roux zeigte ein dünnes Lächeln. »Sie können es sich erlauben, so zu reden, weil Ihnen so was scheißegal ist«, sagte sie. »Sie sind reich, Sie sind verliebt, Sie kaufen Ihre Anzüge in New York. Warum sollen Sie sich dann aus so einer Sache was machen?«

»Ich mache mir was draus«, sagte Lucas sanft. »Aber es ist schwer, die nötige Motivation aufzubringen, wenn die Opfer schon längst tot sind... Was liegt an?«

Ein langes Schweigen trat ein. Lucas wartete geduldig, bis sie schließlich seufzte und sagte: »Ich habe ein Problem.«

»Connell?«

Sie sah ihn überrascht an. »Sie kennen sie?«

»Ich habe sie vor einer Stunde kennengelernt, drüben in Wisconsin. Spielte sich groß auf.«

»Das ist sie«, sagte Roux. »Wie hat sie von der Sache gehört?«

Lucas hob die Schultern. »Keine Ahnung.«

»Gottverdammter Mist, sie hat Kontaktleute im Department.« Sie kaute an einem Fingernagel, sagte dann noch einmal: »Gottverdammter Mist«, stand auf und ging zum Fenster. Sie steckte zwei Finger durch die Lamellen der Jalousie, schaute auf die Straße hinunter. Sie war einmal eine ansehnliche junge Frau gewesen, ein guter Cop mit einer recht guten Figur. Die Figur ging nach zu vielen Jahren in wohlgepolsterten Bürosesseln inzwischen langsam vor die Hunde...

»Es ist kein Geheimnis, wie ich zu diesem Job gekommen bin«, sagte sie schließlich, immer noch mit dem Rücken zu ihm. »Ich habe bei der Lösung vieler politischer Probleme mitgewirkt. Es gab immer Druck von den Schwarzen. Dann kamen die Feministinnen dazu, nach diesen Vergewaltigungsskandalen damals um die Weihnachtszeit. Ich bin eine Frau, ich bin ein ehemaliger Cop, ich habe ein Jurastudium erfolgreich abgeschlossen, ich war Staatsanwältin und eine liberale Senatorin unseres Staates mit der Reputation, für die Rassengleichheit einzutreten...«

»Ja, ja, Sie waren die richtige Person für diesen Job«, sagte Lucas ungeduldig. »Wollen wir nicht zur Sache kommen?«

Sie drehte sich zu ihm um. »Im vergangenen Winter haben Wildhüter im Carlos-Avery-Park die Leiche einer Frau gefunden. Sie wissen, wo das ist?«

»Ja. Dort werden öfter Leichen gefunden.«

»Der Name der Frau war Joan Smits. Sie erinnern sich vielleicht an die Berichterstattung in den Medien.«

»Nur vage. Sie stammte aus Duluth?«

»Richtig. Einwanderin aus Südafrika. Marschierte aus einem Buchladen und wurde danach nicht mehr lebend gesehen. Jemand steckte ihr dicht über dem Schambein ein Messer in den Bauch und schlitzte sie bis zum Hals auf. Warf sie dann in eine Schneewehe im Carlos-Avery-Park.«

Lucas nickte. »Okay...«

»Connell wurde zur Unterstützung der örtlichen Polizei auf den Fall angesetzt. Sie drehte durch, irgendwas rastete bei ihr aus. Sie erzählte mir, Smits käme nachts an ihr Bett und würde sich erkundigen, wie es mit den Ermittlungen steht. Und Smits sagte ihr auch, derselbe Mann habe noch andere Frauen getötet. Connell stocherte in ähnlich gelagerten Mordfällen herum und kam schließlich mit einer Theorie um die Ecke.«

»Natürlich«, sagte Lucas trocken.

Roux holte eine Packung Winston Light aus der Schreibtischschublade und fragte: »Stört es Sie?«

»Nein.«

»Ich weiß, es ist in den Büroräumen nicht gestattet«, sagte sie, »aber ich brauche es manchmal.« Sie klopfte eine Zigarette aus der Packung, steckte sie mit einem grünen Einwegfeuerzeug an, legte dann Packung und Feuerzeug zurück in die Schublade. »Connell glaubt, auf die Spur eines Serienmörders gestoßen zu sein. Sie meint, er würde hier in Minneapolis leben. Oder in St. Paul oder einer der Vorstädte. Jedenfalls in unserer Gegend.«

»Ein Serienmörder? Glauben Sie das?« Lucas klang sehr skeptisch, und Roux warf ihm über den Schreibtisch hinweg einen verstohlenen Blick zu.

»Haben Sie ein Problem mit dieser Vorstellung?« fragte sie.

»Sagen Sie mir erst einmal weitere Fakten.«

»Da gibt es mehrere«, sagte Roux und stieß eine Rauchwolke zur Zimmerdecke. »Aber ich möchte sie vorher noch mit einem weiteren Hintergrund vertraut machen. Connell ist nicht nur Untersuchungsbeamtin der Staatspolizei. Sie engagiert sich auch sehr stark auf dem linken Feministinnen-Flügel des Angestellten-Verbandes AFSCME – American Federation of State, County and Municipal Employees.«

»Ich weiß, was das ist.«

»Aus diesem Verband rekrutiert sich ein ganz wichtiger Teil meiner Wählerschaft, Lucas. AFSCME hat mich in den Senat des Staates Minnesota gebracht und mir den Sitz dort erhalten. Rund sechzig Prozent der Verbandsmitglieder sind Frauen.« Roux schnipste die Asche ihrer Zigarette in den Papierkorb. »Sie sind der Felsen, auf dem meine Karriere aufgebaut ist. So ist das also... Wenn ich mich in diesem Job des Polizeichefs bewähre, wenn ich noch vier, vielleicht sechs Jahre durchstehe und ein bißchen Glück habe, kann ich in den US-Senat als liberale Law-and-order-Feministin aufsteigen.«

»Okay«, sagte Lucas. Warum waren die Leute nur so vom Ehrgeiz geplagt...

»Also, Connell kam zu mir und erzählte von ihrer Serienmörder-Theorie. Der Staat Minnesota hat nicht die Mittel für eine solche Untersuchung, aber wir in Minneapolis haben sie. Ich mache ein freundliches Gesicht und sage, wir kümmern uns sofort darum. Denke mir jedoch: *beknackte Nuß.* Connell hat Kontakte zu allen Frauenorganisationen, und sie spielt eine wichtige Rolle bei der AFSCME.«

Lucas nickte, sagte aber nichts.

»Sie gab mir ihre Unterlagen…« Roux tippte auf einen dicken Aktenordner auf dem Schreibtisch. »Ich ging damit runter zur Mordkommission und bat, man solle das doch mal überprüfen. Connell glaubt, es habe ein halbes Dutzend Morde durch diesen Täter gegeben, vielleicht sogar mehr. Sie meint, zwei seien hier in Minnesota, andere in Iowa, Wisconsin, South Dakota und direkt hinter der Grenze in Kanada begangen worden.«

»Und was hat die Mordkommission gesagt?« fragte Lucas.

»Man verdrehte wie üblich die Augen, und ich mußte mir wieder einmal Dickless-Tracy-Kommentare anhören. Zwei der Morde sind inzwischen aufgeklärt. Die Cops in Madison erreichten eine Verurteilung. Und in einigen anderen Fällen hat man Tatverdächtige im örtlichen Umfeld.«

»Klingt wie…«

Er wollte gerade *Scheiße* sagen, aber Roux klopfte mit dem Zeigefinger auf die Schreibtischplatte und übertönte ihn mit ihrer Stimme. »Aber Ihr alter Spezi Sloan hat sich ebenfalls durch Connells Unterlagen gewühlt und er meinte, da wäre was dran.«

»Das hat er mir gegenüber auch erwähnt«, bestätigte Lucas. Er schaute auf den Aktenordner auf Roux' Schreibtisch. »Er schien mir aber trotzdem nicht besonders glücklich mit Connell zu sein.«

»Er ist ihr gegenüber irgendwie gehemmt. Egal. Was Connell da zu bieten hat, sind nicht so sehr Beweise als…« Sie suchte nach dem richtigen Wort. »… Schlußfolgerungen.«

»Hmm.«

»Die Polizeichefin nickte. »Ich weiß… Sie könnte falsch liegen. Aber es sind legitime Schlußfolgerungen. Ich habe lange darüber nachgedacht. *Was ist, wenn ich es abwürge und es stellt sich raus, daß ich falsch damit lag?* Eine Mitfeministin, eine wichtige Frau aus meiner Wählerschaft, kommt zu mir und weist mich auf die Umtriebe eines Serienmörders hin. Wir kümmern uns nicht darum, und der nächste Mord geschieht, und alles kommt ans Tageslicht…«

»Ich weiß nicht…«

»Außerdem – *ich* weiß, daß ich bei dieser Sache in große Schwierigkeiten kommen kann. Wir werden in diesem Jahr einen neuen Rekord an Morden in der Stadt haben, wenn wir nichts unternehmen. Das hat natürlich nichts mit meiner Person zu tun, aber ich bin die Polizeichefin. Ich habe die Verantwortung und muß dafür geradestehen. Man hört ja schon die Stimmen: ›Wir brauchen jemand an der Spitze, der härter durchgreift.‹ Ich kriege Beschuß von allen Seiten, auch von außerhalb des Departments. Die Polizeigewerkschaft läßt keine Chance aus, mir in den Arsch zu treten. Sie wissen sicher, daß sie MacLemore für den Job unterstützt hat.«

»MacLemore ist ein verdammtes Nazischwein.«

»Ja, das ist er…« Roux zog wieder an ihrer Zigarette, hustete, lachte, sagte dann: »Da ist sogar noch mehr. Sie meint, der Killer könnte ein Cop sein.«

»Ach du lieber Himmel…«

»Ist natürlich nur eine Theorie«, beschwichtigte Roux.

»Aber wenn man anfängt, Cops als mögliche Mörder zu jagen, wird die Bruderschaft der Cops nicht sehr glücklich sein.«

»Genau. Und deshalb sind Sie der richtige Mann«, sagte Roux. »Sie sind einer der erfahrensten Serienmörder-Jäger im Land, abgesehen vom FBI. Innerhalb des Departments gelten Sie, politisch betrachtet, sowohl als Cop der alten Schule als auch einer, der hart durchgreift. Sie könnten auf die Jagd nach einem Cop gehen.«

»Wieso meint Connell, es wäre ein Cop?«

»Eines der Opfer, eine Frau in Des Moines, eine Maklerin, hatte ein Autotelefon. Zu Hause wartete ihre Teenager-Tochter auf sie, und die Frau rief sie an und sagte ihr, sie würde sich noch mit einem Mann zu einem Drink treffen und käme erst später nach Hause. Sie sagte, der Mann käme von außerhalb und sei ein Cop. Das ist alles.«

»Ach du lieber Himmel«, stöhnte Lucas wieder und strich sich mit den Fingern durchs Haar.

»Lucas, seit wann sind Sie zurück im Department? Seit einem Monat?«

»Fünf Wochen.«

»Fünf Wochen. Okay. Ich weiß, Sie mögen die Ermittlungsarbeit. Aber ich habe alle möglichen Leute, die mit den verschiedensten Aspekten der Ermittlungsarbeit beschäftigt sind. Wir haben die Abteilung Kriminalpolizei, das Dezernat Forensische Ermittlungen, das Dezernat Organisiertes Verbrechen, das Sittendezernat und das Drogendezernat und das Diebstahldezernat... Ich habe Sie zurückgeholt und Ihnen einen netten politischen Job gegeben, weil ich wußte, daß ich eines Tages wahrscheinlich mal in die Scheiße geraten und jemand brauchen würde, der mir wieder raushelfen kann. Sie sind dazu der geeignete Mann. Und so war auch unsere Abmachung.«

»Damit Sie für den Senatssitz kandidieren können...«

»Es hat schon schlechtere Senatoren gegeben.«

»Aber ich habe anderes zu tun.«

»Jeder hat anderes zu tun, aber nicht jeder hat die Fähigkeit, irre Killer zu überführen«, unterbrach Roux ihn ungeduldig. Sie stellte sich dicht neben ihn, schaute aus dem Fenser, zog wieder gierig an der Zigarette. »Ich hätte Ihnen mehr Zeit geben können, wenn diese Wannemaker-Sache nicht dazwischengekommen wäre. Jetzt muß ich schleunigst reagieren, ehe die Medien sich darauf stürzen. Und wenn wir nicht was Entscheidendes unternehmen, könnte es sein, daß Connell die Sache an sich reißt.«

»Ich...«

»Wenn sich die Medien draufstürzen und Sie sind schon darauf angesetzt, macht das die Sache für uns alle leichter.«

Lucas nickte schließlich. »Sie haben mich vor einem Leben als Geschäftsmann gerettet«, sagte er. »Ich bin Ihnen einiges schuldig.«

»So ist es«, sagte sie. »Eine Hand wäscht die andere...« Roux drückte auf einen Knopf der Sprechanlage und beugte sich vor. »Rocky? Holen Sie die üblichen Typen ran. Sie sollen ihre Ärsche schleunigst zu meinem Büro bewegen.«

Roux hatte innerhalb von fünf Minuten die Leute für die Besprechung beisammen: Lester, den Chef der Kriminalpolizei, seinen Stellvertreter Swanson, Curt Myer, den neuen Leiter des Dezernats Forensische Ermittlungen. Anderson, der oberste Computerfreak des Departments, war auf Lucas' Vorschlag dazugebeten worden.

»Wie ist die Lage?« fragte Roux Lester.

»Die Leichen türmen sich zu Bergen. Ich habe bei Gott noch nie so was erlebt.« Er sah Lucas an. »Sloan hat mir gesagt, daß Wannemaker höchstwahrscheinlich nicht in Hudson umgebracht wurde. Ihre Leiche sei nur dorthin gebracht worden.«

»Sieht so aus«, sagte Lucas.

»Damit haben wir also einen weiteren Mord in unserem Zuständigkeitsbereich...«

Roux steckte sich wieder eine Zigarette an und wandte sich an Lucas. »Was brauchen Sie alles?«

Lucas schaute Lester an. »Dieselbe Abmachung wie letztesmal. Mit dem Zusatz, daß ich Sloan dabeihaben will.«

»Was heißt ›dieselbe Abmachung‹?« fragte Roux.

Lester erklärte es ihr: »Lucas arbeitet völlig selbständig, parallel zu meinen Ermittlungen. Alles, was er rausfindet, und alles, was die Ermittlungen meiner Leute ergeben, fließt zusammen und wird in täglichen Berichten festgehalten. Anderson faßt diese Berichte zusammen. Er ist praktisch der Koordinator.«

Lester hob den Daumen in Richtung Anderson, der zustimmend nickte. Dann wandte Lester sich an Lucas. »Sloan kannst du allerdings nicht haben.«

Lucas öffnete den Mund, wollte etwas erwidern, aber Lester schüttelte den Kopf, kam ihm zuvor: »Es geht nicht, Mann. Er ist mein bestes Pferd im Stall, und wir ersticken in Mordfällen.«

»Ich war lange weg vom Fenster und habe keine V-Leute mehr draußen...«

»Ich kann's nicht ändern«, sagte Lester. Und zu Roux: »Ich sage Ihnen, wenn wir Sloan abziehen, wäre das Selbstmord.«

Roux nickte. »Sie müssen damit leben, zumindest vorerst«, sagte sie zu Lucas. »Können Sie Capslock nicht einsetzen?«

Er schüttelte den Kopf. »Er verfolgt eine heiße Spur im Fall des ermordeten Deputys. Er muß da dranbleiben.«

»Ich könnte einen anderen Mann zu dir abstellen«, sagte Lester. »Um ehrlich zu sein, du würdest ihm einen Gefallen tun, wenn du ihn nimmst. Zeig ihm, wie der Hase läuft.«

Lucas' Augenbrauen schnellten hoch. »Greave?«

Lester nickte.

»Wie ich gehört habe, ist er ein ziemlicher Schwachkopf«, sagte Lucas.

»Er ist einfach nur neu im Geschäft«, verteidigte ihn Lester. »Wenn sich rausstellt, daß du ihn nicht brauchen kannst, schick ihn mir zurück.«

»Okay«, sagte Lucas. Er sah Anderson an. »Ich muß wissen, wo sich ein bestimmter Typ derzeit aufhält. Hat vor ein paar Jahren gern mit dem Messer gearbeitet.«

»Um wen geht's?«

»Sein Name ist Junky Doog...«

Als die Besprechung zu Ende war, hielt Roux Lucas noch fest. »Meagan Connell möchte bei der Sache bestimmt auch beteiligt werden«, sagte sie. »Ich wäre Ihnen dankbar, wenn Sie sie in ihr Team aufnehmen würden.«

Lucas schüttelte den Kopf. »Rose Marie, verdammt noch mal, sie ist bei der Staatspolizei und kann machen, was sie will.«

»Mir zuliebe«, drängte ihn Roux. »Die Mordkommission würde es mit Sicherheit ablehnen, sie zu integrieren. Aber sie steckt ja nun wirklich in der Sache drin. Sie ist clever. Sie wäre bestimmt eine Hilfe für Sie. Und ich wäre Ihnen dankbar.«

»Okay dann, ich werde sicher was finden, mit dem ich sie beschäftigen kann«, sagte Lucas. Dann: »Warum haben Sie mir nicht gesagt, daß sie bald sterben wird?«

»Ich ging davon aus, daß Sie das sicher bald selbst herausfinden würden«, antwortete Roux.

Die Sekretärin im Vorzimmer hatte den Stöpsel des Diktiergerätes im Ohr, als Lucas aus Rouxs Büro kam. Sie deutete mit dem Zeigefinger auf ihn und hob die Hand, um ihn aufzuhalten, tippte einen Satz zu Ende, zog dann den Stöpsel aus dem Ohr.

»Detective Sloan kam rein, während Sie bei der Besprechung waren«, sagte sie und hob die dunklen Augenbrauen. Sie nahm einen Aktenordner vom Schreibtisch und gab ihn Lucas. »Er sagte, die Fingerabdrücke würden bestätigen, daß es Wannemaker ist. Sie hatte ein Stück von einer filterlosen Zigarette in der Hand, einer Camel. Sie haben das Zeug zum Labor in Madison geschickt. Sloan sagte, Sie sollen sich das Foto ansehen.«

»Danke.« Lucas drehte sich um und schlug den Ordner auf.

»Ich habe es mir bereits angesehen«, sagte sie. »Scheußlich. Aber interessant.«

»Hmmm.« Er zog ein Farbfoto im Format zwanzig mal sechsundzwanzig aus dem Ordner. Es zeigte die Leiche einer Frau in einer Schneewehe. Die Lage auf dem Rücken war fast dieselbe wie bei der Leiche Wannemakers, und sie hatte dieselben schweren Bauchverletzungen; Stücke eines Plastik-Müllsackes waren im Schnee verstreut... Die Sekretärin schaute über Lucas' Schulter. Er drehte sich von ihr weg und sagte: »Es gibt da eine Ermittlungsbeamtin von der Staatspolizei namens Meagan Connell, die immer mal wieder hier reingeschaut hat. Könnten Sie für mich rausfinden, wo sie steckt, und ihr sagen, sie soll mich mal anrufen?«

Kapitel 4

Lucas' Büro maß zwanzig Quadratmeter, hatte kein Fenster, und die Tür führte direkt auf den Flur. Er verfügte über einen Holzschreibtisch mit passendem Holzstuhl, drei Besucherstühle, zwei Aktenschränke, einen Bücherschrank, einen Computer und ein Telefon. Ein Plan der Doppelstadt Minneapolis/St. Paul nahm fast die ganze Fläche einer Wand ein, eine Kork-Pinnwand eine andere. Er hing seine Jacke über einen Holzbügel, diesen dann an einen Haken an der Wand, setzte sich hin, zog mit der Fußspitze die unterste Schreibtischschublade auf, legte seine Füße hinein, nahm den Telefonhörer ab und wählte. Eine Frau meldete sich.

»Weather Karkinnen bitte.« Er erkannte die Stimmen aller Krankenschwestern noch nicht.

»Doktor Karkinnen ist im Operationssaal... Sind Sie es, Lucas?«

»Ja. Würden Sie ihr bitte sagen, daß ich angerufen habe? Ich werde heute abend wahrscheinlich spät nach Hause kommen. Ich versuche aber später noch mal, sie zu erreichen.«

Er legte auf, wählte eine andere Nummer. Eine Sekretärin meldete sich. »Hier ist Lucas Davenport. Kann ich bitte Schwester Mary Joseph sprechen?«

»Lucas, sie ist doch in Rom. Ich dachte, Sie wüßten das.«

»Scheiße... Oh, um Gottes willen, entschuldigen Sie.« Die Sekretärin war Novizin.

»Lucas...« Vorgetäuschte Entrüstung.

»Ich hatte es vergessen. Wann kommt sie zurück?«

»In zwei Wochen. Sie macht irgendwelche Forschungsarbeiten.«

»Gottverdammte... O Gott, entschuldigen Sie bitte nochmals!«

Schwester Mary Joseph – Elle Kruger, als sie zusammen die Grundschule besucht hatten – war eine alte Freundin und Psychiaterin mit einem besonderen Interesse an Mordfällen. Sie hatte ihm bei früheren Fällen oft geholfen. Rom... Lucas schüttelte den Kopf und schlug die Akte auf, die Connell erstellt hatte.

Die erste Seite war eine Liste mit Namen und Daten. Die nächsten acht Seiten waren Fotos von Verletzungen an Leichen, die man während der Autopsie aufgenommen hatte. Lucas sah sie sich einzeln an. Sie waren nicht identisch, aber es gab nicht zu leugnende Übereinstimmungen.

Es folgten Fotos von Leichen-Fundorten. Die Leichen waren an unterschiedlichen Orten abgelegt worden, einige in städtischer, einige in ländlicher Umgebung. Zwei Leichen lagen in Straßengräben, eine vor einer Haustür, eine unter einer Brücke.

Eine war einfach unter einen geparkten Lieferwagen in einer Wohngegend gerollt worden. Man hatte sich wenig Mühe gegeben, sie zu verstecken. Auf mehreren Fotos waren Fetzen von Müllsäcken im Hintergrund zu sehen.

Lucas blätterte vor und zurück, vom jeweiligen Bericht zum dazugehörigen Foto. Er nahm im Geist einen roten Faden auf, der die Fälle miteinander zu verbinden schien. Die Frauen waren... wie Abfall deponiert worden. Waren weggeworfen worden wie benutzte Kleenextücher. Nicht aus Verzweiflung oder Angst oder aus einem Schuldgefühl heraus, sondern nur mit einer gewissen Vorsicht, als ob der Mörder nicht dabei erwischt werden wollte, wie er auf unzulässige Weise Abfall irgendwo hinschmiß.

Die Autopsieberichte zeigten auch gewisse Unterschiede auf. *Aufgeschlitzt* war nur eine subjektive Beschreibung, und einige der Wunden sahen eher wie in brutaler Raserei geführte Messerstiche aus, nicht wie ein gezieltes Aufschlitzen der Bauchdecke. Einige der Frauen waren geschlagen worden, andere nicht. Dennoch, insgesamt war da so ein bestimmtes *Gefühl* im Zusammenhang mit diesen Morden... Es wurde fast genauso stark durch das Fehlen von handfesten Fakten hervorgerufen wie durch deren sichtbare Präsenz.

Niemand hatte die Frauen gesehen, als sie verschwanden. Niemand hatte den Mann gesehen, der sie aufgegabelt hatte, obwohl es unter Menschen geschehen sein mußte, oder auch nur seinen Wagen. Es gab keine Fingerabdrücke, in Vaginal-Abstrichen war kein Sperma gefunden worden, allerdings fanden sich Spermaspuren an den Kleidern einer Frau. Aber anscheinend nicht genug für einen DNA-Abdruck; es war zumindest nichts darüber in der Akte festgehalten.

Als er alles durchgelesen hatte, schaute er sich die Berichte noch einmal an, zügig, achtete nur auf Kleinigkeiten. Er würde alles noch mehrmals lesen müssen. Es gab zu viele Details, man konnte sie nicht alle beim ersten Durcharbeiten aufnehmen, ja nicht einmal bei zwei- oder dreimaligem Studium. Seine Erfahrung bei früheren Mordfällen hatte ihn jedoch gelehrt, daß in den

Akten oft schon lange vor der endgültigen Überführung Hinweise auf den Mörder zu finden waren. Die Wahrheit steckte in den Details...

Sein eifriges Herumstöbern in der Akte wurde von einem Klopfen an der Tür unterbrochen. »Ja? Herein.«

Connell erschien in der Tür, wirkte aufgeregt, war aber immer noch blaß wie ein Gespenst. »Ich war in der Stadt. Dachte, ich komme vorbei, statt Sie anzurufen.«

»Kommen Sie rein, setzen Sie sich«, sagte Lucas.

Connells kurzgeschnittenes Haar war irgendwie verwirrend; es verlieh einer Frau, die alles andere als ein Punk war, ein punkerhaftes Aussehen. Sie hatte ein ernstes, quadratisches Gesicht mit einer kurzen, irischen Nase und einem eckigen Kinn. Sie trug noch den blauen Hosenanzug, den sie am Morgen angehabt hatte; allerdings verlief auf der Vorderseite der Jacke jetzt ein dunkler Streifen, der von irgendeinem Saft aus dem Müllcontainer stammen konnte. Um die Hüfte hatte sie eine nicht zum Anzug passende schwarze Gürteltasche geschnallt, die direkt unter ihrem Nabel ging – ihre ganz persönliche Version eines Holsters für einen großen Revolver. Sie konnte es sich leisten, eine große Waffe zu tragen; sie hatte große Hände, und sie streckte jetzt die rechte davon Lucas entgegen, der sie ergriff und sich ein Stück von seinem Stuhl erhob.

Sie hat sich für Frieden entschieden, dachte Lucas; aber ihre Hand war kalt. »Ich habe gerade Ihre Akte gelesen«, sagte er. »Gute Arbeit.«

»Das Vorhandensein einer Vagina bedeutet nicht zwangsweise auch das Vorhandensein von Dummheit«, knurrte Connell. Sie setzte sich nicht.

»Nun regen Sie sich nicht gleich auf«, sagte Lucas, runzelte die Stirn und ließ sich wieder auf den Stuhl sinken. »Das sollte ein Kompliment sein.«

»Ich bin dafür, die Dinge auszusprechen«, sagte Connell steif. Sie schaute auf einen der Besucherstühle, setzte sich aber immer noch nicht. »Und? Meinen Sie, es sei was dran?«

Lucas starrte sie einen Moment an, aber sie zuckte mit keiner

Wimper, setzte sich auch nicht hin. Er wich ihrem Blick nicht aus und sagte: »Ich denke ja. Die Fälle sind alle zu… nun ja, nicht identisch, aber man hat das Gefühl, es würde derselbe Täter dahinterstecken.«

»Da ist noch was anderes«, sagte Connell. »Es geht aus den Akten nicht deutlich hervor, aber man erkennt es, wenn man mit den Freunden der Frauen spricht.«

»Und was ist das?«

»Es ist immer derselbe Typ Frau.«

»Aha… Erzählen Sie mir davon. Und setzen Sie sich um Gottes willen endlich hin.«

Sie setzte sich zögernd, als ob sie nur ungern die ihm gegenüber erhöhte Position aufgeben wolle. »Eine hier bei uns in der Doppelstadt, eine in Duluth, jetzt diese Leiche in Hudson, wenn es denn sein Werk ist. Eine in Madison, eine in Thunder Bay, eine in Des Moines, eine in Sioux Falls… Alle Frauen waren Singles im Alter von Ende Zwanzig bis Anfang Vierzig. Sie waren alle irgendwie schüchtern, irgendwie einsam, irgendwie intellektuell, irgendwie religiös oder zumindest irgendwelchen geistigen Strömungen verhaftet. Sie gingen abends in Buchläden oder Galerien oder ins Theater oder ins Konzert, wie andere Leute in Kneipen gehen. Jedenfalls, sie waren *alle* dieser Typ Frau. Und dann findet man diese schüchternen, stillen Frauen mit aufgeschlitzten Bäuchen…«

»Häßliches Wort«, sagte Lucas. »Aufgeschlitzt…«

Ein Schauder überlief Connell, und ihr sowieso schon blasses Gesicht wurde kreidebleich. »Die Frau vom Carlos-Avery-Park sucht mich in meinen Träumen heim. Mir ging es da oben viel schlimmer als heute morgen. Ich fuhr hin, warf einen Blick auf sie und fing an zu kotzen. Kotzte mein Funksprechgerät voll.«

»Na ja, beim erstenmal…«, sagte Lucas.

»Nein«, sagte Connell. »Ich habe viele Tote gesehen.« Sie saß vorgebeugt auf ihrem Stuhl, die Hände fest ineinander verschlungen. »Aber diese Sache ist was ganz anderes. Joan Smits schreit nach Rache. Oder Gerechtigkeit. Ich höre ihre Rufe aus dem Jenseits – ich weiß, das klingt schizophren, aber ich höre sie, und ich spüre auch das Drängen der anderen. Aller anderen Mordopfer. Ich bin an jedem einzelnen der Orte gewesen, an denen die Morde passierten, stets in meiner Freizeit. Habe mit Zeugen gesprochen, mit Cops… Es ist ein und derselbe Mörder, und er ist der Teufel in Menschengestalt.«

Aus ihrer Stimme klang eine felsenfeste Überzeugung, sie glitzerte auch in ihren Augen – Anzeichen für eine Psychose, und Lucas drehte schnell den Kopf zur Seite. »Was ist mit der Zeitfolge, die Sie hier zusammengestellt haben?« fragte Lucas, bemüht, ihrem Vereinnehmenwollen zu entkommen. »Zwischen den meisten Morden liegt eine Zeitspanne von rund einem Jahr. Aber dann sind da zwei längere Pausen – einmal einundzwanzig Monate, einmal dreiundzwanzig. Haben Sie zwei Morde nicht erfaßt?«

»Nur, wenn er seine Mordmethode völlig verändert hätte«, antwortete Connell. »Sie zum Beispiel erschossen hätte. Ich habe meine Suche auf Morde durch Erstechen konzentriert. Vielleicht hat er sich in diesen Fällen die Zeit genommen, die Opfer zu vergraben, so daß sie nie gefunden wurden. Das wäre jedoch nicht typisch für sein Vorgehen. Aber es gibt so viele Menschen da draußen, die vermißt werden, man kann unmöglich sicher sein.«

»Vielleicht hat er sich auch irgendwohin abgesetzt – nach L. A. oder Miami, oder man hat die Leichen tatsächlich nicht gefunden.«

Sie hob die Schultern. »Ich glaube nicht, daß er sich abgesetzt hat. Er scheint es vorzuziehen, zu Hause zu bleiben. Ich nehme an, daß er von seinem Zuhause aus mit dem Wagen zu den Tatorten fährt. Er sucht sich vorher eine Stadt aus und fährt dann hin. Ich habe alle Orte festgehalten, an denen die Frauen verschwunden sind, und bis auf die eine in Thunder Bay geschah das immer höchstens zehn Minuten abseits einer Interstate, die durch die jeweilige Stadt führt. Und bei der Frau in Thunder Bay war es der Highway 61. Mag sein, daß er nach L. A. gegangen ist – aber ich glaube nicht so recht daran.«

»Wie ich das verstanden habe, sind Sie der Meinung, es könnte ein Cop sein.«

Sie lehnte sich wieder vor, und die fast psychotische Intensität erfaßte sie erneut. »Wir müssen noch einer Reihe von Dingen nachgehen. Diese Cop-Sache ist der einzige handfeste Hinweis, den wir haben; diese eine Frau, die noch mit ihrer Tochter telefoniert hat...«

»Ich habe das in Ihrer Akte gelesen«, sagte Lucas.

»Okay... Sind Sie auch auf diese Sache mit dem PPP gestoßen?«

»Mmm... Nein. Ich kann mich nicht erinnern.«

»Es steht in dem polizeilichen Verhör eines Mannes namens Price, den man wegen des Mordes an der Frau in Madison verurteilt hat.«

»Ach ja, ich habe die Kopie gesehen. Hatte aber noch nicht die Zeit, sie genauer durchzulesen.«

»Er schwor, er hätte es nicht getan. Ich glaube ihm. Ich habe vor, hinzufahren und mit ihm zu reden, wenn wir auf keine andere Spur stoßen. Er war in der Buchhandlung, als das Opfer verschwand, und er sagt, da wäre auch ein bärtiger Mann mit der Tätowierung PPP auf der Hand gewegen. Auf der Beuge zwischen dem Zeigefinger und dem Daumen.«

»Wir suchen also nach einem Cop mit PPP auf der Hand?«

»Ich weiß nicht... Niemand sonst hat die Tätowierung gesehen, und man ist bei den Ermittlungen auf niemanden mit PPP auf der Hand gestoßen. Eine Computer-Untersuchung hat ergeben, daß dieses PPP nirgends als Identifizierungszeichen benutzt wird. Interessant ist, daß Price schon mal im Knast war und aussagt, das PPP sei eine Gefängnis-Tätowierung. Wie man sie dort mit Kugelschreibertinte und Stecknadeln macht.«

»Na ja«, sagte Lucas, »das ist doch schon mal was.«

Connell war nicht so zuversichtlich. »Aber nicht viel.«

»Vielleicht nicht, bis wir den Killer finden – aber dann könnte es zu seiner Identifizierung beitragen«, sagte Lucas. Er nahm den Ordner vom Schreibtisch und blätterte ihn durch, bis er die Liste der Morde und Daten gefunden hatte. »Haben Sie denn schon eine Theorie entwickelt, warum die Morde örtlich so verstreut sind?«

»Ich habe nach Mustern gesucht«, antwortete sie. »Aber ich weiß nicht...«

»Bis zu der Leiche im vergangenen Winter hat er nie zwei Morde im selben Staat begangen. Und der letzte hier bei uns war vor fast neun Jahren.«

»Ja. Das stimmt.«

Lucas klappte die Akte zu und legte sie wieder auf den Schreibtisch. »Okay. Das bedeutet unterschiedliche polizeiliche Zuständigkeitsbereiche, getrennte administrative Behandlung. Iowa weiß nicht, was wir machen, und Wisconsin weiß nicht, was Iowa macht, und keiner von uns weiß, was South Dakota macht. Und Kanada ist natürlich völlig außen vor.«

»Sie meinen also, er macht das absichtlich so, nicht wahr?« fragte Connell. »Dann ist es *bestimmt* ein Cop.«

»Na ja, vielleicht«, antwortete Lucas. »Vielleicht ist es aber auch ein Ex-Sträfling. Jedenfalls ein cleverer Bursche... Vielleicht sind die zwei zeitlichen Lücken darauf zurückzuführen, daß er zu der Zeit im Knast saß. War wegen irgendwelcher kürzerer Strafen, zum Beispiel wegen Einbruchs oder Drogengeschichten, aus dem Verkehr gezogen.«

Connell lehnte sich zurück, sah ihn ernst an. »Als Sie heute morgen in diesen Müllcontainer gekrabbelt sind, waren Sie eiskalt. Ich könnte nie so abgebrüht sein; ich hätte die Tabakkrümel auf der Leiche bestimmt nicht entdeckt.«

»Ich bin an so was gewöhnt«, sagte Lucas.

»Nein, nein, es war... beeindruckend«, sagte sie. »Ich könnte diese Art von Distanz auch gut gebrauchen... Als ich sagte, wir hätten nur diesen einen Hinweis auf ihn, diese Cop-Sache, war das falsch. Sie haben eine ganze Reihe neuer Hinweise entdeckt: er muß kräftig sein, er raucht...«

»Filterlose Camel«, warf Lucas ein.

»So? Sehr interessant. Und jetzt diese Ideen... Ich bin für gute Ideen immer zu haben. Werden Sie mich in Ihr Team aufnehmen?«

Er nickte. »Wenn Sie das wollen.«

»Werden wir denn gut miteinander auskommen?«

»Vielleicht, vielleicht auch nicht«, antwortete er. »Was hat das aber mit unserer Aufgabe zu tun?«

Sie sah ihn an, verzog keine Miene. »Genau mein Standpunkt«, sagte sie. »Okay. Was machen wir als erstes?«

»Wir überprüfen die Buchläden.«

Connell schaute an sich hinunter. »Ich muß was anderes anziehen. Die Sachen habe ich im Wagen...«

Während Connell sich umzog, rief Lucas bei Anderson an, um sich nach ersten Ermittlungsergebnissen der Mordkommission im Fall Wannemaker zu erkundigen. »Wir haben natürlich gerade erst angefangen«, sagte Anderson. »Skoorag hat vor ein paar Minuten angerufen. Er sagt, eine Freundin Wannemakers sei sicher, daß sie zu einem Buchladen gehen wollte. In der Akte, die im Zusammenhang mit der Vermißtenmeldung erstellt wurde, steht aber, daß jemand anders meint, sie hätte zu den Galerien in der First Avenue gehen wollen.«

»Wir knöpfen uns zunächst mal die Buchläden vor. Vielleicht können sich eure Leute um die Galerien kümmern.«

»Wenn wir die Zeit dazu bekommen«, sagte Anderson. »Lester läßt seine Leute schon wie Ratten ausschwärmen... Oh, noch was, dieser Typ namens Junky Doog... Ich habe 'ne ganze Menge Aufenthaltsorte rausgefunden, aber der letzte stammt von vor drei Jahren. Er hat damals in einer billigen Absteige in der Franklin Avenue gewohnt. Die Chancen, daß er noch dort ist, tendieren gegen null, wahrscheinlich ist er nicht mehr in der Stadt.«

»Gib mir die Adresse«, sagte Lucas.

Als er das Gespräch mit Anderson beendet hatte, ging Lucas mit dem Telefonbuch in den Flur und fotokopierte das Branchenverzeichnis, ging dann zurück in sein Büro, um seine Jacke zu holen. Er hatte die Jacke *tatsächlich* in New York gekauft; irgendwie machte ihn der Gedanke daran verlegen. Er zog gerade die Jacke an, als es an der Tür klopfte. »Ja?«

Ein rundlicher Mann mit rosa Wangen und lichtem, blondem

Haar in den Dreißigern, gekleidet in einen locker fallenden, grünen Anzug, erschien in der Tür, lächelte wie ein Lexikonverkäufer und sagte: »Hey, Mr. Davenport... Ich bin Bob Greave. Ich soll mich bei Ihnen melden.«

»Ich erinnere mich an Sie«, sagte Lucas, und sie schüttelten sich die Hände.

»Von meiner Tätigkeit als ›Officer Friendly‹?« Greave wirkte heiter, und er fuhr sich unbewußt immer wieder mit den Fingern durchs Haar. Die Rolle des ›Polizist Freundlich‹ bei der Sympathie-Werbekampagne der Polizei hatte ihm gelegen. Seine grünen Augen paßten jedoch zu perfekt zu seinem Anzug im italienischen Schnitt, und auf seinem Kinn prangte ein modischer Dreitagebart.

»Ja, in der Vorschule meiner Tochter hing ein Poster«, sagte Lucas.

Greave grinste. »Ja, das bin ich.«

»Ganz schöner Aufstieg, von dort zur Mordkommission«, sagte Lucas.

»Scheißdreck...« Greaves Lächeln erstarb, und er ließ sich auf den Stuhl fallen, den Connell freigemacht hatte. Er schaute zu Lucas hoch. »Ich nehme an, Sie haben von mir gehört.«

»Ich habe... ehm, nichts...«

»Greave der Versager? Lügen Sie mich nicht an, Davenport.« Greave studierte Lucas' Gesichtsausdruck einige Sekunden und sagte dann: »So nennen sie mich. Greavederversager, zu einem Wort zusammengezogen... Der einzige verdammte Grund, weshalb ich bei der Mordkommission bin, ist der, daß meine Frau die Nichte des Bürgermeisters ist. Sie war es leid, daß ich Officer Friendly bin. Nicht genug Dramatik. Brachte ihr nicht genug Stoff zum Rumtratschen.«

»Na ja...«

»Und so kommt es, daß ich jetzt was tun muß, das ich verdammt noch mal nicht kenne und nicht beherrsche, und ich sitze fest zwischen meiner Alten und den Jungs im Dezernat.«

»Was erwarten Sie von mir?«

»Ratschläge.«

Lucas hob die Hände und zuckte mit den Schultern. »Wenn Sie den Officer Friendly gern gemacht haben...«

Greave winkte ab. »Nicht diese Art von Ratschlag. Ich kann nicht wieder zurück zum Officer Friendly, meine Alte würde mir den Kopf abreißen. Als erstes gefällt es ihr schon mal nicht, daß ich ein Cop bin. Daß ich jetzt bei der Mordkommission eingesetzt werde, mildert das nur ein bißchen. Sie zwingt mich dazu, diese verdammten früchtefarbenen italienischen Anzüge zu tragen, und ich darf mich nur noch mittwochs und samstags rasieren.«

»Klingt so, als ob Sie bald eine Entscheidung im Hinblick auf Ihre Frau treffen müßten«, meinte Lucas.

»Ich liebe sie«, sagte Greave.

Lucas grinste. »Dann haben Sie ein echtes Problem.«

»Ja...« Greave strich sich über die Stoppeln an seinem Kinn. »Die Jungs bei der Mordkommission mäkeln dauernd nur an mir rum. Sie meinen, ich würd's nicht bringen, und sie haben recht. Ich kriege die beschissensten Jobs zugeteilt. So wie den, den ich im Moment habe. Das ganze Morddezernat lacht über mich. Dazu brauche ich Ihren Rat.«

»Was ist passiert?«

»Das wissen wir eben nicht«, antwortete Greave. »Wir wissen nur, daß es ein Mord ist, und wir wissen sogar, wer es getan hat, aber wir finden nicht raus, wie er es getan haben könnte.«

»Na, das gibt's doch gar nicht!«

»Doch, und Sie kennen das Problem auch.«

»So?« rätselte Lucas.

»Es geht um dieses verdammte ›Geheimnis des verschlossenen Raumes‹. Wie in den alten englischen Krimis. Es macht mich noch verrückt.«

Connell kam herein. Sie trug jetzt einen marineblauen Hosenanzug mit passenden flachen Schuhen, dazu eine weiße Bluse mit weinroter Krawatte, und unter den Arm hatte sie eine Handtasche, so groß wie ein Büffelkalb, geklemmt. Sie schaute Greave an, dann Lucas und sagte: »Ich bin soweit.«

»Bob Greave, Meagan Connell«, stellte Lucas vor.

»Wir sind uns schon mal begegnet«, sagte Greave. »Vor ein paar Wochen.«

Spannung lag in der Luft. Lucas nahm Connells Akte vom Schreibtisch und drückte sie Greave in die Hand. »Meagan und ich fahren jetzt los und überprüfen die Buchläden. Lesen sie erst mal die Akte durch. Wir reden morgen früh darüber.«

»Um wieviel Uhr?«

»Nicht zu früh«, sagte Lucas. »Wie wär's mit elf?«

»Und was ist mit meinem Fall?« fragte Greave.

»Auch darüber reden wir morgen früh.«

Als Lucas und Connell aus dem Gebäude kamen, sagte Connell: »Greave ist ein Armleuchter. Er hat diesen Hollywood-Dreitagebart im Gesicht und trägt Anzüge wie die Typen in *Miami Vice,* aber er ist zu doof, seine Schuhe in einem verdammten Kleiderschrank zu finden.«

Lucas schüttelte verärgert den Kopf. »Seien Sie nicht zu streng mit ihm. Sie kennen ihn ja kaum.«

»Manche Leute sind wie ein offenes Buch«, knurrte sie. »Er ist ein verdammter unfreiwilliger Komiker.«

Connell nervte ihn weiterhin; seine und ihre Methode, die Leute zu befragen, waren grundverschieden. Lucas ließ sich gern auf Gespräche ein, mochte das zwanglose Geplauder, etwa über gemeinsame Freunde und Bekannte. Connell ging wie eine Vernehmungsbeamtin vor: nur die Tatsachen bitte, Sir...

Nicht, daß das im Ergebnis einen Unterschied gemacht hätte. Niemand in dem halben Dutzend Buchläden im Stadtzentrum kannte Wannemaker. Auf eine erste Spur stießen sie in der abseits des Zentrums liegenden *Smart-Book*-Buchhandlung. »Sie kam häufig zu Lesungen«, sagte der Besitzer. Er knabberte an seiner Unterlippe, während er auf das Foto starrte. »Sie hat nicht viel gekauft, aber wir machen diese Lesungen – mit Getränken und Käsehappen – für durchreisende Autoren, und sie kam mindestens zu der Hälfte davon. Vielleicht sogar mehr.«

»Hatten Sie auch am vergangenen Freitag so eine Lesung?«

»Nein, aber es gab welche in anderen Buchhandlungen.«

»Wo?«

»Zum Teufel, das weiß ich nicht.« Er hob die Hände. »Diese verdammten Autoren sind wie Küchenschaben. Hunderte von ihnen bieten sich für Lesungen an. Irgendwo in der Stadt finden immer welche statt. Besonders zum Wochenende hin.«

»Wie kann ich rausfinden, wo es welche gab?«

»Rufen Sie beim *Star-Trib* an. Dort gibt's bestimmt jemand, der es Ihnen sagen kann.«

Lucas rief von einer Telefonzelle an der Straßenecke an, wieder eine Nummer, die er auswendig wußte. »Ich habe mich schon gefragt, ob du je mal wieder anrufen würdest.« Die Stimme der Frau klang gedämpft. »Ziehst du dein Netz ein?«

»Ja, ich bin gerade dabei. Sind 'ne Menge Löcher drin.«

»Aber ich bin drin gefangen.«

»Danke, das weiß ich zu schätzen... Wo waren am vergangenen Freitag Autorenlesungen?«

»Moment... Gedichte im *Startled Crane*; irgendwas, das sich ›Frauen der Prärie‹ nannte, im *The Saint* – ich weiß nicht, im *Wild Lily Press*, und ›Der Pfeiler der Männlichkeit‹ bei *Crosby's*. Ein Nur-für-Männer-Abend. Wenn du mich vorige Woche angerufen hättest, hätte ich dich dort wahrscheinlich noch reinbringen können...«

»Zu spät«, sagte Lucas. »Mein Pfeiler ist gebrochen.«

»Verdammt... Wo du doch so einen hübschen gehabt hast.«

»Ja... Also dann, ich danke dir, Shirlene.« Und zu Connell: »Crosby's können wir von der Liste streichen.«

Der Besitzer des *Startled Crane* grinste Lucas an und sagte: »Lauft weg, die Cops kommen! Wie geht's Ihnen, Lucas?« Sie schüttelten sich die Hände, und der Ladenbesitzer nickte Connell zu, die ihn anstarrte wie die Schlange des Kaninchen.

»Soweit ganz gut«, antwortete Lucas. »Und wie geht's Ihrer Frau?«

Ned hob die Augenbrauen. »Ist wieder schwanger. Du guckst sie nur scharf an, und schon ist sie wieder schwanger.«

»Wie viele sind es dann? Sechs?«

»Sieben... Was liegt an?«

Connell, die schon ungeduldig auf das Ende des Geplänkels gewartet hatte, hielt ihm die Fotos unter die Nase. »War diese Frau am Freitagabend hier bei Ihnen im Laden?«

Lucas schaltete sich ein, sagte, weniger schroff: »Wir versuchen, die letzten Tage einer Frau aufzuhellen, die vergangene Woche ermordet wurde. Wir dachten, sie könnte bei Ihrer Gedichtelesung gewesen sein.«

Ned blätterte die Fotos durch. »Ja, ich kenne sie. Harriet Sowieso, stimmt's? Ich glaube nicht, daß sie hier war. Es waren etwa zwanzig Leute da, aber sie war, glaube ich, nicht darunter.«

»Aber sie kam manchmal her?«

»Ja. Ziemlich regelmäßig. Ich habe den Bericht im Fernsehen gesehen, im *Nooner*, und da dachte ich schon, sie wäre es.«

»Hören Sie sich um, okay?«

»Natürlich.«

»Was ist *Nooner?*« fragte Connell.

»Die neue Mittags-Nachrichtensendung bei TV3«, erklärte Ned. »Aber ich habe sie am Freitag hier nicht gesehen. Es würde mich jedoch nicht überraschen, wenn sie bei einer anderen Lesung gewesen wäre.«

»Okay, danke, Ned.«

»Ist doch selbstverständlich... Und kommen Sie bald mal wieder vorbei. Ich vergrößere die Lyrik-Abteilung.«

Als sie wieder auf der Straße waren, fragte Connell: »Haben Sie viele Buchhändler-Freunde?«

»Einige schon«, antwortete Lucas. »Ned hat mal mit Gras gedealt. Ich habe ihn unter Druck gesetzt, und er hat es gelassen.«

»Aha«, sagte sie, dachte darüber nach, fragte dann: »Und warum hat er das über Lyrik gesagt?«

»Ich lese gerne Gedichte«, antwortete Lucas.

»Quatsch...«

Lucas hob die Schultern und ging auf den Wagen zu.

»Sagen Sie ein Gedicht auf.«

»Lecken Sie mich am Arsch, Connell«, sagte Lucas.

»Nein, kommen Sie…« Sie hielt ihn am Arm fest, sah ihn an.

»Sagen Sie ein Gedicht auf, bitte.«

Lucas dachte einen kurzen Moment nach, zitierte dann: »Das Herz fragt erst nach dem Vergnügen / Dann nach Erlösung von der Qual / dann schließlich nach den kleinen Pillen / die das Leid beenden. Und dann will es zum Schlafe kommen / und dann, wenn es denn soll so sein / sich ganz dem Willen seines Inquisitors beugen / dem Privileg zu sterben…«

Connell, sowieso schon blaß, schien noch eine Spur bleicher zu werden, und Lucas, der sich an ihr Schicksal erinnerte, dachte: *Oh, verdammte Scheiße.*

»Von wem ist es?«

»Von Emily Dickinson.«

»Roux hat Ihnen gesagt, daß ich Krebs habe?«

»Ja, aber ich habe nicht daran gedacht…«

Connell sah ihn prüfend an, zeigte dann ein dünnes Lächeln. »Ich hatte insgeheim gehofft, Sie würden daran denken. Und dann dachte ich: *Mein Gott, was für ein Schuß ins Genick.*«

»Nun, ich…«

»Auf zum *Wild Lily Press* drüben bei der West Bank.«

Er schüttelte den Kopf. »Das bringt nichts. Das ist ein Feministinnen-Laden. Unser Killer würde dort zu sehr auffallen.«

»Dann zum *The Saint* drüben in St. Paul.«

Auf dem Weg nach St. Paul sagte Connell: »Ich habe es eilig mit diesem Fall, Davenport. Ich werde in drei bis vier Monaten sterben, spätestens in sechs. Im Moment bin ich in einer Phase der Remission, des Abklingens, und ich fühle mich gar nicht so schlecht. Man macht derzeit auch keine Chemotherapie mit mir. Meine Kraft kommt zurück. Aber dieser Zustand wird nicht lange andauern. Zwei, vielleicht drei Wochen, und es wird mich wieder packen… Ich will den Killer fassen, bevor ich gehe.«

»Wir werden es versuchen…«

»Wir müssen mehr als das tun«, sagte sie. »Ich bin einigen Leuten was schuldig.«

»Okay...«

»Ich will Sie nicht erschrecken...«

»Aber Sie tun es.«

Der Besitzer des *The Saint* erkannte Wannemaker sofort. »Ja, sie war hier«, sagte er. Seine Stimme war kühl, leise. Er sah Lucas über den Rand seiner goldgefaßten Brille hinweg an. »Ermordet? Mein Gott, sie war doch nicht der Typ, der ermordet wird!«

»Was für ein Typ war sie denn?« fragte Lucas.

»Na ja, Sie wissen schon...« Er hob die Hände. »Sanft. Unterwürfig. Ein Mauerblümchen. Sie stellte eine Frage, als Margaret die Lesung beendet hatte, aber ich glaube, sie tat das vor allem, weil keiner eine Frage stellte und ihr das peinlich war... *So* ein Typ Frau war sie.«

»Ist sie zusammen mit irgend jemand weggegangen?«

»Nein. Sie ging allein. Ich erinnere mich daran, weil sie recht früh aufbrach. Bei den meisten Lesungen blieb sie lange hier, als ob sie nichts Besseres zu tun hätte. Aber ich erinnere mich, am Freitag ging sie etwa fünfzehn Minuten, nachdem die Lesung zu Ende war. Es waren noch 'ne ganze Menge Leute im Laden. Ich dachte bei mir, vielleicht mag sie Margaret nicht.«

»Hatte sie es eilig?«

Der Ladenbesitzer kratzte sich am Kopf, schaute durch das Fenster auf die Straße. »Ja... Jetzt, da Sie das fragen, erinnere ich mich, daß es aussah, als ob sie noch irgendwohin wollte.«

Lucas sah Connell an, deren Gesicht einen Hauch von aufgeregter Röte zeigte.

Der Ladenbesitzer runzelte die Stirn, sagte: »Wissen Sie, wenn ich so darüber nachdenke – die Frage, die sie stellte, war an den Haaren herbeigezogen, als ob sie noch eine bestimmte Zeit überbrücken müsse. Ich verdrehte innerlich sowieso schon meine Augen. Und dann verschwindet sie ziemlich eilig.«

»Als ob irgendwas vorgefallen sei, während sie im Laden war?« schaltete Connell sich schnell ein.

»Ich sage es nicht gern, aber so kam es mir vor.«

»Das ist interessant«, stellte Lucas fest. »Wir brauchen eine Liste von allen Leuten, von denen Sie wissen, daß sie am Freitagabend hier waren.«

Der Ladenbesitzer schaute peinlich berührt zur Seite. »Hmm... Ich fürchte, ehm, viele meiner Kunden würden das als eine Verletzung ihrer Privatsphäre betrachten«, sagte er.

»Möchten Sie sich die Fotos von Wannemakers Leiche ansehen?« fragte Lucas sanft. »Der Kerl hat ihr den Bauch aufgeschlitzt, und alle Innereien quollen heraus... Wir nehmen an, daß er sich seine Opfer in Buchhandlungen aussucht.«

Der Ladenbesitzer sah ihn einen Moment an, nickte dann. »Ich werde Ihnen die Liste zusammenstellen«, sagte er.

Lucas rief Anderson vom Laden aus an und sagte ihm, was sie rausgefunden hatten. »Sie ist um neun Uhr hier weggegangen.«

»Wir haben vor fünfzehn Minuten ihren Wagen gefunden«, sagte Anderson. »Er stand auf dem Abstellplatz für polizeilich sichergestellte Fahrzeuge, war aus der Stadtmitte von St. Paul dorthin abgeschleppt worden. Wart mal einen Moment...« Anderson sprach mit jemandem in seinem Büro, meldete sich dann wieder. »Er wurde von einem Hügel an der Sixth abgeschleppt. Man sagt mir, das wäre in der Nähe von Dayton's.«

»Sie war also irgendwohin unterwegs.«

»Oder sie ist schon irgendwo gewesen und dann zu Fuß zu dem Laden gegangen.«

»Das glaube ich nicht. Das wären acht oder zehn Blocks zu laufen. In der Nähe des Ladens gibt's viele Parkplätze, sie wäre bestimmt hingefahren.«

»Ist bei Dayton's abends um neun irgendwas los? War das Geschäft geöffnet?«

»Es gibt da oben eine Bar – *Harp's*. An der Ecke. Connell und ich fahren hin.«

»Okay. St. Paul untersucht den Wagen«, sagte Anderson. »Ich werde weitergeben, was ihr in dem Buchladen rausgefunden habt. Habt ihr eine Liste der Anwesenden vom Freitag?«

»Ja, kriegen wir. Aber da wird wohl nicht viel bei rauskommen.«

»Gib mir die Namen, und ich lasse sie durch den Computer laufen.«

Lucas legte auf und drehte sich um. Connell kam aus dem hinteren Teil des Ladens, wo der Besitzer mit einem seiner Angestellten über die Anwesenden bei der Lesung sprach, auf ihn zumarschiert.

»Einer der anwesenden Männer war ein Cop«, sagte sie grimmig. »Ein Streifenpolizist aus St. Paul namens Carl Erdrich.«

»Scheiße« sagte Lucas. Er nahm den Telefonhörer ab und rief Anderson wieder an, gab ihm den Namen durch.

»Was jetzt?« wollte Connell wissen, als er aufgelegt hatte.

»Wir werden zu dieser Bar fahren«, sagte Lucas. »Es müssen noch ein paar Ermittlungen angestellt werden, ehe wir uns um Erdrich kümmern.«

Connell baute sich vor ihm auf. »Was zum Teufel soll das heißen?«

»Man nennt es ›die übliche Scheiße‹«, sagte er. »Und jetzt regen Sie sich ab. Wir reden von ein bis zwei Stunden, nicht von einer Ewigkeit.«

Aber sie war wütend, und auf dem Weg zum Porsche klickten ihre Absätze überlaut in der Stille. »Warum fahren Sie so einen beschissenen Wagen?« fauchte sie. »Sie sollten sich ein anständiges Auto kaufen.«

Lucas fauchte zurück: »Halten Sie Ihre verdammte Schnauze.«

»Was?« Sie starrte ihn verblüfft an.

»Ich sagte: ›Halten Sie ihre verdammte Schnauze.‹ Und wenn Sie ihre verdammte Schnauze nicht halten, können Sie mit dem Bus zurück nach Minneapolis fahren.«

Connell, immer noch wütend, folgte ihm in *Harp's Bar*, und als sie die Frau hinter dem Tresen sah, murmelte sie »Ach du lieber Gott« vor sich hin. Die Frau war eine dunkelhaarige Elfe mit großen schwarzen Augen, viel zuviel Make-up auf dem Gesicht und einer dicken Unterlippe. Sie trug einen glitschigen engen Seidenpullover, darunter keinen Büstenhalter, dazu eine schwarze Schnurkrawatte mit einer Türkisspange am Hals. »Cops?« fragte sie, lächelte jedoch dazu.

»Ja.« Lucas nickte, grinste, versuchte, ihren Blick einzufangen. »Wir möchten mit jemandem sprechen, der am Freitag abend hier in der Bar Dienst hatte.«

»Ich war hier«, sagte sie, stützte ihre Ellbogen auf die Bar, lehnte sich Lucas entgegen, sah jedoch Connell an. Sie roch leicht nach Zimt, wie ein Traum. Ihr Brustansatz war leicht mit Sommersprossen gesprenkelt. »Was wollen Sie denn wissen?« Lucas zeigte ihr ein Foto von Wannemaker. »War diese Frau am Freitagabend hier?«

Die Frau beobachtete, wohin Lucas seine Blicke richtete, war zufrieden mit ihrer Wirkung auf ihn, nahm das Foto in die Hand, sah es sich an. »Sah sie so auch lebend aus?«

»Ja, es ist ihr recht ähnlich«, sagte Lucas, hielt unerschütterlich ihrem Blick stand.

»Was hat sie getan?« fragte die Barfrau.

»War sie hier?« fragte Lucas wieder.

»Sie sind gemein«, sagte sie. »Sie wollen es mir anscheinend nicht sagen …« Sie runzelte die Stirn, schob die Unterlippe vor, studierte das Foto, schüttelte dann langsam den Kopf. »Nein, ich glaube nicht, daß sie hier war. Ich bin mir sogar sicher, wenn ich sehe, wie sie anzogen war. Unsere Gäste kommen in Schwarz. Schwarze Hemden, schwarze Hosen, schwarze Kleider bei den Frauen, schwarze Hüte, schwarze Combat Boots. Sie wäre mir aufgefallen.«

»Viele Leute dagewesen?«

»In diesem beschissenen St. Paul?« Sie nahm einen Lappen und wischte einen Fleck auf dem Tresen weg.

»Okay …«

Als sie gingen, rief die Barfrau hinter ihnen her: »Was hat sie denn getan?«

»Es wurde *ihr* was angetan«, antwortete Connell. Es waren die ersten Worte, die sie in der Bar sagte, und sie klangen, als wolle sie die Barfrau damit bestrafen.

»Tatsächlich?«

»Sie wurde getötet.«

Die Barfrau zuckte zurück. »Etwa ermordet? Wie?«

»Kommen Sie, gehen wir«, sagte Lucas und berührte Connell am Jackenärmel.

»Erstochen«, sagte Connell.

»Lassen Sie uns gehen«, wiederholte Lucas.

»Wartet nicht auf das Letzte Gericht; es findet jeden Tag statt«, zitierte die Barfrau feierlich.

Jetzt war es Lucas, der stehenblieb. »Von wem stammt das?«

»Von irgend so einem toten französischen Typ«, antwortete die Barfrau.

Als sie unter der Tür waren, sagte Connell wutschnaubend: »Das war ekelerregend.«

»Was?«

»Wie die Sie angemacht hat.«

»Was …?«

»Sie wissen, was ich meine.«

Lucas schaute zurück zur Bar, sah dann völlig perplex Connell an. »Sie meinen, die hätte sich an mich rangemacht?«

»Lecken Sie mich am Arsch, Davenport«, sagte sie und stolzierte auf den Wagen zu …

Lucas rief noch einmal bei Anderson an. »Roux verhandelt immer noch mit St. Paul«, sagte Anderson. »Sie will dich hier haben, und zwar schnell.«

»Warum? Was ist los?«

»Keine Ahnung. Aber sie will dich sprechen.«

Auf dem Rückweg moserte Connell ununterbrochen herum. Sie hätten doch was in der Hand, sagte sie. Und um das sollten sie sich doch jetzt erst mal kümmern … Lucas wurde es leid, und er bot ihr an, sie im Polizeipräsidium von St. Paul abzusetzen. Das wiederum lehnte sie ab. Roux hätte doch wohl irgendwas in petto, sagte sie … Als sie ins Vorzimmer des Chiefs kamen, zeigte die knochige Sekretärin nur mit dem Daumen auf die Tür zu Roux' Büro, und sie gingen hinein.

Roux zog hastig an einer Zigarette. Sie sah Connell an, nickte dann. »Ich denke, Sie hören sich am besten gleich mit an, was ich zu sagen habe.«

»Was ist los?« fragte Lucas.

Roux hob die Schultern. »Wir sind raus aus der Sache, das ist los. Das Verbrechen ist nicht in Minneapolis begangen worden. Sie beide haben es gerade bewiesen. Wannemaker geht in eine Buchhandlung in St. Paul, wird ermordet, und ihre Leiche wird in Hudson gefunden. Die beiden Städte sollen sich jetzt darum streiten, wer zuständig ist.«

»Einen Moment mal...«, sagte Connell.

Roux schüttelte den Kopf. »Meagan, ich habe versprochen, Ihnen zu helfen, und ich habe es getan. Aber wir haben zur Zeit eine Menge Ärger am Hals, und dieser Mord fällt – wahrscheinlich – in die Zuständigkeit von St. Paul. Und Ihr Mord da oben in Carlos Avery in die des Anoka County oder in die von Duluth. Jedenfalls nicht in unsere. Wir geben eine Presseerklärung ab, in der wir sagen, daß der Mord nicht hier bei uns begangen wurde, daß wir natürlich aber bereit sind, mit den *zuständigen* Ermittlungsbehörden zusammenzuarbeiten. Und so weiter...«

»JETZT WARTEN SIE MAL EINE VERDAMMTE MINUTE!« schrie Connell. »Wollen Sie etwa tatsächlich sagen, wir wären raus aus dem Fall?«

»Ja, *wir* sind raus«, sagte Roux, immer noch freundlich, aber mit einer gewissen Schärfe in der Stimme. »*Sie* hingegen haben ja einige Optionen. Wir leiten Ihre Ermittlungsakte weiter an St. Paul, und ich werde mich dafür einsetzen, daß man Sie in die Ermittlungen im Fall Wannemaker einschaltet. Oder sie machen im Fall Smits weiter. Ich weiß nicht, ob Duluth überhaupt noch daran weiterarbeitet.«

Connell wandte sich an Lucas, fragte mit barscher Stimme: »Was sagen Sie denn dazu?«

Lucas trat einen Schritt zurück. »Ein interessanter Fall, aber sie hat recht. St. Paul ist zuständig.«

Connells Gesicht war wie versteinert. Sie starrte Lucas einen Moment an, dann Roux, und dann machte sie ohne ein weiteres

Wort kehrt, stapfte aus dem Büro und schlug die Tür hinter sich zu.

»Sie hätten diese Entwicklung sicherlich auch auf eine bessere Art übermitteln können«, sagte Lucas.

»Wahrscheinlich«, gestand Roux ein und schaute hinter Connell her. »Aber ich wußte nicht, daß sie mit Ihnen zu mir reinkommt, und ich war so verdammt glücklich, den Fall loszusein... Mein Gott, Davenport, Sie haben innerhalb von vier Stunden meinen Arsch gerettet, indem Sie diesen Buchladen gefunden haben!«

»Und was jetzt?«

Roux hob in einer dramatischen Geste die Hand. »Machen Sie, wozu Sie gerade Lust haben.« Sie zog gierig an der Zigarette, nahm sie dann aus dem Mund und starrte sie an. »Mein Gott, manchmal wünsche ich mir, ich wäre ein Mann.«

»Warum?« Lucas amüsierte sich über ihre Erregung.

»Weil ich dann eine verdammte dicke kubanische Zigarre aus der Schublade holen und ihren Arsch in Brand stecken könnte.«

»Das können Sie als Frau doch auch.«

»Ja, aber dann würden die Leute, die bisher noch denken, ich sei keine Bullen-Lesbe, anfangen zu überlegen, ob ich nicht doch eine bin. Und außerdem würde ich kotzen müssen.«

Lucas sprach kurz mit Anderson und Lester über die Abgabe der Akten an St. Paul. »St. Paul wird wahrscheinlich mit dir reden wollen«, sagte Lester zu Lucas.

»Das geht in Ordnung. Gib ihnen meine private Telefonnummer, wenn sie anrufen. Sie werden mich zu Hause erreichen.«

»Connell meint sicher, es wäre eine billige Ausrede, oder? Den Fall abzugeben?«

»Es *ist* billig«, antwortete Lucas.

»Mann, uns schmerzt das auch«, sagte Lester. »Uns hat noch nie was leid getan... Wenn du jetzt Arbeit suchst – wir sind zugedeckt mit Leichen. Hat dir Greave von seiner erzählt?«

»Er hat da was erwähnt, aber es klang nicht besonders interessant.«

Sloan kam herein, die Hände in die Hosentaschen vergraben. Er nickte ihnen zu, gähnte, streckte sich und sagte dann zu Lester: »Haben Sie eine Coke oder sonst was für mich? Ich bin ziemlich ausgetrocknet.«

»Sehe ich aus wie ein verdammter Getränkeautomat?« reagierte Lester.

Lucas erkannte die Anzeichen bei Sloan. »Was ist los, Sloan?« fragte er.

Sloan gähnte wieder, sagte dann: »Ein kleiner Pisser, ein Student namens Lanny Bryson, hat eine gewisse Heather Tatten von der Brücke geworfen.«

»Was?« Ein Lächeln stieg von Lesters Mund zu den Augen hoch wie die aufgehende Sonne.

»Ich habe seine Aussage auf Kassette«, sagte Sloan und betrachtete betont nur seine Fingernägel. »Sie ging auf den Strich, als Teilzeitnutte. Sie hatte sich einmal von ihm bumsen lassen, wollte das aber kein zweitesmal zulassen, nicht mal für Geld. Sie gingen über die Brücke, diskutierten heftig, und er versuchte, an ihr rumzugrapschen, aber sie hatte was dagegen und schlug ihm mit der Faust auf die Nase. Das tat weh, er drehte durch, und als sie weiterging, knallte er ihr sein Betriebswirtschafts-Lehrbuch – ein dickes, hartes Scheißding – auf den Hinterkopf. Sie ging zu Boden, war benommen, und er hob sie einfach hoch und schob sie über das Brückengeländer. Sie versuchte in letzter Minute noch, sich an ihn zu klammern, und zerkratzte ihm dabei die Unterarme.«

»Hast du die neunschwänzige Katze einsetzen müssen?« fragte Lucas.

»Nein, er erzählte uns die gesamte verdammte Geschichte in einem einzigen langen Satz«, antwortete Sloan. »Wir hangelten uns zweimal durch, haben alles auf Kassette. Machten Fotos von seinen Unterarmen; der DNA-Nachweis ist nur eine Formsache. Er sitzt drüben in der Zelle und wartet auf seinen Pflichtverteidiger.«

Lucas, Anderson und Lester sahen einander an, richteten dann den Blick wieder auf Sloan. Lester ging zu Sloan, faßte ihn am Arm, sagte: »Darf ich sie auf den Mund küssen?«

»Besser nicht«, sagte Sloan. »Die Leute könnten auf den Gedanken kommen, Sie würden mich bei der nächsten Beförderungsrunde bevorzugen.«

Eine Pizza wurde gebracht, zu groß als Mittagessen für einen einzelnen, also teilten sie sie auf, holten sich Coke vom Automaten im Keller, feierten eine kleine Party und machten Witze auf Sloans Kosten.

Als Lucas schließlich ging, lächelte er vor sich hin. Sloan war sein Freund, wahrscheinlich sein bester Freund. Aber gleichzeitig fühlte er sich auch... Er suchte nach dem richtigen Wort. Verdammt? Ja. Sloan hatte einen Sieg errungen. Aber irgendwo da draußen lauerte ein Monster...

Kapitel 5

Koop triefte vor Schweiß, hielt die Augen geschlossen, zählte: *elf, zwölf, dreizehn...* Seine Oberarmmuskeln brannten, die Fußspitzen suchten den Kontakt mit dem Boden, aber noch hielt er sie mit der Kraft seines Geistes davon ab. *Vierzehn, fünfzehn... sechzehn?* Nein...

Er war völlig fertig. Er ließ sich zwischen den parallelen Holmen des Barrens auf die Erde hinunter, öffnete die Augen, wischte den Schweiß von den Augenbrauen. Das Brennen in den Oberarmen ließ nach, und er stolperte hinüber zum Beinmuskel-Trainer, wo er sein Handtuch hatte liegenlassen, wischte sich das Gesicht ab, nahm zwei leichte Hanteln und ging zurück in den mit Spiegeln ausgestatteten Gymnastikraum.

Der *Two Guy's Body Shop* – mit dem falsch gesetzten Apostroph – bildete das seitliche Ende eines vor dem Aus stehenden Shopping-Centers am Highway 100. Kniehohes Unkraut wucherte aus den Rissen im Asphalt vor dem Gebäude, und verblassende handgeschriebene Schilder wiesen auf inzwischen nicht mehr angebotene Dienstleistungen sowie auf obskure asiatische Kampfsportarten hin. Koop hatte den Truck auf einem Platz mit aufgesprungenem Asphalt abgestellt, ihn abgeschlossen und war dann hineingegangen.

Rechts hinter dem Eingang saß einer der *Two Guys* am Empfangstresen und las in einem alten *Heavy-Metal-Magazin.* Links arbeiteten eine Frau und zwei Männer mit verschiedenen Freihanteln. Der Typ am Empfangstresen schaute auf, als Koop hereinkam, grunzte eine Begrüßung und wandte sich wieder seinem Magazin zu. Koop ging an ihm vorbei, einen Flur hinunter, wo von an die Wände gepinnten, verblaßten Polaroidfotos fünfzig Muskelmänner auf ihn herabstarrten. Er erreichte den Umkleideraum für Männer. Er zog sich um – in ein Suspensorium, kurze Sweatpants und ein ärmelloses T-Shirt, schnallte den Gewichtheber-Gürtel um, streifte seine Ziegenleder-Handschuhe über, die steif von eingetrocknetem Schweiß waren, und ging dann zurück in den Geräteraum.

Koop hatte ein System: Er teilte seinen Körper in Drittel ein und bearbeitete jedes der Drittel an einem Tag, war folglich nach drei Tagen durch, machte dann einen Tag Pause und begann dann wieder von vorne.

Erster Tag: Schultern und Arme; zweiter Tag: Brust und Rücken; dritter Tag: Unterkörper und Beine. Heute waren Schultern und Arme dran, und das hieß Arbeit an den Delta-, Trizeps- und Bizepsmuskeln. Anders als viele andere arbeitete er besonders hart an den Unterarmen, knetete einen Handexpander, bis die Muskeln vor Übersäuerung aufjaulten.

Und er arbeitete hart an der Nackenmuskulatur, sowohl an der Maschine als auch daran, daß er immer wieder Brücke machte. Er hatte nie gesehen, daß jemand anders im *Two Guy's* Brücke machte, aber das war Koop egal. Er war mal zu einem Ringerwettkampf zwischen den Universitäten von Minnesota und Iowa gegangen und hatte gesehen, wie die *Minnesota Hawks* ihre Gegner vernichtend geschlagen hatten, weil sie die Brücke besser beherrschten.

Koop mochte Bankdrücken. Na ja, jeder mochte das... Er machte Pyramidentraining, zehn Sätze à 350, zwei oder drei à 370, einen oder zwei à 390. Er machte Nackenbeugen im Sitzen;

er machte Hanteltraining, ging zur Stärkung der Bizepse bis zu achtig Pfund Hantelgewicht hoch.

Ganz zum Schluß, schon völlig schweißnaß, übte er am *Stepper*, rannte hundert Stockwerke hoch, und dann ging er zurück zum Gymnastikraum.

Eine Frau in einem schweißdurchtränkten orangefarbenen Bikini übte vor den Spiegeln an der westlichen Wand, ging von der frontalen Pose mit den Armen über dem Kopf in eine Seitenpose mit vor dem Magen angespannten Bizeps über. Koop ließ die Hanteln auf eine Matte fallen und zog sich bis auf das Suspensorium aus. Dann nahm er die Hanteln wieder auf, machte zehn schnelle Pumpstöße, legte die Geräte wieder hin und begann mit der Routinearbeit. Im Unterbewußtsein nahm er das Stöhnen der Frau bei den anstrengenden Posen und das Summen des Ventilators über seinem Kopf wahr, aber er sah nur sich selbst in den Spiegeln... Aber manchmal, durch den Dunst seines Schweißes, sah er auch den von durchsichtigem Leinen bedeckten Körper Sara Jensens vor sich, ausgestreckt auf dem Bett liegend, sah den dunklen Hügel ihrer Scham und...

Laß das, laß das, konzentrier dich auf deine Übungen...

Die Frau brach ihre Arbeit ab, ging zu ihrem Handtuch. Vage nahm er wahr, daß sie in der Ecke stand und ihn beobachtete.

Als auch er schließlich aufhörte, reichte sie ihm sein Handtuch. »Die Brustmuskeln kommen langsam«, sagte sie.

»Ich muß noch mehr dran arbeiten«, murmelte er und trocknete den Schweiß ab. »Muß mehr dran arbeiten.« Er nahm seine verschwitzte Kleidung mit in den Umkleideraum, knetete sie unter dem Wasser der Dusche durch, wrang sie aus, steckte sie in eine Wäscheschleuder, warf die Maschine an. Dann duschte er sich, trocknete sich ab, zog sich an, ging in den Geräteraum, kaufte sich eine Coke, trank sie aus, ging dann zurück zum Umkleideraum, nahm die Kleider aus der Schleuder, hängte sie in seinen Spind und verließ dann das Studio.

Außer »muß mehr dran arbeiten«, hatte er zu niemandem ein Wort gesagt...

John Carlos war bereits sommerlich gekleidet, trug eine Raiders-Jacke über knielangen Rapper-Shorts und schwarze Nikes mit roten Schnürsenkeln.

»Was läuft denn so, Kumpel?« John war schwarz und hatte starkes Übergewicht. Koop drückte ihm eine kleine Geldrolle in die Hand. John prüfte sie nicht, steckte sie in die Jackentasche.

»Hab 'ne Verabredung«, sagte Koop.

»Tolle Sache, viel Glück, Mann...« John klopfte, in Ermangelung von Holz, dreimal mit dem Fingerknöchel gegen Koops Wagentür. »Aber zieh dir ja 'nen Gummi über, Mann, du willst dir doch nicht das verdammte Aids holen!«

»Mach' ich«, sagte Koop.

John trat zurück, nahm seine Mütze ab, kratzte sich am Kopf. Koop fuhr weiter, bog am Ende des Blocks um die Ecke. Ein anderer junger Schwarzer stand dort auf dem Gehweg. Er trat auf den Parkstreifen, und als Koop auf seiner Höhe das Tempo verlangsamte, schob er unauffällig ein kleines Plastikpäckchen durch das Beifahrerfenster, trat dann wieder zurück. Koop fuhr weiter, überzeugte sich im Rückspiegel, daß ihm niemand folgte. Drei Blocks weiter hielt er an, nahm eine Probe. Nur eine kleine Probe, um wach zu werden...

Koop verstand selbst nicht, warum er von Sara Jensen so fasziniert war. Verstand nicht, warum er den Drang verspürte, sie zu beobachten, ihr nahe zu kommen. Seine täglichen Rundfahrten so zügig abzuwickeln, daß er sie nach Ende ihrer Arbeit ja nicht verpaßte...

In einer Raststätte an der Interstate 494 in der Nähe von Bloomington verkaufte er den Rest des Schmucks, den er in Jensens Appartement erbeutet hatte. Der Käufer des Verlobungsringes und des Hochzeitsarmbandes war ein Typ, der so redete und sich so kleidete wie ein Schauspieler, der die Rolle des sportgestählten Schönlings zu spielen hat: braungebrannt, Golfhemd, Jacketkronen-Zähne, dazu eine Goldkette um den muskulösen Hals. Aber er verstand was von Edelsteinen, und als er sich Koops Beute anschaute, verschwand das Lächeln aus seinen Augen. Er gab Koop 1300 Dollar. Der Gesamterlös aus dem Einbruch betrug 6000

Dollar, den Gürtel nicht eingerechnet. Es kam Koop nicht in den Sinn, eine Verbindung zwischen dem Schmuck und der Frau zu sehen, die sein Herz erobert hatte. Der Schmuck gehörte ihm, nicht ihr…

Er verließ die Raststätte Bloomington und zockelte zurück nach Minneapolis, schlug Zeit hinter dem Lenkrad tot, fuhr schließlich in östliche Richtung, zu einem *Arby's* im Osten von St. Paul. Er hatte den Möbelpacker angerufen, der ihm die Skizze von Jensens Appartement gegeben hatte, und mit ihm ein Treffen vereinbart. Koop war bei diesen Treffen immer zugleich zu früh und zu spät; er traf eine halbe Stunde vor der ausgemachten Zeit ein, beobachtete den Treffpunkt aus der Ferne. Wenn sein Mann dann eintraf, allein, pünktlich, beobachtete er noch zehn Minuten weiter, ehe er schließlich hinging. Bisher hatte ihn noch nie einer seiner Kontaktleute hereingelegt. Und er wollte auch nicht, daß das je passierte.

Der Möbelpacker kam fünf Minuten zu früh, ging sofort in das Lokal. Die Art, wie er sich bewegte, überzeugte Koop, daß alles in Ordnung war: kein Zögern, kein Umschauen. Er hielt ein Notizbuch in der Hand. Koop wartete fünf Minuten, beobachtete aufmerksam das Kommen und Gehen und ging dann ebenfalls in das Lokal. Der Mann saß vor einer Tasse Kaffee in einer Nische; er war noch jung, sah aus wie ein College-Student. Koop nickte ihm zu, holte sich auch eine Tasse Kaffee, bezahlte bei dem Mädchen hinter dem Tresen und schlüpfte dann in die Nische. »Wie geht's dir?«

»Wir haben uns lange nicht gesehen«, sagte der Mann.

»Na ja…« Koop schob ihm eine Holiday-Inn-Broschüre zu. Der Mann schlug sie auf, warf einen Blick auf den Inhalt.

»Danke«, sagte er. »Hat anscheinend was gebracht.«

Koop hob die Schultern. Er war nicht für langes Rumpalavern. »Hast du was für mich?«

»Ja. Gute Sache.« Der Mann schob ihm das Notizbuch zu. »Ich hab' mir vor Ungeduld, daß du endlich anrufst, fast in die Hose gepinkelt. Wir haben ein paar Sachen in ein Haus in der Upper St. Dennis in St. Paul geschafft, du weißt doch, wo das ist, oder?«

»Nebenstraße der West Seventh, oben auf dem Hügel«, sagte Koop und nahm das Notizbuch in die Hand. »Da sind ein paar hübsche Häuser. Aber es wohnt auch einiges Gesindel da oben.«

»Das hier ist ein schönes Haus, Mann.« Er nickte heftig. »*Sehr* schön... Als wir das Zeug reingeschafft haben, war gleichzeitig auch ein Typ von einem Sicherheitsdienst dort zugange. Sie hatten gerade einen großen verdammten Panzerschrank in die Wand eingebaut, unten im Keller, in der Ecke von 'nem Wandschrank. Ich hab's selbst gesehen.«

»Ich bin kein Safeknacker...« Das Notizbuch war irgendwie zu dick. Koop schlug es auf und fand einen Schlüsselabdruck in einer verfestigten Kittplatte. Er hatte dem Möbelpacker gezeigt, wie man so was macht. Der Abdruck war scharf, sauber.

»Jetzt wart um Himmels willen doch mal«, sagte der Mann und hob die Hände. »Als der Hausbesitzer mit dem Safe-Typ sprach, lief er mit 'nem Zettel in der Hand rum. Als die Safe-Typen fertig waren, kam der Hausbesitzer zu uns und hat gefragt, wie lange wir noch brauchen würden, er wollte jetzt nämlich duschen und sich rasieren, er würde anschließend ausgehen. Wir haben ihm gesagt, es würde noch 'ne Weile dauern, und er ging ins Badezimmer neben seinem Schlafzimmer. Ich war gerade im Flur beschäftigt, mein Kumpel stellte in einem anderen Zimmer ein Gästebett auf. Ich ging den Flur runter und guckte in das Schlafzimmer von dem Typ. Nebenan hörte ich die Dusche rauschen, und dieser Zettel lag neben seiner Brieftasche und seiner Uhr auf der Kommode, und ich hab' die Gelegenheit ausgenutzt, Mann. Ich bin hingeschlichen und hab mir den Zettel angeguckt, und es stand tatsächlich die verdammte Kombination für den Safe drauf. Was sagst du dazu, hee? Ich hab' sie mir aufgeschrieben. Und jetzt hör gut zu, was meinst du, was der Typ für 'nen Job hat? Er ist der Besitzer von der Hälfte aller Autowaschanlagen in der Doppelstadt. Und er hat uns gegenüber angegeben, er würde immer wieder mal nach Vegas fahren. Ich wette, dieser verdammte Safe ist mit Bargeld vollgestopft.«

»Was ist mit seiner Familie?« Diese Sache klang gut; Bargeld zu klauen war besser als alles andere.

»Er ist geschieden. Die Kids sind bei der Frau.«

»Und der Schlüssel ist okay?«

»Ja, natürlich, aber, ähm... Da ist ein Sicherheitssystem an der Tür. Und davon verstehe ich nichts.«

Koop schaute den Mann eine Weile an, nickte dann. »Ich werd's mir überlegen.«

»Ich könnte ein bißchen Bares gut gebrauchen, um aus dieser verdammten Stadt wegzukommen«, sagte der Mann. »Meine Bewährungsfrist läuft im September ab. Vielleicht geh' ich dann selber auch nach Vegas.«

»Ich ruf' dich an«, sagte Koop.

Er trank den Kaffee aus, nahm das Notizbuch an sich, nickte dem Mann zu und ging. Als er vom Parkplatz fuhr, schaute er auf die Uhr. Sara würde gleich ihre Arbeit beenden...

Koop hatte seine Mutter getötet.

Er hatte sie mit einem Messer mit einer langen, schmalen Klinge umgebracht. Das Messer hatte er in einem Pfandhaus in Seoul, Korea, erstanden, als er bei der Army Dienst getan hatte. Als er von dort in die Staaten zurückgekommen war, war er an einem langen Wochenende mit der alleinigen Absicht, ihr den Bauch aufzuschlitzen, von Fort Polk nach Hannibal, Missouri, getrampt.

Und er hatte seine Absicht realisiert. Er hatte an die Tür geklopft, und sie hatte aufgemacht, mit einer brennenden Camel zwischen den Lippen. Sie hatte gefragt: »Was zum Teufel willst du denn hier?« Und er hatte geantwortet: »Das.« Dann hatte er sie in das Wohnmobil zurückgedrängt, und er hatte ihr das Messer dicht über dem Schambein in den Bauch gestoßen und dann hochgerissen, ganz nach oben bis zum Brustbein. Sie hatte den Mund zu einem Schrei aufgerissen. Aber es war nur Blut herausgekommen.

Koop hatte nichts angefaßt, und niemand hatte ihn gesehen... er war in Hannibal aufgewachsen, wie Huck Finn, aber er hatte keine Kindheit wie Huck gehabt. Er war als Kind beschissen drangewesen, ein Kind, das seinen Vater nie gekannt hatte, ein

Kind, dessen Mutter Spezialistin darin war, Männern einen zu blasen, nachdem sie ihren Job in einer Bar hatte aufgeben müssen. In verkehrsreichen Nächten konnte es sein, daß vier oder fünf mehr oder weniger Besoffene vorbeikamen, an die Aluminiumtür klopften, und sie suckelte ihnen einen ab, spuckte dann ins Waschbecken neben dem Schlafzimmer, spuckte und gurgelte mit Salz-und-Soda-Wasser, die halbe Nacht lang... Manchmal schleppte sie ihn mit in die Stadt, und dann sahen sie Frauen in Miniröcken und Köstümjacken, die bewundernde und respektvolle Blicke auf sich zogen, ihrerseits Koop und seiner Mutter jedoch mitleidige und geringschätzige Blicke zuwarfen. »Miststücke, verdammte Miststücke, die sind nicht besser als ich, das kannst du mir glauben«, sagte seine Mutter dann. Aber sie log, und *das* war Koop völlig klar – sie *waren* besser als seine Mutter, diese Frauen in ihren Kostümen und den Hüten und den Klack-Klack-Stöckelschuhen...

Als er wieder zurück in Fort Polk gewesen war und auf seinem Bett gesessen und im *Black-Belt*-Magazin gelesen hatte, war der Sergeant Major des Bataillons zu ihm gekommen und hatte gesagt: »Koop, ich habe da eine schlimme Nachricht für Sie. Ihre Mutter ist tot aufgefunden worden.«

Und Koop hatte gesagt: »So?« Und hatte die Seite umgeblättert.

Als Koop in Korea gewesen war, hatte er bei den Nutten draußen vor der Kaserne die Erfahrung gemacht, daß er ein Problem mit Sex hatte. Nichts funktionierte richtig. Er war scharf gewesen, wenn er an Sex gedacht hatte, aber wenn es dann soweit war... rührte sich nichts bei ihm.

Bis er, in seiner Wut, auf eine der Frauen eingedroschen hatte. Hatte ihr mit voller Wucht die Faust gegen die Stirn geknallt, und sie war ohnmächtig zusammengesunken. Da hatte sich was gerührt...

Er hatte eine Frau in New Orleans getötet. Aus seiner Sicht war dieser Mord ein Unfall gewesen: Er hatte auf ihr gekniet und auf sie eingeschlagen, bis er fast nicht mehr konnte, und plötzlich hatte sie sich nicht mehr gewehrt, und ihr Kopf war ein wenig zu kraftlos hin- und hergerollt. Das hatte ihm Angst eingejagt. In Louisiana gab es die Todesstrafe, und man hatte keine Hemmungen, sie auch anzuwenden. Er war zurück nach Fort Polk gerannt, und dann hatte er sich gewundert, als nichts passierte. Gar nichts. Sie brachten nicht mal einen Bericht in der Zeitung darüber, jedenfalls hatte er keinen gefunden.

Da war ihm der Gedanke gekommen, seine Mutter zu töten. War ja kein Problem. Man brauchte es nur zu tun.

Nach der Army hatte er ein Jahr als Hilfsmatrose auf einem Lastkahn auf dem Mississippi gearbeitet. Schließlich war er in St. Paul gestrandet, hatte sich mit einer Reihe beschissener Jobs durchgeschlagen, war dann aber auf den Trichter gekommen, seinen Eingliederungsschein von der Army, der ihm gewisse Vorrechte verschaffte, für bessere Jobs einzusetzen. Ein Jahr später hatte er eine Frau in einem Buchladen in Minneapolis aufgegabelt. Er war dorthin gegangen, um sich einen Fitneß-Kalender zu kaufen, und die Frau hatte ihn angesprochen. Er hatte sie sofort erkannt: Sie trug das Tweedkostüm und die Klack-Klack-Stöckelschuhe. Sie hatte ihn irgendwas zu bestimmten Übungen gefragt; er konnte sich nicht mehr erinnern, was es war, wahrscheinlich ging es um Hantelübungen...

Er war nicht darauf aus gewesen, sie abzuschleppen, aber er hatte es dann doch getan, und es war besser gewesen, als auf Nutten einzudreschen. Die Frau hatte Stil, mit den Nylons, dem sorgfältigen Make-up und den treffend formulierten Sätzen. Sie gehörte zu den Frauen, die so entscheidend besser waren als seine Mutter...

Und es gab sie überall. Einige waren zu clever und zu selbstbewußt, um sich mit ihm einzulassen. Er ließ die Finger von ihnen. Aber da waren auch die Zurückhaltenden, die Linkischen, die Ängstlichen; sie hatten keine Angst vor dem Tod oder vor Schmerzen oder vor irgendwelchen anderen dramatischen Dingen, sondern ganz einfach nur vor der Einsamkeit. Er fand sie in einer Kunstgalerie in Des Moines und in einer Buchhandlung in Madison und in einem Musikgeschäft in Thunder Bay. Sie waren ein wenig älter als er selbst, bevorzugten Weißwein zum Essen, kleideten sich geschickt in fröhlichen Farben, frisierten sich so, daß man die grauen Haare nicht sah, lächelten dauernd, huschten unruhig umher, als seien sie Spatzen auf der Suche nach einer Möglichkeit, sich niederzulassen.

Koop bot ihnen diese Möglichkeit. Sie waren nie so vorsichtig, wie sie ängstlich darum bemüht waren, das vermeintlich Richtige zu tun...

Koop nahm Jensens Spur auf, als sie das Bürogebäude verließ, folgte ihr von dort zu einem *Cub*-Supermarkt. Ging hinter ihr hinein, beobachtete ihre Bewegungen, das sanfte Heben und Senken ihrer Brüste unter der Bluse, ihre hübschen, muskulösen Beine; die Art, wie sie das Haar aus der Stirn strich...

Ihr Gang durch die Abteilung mit Früchten aus natürlicher Produktion war eine sinnliche Lektion an sich. Jensen streifte an den Regalen vorbei wie eine Katze auf der Jagd, drückte an dieser Frucht herum, roch an jener, klopfte auf andere. Sie kaufte Cocktailkirschen und Orangen und Zitronen, große weiße Pilze und Sellerie, Äpfel und englische Walnüsse, rote und grüne Trauben, Knoblauch. Eine großartige Mischung...

Koop stand bei den Frühstücksflocken. Er streckte den Kopf um die Ecke des Regals und beobachtete sie. Sie sah ihn nicht, aber er war so in ihre Betrachtung vertieft, daß er den jungen Verkäufer nicht bemerkte, der plötzlich direkt hinter ihm stand.

»Kann ich Ihnen helfen?« Der junge Mann sprach in einem Ton, den er wohl einem zehnjährigen Ladendieb gegenüber benutzt hätte.

Koop zuckte zusammen. »Was?« Er war völlig verwirrt. In seinem Einkaufswagen lagen ein Päckchen luftgetrocknetes Rindfleisch und ein Glas Gurken.

»Wonach suchen Sie denn?« Der Bursche trat wie ein Junior-Cop auf; und er war stämmig, fast zu blaß, hatte Pickel, einen Igelhaarschnitt und kleine Schweinsäuglein.

»Ich suche nicht nach was, ich überlege«, sagte Koop.

»Aha, Sie überlegen also nur«, stellte der Ladenschwengel fest.

Er ging weg, aber nur wenige Schritte, fing an, Cornflakes-Schachteln neu zu gruppieren, schaute aber ostentativ dauernd zu Koop herüber.

In dem Moment, als der Verkäufer seine erste Frage gestellt hatte, war Sara zu dem Entschluß gekommen, daß sie genug Obst und Gemüse beisammen hatte. Und jetzt, als das Pickelgesicht an den Cornflakes herumhantierte, kam sie um die Ecke. Koop drehte sich weg von ihr, bekam aber noch mit, daß sie ihm ins Gesicht schaute. War da nicht ein leichtes Stirnrunzeln bei ihr? Er drehte ihr schnell den Rücken zu und schob den Einkaufswagen weiter den Gang hinunter. Tatsache war, daß sie ihn schon mindestens zwanzigmal gesehen haben konnte, wenn sie je die Leute in ihrer weiteren Umgebung beobachtet hatte, wenn sie zum Beispiel beim Joggen den Mann auf der Bank am Gehweg gegenüber bemerkt hatte. Hatte sie sich an ihn erinnert? Hatte sie deshalb die Stirn gerunzelt? Und dieser Ladenschwengel hatte mitgekriegt, daß Koop sie beobachtet hatte. Würde er ihr das sagen?

Koop dachte einen Augenblick daran, den Einkaufswagen stehenzulassen und abzuhauen, erkannte dann aber, daß das schlimmer sein würde, als wenn er einfach weitermachte. Er schob den Wagen in die Kassengasse, nahm noch eine Zeitung von einem Ständer, bezahlte, ging hinaus auf den Parkplatz. Während des Bezahlens hatte er gesehen, wie der Ladenschwengel aus einem Gang getreten war, die Hände in die Hüften gestemmt und ihn beobachtet hatte. Eine Haßwelle durchflutete ihn. Er würde sich den kleinen Scheißer packen, ihn auf den Parkplatz schleifen, ihm das verdammte Gesicht in Fetzen schneiden... Koop schloß die Augen, bekam sich mühsam wieder unter Kontrolle. Wenn ihn solche Phantasien packten, überschwemmte eine Adrenalinflut sein Blut, und dann *mußte* er fast immer was kaputtmachen...

Aber dieser Ladenschwengel lohnte sich nicht. Arschloch...

Er fuhr vom Parkplatz, schaute im Rückspiegel nach dem Pickelgesicht, aber er war anscheinend zurück an seine Arbeit gegangen. Alles okay... Aber er würde nie mehr hierher zurückkommen. Außerhalb der Sichtweite des Supermarktes fuhr er in eine Parklücke an der Straße und wartete. Zwanzig Minuten später fuhr Jensen vorbei.

Seine große Liebe…

Koop liebte es, sie anzuschauen, wenn sie sich bewegte. Er liebte den Anblick, wenn sie auf der Straße vor ihm herging und er ihre Beine und ihren Hintern sehen konnte, liebte den Anblick, wenn sie stehenblieb oder sich vorbeugte oder bückte, liebte den Anblick ihrer hüpfenden Brüste beim Joggen um den See. Er liebte das wirklich aus tiefstem Herzen.

Er war total verknallt.

Montag; ein warmer Abend. Motten umschwirrten die Laternen im Park. Jensen beendete das Joggen und verschwand in ihrem Appartementhochhaus… Koop war von einem Gefühl erfaßt, das man Traurigkeit nennen konnte, als sie einfach so verschwand. Er stand draußen, starrte auf den Eingang. Würde sie heute noch mal rauskommen? Sein Blick ging nach oben. Er wußte, wo ihr Fenster war, wußte es seit der ersten Nacht… Das Licht ging an.

Er seufzte und drehte sich um. Auf der anderen Straßenseite suchte ein Mann nach seinem Schlüssel, stieß die Tür zur Lobby des Appartementhochhauses auf, ging hinein, benutzte dann den Schlüssel, um die innere Tür aufzuschließen. Koops Blick ging nach oben. Das oberste Stockwerk war ungefähr auf der Höhe von Jensens Appartement.

Freudig erregt zählte er die Stockwerke. Und fluchte verzweifelt. Das Dach des Gebäudes gegenüber war unterhalb ihres Fensters, wie er jetzt feststellte. Es würde nicht möglich sein, in ihre Wohnung hineinzuschauen. Aber es würde sich lohnen, das genauer zu überprüfen. Er überquerte schnell die Straße, ging in die Eingangshalle des Gebäudes. Zweihundert Appartements, jedes mit einem Klingelknopf… Er drückte mit den Handflächen auf mindestens fünfzig der Knöpfe; irgend jemand würde bestimmt einen Besucher erwarten. In der Sprechanlage wollte jemand wissen, wer er sei, aber im gleichen Augenblick summte der Türöffner, und er drückte die Tür auf, schlüpfte hindurch, ließ die Stimme in der Sprechanlage mit der Frage »Wer ist da bitte? Wer ist da bitte?« hinter sich...

Dieses System würde vielleicht zweimal funktionieren, aber er durfte sich nicht öfter darauf verlassen. Er ging um die Ecke zu den Aufzügen, fuhr zum obersten Stockwerk hoch. Niemand im Flur... Das Zeichen »Notausgang« leuchtete links am Ende des Flurs. Er ging hin, machte die Tür auf, trat hindurch. Links führte die Treppe nach unten, rechts ging es nach oben zu einer grauen Metalltür. Auf einem kleinen schwarzweißen Schild an der Tür stand: »Ausgang zum Dach – Wohnungsschlüssel für Zugang und Rückkehr ins Treppenhaus erforderlich.«

»Scheiße.« Er zog am Türgriff. Nichts. Fest verschlossen.

Er ging die Treppe wieder hinunter, wollte es aufgeben. Dachte dann: *Moment mal...* Konnte man durch das Fenster am Ende des Flurs hinüber auf Saras Gebäude schauen?

Man konnte.

Koop stellte sich an das Fenster, starrte nach oben, und knapp zwei Stockwerke höher kam Sara Jensen im Morgenmantel ans Fenster und schaute hinaus. Koop trat zurück, aber sie sah nach unten auf die Straße, hatte ihn im Halbdunkel des Flures nicht gesehen. Sie hatte ein Glas in der Hand. Sie trank einen Schluck, trat zurück, außer Sicht.

Mein Gott... Ein bißchen höher, und er wäre praktisch in ihrem Wohnzimmer. Sie zog nie die Vorhänge zu. Nie...

Koops Herz stand in Flammen. Ein Liebender... Und gleichermaßen: ein Killer.

Er brauchte einen Schlüssel. Nicht irgendwann. Er brauchte ihn *jetzt.*

Seine philosophischen Grundsätze hatte er sich im Gefängnis Stillwater angeeignet: Die Macht kommt aus dem Lauf einer Waffe; oder aus einem Schlagstock oder aus der Faust... Sei immer auf deinen eigenen Vorteil bedacht... Die Starken überleben, die Schwachen sterben... Wenn du stirbst, fällst du in ein tiefes Loch: aus und vorbei. Keine Harfenklänge, kein himmlischer Chor. Kein Höllenfeuer... Koop stimmte mit diesen Gedankengängen überein. Sie deckten sich völlig mit dem, was er in seinem Leben erfahren hatte.

Er ging zurück zu seinem Truck, um sich die benötigte Ausrüstung zu holen. Er dachte sich nicht viel dabei, zumindest nicht an der Oberfläche seines Denkens. Wenn er etwas brauchte – egal was –, dann wurde dieser Gegenstand automatisch zu seinem Eigentum; die Leute, die ihn besaßen, enthielten ihn ihm nur. Er hatte *das Recht*, sich ihn zu nehmen.

Koop war stolz auf seinen Truck. Er hätte jedem gehören können. Aber so war es nicht. Es war *sein* Truck, und er war etwas Besonderes.

Im Camper-Aufsatz hinter der Fahrerkabine war nicht viel verstaut: ein Werkzeugkasten, zwei Säcke mit einem Salz-Sand-Gemisch, die vom Winter übriggeblieben waren, ein Spaten, zwei Winterreifen, ein Abschleppseil, das schon beim Kauf des Wagens vorhanden gewesen war. Und ein paar rostige Eisenstangen, die aus Armierungsmatten für Stahlbeton stammten – Eisenstangen, wie man sie im Abfall auf einer Baustelle finden konnte, wo Koop sie auch tatsächlich aufgesammelt hatte. Dinge, wie sie dort hinten im Truck eines Arbeiters herumliegen konnten, ohne besonders aufzufallen.

Die meisten dieser Gegenstände dienten hauptsächlich dem Zweck, den großen Sears-Werkzeugkasten zu verbergen. Er war der Mittelpunkt des Ganzen. Das obere Fach enthielt ein paar kleine Schraubenzieher, Zangen, einen Satz Ratschenschlüssel, ein halbes Dutzend flacher Blechdosen mit verschiedenen Holzschrauben und anderem Kleinmaterial. Im unteren Fach lagen ein Hammer, ein Meißel, zwei Feilen, eine Bügelsäge, ein kurzes Brecheisen, ein Paar Arbeitshandschuhe und eine Dose Glaserkitt. Was wie ganz normales Werkzeug aussah, war in Wirklichkeit die gut getarnte Ausstattung eines Einbrechers.

Er steckte die Handschuhe in seine Jackentasche, nahm die Dose Glaserkitt heraus, kippte die Schrauben aus einer der flachen Dosen in eine Ecke des oberen Faches und schmierte einen Klumpen Kitt in die leere Dose. Er drückte den Kitt mit dem Daumen fest, schloß die Dose und steckte sie in die Hosentasche.

Dann suchte er sich eine Eisenstange aus. Ein hübsches Stück, etwa fünfundzwanzig Zentimeter lang, leicht zu verstecken und lang genug, schwungvoll damit zuzuschlagen...

Er dachte sich immer noch nicht viel bei all diesen Vorbereitungen: Der Appartementschlüssel gehörte ihm. Das Arschloch – *irgendein* Arschloch – verhinderte, daß er, Koop, den Schlüssel noch nicht in seinem Besitz hatte. Und das machte ihn wütend. Echt wütend. Saumäßig wütend. Koop kochte innerlich, dachte immer wieder: es ist *mein* verdammter Schlüssel! Er ging zurück zu dem Appartement-Hochhaus.

Er streifte die Handschuhe über, versteckte die Eisenstange im Jackenärmel. Niemand zu sehen... Er ging in die Lobby, hob die Glashaube von den in die Wand eingelassenen beiden Neonröhren, zertrümmerte die Röhren mit der Eisenstange. Im Dunkeln setzte er die Glashaube wieder ein, ging dann zurück zu seinem Truck. Er ließ die Fahrertür ein Stück aufstehen, wartete...

Und wartete und wartete. Es geschah nicht viel da draußen.

Der Beifahrersitz verbarg das, was den Truck zu einem besonderen Fahrzeug machte. Die Arbeiten dazu hatte er in einer Werkstatt in Iowa ausführen lassen: Ein Stahlkästchen, ein wenig flacher, aber etwas länger und breiter als eine Zigarrenkiste, war zwischen einem doppelten Boden unter dem Beifahrersitz festgeschweißt. Der normale Boden unter dem Sitz war der Deckel des Kästchens, von unten sah es dank einer eingeschweißten Platte so aus, als sei der Boden des Kästchens der Boden des Führerhauses. Um das Kästchen zu öffnen, brauchte man nur den Drehknopf zur Sitzlehnenverstellung des Beifahrersitzes einmal nach rechts drehen, und der Deckel sprang auf. In dem Kästchen war genug Platz für jede Menge Juwelen oder Bargeld... Oder für Kokain.

Die Hälfte der Leute im Knast in Stillwater saß dort, weil die Cops bei Routinekontrollen Kokain oder Diebesgut oder eine Waffe im Kofferraum des Wagens gefunden hatte. Koop konnte das nicht passieren.

Er beobachtete die Eingangstür weiter, ließ dann den Deckel des Kästchens aufspringen, nahm den Stoff raus, knetete ihn.

Eine kleine Prise, gerade genug, ihn in Fahrt zu bringen… Dann legte er das Kokain wieder zurück.

Zwei große Lebensbäume flankierten wie Wächter den kleinen Vorbau am Eingang zu dem Gebäude. Koop gefiel das; die Bäume schützten vor Blicken von beiden Seiten. Um in die äußere Lobby sehen zu können, mußte man direkt vor dem Eingang stehen.

Ein Pärchen kam auf dem Gehweg angeschlendert, der Mann klimperte mit den Schlüsseln in seiner Hand. Sie gingen ins Gebäude, und Koop wartete weiter… Eine Frau tauchte auf, allein, und Koop fuhr hoch. Aber sie ging, anscheinend in Gedanken verloren, zunächst geradeaus weiter, und erst im letzten Moment schwenkte sie zum Eingang des Gebäudes ein. Sie wäre bestens geeignet gewesen, aber sie hatte ihm keine Zeit gegeben, sich rechtzeitig in Bewegung zu setzen. Sie verschwand in der Lobby.

Zwei Männer kamen händchenhaltend dahergeschlendert. Nein… Zwei oder drei Minuten später erschien ein Mann, der so groß war, daß Koop es vorzog, das Risiko nicht einzugehen.

Dann kam Jim Flory um die Ecke, hatte die Schlüssel bereits in der Hand. Flory kratzte sich an seiner linken Kotelette und murmelte abwesend irgendwas vor sich hin. Er war etwa einssiebenundsiebzig groß und schlank. Koop schob die Fahrertür auf, schlüpfte aus demWagen, huschte auf dem Gehweg zu dem Gebäude hin. Flory ging auf den Eingang zu, fummelte an seinem Schlüsselbund herum, zog die Außentür auf, verschwand in der Lobby.

Koop war wütend. Spürte die Hitze in seinen Därmen. *Der Mistkerl hat meinen Schlüssel. Arschloch…*

Koop war jetzt dicht hinter Flory. Er pfiff leise vor sich hin, ein unbewußtes Tarnungsmanöver, aber er kochte innerlich. *Hat meinen Schlüssel…* Koop trug eine Baseballmütze, Jeans, ein Golfhemd und weiße Turnschuhe, sah aus wie ein Mann, der gerade vom Sport kommt. Den Schirm der Mütze hatte er tief nach unten gezogen. Die Eisenstange steckte in seiner rechten Jakkentasche, ragte mindestens dreißig Zentimeter heraus, war aber durch seinen ganz normal schwingenden Arm verborgen.

Verdammtes Arschloch, hat meinen Schlüssel... Zip-e-di-dudah, pfiff er, *Zip-e-di-je*, und er wurde mit jeder Sekunde wütender. *Mein Schlüssel...*

Durch die äußere Glastür sah er, wie Flory im Dunkeln am Schloß der inneren Tür herumfummelte. Er hatte also den Schlüssel in der Hand. Koop zog die äußere Tür auf, und Flory, der gerade den Schlüssel im Schloß der inneren Tür drehte, schaute zu ihm herüber und sagte »hey«.

Koop nickte und erwiderte den Gruß, zog sich den Mützenschirm noch tiefer ins Gesicht. Flory wandte sich wieder der Tür zu, zog daran, und im gleichen Moment nahm Koop die Eisenstange aus der Tasche. Das Kokain brodelte jetzt mit voller Wirkung in ihm...

Flory schien etwas gemerkt zu haben, schien die plötzliche Bewegung hinter sich wahrgenommen zu haben; er drehte den Kopf, aber es war zu spät.

Verdammter Mistkerl, hat meinen Schlüssel... Schlüssel... Schlüssel...

Koop schlug mit der Eisenstange zu, traf ihn hinter dem Ohr. Es machte *pak!*, Eisen und Fleisch, ein Geräusch, wie es ein Metzgerbeil macht, wenn es Rippenstücke abspaltet.

Flory riß den Mund auf, stieß nur eine Silbe aus: »Annkk«. Sein Kopf prallte gegen die Glastür, dann rutschte er auf den Boden, wobei seine Finger haltsuchend über das Glas glitten.

Koop bewegte sich jetzt sehr schnell, beugte sich nach unten, schaute wie ein gehetztes Frettchen zum Eingang, zog Florys Brieftasche aus der Jacke: *ein Raubüberfall*. Er steckte die Brieftasche ein, zog Florys Schlüssel aus dem Schloß, klappte die Dose mit dem Kitt auf, drückte den Schlüssel von beiden Seiten in den Kitt. Er klappte die Dose wieder zu, wischte den Schlüssel an seinen Hosenbeinen ab, schob ihn zurück ins Türschloß.

Fertig.

Er drehte sich um, schlich gebückt zur äußeren Tür – und sah die Beine.

Eine Frau taumelte draußen von der Tür zurück, wollte weglaufen, drehte sich bereits um...

Sie trug Turnschuhe und einen Jogginganzug. Er hatte sie nicht kommen sehen. Er riß die Tür auf, stürmte auf die Frau zu, zog die Eisenstange aus der Tasche.

»Nein!« schrie sie auf. Ihr Gesicht war erstarrt, den Mund hatte sie weit aufgerissen. Auch in dem schwachen Licht konnte sie den Körper auf dem Boden hinter Koop sehen. Sie strauchelte, geschockt, versuchte ihre Beine dazu zu bringen, sich zu bewegen, wegzulaufen...

Koop ging auf sie los wie ein Leopard, holte mit der Eisenstange aus.

»Nein!« schrie sie wieder, riß die Augen auf, und ihre Zähne klapperten vor Angst. Sie riß einen Arm hoch, und die Eisenstange krachte auf ihn, brach ihn, verfehlte jedoch den Kopf. »Nein!« schrie sie noch einmal, drehte sich um, aber Koop war jetzt dicht bei ihr, schlug zu, traf sie im Nacken, dort, wo die Wirbelsäule in den Schädel übergeht, ein Schlag, der sie geköpft hätte, wenn er ein Schwert geschwungen hätte.

Blut schoß auf den Boden, sie brach unter dem Vordach zusammen, und Koop schlug wieder zu, diesmal mitten auf den ungeschützten Schädel, ein mit aller Kraft geführter, gnadenloser Schlag, der mit einem lauten Knirschen endete, einem Knirschen, als ob ein schwerer Mann auf Kies treten würde...

Ihr Schädel zerplatzte, und Koop, irre vor Wut, daß sie ihm dazwischengekommen war, daß sie ihm diesen Ärger machte, daß sie ihn in diese Krise stürzte, trat gegen ihren Körper, bis er die Stufe hinter dem Lebensbaum hinunterrutschte.

»Verdammtes Miststück«, knurrte er. »Verdammtes Miststück!« Er hatte das nicht beabsichtigt. Und jetzt mußte er zusehen, daß er so schnell wie möglich von hier wegkam.

Seitdem er Flory niedergeschlagen hatte, war weniger als eine Minute vergangen. Auf der Straße war niemand zu sehen. Er sah zu Sara Jensens Hochhaus hinüber, nach Bewegungen hinter einem der Fenster, nach einem Gesicht, das zu ihm herunterschaute. Nichts dergleichen zu sehen...

Er steckte die Eisenstange ein, ging mit schnellen Schritten auf den Truck zu. Mein Gott, was war das denn: Blut auf seiner

Jacke... Er wollte es wegwischen, verschmierte es jedoch nur. Wenn jetzt ein Cop kam...

Die Wut kochte aufs neue hoch: Dieses gottverdammte Miststück, kommt ihm einfach so dazwischen...

Er kämpfte gegen die Wut an, schluckte sie herunter, ging weiter. *Ich muß verschwinden...* Er schaute zurück, überquerte die Straße, fast laufend, jetzt, nachdem ihm der Geruch des warmen Blutes in die Nase stieg, in den Mund. Mach dir nichts draus, nicht hier, nicht jetzt...

Vielleicht sollte er ohne den Truck abhauen, überlegte er. Er war tatsächlich versucht, zu Fuß zu verschwinden und später irgendwann zurückzukommen und den Truck abzuholen; wenn ihn nämlich jemand gesehen hatte, wie er auf die Frau eingeschlagen hatte und ihm zum Truck folgte, würde er das Nummernschild sehen, und dann war er verloren. Andererseits würden die Cops auf der Suche nach Zeugen vielleicht die Autonummern aller Wagen in der Umgebung notieren...

Nein. Er würde es riskieren und mit dem Truck fahren.

Er machte die Fahrertür auf, erhaschte im dunklen Fenster einen Blick auf sein Spiegelbild, auf das verzerrte Gesicht unter dem Mützenschirm, mit dunklen Kratzspuren darauf...

Er ließ den Motor an, wischte sich gleichzeitig über das Gesicht; weiteres Blut an den Handschuhen. Mein Gott, er war über und über mit Blut bespritzt. Er schmeckte es, es war auch in seinem Mund...

Er fuhr vom Parkplatz auf die Straße. Schaute in den Rückspiegel, ob da irgend jemand auf ihn zugelaufen kam, auf ihn zeigte. Aber da war nur die leere Straße.

Nichts.

Der Streß packte seinen Körper. Er spürte das Zittern seiner Muskeln, den Druck der pulsierenden Adern. Schmeckte das Blut... Und plötzlich durchzuckte ihn ein Hochgefühl, verbunden mit einem fast schmerzhaften Prickeln auf der Haut, ein Gefühl, als wären seine Hände gefesselt und Ameisen würden über seinen Körper krabbeln...

Mehr positiv als negativ. Viel mehr.

Kapitel 6

Weather war nicht zu Hause. Lucas war beunruhigt, unterdrückte dieses Gefühl aber; sie hätte schon vor einer Stunde zu Hause sein müssen. Er hörte den Anrufbeantworter ab; es lagen keine Nachrichten vor.

Er ging ins Schlafzimmer, streifte die Krawatte ab. Im Raum roch es ganz schwach nach ihrem Chanel No. 5; und, den Parfumgeruch überlagernd, nach Möbelpolitur. Sie hatte die neue Schlafzimmerausstattung gekauft, einfache, aber elegante Holzmöbel, fast wie aus der Schreinerwerkstatt. Er hatte gemurrt. Seine alten Möbel waren noch gut genug, er hatte sie doch schon seit vielen Jahren. Aber sie hatte seine Argumente nicht hören wollen. »Du hast da ein zwanzig Jahre altes, riesiges Bett, das so aussieht, als ob es von fremden Frauen zuschande geritten worden wäre – ich will nicht näher darauf eingehen! –, und du hast keinen Nachttisch dazu, so daß das Bett dasteht wie eine benutzte Raketenabschußrampe. Liest du denn nie im Bett? Hast du noch nie was von Nachttischlampen gehört? Und wärst du nicht froh über ein paar hübsche Kissen?«

Vielleicht, wenn jemand anders sie kaufen würde…

Und der uralte Kleiderschrank, sagte sie, sähe aus, als würde er von der Heilsarmee stammen.

Er verriet es ihr nicht, aber ihre Vermutung war richtig.

Sie sagte allerdings kein Wort zu seinem Sessel. Er war noch älter als das Bett, und Lucas hatte ihn bei der Haushaltsauflösung eines verstorbenen Professors von St. Thomas erstanden. Er war stabil, komfortabel, mit Kunstleder bezogen. Sie warf allerdings einen kaum einmal benutzten zweiten Sessel raus, der einen großen Flecken auf der Armlehne hatte – Lucas erinnerte sich nicht mehr, was er da verschüttet hatte, aber es war während eines Footballspiels der Vikings gegen die Packers passiert. Weather hatte den Sessel durch ein bequemes Zweisitzer-Sofa ersetzt.

»Wenn wir auf unsere alten Tage zusammen fernsehen, sollten wir dicht beeinander sitzen«, sagte sie. »Das erste, was Männer machen, wenn sie einen Fernseher bekommen, ist, zwei Polstersessel davor aufzubauen und ein Tischchen dazwischenzukeilen, damit sie ihre Bierdosen und Pizzas abstellen können. Ich schwöre bei Gott, daß ich das nicht zulassen werde.«

»Ja, ja, aber laß die Finger von meinem Lieblingssessel«, hatte Lucas sie gewarnt. Er hatte es ganz locker gesagt, aber er war echt verärgert gewesen.

Sie hatte Verständnis gezeigt. »Der Sessel kann bleiben. Er ist scheußlich, aber er kann bleiben.«

»Scheußlich? Das ist echtes Handschuh-Leder... ehm, Handschuh-Material.«

»Wirklich? Seit wann macht man Handschuhe aus Müllsäcken?«

Weather Karkinnen war Chirurgin. Sie war eine kleine Frau Ende Dreißig, und ihr blondes Haar zeigte erste graue Strähnen. Sie hatte dunkelblaue Augen, hohe Wangenknochen und einen großen Mund. Sie sah irgendwie russisch aus, wie Lucas fand. Sie hatte für eine Frau ihrer Größe recht breite Schultern, dazu drahtig-feste Muskeln; sie war eine geradezu bösartige Squash-Spielerin und kam mit jeder Art von Segelboot zurecht. Lucas gefiel es, wie sie sich bewegte, mochte aber auch ihren Anblick, wenn sie still dasaß und über einem Problem brütete. Er sah sie sogar gerne an, wenn sie schlief, weil sie es so intensiv tat – wie ein Kätzchen.

Wenn Lucas an sie dachte, was jeden Moment geschehen konnte, erschien immer dasselbe Bild vor seinem geistigen Auge: Weather dreht den Kopf zu ihm um, schaut ihn über die Schulter an, lächelt, und die einzelne Perle an ihrer Halskette ist nach hinten gerutscht und tanzt auf ihrer Schulter.

Sie würden heiraten, hatte er gedacht. Sie hatte gesagt: »Frag mich noch nicht.«

»Warum? Würdest du nein sagen?«

Sie hatte ihm mit der Spitze des Zeigefingers im Nabel herumgepult. »Nein. Ich würde ja sagen. Aber frag mich noch nicht. Warte noch eine Weile.«

»Bis wann?«

»Du wirst es selbst merken.«

Er hatte also nicht gefragt; und irgendwo tief im Inneren hatte er auch Angst davor gehabt, war nun irgendwie erleichtert. Wollte er sich aus dieser Beziehung lösen? Er hatte jedoch noch nie eine solche Nähe zu einem anderen Menschen verspürt. Es war anders als alles, was er bisher erfahren hatte. Es war fast schon... beängstigend.

Lucas hatte sich bis auf die Unterhose ausgezogen, als das Telefon in der Küche läutete. Er nahm den Hörer des Apparates im Schlafzimmer ab und meldete sich. »Ja?«

»Chief Davenport?« Connell. Sie klang angespannt.

»Meagan, sie könnten langsam anfangen, mich Lucas zu nennen«, sagte er.

»Okay... Ich wollte Ihnen nur sagen, ehm... Werfen Sie die Akten noch nicht weg. Von unserem Fall.« Im Hintergrund waren dumpf hämmernde Laute zu hören. Er kannte dieses Geräusch, wußte aber im Moment nichts damit anzufangen.

»Was?«

»Ich sagte, Sie sollen die Akten unseres Falles noch nicht wegwefen.«

»Meagan, was soll das heißen?«

»Wir sehen uns morgen. Okay?«

»Meagan...?« Aber sie hatte aufgelegt.

Lucas schaute den Hörer an, runzelte die Stirn, schüttelte den Kopf, legte dann auf. Er wühlte in dem neuen Kleiderschrank herum, fischte Shorts heraus und ein kurzärmeliges Sweatshirt, das er bereits zur Schmutzwäsche geworfen hatte, zog beides an, verharrte plötzlich mit einem Arm im Ärmel des Sweatshirts. Das dumpf hämmernde Geräusch im Hintergrund bei Connells Anruf – Computer-Keyboards... Wo auch immer sie war, in ihrer Nähe hatte drei oder vier Leute auf Keyboards eingehämmert. Konnte ein Büro sein, obwohl es schon spät war.

Konnte eine Zeitungsredaktion sein.

Konnte eine Fernsehstation sein.

Seine Gedanken wurden vom Geräusch des hochgehenden Garagentors unterbrochen. Weather. Ein kleiner Stein fiel Lucas vom Herzen. Er zog das Sweatshirt endgültig über den Kopf, nahm die Socken und Turnschuhe in die Hand und ging ihr barfuß entgegen.

»Hey.« Sie hatte in der Küche haltgemacht, nahm sich gerade eine Sprite aus dem Kühlschrank. Er küßte sie auf die Wange. »Was Interessantes erlebt?« fragte er.

»Ich habe zugeschaut, wie Harrison und MacRinney einem Kind mit diphtheritischer Lähmung einen Hautlappen eingepflanzt haben«, sagte sie und riß den Verschluß von der Spritedose.

»Interessant?« Sie legte ihre Handtasche auf den Küchentresen und schaute ihn an. Ihr Gesicht war ein wenig schief, als ob sie Ringkämpferin gewesen wäre, ehe sie sich der Medizin zugewandt hatte. Er liebte ihr Gesicht; er konnte sich gut erinnern, wie er darauf reagiert hatte, als er zum erstenmal mit ihr gesprochen hatte – in der Horroratmosphäre eines Brandstiftungs- und Mordtatortes in Nord-Wisconsin: Sie ist nicht sehr hübsch, hatte er gedacht, aber sie ist *sehr* attraktiv. Und kurz darauf hatte sie ihn fest am Angelhaken…

Jetzt nickte sie. »Ich konnte in der kritischen Phase nicht alles sehen – vor allem das Entfernen von Fettgewebe, was äußerst vorsichtig gemacht werden muß. Sie hatten aber ein Doppel-Mikroskop, so daß ich Harrison teilweise bei der Arbeit zusehen konnte. Er machte fünf Knotenschlingen am Ende einer Arterie, die kein bißchen dicker war als ein Besenhaar.«

»Könntest du das auch?«

»Vielleicht«, antwortete sie mit ernster Stimme. Lucas hatte einiges über Chirurgen und ihr Konkurrenzdenken mitgekriegt. Er wußte, wie er bei ihr auf dieses Knöpfchen drücken mußte. »Eventuell, aber… he, du drückst wieder auf mein Knöpfchen.«

»Vielleicht.«

Sie trat einen Schritt zurück, sah ihn an, hatte etwas aus seiner Stimme herausgehört. »Ist irgendwas passiert?«

Er zuckte mit den Schultern. »Heute nachmittag hatte ich für etwa fünfzehn Minuten einen recht interessanten Fall. Jetzt habe ich ihn nicht mehr, aber... Ich weiß nicht.«

»Interessant?« Sie war beunruhigt.

»Ja. Eine Ermittlungsbeamtin von der Staatspolizei ist bei uns aufgekreuzt und behauptet, ein Serienmörder würde sein Unwesen treiben. Sie ist ein bißchen beknackt, aber sie könnte recht haben.«

Jetzt war sie echt besorgt. Sie trat auf ihn zu. »Ich will nicht, daß du wieder mal verletzt wirst, wenn du dich mit irgendeinem Irren rumschlagen mußt.«

»Es ist ja vorbei. Wir sind raus aus dem Fall.«

»Raus?«

Lucas erklärte es ihr, bis hin zu dem seltsamen Anruf Connells. Weather hörte aufmerksam zu, während sie ihre Sprite austrank. »Und du meinst, sie hätte eine Spur entdeckt?«

»Hörte sich so an. Ich hoffe, sie dreht jetzt nicht durch. Komm, laß uns loslaufen.«

»Gehen wir danach zu Grand und essen ein Eis?«

»Erst mal müssen wir vier Meilen hinter uns bringen.«

»Mein Gott, bist du ein harter Bursche.«

Nach Einbruch der Dunkelheit, nach dem Lauf und dem Eis, beschäftigte Weather sich mit den Unterlagen für die Operationen am nächsten Morgen. Lucas staunte immer wieder darüber, wie oft sie operierte. Sein Wissen über die Chirurgie stammte vom Fernsehen, wo jede Operation eine Krise darstellte und nur nach intensiven Vorbereitungen und mit einigem Risiko durchgeführt wurde.

Bei Weather waren Operationen reine Routine. Sie operierte fast jeden Tag, an manchen Tagen sogar zwei- oder dreimal. »Wenn man es überhaupt macht, dann muß man es oft machen«, sagte sie. Sie würde um zehn ins Bett gehen und um halb sechs wieder aufstehen.

Lucas las eine Zeitlang ein paar Akten durch, streifte dann unruhig durchs Haus, ging schließlich in den Keller und holte seine kleine private Pistole, schob sie in den Hosenbund und zog das Golfhemd darüber. »Ich muß noch mal für einige Zeit weg«, sagte er zu Weather.

Weather sah ihn vom Bett aus an. »Ich dachte, ihr wärt raus aus dem Fall.«

»Ehh, ja... Ich will mich nach einem bestimmten Typ umsehen.«

»Paß ja auf dich auf«, sagte sie. Sie hatte einen gelben Bleistift zwischen die Zähne geklemmt und sprach deshalb etwas undeutlich. Sie sah niedlich aus, aber er entdeckte den kleinen Angstfunken in ihren Augen.

Er grinste und sagte: »Klarer Fall. Ich werde es dir natürlich sagen, wenn es mal Probleme gibt.«

»Natürlich...«

Lucas' Haus lag am Ostufer des Mississippi, in der stillen Nachbarschaft hoher, absterbender Ulmen und einiger Eichen; Ahorn- und Ginkgobäume sowie Eschen waren als Ersatz für die Ulmen bereits gepflanzt. Abends waren die Straßen von Joggern aus der Mittelklasse belebt, die sich die Büro-Schlaffheit aus dem Körper strampelten, sowie von Pärchen, die Hand in Hand über die schwach beleuchteten Spazierwege schlenderten. Als Lucas aus der Einfahrt auf der Straße fuhr und anhielt, um vom Rückwärtsgang in den ersten Gang zu schalten, hörte er ganz in der Nähe das Lachen einer Frau; beinahe wäre er zurück ins Haus zu Weather gegangen...

Statt dessen fuhr er zur Marshall-Lake-Brücke, überquerte den Mississippi, und eine Meile weiter befand er sich bereits tief im Lake-Street-Bezirk. Er kam an Cocktailbars vorbei, an Pornoshops, Trödelläden, Mietmöbel-Lagern, Leihhäusern und kümmerlichen Fast-food-Buden, alle in einer geradezu brutal häßlichen Gegend gelegen, in der selbst die Reklameschilder nur mangelhaft beleuchtet waren. Kinder trieben sich hier zu jeder Tages- und Nachtzeit herum, vermischten sich mit Kokainsüchtigen aus den Vorstädten, die auf der Suche nach Stoff waren, mit Dealern, Betrunkenen, Stadtstreichern sowie mit ein paar verlorenen Seelen aus St. Paul, die auf dem Weg nach Hause verzweifelt nach einer Abkürzung suchten. An einer Ampel hielt ein Streifenwagen neben Lucas' Porsche, und die beiden Cops schauten zu ihm herüber und dachten wahrscheinlich: *Dope Dealer.*

Lucas kurbelte das Fenster herunter; der Fahrer grinste und sagte irgendwas, und der Cop auf dem Beifahrersitz kurbelte ebenfalls das Fenster herunter und fragte: »Davenport?«

»Ja.«

»Toller Wagen, Mann.«

Der Fahrer rief an seinem Partner vorbei: »Hey, Kumpel, hast du 'n Stück Crack für mich? Ich könnt' 'ne Probe brauchen, Mann.«

Die Franklin Avenue war genauso heruntergekommen wie die Lake Street, nur noch dunkler. Lucas zog den Zettel mit der Adresse Junky Doogs aus der Tasche, machte das Leselicht an, suchte nach dem Haus. Bei der Hälfte der Gebäude fehlte die Hausnummer. Als er schließlich doch die richtige Adresse gefunden hatte, war Licht hinter den Fenstern des Hauses, und auf der Veranda saß ein halbes Dutzend Leute.

Lucas stellte den Wagen am Straßenrand ab, stieg aus, und das Gespräch auf der Veranda brach abrupt ab. Er ging bis zur Hälfte über den vergammelten Plattenweg auf die Leute zu, blieb stehen. »Wohnt hier ein Mann namens Junky Doog?«

Eine dicke Indianerin stemmte sich aus ihrem Liegestuhl hoch. »Nein. Hier wohnt jetzt meine Familie.«

»Kennen Sie ihn?«

»Nein, Mr. Police.« Sie war höflich. »Wir wohnen seit fast vier Monaten hier, aber ich hab' den Namen noch nie gehört.«

Lucas nickte. »Okay.« Er glaubte ihr.

Lucas klapperte verschiedene Bars ab, sprach mit Barkeepern und Gästen. Während der Zeit seiner Abwesenheit vom Dienst waren die Kontakte zu seinen Informanten verlorengegangen, und inzwischen war die Szene von anderen Spielern besetzt. Hier und da erkannte ihn jedoch der eine oder andere, nannte ihn beim

Namen und streckte ihm die Hand entgegen. Lucas erinnerte sich wieder an die Gesichter und Namen, aber die Informationen waren nur dürftig.

Er wollte sich auf den Heimweg machen, sah dann den *Blue Bull* in einer Seitenstraße und entschloß sich, einen letzten Stop einzulegen.

Ein halbes Dutzend Wagen war wild durcheinander auf dem kleinen Parkplatz der Bar abgestellt, als ob die Fahrer sie nach einem Bombenalarm fluchtartig verlassen hätten. Die Fenster des Blue Bull waren aus Rauchglas, so daß die Gäste von innen sehen konnten, wer vom Parkplatz auf die Bar zukam, ohne selbst gesehen zu werden. Lucas ließ den Wagen neben einem Hydranten auf der Straße stehen, sog die Nachtluft ein – Abgase und Teergestank. Er ging in die Bar.

Der *Blue Bull* konnte seine Drinks billig anbieten, weil er, wie der Besitzer sagte, hohe Nebenkosten vermied. Dies tat er vor allem dadurch, daß niemals irgendwelche Reparaturen durchgeführt wurden. Der Billardtisch hatte Rillen, die eine Kugel dazu bringen konnten, in einem Bogen von dreißig Grad in die Eckentasche zu rollen. Die Ventilatoren unter der Decke hatten sich seit den sechziger Jahren nicht mehr gedreht. Die Jukebox hatte mitten in einer Platte von Guy Lombardo den Geist aufgegeben und sich seitdem nicht mehr gerührt.

Auch das Dekor hatte sich seit Jahrzehnten nicht verändert: rote Bordell-Velourstapete mit einer Patina aus Bierdunst und Tabakrauch. Der dicke Barkeeper allerdings war neu. Lucas schob sich auf einen Hocker, und der Barkeeper arbeitete sich, den Tresen abwischend, auf ihn zu: »Ja?«

»Arbeitet Carl Stupella noch hier?« fragte Lucas.

Der Barkeeper mußte husten, konnte nicht sofort antworten, drehte den Kopf zur Seite, machte sich aber nicht die Mühe, die Hand vor den Mund zu halten. Speichel spritzte auf den Boden hinter der Bar. »Carl ist tot«, sagte er, nachdem er sich erholt hatte.

»Tot?«

»Ja. Ist bei 'ner Wette an 'ner Bratwurst erstickt.«

»Sie wollen mich wohl verarschen, was?«

Der Barkeeper hob die Schultern, fing an zu lächeln, überlegte es sich wieder, zuckte erneut mit den Schultern. Hustete. »Seine Zeit war abgelaufen«, sagte er dann frömmlerisch und ließ seinen Lappen kreisen. »Sind Sie ein Freund von ihm?«

»O Gott, nein. Ich bin auf der Suche nach einem anderen Typ. Carl kannte ihn.«

»Carl war ein *echtes* Arschloch«, stellte der Barkeeper philosophisch fest. Er stützte einen Ellbogen auf die Bar. »Sind Sie ein Cop?«

»Ja.«

Der Barkeeper schaute sich um. Es waren noch sieben andere Gäste anwesend, fünf saßen jeweils allein, starrten dumpf vor sich hin, die beiden anderen steckten die Köpfe zusammen und flüsterten miteinander. »Wen suchen Sie denn?«

»Randolph Leski. Er hing früher immer hier rum.«

Der Barkeeper schaute zum Ende des Tresen, sah dann Lucas wieder an. Er lehnte sich vor, senkte die Stimme. »Bringt dieses Scheißspiel Geld ein?«

»Manchmal. Wenn Sie auf der Liste stehen...«

»Randy sitzt ungefähr acht Stühle weiter«, murmelte er. »Neben den beiden Typen da drüben.« Lucas nickte, lehnte sich einen Moment später zurück und schaute nach rechts. Dann sah er den Barkeeper an, sagte leise: »Der Mann, den ich suche, ist so groß wie Sie.«

»Sie meinen fett«, sagte der Barkeeper.

»Stämmig.«

Der Barkeeper legte den Kopf schief. »Randy hatte einen Tumor. Sie haben ihm fast die ganzen Därme rausgeschnitten. Er kann kein Gewicht mehr zulegen. Sie sagen, wenn er Schweinekoteletts ißt, scheißt er Würstchen. Er kann nichts mehr verdauen.«

Lucas schaute wieder zu dem Mann hin, sagte: »Zapfen Sie mir ein Bier, egal, was für eines.«

Der Barkeeper nickte, machte sich an die Arbeit. Lucas zog eine dienstliche Visitenkarte aus der Tasche, dazu eine Zwanzigdollarnote, schob beides dem Barkeeper hin. »Danke. Wie heißen Sie?«

»Earl. Stupella.«

»Carls ...«

»Bruder, ja.«

»Wenn Sie mal was Interessantes hören, rufen Sie mich an«, sagte Lucas. »Der Rest ist für Sie ...«

Lucas nahm sein Bierglas und ging entlang des Bartresens auf den Mann zu. Blieb stehen, schaute genauer hin: Der dünne Typ auf dem Hocker wandte ihm das Gesicht zu; lose Haut hing von seinen Wangen und seinem Hals wie bei einem Basset, aber Randy Leskis gemeine kleine Schweinsaugen waren unverkennbar.

»Randy«, sagte Lucas. »So wahr ich hier stehe ...«

Leski schüttelte den Kopf, nur einmal schnell hin und her, als ärgere er sich über eine lästige Fliege. Leski war ein kleiner Dieb und Betrüger, spezialisiert auf alte Leute. Lucas hatte dennoch eine Schwäche für ihn. Leski sagte: »Hauen Sie ab. Bitte.«

»Mein Gott... alte Freunde«, sagte Lucas und breitete die Arme aus. Die anderen Gespräche in der Bar brachen ab. »Sie sehen großartig aus, Mann. Haben Sie gerade eine Diät hinter sich?«

»Lecken Sie mich am Arsch, Davenport. Was Sie auch von mir wollen, ich habe Ihnen nichts zu bieten.«

»Ich bin auf der Suche nach Junky Doog.«

Leski richtete sich ein kleines Stück auf. »Junky? Hat er wieder an jemandem rumgeschnipselt?«

»Ich will nur mit ihm reden.«

Leski kicherte plötzlich los. »Mein Gott, der gute alte Junky ...« Er machte eine Geste, als wolle er sich eine Träne aus dem Auge wischen. »Das eine kann ich Ihnen sagen – als ich das letzte Mal von ihm gehört hab', hat er in so 'nem Dreckloch im Dakota County gearbeitet.«

»Dreckloch?«

»Ja. Müllkippe. Ich weiß nicht auf welcher, ich hab' das nur von irgendwelchen Leuten gehört. Mein Gott, geboren auf 'nem

Schrottplatz, dann in die Klapsmühle gesteckt. Und als sie ihn dort rausschmeißen, landet er auf 'ner Müllkippe. Manche Leute sind echt vom Glück gesegnet, hmm?« Leski fing an zu lachen, keuchend und vor Schleim nach Luft ringend.

Lucas sah ihn an, wartete, bis das Keuchen aufhörte, nickte dann.

Leski sagte schließlich: »Ich hab' gehört, Sie sind zurück im Dienst?«

»Ja.«

Leski nahm einen Schluck von seinem Bier, verzog das Gesicht, schaute auf das Glas und sagte: »Ich hab' auch gehört, daß man im Winter auf Sie geschossen hat. Zum erstenmal seit meiner Kindheit war ich wieder in 'ner katholischen Kirche.«

»In einer Kirche?«

»Ich hab' mir den Arsch abgebetet, daß Sie draufgehen«, sagte Leski. »Und zwar erst nach 'ner Menge Schmerzen.«

»Danke, daß Sie an mich gedacht haben«, sagte Lucas. »Drehen Sie immer noch diese krummen Dinger mit den alten Leuten?«

»Geh'n Sie und holen Sie sich einen runter.«

»Sie sind wie ein Hauch frischer Frühlingsduft, Randy... Heeh, was ist das?« Leskis alter Regenmantel war an der Seite seltsam ausgebeult. Lucas tastete die Beule schnell ab. »Haben Sie etwa eine Waffe dabei?«

»Kommen Sie, Davenport, lassen Sie mich in Ruhe.«

Randy Leski hatte früher niemals eine Schußwaffe am Körper getragen; es schien für ihn geradezu ein religiöses Gebot zu sein. »Was zum Teufel ist passiert?«

Leski war ein Verbrecher. Wenn man ihn mit einer Waffe erwischte, kam er unweigerlich in den Knast. Er schaute auf sein Bier hinunter. »Kennen Sie die Gegend, in der ich wohne?«

»War in letzter Zeit nicht mehr dort.«

»Schlechte Nachrichten... Schlechte Nachrichten, Davenport. Bin froh, daß meine Mutter das nicht erleben muß. Diese Kids, Davenport... Sie legen dich um, wenn du nur versehentlich gegen sie stößt.« Leski legte den Kopf schief, sah Lucas an. Seine

Augen hatten die Farbe von trübem Spülwasser. »Ich schwöre bei Gott, neulich abends bin ich bei Pansy's, und dieses Arschloch von Kid scheißt dieses Mädchen ganz gewaltig an, und ihr Freund – Bill McGuanes Junge – steht auf und sagt zu dem Mädchen: ›Komm, wir gehn.‹ Und sie gehn. Und ich treffe Bill und erzähl ihm das, und er sagt zu mir: ›Ich hab' meinem Jungen gesagt, laß dich nie zu 'nem Kampf aufreizen, niemals. Mein Sohn ist kein Feigling, aber man setzt sein Leben aufs Spiel, wenn man sich auch nur in den kleinsten Streit verwickeln läßt.‹ Und er hat recht, Davenport. Du kannst nicht mehr auf der Straße gehen, ohne daß du Angst haben mußt, jemand haut dir eins über den Schädel. Ohne jeden verdammten Grund. Früher war's doch so, wenn's jemand auf dich abgesehen hatte, dann hatte er 'nen Grund, den man verstehen konnte. Und heute? Für nichts und wieder nichts …«

»Okay, aber sei vorsichtig mit dem Ding, okay?«

»Okay.« Leski wandte sich wieder seinem Bier zu, und Lucas trat zurück. Leski fing an zu kichern, und seine Hautlappen im Gesicht zitterten dabei von der Anstrengung, und er sagte: »Junky Doog!« Und er kicherte und kicherte …

Draußen schaute Lucas sich um, aber es gab in der Gegend nichts mehr für ihn zu tun. In der Ferne waren Sirenen zu hören – viele Sirenen und Martinshörner. Irgendwas war passiert, aber er wußte nicht wo. Er dachte kurz daran, bei der Zentrale anzurufen und sich sagen zu lassen, was wo passiert war; aber so viele Sirenen bedeuteten wahrscheinlich ein Feuer oder einen schweren Verkehrsunfall. Er seufzte, jetzt doch ein wenig müde, und ging zu seinem Wagen.

Weather schlief fest. Sie würde spätestens um sechs aufstehen, leise, um ihn nicht aufzuwecken, und um sieben würde sie im OP stehen. Lucas würde dann noch etwa drei Stunden weiterschlafen. Jetzt zog er sich im Badezimmer neben dem Schlafzimmer aus, duschte kurz, um den Rauchgestank von der Bar loszuwerden, schlüpfte dann neben Weather ins Bett. Er schob sich dicht an sie heran, drückte die Beine sanft gegen ihre. Weather schlief in einem altmodischen Männer-T-Shirt und einem Bikinihöschen, das der Phantasie einiges – nicht allzuviel – überließ.

Er legte sich auf den Rücken, und ein Schnappschuß von ihr zuckte durch seinen Kopf, wie sie in diesem Hemd und dem Höschen durchs Schlafzimmer huscht. Manchmal, wenn sie am nächsten Morgen nicht operieren mußte, erlebte er diesen Schnappschuß live, und dann konnte er nicht widerstehen und ließ seine Hand unter das T-Shirt gleiten…

Nicht heute. Zu spät. Er drehte den Kopf zu ihr hin, gab ihr einen Gutenachtkuß auf die Wange. Das solle er immer tun, hatte sie zu ihm gesagt: Im Unterbewußtsein würde sie es mitbekommen…

Nach langer Zeit, wie ihm vorkam, spürte er ihre Hand an seinem Körper, und er machte die Augen auf. Es war noch fast dunkel im Zimmer, Tageslicht drang schwach durch die geschlossenen Vorhänge. Weather saß voll angezogen auf der Bettkante neben ihm, und sie drückte noch einmal quälend zu. »Sehr schön, daß an Männern Handgriffe sind«, sagte sie. »Man kann sie damit gut aufwecken.«

»He…?« Er war noch nicht ganz da.

»Du stehst besser auf und guckst mal in den Fernseher«, sagte sie und nahm ihre Hand von ihm. »Im Frühstücksprogramm reden sie von dir.«

»Von mir?« Er kämpfte sich hoch.

»Wie heißt noch dieser malerische Spruch, den ihr Polizisten so gern von euch gebt? ›Die verdammte Scheiße ist in den Ventilator geraten‹. Ich glaube, genau das ist passiert.«

Kapitel 7

Anderson wartete im Flur vor Lucas' Büro auf ihn, las in einem Stapel von Computerausdrucken. Als er Lucas kommen sah, stieß er sich von der Wand ab.

»Der Chief will uns *sofort* sehen.«

»Ich weiß. Man hat mich angerufen. Und ich habe TV3 gesehen«, sagte Lucas.

»Ein Bericht für dich«, sagte Anderson und gab ihm einen Schnellhefter. »Die Ergebnisse der vergangenen Nacht über Wannemaker. Nichts in den Galerien. Die Camel ist bestätigt, der Tabak auf ihrem Körper stammt von der Zigarette. An ihren Handgelenken sind Fesselspuren, aber keine Reste von einem Seil oder einer Schnur; ihre Fußgelenke waren mit einem Stück gelbem Plastikseil zusammengebunden. Das Seil ist alt, teilweise morsch durch Sonneneinwirkung; wenn wir mehr davon auftreiben, können wir vielleicht eine Übereinstimmung nachweisen.«

»Sonst noch was? Hautfetzen, Sperma, irgendwas?«

»Bis jetzt nicht... Und hier ist die Bey-Akte.«

»Mein Gott...« Lucas schlug die Akte auf. Die meisten Unterlagen in der Akte waren für Connells Bericht fotokopiert worden; einige wenige andere Dinge hatte Lucas noch nicht zu Gesicht bekomen. Mercedes Bey, siebenunddreißig, ermordet 1984, Akte noch nicht abgeschlossen... Die erste auf Connells Liste – und das Hauptthema im Bericht von TV3.

»Hast du schon von der Sache drüben bei den Seen gehört?« fragte Anderson, dämpfte dabei seine Stimme, als wolle er einen besonders schmutzigen Witz erzählen.

»Nein. Was ist passiert?« Lucas schaute von der Bey-Akte auf.

»Schlimme Sache. Zu spät, um noch ins Frühstücksfernsehen zu kommen. Ein Mann und – vielleicht – seine Freundin. Der Mann liegt im Koma, bleibt vielleicht für immer eine lebende Leiche. Die Frau ist tot. Ihr wurde der Schädel eingeschlagen, wahrscheinlich mit einem Bleirohr oder einer Eisenstange. Oder mit einem Gewehrlauf oder einer langläufigen Pistole, möglicherweise einer Redhawk. Sieht aus wie ein Nullachtfünfzehn-Raubüberfall. Aber wirklich häßlich. *Wirklich* häßlich.«

»Die Jungs von der Mordkommission flippen doch jetzt sicher aus, oder?«

»Alle flippen aus«, bestätigte Anderson. »Der ganze Haufen ist dort versammelt. Roux ist gerade zurückgekommen. Und dann auch noch diese TV-Sache – der Chief ist stocksauer.«

Roux war tatsächlich auf tausend. Sie stach mit ihrer Zigarette in Lucas' Richtung. »Sagen Sie mir ja, daß Sie mit der Sache nichts zu tun hatten!«

Lucas hob die Schultern, sah die anderen an, setzte sich hin. »Ich hatte mit der Sache nichts zu tun.«

Roux nickte, nahm einen tiefen Zug an der Zigarette; ihr Büro stank nach Rauch wie eine Bowlingbahn bei einem Spitzenwettkampf. Lester saß mit übergeschlagenen Beinen in einer Ecke, sah sehr unglücklich aus. Anderson hockte gebeugt auf seinem Stuhl, starrte Roux durch seine dicken Brillengläser wie eine Eule an. »Ich habe das auch nicht angenommen«, sagte Roux. »Wir alle wissen ja, wer es war.«

»Mmm.« Lucas wollte es nicht aussprechen.

»Sie wollen es nicht laut sagen?« fragte Roux. »Aber ich sage es. Es war diese verdammte Connell.«

»Zwölf Minuten«, sagte Anderson. »Der längste Einzelbericht, den TV3 je morgens gebracht hat. Sie *müssen* Connells Akte gehabt haben. Sie konnten exakt jeden Namen und jedes Datum nennen. Sie hatten ein Video über den Mercedes-Bey-Mord ausgegraben. Verwendeten Fakten, die sie damals, als sie das Video machten, nicht angesprochen haben. Und dann dieser Bericht über Wannemaker – mein Gott, sie hatten sogar ein Video darüber, wie die Leiche aus dem Container gehieft wird, ohne Umhüllung oder sonst was, nur dieser verdammte große Klumpen aus Eingeweiden mit dem dranhängenden Kopf…«

»Sie haben es von der Brücke aus aufgenommen«, sagte Lucas. »Wir haben das Fernsehteam da oben gesehen. Ich wußte allerdings nicht, daß sie so gute Kameralinsen haben.«

»Die Akte des Falles Bey ist natürlich noch nicht geschlossen«, sagte Lester und wechselte das Übereinanderschlagen der Beine von einem aufs andere. »Keine Verjährungsfrist bei Mord.«

»Daran hätte ich gestern denken sollen«, sagte Roux, stand auf, marschierte auf dem Teppich auf und ab, tippte bei jedem zweiten Schritt die Asche von der Zigarette. Ihr Haar, nie besonders schick, stand in Büscheln vom Kopf wie kleine Hörner ab. »Sie haben Beys Mutter interviewt. Sie ist dieser Typ der zerbrechlichen alten Lady, gekleidet in den Morgenmantel eines Altenheims, das Gesicht wie Pergament. Sie sagte, wir würden ihre Tochter auf ewig ihrem Mörder überlassen. Sie sah miserabel aus, als ob sie bald sterben würde. Sie müssen sie um drei Uhr morgens aus dem Bett geholt haben, um das Interview aufzuzeichnen.«

»Diese Aufnahmen von Connell waren ziemlich komisch, wenn sie denn diejenige ist, die dem Fernsehen die Informationen geliefert hat«, meinte Anderson.

»Oh, die haben sie nachgestellt«, sagte Roux und machte eine abwehrende Bewegung mit der Zigarettte. »Ich habe dasselbe gottverdammte Spielchen mitgemacht, als ich den Finanzausschuß mal anzapfen wollte. Sie bringen dich in eine Straße und lassen dich in ein Gebäude reingehen, filmen es, und nachher sieht es dann so aus, als hätten sie dir dort zu einer bestimmten Zeit aufgelauert oder es wären Archivaufnahmen. So haben sie das mit Connell auch gemacht.« Roux sah Lucas an. »In zehn Minuten muß ich mich der Presse stellen.«

»Viel Glück.« Er lächelte, ein dünnes, schiefes Lächeln.

»Wir sind nie aus dem Fall ausgestiegen, okay?« Ihre linke Augenbraue hob und senkte sich.

»Natürlich nicht«, sagte Lucas. »Ihre Quelle war falsch informiert. Ich habe gestern abend noch Ermittlungen in dem Fall angestellt und sogar die Spur eines potentiellen Verdächtigen aufgenommen.«

»Stimmt das?« Wieder hob sich ihre Augenbraue.

»Mehr oder weniger ja«, sagte Lucas. »Junky Doog arbeitet vermutlich auf einer Müllkippe im Dakota County.«

»Hmmm... Ich werde das ›eine bedeutsame Entwicklung‹ nenen«, sagte Roux mit einem Anflug von Zufriedenheit. »Wenn Sie ihn heute noch reinbringen, werde ich das persönlich und exklusiv dem *Strib* zum Fraß vorwerfen. Und auch alles andere, was Sie rausfinden. Zum Teufel mit TV3.«

»Wenn Connell ihre Quelle ist, werden sie wissen, daß Sie lügen, wenn Sie sagen, wir hätten die Sache nie abgeblasen«, warf Lester ein.

»Na und?« sagte Roux. »Was wollen sie dann machen? Mit uns

rumstreiten? Ihre Quelle aufdecken? Ich scheiße auf den Sauhaufen.«

»Arbeitet Connell weiterhin mit mir zusammen an der Sache?« fragte Lucas.

»Wir haben ja wohl keine andere Wahl«, fauchte Roux. »Wenn wir die Untersuchung nicht abgeblasen haben, muß sie ja noch daran mitarbeiten, nicht wahr? Ich werde mich später mit ihr beschäftigen.«

»Für Connell gibt es kein später«, sagte Lucas.

»O Gott«, sagte Roux und blieb abrupt stehen. »O Gott, ich wollte, Sie hätten das nicht gesagt...«

Der TV3-Bericht bestand aus einer Mischung von verschiedenen Archivaufnahmen, von einer toll aussehenden blonden Reporterin mit ausgesprochen erotischer Stimme kommentiert. Die Reporterin, genauso teuer wie geschmacklos gekleidet, breitete eine lange, gefühlsbetonte Anklage vor den Zuschauern aus, die auf Connells Ermittlungsakte basierte; hinter ihr, in bestem Addams-Family-Stil angestrahlt, war das Backsteingebäude in den Slums zu sehen, in dem Mercedes Bey mit aufgeschlitztem Bauch tot aufgefunden worden war. Sie berichtete Einzelheiten von dem Mord an Bey und jedem einzelnen der folgenden, gleichgearteten Morde, zitierte dabei sogar Details aus den Autopsieberichten. Sie sagte: »Nach Roux' umstrittener Entscheidung, diese Mordserie unter den Teppich zu kehren...« und: »Nachdem die Polizei von Minneapolis die Untersuchung dieser Mordserie offensichtlich aus politischen Motiven aufgegeben hat...« und: »Wird Mercedes Beys Anspruch auf Gerechtigkeit wegen eines Kuhhandels der Polizei von Minneapolis abgewürgt? Werden andere unschuldige Frauen im Gebiet von Minneapolis wegen dieser Entscheidung einen Blutzoll an diesen brutalen Mörder zahlen müssen? Wir sind zum Abwarten gezwungen...«

»Niemand kann so mit mir umspringen!« schrie Roux ihren Pressereferenten an, als Lucas zusammen mit Anderson ihr Büro verließ. »Niemand kann mich so in die Pfanne hauen!«

Anderson grinste Lucas an und sagte: »Connell kann.«

Greave paßte Lucas im Flur ab. »Ich habe die Akte gelesen, aber es war Zeitverschwendung. Ich hätte mir nur die Zusammenfassung im Fernsehen heute morgen anzusehen brauchen.« Er trug einen locker sitzenden lavendelfarbenen Anzug und eine blaue Seidenkrawatte.

»Ja«, grunzte Lucas. Er schloß die Tür seines Büros auf, und Greave folgte ihm. Lucas schaltete den Anrufbeantworter ein. Es lag eine Nachricht vor, er spielte sie ab. Meagan Connells Stimme, scheinheilig: »Ich habe den Bericht im Fernsehen heute morgen gesehen. Führt das zu irgendwelchen Veränderungen?« Lucas grinste über diese Unverschämtheit und kritzelte die Telefonnummer, die sie hinterlassen hatte, auf einen Zettel.

»Was machen wir jetzt?« fragte Greave.

»Wir machen uns auf die Socken und suchen einen Mann drüben im Dakota County. Früherer Sexpsychopath, der gern mit Messern hantierte.« Während er das sagte, wählte er Connells Nummer. Schon nach dem ersten Läuten hob sie ab. »Hier ist Davenport.«

»Mein Gott«, sagte Connell, »ich habe den Bericht im Fernsehen gesehen...«

»Ja, ja... Es gibt noch drei Leute in der Stadt, die nicht wissen, wer die Quelle dafür ist, und keiner dieser Leute heißt Roux. Sie treten heute am besten ganz kurz. Roux ist stocksauer. Und inzwischen sind wir wieder drin in dem Spielchen.«

»Wir bearbeiten den Fall wieder...« Sie ließ es wie eine Feststellung klingen, mit einem Unterton der Befriedigung. »Gibt es irgendwas Neues?«

Er berichtete ihr von Andersons Informationen vom forensischen Polizeilabor des Staates Wisconsin.

»Spuren einer Fesselung? Wenn er sie gefesselt hat, muß er sie irgendwohin gebracht haben. Das ist doch schon mal eine erste Erkenntnis... Ich wette, er hat sie mit zu sich nach Hause genommen. Er lebt hier – und das ist eine andere Situation als bei den anderen Fällen, wo er sie nicht zu sich nach Hause mitschleppen konnte... Hey, Mercedes Bey war auch eine Zeitlang vermißt, ehe man sie dann gefunden hat.«

»Könnte stimmen«, meinte auch Lucas. »Greave und ich machen uns jetzt auf die Suche nach Junky Doog. Ich habe einen Hinweis, wo er sein könnte.«

»Ich würde gern mitkommen.«

»Nein. Ich möchte Sie heute nicht sehen«, sagte Lucas. »Es ist am besten so, glauben Sie mir.«

»Wie wär es denn dann, wenn ich ein paar Telefonanrufe mache?« fragte sie.

»Bei wem?«

»Bei Leuten auf der Buchladen-Liste.«

»St. Paul sollte das tun«, sagte Lucas.

»Noch nicht, die haben damit noch nicht angefangen. Ich lege jetzt gleich los.«

»Reden Sie erst mit Lester darüber«, sagte Lucas. »Er soll das mit St. Paul abklären. Dieser Teil der Untersuchung gehört nun wirklich in deren Zuständigkeit.«

»Wollen Sie sich jetzt mal meinen Fall anhören?« fragte Greave, als sie zum Porsche gingen.

»Muß das sein?«

»Na ja, es sei denn, Sie wollen sich lieber ein paar Stunden mein Gejammer anhören.«

»Legen Sie los«, sagte Lucas.

Eine Lehrerin namens Charmagne Carter war tot in ihrem Bett aufgefunden worden, wie Greave erzählte. Ihr Appartement war von innen abgeschlossen. Es war mit einem Sicherheitssystem ausgestattet, dessen Bewegungs- und Infrarotdetektoren direkt an das Alarmmeldesystem einer Sicherheitsfirma angeschlossen waren.

»Fest verschlossen?«

»Ja, komplett.«

»Wieso gehen Sie davon aus, daß sie ermordet wurde?«

»Ihr Tod kam einigen schlechten Menschen sehr gelegen.«

»Nennen Sie mir Namen.«

»Die Joyce-Brüder, John und George«, sagte Greave. »Kennen Sie die?«

Lucas lächelte. »Sehr gut sogar«, antwortete er.

»Tatsächlich?«

»Ich habe als Kind Hockey gegen sie gespielt«, erklärte Lucas. »Sie waren damals schon Arschlöcher und sind es auch heute noch.«

Die Joyce-Brüder waren fast reiche Leute, erzählte Greave weiter. Angefangen hatten sie damit, daß sie Wohnblocks in den Slums von den Besitzern – meistens Rechtsanwälten, wie es schien – pachteten und die einzelnen Wohneinheiten dann vermieteten. Als sie genug Geld angesammelt hatten, kauften sie einige heruntergekommene Absteigen, und als es immer mehr in Mode kam, Obdachlosen Wohnraum zu verschaffen, brachten sie diese Absteigen auf einen minimalen Wohnstandard und verkauften sie an eine Wohltätigkeitsstiftung.

»Der Direktor der Stiftung fuhr kurz darauf in einem nagelneuen BMW durch die Gegend«, sagte Greave.

»Hat wohl aufs Mittagessen verzichtet und so das Geld dafür zusammengespart«, kommentierte Lucas.

»Ohne Zweifel«, meinte Greave. »Die Joyce-Brüder nahmen jedenfalls das Geld und fingen an, in großem Stil Appartements aufzukaufen. Man hat mir erzählt, sie hätten bis zu einem bestimmten Zeitpunkt mal einen Wert von fünf bis sechs Millionen Dollar verkörpert. Aber dann fiel die Wirtschaft auf den Arsch. Auch der Handel mit Appartements, der sogar besonders heftig.«

»O weh…«

»Jedenfalls, die Joyce-Brüder kratzten zusammen, was sie noch retten konnten, und steckten jeden Dollar in dieses alte Appartement-Gebäude an der Southeast Side. Vierzig Wohneinheiten. Breite Flure.«

»Breite Flure?«

»Ja, breite Flure. Der Gedanke dabei war, ein paar neue Gipswände einzuziehen und mit Plastikmasse und Farbe zu verkleistern, vorhandene Einbauschränke rauszuschmeißen, um mehr Platz zu schaffen, billige Ölöfen und Kühlschränke reinzustellen und das Gebäude dann als Unterkunft für sozial Schwache an die Stadt zu verkaufen. Die Joyce-Brüder hatten beim Stadtrat ein paar Leute geschmiert; die waren ganz wild drauf, das Gebäude anzukaufen. Aber da war ein Haar in der Suppe.«

»Die Lehrerin, Charmagne Carter, und ein Dutzend anderer Mieter hatten mit dem letzten Manager des Gebäudes – ehe die Joyce-Brüder es kauften – langfristige Mietverträge für ihre Appartements abgeschlossen«, berichtete Greave weiter. »Der Manager hatte gewußt, daß er bei dem bevorstehenden Besitzerwechsel seinen Job verlieren würde, und hatte die Mietverträge, wie einen trotzigen Racheakt, noch schnell abgeschlossen. Die Stadt war aber nicht bereit, das Gebäude zu kaufen, solange Mieter mit so langfristigen, unrentablen Verträgen darin wohnten. Die Joyces kauften einige wenige Leute aus den Mietverträgen heraus und verklagten diejenigen, die sich nicht rauskaufen lassen wollten. Das Distriktgericht bestätigte jedoch die Gültigkeit der Mietverträge.«

Greave fuhr fort: »Die Mietverträge laufen über fünfzehn Jahre bei einer Monatsmiete von 500 Dollar plus jährlicher Erhöhung um zwei Prozent, und für diesen Preis sind es tolle Wohnungen. Diese Miete deckt aber nicht mal die Inflationskosten. Klar, daß die Leute nicht rauswollten. Aber sie hätten es letztlich wohl doch getan, denn die Joyce-Brüder schikanierten sie gewaltig. Nur diese ältere Lady ließ sich nicht einschüchtern und hielt auch noch eine Reihe anderer Mieter bei der Stange. Und dann liegt sie eines Tages tot in ihrer Wohnung.«

»Mmm.«

»Irgendwann vergangene Woche erscheint sie nicht in der Schule«, berichtete Greave weiter. »Der Direktor ruft bei ihr an, keine Antwort. Ein Cop wird gerufen, kriegt die Tür nicht auf – sie ist von innen verschlossen, und die Frau meldet sich immer noch nicht am Telefon. Sie brechen schließlich die Tür auf, die Alarmanlage jault los, und da liegt sie tot in ihrem Bett. George Joyce wischt sich die Tränen aus den Augen und sieht dabei aus wie die Katze, die gerade den Kanarienvogel aufgefressen hat. Wir gehen natürlich davon aus, daß sie die Frau ermordet haben.«

»Autopsie?«

»Ja. Nichts festzustellen. Die Toxikologen finden nur die

Überreste von einigen Schlaftabletten, für die sie ein Rezept hatte. Eine Bierflasche und ein Glas standen auf dem Nachttisch, aber sie hatte den Alkohol offensichtlich schon abgebaut, denn in ihrem Blut war keiner mehr zu finden. Ihre Tochter sagt, sie hätte abends immer zwei Schlaftabletten mit einem Bier runtergespült und dann gelesen, bis sie schläfrig wurde, sei noch aufs Klo und dann ins Bett gegangen. Und es sieht so aus, als ob sie genau das auch an dem fraglichen Abend gemacht hätte. Die Ärzte sagen, ihr Herz hätte aufgehört zu schlagen. Punkt. Ende der Story.«

Lucas zuckte mit den Schultern. »So was soll vorkommen.«

»Kein Hinweis auf Herzprobleme bei ihr oder in der Familie. Ärztliche Grunduntersuchung im Februar, keine Hinweise auf Krankheiten bis auf die Schlaflosigkeit und die Feststellung, sie sei zu dünn – und Untergewicht spricht ja eher gegen diese Herzsache.«

»Trotzdem kommt so was vor«, beharrte Lucas. »Leute fallen einfach tot um.«

Greave schüttelte den Kopf. »Als die Joyce-Brüder noch diese billigen Absteigen betrieben, hatten sie einen Kerl, der sich darum kümmerte, daß dort alles im Sinne der Besitzer ablief. Sie haben ihn als Verwalter des Appartementblocks eingesetzt. Alter Freund von Ihnen; Sie haben ihn drei- oder viermal festgenommen, wie ich aus dem Vorstrafenregister weiß. Erinnern Sie sich an Ray Cherry?«

»Cherry? Mein Gott... Der ist *wirklich* ein Mistkerl. Hat als Schüler bei den Stadtmeisterschaften um die goldenen Handschuhe geboxt...« Lucas kratzte sich an der Wange, überlegte. »Sie haben da echt einen Haufen von Mistkerlen beisammen. Mein Gott...«

»Aber was soll ich tun? Ich habe nichts in der Hand.«

»Suchen Sie sich einen kräftigen Schläger und einen dunklen Keller. Nach einiger Zeit wird Cherry dann schon reden.« Lucas grinste durch die Zähne, und Greave zuckte erschreckt vor ihm zurück.

»Sie meinen das doch wohl nicht im Ernst...«

»Mmm, nein«, sagte Lucas. Und dann leuchtete sein Gesicht

auf. »Vielleicht ist sie mit einem Eiszapfen erstochen worden.«

»Was …?«

»Lassen Sie mich noch ein wenig über die Sache nachdenken«, sagte Lucas.

Es gab zwei Müllkippen im Dakota County. In Bestätigung von *Murphy's Law* fuhren sie erst zur falschen, fanden dann über eine Folge von geteerten Nebenstraßen die richtige. Auf der letzten halben Meile waren sie zwischen zwei schwerfälligen Müllwagen eingezwängt, deren Ladung die frische Sommerluft verpestete.

»Büro«, sagte Greave und zeigte nach links. Er klopfte die Vorderseite seines lavendelfarbenen Anzugs ab, als ob er damit den Gestank verfaulter Früchte wegwischen könnte.

Das Büro der Deponie befand sich in einem kleinen Backsteingebäude mit einem großen Aussichtsfenster, durch das man alles im Auge behalten konnte: zwei große LKW-Wagen und die Bagger, die am Ende der Kippe gelbe Erde auf den Müll schoben. Lucas fuhr zu dem Gebäude und stellte den Porsche am Rand des Parkplatzes ab.

Im Büro teilte ein mit Linoleum überzogener Tresen den vorderen vom hinteren Teil ab. Ein fetter Mann in einem grünen T-Shirt saß an einem Metallschreibtisch hinter dem Tresen und saugte an einer nicht angezündeten Zigarre. Er beklagte sich bei irgend jemandem am Telefon, zupfte dabei pfenniggroße abgestorbene Hautfetzen von seinen Ellbogen – die Qualen der Schuppenflechte. Eine Tür hinter dem fetten Mann führte zu einer telefonzellengroßen Toilette. Die Tür stand auf, und aus dem Klo drang ein leises Gurgeln. Eine halb aufgebrauchte Rolle Toilettenpapier lag auf dem Wasserkasten, eine andere auf dem Boden, vollgesaugt mit rostigem Wasser.

»Der sagt zu mir, es kost 'nen Hunderter, wenn er schon nur herkommt und sich das anguckt«, sagte der Fettwanst ins Telefon, schaute dabei in die Toilette. »Und ich sag' dir, ich fahr' zur Fleet-Farm und hol mir dort die Ersatzteile … Ja, das weiß ich, Al, aber das bringt mich auf die Palme.«

Dann legte er die Hand auf die Sprechmuschel und sagte: »Ein Moment noch.« Dann wieder ins Telefon. »Al, ich muß aufhören, da sind zwei Typen in Anzügen reingekommen. Ja…« Er sah Lucas an und fragte: »Sind Sie vom Umweltamt?«

»Nein.«

Der fette Mann sagte »nein« ins Telefon, hörte zu, schaute wieder auf. »Von der Gesundheitsbehörde?«

»Nein. Wir sind Cops von der Stadtpolizei Minneapolis.«

»Cops aus Minneapolis«, sagte der Fettwanst zu seinem Gesprächspartner. Er hörte wieder eine Weile zu, sah wieder auf. »Er hat den Scheck abgeschickt.«

»Was…?«

»Er hat seiner Ex-Frau den Scheck geschickt. Hat ihn heute morgen in den Briefkasten geworfen, über die ganze Summe.«

»Großartig«, sagte Lucas. »Ich hoffe, daß das stimmt, denn sonst müßte ich ihn wegen Falschaussage einem im Dienst befindlichen Polizeibeamten gegenüber, also wegen einem Verbrechen dritten Grades, verhaften.«

Greave drehte sich zur Seite, um sein Grinsen zu verbergen, während der fette Mann ins Telefon wiederholte, was Lucas gesagt hatte. Dann, nach einer Pause, schloß er: »Das war's, was der Cop gesagt hat«, und legte auf. »Er sagt, er hat den Scheck wirklich abgeschickt.«

»Okay«, befand Lucas. »Wir suchen noch nach einem anderen Typ, der sich angeblich hier rumtreibt. Junky Doog…« Die Augen des fetten Mannes glitten zur Seite, und Lucas fragte: »Er ist also hier?«

»Junky ist, ehm, irgendwie…« Der fette Mann tippte sich mit dem Zeigefinger an die Schläfe.

»Ich weiß. Ich hatte ein paarmal mit ihm zu tun.«

»Auch in letzter Zeit?«

»Nicht mehr, seit er aus St. Peter raus ist.«

»Ich glaub', er hat Alzheimer«, sagte der fette Mann. »An manchen Tagen ist er nicht ganz da. Er vergißt zu essen und scheißt sich in die Hose.«

»Und wo ist er?« fragte Lucas.

»Mein Gott, ich fühl' mich schlecht, wenn ich an ihn denk'. Er ist einer von denen, die nie 'ne Chance gehabt haben«, sagte der Fettwanst. »Nicht an einem einzigen Tag in seinem ganzen verdammten Leben.«

»Er pflegte Leute aufzuschlitzen. Und das darf man nicht.«

»Ja, ich weiß. Schöne Frauen… Und ich bin kein Softy, wenn's um Verbrechen geht, aber wenn man mit Junky redet, dann *weiß* man einfach, der hat's nicht besser gewußt. Er ist wie'n Kind. Ich meine, er ist nicht wie'n Kind, weil ein normales Kind nicht tun würd', was er getan hat… Ich meine, er kennt es einfach nicht anders. Er ist wie'n… Pitbull oder so was. Es ist einfach nicht seine Schuld…«

»Wir werden das berücksichtigen«, sagte Greave sanft. »Wirklich, wir berücksichtigen solche Dinge.«

Der fette Mann seufzte, rappelte sich mühsam auf und ging um den Tresen herum zum Fenster. Er deutete über die Müllkippe. »Sehen Sie da drüben den Weidenbaum am Waldrand? Dort hat er seinen Lagerplatz. Wir dürften das nicht zulassen, aber was soll man machen…?«

Lucas und Greave stapften über die gelbe Erde der Müllkippe, versuchten, den Staubwolken auszuweichen, die von den vorbeidonnernden Müllwagen aufgewirbelt wurden. Die Müllkippe sah eher wie eine Autobahnbaustelle aus. Große Schaufelbagger kurvten an den Enden herum und schoben Erde über den Abfall; nur an den äußersten Rändern war der Müll selbst zu sehen: ein Wirrwarr aus grünen Plastik-Müllsäcken, weggeworfenen Windeln, Monatsbinden, Cornflakes-Schachteln, Pappkartons, Plastikfetzen, Metallstücken, und das alles wurde mit gelber Erde abgedeckt. Die ganze Deponie war von einem Gürtel aus nachwachsendem Wald umgeben. Möwen, Krähen und Tauben kreisten auf der Suche nach Futter über dem Abfall, und ein knochiger grauer Hund schlich wie ein Schakal am Rand des Mülls entlang.

Die Weide war alt; aus dem gelblichen inneren Blätterdach ragten große, schaukelnde Äste mit hellem, frisch nachgewachsenem

Grün hervor. Unter dem Baum waren zwei blaue Plastikplanen über niedere Äste geworfen worden und bildeten so zwei Zeltdächer. Unter dem einem stand ein aus dem Müll geretteter Grill; unter dem anderen lag eine Matratze. Auf der Matratze wiederum lag ein Mann, das Gesicht nach oben, die Augen offen. Er rührte sich nicht.

»O Gott, er ist tot!« sagte Greave leise.

Lucas, gefolgt von dem zögernden Greave, trat von der aufgeschütteten Erde am Rand der Kippe auf die von Gras überwucherte Fläche, folgte einem schmalen Pfad um ein niederes Gebüsch herum, wurde plötzlich vom Gestank menschlicher Exkremente überfallen. Der Gestank war penetrant, kam aus keiner bestimmten Richtung. Lucas atmete nur noch durch den Mund, griff unbewußt zur Hüfte, löste den Verschluß des Pistolenholsters, zog die Pistole ein kleines Stück heraus, schob sie wieder zurück. Er trat dicht vor den Mann auf der Matratze, rief: »Hallo! Hey!«

Der Mann zuckte leicht zusammen, versank dann wieder in seine Starre. Einen Arm hatte er an der Seite ausgestreckt, der andere lag auf seiner Hüfte. Mit dem ausgestreckten Arm stimmte etwas nicht, wie Lucas sah, als er noch einen Schritt näher an den Mann herantrat. Dicht neben der Matratze diente ein flacher Baumstumpf als Tisch. Mehrere kleine braune Rollen lagen darauf, sahen aus wie Rouladen. Neben dem Baumstumpf lag eine Fünfliter-Aluminiumkanne Farbverdünner, umgekippt, mit offenem Verschluß.

»Hey...«

Der Man rollte sich auf die Seite, versuchte, sich aufzurichten. Junky Doog... Er war barfuß. Und er hatte ein Messer in der Hand, ein langes, gebogenes Exemplar, mit Perlmuttgriff, die fünfzehn Zentimeter lange Klinge aufgeklappt. Doog hielt es vorsichtig zwischen Daumen und Zeigefinger, wie ein Rasiermesser, und er sagte: »Hautabihrarschlöscher«, in einem Wort. Doogs Pupillen waren milchig-weiß, als seien sie vom grauen Star befallen, und seine Gesichtshaut war braun verbrannt. Er hatte keine Zähne mehr, und er hatte sich seit Wochen nicht mehr rasiert. Als er aufstand, fiel sein ergrauendes, verfilztes Haar bis auf die Schultern. Er sah schlimmer aus, als Lucas ihn je gesehen hatte – sah schlimmer aus, als Lucas je in seinem Leben ein menschliches Wesen gesehen hatte…

»Überall hier liegt Scheiße«, sagte Greave. Dann: »Vorsicht! Passen Sie auf das Messer auf…«

Junky wirbelte das Messer mit der Geschicklichkeit eines Cheerleaders, der seinen Stab schwingt, durch die Finger, und die Klinge blitzte im schwachen Sonnenlicht auf. »Hautabihr-arschlöcher!« schrie er wieder. Er machte einen Schritt auf Lucas zu, fiel hin, versuchte, sich mit der freien Hand, der Hand ohne Messer, abzustützen, schrie auf, rollte sich auf den Rücken, drückte die Hand gegen die Brust. An der Hand waren keine Finger mehr. Lucas schaute auf den Baumstumpf: Die braunen Rollen waren menschliche Finger und Zehen…

»Um Himmels willen«, murmelte Lucas. Er sah zu Greave hinüber, der den Mund weit aufgerissen hatte. Junky winselte, versuchte aufzustehen, immer noch mit dem blitzenden Messer in der gesunden Hand. Lucas trat hinter ihn, setzte ihm den Fuß zwischen die Schulterblätter und drückte ihn mit dem Gesicht nach unten in den Dreck neben der Matratze. Er nagelte ihn mit dem Fuß fest, griff nach dem kranken Arm, und als Junky sich krümmte, aufschrie, packte er den anderen Arm, schüttelte ihn, bis Junky das Messer fallen ließ. Junky war zu schwach, um Widerstand zu leisten; schwächer als ein Kind.

»Können Sie gehen?« fragte Lucas und versuchte, Junky auf die Beine zu helfen. Dann zu Greave: »Helfen Sie mir.«

Junky winselte weiter vor sich hin, nickte aber, kam mit Lucas' und Greaves Hilfe auf die Füße.

»Wir müssen gehen, Mann«, sagte Lucas. »Wir müssen gehen, Junky. Wir sind Cops, Sie müssen mit uns kommen.«

Sie führten ihn weg aus dem Gestank, durch das Gebüsch, und Junky wimmerte weiter, taumelte; auf dem halben Weg den Pfad hinunter ging plötzlich ein Ruck durch ihn, er drehte sich um, sah Lucas an, mit einem fast klaren Blick in den Augen. »Hol mein Messer. Hol mein Messer. Es verrostet sonst.«

Lucas sah ihn lange an, schaute zurück zur Weide. »Halten Sie ihn«, sagte er zu Greave... Junky hatte nichts mit den derzeitigen Mordfällen zu tun; das war ausgeschlossen. Aber Lucas wollte dennoch das Messer sicherstellen.

»Hol mein Messer...«

Lucas trabte zurück zu Junkys Lagerplatz, nahm das Messer, klappte es zu, ging dann zurück. Greave führte den schwankenden Junky am Arm über den Pfad. Junky war wieder weggetreten. Er stakste, von Greave gestützt, schweigend über die gelbe Erde, mit steifen Beinen, als seien es Holzpfähle... An seinen Füßen waren nur die großen Zehen übriggeblieben. An der linken Hand hatte er nur noch den Daumen und die untersten Glieder der anderen Finger; die Hand war feuerrot entzündet.

Der fette Mann kam aus dem Bürogebäude, und Lucas sagte zu ihm: »Rufen Sie die 911 an. Sagen Sie, ein Polizeibeamter brauche einen Krankenwagen. Mein Name ist Lucas Davenport, und ich bin Deputy Chief bei der Stadtpolizei Minneapolis.«

»Was ist passiert, haben Sie...?« fing der fette Mann an, unterbrach sich, als er Junkys Hand, dann seine Füße sah. »O heilige Maria Mutter Gottes«, sagte er und stürzte in sein Büro.

Lucas sah Junky an, nahm das Messer aus der Tasche, gab es ihm. »Lassen Sie ihn los«, sagte er zu Greave.

»Was haben Sie denn vor?« fragte Greave.

»Lassen Sie ihn einfach los.«

Zögernd ließ Greave Junkys Arm los, und das Perlmutt des geschlossenen Messers blitzte in Junkys Hand auf. Lucas trat seitlich vor ihn, nahm die Haltung eines Messerstechers ein und sagte mit leiser, herausfordender Stimme: »Ich werde dich jetzt aufschlitzen, Junky.«

Junky wandte sich ihm zu, und ein schwaches Lächeln zuckte über sein verwüstetes Gesicht. Er drehte das Messer, und plötzlich schnappte die Klinge auf. Junky taumelte auf Lucas zu.

»Ich schlitz' dich auf, nicht du mich«, knurrte er.

»Ich schneide dir den Arsch ab, Mann«, sagte Lucas und bewegte sich nach rechts, weg von dem Messer.

»Du schneidest gar nichts...«

Der fette Mann kam aus dem Büro. »Hey, was treibt ihr denn da?«

Lucas warf ihm einen kurzen Blick zu. »Ganz ruhig bleiben. Kommt der Krankenwagen?«

»Ist schon unterwegs«, antwortete der Fettwanst. Er machte einen Schritt auf Junky zu. »Junky, gib mir das Messer.«

»Werd ihn aufschnippeln«, sagte Junky und bewegte sich auf Lucas zu. Er stolperte, und Lucas griff zu, packte seinen verletzten linken Arm, drehte ihn ihm auf den Rücken, umspannte von hinten sein rechtes Handgelenk unter dem schmierigen Ärmel, schüttelte es kräftig, und das Messer fiel Junky aus der Hand.

»Ich verhafte Sie hiermit wegen eines tätlichen Angriffs auf einen Polizeibeamten«, sagte Lucas. Er stieß den fetten Mann zur Seite, hob das Messer auf, klappte die Klinge ein und steckte es in die Tasche. »Haben Sie das verstanden? Sie sind hiermit festgenommen.« Junky sah ihn an, nickte dann.

»Setzen Sie sich«, sagte Lucas. Junky wankte zum Eingang des Büros und setzte sich auf die flache Betonstufe. Lucas wandte sich an den fetten Mann. »Sie haben das gesehen. Behalten Sie gut, was Sie gerade gesehen haben.«

Der fette Mann sah Lucas zweifelnd an und sagte: »Ich glaube nicht, daß er Sie verletzt hätte.«

»Ihn offiziell festzunehmen ist das Beste, was wir für ihn tun können«, erklärte Lucas mit ruhiger Stimme. »Sie werden ihn in eine Arrestzelle stecken, ihn waschen und einkleiden und sich um seine Verletzungen kümmern.«

Der fette Mann dachte nach, nickte dann. Das Telefon schrillte, und er lief ins Büro. Lucas, Greave und Junky warteten schweigend, bis Junky plötzlich aufschaute und sagte: »Davenport... Was wollen Sie von mir?«

Seine Stimme war fest und kontrolliert, sein Blick klar.

»Jemand treibt sich in der Gegend rum und schlitzt Frauen auf«, sagte Lucas. »Ich wollte sicher sein, daß Sie das nicht sind.«

»Ich hab' auch mal ein paar Frauen aufgeschlitzt, vor langer Zeit«, sagte Junky. »Da war die eine, die hatte wunderschöne... na ja, Sie wissen schon. Ich hab' 'ne Weinranke in sie geritzt.«

»Ja, ich weiß.«

»Ist lange her; die Frauen mochten das«, sagte er.

Lucas schüttelte den Kopf.

»Und da ist einer zugange und schlitzt Frauen auf?« fragte Junky.

»Ja, jemand schlitzt Frauen den Bauch auf.«

Nach einem Moment der Stille fragte Greave Junky: »Warum tut ein Mann so was? Warum schneidet jemand Frauen den Bauch auf?« In der Ferne hörten sie, durch das Brummen der Lastwagen hindurch, die mit ihrem Müll zum Rand der Kippe fuhren, das Heulen eines Martinshorns. Der fette Mann hatte anscheinend einen dringenden Notfall aus der Sache gemacht.

»Man muß das machen«, antwortete Junky ernst. »Wenn du sie nicht aufschlitzt, besonders die hübschen, dann geraten sie dir außer Kontrolle. Aber man darf ja nicht zulassen, daß Weiber einem außer Kontrolle geraten.«

»So?«

»Ja. Du schneidest sie auf, und sie laufen dir nicht weg, da kannst du sicher sein. Sie bleiben bei dir.«

»Warum haben Sie sich dann lange Zeit keine Frauen mehr gegriffen und fangen jetzt plötzlich wieder an und schlitzen 'ner ganzen Menge den Bauch auf?«

»Das hab' ich nicht getan, ich war's nicht«, sagte Junky. Er warf Greave einen abweisenden Blick zu.

»Nein, okay. Der Kerl, nach dem wir suchen, hat das getan.«

Lucas hörte verwundert zu, wie der Mann in dem lavendelfarbenen italienischen Anzug mit dem Mann ohne Zehen plauderte, als würden sie auf der Terrasse eines Cafés einen Cappuccino miteinander trinken.

»Er hat vor kurzem damit angefangen?«, fragte Junky.

»Ja.«

Junky dachte nach, kratzte sich mit der gesunden Hand im Gesicht, hob dann den Kopf, als ob er die Lösung gefunden hätte. »Weil die Frauen dich anturnen, deshalb macht man's. Du siehst irgendwo 'ne Frau, und die turnt dich an. Das fährt dir in den Schwanz. Du läufst ein paar Tage mit 'nem Ständer rum, und dann *mußt* du doch was machen. Verstehen Sie, dann *muß* man 'ne Frau aufschlitzen.«

»Aha. Eine Frau turnt Sie an...«

»Ja.«

»Und dann schlitzen Sie ihr den Bauch auf?«

»Na ja...« Junky schien in sich hineinzuhorchen. »Vielleicht nicht genau die. Manchmal erwischst du sie nicht. Da war die eine...« Er schien sich in Gedanken an die Vergangenheit zu verlieren. Dann: »Aber du *mußt* eine Frau aufschlitzen, verstehen Sie? Wenn du das nicht machst, wirst du den Steifen nicht mehr los.«

»Na und?«

»Na und? Du kannst doch nicht die ganze Zeit mit 'nem Ständer rumlaufen. Das geht doch nicht.«

»Ich hätte nichts dagegen einzuwenden«, platzte Greave heraus.

Junky wurde wütend, und sein Gesicht zitterte vor Aufregung. »Man kann's nicht. Man kann nicht so rumlaufen.«

»Okay...«

Der Krankenwagen kam angerast, dicht gefolgt vom Streifenwagen eines Sheriffs.

»Kommen Sie, Junky, wir bringen Sie in ein Krankenhaus«, sagte Lucas.

Junky zupfte mit der gesunden Hand an Greaves Hosenbein, sagte zu ihm: »Aber du mußt sie in die Finger kriegen, früher oder später... Früher oder später mußt du die Frau in die Finger kriegen, die schuld an deinem Ständer ist. Ist doch klar, wenn die weiter rumläuft und dir den Steifen verpaßt, wann sie grad Lust dazu hat, dann hast du sie nicht unter Kontrolle. Sie ist einfach aus deiner Kontrolle, und dann mußt du sie aufschlitzen.«

»Okay...«

Lucas gab bei dem Deputy Sheriff, der dem Krankenwagen gefolgt war, eine Strafanzeige gegen Junky zu Protokoll, und Junky wurde weggebracht.

»Ich bin froh, daß ich mit Ihnen hergekommen bin«, sagte Greave. »Ich habe eine Müllkippe gesehen und einen Mann, der Stücke von seinem Körper abschneidet wie von einer Salami.«

Lucas schüttelte den Kopf und sagte: »Sie haben Ihre Sache hier draußen gut gemacht. Sie haben eine nette Art, mit den Leuten Kleinscheiß zu reden.«

»So?«

»Ja. Wissen Sic, mit den Leuten reden zu können, das ist bei Morduntersuchungen die halbe Miete.«

»Okay, ich bin also gut im Kleinscheißreden. Aber die andere Hälfte der Miete habe ich nicht drauf«, sagte Greave düster. »Hören Sie, wollen wir nicht auf dem Rückweg bei meinem mysteriösen Appartement vorbeischauen?«

»Nein.«

»Kommen Sie, Mann...«

»Wir haben im Moment zuviel anderes um die Ohren«, sagte Lucas. »Vielleicht machen wir das später mal.«

»Sie verarschen mich schon bei der Mordkommission«, sagte Greave. »Sie legen mir Zettel hin, auf denen steht: ›Fortschritte gemacht?‹ Diese Arschlöcher...«

Greave machte sich auf den Weg zur Mordkommission, um sich zurückzumelden, während Lucas zu Roux' Büro ging und den Kopf durch die Tür steckte.

»Wir haben Junky Doog aufgetrieben. Er ist sauber, das steht fast hundertprozentig fest.«

Er erklärte es ihr, berichtete, wie Junky sich selbst verstümmelt hatte. Roux biß sich auf die Unterlippe, fragte: »Was ist, wenn ich ihn dem *Strib* zum Fraß vorwerfe?«

»Hängt davon ab, wie Sie das machen«, antwortete Lucas, lehnte sich an den Türrahmen und kreuzte die Arme. »Wenn Sie betonen, daß es völlig inoffiziell ist, wenn Sie ihnen nur die blanke Information geben, könnte es kühlend auf die heißgelaufene Medienmaschine wirken. Oder zumindest dazu führen, daß sie in eine andere Richtung losgehen. Wie auch immer, es wäre irgendwie zynisch.«

»Ich scheiße auf Zynismus... Seine früheren Festnahmen waren hier im Hennepin County, richtig?«

»Die meisten jedenfalls, glaube ich. Die Anklagen sind dort erhoben worden. Wenn Sie der Presse den Tip früh genug gegeben hätten, hätten die Leute praktisch nur über die Straße gehen müssen, um sich seine Akte anzusehen.«

»Selbst wenn es Scheiße ist, es ist eine Exklusivstory, und sie wird Schlagzeilen machen«, sagte Roux. Sie rieb sich die Augen. »Lucas, ich hasse es, so was zu machen. Aber mein Image erleidet im Moment ernsthaften Schaden. Ich schätze, ich habe höchstens noch zwei Wochen Schonfrist. Danach werde ich mich wohl nicht mehr retten können.«

Zurück in seinem Büro fand Lucas eine Nachricht auf dem Anrufbeantworter vor: »Connell hier. Ich habe was entdeckt. Beepen Sie mich an.«

Lucas wählte die Nummer ihres Beepers, wartete, bis der Ruf durchkam, legte wieder auf. Junky war Zeitverschwendung gewesen, auch wenn man ihn als Knochen den Medien vorwerfen konnte. Aber er war kein saftiger Knochen...

Da er im Moment nichts anderes tun konnte, blätterte er Connells Bericht noch einmal durch.

Es gab mehrere Fäden, die alle Morde miteinander verbanden, aber der Faden, der ihn am meisten beunruhigte, war die Einfachheit der Morde. Der Killer griff sich die Frauen, tötete sie, warf die Leichen weg. Man hatte sie nicht alle gleich gefunden – Connell meinte, er könnte eine oder zwei der Frauen über mehrere Stunden oder sogar über Nacht bei sich behalten haben –, aber in einem Fall, in South Dakota, war die Frau fünfundvierzig Minuten vor dem Fund ihrer Leiche noch lebend gesehen worden. Der Killer setzte grundsätzlich sein Glück nicht aufs Spiel, indem er die Frauen längere Zeit bei sich behielt; über diesen Ansatz würden sie keinen Durchbruch erzielen.

Er ließ auch nichts zurück. Die Morde konnten in seinem Fahrzeug begangen worden sein – Connell vermutete einen Van oder einen Truck, aber er konnte dazu auch in ein Motel gegangen sein, wenn er vorsichtig in der Wahl der Tatorte war.

In einem der Fälle, in Thunder Bay, waren anscheinend Spuren von Sperma am Kleid des Opfers gefunden worden, aber der Fleck, woher er auch rührte, war bei dem vergeblichen Versuch, die Blutgruppe herauszufiltern, im Labor zerstört worden. Der Aktenvermerk eines Cops besagte, es könne sich auch um Salatsoße gehandelt haben. Eine DNA-Analyse war damals technisch noch nicht möglich gewesen.

Vaginale und anale Untersuchungen hatten negative Ergebnisse gebracht, aber Quetschungen im Mundbereich bei einigen der Opfer ließen vermuten, daß sie oral vergewaltigt worden waren. Im Mageninhalt war kein Sperma gefunden worden, was bedeutete, daß der Killer entweder nicht oder außerhalb des Mundes ejakuliert hatte oder daß die Opfer noch so lange gelebt hatten, bis die Magensäure dieses Beweismittel zerstört hatte.

Haare waren ein anderes Problem. Fremde Haare waren an mehreren Leichen gefunden worden, aber in den meisten dieser Fälle waren es Haare von verschiedenen Menschen gewesen. Es war nicht möglich nachzuweisen, daß ein bestimmtes Haar von dem Killer stammte – oder auch nur, daß irgendeins der Haare überhaupt seines war. Connell hatte versucht, die gefundenen Haare querchecken zu lassen, aber es hatte sich herausgestellt, daß einige der Haare verlorengegangen oder vernichtet worden waren oder daß die bürokratischen Hürden so hoch waren, daß bisher nichts unternommen worden war. Lucas machte sich eine Notiz, die an Wannemaker und Joan Smits gefundenen Haare auf Übereinstimmungen überprüfen zu lassen. Sie stammten aus jüngerer Zeit, und die Autopsien waren von fachkundigen Medizinern durchgeführt worden.

Lucas klappte die Akte zu, stand auf, ging im Zimmer auf und ab, starrte aus dem Fenster, ohne etwas zu sehen, dachte nach. Der Killer ließ nie etwas Ungewöhnliches zurück. Bis jetzt waren die Haare die einzige Möglichkeit; sie brauchten eine Übereinstimmung, und sie brauchten sie dringend. Sie hatten sonst nichts in der Hand, das einen bestimmten Mann mit einer bestimmten Leiche in Verbindung bringen konnte. Gar nichts…

Das Telefon läutete. »Hier ist Meagan. Ich habe eine Frau aufgetrieben, die sich an den Mörder erinnert.«

Kapitel 8

Es war später Nachmittag, und die Sonne schien warm auf die Straßen der Stadt. Greave wollte nicht mitgehen. »Sehen Sie, ich werde Ihnen doch keine große Hilfe sein. Ich weiß nicht, was Sie und Connell vorhaben, was in Ihren Köpfen vorgeht – und ich muß mich um meinen Fall kümmern. Und ich war schließlich heute schon auf dieser verdammten Müllkippe.«

»Wir brauchen aber noch jemand, der mit dem Fall vertraut ist«, sagte Lucas. »Und dieser Mann sind Sie. Ich möchte, daß noch jemand außer Connell und mir diese Leute sieht und mit ihnen redet.«

Greave strich sich mit beiden Händen durchs Haar, sagte dann: »Okay, okay, ich komme mit. Aber – wenn wir die Zeit übrig haben, fahren wir bei dem Appartementgebäude mit meinem Mord vorbei, okay?«

Lucas hob die Schultern. »Wenn wir die Zeit finden...«

Connell wartete an einer Straßenecke in Woodbury unter dem Hinweisschild einer Schnellwäscherei auf sie. Sie trug puritanisches Schwarzweiß und hatte immer noch die riesige Handtasche umhängen. Eine Autohandlung erstreckte sich über den ganzen Block.

»Lange gewartet?« fragte Greave. Er war immer noch ein wenig sauer auf sie.

»Eine Minute«, antwortete sie. Sie vibrierte vor nervlicher Anspannung, und hektische Energie überlagerte ihre tiefe Müdigkeit. Sie ist die ganze Nacht nicht zum Schlafen gekommen, dachte Lucas. Hat mit den Fernseh-Leuten sprechen müssen. Und sie muß sterben...

»Haben Sie mit St. Paul gesprochen?« fragte er sie.

»Die sind aus dem Spiel«, sagte Connell, und die Ungeduld in ihrer Stimme war nicht zu überhören. »Der Cop in dem Buchladen war einer von ihnen. Er trinkt zu viel, geht seiner Frau fremd. Einer der Leute hat mir erzählt, daß es zwischen diesem Cop und seiner Frau manchmal zu handfesten Auseinandersetzungen kommt. Einer ihrer Ehekräche ist Legende im Department – seine Frau schlug ihm mit dem Bügeleisen zwei Zähne ein, und er sauste nackt, einen Besenstiel schwingend, im Garten hinter ihr her, betrunken, überall voll mit Blut. Die Nachbarn riefen die Cops. Sie dachten, die Frau hätte auf den Mann geschossen. So hat man mir diese Story jedenfalls erzählt.«

»Und was halten Sie nun von der Sache?«

»Er ist ein verdammter Mistkerl, aber wohl nicht unser Killer«, antwortete sie. »Er ist schon älter, korpulent, außer Form. Er hat früher Marlboro geraucht, aber vor zehn Jahren damit aufgehört. St. Paul deckt den Kerl wie besessen. Sie sind schon mindestens ein halbes dutzendmal zu seinem Haus gerufen worden, aber es ist nie zu einer Festnahme gekommen.«

Lucas schüttelte den Kopf, schaute zu der Autohandlung hinüber. »Und was ist mit dieser Frau?«

»Mae Heinz. Hat mir am Telefon gesagt, sie hätte an dem fraglichen Abend im Buchladen einen Mann mit Bart gesehen. Klein. Kräftig.«

Lucas ging voraus, in einen langen Büroraum, der vollgestopft war mit Ersatzteilkatalogen, Autoreifen, Auspufftöpfen und in dem der übliche Geruch nach Frostschutzmittel und Getriebeöl in der Luft hing. Mae Heinz war eine fröhliche, rundgesichtige Frau mit rosiger Haut und Sommersprossen. Sie saß hinter dem Verkaufsschalter und machte große Augen, als Connell ihr Einzelheiten von dem Mord erzählte. »Ich habe mit dieser Frau gesprochen«, sagte Mae Heinz. »Ich erinnere mich, daß sie eine Frage gestellt hat...«

»Aber Sie haben sie nicht mit einem Mann weggehen sehen?«

»Sie ist nicht mit einem Mann weggegangen«, sagte Heinz. »Sie ging allein aus dem Laden.«

»Waren viele Männer da?«

»Mehrere. Da war ein Typ mit einem Pferdeschwanz und

einem Bart, Carl hieß er, der stellte dauernd Fragen über Schweine, und er hatte schmutzige Fingernägel, also war ich nicht besonders interessiert an ihm. Alle schienen ihn zu kennen. Dann war da ein Computerfreak, ein untersetzter Blonder; ich hörte, wie er mit jemandem sprach.«

»Heißt Meyer«, sagte Connell zu Lucas. »Habe ihn mir heute morgen vorgeknöpft. Können wir vergessen...«

»War irgendwie niedlich«, sagte Heinz, schaute Connell an und blinzelte ihr zu. »Wenn man den intellektuellen Typ mag.«

»Und was ist mit...«

»Einer war da, der ist ein Cop«, unterbrach Heinz.

»Den kennen wir«, sagte Lucas.

»Dann waren da noch zwei Männer, die immer zusammen blieben, und ich hielt sie für schwul.«

»Kennen Sie ihre Namen?«

»Keine Ahnung«, antwortete sie. »Aber sie waren sehr teuer gekleidet. Ich glaube, sie hatten was mit Architektur oder Landschaftsgestaltung oder so was Ähnlichem zu tun, weil sie mit der Autorin über gezielte Nutzung von Landflächen sprachen.«

»Und da war der Mann mit dem Bart«, sagte Connell, gab ihr das Stichwort.

»Ja. Er kam während des Vortrags rein. Und er muß gleich wieder gegangen sein, denn ich habe ihn später nicht mehr gesehen. Ich habe nach ihm Ausschau gehalten... Mein Gott – ich könnte jetzt tot sein. Ich meine, wenn ich ihn gefunden hätte.«

»War er groß, klein, dick, mager?«

»Kräftiger Kerl. Nicht groß, aber kräftig. Breite Schultern. Bart. Ich mag eigentlich keine Bärte bei Männern, aber seine breiten Schultern haben mir gefallen.« Sie blinzelte wieder Connell zu, und Lucas verbarg ein Grinsen, indem er sich im Gesicht kratzte. »Aber interessant ist«, sagte sie zu Connell, »Sie haben mich ja gefragt, ob er geraucht hat, und ich habe gesehen, wie er auf der Straße eine Zigarette weggeschmissen hat. Schnipste die Zigarette weg und kam in den Laden.«

Lucas sah Connell an und nickte. Heinz sah es. »War er das?« fragte sie aufgeregt.

»Würden Sie ihn wiedererkennen, wenn wir Ihnen ein Bild von ihm zeigen?« fragte Lucas.

Sie legte den Kopf schief, sah zur Seite, als ob sie ein Video in ihrem Kopf ablaufen lassen würde. »Ich weiß nicht«, sagte sie dann. »Vielleicht, wenn ich ein aktuelles Bild von ihm zu sehen kriege. Ich erinnere mich gut an den Bart und die Schultern. Sein Bart sah irgendwie komisch aus. Kurz, ganz dicht, wie ein Pelz... Irgendwie unangenehm, habe ich gedacht. Vielleicht falsch. An das Gesicht sonst erinnere ich mich nicht besonders gut. Knorrig irgendwie, glaube ich...«

»Dunkler Bart? Hell?«

»Mmm... dunkel. Genauer gesagt, irgendwie in der Mitte zwischen dunkel und hell. Normaler Haarschnitt, die Farbe, glaube ich, braun...«

»Okay«, sagte Lucas. »Halten Sie das mal fest... Wir würden Sie gerne mit einem unserer Zeichner zusammenbringen. Haben Sie Zeit, mit nach Minneapolis zu kommen?«

»Natürlich. Jetzt gleich? Da muß ich erst mal meinen Boß fragen.«

Als die Frau gegangen war, um sich von ihrem Boß die Erlaubnis zum Mitkommen zu holen, faßte Connell Lucas am Ärmel. »Der muß es sein. Raucht, kommt während des Vortrags, verschwindet bald wieder. Wannemaker treibt sich nach dem Vortrag noch eine Weile rum, geht dann aber plötzlich, als ob sie noch irgendwohin müßte.«

»Ich würde nicht voll darauf setzen«, sagte Lucas. Aber insgeheim tat er es dennoch. Er fühlte es, hatte den Geruch des Killers erschnüffelt, seine Spur aufgenommen. »Wir werden ihr auch das Verbrecheralbum der Sextäter vorlegen.«

Die Frau kam zurück, sagte munter: »Auf geht's. Ich fahre hinter Ihnen her.«

Greave wollte unbedingt am Appartement-Komplex mit dem »Geheimnis des verschlossenen Zimmers« anhalten, damit Lucas sich das einmal anschauen konnte. »Kommen Sie, Mann, es sind doch nur zwanzig Minuten!« sagte er. »Wir sind zurück im Department, noch ehe die Frau mit dem Zeichner fertig ist.« Der bittende Unterton in seiner Stimme wurde noch drängender: »Kommen Sie, Mann, diese Frau bringt mich noch um!«

Lucas schaute zu ihm, wie er da in seinem modischen Anzug auf dem Beifahrersitz kauerte und die Hände rang. Er seufzte, sagte: »Okay. Zwanzig Minuten.«

Sie nahmen die Interstate 94 zurück nach Minneapolis, fuhren dann aber nach Süden statt nach Norden zum Polizeipräsidium. Greave dirigierte ihn durch ein Netz von Nebenstraßen zu einem mittelhohen, aus den fünfziger Jahren stammenden Betongebäude, auf dessen schmalem vorderen Rasen ein handgeschnitztes Holzschild mit einem Seetaucher-Vogel auf dem oberen Rahmen stand. Unter dem Vogel stand die Inschrift »Eisenhower Docks«. Ein dicker Mann schob einen Rasenmäher von ihnen weg über die Grasfläche, ließ den Gestank nach Benzin und billiger Zigarre hinter sich.

»Eisenhower Docks?« fragte Lucas, als sie ausstiegen.

»Wenn man auf dem Dach steht, kann man den Fluß sehen«, erklärte Greave. »Und sie gingen anscheinend davon aus, daß sich ältere Leute bei ›Eisenhower‹ wohl fühlen würden.«

Der dicke Mann kehrte am Ende des Rasens um, schob den Rasenmäher jetzt ihnen entgegen; Lucas erkannte Ray Cherry, obwohl er seit den Sechzigern, als er an Golden-Glove-Turnieren teilgenommen hatte, mindestens vierzig Pfund zugelegt hatte. Die Gewichtszunahme konzentrierte sich auf den Bauch, der weit über seine gürtellosen Oshkosh-Jeans hervorragte. Sein Gesicht hatte sich von eckig zu feist verändert, und eine Reihe von Speckfalten rollte sich in seinem Nacken bis zu den Schultern hinunter. Sein T-Shirt war von Schweiß durchtränkt. Er sah Lucas und Greave, schob den Rasenmäher bis dicht vor ihre Füße, stellte den Motor ab.

»Was wollen *Sie* denn hier, Davenport?«

»Mich umschauen, Ray«, antwortete Lucas lächelnd. »Wie geht's Ihnen? Sie sind fett geworden.«

»Sie sind kein Cop mehr, also verschwinden Sie von meinem Grundstück.«

»Ich bin zurück im Dienst, Ray«, sagte Lucas, immer noch lächelnd. Es schien ihm Spaß zu machen, Ray wiederzusehen. »Sie sollten die Zeitung sorgfältig lesen. Ich bin Deputy Chief, und ich bin damit beauftragt herauszufinden, wie Sie diese alte Lady umgebracht haben.«

Ein seltsamer Ausdruck zuckte über Cherrys Gesicht, ein schneller Schatten, und Lucas erkannte ihn, hatte ihn sechshundertmal oder siebenhundertmal oder tausendmal gesehen: Cherry hatte es getan... Cherry wischte den Ausdruck weg, nahm ein schmutziges Tuch aus der Tasche, schneuzte sich. »Blödsinn«, sagte er dann.

»Ich werde Sie kriegen, Ray«, sagte Lucas; das Lächeln blieb auf seinem Gesicht, aber seine Stimme war eiskalt. »Und ich werde auch die Joyce-Brüder kriegen. Ray, Sie werden im Knast in Stillwater landen. Sie müssen jetzt Ende Vierzig sein... Für einen Mord ersten Grades kriegen Sie... Scheiße, sie haben das Gesetz ja gerade wieder verschärft. Verdammtes Pech. Sie werden über achtzig sein, wenn Sie wieder rauskommen.«

»Fahren Sie zur Hölle, Davenport«, knurrte Cherry. Er warf den Motor des Rasenmähers wieder an.

»Kommen Sie, Ray, reden Sie mit mir«, sagte Lucas durch den Krach des Rasenmähers. »Die Joyces verkaufen Sie sofort, wenn sie darin einen Vorteil für sich sehen. Das wissen Sie genausogut wie ich. Kommen Sie, reden Sie, vielleicht können wir einen Deal machen.«

»Lecken Sie mich am Arsch«, sagte Cherry und schob mit dem Rasenmäher davon.

»Äußerst liebenswürdiger Knabe«, sagte Greave und bemühte sich um einen britischen Akzent.

»Er hat es getan«, sagte Lucas. Er wandte sich Greave zu, und der trat einen Schritt zurück: ›Lucas' Gesicht war versteinert...

»Was...?«

»Er hat die Frau ermordet. Kommen Sie, gehen wir in das Appartement.«

Lucas ging auf den Eingang zu, und Greave trottete hinter ihm her. »Hey, langsam, langsam...«

In dem Appartement gab es eine Unmenge Bücher, dazu einen aufgerollten, mit einer braunen Schnur zusammengebundenen Orientteppich, sowie fünfzehn noch leere Umzugskartons der Spedition *U-Haul*. Eine erschöpfte Frau in mittleren Jahren mit einem Tuch um den Kopf saß auf einem Klavierstuhl; ihr Gesicht war wind- und sonnengebräunt wie das einer Gärtnerin, und es spiegelte tiefen Kummer wider. Charmagne Carters Tochter Emily.

»... Wir sollen so schnell wie möglich das Appartement räumen, haben sie gesagt. Wenn wir's nicht tun, müssen wir weiterhin Miete zahlen«, sagte sie zu Greave. Sie schaute sich um. »Ich weiß vor allem nicht, was ich mit den Büchern anfangen soll. Ich würde sie ja gerne behalten, aber es sind so viele.«

Lucas hatte sich die Bücher kurz angesehen: Amerikanische Literatur, Lyrik, Essays, Geschichte. Werke über Feminismus, die so arrangiert waren, daß die Vermutung nahe lag, sie seien eher als bewußte Demonstration denn als Lesestoff angeschafft worden. »Ich könnte Ihnen einige abnehmen«, sagte sie. »Ich meine, wenn Sie mir einen Preis nennen würden. Die Lyrik würde mich interessieren.«

»Nun ja, was wären denn Ihre Vorstellungen?« fragte Carter, während Greave Lucas erstaunt ansah.

»Es sind ...« Er zählte schnell ab. »... siebenunddreißig Bände, die meisten Taschenbücher. Ich glaube nicht, daß irgendeines davon Seltenheitswert hat. Wie wäre es mit hundert Dollar?«

»Ich möchte mir die Bücher noch mal ansehen. Ich rufe Sie dann an.«

»Okay.« Er wandte sich von den Büchern ab, ihr voll zu. »Hatte Ihre Mutter Depressionen oder ähnliche Krankheiten?«

»Wenn Sie damit die Frage verbinden, ob sie Selbstmord begangen hat, antworte ich mit einem klaren Nein«, sagte Carter. »Schon allein, um den Joyces nicht die Freude machen ... Aber grundsätzlich kann ich sagen, daß sie das Leben liebte.« Mit der Rückkehr der Erinnerungen wurde sie immer lebhafter. »Wir hatten am Abend zuvor noch Dinner zusammen, und sie erzählte mir von einem Kind in ihrer Klasse, einem schwarzen Jungen, meinte, er hätte das Zeug zum Schriftsteller, brauche aber Ermutigung… Nein, sie hat keinesfalls Selbstmord begangen. Außerdem, selbst wenn sie das vorgehabt hätte, wie hätte sie es anstellen sollen?«

»Ja, eine gute Frage«, sagte Lucas.

»Das einzige gesundheitliche Problem, das Mom hatte, war ihre Schilddrüsenfunktion. Die Schilddrüse war überaktiv, und sie hatte Probleme, ihr sowieso schon geringes Gewicht zu halten. Dazu kamen die Schlafstörungen. Auch die waren wahrscheinlich auf die Schilddrüse zurückzuführen.«

»Dann war sie also echt krank, oder?« Lucas sah Greave von der Seite an.

»Nein, nein, das war sie nicht. Es war nicht mal so schlimm, daß sie Tabletten hätte nehmen müssen. Sie war einfach nur viel zu dünn. Sie wog nur fündundvierzig Kilo und war einssiebenundsechzig groß. Das ist unter dem Idealgewicht, aber man kann es nicht ausgemergelt oder so was nennen.«

»Okay…«

»Und jetzt wird dieser Junge mit dem Talent zum Schriftsteller keine Hilfe mehr bekommen«, sagte Emily, und eine Träne lief ihr über die Wange hinunter.

Greave klopfte ihr sanft auf die Schulter – ganz Officer Friendly –, und Lucas drehte sich weg, steckte die Hände in die Hosentaschen, trat auf die Tür zu. Nichts Auffälliges zu entdecken.

»Sie sollten mit Bob sprechen, nächstes Appartement den Flur runter«, sagte Emily. Sie nahm eine Rolle Klebeband und einen leeren Umzugskarton, faltete ihn auseinander. Sie riß ein Stück von dem Klebeband ab, und es klang wie das Zerreißen eines Bettuchs. »Er war noch bei mir, kurz bevor Sie kamen.«

»Bob war ein Freund von Charmagne«, erklärte Greave. »Er war am Abend vor ihrem Tod noch bei ihr.«

Lucas nickte. »Okay… Mein Beileid zum Tod Ihrer Mutter.«

»Danke. Ich hoffe, Sie kriegen diese… diese verdammten Mistkerle«, sagte Emily, und ihre Stimme verdichtete sich zu einem Zischen.

»Meinen Sie denn, sie sei ermordet worden?«

»Irgendwas stimmt hier nicht«, antwortete sie.

Bob Wood war ebenfalls Lehrer, gab Naturkundeunterricht an der Central School in St. Paul. Er war dünn, hatte eine beginnende Glatze – und er war verängstigt.

»Wir ziehen alle aus, nachdem Charmagne jetzt tot ist. Die Stadt gibt uns einen Umzugszuschuß, aber ich weiß nicht... Die Mieten sind überall schrecklich hoch.«

»Haben Sie an dem fraglichen Abend irgendwas gehört? Irgendwas?«

»Nein. Ich habe sie ungefähr um zehn Uhr noch gesehen; wir brachten zur gleichen Zeit unsere Aluminiumdosen runter zum Sondermüll und fuhren im Aufzug zusammen hoch. Sie wollte gleich danach ins Bett gehen.«

»War sie irgendwie deprimiert...?«

»Nein, nein, sie war sehr munter«, antwortete Wood. »Ich sage Ihnen was, was ich auch schon dem anderen Polizisten gesagt habe: Als sie die Tür zumachte, hörte ich das Schloß einschnappen. Man kann den Riegel bei ihr nur von innen vorschieben, und man braucht dazu einen Schlüssel. Ich weiß das, denn als sie einzog, hatte sie befürchtet, sie könnte bei einem Feuer in der Falle sitzen. Aber dann hat Cherry sie eines Tages in Angst versetzt – hat sie einfach nur drohend angeguckt, nehme ich an, und das hat ihr angst gemacht –, und von da an schloß sie sich immer fest ein. Ich war dabei, als sie die Tür aufgebrochen haben. Sie mußten ein Stück der Wand mit rausreißen. Sie haben alles wieder zugemauert und überstrichen, aber man kann es noch sehen.«

Sie gingen zu Carters Wohnungstür und sahen tatsächlich ein frisch verputztes Stück Mauer neben der Tür. Lucas betastete es, schüttelte den Kopf.

»Wenn irgendwas da drin passiert wäre, hätte ich es gehört«, sagte Wood. »Unsere Schlafzimmer liegen Wand an Wand, und die Klimaanlage war seit zwei Tagen außer Betrieb. Ich habe keinerlei Geräusche gehört. Es war heiß und geradezu gespenstisch still. Ich habe wirklich gar nichts gehört.«

»Sie meinen also, ihr Herz hätte ganz einfach aufgehört zu schlagen?«

Wood schluckte mehrmals, und sein Adamsapfel zuckte auf und ab. »Mein Gott... Ich weiß es nicht. Wenn man Cherry kennt, muß man auf den Gedanken kommen, er...«

Als sie wieder auf der Straße standen, sahen Lucas und Greave einem kleinen Mädchen zu, das auf dem Gehweg Fahrversuche auf seinem Kinderrad machte. Es fiel hin, stand wieder auf, fuhr weiter, fiel wieder hin. »Sie bräuchte jemand, der hinter ihr herläuft«, sagte Greave.

»Laufen nicht alle Männer hinter kleinen Mädchen her?« grunzte Lucas.

»Der große Philosoph, hmm?«

Lucas sagte: »Wood und Carter hatten aneinandergrenzende Schlafzimmer...«

»Ja.«

»Haben Sie sich Wood näher angesehen?«

»Ja. Er gehört zu den Leuten, die die Comics in den Zeitungen zu gewalttätig finden.«

»Aber da könnte ja irgendwas sein... Was kann man mit einer gemeinsamen Wand machen? Ein Loch reinbohren, Gas oder so was reinpumpen?«

»Hey, Davenport, der Bericht der Toxikologen ist negativ«, sagte Greave streng. »*Keine verdammten Giftstoffe.* Wenn man das Stichwort *Toxikologie* im Lexikon aufschlägt, findet man das Bild der alten Lady, und sie sagt: ›Nicht bei mir.‹«

»Ja, ja...«

»Sie ist nicht vergiftet, nicht vergast, nicht erstochen, nicht erschossen, nicht erwürgt, nicht erschlagen worden... Was gibt es überhaupt sonst noch?«

»Wie wäre es mit elektrischem Strom?«

»Hmmm... Wie hätte man das machen können?«

»Ich weiß nicht... Ein paar Drähte an ihr Bett anschließen, sie unter der Tür durchführen, und wenn sie im Bett liegt, zappzarapp, und dann zieht man die Drähte wieder raus.«

»Entschuldigen Sie, wenn ich kichere«, sagte Greave.

Lucas sah zurück auf das Gebäude. »Lassen Sie mich noch ein wenig darüber nachdenken.«

»Aber Cherry hat sie umgebracht?«

»Ja.« Sie schauten über den Rasen. Cherry kniete am anderen Ende neben dem Rasenmäher, fummelte daran herum, sah zu ihnen herüber. »Darauf können Sie wetten.«

Lucas schaute auf die Uhr, als sie zurück zum Wagen gingen. Sie waren fast eine Stunde in dem Gebäude gewesen. »Connell reißt mich in Stücke«, sagte er.

»Diese Frau ist wie ein Geschwür am Arsch«, sagte Greave.

Auf dem Parkplatz der Polizeizentrale stießen sie auf Mae Heinz, die gerade in ihren Wagen steigen wollte. Lucas hupte, rief ihr zu: »Wie ist es gelaufen?«

Heinz kam zu ihnen. »Diese Frau, Officer Connell... Sie ist ganz schön anstrengend.«

»Ja, das ist sie.«

»Wir haben eine Zeichnung gemacht, aber...«

»Was?«

Heinz schüttelte den Kopf. »Ich weiß nicht, ob das jetzt meine Zeichnung ist oder ihre. Das Phantombild ist viel zu genau. Ich kann mich ja nur an einen Mann mit Bart erinnern, aber jetzt haben wir ein komplettes Bild, und ich weiß nicht, ob es richtig ist oder nicht. Ich meine, es sieht irgendwie richtig aus, aber ich bin mir nicht sicher, ob ich mich so an den Mann erinnere oder ob es nur daran liegt, daß wir so viele verschiedene Varianten ausprobiert haben.«

»Haben Sie sich unser Verbrecheralbum angesehen?«

»Nein, noch nicht. Ich muß mein Kind abholen. Aber ich komme heute abend wieder her. Officer Connell wartet auf mich.«

Connell saß in Lucas Büro. »Mein Gott, wo waren Sie denn so lange?«

»Wir haben einen Umweg gemacht«, antwortete Lucas. »Anderer Fall.«

Connell kniff die Augen zusammen. »Greave, he? Ich sagte Ihnen ja...« Sie gab Lucas ein Blatt Papier. »Das ist er. Das ist der Killer.«

Lucas faltete das Blatt auseinander und sah sich das Phantombild an. Das Gesicht, das ihm entgegenstarrte, war in den Grundzügen eckig, von einem dunklen, dicken Bart umrahmt, zeigte kleine Augen und eine kräftige, dreieckige Nase. Das Kopfhaar war dunkel und mittellang.

»Wir müssen es im Fernsehen zeigen«, sagte Connell. »Wir brauchen ja nicht zu sagen, daß es sich um einen Serienmörder handelt, sondern einfach nur, daß wir nach diesem Mann im Zusammenhang mit dem Mordfall Wannemaker suchen.«

»Lassen Sie uns damit noch zurückhaltend sein«, sagte Lucas. »Wir sollten es erst mal den anderen Leuten zeigen, die in dem Buchladen waren, und es uns durch sie bestätigen lassen. Es vielleicht auch nach Madison faxen und überall dorthin, wo der Mann gesehen worden sein könnte.«

»Wir müssen es veröffentlichen«, widersprach Connell. »Die Leute müssen gewarnt werden.«

»Wir wollen nichts überstürzen«, beharrte Lucas. »Machen Sie erst die Überprüfungen.«

»Sagen Sie mir einen vernünftigen Grund für dieses Vorgehen.«

»Weil wir bisher noch keinerlei Besonderheiten über diesen Mann wissen«, erklärte Lucas. »Wenn es zu einem Indizienprozeß kommt, möchte ich nicht, daß der Verteidiger dieses Bild aus der Tasche zieht, es neben das Gesicht des Mörders hält und sagt: ›Schauen Sie her – er sieht diesem Bild überhaupt nicht ähnlich.‹ *Deshalb* sollten wir so vorgehen.«

Connell zog die Oberlippe hoch, nickte dann aber. »Ich überprüfe das heute abend mit den Leuten vom Buchladen. Und zwar mit jedem einzelnen von ihnen...«

Kapitel 9

Koop war wieder im *Two Guy's*, arbeitete an seiner Beinmuskulatur. Der einzige andere Besucher des Fitneßstudios war eine Frau, die bis zur völligen Erschöpfung an sich gearbeitet hatte und jetzt mit gespreizten Beinen auf einem Klappstuhl neben dem Getränkeautomaten saß, in der Hand eine Dose Gatorade, den Kopf so tief gesenkt, daß ihr schweißnasses Haar fast bis zum Boden hinunterhing.

Muskelweiber interessierten Koop nicht; sie waren einfach nichts für ihn. Er ließ sie ihn Ruhe, und wenn die eine oder andere mal ihre Fühler nach ihm ausstreckte, ließ auch sie ihn bald in Ruhe.

Koop zählte im Kopf *fünf*, spürte, daß der Muskel nicht mehr mitspielte.

Ein Fernsehgerät stand auf einem Brett an der Wand gegenüber den Steppern; es liefen gerade die Mittagsnachrichten, das *Nooner*-Programm. Eine äußerst attraktive Sprecherin mit kastanienbraunem Haar gab mit bedeutungsschwerem Unterton bekannt, daß Cheryl Young an ihren schweren Kopfverletzungen gestorben war.

Koop nahm alle Kraft zusammen, schaffte die letzten Zentimeter, ließ die Füße sinken, stemmte sie wieder hoch, und die Beinmuskeln zitterten vor Anstrengung. Er schloß die Augen, zwang die Beine höher, einen Zentimeter, dann noch einen, schaffte es bis zum Anschlag. *Sechs.* Er ließ die Beine sinken, drückte sie erneut hoch. Das Brennen in den Muskeln schmerzte so sehr, als ob jemand Benzin über die Beine gegossen und dann in Brand gesteckt hätte. Er preßte die Zähne aufeinander, kniff die Augen zu; Schweiß strömte aus allen Poren. Nur noch zwei Zentimeter, noch einen... Nein, er schaffte es nicht mehr. Er machte die Übung immer so lange, bis er zu diesem Punkt des Versagens kam. Er war mit sich zufrieden, ließ das Gewicht langsam auf den Boden sinken und drehte sich um, schaute auf den Fernseher.

»... wird als Tat jugendlicher Drogensüchtiger angesehen.« Dann ein Cop: »... war der Überfall im Hinblick auf die geringe Beute unglaublich gewalttätig. Wir nehmen an, daß Mr. Flory weniger als dreißig Dollar in der Brieftasche hatte. Wir gehen davon aus, daß es sich wahrscheinlich um die Tat einer Jugendbande handelt, die mit diesem so sinnlosen Mord ihr Prestige steigern will...«

Sehr gut... Die unterstellen es den Straßen-Gangs. Konnte nichts schaden, wenn diese jungen Arschlöcher mal ein bißchen unter Druck gesetzt würden... Und Koop konnte nicht länger warten. Er wußte, er sollte noch warten. Die Bewohner des Gebäudes würden noch in heller Aufruhr sein. Wenn man ihn sah und als Fremden identifizierte, würde es Schwierigkeiten geben.

Aber er konnte einfach nicht mehr warten. Er nahm sein Handtuch und ging zum Umkleideraum.

Koop ging zu Fuß zu dem Gebäude, kurz vor neun, in der hereinbrechenden Dunkelheit. Es waren noch andere Fußgänger unterwegs, aber in der Nähe des Hochhauses, wo er die Frau getötet hatte, war nichts Verdächtiges zu entdecken. Das Blut hatte man weggewischt, alle Spuren des Einsatzes der Sanitäter beseitigt. Eine ganz normale Eingangstür zu einem ganz normalen Appartement-Gebäude....

»Ich blöder Hund«, sagte er laut vor sich hin, schaute sich erschreckt um, ob jemand es gehört hätte. Niemand dicht genug bei ihm. Ja, es war Blödsinn, aber der Druck war ungeheuer. Und anders. Wenn er sich eine Frau schnappte, war das Sex. Der Antrieb kam aus den Hoden; er konnte das regelrecht spüren.

Dieser Impuls aber schien aus einer anderen Ecke zu kommen; nun ja, nicht völlig, aber es war irgendwie anders. Es trieb ihn an wie ein Kind, das nach Süßigkeiten sucht...

Koop hatte den nachgemachten Schlüssel dabei, außerdem eine Aktentasche. In der Tasche steckte ein Kowa-TSN-2-Fernrohr sowie ein extrem leichtes Aluminium-Stativ, eine Ausstattung, wie sie für professionelle Vogelbeobachter – und Voyeure – empfohlen wird. Er hielt die Aktentasche am Griff, schwenkte sie locker hin und her, bemühte sich um eine ungezwungene Haltung, als er über den Plattenweg auf das Gebäude zuging. Fuhr die Antennen aus: nichts Auffälliges. Die Lebensbäume beiderseits des Eingangs sahen mitgenommen aus; im Morast um die Büsche zeigten sich Fußspuren.

In der äußeren Lobby war das Licht heller, fast grell. Die Reaktion des Managements auf Mord: schraub eine stärkere Birne ein. Hatten sie etwa die Schlösser ausgewechselt? Koop schob den Schlüssel in das Türschloß, drehte ihn herum – kein Problem.

Er ging die Treppe bis zum Dachgeschoß hoch, und auch das war kein Problem. Oben angekommen, überprüfte er den Flur, nervös, aber bei weitem nicht so angespannt wie bei seinem ersten Besuch hier oben. Dennoch – er hätte nicht hierherkommen dürfen... Niemand im Flur. Er ging den Flur hinunter, zu dem Ausgangsschild, dann die Treppe hoch zum Ausgang auf das Dach. Wieder benutzte er den Schlüssel, schob sich durch die Tür, stieg einen weiteren kurzen Treppenabsatz hoch und drückte die Tür zum Dach auf.

Es war niemand hier oben. Es war ein schöner Abend, aber das Dach war kein besonders einladender Ort, Kies auf Asphalt, und in der Luft der Gestank nach sonnenerhitztem Teer. Er ging so leise wie möglich zum Rand des Daches und schaute über die Straße. Verdammt. Er befand sich ein Stück unterhalb von Sara Jensens Fenster. Nicht viel, aber doch so viel, daß er sie nicht sehen konnte, wenn sie im Zimmer war, es sei denn, sie stand direkt am Fenster.

Ein Ventilationsgehäuse der Klimaanlage ragte über dem Dach empor, ein großer, grauer Metallkasten, fast zweieinhalb Meter hoch. Koop ging zu seiner Rückseite, streckte die Arme hoch, schob die Aktentasche auf die Oberseite, klammerte dann die Finger um den Rand, zog sich hoch, ohne dabei auch nur einen Schweißtropfen zu vergießen oder den Atem anzuhalten. Aus der Oberseite des Gehäuses ragte ein etwa ein Meter hoher und ebenso breiter Entlüftungsschornstein empor. Koop duckte sich dahinter und schaute über die Straße.

Jensens Appartement lag wie ein Goldfischglas vor seinen

Augen. Rechts befand sich ein Balkon mit einem schmiedeeisernen Geländer vor einer Glasschiebetür, und durch diese Tür konnte er ins Wohnzimmer sehen. Links davon lag hinter einem kniehohen Fenster das Schlafzimmer. Koop war jetzt, wie er schätzte, etwa einen halben Meter höher als der Fußboden ihrer Wohnung, sah also in einem leichten Winkel von oben in die Wohnung. Geradezu perfekt…

Und Jensen war zu Hause.

Wenige Sekunden, nachdem sich Koop auf das Ventilationsgehäuse gehieft hatte, ging sie durch das Wohnzimmer, trug nur einen Unterrock, hatte eine Tasse Kaffee und eine Zeitung in der Hand. Sie war so deutlich zu sehen wie ein Goldfisch in einem erleuchteten Aquarium.

»Heilige Scheiße«, sagte Koop überglücklich vor sich hin. Das war besser, als er je zu hoffen gewagt hatte. Er kramte in der Aktentasche herum, zog das Fernrohr heraus. »Komm, Sara«, sagte er, »zeig mir mal deine Muschi.«

Koop hatte zwei Okulare für das Fernrohr, eines mit achtfacher, das andere mit zwölffacher Vergrößerung. Das Zwölfer-Okular versetzte ihn praktisch in ihr Zimmer, aber es war sehr empfindlich, das Bild zitterte bei der geringsten Berührung, und das Sichtfeld war sehr klein; ihr Gesicht füllte das ganze Bild aus. Er wechselte auf das Achter-Okular, verhaspelte sich beim Aufsetzen auf das Stativ, fluchte, schaffte es dann. Jensen ging zurück durchs Wohnzimmer in die Küche, die er nicht einsehen konnte. Er entspannte sich, wartete; seit einiger Zeit trug er ein Taschentuch bei sich, auf das er einen Hauch ihres Parfüms gesprüht hatte. Er behielt die Fenster im Auge, drückte das Taschentuch unter die Nase, konnte sie riechen…

Während sie außer Sicht war, sah er sich das Wohnzimmer näher an. Aha. Ein neues Türschloß… Das hatte er erwartet. Aber nicht nur das: Sie hatte eine komplette neue Tür einbauen lassen. Grau, wartete wohl noch auf einen Anstrich. Wahrscheinlich Metall. Jensen hatte sich nach seinem Besuch bei ihr doch tatsächlich eine Stahltür einbauen lassen…

Jensen kam wieder in Sicht, ging ins Schlafzimmer. Sie zog den

Unterrock über den Kopf, streifte die Strumpfhose ab. Sie verschwand im Badezimmer, kam gleich wieder zurück, trug keinen Büstenhalter mehr. Koop atmete heftig wie ein Teenager bei einer Strip-Show im Karneval.

Jensen hatte große, runde Brüste, die linke etwas größer als die rechte, wie Koop fand. Sie ging wieder ins Badezimmer, kam kurz darauf zurück, trug keine Unterhose mehr. Koop brach der Schweiß aus, während er beobachtete, wie sie etwas aus einer Kommodenschublade zog – ein Handtuch? Er konnte es nicht genau erkennen. Sie verschwand wieder.

Diesmal kam sie nicht gleich wieder zurück. Fiebernd, mit klopfendem Herzen, hielt Koop das Auge ans Okular gedrückt, so lange, bis seine Nackenmuskeln schmerzten. Er ließ immer wieder den Anblick ihres Körpers vor seinem geistigen Auge vorüberziehen. Sie hatte einen festen, kräftigen Körperbau; beim Gehen wackelte sie ein wenig mit dem Po, wobei sich in der Hüfte keine Fettröllchen zeigten, wohl aber eine gewisse Fülle. Und sie hatte einen wunderschönen Hintern, genau in der Form, die er mochte – fest, groß. Und mit diesem kleinen Wackeln…

Er nahm das Auge vom Okular, ließ sich im Schutz des Lüfters auf den Boden sinken, steckte sich eine Camel an, schirmte dabei die Flamme sorgfältig mit den gekrümmten Händen ab, schaute auf die Metalloberfläche des Gehäuses unter seinen Armen. Er war kein Mann, der dazu neigte, prüfend in sich hineinzuhorchen, doch jetzt zuckte ihm durch den Kopf: *Was geht eigentlich mit mir vor?* Er atmete schwer, als ob er am Stepper gearbeitet hätte. Und er spürte, wie ein gewisses Brennen in ihm aufstieg… Verdammt. Er preßte die Augen zu, stellte sich vor, wie er sie sich auf der Straße greift, in den Truck zerrt…

Aber dann müßte er es tun, wie mit den anderen. Er runzelte bei diesem Gedanken die Stirn. Und er würde dann nicht mehr haben, was er jetzt so genoß. Er schaute über den Rand des Lüfters; sie war immer noch nicht zurück, und er ließ sich wieder auf den Ellbogen sinken. Er genoß das hier wirklich. Er brauchte diese Zeit mit ihr. Irgendwann würde er sie sich greifen müssen. Das war klar. Aber im Moment…

Er schaute wieder hinüber. Sie war immer noch außer Sicht, und er nahm schnell noch zwei hastige Züge an der Zigarette, drückte sie dann aus. Wieder ein Blick. Nichts. Er steckte sich die nächste Zigarette an.

Als Sara Jensen schließlich aus dem Badezimmer kam, war sie bis auf ein weißes Frottiertuch um den Kopf nackt, und sie sah aus wie ein dunkler Engel. Sie schien es nicht eilig zu haben, bewegte sich bedächtig. Was kommt jetzt noch? fragte sich Koop. Sein Herz pochte wie wild, sein Mund wurde trocken. Ihre Brüste wippten; die Brustwarzen waren groß und dunkel, und das Schamhaar glänzte schwarz wie Kohle. Sie nahm etwas von der Frisierkommode, auf der er damals die Schmuckschatulle gefunden hatte – sie stand nicht mehr dort, und er fragte sich nebenbei, wo sie sie jetzt aufbewahrte –, dann setzte sie sich aufs Bett und fing an, sich die Zehennägel zu schneiden.

Er kramte nach dem Zwölfer-Okular, tauschte es gegen das Achter-Okular aus. Die neue Linse zeigte ihm ihr Gesicht, als würde er einen halben Meter vor ihr stehen. Sie bearbeitete ihre Zehennägel mit grimmiger Konzentration, hatte Falten auf der Stirn und den Wangen, und sie zog den Fuß hoch bis dicht vor ihr Gesicht. Vorsichtig legte sie jedes abgeschnittene Nagelstück auf die Tagesdecke. Koop ließ das Okular langsam abwärts zu ihren Beinen wandern; sie saß seitlich zu ihm, hatte das entfernte Bein angezogen. Ihr Nabel ragte nicht aus der Bauchdecke hervor, und ihr Schamhaar schien kurz getrimmt zu sein – wahrscheinlich trug sie im Sommer einen Bikini. Auf dem Koop zugewandten Knie hatte sie eine kleine weiße Narbe. Und auf der Hüfte – eine Tätowierung? Was? Nein, ein Muttermal, dachte er. Oder ein blauer Fleck?

Sie war mit dem ersten Fuß fertig, hob jetzt den ihm zugewandten hoch. Aus seinem Blickwinkel konnte er gerade noch die Kurve ihrer Vulva erkennen sowie einen schmalen Streifen des Schamhaares. Er schloß die Augen, schluckte, schaute wieder hin. Ging hoch zu ihrer Hüfte: definitiv ein Muttermal. Zu ihren Brüsten, zurück zum Schamhaar, zu ihrem Gesicht; sie war so nahe bei ihm, er konnte fast ihre Körperwärme spüren.

Als sie fertig war, sammelte sie die Nagelstücke sorgfältig ein, legte sie in die Handfläche und ging damit ins Badezimmer. Sie blieb wieder eine Weile außer Sicht, und als sie schließlich zurückkam, hatte sie das Handtuch nicht mehr um den Kopf gewickelt, und ihr Haar fiel lose auf die Schultern, gekräuselt, noch feucht.

Sie nahm sich Zeit, ein Nachthemd auszusuchen; ging noch eine Weile nackt hin und her, schien das zu genießen. Als sie schließlich ein Nachthemd aus der Kommode zog, wollte Koop sie mit seiner Willenskraft *zwingen*, ihm noch eine einzige Sekunde länger ihre Nacktheit zu gönnen. Aber sie zog das Nachthemd über den Kopf, das Gesicht ihm zugewandt, und ihr Körper verschwand langsam unter einem Vorhang aus erotischem weißen Leinen. Er schloß die Augen: es war kaum mehr zu ertragen. Als er die Augen wieder öffnete, knöpfte sie das Hemd am Hals zu – wirkte jetzt so unschuldig, während sie doch vor einer Sekunde noch…

»Nein…« Ein einziges trockenes Wort, fast ein Stöhnen. Zieh das Hemd wieder aus, fang noch mal ganz von vorne an… Koop brauchte Entspannung. Er brauchte eine Frau, das war's…

Koop brachte Sara Jensen noch zu Bett, ehe er ging, und das Gefühl eines grenzenlosen Verlustes überkam ihn, wie immer, wenn er sich von ihr trennen mußte; aber diesmal schloß er die Augen, sah sie wieder vor sich… Er wartete noch eine halbe Stunde, starrte hinüber auf die dunklen Fenster; als er sich schließlich von dem Ventilationsgehäuse der Klimaanlage gleiten ließ und die Treppe hinunterging, war er völlig geistesabwesend. Er fand sich plötzlich auf der Straße wieder, auf dem Weg zu seinem Truck.

Und der Druck war stark… Der Druck war eigentlich immer da, aber manchmal war er nicht auszuhalten, und man mußte ihm nachgeben, auch wenn man damit sein Leben gefährdete.

Koop kletterte in den Truck, fuhr die Hennepin Avenue hinunter in Richtung Vergnügungspark, bog dann in eine Seitenstraße ab, kurvte ziellos durch die Innenstadt. Wie einen Film ließ er Sara Jensens Bild vor seinem geistigen Auge ablaufen. Die

Kurve ihrer Oberschenkel, der schmale rosa Streifen da oben… er überlegte, ob er sich eine Flasche kaufen sollte. Er könnte jetzt einen Schluck vertragen. Vielleicht sollte er zu John fahren und sich neuen Stoff holen. Sich Koks holen und eine Flasche Canadian Club und einen Sechserpack 7-Up, eine Party machen…

Vielleicht sollte er aber auch zurückfahren. Vielleicht war sie inzwischen wieder aufgestanden, und er konnte sie sich noch einmal anschauen. Vielleicht sollte er mit einem Handy ihre Telefonnummer wählen, sie dadurch aus dem Bett scheuchen… Aber er hatte kein Handy. Konnte er sich irgendwie schnell eines beschaffen? Vielleicht würde sie sich wieder ausziehen… Er schüttelte sich. Blödsinn. Sie schlief längst.

Koop sah das Mädchen, als er am Busbahnhof vorbeikam. Sie hatte einen roten Nylon-Matchbeutel zwischen die Füße geklemmt und schaute die Straße hinunter. Wartete sie auf einen Bus? Koop fuhr langsamer. Sah zu ihr hinüber. Sie hatte dunkle Haare, ein rundes, weiches, makellos-glattes Gesicht und war recht mollig. Wenn man nicht genau hinschaute, hätte sie Sara Jensen sein können; und sie sah aus wie die Frauen, die er in den Buchläden immer gesucht hatte. Diese gewisse Passivität…

Spontan fuhr er um den Block, stellte den Truck hinter der Busstation ab, ging auf das Gebäude zu, machte wieder kehrt, lief zurück zum Truck, öffnete die Tür des Aufbaus, nahm den Werkzeugkasten heraus, schloß die Tür wieder, ging dann durch die Station auf die junge Frau zu.

Sie stand noch an der Ecke, schaute die Hennepin Avenue hinunter. Als sie Koop kommen hörte, drehte sie sich um, warf ihm einen unsicheren Blick zu, wie Koop ihn von Frauen kannte, die nachts allein unterwegs waren, lächelte ihn zaghaft an, mit einem Lächeln, das sagte: »Ich bin ein nettes Mädchen, tun Sie mir nichts«, mit Augen, die sagten: »Ich schaue Sie eigentlich gar nicht richtig an…«

Er ging mit dem Werkzeugkasten an ihr vorbei, und sie schaute zur Seite. Ein paar Schritte weiter blieb er stehen, drehte sich zu ihr um, legte die Stirn in Falten, sah sie an.

»Warten Sie auf einen Bus?« fragte er.

»Ja.« Sie nickte, lächelte ihn an. »Ich will einen Freund besuchen, in der oberen Stadt.«

»Oberstadt«, korrigierte er. Sie war nicht aus Minneapolis. »Hmm, es fahren aber nicht mehr viele Busse um diese Zeit. Ich weiß nicht, ob überhaupt noch welche zur Oberstadt fahren... Kann Ihr Freund nicht herkommen und Sie abholen?«

»Er hat kein Telefon. Ich habe nur seine Adresse.«

Koop tat so, als wolle er weitergehen. »Sie sollten sich ein Taxi nehmen«, sagte er. »Diese Straße ist ziemlich unsicher. Es treiben sich Nutten hier rum, und Sie wollen sicher nicht, daß die Polizei denkt...«

»O nein...« Ihr Mund war ein großes O, und sie riß die Augen weit auf.

Koop zögerte. »Sind Sie aus Minnesota?«

Sie schien nicht so recht zu wissen, ob sie sich noch länger mit ihm unterhalten sollte. »Ich bin aus Worthington.«

»Ah, das kenne ich«, sagte Koop und versuchte ein Lächeln. »Hab in einem Holiday Inn auf dem Weg nach Sioux Falls mal da übernachtet.«

»Ich bin oft in Sioux Falls«, sagte sie. Eine Gemeinsamkeit... Sie hatte bisher die verschlungenen Hände vor dem Bauch gehalten, ließ jetzt die Arme sinken. Öffnete sich...

Koop stellte den Werkzeugkasten auf den Boden. »Hören Sie, ich bin Mechaniker bei Greyhound. Sie kennen mich nicht, aber ich bin okay, ehrlich. Ich bin auf dem Weg in die Südstadt, ich könnte Sie in der Oberstadt absetzen...«

Sie sah ihn jetzt voll an, wirkte ängstlich, schien aber auch versucht, sein Angebot anzunehmen. Er machte keinen schlechten Eindruck: recht groß, kräftig, älter als sie, mindestens dreißig.

»Man hat mir gesagt, der Bus...«

»Natürlich.« Er grinste. »Steig nie zu einem Fremden in den Wagen... Ist im Grunde ja auch richtig. Wenn Sie in der Nähe der Busstation bleiben, kann Ihnen ja auch nichts passieren. Aber gehen Sie nicht in diese Richtung, da sind die Pornoläden. Und dort treiben sich üble Burschen rum.«

»Pornoläden?« Sie schaute die Straße hinunter. Ein Schwarzer schaute ins Fenster eines Fotoladens.

»Nun, ich muß gehen«, sagte Koop und griff nach dem Werkzeugkasten. »Machen Sie's gut…«

»Warten Sie«, sagte sie, immer noch ein wenig ängstlich, aber auch entschlossen, ihm zu vertrauen. Sie nahm ihren Matchbeutel hoch. »Ich nehme Ihr Angebot an, wenn es Ihnen noch recht ist.«

»Natürlich. Mein Wagen steht hinter dem Busbahnhof. Ich muß dann nur noch mein Werkzeug verstauen… Wir sind in fünf Minuten dort.«

»Ich bin zum erstenmal in Minneapolis«, sagte das Mädchen, jetzt plötzlich gesprächig. »Aber in Sioux bin ich fast jedes Wochenende.«

»Wie heißen Sie?« fragte Koop.

»Marcy Lane«, sagte sie. »Und wie heißen Sie?«

»Ben«, sagte er. »Ben Cooper.«

Ben war ein hübscher Name. Wie Ben, der sanfte Bär im Fernsehen. »Schön, Sie kennenzulernen, Ben«, sagte sie und versuchte sich an einem Lächeln, dem selbstsicher-lockeren Lächeln einer Frau, die sich im Leben auskennt.

Sie sah aus wie ein Kind.

Ein rundgesichtiges Mädchen vom Lande.

Kapitel 10

Weather wachte vom Läuten des Telefons am anderen Ende des Hauses auf, stieß ihn an.

»Telefon«, murmelte sie. »Muß für dich sein.«

Lucas tastete mit der Hand auf dem Nachttisch nach dem Telefon, fand es und hob den Hörer ab. Ein Officer von der Polizeivermittlung verband ihn mit einem Anrufer aus dem Norden der Stadt. Ein weiterer Mord…

»… fanden ihre Handtasche und einen Matchbeutel zusammen mit ein paar Kleidungsstücken. Auch ihren Führerschein.

Weist sie als Marcy Lane aus Worthington aus«, sagte Carrigan. Seine Stimme klang wie eine Feile, die über ein Stück Metall geführt wird. »Wir versuchen gerade, ihre Familie zu erreichen. Sie kommen am besten schleunigst her.«

»Haben Sie Lester verständigt?« Lucas saß im Licht der Nachttischlampe zusammengekauert auf dem Bettrand, die nackten Füße auf dem Boden. Weather war noch wach, lag reglos da und hörte dem Gespräch zu.

»Noch nicht. Soll ich?«

»Ich mache das«, sagte Lucas. »Sorgen Sie dafür, daß keinerlei verdammter Kommentar zu der Sache gegeben wird. Zu keinem Menschen. Die Scheiße wird in den Ventilator geraten, und wir dürfen auf keinen Fall irgendeinen Fehler machen. Und unterlassen Sie um Himmels willen auch jeden Kommentar gegenüber unseren uniformierten Kollegen.«

»Ich habe das bereits angeordnet«, sagte Carrigan.

»Dann lassen wir es auch dabei.« Lucas drückte den Unterbrecherknopf des Telefons, wählte eine neue Nummer.

»Wer ist tot?« fragte Weather und rollte sich auf den Rücken.

»Ein junges Mädchen. Sieht aus, als ob es unser Mistkerl getan hätte«, antwortete Lucas. Die Vermittlung meldete sich, und Lucas sagte: »Hier ist Davenport. Ich brauche die Telefonnummer von einer gewissen Meagan Connell. Und ich muß Frank Lester sprechen. Dringend.«

Man fand die Nummer von Connell, und er notierte sie. Während man die Verbindung mit Lester herstellte, grinste er Weather an, die ihn mit verschlafenen Augen anschaute. »Wie ist eigentlich deine Arbeitszeit festgelegt? Wie oft ruft man dich mitten in der Nacht an?« fragte sie.

»Vielleicht zwanzigmal in zwanzig Jahren«, antwortete er.

Sie drehte sich zu ihrem Nachttisch um, schaute auf die Uhr. »In drei Stunden muß ich aufstehen.«

»Tut mir leid«, sagte er.

Sie stützte sich auf einen Ellbogen und sagte: »Es ist mir bisher noch gar nicht aufgefallen, aber du hast nur wenig Haare an deinem Hintern.«

»Haare?« Das Telefon klingelte am anderen Ende, und er schaute verwirrt an sich herunter auf seinen Hintern. Ein verschlafener Lester grunzte: »Hallo?«

»Hier ist Davenport«, sagte Lucas, löste sich von der Frage der Haare auf seinem Hintern und konzentrierte sich voll auf seinen Gesprächspartner. »Carrigan hat gerade angerufen. Ein junges Mädchen aus Worthington ist mit aufgeschlitztem Bauch im Norden der Stadt gefunden worden. Wenn das nicht derselbe war, der Wannemaker getötet hat, dann ist es sein Zwillingsbruder.«

Lester schwieg einen Moment, sagte dann: »Scheiße.«

»Ja. Jetzt haben wir also den nächsten Fall in der Serie. Du setzt dich am besten gleich mit Roux in Verbindung, und ihr überlegt euch, wie wir das den Medien gegenüber behandeln.«

»Ich rufe sie an. Fährst du zum Fundort der Leiche? Wo auch immer das ist?«

»Bin schon auf dem Weg«, sagte Lucas.

Er legte auf, wählte Connells Nummer. Sie hob ab, meldete sich mit einem schwachen Krächzen: »Hallo?«

»Hier ist Davenport«, sagte er. »Ein Mädchen aus Worthington ist getötet und ihre Leiche im Norden der Stadt abgelegt worden. Es sieht so aus, als ob es unser Mann gewesen wäre.«

»Wo?« Hellwach jetzt... Lucas gab ihr die Adresse. »Wir treffen uns dort.«

Lucas legte auf, schwang sich auf die Füße, ging zum Bad. »Du wolltest mir morgen früh beim Operieren zuschauen«, erinnerte ihn Weather.

Lucas blieb stehen, sah zu ihr zurück. »O Gott, ja. Hör zu, wenn ich da draußen fertig bin, komme ich zum Krankenhaus. Du fängst um halb acht an?«

»Ja. Dann bringen sie das Kind in den OP.«

»Das kann ich schaffen«, sagte er. »Wo muß ich hinkommen?«

»Erkundige dich am Eingangsschalter. Frag nach den Operationssälen, und wenn du dort bist, frag nach mir. Man wird dich erwarten.«

»Ich versuch's«, sagte er. »Halb acht.«

Carrigans zweiter Anspruch auf Ruhm war die Tatsache, daß er kleine, zierliche Füße hatte, mit denen er tanzte. Er war sogar einmal im Guthrie in einer modernen Version des *Othello* aufgetreten und hatte dabei nichts als ein Suspensorium um, aus Goldlamé, und ein Stirnband getragen.

Sein dritter Anspruch auf Ruhm rührte daher, daß er einmal einen jungen Tänzer, der ihn als schwul bezeichnet hatte, solange mit dem Kopf in die verstopfte Kloschüssel des Umkleideraumes gesteckt hatte, daß die Kollegen von der Mordkommission den Namen des jungen Mannes an den Herausgeber des *Guinness Buch der Rekorde* als »Tauchrekord ohne Sauerstoffgerät« gemeldet hatten. Die Meldung war entgegengenommen, jedoch als Rekord nicht anerkannt worden.

Carrigans erster Anspruch auf Ruhm war bereits eine Dekade früher entstanden, als er zweimal die nationalen College-Meisterschaften im Ringen in der Gewichtsklasse bis 90 Kilogramm gewonnen hatte. Mit ihm trieb niemand irgendwelche Spielchen.

»Kann noch nicht lange her sein«, berichtete er Lucas und schaute hinüber zu der Menschenmenge, die sich an der Straßenecke ansammelte. Carrigan war ein Schwarzer, und auch die meisten der Leute in der Menge jenseits der Straße waren Schwarze. »Ein paar Leute haben bis zum Einbruch der Dunkelheit hier Softball gespielt, sie wären auf die Leiche gestoßen, wenn sie schon dagelegen hätte. Einige Jugendliche, die durch den Park strolchten, haben sie dann kurz nach eins gefunden.«

»Hat jemand irgendwelche verdächtigen Fahrzeuge gesehen?«

»Ein paar Leute von uns gehen da drüben auf der anderen Seite des Parks von Tür zu Tür und befragen die Bewohner, aber dabei wird nicht viel rauskommen. Einen Block weiter unten ist eine Auffahrt auf die Interstate, die schlecht ausgeschildert ist; viele Autofahrer verpassen sie und fahren bis hierher, drehen dann um und fahren zurück, also ist hier ziemlich viel Verkehr. Niemand achtet da auf einzelne Fahrzeuge. Kommen Sie, schauen Sie sich die Sache an.«

Die Leiche war noch nicht abgedeckt; sie lag zwischen zwei großen Büschen auf der Erde. Die Büsche gehörten zu einer

Buschreihe, die parallel zur Third-Base-Line eines Softball-Feldes verlief. Den Mörder hatte es nicht gekümmert, ob man sie fand; es mußte ihm klar gewesen sein, daß man sie sehr schnell entdecken würde. Tragbare Scheinwerfer erhellten das Gelände um die Leiche, und ein Team der Spurensuche war eifrig bei der Arbeit. »Halten Sie nach Zigaretten Ausschau«, wies Lucas Carrigan an. »Nach filterlosen Camel.«

»Okay...«

Lucas kauerte sich neben der Leiche des Mädchens nieder. Sie lag auf der Seite, verdreht, Kopf und Schultern dem Boden zugewendet, die linke Hüfte nach oben stehend. Lucas sah genug von der Wunde, um sofort zu erkennen, daß sie identisch mit der bei Wannemaker war: Ein Stich in den Unterleib, ein den Bauch aufschlitzendes Hochreißen des Messers. Er nahm den Geruch der offenen Bauchhöhle wahr... »Scheußlich«, sagte Lucas.

»Ja«, bestätigte Carrigan düster.

»Darf ich sie schon bewegen?«

»Wozu?«

»Ich möchte sie auf den Rücken drehen und mir ihre Brust ansehen«, sagte Lucas.

»Wenn Sie wollen – wir haben Fotos gemacht und alles sonst erledigt«, sagte Carrigan. »Aber da ist überall Blut, Sie sollten besser Handschuhe anziehen. Warten Sie einen Moment.« Er verschwand, kam gleich wieder zurück, gab Lucas ein Paar dünne gelbe Plastikhandschuhe. Lucas streifte sie über, nahm den Arm der Leiche und drehte sie auf den Rücken.

»Schauen Sie sich das an«, sagte Lucas dann. Er zeigte auf zwei blutige Einschnitte in ihre Brust. »Wofür halten Sie das?«

»Buchstaben – ein S und ein J«, sagte Carrigan, hatte den Strahl seiner Taschenlampe auf den Körper des Mädchens gerichtet. »Jetzt leck mich doch einer am Arsch... Was ist das, Davenport?«

»Irrsinn«, sagte Lucas, schaute düster auf die Leiche.

Dann fragte Carrigan: »Wer ist das denn?«

Lucas schaute über die Schulter, sah Connell auf sie zukommen, in einen Regenmantel gehüllt. »Meine Assistentin«, antwortete er.

»Ihre verdammte was?«

»War er es?« fragte Connell schon von weitem. Lucas stand auf und streifte die Handschuhe ab.

»Ja. Hat das SJ in sie reingeritzt«, sagte Lucas. Er legte den Kopf in den Nacken, schaute zum Nachthimmel hoch, zu den blassen Sternen hinter dem Licht der Stadt. Kalte Wut gegen den Mörder stieg in ihm auf. Irgendwie war ihm der Mord an Wannemaker persönlich nicht so nahegegangen wie der Mord an diesem jungen Mädchen. Vielleicht, weil er das Leben in ihr noch spürte. Sie war noch nicht lange tot.

»Er hält sich nicht mehr an sein Muster, an die zeitlichen Abstände«, sagte Connell.

»Scheißmuster... Wir wissen, daß er Wannemaker ermordet hat«, sagte Lucas. »Die Frau oben im Norden hatte keine Buchstaben in die Brust geritzt.«

»Aber sie lag im Zeitrahmen«, sagte Connell. »Wannemaker und dieses Mädchen hier sind die beiden, die aus dem zeitlichen Rahmen fallen. Ich hoffe, wir haben es nicht mit zwei Killern zu tun.«

»Nein.« Lucas schüttelte den Kopf. »Das Aufschlitzen ist sein Muster, sein Namenszug. Sogar noch eher als das Einritzen der Buchstaben.«

»Ich schaue sie mir jetzt mal an«, sagte Connell. Sie drängte sich durch die Büsche, kauerte sich neben die Leiche, richtete den Strahl ihrer Taschenlampe darauf. Sie schaute sie eine Weile an, stand auf, ging zur Seite, übergab sich. Kam zurück. »Ich gewöhne mich langsam daran«, sagte sie.

»Gott helfe Ihnen«, sagte Carrigan.

Ein Streifenpolizist und ein schwarzer Junge kamen auf die Gruppe zu, der Junge einen Schritt vor dem Polizisten. Der Junge trug knielange Shorts, ein übergroßes T-Shirt sowie eine Baseballmütze der Boston Red Sox, und er schien stinkwütend zu sein.

Carrigan machte einen Schritt auf die beiden zu. »Wen bringen Sie uns denn da, Bill?«

»Der Junge hat den Kerl gesehen«, sagte der Polizist. »Anscheinend.«

Lucas, Connell und Carrigan drängten sich um den Jungen. »Du hast ihn gesehen?«

»Mann...« Der Junge schaute zum Ende des Blocks hinüber, wo sich immer mehr Leute zusammendrängten. Es hatte sich herumgesprochen, daß ein Mord passiert war.

»Wie heißt du?« fragte Connell.

»Dex?« Seine Antwort klang wie eine Frage, und er verdrehte die Augen.

»Wie lange ist es her?« fragte Lucas.

Der Junge zuckte mit den Schultern. »Seh' ich aus wie 'ne verdammte Uhr?«

»Du wirst gleich wie ein großer Haufen Hackfleisch aussehen, wenn du deine Zunge nicht im Zaum hältst«, knurrte Carrigan.

Lucas hob die Hand, trat dicht vor den Jungen. »Die Ermordete ist ein Mädchen von einer Farm, Dex. Kommt zu einem Besuch hierher in die Stadt, und schon bläst ihr jemand das Lebenslicht aus.«

»Hat doch mit mir nix zu tun«, sagte Dex und schaute wieder zu der Menschenansammlung hinüber.

»Komm her«, sagte Lucas freundlich und nahm den Jungen am Arm. »Schau dir die Leiche an.«

»Was?«

»Komm...« Er zog den Jungen hinter sich her, sagte zu dem Streifenpolizisten: »Leihen Sie mir mal Ihre Taschenlampe, Kollege.«

Lucas führte Dex um den Busch, ging dann gebückt mit ihm auf die Leiche zu. Der Junge ging nur zu gerne mit; zum Teufel, er hatte schon mindestens sechstausend Leichen im Fernsehen gesehen, und einmal war er an einem Haus vorbeigekommen, wo ein paar Sanitäter-Typen gerade eine Leiche rausgeschleppt hatten. Das hier war echt cool...

Dicht vor der Leiche richtete Lucas den Strahl der Taschenlampe auf die Bauchwunde.

»Scheiße«, sagte Dex. Er richtete sich auf, sprang auf den Busch zu, wollte sich hindurchzwängen.

Lucas bekam ihn am Hosengummi zu fassen, zog ihn zurück,

drückte ihn gnadenlos vor der Leiche in die Hocke. »Komm, Mann, du kannst den Leuten doch jetzt von diesem Erlebnis erzählen. Wie die Cops dir die Leiche gezeigt haben.« Er richtete den Lichtstrahl auf das Gesicht des Mädchens. »Schau dir ihre Augen an, Mann, sie sind noch offen, sehen aus wie Eier. Du kannst ihre Därme riechen, wenn du ganz nahe rangehst, riecht irgendwie nach Seife.«

Dex' Blick glitt über die Leiche, und ein Schauder durchlief ihn; er richtete sich auf, rannte weg. Lucas hielt ihn nicht zurück. Carrigan würde sich den Jungen schnappen, wenn er aus dem Gebüsch gestürzt kam.

»Hab noch nie so was gesehen«, keuchte Dex. Speichel lief ihm aus dem Mundwinkel, und er wischte ihn mit dem Handrücken weg.

»Also, wer war es?« fragte Carrigan.

»Ein Weißer. Fuhr 'nen Pick-up.«

»Was für einen Pick-up?«

»Weiß und 'ne dunkle Farbe, vielleicht rot«, antwortete Dex. »Ich weiß es nicht genau; aber bei dem Weiß bin ich sicher.« Er rückte immer weiter von der Leiche ab, schob sich rückwärts um die Büsche herum auf die Straße zu. Carrigan hielt ihn am Arm fest, und Dex plapperte weiter: »Auf der Ladefläche war ein Camper-Aufbau... Manchmal kommen Leute her und werfen ihren Müll in die Büsche. Ich hab' gedacht, das macht der auch, Müll wegwerfen.«

»Wie dicht warst du an ihm dran?« fragte Connell.

»Ich war drüben an der Ecke«, antwortete Dex, zeigte hin. Etwa hundert Meter.

»Wie sah der Mann aus, soweit du das sehen konntest?« hakte Connell nach. »Groß? Klein? Dünn?«

»Ganz schön groß. So wie ich. Und ich glaub', der spielt Basketball, so wie der in den Truck eingestiegen ist. Ist hochgehüpft, verstehen Sie? Und echt hastig, als ob er Speed drin hätt. Ganz schnell.«

Connell kramte in ihrer Handtasche, nahm ein gefaltetes Blatt Papier heraus. Sie wollte es auffalten, aber als Lucas klar wurde, was es war, hielt er ihre Hand fest, schüttelte den Kopf. »Machen Sie das nicht«, sagte er. Er sah Dex an, fragte: »Wie lange ist das her?«

»Stunde? Weiß nicht... Ungefähr 'ne Stunde.« Das sagte nicht viel aus. Bei den meisten Zeugen bedeutete eine Stunde mehr als fünfzehn Minuten und weniger als drei Stunden.

»Was sonst noch?«

»Mann, da ist sonst nix mehr. Ich meine, lassen Sie mich mal nachdenken...« Er sah an Lucas vorbei. »Da kommt meine Mom.«

Eine Frau drängte sich durch die Absperrlinie der Polizei, und als ein Cop sie aufhalten wollte, fauchte sie ihn an, und er zuckte zurück. Sie kam auf die Gruppe zu.

»Was ist hier los?« fragte sie herausfordend.

»Wir reden mit Ihrem Sohn«, sagte Carrigan und trat vor sie hin. »Er ist Zeuge eines Verbrechens.«

»Er hat noch nie Ärger mit der Polizei gehabt«, sagte die Frau.

»Er hat auch jetzt keinen Ärger«, beruhigte sie Connell. »Er hat wahrscheinlich den Mörder gesehen – einen Weißen. Er versucht gerade, sich zu erinnern, was er sonst noch gesehen hat.«

»Er hat keinen Ärger?« Sie war immer noch mißtrauisch.

Connell schüttelte den Kopf. »Er hilft uns.«

»Momma, du müßtest das Mädchen sehen«, sagte Dex und schluckte. Er schaute zurück auf die Büsche. Die Hüfte des Mädchens war von ihrem Standort aus gerade noch zu erkennen. Dex sah Carrigan wieder an. »Der Truck hat diese Stufen an den Seiten, verstehen Sie, wie nennt man die noch?«

»Trittbretter?« vermutete Lucas.

Dex nickte. »Genau. Silberne Trittbretter.«

»Chevy, Ford?«

»Verdammt, Mann, die sehen doch alle gleich aus. Ich selber wollt' so 'n Ding nicht haben...«

»Welche Farbe hatte der Camper-Aufsatz?«

Der Junge mußte nachdenken. »Dunkel«, sagte er schließlich.

»Was sonst noch?«

Dex kratzte sich hinter dem Ohr, sah seine Mutter an, schüttelte dann den Kopf. »Irgend so'n weißes Arschloch lädt da seinen Müll ab, hab' ich einfach nur gedacht.«

»Warst du allein, als du den Mann gesehen hast?« fragte Lucas.

Dex schluckte, sah wieder scheu seine Mutter an. Die Frau merkte das, schlug ihm auf den Rücken, ziemlich fest. »Sag's ihnen!«

»Ein Typ namens Lawrence war auch in der Nähe«, sagte er.

Seine Mutter stemmte die Hände auf die Hüften. »Du warst mit Lawrence zusammen?«

»Ich war nicht mit ihm zusammen, Mom. Ich hab' ihn nur da drüben gesehen, das ist alles. War nicht bei ihm.«

»Du treibst dich auch gottverdammt besser nicht mit dem rum, oder ich schmeiß dich aus dem Haus. Du weißt, was ich dir gesagt hab', oder?« Die Frau war wütend. Sie sah Carrigan an, sagte: »Lawrence ist'n Pusher.«

»Ist Lawrence sein Vor- oder Nachname?« fragte Carrigan.

»Lawrence Wright.«

»Lawrence Wright? Den kenne ich«, sagte Carrigan. »Ist ungefähr zwei- oder dreiundzwanzig, großer, schlanker Kerl, läuft mit 'nem Seemannshut rum?«

»Das ist er«, sagte die Frau. »Abschaum. Kommt aus 'ner Abschaum-Familie. Hat 'ne verlotterte Mutter, und all seine Brüder sind Abschaum.« Sie schlug ihrem Sohn wieder zornig auf den Rücken. »Du treibst dich mit diesem Abschaum rum?«

»Wo ist er danach hingegangen?« fragte Lucas. »Lawrence?«

»Er war hier, bis sie die Leiche gefunden haben«, antwortete Dex und schaute sich um, als ob er nach dem Gesuchten Ausschau halten wollte. »Dann ist er weggegangen.«

»Hat er den Weißen mit dem Truck auch gesehen?« fragte Connell.

Dex zuckte mit den Schultern. »Ich war ja nicht bei ihm. Aber er war näher dran als ich. Er ist da drüben gegangen, als der weiße Typ aus dem Park rausgekommen ist. Ich hab' gesehen, wie der Weiße Lawrence angeguckt hat.«

Lucas sah Carrigan an. »Wir müssen diesen Lawrence sofort auftreiben.«

»Raucht er?« fragte Carrigan den Jungen.

Dex hob nur die Schultern, aber seine Mutter sagte: »Er raucht. Er läuft in der Gegend rum und ist dauernd weggetreten von all dem Crack-Scheißdreck.«

»Wir müssen ihn auftreiben«, sagte Lucas wieder.

»Ich weiß nicht, wo ich ihn finden könnte«, sagte Carrigan unsicher. »Aber ich könnte einen Drogenfahnder anrufen, Alex Drucker, der ist jetzt in dieser Gegend eingesetzt.«

»Holen Sie ihn ran«, sagte Lucas.

Carrigan schaute auf die Uhr, kicherte. »Halb fünf... Drucker ist jetzt wahrscheinlich seit zwei Stunden im Bett. Er wird sich freuen...«

Während Carrigan zu seinem Wagen ging, kam einer der Leute von der Spurensicherung zu Lucas und sagte: »Keine Zigarettenkippen von heute abend, nur altes Zeug.«

»Vergessen Sie's«, sagte Lucas. »Wie man uns gesagt hat, ist die Leiche erst vor einer Stunde hier abgelegt worden. Man könnte allerdings die Straße von hier bis... nein, Quatsch. Wir wissen, wer es getan hat.«

»Wir überprüfen es trotzdem«, sagte der Mann von der Spurensicherung. »Camels...«

»Filterlose«, ergänzte Lucas. Er wandte sich der Mutter zu. »Wir müssen Dex mit einem Streifenwagen ins Präsidium schaffen, um seine Aussage festzuhalten, und vielleicht kann er uns mit Hilfe eines Zeichners ein Phantombild von dem Mörder erstellen. Wir bringen ihn dann wieder nach Hause. Wenn Sie wollen, können Sie natürlich auch mitkommen.«

»Mitkommen?«

»Ja, wenn Sie wollen.«

»Das mache ich wohl besser«, sagte sie. »Und er ist wirklich nicht in Schwierigkeiten?«

»Nein, er ist nicht in Schwierigkeiten.«

Carrigan kam zurück. »Bei Drucker meldet sich niemand.«

»Dieser Lawrence ist doch allgemein bekannt hier – warum gehen wir nicht zur Ecke da drüben und fragen die Leute?«

Carrigan schaute zu der Menschenansammlung hinüber, sah dann Lucas und Connell an. »Sie sind zu weiß, um sie um eine Gefälligkeit zu bitten.«

Lucas hob die Schultern. »Ich habe nicht vor, sie zu bedrängen; ich will sie einfach nur nach diesem Lawrence fragen. Kommen Sie.«

Sie gingen zu der Straßenecke, und Connell fragte: »Warum soll ich dem Jungen nicht das Phantombild zeigen? Er könnte uns eine Bestätigung geben.«

»Ich möchte seine Erinnerung nicht beeinflussen. Wenn er uns ein Phantombild liefern kann, sollte es aus seiner Erinnerung entstehen und nicht aus dem, was er vorher auf einem Bild gesehen hat.«

»Oh…« Sie dachte kurz darüber nach, nickte dann zustimmend.

Als sie sich der Straßenecke näherten, verstummten die Gespräche in der Menge, und Carrigan ging ohne Umschweife auf das Ziel los: »Ein weißer Killer hat vor ein paar Stunden einem jungen Mädchen den Bauch aufgeschlitzt und die Leiche drüben ins Gebüsch geworfen«, sagte Carrigan ohne jede Vorrede und in nüchternem Gesprächston. »Ein junger Mann mit Namen Lawrence Wright hat ihn gesehen. Wir wollen Lawrence nicht irgendwie in die Zange nehmen, wir wollen nur seine Aussage. Ist er hier bei Ihnen oder hat ihn jemand von ihnen gesehen und weiß, wo er ist?«

»Das Mädchen, schwarz oder weiß?« fragte eine Frau.

»Weiß«, antwortete Lucas.

»Warum wollen Sie mit Lawrence reden? Vielleicht hat er ja gar nichts gesehen.«

»Er hat was gesehen«, sagte Carrigan. »Er war ganz in der Nähe von dem Weißen.«

»Dieser Killer ist ein Irrer«, schaltete Lucas sich ein. »So ähnlich wie der Typ in Milwaukee, der all diese Jungen umgebracht hat. Er hat keinen besonderen Grund dafür, bringt einfach Leute um.«

Eine Welle von Geflüster lief durch die Menge, dann sagte eine

Frauenstimme: »Lawrence ist zu *Porter's* gegangen.« Eine andere Stimme zischte »Schsch«, und die Frauenstimme reagierte zornig: »Zisch dir dein Schsch in den Arsch, der Kerl bringt junge Mädchen um.«

»Weiße Mädchen«...»Macht doch keinen Unterschied« ... »Doch, weiß ist weiß« ... »Was hat Lawrence gemacht?«

»Wir gehen jetzt besser«, sagte Carrigan ruhig. »Ehe jemand zu *Porter's* rennt und Lawrence sagt, daß wir kommen.«

Lucas und Connell fuhren bei Carrigan mit. »*Porter's* ist eine Kneipe in der Twenty-ninth, die bis frühmorgens geöffnet hat«, erklärte Carrigan. »Wir sollten eine Streife anfordern, die den Hinterausgang absichert.«

»Das könnte nichts schaden«, stimmte Lucas zu. »Ist das Lokal denn überhaupt noch geöffnet?«

»Noch etwa fünfzehn Minuten. Porter macht im Sommer meistens so um fünf dicht.«

Sie trafen die Streifenwagenbesatzung vier Minuten später auf dem Parkplatz eines Perkins-Restaurants. Einer der Streifenpolizisten war schwarz, der andere weiß, und Lucas sprach mit ihnen durch das geöffnete Wagenfenster, erklärte ihnen, wen sie suchten. »Halten Sie am besten jeden fest, der aus der Hintertür kommt... Sie wissen, wo das Lokal ist?«

»Ja. Wir fahren in die Gasse rein bis vor die Hintertür. Sobald Sie uns abbiegen sehen, sollten Sie vorne reingehen.«

»Okay, so machen wir's«, sagte Carrigan.

»Wie schlimm kann das denn werden?« fragte Connell.

Carrigan sah sie an. »Normalerweise gar nicht. *Porter's* ist kein übles Lokal; Porter vermeidet jedes Aufsehen. Aber wissen Sie...«

»Ja. Lucas und ich sind Weiße.«

»Sie lassen besser mich zuerst reingehen. Und schreien Sie ja niemanden an...«

An der Straßenecke vor dem Lokal fuhren sie langsamer, gerade so lange, bis der Streifenwagen sie überholt hatte, einen halben

Block vorausfuhr und dann in der Gasse verschwand. Carrigan ließ den Wagen vor einem Haus im Stil der zwanziger Jahre mit einer großen Veranda ausrollen. Die Veranda war leer, aber als sie ausstiegen, hörte Lucas einen Song von Charles Brown aus einem offenen Fenster dringen.

Carrigan ging voraus. Als er durch die Eingangstür ging, blieben Lucas und Connell einen Moment stehen, ließen einen kleinen Abstand und folgten dann nach innen.

Das Wohnzimmer des alten Hauses war in eine Bar umgestaltet worden; im ehemaligen Empfangszimmer stand ein halbes Dutzend Stühle, drei waren besetzt. Zwei Männer und zwei Frauen saßen um einen Tisch im früheren Wohnzimmer links davon. Als Lucas und Connell hereinkamen, erstarb jegliche Aktivität. Die Luft war von Zigarettenrauch und dem Geruch nach Whiskey geschwängert.

»Mr. Porter«, sagte Carrigan zu einem kahlköpfigen Mann hinter der Theke.

»Was kann ich für die Gentlemen tun?« fragte Porter. Er hatte beide Hände auf den Tresen gestützt. Porter hatte keine Lizenz für das Lokal, aber das war normalerweise kein Problem. Einer der Männer an dem Tisch schob seinen Stuhl ein Stück zurück, und Lucas sah ihn scharf an. Der Mann stellte jede weitere Bewegung ein.

»Einer Ihrer Gäste hat einen Verdächtigen in einem Mordfall gesehen – einen Weißen, der ein weißes junges Mädchen getötet und ihre Leiche im Park abgeladen hat«, sagte Carrigan in höflichem, formellem Tonfall. »Der Mörder ist ein Irrer, und wir müssen in dieser Sache mit Lawrence Wright sprechen. Haben Sie Lawrence gesehen?«

»Ich kann mich nicht erinnern. Der Name ist mir nicht bekannt«, antwortete Porter, aber er ließ seinen Blick vorsätzlich zum Flur wandern. An einer der Türen dort war ein Schild mit der handgeschriebenen Aufschrift »Gentlemen« angebracht.

»Okay, dann müssen wir uns wohl wieder auf die Socken machen«, sagte Carrigan. »Ich möchte nur noch schnell Ihre Toilette benutzen, wenn Sie gestatten.«

Lucas hatte sich nach hinten bewegt, bis sein Rücken gegen eine Standuhr stieß, eine Position, von der aus er den Eingang blockieren konnte. Sein Pistolenholster hatte er hinten am Gürtel eingehängt, und er stützte eine Hand in seiner Nähe auf die Hüfte, was wie eine ungeduldige Geste des Wartens auf Carrigan aussah. Eine Stimme sagte »Cops an der Hintertür«, und eine andere fragte: »Was ist denn los?«

Carrigan ging in den Flur, vorbei an der Klotür, machte dann einen schnellen Schritt zurück, riß die Tür auf.

Und grinste. »Hey«, rief er Lucas zu. »Raten Sie mal, wen wir hier haben. Lawrence sitzt auf dem Töpfchen.«

Eine winselnde Stimme kam aus der Toilette: »Machen Sie die Tür zu, Mann. Ich bin mitten beim Geschäft. Bitte ...«

Der Tonfall der Stimme erinnerte an eine schlechte Situationskomödie. Zunächst herrschte Stille, dann lachte jemand im Wohnzimmer auf, ein einzelnes, kehliges, weibliches Lachen, und plötzlich fielen alle Gäste in dieses Lachen ein, grölten los. Selbst Porter legte die Stirn auf die Theke und lachte dröhnend. Lucas lachte auch ein wenig, nicht zuviel, aber entspannt.

Lawrence war dünn, fast ausgemergelt. Mit zwanzig hatte er seine vorderen Schneidezähne eingebüßt, oben und unten, und beim Sprechen machte er feuchte, schlürfende Laute. »... Ich weiß nicht, *schlürf*, es war ja dunkel. Blau und weiß, glaub' ich, *schlürf*. Breitreifen am Truck.«

»Richtig große?«

»Ja, echt große. Jemand hat gesagt, er hätt' Trittbretter? *Schlürf*. Ich glaub' nicht, daß der Trittbretter gehabt hat. Vielleicht hat er welche, aber ich hab' keine gesehn. Er war'n Weißer, und er hat 'nen Bart gehabt. Dunklen Bart.«

»Aha, Bart«, sagte Connell.

»Wieso sind Sie sicher, daß er ein Weißer war?«

Lawrence runzelte die Stirn, als ob er an einem Puzzle arbeiten würde, dann hellte sich sein Gesicht auf. »Weil ich seine Hände gesehen hab'. Er hat 'ne Prise genommen, Mann. Der hat geschnupft, deshalb hab' ich zu ihm hingeguckt.«

»Koks?«

»Muß Koks gewesen sein«, sagte Lawrence. »Nix anderes sieht so aus, versteh'n Sie, wie wenn man schnupft und dabei geht oder sonst was macht. *Schlürf.* Du klemmst 'ne Prise zwischen die Finger und hältst's an die Nase. Und genau das hat er gemacht. Und ich hab' dabei seine Hände gesehen.«

»Lange Haare, kurze?« fragte Connell.

»Weiß ich nicht.«

»Aufkleber am Wagen, Nummernschild, irgendwas?« fragte Lucas.

Lawrence legte den Kopf schief, kräuselte die Lippen. »Nein, hab nix gesehen, *schlürf.*«

»Sie haben nicht besonders viel gesehen, wie?« knurrte Carrigan.

»Ich hab' Ihnen doch gesagt, er hat geschnupft«, verteidigte sich Lawrence. »Und hab gesagt, er war'n Weißer.«

»Verdammt beschissener Hinweis«, sagte Carrigan. »Da draußen liegt Minneapolis, falls Sie das noch nicht gemerkt haben. Dort laufen ungefähr zweieinhalb Millionen Weiße rum.«

»Ist nicht mein Fehler«, meinte Lawrence.

Rotweißer Truck, vielleicht auch blauweißer, vielleicht mit silberfarbenen Trittbrettern, vielleicht aber auch nicht. Kokser. Weißer. Mit Bart…

»Lassen Sie ihn in die Zentrale schaffen und drehen Sie ihn durch die übliche Mühle«, sagte Lucas zu Carrigan. »Nehmen Sie seine Aussage auf Band auf.«

Sie fuhren zurück zum Fundort der Leiche, aber es hatte sich nichts Neues ergeben, außer daß die Sonne inzwischen aufgegangen war und alles in ein bleiches, frostiges Licht tauchte. Die Spurensicherung machte Videoaufnahmen von der Szene, und Übertragungswagen von TV3 und Kanal 8 lauerten am Ende des Blocks.

»Ihre Freunde von TV3«, sagte Lucas und stieß Connell mit dem Ellbogen an.

»Ungeziefer«, sagte sie.

»Na, kommen Sie ...« Er schaute zu den Fahrzeugen hinüber. Eine dunkelhaarige Frau winkte ihnen zu. Lucas winkte zurück.

»Sie machen Unterhaltung aus Mord, Vergewaltigung, Pornographie, Schmerz, Krankheit«, sagte Connell. »Es gibt nichts Böses, das Menschen widerfahren kann, aus dem sie nicht noch einen Cartoon machen.«

»Sie hatten aber keine Hemmungen, zu ihnen zu gehen.«

»Natürlich nicht«, sagte sie ruhig. »Sie sind Ungeziefer, aber sie sind eine Realität, ein fester Bestandteil unseres Lebens, und sie sind ja manchmal *tatsächlich* nützlich.«

Kapitel 11

Connell wollte beim Verhör von Lawrence dabeisein und den Medizinern bei der Autopsie von Marcy Lanes Leiche Dampf machen. Lucas ließ sie gewähren, schaute auf die Uhr. Weather würde in fünfzehn Minuten das Haus verlassen; er konnte es zeitlich nicht schaffen, sie noch zu Hause anzutreffen. Er fuhr zurück zu dem Perkins-Restaurant, wo sie die Streifenwagenbesatzung getroffen hatten, kaufte sich eine Zeitung und bestellte Pfannkuchen und Kaffee.

Junky Doog dominierte die Vorderseite des *Strib*: zwei allgemein gehaltene Artikel, ein Feature und ein auf das Geschehen konzentrierter Bericht. Letzterer begann: »Ein dringend Tatverdächtiger in der Serie der Sexualmorde im Mittelwesten ist gestern im Dakota County festgenommen worden ...« Das Feature berichtete: »Junky Doog lebte unter einem Baum auf einer Müllkippe im Dakota County, und er hatte sich nach und nach die Finger der linken Hand und die Zehen abgeschnitten ...«

»Gute Story.« Ein Paar Beine – hübsche Frauenbeine – standen vor seinem Tisch. Lucas schaute hoch. Eine Berühmtheit lächelte auf ihn herunter. »Jan Reed«, stellte sie sich vor. »Von TV3. Darf ich Ihnen bei einem Kaffee Gesellschaft leisten?«

»Natürlich ...« Er deutete auf den Stuhl ihm gegenüber. »Aber ich kann Ihnen nicht viel erzählen.«

»Die Kameraleute sagten, Sie wären durchaus kooperativ uns gegenüber«, sagte Reed.

Reed war älter als die meisten anderen Fernsehreporter, etwa Mitte Dreißig, wie Lucas schätzte. Wie alle der in jüngster Zeit vor den Kameras auftretenden Reporterinnen war sie aufregend attraktiv, mit großen dunklen Augen, kastanienbraunem, bis auf die Schultern fallendem Haar und der winzigen Andeutung vorstehender oberer Schneidezähne – dem modischen Überbiß. Lucas hatte Weather gegenüber einmal vermutet, ein Chirurg müsse irgendwo ein Vermögen scheffeln, indem er Fernsehansagerinnen zu vollen »Bienenstich«-Lippen und dem Überbiß verhalf. Weather hatte ihm empört gesagt, das würde gegen die ärztliche Ethik verstoßen; am nächsten Tag hatte sie dann aber berichtet, sie habe sich das am Abend zuvor im Fernsehen gezielt angesehen, und es gäbe bei den Reporterinnen der lokalen Fernsehsender tatsächlich bei weitem zu viele Überbisse, um sie auf simple Kieferprobleme zurückzuführen.

»Warum ist das so?« hatte sie gefragt. Sie schien echt interessiert zu sein.

Lucas hatte mit einer Gegenfrage reagiert: »Das weißt du nicht?«

»Nein, das weiß ich nicht.« Sie hatte ihn skeptisch angesehen. »Wie ich dich kenne, kommt jetzt was Schmutziges, nicht wahr?«

»Das ist so, weil Männern dabei der Gedanke ans Blasen kommt.«

»Du lügst mich an«, hatte Weather gefaucht, eine Hand auf die Hüfte gestützt.

»Ganz ehrlich. Das ist der Grund dafür.«

»Diese unsere Gesellschaft ist aus den Fugen geraten«, hatte Weather geseufzt. »Es ist schade, aber es geht mit uns den Bach runter. Blasen ...«

Jan Reed nahm einen Schluck Kaffee, sagte: »Eine unserer Quellen sagte, es sei der Serienkiller. Wir haben Officer Connell am Fundort der Leiche gesehen, also ist das eine begründete Annahme. Können Sie das bestätigen?«

Lucas dachte einen Moment nach, sagte dann: »Hören Sie, ich gebe nicht gern offizielle Erklärungen ab. Man kommt da leicht in Schwierigkeiten. Ich könnte Ihnen aber eine kleine Information geben, wenn Sie sich dabei auf eine ›ungenannte Quelle‹ beziehen.«

»Abgemacht«, sagte sie und streckte ihm die Hand hin. Lucas schüttelte sie; ihre Hand war warm und weich. Sie lächelte, und das gab ihm ein noch wärmeres Gefühl. Sie war *wirklich* attraktiv...

Lucas gab ihr zwei grundsätzliche Informationen: daß das Opfer weiblich und eine Weiße sei und daß die Untersuchungsbeamten glaubten, es sei die Tat desselben Mannes, der auch Wanemaker ermordet hatte.

»Das meiste davon wissen wir bereits«, sagte sie sanft. Sie versuchte, ihn herauszulocken, ihn dazu zu bewegen, sich weiter zu öffnen.

Er biß jedoch nicht an. »Nun ja, da kann man nichts machen. Ein weiterer Tag im Leben einer Fernsehreporterin, die vergebens jedem Informationsfetzen hinterherjagt.«

Sie lachte, ein hübsches Lachen, melodiös, und sagte: »Wie ich gehört habe, hatten Sie mal eine Beziehung mit einer Reporterin.«

»Ja. Wir haben eine Tochter.«

»Das ist natürlich schwierig...«

»Nun, ja, es *war* schwierig«, sagte Lucas. Er nahm einen Schluck Kaffee. »Ist schon einige Zeit her.«

»Ich bin auch geschieden«, sagte sie. »Ich hätte nie gedacht, daß das jemals geschehen könnte.« Sie schaute auf ihre Hände.

Lucas dachte, er sollte Weather erwähnen, unterließ es aber. »Wissen Sie, ich habe Sie sofort erkannt. Ich dachte, Sie wären Nachrichtensprecherin.«

»Ja – ich bin auf dem Weg dazu. Ich habe es schon ein paarmal gemacht, bin aber erst vor drei Monaten hergekommen. Sie schleusen mich durch die verschiedensten Positionen, damit ich lerne, wie es abläuft, gleichzeitig mache ich als Ersatzfrau auch Nachrichtensendungen. In einem Monat werde ich dann häufiger als Sprecherin eingesetzt.«

»Sehr schön. Ich muß mir die Zeiten Ihrer Auftritte merken.«

Sie plauderten noch eine Weile, dann schaute Lucas auf die Uhr, sagte: »Verdammt, ich muß gehen«, und schob sich aus der Nische.

»Haben Sie eine Verabredung?« Sie sah ihn an, und er verlor sich beinahe in ihren Augen.

»So was Ähnliches«, antwortete Lucas und versuchte, nicht länger in diese Augen zu schauen. »Hören Sie, ähm... wir sehen uns sicher mal wieder, hmm?«

»Sicher«, sagte sie und entließ ihn mit einem Bienenstichlächeln...

Weather hatte Lucas aus nächster Nähe bei seiner Arbeit gesehen, als er einen Mordfall in ihrer kleinen Stadt im Norden Wisconsins gerade abgeschlossen hatte. Lucas hatte Weather bei der Arbeit als Leichenbeschauer gesehen – Ärzte waren da oben im Norden Mangelware, und die Aufgabe des Coroners wurde reihum von den vorhandenden Ärzten wahrgenommen –, aber beim einzigen Mal, als er dabei war und sie an einem lebenden Patienten gearbeitet hatte, war er bewußtlos gewesen; *er* war der Patient gewesen.

Er hatte ihr versprochen, er würde einmal ins Krankenhaus kommen und sich anschauen, was sie dort tat, hatte es aber immer wieder vergessen. Sie hatte jedoch beharrlich darauf bestanden, und so hatten sie dann vor einer Woche diesen Termin festgelegt, noch vor dem Mord an Wannemaker. Er würde es schon irgendwie einschieben können, hatte er gedacht.

Er fuhr mit der Fingerspitze über die Narbe an seinem Hals, dachte dabei an Weather. Der größte Teil der Narbe war von dem Schweizer Armeemesser verursacht worden, mit dem sie die Notoperation bei ihm durchgeführt hatte; der Rest stammte von einer .22er-Kugel, abgefeuert von einem jungen Mädchen...

Lucas stellte den Wagen auf einem Parkplatz drei Blocks vor dem Universitäts-Krankenhaus ab und ging das letzte Stück zu Fuß durch den kühlen Morgen. Er ließ sich treiben im Strom der Medizinstudenten in ihren kurzen weißen Kitteln und den Ärzten in den längeren. Eine Krankenschwester namens Jim führte Lucas zum Umkleideraum, gab ihm ein Schloß und einen Schlüssel für einen Spind und sagte ihm, wie er sich zu kleiden hatte: »Die OP-Anzüge liegen in den Regalfächern, in drei verschiedenen Größen. Die Überschuhe sind im untersten Fach. Die Kappen und Gesichtsmasken finden Sie in den danebenstehenden Behältern. Nehmen sie sich eine von den Kappen, die wie Duschhauben aussehen, und bringen Sie eine Gesichtsmaske mit, binden Sie sie aber noch nicht um, wir zeigen Ihnen, wie das gemacht wird, wenn es soweit ist... Nehmen Sie Ihre Brieftasche und Uhr und sonstige Wertsachen mit. Dr. Karkinnen wird gleich zu Ihnen kommen.«

Weathers Augen lächelten ihn an, als er aus dem Umkleideraum kam. Er fühlte sich in dem OP-Anzug wie ein Idiot, wie ein Hochstapler.

»Wie fühlst du dich?« fragte Weather.

»Komisch. Steril.«

»Das Mädchen, das ermordet wurde... War es der Serienmörder?«

»Ja. Wir haben noch nicht viel rausgefunden. Ein Junge hat ihn allerdings gesehen. Er ist ein Weißer, kokst wahrscheinlich, fährt einen Truck.«

»Das ist doch immerhin etwas.«

»Aber nicht viel«, sagte er. Er schaute den Gang hinunter auf die Doppeltür, die zu den Operationsräumen führte. »Ist euer Patient schon in Narkose?«

»Nein, das Mädchen sitzt da drüben«, sagte Weather und nickte nach links.

Lucas schaute hin. Eine dünne, sorgfältig frisierte blonde Frau saß mit einem kleinen, rothaarigen Mädchen in einer Warteecke, und das Mädchen schaute zu der Frau hoch, sprach auf sie ein. Die Arme des Mädchens waren bis zu den Schultern bandagiert. Die Frau nickte jetzt, schien etwas zu erklären; das Mädchen verhakte immer wieder die vom Stuhl hängenden Beine ineinander, dann enthakte sie sie wieder. »Ich muß noch kurz mit den beiden sprechen«, sagte Weather.

Weather ging den Flur hinunter. Lucas, immer noch gehemmt in seinem OP-Anzug, blieb zurück, schlenderte dann jedoch hinter ihr her. Er bemerkte, wie sich das Gesicht des Mädchens vor Angst verzerrte, als es Weather kommen sah. Lucas, der sich schon unangenehm genug in seiner Haut fühlte, ging noch langsamer. Weather sagte irgend etwas zu der Mutter, ging dann in die Hocke und sprach mit dem Kind. Lucas trat nun doch näher, und das kleine Mädchen sah ihn an. Er erkannte, daß es weinte, lautlos, aber fast unkontrolliert. Es sah Weather wieder an. »Sie werden mir wieder weh tun«, jammerte es.

»Es wird nicht so schlimm werden«, sagte Weather schnell.

»Weh tun ist aber schlimm«, sagte das Mädchen, und Tränen liefen ihm jetzt über die Wangen. »Ich will nicht, daß noch mehr an mir rumgemacht wird.«

»Nun, wir müssen es aber doch schaffen, daß alles wieder in Ordnung kommt«, sagte Weather, und als sie mit den Fingerspitzen die Wange des Mädchens streicheln wollte, brach der Damm, und es fing an zu schluchzen. Das Mädchen drückte die verbundenen Arme wie Baumstümpfe an seine Mutter.

»Was wir heute machen, wird dir nicht so weh tun. Nur ein kleiner Fleck für die Verbrennungen vierten Grades, das ist alles«, sagte Weather, streichelte die Schulter des Mädchens. »Und wenn du aufwachst, geben wir dir eine Tablette, und du wirst eine Weile schläfrig sein und kaum was spüren.«

»Das haben Sie letztesmal auch gesagt«, schluchzte das Mädchen.

»Aber wir müssen das doch in Ordnung bringen, und wir sind fast fertig. Heute, und dann noch einmal, dann haben wir es geschafft.« Weather stand auf und sah die Mutter an. »Sie hat nichts gegessen?«

»Nicht seit neun gestern abend«, antwortete die Frau. Tränen liefen ihr übers Gesicht. »Ich muß weg hier«, sagte sie verzweifelt. »Ich halte das nicht mehr aus. Können wir es nicht hinter uns bringen?«

»Doch, natürlich«, sagte Weather. »Komm, Lucy, nimm meine Hand.«

Lucy schob sich langsam vom Stuhl, umklammerte einen von Weathers Fingern. »Bitte, tun Sie mir nicht weh.«

»Wir werden alles versuchen, glaub's mir«, sagte Weather. »Du wirst sehen …«

Weather übergab das Mädchen den Operationsschwestern und führte Lucas zu ihrem Büro, wo sie einen fingerhohen Stapel von Papieren durchging, jedes Blatt überprüfte, mehrmals unterschrieb. »Die Operationsunterlagen«, erklärte sie. »Wer war das Mädchen heute nacht?«

»Ein Teenager vom Land. Aus Worthington.«

Weather schaute hoch. »Schlimm?«

»Wenn man es nicht selbst sieht, kann man es kaum glauben.«

»Du klingst ein wenig traurig«, sagte sie.

»Bei diesem Mord bin ich es tatsächlich«, sagte er. »Das Mädchen sah aus wie … es sah aus wie ein Kind, das vorige Woche zur ersten heiligen Kommunion gegangen ist.«

Der routinierte Ablauf der Operation erstaunte ihn; präzises Handeln in lockerer Atmosphäre. Alle im OP außer Lucas und dem Anästhesisten waren Frauen, und der Anästhesist verließ den Raum zu einer anderen Operation, sobald das Mädchen narkotisiert war, und überließ den Job einer jungen Anästhesistin. Das Operationsteam wies Lucas einen Platz an der Wand zu und forderte ihn auf, dort stehenzubleiben.

Weather und die Operationsassistentin arbeiteten großartig zusammen; die Assistentin hielt die benötigten Instrumente schon bereit, ehe Weather danach fragte. Es floß weniger Blut, als Lucas erwartet hatte, aber der Geruch der Ätzmittel störte ihn; verbrennendes Blut …

Weather erklärte mit knappen Worten, was sie tat – Ausdehnen gesunder Haut und Verpflanzen von Hautlappen auf die Verbrennungen an den Armen des Mädchens. Weather arbeitete zügig, gab klare Anweisungen, und es kam nicht zu irgendwelchen Rückfragen.

In Abständen erklärte sie Lucas, abwesend und stets auf die

Arbeit konzentriert, was vorgefallen war: »Ihr Vater führte ein Verlängerungskabel von einer 220-Volt-Steckdose am Haus zu einer Pumpe am See. An der Verbindungsstelle lösten sich die beiden Kabel voneinander. So nimmt man jedenfalls an. Lucy griff danach und wollte die Kabel wieder zusammenführen. Man weiß nicht genau, was sie dabei gemacht hat, jedenfalls gab es einen Lichtblitz, und sie erlitt diese Verbrennungen an beiden Armen bis hin zu den Schulterblättern... Wir werden dir das noch zeigen. Wir machen Hauttransplantationen, wo immer es geht, und an einigen Stellen dehnen wir noch vorhandene gesunde Haut über verbrannte Flächen aus.«

Nach einiger Zeit drehte sich das Gespräch um den Operationstisch um einen Liebesroman, der die Bestsellerliste anführte. Die Frage wurde diskutiert, ob die Liebenden hätten zusammen durchbrennen sollen, obwohl sie damit eine Ehe und eine Familie zerstört hätten.

»Sie hätte doch ihr Leben lang mit einer Lüge leben müssen; sie hätte allen weh getan«, erklärte eine der Schwestern. »Sie hätte mit dem Geliebten fliehen sollen.«

»Tatsächlich? Und die Familie ist kaputt, und nur weil bei ihr da so ein Strohfeuer abbrennt, heißt das ja nicht, daß sie ihren Mann und ihre Kinder nicht immer noch liebt.«

»Das war aber nicht nur ein Strohfeuer.«

Im Hintergrund säuselte die Musik eines Pop-Senders aus einem Kofferradio; auf dem Operationstisch, unter Weathers Händen in den Gummihandschuhen und ihrem Skalpell, strömte Lucys Blut...

Sie schnitten einen Hautlappen aus Lucys Oberschenkel und verpflanzten ihn auf eine verbrannte Stelle an ihrem Arm. Das Gerät zum Heraustrennen des Hautlappens sah aus wie die Kreuzung zwischen einer Schleifmaschine und einem Rasentrimmer.

»Das sieht aus, als ob es nachher weh tun würde«, sagte Lucas schließlich. »Verdammt weh...«

»Da kann man nichts machen«, grunzte Weather, schaute nicht auf. »Das sind die schlimmsten Stellen. Solche Verbrennungen sind immer schlimm – die Haut regeneriert sich nicht, und wir müssen die Wunden abdecken, um Infektionen zu vermeiden. Das bedeutet Hautverpflanzung und Hautstreckung... Wir haben provisorische Hautstreckungen machen müssen, weil wir bei den ersten beiden Operationen nicht genug gesunde Haut von ihr nehmen konnten, aber man kann das nicht so lassen, ihr Körper stößt das ab.«

»Vielleicht hättest du ihr klar sagen sollen, daß es weh tun wird«, sagte Lucas. »Als du eben mit ihr gesprochen hast.«

Weather schaute kurz auf, als ob sie darüber nachdenken müsse, schüttelte dann aber den Kopf und fuhr fort, den Hautlappen auf einer der bisherigen Streckungsstellen festzunähen. »Ich habe ihr nicht gesagt, es würde nicht weh tun. Am wichtigsten war, sie hier reinzubringen, in Ruhe, mit einem Minimum an Widerstand. Beim nächstenmal kann ich ihr sagen, daß es das letzte Mal sein wird.«

»Wird es das wirklich sein?«

»Ich hoffe es«, antwortete Weather. »Es kann sein, daß wir nachoperieren müssen, wenn sich eine starke Narbenbildung entwickelt. Wir müßten dann Narbengewebe entfernen. Aber die nächste Operation wird für einige Zeit die letzte sein.«

»Hmm...«

Sie schaute ihn über den Rand ihrer Maske hinweg an, ruhig, ernst, hielt die blutbefleckten Hände hoch, weg von den offenen Wunden des Mädchens. Auch die Schwestern sahen ihn an. »Ich bin keine Therapeutin, ich bin Chirurgin«, sagte sie. »Ich operiere. Manchmal kann man Schmerzen für die Patienten nicht vermeiden. Man kann sie nur wieder in Ordnung bringen, und schließlich hört jeder Schmerz einmal auf... Das ist alles, was ich tun kann.«

Später, als sie fertig waren und in der Kaffeeküche der Chirurgen noch für kurze Zeit beisammensaßen, fragte sie: »Na, was meinst du?«

»Interessant. Beeindruckend.«

»Ist das alles?« In ihrer Stimme lag ein gewisser Unterton.

»Ich habe dich bisher nie als Oberbefehlshaber gesehen«, sagte er. »Du machst das gut.«

»Irgendwelche Einwände?«

»Natürlich nicht.«

Sie stand auf. »Du schienst irgendwie beunruhigt zu sein. Als du mir zugeschaut hast.«

Er schaute auf den Boden, schüttelte den Kopf. »Es ist eine ziemlich harte Sache. Und es war anders, als ich es erwartet hatte, das Blut und der Geruch nach diesem Ätzmittel und diese Hautausschneidemaschine... Es ist irgendwie brutal.«

»Manchmal ist es das«, stimmte sie zu. »Aber du warst am meisten über meine Haltung Lucy gegenüber beunruhigt.«

»Kann sein, aber ich weiß nicht...«

»Ich muß unbeteiligt bleiben«, sagte sie. »Ich muß meine Gefühle abschalten. Ich darf meine Patienten durchaus mögen, und ich mag Lucy, aber ich kann es mir nicht leisten, in den Operationssaal zu gehen und mir Gedanken darüber zu machen, ob ich den Leuten weh tue, oder mich fragen, ob ich das Richtige tue. Darüber bin ich mir schon längst im klaren. Wenn es nicht so wäre, würde ich da drinnen versagen.«

»Es kam mir alles nur so... kalt vor«, gestand er ein.

»Ich wollte, daß du das siehst«, sagte sie. »Lucas, als... als Chirurgenpersönlichkeit, so würdest du das wahrscheinlich nennen, bin ich anders. Ich bin gezwungen, brutale Entscheidungen zu treffen, und ich tue es. Dadurch bewege ich etwas, und ich mache das gut.«

»Nun ja...«

»Laß mich zu Ende reden. Seit ich hierher zu dir gezogen bin, hatten wir im Bett so manches schöne Erlebnis. Wir hatten Spaß beim Joggen und wenn wir ausgingen und wenn wir rumalberten. *Aber das hier ist es, was ich wirklich bin.* Was du gesehen hast.«

Lucas seufzte, nickte. »Ich weiß das. Und ich bewundere dich dafür. Ehrlich.«

Jetzt lächelte sie, wenn auch nur schwach. »Wirklich?«

»Ja, wirklich. Nur – was du da tust, ist so... so viel härter, als ich gedacht habe.«

Viel härter, dachte er wieder, als er das Krankenhaus verließ.

In seiner Welt, oder, um das einmal so zu sagen, in Jan Reeds Welt, waren nur ganz wenige Dinge völlig klar; die Akteure sahen sich stets nicht vorhersehbaren Ereignissen ausgesetzt. Fehler, Dummheit, Versehen, Lügen und Zwischenfälle gehörten zur Routine. In Weathers Welt gehörten diese Dinge jedoch keinesfalls zur Routine; sie waren geradezu unverzeihlich.

Die Operation eben war wieder etwas anderes. Das Blut hatte ihn nicht gestört, aber es war ihm unangenehm gewesen, als das Skalpell über der noch unverletzten Haut geschwebt hatte und Weather in letzter Minute ihre Entscheidung treffen mußte, wie sie vorgehen wollte. Heißblütig in menschliches Fleisch zu schneiden oder zu stechen war eine Sache; es kaltblütig zu tun – und auch noch an einem Kind, selbst wenn es zum Besten des Kindes war –, eine andere. Dazu bedurfte es intellektueller Härte in einem Grad, der Lucas auf den Straßen nie begegnet war. Es sei denn, man hatte es mit einem Psychopathen zu tun.

Das war es wohl, was sie ihm hatte zeigen wollen.

Versuchte sie, ihm damit etwas Bestimmtes zu sagen?

Kapitel 12

Als Lucas durch den Eingang des Polizeipräsidiums hoch zum Büro des Chiefs ging, hatte er einen schweren Kopf. Er fühlte sich benommen. Schlafmangel. Man wurde ja schließlich auch älter... Roux' Sekretärin gab ihm wieder das bekannte Daumenzeichen, durch die Tür zu gehen, aber er blieb stehen. »Würden Sie sich mal umhören, ob Meagan Connell im Haus ist? Und ihr sagen, wo ich bin?«

»Natürlich. Soll ich sie reinschicken?«

»Ja, warum nicht?«

»Weil sie und der Chief dann vielleicht mit den Fäusten aufeinander losgehen.«

Lester und Anderson saßen auf Besucherstühlen. Lonnie Shantz, Roux' Pressesprecher, lehnte an einer Fensterbank, die

Arme verschränkt, einen anklagenden Ausdruck auf dem feisten Bezirksparteichef-Gesicht. Roux nickte Lucas zu, als er hereinkam. »Sie machen sich fast in die Hose beim *Strib*«, sagte sie. »Haben Sie die Zeitung gelesen?«

»Ja. Die große Sache über Junky.«

»Nach dem Mord der vergangenen Nacht meinen sie natürlich, wir hätten ihnen Sand in die Augen gestreut«, sagte Shantz.

Lucas setzte sich. »Wir können es nicht ändern. Der Killer ist ausgeflippt. Zu jeder anderen Zeit hätte sie das ein paar Tage ruhiggestellt.«

»Wir sehen schlecht aus, Lucas«, sagte Roux.

»Was ist mit dem Cop in St. Paul?« fragte Shantz. »Können wir daraus was machen?«

»Man hat mir berichtet, daß St. Paul einen Psychiater auf ihn angesetzt hat«, sagte Lester. »Man glaubt nicht mehr, daß der Cop zu so einer Tat fähig ist.«

»Hat aber doch seine Frau verprügelt«, erinnerte Shantz.

»Die Klage wurde fallengelassen«, sagte Anderson. »War wohl eher ein etwas heftigerer Ehekrach. Seine Frau hat allerdings ganz schön zugelangt. Schlug ihm mit einer Kaffeekanne ins Gesicht.«

»Ich habe gehört, es sei ein Bügeleisen gewesen«, sagte Lucas. »Wo war er übrigens in der vergangenen Nacht?«

»Schlechte Nachrichten«, berichtete Lester. »Seine Frau ist nach dem letzten großen Streit ausgezogen, und er war allein zu Hause. Hat ferngesehen.«

»Scheiße«, sagte Lucas.

»St. Paul hat ihn noch mal in die Mangel genommen, befragt ihn zu den Sendungen, die er gesehen hat.«

»Ja, ja, aber mit der Zeitverzögerung durch Videoaufzeichnungen könnte er jeder Befragung standhalten und zur fraglichen Zeit trotzdem ganz woanders gewesen sein.«

»Scheißdreck«, sagte Anderson.

Shantz wandte sich an Roux: »Wir brauchen doch nur den Namen durchsickern lassen und daß es eine Anklage wegen Körperverletzung gegeben hat. Wir können das aus einer ganz entfernten Ecke in Gang setzen – einer meiner Parteifreunde macht das für uns. Man tut dem Fernsehen ja gerne mal einen Gefallen, das zahlt sich irgendwann aus. Die Leute vom TV3 pinkeln sich vor Freude doch in die Hose, wenn sie so einen Tip kriegen. Und die Sache stinkt ja geradezu nach Vertuschung.«

»Sie werden den Mann kreuzigen«, sagte Lester. »Sie werden es so aussehen lassen, als ob die Anklage fallengelassen wurde, weil er ein Cop ist.«

»Wer sagt denn, daß es nicht tatsächlich so war?« fragte Shantz. »Aber es würde auf jeden Fall einigen Druck von uns nehmen. Mein Gott, diese Morde drüben bei den Seen sind ein verdammtes Desaster. Die Frau ist tot und der Mann nur noch eine lebende Leiche. Und jetzt kommt auch noch dieses Serienmörder-Arschloch dazu, bringt eine Kuhmagd vom Land um, und ein Feuersturm bricht über uns herein.«

»Wenn Sie diesen St.-Paul-Cop den Medien zum Fraß vorwerfen, werden Sie es schnell bereuen«, sagte Lucas zu Roux. »Es wird Sie den Senatssitz kosten.«

»Wieso das denn?« fragte Shantz. »Ich sehe nicht, wie…«

Lucas ignorierte ihn, fuhr fort: »Es würde sich herumsprechen. Wenn sie herausfinden, was in Wirklichkeit passiert ist – daß Sie einen unschuldigen Cop den Wölfen zum Fraß vorgeworfen haben, um die Aufmerksamkeit der Öffentlichkeit von sich selbst abzulenken –, würden sie das nie vergessen und Ihnen nie verzeihen.«

Roux sah ihn einen Moment an, wandte sich dann an Shantz. »Vergessen Sie's.«

»Chief…«

»Vergessen Sie diese Idee«, fauchte sie. »Davenport hat recht. Das Risiko ist zu groß.« Ihr Blick ging nach links, an Lucas vorbei, verhärtete sich. Lucas drehte sich um, sah Connell unter der Tür stehen.

»Kommen Sie rein, Meagan«, sagte er. »Haben Sie das Bild dabei?«

»Ja.« Connell kramte in ihrer Handtasche, nahm das gefaltete Blatt Papier heraus, gab es Lucas. Er faltete es auf, glättete es, reichte es an Roux weiter.

»Das hier ist kein Scheißdreck; das könnte unser Mann sein. Mehr oder weniger jedenfalls. Ich bin mir aber nicht sicher, ob Sie dieses Phantombild zur Veröffentlichung freigeben sollten.«

Roux betrachtete die Zeichnung einen Moment, sah dann Connell an, dann Lucas. »Wo haben Sie das her?« fragte sie.

»Meagan hat eine Frau ausfindig gemacht, die sich an einen Mann erinnert, der zur gleichen Zeit wie Wannemaker in dem Buchladen St. Paul war. Er steht nicht auf unserer Namensliste, und die Beschreibung paßt zu anderen Beschreibungen, die wir inzwischen bekommen haben. Ein junger Mann, der den Killer gestern abend definitiv gesehen hat, bestätigt, daß er einen Bart hat.«

»Und einen Truck fährt«, ergänzte Connell.

»Jeder, der einen Truck fährt, hat auch einen Bart«, warf Lester ein.

»Nein, nicht unbedingt jeder«, widersprach Lucas. »Jedenfalls ist das … ein Ansatz. Eine erste Duftnote von dem Killer.«

»Und warum soll ich das nicht veröffentlichen?« fragte Roux.

»Weil wir noch nicht genug handfeste Beweise haben. Nichts, was diesen Mann direkt mit einem der Morde in Verbindung bringen könnte – ein Haar oder einen Fingerabdruck oder so was. Wenn das hier kein gutes Bild von ihm ist, wir ihm letztlich aber auf die Spur kommen und alles mögliche zusammenkratzen, um eine Anklage zu untermauern … dann wird der Verteidiger uns dieses Bild an den Arsch kleben. Sie kennen das doch: *Hier ist der Mann, nach dem sie gefahndet haben – bis sie sich dann entschlossen, die Morde meinem Klienten in die Schuhe zu schieben.*

»Läuft heute was Wichtiges? Irgendwas, das einen Durchbruch bringen könnte?«

»Nur dann, wenn sich aus der Autopsie von Marcy Lane was ergibt. Und auf das Ergebnis müssen wir noch eine Weile warten.«

»Hmm, Bob Greave hat einen Anruf von TV3 bekommen – einen Hinweis auf einen Verdächtigen«, sagte Connell. »Ist aber nichts.«

»Was meinen Sie mit ›ist nichts‹? Was ist da los, Lucas?« fragte Roux.

»Da bin ich überfragt. Höre selbst zum erstenmal davon«, antwortete er.

»Schaffen Sie mir Greave her«, sagte Roux.

Greave tauchte auf, lehnte sich an den Türrahmen, hielt ein gelbes Blatt Papier in der Hand.

»Und?« fragte Roux.

Er schaute auf das gelbe Blatt. »Eine Frau in Edina behauptet, sie wisse, wer der Killer ist.«

Lucas: »Und was ist die schlechte Nachricht?«

»Sie hat zuerst den TV3 angerufen, ob wir auf der Grundlage ihrer Information eine Verhaftung vornehmen werden.«

»Sie hätten sofort herkommen und uns das sagen sollen«, sagte Roux. »Wir sitzen hier rum und schlagen verzweifelt unsere Köpfe gegen die Wand.«

Greave hob die Hand. »Sie müssen bedenken, diese Frau hat keinerlei Beweise.«

Roux sagte: »Reden Sie weiter.«

»Sie erinnert sich, wie der Killer von jedem seiner Morde nach Hause gekommen ist, das Blut von seinem Messer und seinen Kleidern abgewaschen und sie dann vergewaltigt hat. Sie hat das alles ins Unterbewußtsein verdrängt, bis die Erinnerung gestern mit Hilfe eines Therapeuten wieder aufgetaucht ist.«

»O nein«, grunzte Lucas.

»Könnte aber doch was dran sein«, sagte Shantz und sah die anderen reihum an.

»Habe ich schon erwähnt, daß der Killer ihr Vater ist?« fragte Greave. »Sechsundsechzig Jahre alt, früherer Besitzer eines Autokinos. Ein Mann mit so fortgeschrittener Arteriosklerose, daß er keine Treppen mehr hochgehen kann.«

»Wir müssen es trotzdem überprüfen«, sagte Shantz. »Weil das Fernsehen dahintersteckt.«

»Ist doch absolute Scheiße«, sagte Lucas.

»Wir müssen es überprüfen«, sagte Roux.

»Okay, wir überprüfen das«, sagte Lucas. »Aber wir müssen einen Mörder fangen, und das werden wir nicht erreichen, indem wir mit alten herzkranken Männern reden.«

»Dieses eine Mal, Lucas, verdammt noch mal«, sagte Roux unnachgiebig. »Ich möchte, daß Sie hinfahren und diesen Mann verhören, und ich möchte, daß Sie danach ein Statement an TV3 geben.«

»Seit wann zum Teufel leitet das Fernsehen unsere Untersuchungen?« fragte Lucas.

»Mein Gott, Lucas – wir sind im Moment Mitspieler in der Unterhaltungsbranche. Wir sind billige Filmstatisten. Wir produzieren Deodorant und kriegen Wählerstimmen dafür. Oder verlieren Wählerstimmen. Unser Geschäft ist doch nichts als ein großer Looping. Man hat mir gesagt, Sie wären einer der ersten, der das erkannt hat.«

»Mein Gott, so habe ich das aber nicht verstanden«, sagte Lucas. »Eher als ›eine Hand wäscht die andere‹. Jetzt ist es…«

»Unterhaltung für die Ungewaschenen.«

Als Lucas aus dem Büro ging, rief Roux ihm nach: »Heeh, Lucas – bringen Sie den alten Mann nicht um, wenn Sie mit ihm reden, okay?«

Die drei nahmen einen Dienstwagen. Greave machte es sich im Fond bequem.

»Lassen Sie mich das Fernsehinterview machen«, schlug er vor. »Ich habe so was häufig gemacht, als ich noch Officer Friendly war. Ich bin gut bei diesem Scheiß. Und ich habe die richtigen Anzüge dafür an.«

»Sie waren Officer Friendly?« schnaubte Connell und schaute über die Lehne zu ihm zurück. Dann: »Na ja, paßt zu Ihnen.«

Sie sagte das als gezielte Beleidigung. Lucas sah sie an, hätte beinahe etwas gesagt, aber Greave redete weiter drauflos: »Wirklich? Dachte ich mir. In all diese Klassenzimmer gehen, all den kleinen Bübchen prophezeien, daß sie Polizisten oder Feuerwehrmänner werden, wenn sie groß sind, und all den kleinen Mädchen, daß sie Hausfrauen oder Nutten werden.«

Lucas, leicht überrascht, hielt den Mund und schaute starr über das Lenkrad. Connell sagte: »Fahren Sie zur Hölle, Greave.«

Greave, immer noch fröhlich, sagte: »Hören Sie, habe ich Ihnen schon von den tauben Leuten erzählt?«

»Häh?«

»Eine Gruppe von Gehörlosen erschien bei den Cops in St. Paul. Sie hatten diese Sache im Fernsehen gesehen, wissen Sie, Lucas, diese Sache, die Connell dem Fernsehen gesteckt hat... Sie glauben, sie hätten an dem Abend, als Wannemaker getötet wurde, diesen Mann in dem Buchladen gesehen. Bärtiger Typ mit einem Truck. Hatten sogar einen Teil des Nummernschildes mitgekriegt.«

Connell drehte sich um, sah ihn an. »Warum haben Sie das nicht sofort gemeldet?«

»Na ja, das würde aber die Verdächtigen auf tausend...«

»Ja, ja«, unterbrach Greave. »Die Buchstaben, die sie erkannten, waren A-S-S.«

»Arsch?«

»Ja.«

»Verdammt«, sagte Connell und drehte sich wieder um. Der Staat Minnesota hatte alle Nummernschilder mit anzüglichen Buchstabenkombinationen verboten: es gab kein FUK oder SUK oder LIK oder DIK. Und kein ASS.

»Haben Sie das überprüft?«

»Jawoll«, sagte Greave. »Gibt's natürlich nicht... Ich persönlich glaube, daß dieser alte Mann der Täter ist, und wenn er vom Killen heimkommt, kitzelt er immer ein bißchen an seiner Tochter rum.«

»Lecken Sie mich am Arsch«, fauchte Connell.

»Zu jeder Zeit und an jedem Ort«, sagte Greave.

Ein Übertragungswagen von TV3 parkte gegenüber dem Haus der Familie Weston, und eine Reporterin kämmte im Rückspiegel ihr strohblondes Haar, während ein Kameramann in einer Weste auf dem Bordstein saß und ein Sandwich mit Eiersalat aß. Als Lucas vor dem Haus anhielt, sagte der Kameramann etwas zu der Reporterin, sie drehte sich um, sah ihn und kam über die Straße auf ihn zu. Sie hatte lange, makellose Beine über hochhackigen schwarzen Schuhen. Ihr Kleid verschmolz mit ihrem Körper wie die neue Lackierung mit einem 1955er Chevy.

»Ich glaube, die ist in meinem *Playboy*«, sagte Greave und drückte die Nase an die Wagenscheibe. »Sie heißt Pamela Stern. Sie ist ein Piranha.«

Lucas stieg aus, und Stern streckte ihm die Hand entgegen. Sie sagte: »Wir haben ihn im Haus festgenagelt.«

»Nun, also...« Lucas schaute zu dem Haus hinüber. Hinter einem altmodischen Fenster bewegte sich ein Vorhang. Die Reporterin streckte die Hand aus, drehte seinen Schlips um, las das orangefarbene Etikett.

»Hermes«, sagte sie. »Dachte ich mir's doch. Sehr hübsch.«

»Seine Schuhe sind von der Firma *Gratis*«, sagte Connell von der anderen Seite des Wagens.

»Und seine Shorts stammen von *Fruit of the Loom*, der Firma mit den Früchten auf dem Etikett«, schaltete sich Greave ein. »Er ist eines dieser Früchtchen.«

»Ich *liebe* Ihre Sonnenbrille«, sagte Stern zu Lucas, ignorierte die anderen, biß sich mit ihren perfekten weißen Zähnen für den Bruchteil einer Sekunde auf die Unterlippe. »Sie läßt sie gemein aussehen. Und gemein ist ja sooo sexy.«

»Ach du lieber Himmel«, stöhnte Lucas. Er ging mit Greaves und Connell auf das Haus zu, merkte, daß die Reporterin ihm auf den Fersen folgte. Ihr folgte der Kameramann, die Kamera auf der Schulter, filmend. Lucas sagte: »Wenn wir zu den Treppenstufen kommen, werde ich den Mann fragen, ob ich Sie wegen unbefugten Betretens seines Grundstückes festnehmen soll. Wenn er es wünscht, werde ich es tun. Und ich gehe davon aus, daß er es wünscht.«

Sie blieb abrupt stehen, funkelte ihn aus zusammengekniffenen Augen an. »Es ist nicht nett von Ihnen, sich gegen Mutter Natur aufzulehnen«, sagte sie. Und dann: »Ich verstehe nicht, was Jan Reed an Ihnen findet.«

Connell fragte erstaunt: »Wer? Jan Reed?« Greave sagte nur

»wow«, und Lucas knurrte wütend »Scheißdreck«. Lucas drückte auf den Klingelknopf neben der Haustür. Ray Weston öffente die Tür einen kleinen Spalt und spähte dahinter hervor wie eine Maus. »Ich bin Lucas Davenport, Deputy Chief bei der Stadtpolizei Minneapolis. Ich möchte gerne mit Ihnen sprechen.«

»Meine Tochter ist verrückt«, sagte Weston und schob die Tür einen Zentimeter weiter auf.

»Wir müssen uns unterhalten«, sagte Lucas. Er nahm die Sonnenbrille ab.

»Laß sie rein, Ray«, sagte eine Frau im Hintergrund. Ihre Stimme zitterte vor Angst. Weston stieß die Tür auf und ließ sie eintreten.

Weder Ray noch Myrna Weston wußten etwas im Zusammenhang mit den Morden; Lucas, Connell und Greave stimmten darin schon nach den ersten fünf Minuten überein. Sie verbrachten noch eine halbe Stunde damit, die Zeitfrage im Zusammenhang mit den Morden an Wannemaker und Lane abzuklopfen. Die Westons hatten im Bett gelegen, als Lane getötet wurde, und sie hatten sich an dem Abend, als Wannemaker umgebracht wurde, mit Freunden zusammen *Die Wilden* angeschaut.

»Könnten sie uns nicht von diesem miesen Volk da draußen befreien?« fragte Weston, als sie aufbrechen wollten.

»Ich weiß nicht«, sagte Lucas ehrlich. »Das Zeug, das Ihre Tochter denen vorgesetzt hat – das ist schon ein ganz schöner Brocken.«

»Sie ist verrückt«, sagte Weston wieder. »Wie können die denn so was nur glauben?«

»Sie glauben es ja gar nicht wirklich«, sagte Lucas.

Draußen wurden sie schon von Stern erwartet. Sie hielt ein Mikrophon in der Hand, und die Kamera lief, als Lucas, Connell und Greave aus dem Haus kamen. »Chief Davenport«, sagte Stern. »Was haben Sie erfahren? Werden Sie Ray Weston, den Vater von Elaine Louise Weston-Brown, festnehmen?«

Lucas schüttelte den Kopf. »Nein. Ihre ganze unverantwortliche Story ist nichts als ein Haufen Scheißdreck und eine Schande für den Journalismus in unserem Land.«

Greave lachte noch immer über Sterns Reaktion, als sie schon auf der Rückfahrt waren, und selbst Connell schien ein wenig lockerer als sonst zu sein. »Mir hat besonders ihre Spätzündung gefallen«, sagte Greave. »Sie hatte den Mund schon zur nächsten Frage aufgemacht.«

»Es wird nicht mehr ganz so spaßig aussehen, wenn sie es ausstrahlen«, sagte Connell.

»Das werden sie bestimmt nicht tun«, sagte Lucas.

»Die ganze Sache ist wie ein Feministinnen-Witz«, meinte Greave. »Wenn es so was wie Feministinnen-Witze geben sollte.«

»Es gibt Feministinnen-Witze«, sagte Connell.

»Aha... Okay, tut mir leid. Sie haben recht«, gestand Greave ein. »Ich wollte eigentlich sagen, es gibt keine *spaßigen* Feministinnen-Witze.«

Connell drehte sich zu ihm um, und in ihren Augen glitzerte ein kleiner Funken. »Wissen Sie, warum Frauen schlecht in Mathe sind?« fragte sie.

»Nein. Warum?«

Sie hielt den Daumen und Zeigefinger etwa fünf Zentimeter auseinander. »Weil ihnen ihr Leben lang erzählt wird, das seien zwanzig Zentimeter.«

Lucas grinste, und Greave lächelte dünn. »Ein einziger verdammter lustiger Witz nach dreißig Jahren Feminismus!«

»Wissen Sie, warum Männer ihren Penissen Namen geben?«

»Ich halte den Atem an«, sagte Greave.

»Weil sie nicht wollen, daß all ihre Entscheidungen von einem völlig Fremden getroffen werden.«

Greave schaute in seinen Schoß. »Hast du das gehört, Godzilla? Sie macht sich lustig über dich...«

Kurz vor der Ankunft fragte Connell: »Was jetzt?«

»Ich weiß es nicht«, antwortete Lucas. »Darüber nachdenken. Ihre Akte noch einmal studieren. Irgendwas ausgraben. Warten.«

»Darauf warten, daß er die nächste Frau abschlachtet?«

»Auf irgendwas«, sagte Lucas.

»Ich meine, wir sollten ihn unter Druck setzen. Wir sollten das Phantombild veröffentlichen. Ich habe niemanden finden können, der es bestätigen konnte, aber ich bin sicher, daß es ihm ähnlich ist.«

Lucas seufzte. »Ja, vielleicht sollten wir das tun. Ich rede noch mal mit Roux.«

Roux stimmte sofort zu. »Damit haben wir einen Beißknochen, den wir ihnen vorwerfen können«, sagte sie. »Wenn sie uns glauben.«

Lucas ging zurück in sein Büro, starrte auf das Telefon, knabberte an der Unterlippe, versuchte, einen neuen Ansatz zu den Mordfällen zu finden. Die einfachen Möglichkeiten wie Junky waren ausgereizt.

Die Tür wurde aufgestoßen, und Jan Reed streckte den Kopf herein. »Hoppla – ich hätte wohl anklopfen müssen. Ich dachte, ich käme in ein Vorzimmer.«

»Ich bin kein so hohes Tier, daß man mir ein Vorzimmer zugestehen würde«, sagte Lucas. »Kommen Sie rein... Ihr Fernsehleute bringt mich noch vorzeitig ins Grab.«

»Aber ich doch nicht«, sagte sie, setzte sich und schlug die Beine zur Seite übereinander. Sie hatte sich umgezogen, seit sie sich am Morgen getroffen hatten, und sie mußte auch ein wenig Schlaf nachgeholt haben. Sie sah frisch und hellwach aus, und sie trug einen schlichten Rock mit einer weißen Seidenbluse.

»Ich möchte mich für Pam Stern entschuldigen. Sie war wohl ein wenig zu lange da draußen.«

»Von wem stammt die Story ursprünglich?«

»Ich weiß es nicht – wir bekamen einen Telefonanruf«, sagte sie.

»Von dem Therapeuten?«

»Ich weiß es wirklich nicht«, sagte sie und lächelte. »Und ich würde es Ihnen auch nicht sagen, selbst wenn ich es wüßte.«

»Oh, das Berufsethos erhebt sein häßliches Haupt.«

»Gibt's was Neues?« fragte sie. Sie nahm ein kleines Notizbuch aus der Handtasche.

»Nein.«

»Was sollte ich denn als nächstes im Auge behalten?«

»Die Autopsie. Beweise in Form von Sperma oder Blut des Mörders. Wenn sich so etwas ergeben würde, hätten wir einen handfesten Ansatz. Es besteht die Möglichkeit, daß er ein früherer Sexualstraftäter ist, und die Staatspolizei hat eine DNA-Bank früherer Straftäter angelegt.... Das kommt jedenfalls als nächstes.«

»Okay«, sagte sie und machte sich einige Notizen. »Ich werde da dranbleiben. Sonst noch was?«

Lucas hob die Schultern. »Das war alles.«

»Okay... Also, das war's dann.« Und sie ging, ließ den Duft ihres Parfüms zurück. Nach dem »Okay« hatte sie eine winzige Pause gemacht. Einräumen einer Gelegenheit, persönliche Dinge anzusprechen? Er war sich nicht sicher.

Connell kam am späten Nachmittag zu ihm. »Noch keine verwertbaren Ergebnisse der Autopsie. Sie hat einen Bluterguß im Gesicht, sieht wie eine Quetschung aus, und sie holen einen Spezialisten ran, der prüft, ob man an dieser Stelle einen Fingerabdruck finden kann. Aber keine guten Aussichten.«

»Sonst nichts?«

»Noch nicht. Und ich ziehe auch sonst überall nur Nieten«, sagte sie.

»Was ist mit diesem PPP-Typ – ich meine den Sträfling, der die Tätowierung gesehen hat? Wie war sein Name – Price? Wenn sich nicht noch was anderes ergibt, warum fahren wir dann morgen nicht nach Waupun und reden mal mit ihm?«

»Okay. Nehmen wir Greave mit?«

»Nein. Ich sage ihm, er soll morgen an seinem Fall weiterarbeiten. Das kommt seinen Wünschen sicher entgegen.«

»Gut. Wie weit ist es nach Waupun?«

»Fünf bis sechs Fahrstunden.«

»Warum fliegen wir nicht?«

»Ähm...«

»Ich denke, ich kann uns ein Patrouillen-Flugzeug von der Staatspolizei besorgen.«

Weather hatte den Kopf an Lucas' Hals geschmiegt, und sie sagte: »Du hättest darauf bestehen sollen, mit dem Wagen zu fahren. Diesem Streß mußt du dich doch nicht aussetzen.«

»Ja, aber es hätte nach Feigheit ausgesehen.«

»Viele Leute mögen das Fliegen nicht.«

»Aber sie machen es trotzdem«, sagte er.

Sie tätschelte seine Bauchdecke. »Es wird schon gutgehen. Ich kann dir ein Beruhigungsmittel geben, wenn du willst.«

»Nein, das beeinträchtigt mein Denkvermögen... Ich fliege, basta.« Er seufzte und fuhr dann fort: »Mein Hauptproblem ist, daß ich die Fäden dieser Untersuchung nicht fest in der Hand habe. Connell hat bisher alles zusammengetragen, und ich blicke nicht voll durch, was im einzelnen dahintersteckt. Ich kann gedanklich nicht Schritt für Schritt vorgehen; das Getriebe läßt sich nicht Gang für Gang hochschalten, wie das sonst immer war.«

»Was funktioniert denn nicht?«

»Ich weiß es selbst nicht genau – ich finde einfach keinen handfesten Ansatzpunkt. Wenn ich wenigstens die kleinste persönliche Information über den Kerl hätte, könnte ich damit was anfangen – aber wir haben keine. Ich kann mich nur auf Papiere stützen.«

»Du hast gesagt, er würde koksen...«

»In der Doppelstadt gibt es wahrscheinlich fünfzigtausend Leute, die mehr oder weniger regelmäßig Kokain nehmen«, sagte Lucas. »Ich könnte ein paar Dealer anzapfen, aber die Chancen, daß uns das was bringt, sind gleich null.«

»Es wäre aber wenigstens etwas.«

»Ich brauche einen handfesten Ansatzpunkt, und zwar bald. Der Kerl dreht durch – weniger als eine Woche zwischen den Morden. Er wird bald die nächste Frau umbringen. Er wird schon darüber nachdenken...«

Kapitel 13

Lucas haßte Flugzeuge. Er fürchtete sich vor dem Fliegen. Aus Gründen, die er nicht verstand, war es bei Hubschraubern nicht so schlimm. Sie flogen jedoch in einem kleinen viersitzigen Flugzeug nach Waupun. Lucas saß hinten.

»Ich habe noch nie so was erlebt«, sagte Connell, und die unterschwellige Genugtuung in ihrer Stimme war nicht zu überhören.

»Jetzt übertreiben Sie aber«, sagte Lucas mit grimmigem Gesicht. Der Flugplatz von Waupun bestand aus einem schmalen Landestreifen auf freiem Feld. Es war sehr windig. Ein brauner Behördenwagen wartete neben dem Schild »Waupun«, und sie gingen darauf zu.

»Ich fürchtete schon, Sie würden den Piloten aus dem Fenster werfen, als er in diese Luftlöcher geriet. Ich dachte, Sie würden jeden Moment explodieren, ihr Kopf würde zerplatzen wie bei einem Schlauchboot, wenn die Preßluft reinströmt und zu spät abgestellt wird.«

»Ja, ja…«

»Ich hoffe nur, Sie und der Pilot kommen wieder ins reine miteinander, ehe wir zurückfliegen«, sagte Connell. »Ich hätte Bedenken, wenn er völlig verängstigt am Steuerknüppel sitzt.«

Lucas sah sie an, und sie ging schnell einen Schritt zur Seite, lächelnd, aber auch erschreckt. Mit seinem kreidebleichen, steinernen Gesicht und der schwarzen Sonnenbrille sah er aus wie ein Irrer. Lucas mochte nun mal das Fliegen nicht…

Ein Wärter des Gefängnisses Waupun, heute als Fahrer eingeteilt, legte seine Zeitung auf den Rücksitz und stieg aus, als sie den Wagen erreichten. »Miss Connell?«

»Ja.«

»Tom Davis.« Er war ein sanft wirkender, rundlicher Mann mit rosigen Wangen und hellblauen Augen unter einer babyglatten Stirn. Er hatte einen schmalen, ergrauenden Schnurrbart, ein klein wenig breiter als der Hitlers. Er lächelte und schüttelte

Connells Hand, wandte sich dann an Lucas. »Und Sie sind ihr Assistent?«

»Sie wollten wohl einen Scherz machen«, sagte Connell hastig. »Das ist, ähm, Deputy Chief Lucas Davenport von der Stadtpolizei Minneapolis.«

»Auweia! Entschuldigen Sie, Chief«, sagte Davis. Er zwinkerte Connell zu. »Steigen Sie ein. Es ist nicht weit.«

Davis kannte D. Wayne Price. »Er ist kein übler Bursche«, sagte er. Er fuhr mit einem Fuß auf dem Gaspedal und dem anderen auf der Bremse. Das dauernde Beschleunigen und Abbremsen erinnerte Lucas unangenehm an die Bewegungen des Flugzeuges.

»Er wurde für schuldig befunden, eine Frau ermordet zu haben, indem er ihr mit einem Messer den Bauch aufschlitzte«, sagte Connell im Gesprächston. »Man mußte ihre Eingeweide mit einem Eimer von der Straße schaffen.«

»Das würde ihn nicht mal unter die obersten zehn Prozent seiner Mitgefangenen bringen«, sagte der Wärter, ebenso im Gesprächston. »Wir haben Kerle bei uns, die kleine Jungs vergewaltigt, dann getötet und schließlich aufgefressen haben.«

»*Das* ist echt scheußlich«, sagte Lucas.

»Ja, das *ist* scheußlich«, sagte Davis.

»Gibt es irgendein Gerede über Price?« fragte Lucas. »Er behauptet, er sei unschuldig.«

»Das sagen fünfzig Prozent der anderen auch, obwohl die meisten eigentlich nicht behaupten, sie wären unschuldig. Sie sagen, das Gesetz sei in ihrem Fall nicht befolgt worden oder ihre Verhandlung sei nicht fair gewesen. Ich meine, sie haben getan, was auch immer es war, aber sie sagen, der Staat hätte in ihrem Fall nicht jedes Pünktchen aufs i gemalt und jeden Querbalken ins t gesetzt, und sie meinen, das sei nicht fair gewesen. Niemand ist so pingelig mit dem Gesetz wie Sträflinge.«

»Und wie ist das bei Price?«

»Ich kenne D. Wayne nicht sehr gut, aber einige Leute glauben ihm«, antwortete Davis. »Er hat 'ne Menge Zirkus veranstaltet, alle möglichen Einsprüche eingelegt. Hat nie aufgegeben, bis heute nicht.«

»Ich mag Gefängnisse nicht«, sagte Connell. Das Verhörzimmer machte den Eindruck eines Kerkers.

»Man hat Angst, die Türen würden nicht wieder aufgehen und man müßte drinbleiben«, sagte Lucas.

»Genau das ist es«, bestätigte Connell. »Ich könnte es in diesem Raum vielleicht eine Woche aushalten, aber wenn sie dann kämen und mich zurück in die Zelle bringen würden, würde ich durchdrehen. Einen ganzen Monat würde ich es auf keinen Fall aushalten. Ich würde mich umbringen.«

»Manche machen das ja auch«, sagte Lucas. »Die ärmsten Säcke sind die, die unter Selbstmordverdacht stehen. Man läßt sie nicht aus der Zelle, und sie werden mit ihren düsteren Gedanken nicht fertig. Sie sitzen einfach nur da und leiden.«

»Einige von ihnen haben es durchaus verdient.«

Lucas stimmte dem nicht zu. »Ich weiß nicht, ob irgend jemand so was verdient hat.«

D. Wayne Price war ein großer Mann Anfang Vierzig; sein Gesicht sah aus, als sei es schwerfällig und unsachgemäß mit einem Spachtel geformt worden. Seine Stirn war pockennarbig und zerfurcht, und die Narben zogen sich hin bis unter den Haaransatz. Unter den Augen war die Haut glatt und rot; anscheinend hatte man hier Narbengewebe operativ entfernt. Seine kleinen runden Augen schienen in die Augenhöhlen hineingepreßt worden zu sein. Als er von einem Wärter hereingebracht wurde, verzog er das Gesicht zum unterwürfigen Lächeln des Sträflings. Seine Zähne waren klein und kariös. Er trug Jeans und ein weißes T-Shirt mit der Aufschrift »Harley-Davidson«.

Lucas und Connell saßen auf abgewetzten grünen Bürostühlen gegenüber einer Couch, deren einzige beachtenswerte Qualität ihre braune Farbe war. Der Wärter war ein pferdegesichtiger älterer Mann mit Igelhaarschnitt; er hatte ein Buch mit gelbem Rücken in der Hand, sagte »Setzen!« zu Price, als sei der ein Labrador, sagte »hallo« zu Lucas und Connell, ließ sich dann in die andere Ecke der Couch sinken und schlug sein Buch auf.

»Rauchen Sie?« fragte Connell Price.

»Ja.« Sie kramte eine geöffnete Packung Marlboro und ein Wegwerffeuerzeug aus der Handtasche und gab ihm beides. Price klopfte eine Zigarette aus der Packung, steckte sie an, und Connell fragte mit sanfter Stimme: »Also, diese Frau in Madison – haben Sie sie umgebracht?«

»Habe das Miststück nie angerührt«, antwortete Price, wie versuchsweise, hielt den Blick lauernd auf Connell gerichtet.

»Aber Sie kannten sie«, sagte Connell.

»Ich wußte, wer sie war«, antwortete Price.

»Mit ihr geschlafen?« fragte Lucas.

»Nein. Bin nie so nah an sie rangekommen«, sagte Price und sah Lucas an. »Hatte aber 'nen hübschen Arsch.«

»Wo waren Sie, als sie ermordet wurde?« fragte Connell.

»War blau. Meine Kumpels setzten mich an meinem Haus ab, aber ich hab' gewußt, wenn ich reingeh', muß ich kotzen, also bin ich noch zu diesem kleinen Laden gegangen, um einen Kaffee zu trinken. Das war mein Verhängnis.«

»Erzählen Sie mal«, sagte Connell.

Price schaute zur Decke, zog an der Zigarette, stieß eine Rauchwolke aus, schloß die Augen und erinnerte sich: »Ich nahm mit ein paar Kumpels einen zur Brust... Scheiße, wir soffen den ganzen Nachmittag und spielten Billard. Und so um acht Uhr rum brachten meine Kumpels mich nach Hause, weil ich zu besoffen war, um noch was trinken zu können.«

»Dann waren Sie *echt* besoffen«, sagte Lucas.

»Ja, hatte ganz schön geladen«, bestätigte Price. »Jedenfalls, sie setzten mich vor meiner Veranda ab, und ich hockte mich eine Weile hin. Als ich meinte, ich könnte wieder gehen, machte ich mich auf den Weg zur Straßenecke, um 'nen Kaffee zu trinken. In einem Shopping-Center in einer der Seitenstraßen gibt es ein 7-Eleven. Daneben liegen ein Drugstore, eine Reinigung und ein Buchladen. Ich war in dem 7-Eleven, und sie kam aus Richtung des Buchladens auch da rein, um irgendwas zu kaufen. Ich war stockbesoffen, aber ich erinnerte mich an sie, weil ich mal 'ne Schweißarbeit für sie gemacht hatte.«

»Schweißarbeit?«

»Ja.« Price lachte, aber das Lachen ging schnell in Husten über. »Sie hatte diesen beschissenen Wagen, einen 79er Cadillac, cremefarben und limonengrün, und die Stoßstange war abgebrochen. War eines Tages einfach runtergefallen. Die Cadillac-Werkstatt verlangte vierhundert Dollar dafür, das Ding wieder dranzumachen, also kam sie zu mir und fragte, ob ich das reparieren könnte. Ich schweißte ihr das Scheißding für zweiundzwanzig Dollar wieder dran. Wenn diese verdammte Stoßstange nicht abgegangen wär, wär ich heut' noch ein freier Mann.«

»Sie haben sich also an sie erinnert«, brachte Connell ihn wieder zum Thema zurück. »In dem Laden.«

»Ja. Ich sagte hallo zu ihr und wollte mich ein bißchen an sie ranmachen, aber sie hatte nichts mit mir im Sinn und ging aus dem Laden. Ich hinterher.« Prices Stimme war leise und verträumt, als er diese Einzelheiten aus seiner Erinnerung hervorkramte. »Sie ging in diesen Buchladen. Ich war so verdammt besoffen, dachte dauernd: *Himmel Arsch, ich werd' viel Spaß mit dem Hühnchen haben.* Aber es war nichts drin. Selbst wenn sie ›ja‹ gesagt hätt, ich wär' gar nicht in der Lage gewesen, mit ihr... Sie verstehen. Jedenfalls, ich ging hinter ihr her in den Buchladen.«

»Wie lange sind Sie dort geblieben?«

»Ungefähr fünf Minuten. Da waren 'ne Menge Leute versammelt, und ich paßte da nicht besonders gut rein. Schon allein deshalb, weil ich gestunken hab', als ob ein Budweiser-Bierwagen auf mich gepinkelt hätt'.«

»Und dann?« drängte Connell.

»Und dann bin ich gegangen.« Seine Stimme verhärtete sich, und er richtete sich auf. »Da war dieses pickelgesichtige Arschloch von Ladenschwengel. Er sagte, ich wär' länger in dem Laden geblieben und wär erst später, als diese Buchvorlesung – oder wie sie das genannt haben – zu Ende war, hinter ihr aus dem Laden gegangen. Das hat der Kerl gesagt... Der Staatsanwalt hat ihn gefragt, als er im Zeugenstand war: ›Können Sie uns den

Mann zeigen, der ihr aus dem Buchladen gefolgt ist?‹ Und dieser Kerl hat geantwortet: ›Ja, Sir. Das da ist dieser Mann.‹ Und hat auf mich gezeigt. Damit war ich ein verlorenes Arschloch...«

»Aber Sie waren es nicht?«

»Nein, zum Teufel. Der Ladenschwengel hat sich bloß an mich erinnert, weil ich gegen ihn gestoßen bin. Ihn so 'n bißchen angerempelt hab'.«

»Was ist das für eine Tätowierungs-Geschichte?« fragte Lucas.

Price richtete den Blick auf den Wärter, dann auf Lucas, dann wieder auf den Wärter, und sein Kinn zuckte kaum sichtbar hin und her. »Tätowierung? Der Ladenschwengel hatte keine Tätowierung.«

Connell, die sich gerade Notizen machte, hatte das nicht mitgekriegt. Sie schaute auf. »Nach meinen Unterlagen...«, aber Lucas brach sie ab.

»Wir müssen kurz miteinander reden«, sagte er zu Connell. »Ich möchte nicht, daß Mr. Price das hört... Kommen Sie.«

Der Wärter hatte in der *Enzyklopädie des Pop, Rock und Soul* geblättert. Er sah hoch und sagte: »Ich könnte ihn...«

»Es reicht, wenn wir in die Ecke gehen«, sagte Lucas und zog Connell mit sich.

»Was ist los?« fragte sie leise.

Lucas drehte Price und dem Wärter den Rücken zu. »D. Wayne möchte im Beisein des Wärters nicht über Tätowierungen mit uns sprechen«, sagte er. »Lassen Sie uns noch ungefähr fünf Minuten weiterreden, dann fragen Sie den Wärter, wo die Damentoilette ist. Bringen Sie ihn dazu, daß er Sie hinführt – sie ist bestimmt ein gutes Stück von hier weg.«

»Mach' ich«, sagte Connell.

Der Wärter war in sein Buch vertieft, als sie sich wieder hinsetzten. »Wo sind Sie hingegangen, als Sie aus dem Buchladen kamen?« fragte Lucas.

»Nach Hause.«

»Sie sind nicht hinter ihr hergegangen? Haben es nicht noch mal bei ihr versucht?«

»Scheiße, nein. Ich war zu blau, ihr auch nur ein kurzes Stück zu folgen. Ich ging zurück zu dem 7-Eleven und kaufte mir noch ein paar Dosen Bier – bin nie zu ’nem Kaffee gekommen. Ich hab’s kaum bis nach Hause geschafft. Ich setzte mich eine Weile auf die Verandatreppe, trank das Bier, ging dann ins Haus – und war innerhalb von Sekunden weggetreten. Ich wachte erst wieder auf, als die Cops kamen und mich festnahmen.«

»Es muß doch aber mehr dahinterstecken als das«, sagte Lucas.

Price hob die Schultern. »Ist aber nicht so. Der Mann von gegenüber hat mich sogar auf der Treppe sitzen sehen und das auch vor Gericht gesagt. Und sie haben die verdammten Bierdosen auch neben der Treppe gefunden. Sagten aber, das würde gar nichts beweisen.«

»Sie müssen einen beschissenen Verteidiger gehabt haben«, sagte Lucas.

»Zwangsverteidiger. War ganz in Ordnung. Aber Sie wissen ja…«

»Was?«

Price lehnte sich zurück und schaute wieder zur Decke, als ob er es leid sei, die Geschichte wieder einmal erzählen zu müssen. »Die Cops wollten mich unbedingt in ihre Finger kriegen. Ich hab’ Zeug geklaut, das gebe ich zu. Werkzeug. Ich hab’ mich auf Werkzeug spezialisiert. Die meisten Leute klauen, sagen wir mal, Stereoanlagen. Scheiße… Was du für Stereoanlagen kriegst, ist nichts im Vergleich dazu, was du für Mechanikerwerkzeug kriegen kannst. Jedenfalls, die Cops waren drauf aus, mich aus dem Verkehr zu ziehen, schafften es aber nicht. Ich klaue was, und eh jemand überhaupt merkt, daß es fehlt, haben drei Nigger drüben in Chicago schon ein neues Schweißgerät oder so was. Ich gehe in einen Laden, klaue das Werkzeug, fahre zurück und sitze schon mit dem Geld in der Tasche auf meinem besoffenen Arsch, eh jemand weiß, was passiert ist. Ich dachte immer, ich wär’n cleverer Bursche. Die Cops wußten von meinen Klauereien, und ich wußte, daß sie es wußten, aber ich hätt nie gedacht, daß sie mich auf so ’ne Art schnappen würden. Aber genau das haben sie gemacht.«

»Ich habe in den Akten gelesen, Sie hätten auch zweimal Getränkeläden überfallen, und es seien ein paar Leute verletzt worden«, sagte Connell. »Ein alter Mann sei zum Beispiel mit einer Pistole niedergeschlagen worden.«

»Das war ich nicht«, sagte Price, aber seine Augen hielten Connells Blick nicht stand.

»Und Sie hätten neben dem Geld aus der Kasse auch ein paar Flaschen Alkohol mitgehen lassen«, sagte Connell. »Und Sie *sind* ja einer, der auf Alkohol aus ist.«

»Hören Sie, ich gebe ja diese Diebstähle zu«, sagte Price. Er fuhr mit der Zunge über seine Lippen. »Aber ich hab' diese Frau nicht umgebracht.«

»Haben Sie in dem Buchladen jemand gesehen, der sich an die Frau rangemacht hat?«

»Mann, ich war *besoffen*«, antwortete Price. »Als die Cops mich festnahmen, konnte ich mich nicht mal dran erinnern, daß ich diese Schnepfe überhaupt gesehen hatte. Bis sie mich immer wieder dran erinnert haben.«

»Sie wissen also nur Scheiße über alle mögliche Scheiße«, faßte Lucas zusammen.

Ein kleiner Funke in Prices Augen zeigte, wie gern er allein mit Lucas sein würde. »Das trifft's so ungefähr«, sagte Price. Lucas hielt seinem Blick stand, und der Funke erlosch. »In dem Buchladen waren an diesem Abend Leute, die man nachher nicht hat rausfinden können. Sie haben Gedichte vorgelesen, und es war ein ganzer Haufen Leute dort. Es hätt einer von denen sein können, eher als ich.«

Connell seufzte, sah dann den Wärter an. »Entschuldigen Sie – ist eine Damentoilette in der Nähe?«

»Nein...« Er mußte nachdenken. »Die nächste ist in 'nem anderen Gebäude.«

»Wenn es Ihnen nichts ausmacht, würden Sie...«

»Natürlich.« Der Wärter sah Price an. »Sie verhalten sich ruhig, okay?«

Price breitete die Arme aus. »Hey, diese Leute wollen mir helfen...«

»Klar«, sagte der Wärter. Und zu Connell. »Kommen Sie, Mädchen.«

Lucas zuckte zusammen, aber Connell ging ohne Protest mit dem Wärter aus dem Raum. Sobald sich die Tür hinter den beiden geschlossen hatte, lehnte sich Price vor, fragte mit leiser Stimme: »Meinen Sie, die hören mit?«

»Das bezweifle ich«, antwortete Lucas und schüttelte den Kopf. »Das ist ein Raum zur Anhörung von Angeklagten. Wenn sie hier Wanzen hätten und erwischt würden, säßen sie voll in der Scheiße.«

Price schaute die fahlen Wände an, als suche er nach einem Mikrophon. »Ich muß die Gelegenheit wahrnehmen«, sagte er.

»Zu was?« fragte Lucas, ließ Zweifel in der Stimme mitschwingen.

Price lehnte sich wieder vor, sprach in einem rauhen Flüsterton. »Bei meiner Verhandlung hab' ich gesagt, ich hätt' einen anderen Sträfling in dem Buchladen gesehen. Einen Mann mit Bart und diesem PPP auf der Hand. Gefängnis-Tätowierung, gemacht mit Kugelschreiber-Tinte und Stecknadel. Den hat man nie gefunden.«

»Deshalb sind wir hier«, sagte Lucas. »Wir wollen diesem Mann auf die Spur kommen.«

»Na ja, also ... es war nicht PPP«, sagte Price. Er schaute wieder rundum die Wände an, dann zurück auf Lucas. Er schwitzte, und seine vernarbte Stirn glänzte. »Bei Jesus Christus ... Sie dürfen das niemand sagen.«

»Was?«

»Ich habe die Tätowierung wieder gesehen. Es war nicht PPP. Ich habe falsch rum draufgeguckt und es auf dem Kopf stehend betrachtet. Es ist in Wirklichkeit 666.«

»So? Und was bedeutet es – irgendeine Mordsache oder so was?«

»Nein, nein«, flüsterte Price. »Es sind die gottverdammten *Seeds*.«

Jetzt senkte auch Lucas seine Stimme. »Sind Sie sicher?«

»Natürlich bin ich sicher. Es sind zur Zeit vier oder fünf von ihnen hier. Das macht mich ja so nervös. Wenn sie wüßten, daß ich mit Ihnen über sie rede, wäre ich bald ein toter Mann. Die 666 stammt von den *Bad Seeds*, dieser Motorrad-Gang.«

»Können Sie den Mann beschreiben?«

»Ich hab' sogar was Bessres auf Lager. Sein Name ist Joe Hillerod.«

»Woher wissen Sie das?« Sie flüsterten jetzt beide nur noch, und Lucas hatte Prices Angewohnheit, die Wände prüfend abzusuchen, übernommen.

»Sie brachten mich her, und nachdem ich die übliche Einweisung hinter mir hatte und unter die Leute kam, war einer der ersten Typen, die ich sah, dieser... Scheiße – *ich dachte, er wär's.* Sah ihm verdammt ähnlich. Hatte sogar dieselbe Tätowierung.«

»Dieser Joe-Typ also?«

»Nein, nein, es war Bob, sein Bruder. Der Mann hier im Knast war Bob Hillerod, Joes Bruder.«

»Was?«

»Sehen Sie, ich fang' extra mit dem Gewichtheben an, nur um in die Nähe von diesem Typ zu kommen. Diesem Bob. Ich hatt' rausgefunden, daß er schon 'ne ganze Weile hier drin war – schon lange vor der Zeit, als diese Frau ermordet worden ist. Und ich seh', daß er älter ist als der Mann in dem Buchladen. Ich war ganz durch'nander. Aber dann hör' ich, Bob hat 'nen Bruder, sechs oder sieben Jahre jünger als er. Und der muß es sein. Ganz bestimmt.«

Lucas lehnte sich zurück, sprach wieder mit normaler Stimme: »Klingt nach Scheißdreck.«

»Nein, nein, ich schwöre es bei Gott dem Allmächtigen. Er ist es. Joe Hillerod. Und dieser Joe – er hat auch schon gesessen. Wegen Sex-Sachen.« Price streckte die Hand aus, berührte Lucas' Arm. Seine Augen waren weit aufgerissen, verängstigt.

»Sex?«

»Vergewaltigung.«

»Haben Sie Bob gefragt, ob... Es ist doch Bob, der hier drin ist?«

»Ja. Bob war hier, Joe war draußen. Joe ist der Mörder. Bob ist inzwischen auch wieder draußen, aber Joe ist der Killer.«

»Haben Sie Bob gefragt, ob Joe auch diese Tätowierung hat?«

Price lehnte sich zurück. »Nein, zum Teufel. Eins lernt man sofort, wenn man hier reinkommt: Frag nie nach diesen verdammten Tätowierungen. Man muß so tun, als ob man sie gar nicht sehen würd'... Aber Joe hat auch gesessen. Er war bei den Seeds. Er hat die Tätowierungen auch, ich verwett' meinen Kopf drauf.«

Als Connell und der Wärter zurückkamen, machte Lucas sich Notizen. »Harry Roy Wayne und Gerry Gay Wayne«, sagte Price gerade. »Sie sind Brüder und arbeiten dort unten bei der Baumaschinenhandlung. Die werden's Ihnen sagen können.«

»Und das ist alles, was Sie uns sagen können?« fragte Lucas.

»Alles andere haben Sie ja schon.« D. Wayne saß zusammengekauert auf der Couch, rauchte eine zweite Zigarette. Er nahm das Zigarettenpäckchen und steckte es ein.

»Ich will Ihnen nichts vormachen«, sagte Lucas, »das wird kaum reichen.«

»Es wird reichen, wenn Sie den wirklichen Mörder schnappen«, sagte Price.

»Ja, wenn es ihn gibt«, sagte Lucas. Er stand auf und sagte zu Connell: »Wenn Sie keine Fragen mehr haben, sollten wir uns auf den Weg machen.«

Kapitel 14

»Was hat uns das jetzt gebracht?« fragte Connell, während sie auf den Wagen warteten. Sie fischte Kartoffelchips mit Schnittlauchwürze aus einer Packung zu sechzig Cents aus dem Automaten.

»Eine irre Menge von Zufällen«, antworte Lucas. Er berichtete ihr kurz von Prices hastiger Aussage und von Dels Untersuchung des Brandes, von dem toten Deputy und den Maschinengewehrläufen Kaliber .50. »Die Seeds sind also in St. Paul/Minneapolis aktiv.«

»Und dieser Joe Hillerod ist wegen Vergewaltigung vorbestraft?«

»Ja... Wenn unser Mann Mitglied bei den Seeds ist, würde das eine Menge erklären«, sagte Lucas. »Geben Sie mir doch auch mal ein paar Chips!«

Sie gab ihm die Packung. »Was erklärt das?«

Lucas zerbiß knirschend die ersten Chips. Fest und fettig. Großartig. »Sie stehen seit Jahren mit dem Gesetz auf Kriegsfuß, halten sich sogar einen eigenen Rechtsanwalt. Sie wissen, wie wir operieren. Sie sind dauernd unterwegs, meistens im Mittelwesten, den Staaten, in denen unser Mann sein Unwesen treibt. Die Lücken zwischen den Morden – dieser Joe könnte zu diesen Zeiten gerade im Knast gewesen sein.«

»Ja...« Connell nahm ihm die Chips wieder aus der Hand, leerte die Packung. »Das klingt *verdammt* gut. Weiß Gott, diese Leute sind verrückt genug.«

Connell führte auf dem Flugplatz ein langes Telefongespräch mit einer Frau in ihrem Büro und machte sich viele Notizen. Lucas stand derweil tatenlos herum, schaute ins Leere – während der Pilot jeden Kontakt mit ihm vermied.

»Hillerod wohnt oben in der Nähe von Superior«, berichtete Connell, nachdem sie das Gespräch beendet hatte. »Er wurde im März '86 wegen schwerer Körperverletzung, begangen im Chippewa County, verurteilt, hat dreizehn Monate absitzen müssen. Kam im April '87 wieder raus. Im August '87 hatten wir einen der Morde.«

»Sehr interessant. Keine anderen Gefängnisaufenthalte?«

»Doch. Ein paar kürzere Arreststrafen, dann, im Januar '90, verurteilt wegen versuchter Vergewaltigung, saß zweiundzwanzig Monate im Knast, kam einen Monat vor dem Mord an Gina Hoff in Thunder Bay wieder raus.«

»Aber war der Mord in South Dakota nicht...«

»Ja«, unterbrach sie, »dieser Mord geschah '91, während er im Knast saß. Aber das war der schlimmste der Morde, auf die ich gestoßen bin. Der Fall, bei dem der Killer wie irre auf die Frau eingestochen hat, ehe er ihr den Bauch aufschlitzte. Vielleicht war das ja *tatsächlich* ein anderer.«

»Was hat er gemacht, seitdem er aus dem Knast ist?« fragte Lucas.

Connell ging ihre Notizen durch. »Er wurde '92 wegen Erregung öffentlichen Ärgernisses angeklagt, aber nicht verurteilt. Im selben Jahr eine Geldstrafe wegen Geschwindigkeitsüberschreitung. Seine letzte bekannte Adresse ist oben in der Nähe von Superior, in einer kleinen Stadt namens Two Horse. In seinem neuesten Führerschein ist eine Adresse in einem Ort namens Stedman angegeben. Meine Mitarbeiterin konnte ihn auf der Karte nicht finden, aber sie ließ nebenher beim Sheriff des Carren County anrufen, und man hat ihnen die Auskunft gegeben, der Ort würde zwei Meilen außerhalb von Two Horse an einer Highway-Kreuzung liegen.«

»Hat Ihre Mitarbeiterin nach den Hillerods gefragt?«

»Nein. Ich meine, das sollten wir persönlich machen.«

»Gut«, sagte Lucas. »Lassen Sie uns schleunigst zurückfliegen. Ich möchte mit Del sprechen, ehe wir uns mit den Seeds einlassen. Sofern wir überhaupt je heil zurückkommen.« Er schaute hinüber zu dem Piloten, der an einem Tisch in dem kleinen Aufenthaltsraum saß und eine Tasse Kaffee trank.

Auf dem Rückflug saß Lucas mit geschlossenen Augen da, hatte die Hand fest um einen Haltegriff seitlich über seinem Kopf geklammert. »Dreiundzwanzig Monate...«, sagte er. »Das kann keine schlimme Vergewaltigung gewesen sein.«

»Eine Vergewaltigung ist eine Vergewaltigung«, sagte Connell mit scharfer, zorniger Stimme.

»Sie wissen, was ich meine«, sagte Lucas und öffnete die Augen.

»Ich weiß, was *Männer* meinen, wenn sie so was sagen.«

»Lecken Sie mich am Arsch«, knurrte Lucas. Der Pilot zuckte zusammen, duckte sich, und Lucas schloß wieder die Augen.

»Ich bin nicht bereit, mich mit bestimmten Arten von Scheißdreck abzufinden«, sagte Connell ruhig. »Und Kommentare von

Männern über Vergewaltigung gehören dazu. Es macht mir nichts aus, wenn dieser Kerl da in Waupun ›Mädchen‹ zu mir sagt, weil er dumm ist und kein Einfühlungsvermögen hat. Aber Sie sind nicht dumm, und wenn Sie durchblicken lassen wollen, daß...«

»Ich will überhaupt nichts durchblicken lassen«, unterbrach Lucas. »Aber ich habe Frauen angetroffen, die erst mal nachdenken mußten, ehe ihnen bewußt wurde, daß sie vergewaltigt worden waren. Und andererseits sind da die Frauen, die man mit einem Knüppel verprügelt hat, denen man die Zähne eingeschlagen, die Nase zermatscht, die Rippen gebrochen hat und die operiert werden mußten, weil ihre Vagina zerfetzt wurde. Diese Frauen brauchen nicht erst nachzudenken. Wenn es zu einer Vergewaltigung kommt, auf welche Art hätten Sie's denn dann gern?«

»Ich hätte es überhaupt nicht gern«, fauchte Connell.

»Und Sie mögen auch den Tod und die Steuern nicht«, sagte Lucas.

»Vergewaltigung ist was anderes als Tod und Steuern.«

»Tod und Steuern gehören zu den großen Unannehmlichkeiten des Lebens«, sagte Lucas. »Mord, Vergewaltigung, Raub, Körperverletzung. Tod und Steuern.«

»Ich will mich nicht mit Ihnen streiten«, sagte Connell. »Wir müssen zusammenarbeiten.«

»Nein, das müssen wir nicht.«

»Was? Sie würden die Zusammenarbeit mit mir aufkündigen, nur weil wir verschiedener Meinung sind?«

Lucas schüttelte den Kopf. »Meagan, ich habe einfach kein Verständnis dafür, daß Sie auf mich losgehen, nur weil ich sage ›das kann keine schlimme Vergewaltigung gewesen sein‹, wobei Sie genau wissen, wie ich das gemeint habe. Ich meine doch nur, daß es bei dieser Vergewaltigung nicht zu heftiger Gewaltanwendung gekommen sein kann, sonst hätte man ihm eine höhere Strafe verpaßt. Unser Killer schlitzt diesen Frauen den Bauch auf. Kann sein, daß er dabei eine Zigarette raucht. Er ist ein gottverdammtes Monster. Wenn er eine Frau vergewaltigt, wird er dabei nicht besonders rücksichtsvoll vorgehen. Ich kenne die Einzelheiten dieser Vergewaltigung nicht, aber eine Strafe von dreiundzwanzig Monaten – das klingt nicht nach unserem Mann.«

»Sie wollen nur nicht einsehen, daß die Sache so einfach sein könnte.«

»Quatsch.«

»Ich meine es ernst. Ich werde das Gefühl nicht los, daß Sie bei der Suche nach diesem Kerl irgendwelche komplizierten Hintergründe vermuten. Ich tue das nicht... Ich will diesen Mistkerl überführen, egal, auf welche Weise wir das schaffen. Wenn es einfach ist, gut... Wenn es schwierig ist, auch gut – wenn wir ihn nur aus dem Verkehr ziehen.«

»Sehr schön. Aber verschonen Sie mich mit Ihren Empfindsamkeiten.«

Del saß auf der Treppe des Präsidiums, hatte die Ellbogen auf die Knie gestützt und rauchte eine Lucky Strike. Er beobachtete rote Ameisen, die aus einem Riß im Asphalt des Bürgersteigs krabbelten. Seine Haare waren viel zu lang und mit einer Substanz, die Schweineschmalz sein konnte, an den Kopf geklebt. Er trug ein olivgrünes Army-Hemd mit ausgebleichten Stellen an den Ärmeln, wo die Rangabzeichen eines Sergeants entfernt worden waren, sowie ein verblassendes Namensschild über der rechten Hemdtasche, auf dem »Harpin« stand, was aber keinesfalls Dels Familienname war. Die Knöpfe des Hemdes fehlten, es stand vorn offen und gab den Blick auf ein abgetragenes T-Shirt frei, auf dem der Namenszug des Radio-Rocksenders »KQ Sucks« zu lesen war. Eine zerlumpte Khakihose mit Dreck an den Knien und schwarze Segeltuch-Sneaker vervollständigten seinen Aufzug. Die Sneaker hatten ein Loch über der rechten dicken Zehe, und die Haut, die zum Vorschein kam, war genauso verdreckt wie die Schuhe.

»Heh, Kumpel«, sagte er und nickte Lucas zu, als dieser zusammen mit Connell auf ihn zukam. Er legte die scheue Unterwürfigkeit eines Mannes an den Tag, der schon viel zu lange seine Nahrung aus Mülltonnen holt.

Connell ging an ihm vorbei, warf ihm einen angeekelten Blick zu. Als Lucas stehenblieb, sagte sie: »Kommen Sie …«

Lucas, die Hände in den Hosentaschen, nickte Del zu. »Was machst du hier?«

»Schau den Ameisen zu.«

»Und was sonst noch?«

Connell, die schon die Eingangstür erreicht hatte, kam zu den beiden zurück.

»Bin hinter einem bestimmten Arschloch her. Muß in ein paar Minuten rauskommen. Ich will mir ansehen, wer den Kerl abholt.« Del schnipste seine Zigarette auf die Straße und sah Lucas an. »Wer ist die Tante da?«

»Meagan Connell. Untersuchungsbeamtin bei der Staatspolizei«, erklärte Lucas.

Connell sagte: »Lucas, wir haben es eilig, erinnern Sie sich?«

Lucas sagte: »Meagan, das ist Del Clapstock.«

Sie schaute auf Del hinunter, und Del sah zu ihr hoch, sagte: »Hallo.«

»Sie sind …« Sie schien das richtige Wort nicht zu finden.

»Polizeibeamter, ja, Ma'am, aber es hat ein bürokratisches Mißverständnis gegeben, und man hat mir in den letzten Jahren kein Gehalt mehr gezahlt.«

»*Mußt* du auf dieses Arschloch warten?« fragte ihn Lucas.

»Nein, ich *muß* nicht.«

»Dann komm rein mit uns. Wir haben da was …«

»Ja?«

»Wir kriegen es mit den Seeds zu tun.«

Del hatte eine Datenbank, in der alle polizeibekannten Seeds in den Staaten Wisconsin, Minnesota, Iowa und Illinois gespeichert waren. Über Joe Hillerod spuckte der Computer zwanzig Zeilen aus. »Sein Bruder Bob ist sehr aktiv«, sagte Del und überflog den Computerausdruck. »Er transportierte Drogen aus dem Hafen nach St. Paul/Minneapolis und nach Chicago, vielleicht auch nach St. Louis, belieferte dort zeitweise einige Dealer. Er hat sich nicht als Einzelhändler betätigt, zumindest damals nicht, aber wahrscheinlich macht er das inzwischen. Dann ließ er an den großen Raststätten in Wisconsin und im nördlichen Illinois ein paar Pferdchen für sich laufen. Nun zu Joe... Er hat meistens den Fahrer für den großen Bruder Bob gespielt, ist aber kein guter Geschäftsmann. Ist anscheinend ein ziemlich wilder Bursche; mag die Weiber und ein lustiges Leben. Und er scheint der Organistor gewesen zu sein, wenn sie mal 'ne lustige Party machen wollten.«

»Was machen die beiden jetzt?« fragte Connell.

»Klein-Dealer für Koks und Crack an den Raststätten dort oben. Und sie betreiben eine Schrotthandlung außerhalb von Two Horse.«

»Besteht die Möglichkeit, daß sie was mit den MG-Läufen zu tun haben, auf die du gestoßen bist?« fragte Lucas.

Del schüttelte zweifelnd den Kopf. »Die Seeds zerfallen in eine Reihe von Splittergruppen. Diese MG-Typen gehören zu der beknackten rechtsgerichteten Gruppe, die diesen Nazi-Scheiß von der Überlegenheit der weißen Rasse und des Christentums auf ihre Fahnen geschrieben hat. Und sie leben vornehmlich von Überfällen. Die Hillerods gehören zu einer anderen Splittergruppe, die sich vor allem aus der früheren Motorrad-Gang der Bad Seeds rekrutiert. Sie sind im Drogen- und Nuttengeschäft tätig. Einige von ihnen versorgen die Massagesalons drüben in Milwaukee und hier bei uns in der Doppelstadt mit leichten Mädchen. Einer aus dieser Gruppe hat einen Pornoshop in Milwaukee.«

Lucas kratzte sich am Kopf und sah Connell an, die Del über die Schulter geschaut hatte. »Ich glaube, wir können Einzelheiten nur rausfinden, wenn wir hinfahren und die beiden in die Zange nehmen.«

»Da mußt du aber ein bißchen vorsichtig sein«, sagte Del.

»Wann?« fragte Connell.

»Morgen«, antwortete Lucas. »Ich rufe heute abend den Sheriff an, und wir machen uns morgen früh gleich auf den Weg.«

»Wir *fahren*?« fragte Connell.

Lucas zeigte ein angewidertes Grinsen. »Ja, wir *fahren*.«

Lucas und Connell verabredeten sich für acht Uhr zur Fahrt nach Norden. »Ich werde noch mit dem Leichenbeschauer über Marcy Lane reden und prüfen, ob was Interessantes bei der Autopsie rausgekommen ist«, sagte sie. »Und ich werde mir alles über die Hillerods geben lassen, was wir haben. Die ganze Akte.«

Lucas ging zur Mordkommission, um mit Greave zu sprechen, aber man sagte ihm, er sei nicht da. Einer der Cops sagte: »Er ist in dieser Sache bei den Eisenhower-Docks unterwegs. Müßte bald zurückkommen.«

Von seinem Büro aus rief Lucas den Sheriff des Lincoln County, Sheldon Carr, in Grant, Wisconsin an. Er berührte gerade die Narbe an seinem Hals, als Carr den Hörer abnahm. Carr war dabeigewesen, als Lucas von diesem Mädchen angeschossen worden war.

»Lucas, wie geht's dir?« Carr war ein zäher und gescheiter Mann, ein knorriger Typ vom Land. »Kommst du zum Angeln her? Ist Weather schwanger?«

»Noch nicht, Shelly. Wir lassen es dich wissen... Hör zu, ich muß mit George Beneteau vom Carren County reden. Kennst du ihn?«

»George? Natürlich. Der ist okay. Soll ich ihn anrufen und dich ankündigen?«

»Das wäre schön. Ich rufe ihn dann später an und rede mit ihm. Ich werde morgen zu ihm fahren und mich nach einem Mann erkundigen, der zu den Seeds gehört.«

»Ah, diese Arschlöcher«, sagte Carr angeekelt. »Sie haben sich auch mal hier bei uns rumgetrieben, aber wir haben ihnen Beine gemacht.«

»Nun, wir sind jetzt hier auf sie gestoßen, verstehst du? Ich würde mich freuen, wenn du mich bei Beneteau einführen würdest.«

»Ich rufe ihn gleich an«, sagte Carr. »Werde ihm sagen, daß er heute noch von dir hört. Und sei vorsichtig mit diesen bösen Buben von der bösen Saat, hörst du?«

Greave erschien mit einem Jungen bei Lucas. Der Junge trug ein schwarzweiß gestreiftes französisches Fischer-T-Shirt, schmutzige Jeans und ausgelatschte Sneaker. Sein schmutzigblondes Haar hatte er unter eine Woody-Woodpecker-Mütze mit langem Schirm gestopft.

»Das ist Greg«, sagte Greave und zeigte mit dem Daumen auf den Jungen. »Er macht Mädchen-für-alles-Arbeiten bei diesem Appartement-Block.«

Lucas nickte.

»Sagen Sie niemand, daß ich mit Ihnen gesprochen habe, sonst schmeißen die mich hochkantig raus«, sagte der Junge zu Lucas. »Ich brauche den Job unbedingt.«

»Greg sagt, daß am Tag vor dem Tod der alten Lady die Klimaanlage ausfiel und es verdammt heiß in den Appartements wurde. Er und Cherry arbeiteten den ganzen Tag unten im Keller, nahmen die Klimaanlage auseinander. Er sagt, fast alle im Gebäude hätten wegen der Hitze die Fenster und sogar auch die Türen aufstehen lassen.«

»Und?«

»Na ja...« Greave stieß den Jungen an. »Erzähl's ihm.«

»Das stimmt«, sagte der Junge. »Es war der erste echt heiße Tag im Jahr.«

»Sie konnten also leicht in das Appartement der alten Lady kommen«, sagte Greave. »Stiegen über eine Leiter ein und kriegten es irgendwie hin, das Fenster nachher geschlossen zurückzulassen. Die Tür kommt ja nicht in Frage, wie wir wissen.«

»Was haben sie mit der Frau gemacht, nachdem sie durch das Fenster eingestiegen waren?«

»Sie haben sie erstickt.«

»Die Autopsie hat nichts in dieser Richtung ergeben. Und wie macht man das, ein Fenster von außen zu verschließen? Haben Sie das ausprobiert?«

»Ich habe das noch nicht rausfinden können«, sagte Greave.

»Wir haben alles mögliche versucht«, sagte der Junge zu Lucas; Greave sah ihn wütend an. »Nix zu machen.«

»Vielleicht gibt es aber eine Möglichkeit«, verteidigte sich

Greave. »Cherry ist schließlich der Hausverwalter, macht alle möglichen Reparaturen; kennt vielleicht irgendwelche Tricks.«

»Tricks mit hölzernen Fenstern? Hören Sie, Cherry ist bestimmt nicht gescheiter als Sie. Wenn er eine Möglichkeit gefunden hätte, hätten Sie sie auch gefunden. Was und wie es auch war, sie müssen es sehr leise gemacht haben. Der Nachbar hat nichts gehört. Er hat gesagt, es sei geisterhaft still gewesen.«

»Ich dachte mir, Sie würden vielleicht mal mitkommen und sich das ansehen«, sagte Greave.

»Ich habe keine Zeit dazu«, sagte Lucas und schüttelte den Kopf. »Aber selbst wenn Sie rausfinden würden, wie sie eventuell rein- und rausgekommen sind, müßten Sie klären, woran die Frau gestorben ist. Ersticken war's nicht.«

»Sie müssen sie vergiftet haben«, sagte Greave. »Sie wissen doch, wie Jockeys ihre Pferde dopen und trotzdem bei Kontrollen nicht auffallen? Und so was müssen die in diesem Fall auch getan haben – sie haben sich irgendein nicht nachweisbares Gift besorgt, haben es ihr ins Bier gekippt, und sie kratzt ab.«

»Kein Gift laut Autospiebericht«, sagte Lucas.

»Das *weiß* ich. Aber das ist doch der Kasus knacktus: Das Gift ist nicht nachzuweisen, verstehen Sie?«

»Nein«, sagte Lucas nur.

»Aber so muß es sein«, beharrte Greave.

Lucas grinste ihn an. »Selbst wenn es so wäre, sollten Sie sich hinlegen, eine kalte Kompresse auf Ihre Stirn legen und entspannen, denn Sie werden niemand mit dieser ›Theorie des verschwundenen Giftes‹ überführen können.«

»Mag sein«, sagte Greave. »Aber ich will Ihnen noch was sagen, was ich mir überlegt habe: Es muß was mit dem Alkohol zu tun haben. Die alte Lady nimmt Alkohol und ein paar Schlaftabletten zu sich. Die bemerkenswerteste Sache, soweit wir was über ihr Verhalten wissen. Dann wird sie ermordet. Dieses Scheißzeug *muß* vergiftet gewesen sein. Irgendwie.«

»Vielleicht hat sie ja in dieser Nacht masturbiert, und das hat sie so aufgeregt, daß sie einen Herzschlag bekommen hat und abgekratzt ist«, sagte Lucas.

»Daran habe ich auch schon gedacht«, sagte Greave.

»Tatsächlich?« Lucas fing an zu lachen.

»Aber wie erklärt das die Tatsache, daß Cherry diese Frau ermordet hat?«

Lucas hörte auf zu lachen. Cherry *hatte* es getan. »Jetzt haben Sie mich erwischt«, sagte er. Er sah den Jungen an. »Meinst du auch, Cherry hätte es getan?«

»Ich würd' ihm so was zutrauen«, antwortete der Junge. »Er ist ein ganz gemeiner Dreckskerl… Da war mal ein Hund, gehörte dem alten Ehepaar auf der anderen Straßenseite, und er kam rüber und hat 'nen Haufen auf den Rasen gemacht, und Ray hat ihn eingefangen und an 'nem Strick aufgehängt. Ich hab' gesehen, wie er's gemacht hat.«

Greave sagte: »Sehen Sie!«

»Ich weiß, daß er gemein ist«, sagte Lucas. Dann, zu Greave: »Connell und ich fahren morgen in den Norden, wir überprüfen einen Verdächtigen.«

»Oh, tut mir leid, Mann«, sagte Greave. »Ich weiß, ich bin Ihnen keine große Hilfe. Ich mache alles, was Sie mir sagen.«

»Anderson macht einen Computerabgleich: polizeibekannte Sex-Straftäter gegen Besitzer von Trucks. Sie sollten überprüfen, ob es frühere Anklagen wegen Sexualdelikten gegen Mitglieder einer Motorrad-Gang namens ›Bad Seeds‹ gibt. Oder irgendwelche anderen Motorrad-Banden, was das betrifft. Halten Sie alles fest, was auch nur nach entfernten Möglichkeiten aussieht.«

Das Telefon klingelte, als Lucas nach Hause kam. Weather. »Es wird noch eine Weile dauern«, sagte sie.

»Was ist passiert?« Er war sauer. Nein. Er war eifersüchtig.

»Ein Kind hat sich mit der Papierschneidemaschine in der Schule den Daumen abgeschnitten. Wir versuchen, ihn wieder anzunähen.« Sie klang aufgeregt, aber auch erschöpft, und ihre Worte stolperten übereinander.

»Schwierige Sache?«

»Lucas, wir haben zwei Stunden gebraucht, bis wir eine brauchbare Arterie freigelegt und angenäht hatten, und George ist im Moment dabei, eine Vene herauszusezieren. Mein Gott, sie sind so schrecklich dünn, wie Kleenex-Papier, aber wenn wir es schaffen, retten wir dem Kind die Gebrauchsfähigkeit der Hand… Ich muß gehen.«

»Wird es arg spät?«

»Ich brauche bestimmt noch zwei Stunden, wenn die Sache mit der Vene klappt«, sagte sie. »Wenn es nicht funktioniert, dauert es mindestens noch eine Stunde länger. Es wird also spät.«

»Na dann, bis später«, sagte er.

Lucas war auch vorher schon ein paarmal verliebt gewesen, aber mit Weather war es anders. Alles war irgendwie unsicher, ein wenig außer Kontrolle. Vielleicht binde ich mich zu stark an sie, dachte er. Andererseits, da war eine Leidenschaft, wie er sie früher nie erfahren hatte…

Und sie machte ihn glücklich.

Manchmal ertappte Lucas sich dabei, daß er schon nur beim Gedanken an sie laut vor sich hinlachte. Das war ihm vorher nie passiert. Und das Haus kam ihm abends schrecklich leer vor ohne sie.

Er setzte sich an den Schreibtisch und schrieb Schecks über Haushaltsrechnungen aus. Als er damit fertig war, legte er die frankierten Umschläge in ein Körbchen auf einem antiken Tisch im Flur. Diese Antiquität war das erste Möbelstück, das sie zusammen gekauft hatten.

»Mein Gott…« Er rieb sich über die Nase. Es hatte ihn ganz schön gepackt. Aber der Gedanke, an eine einzige Frau gefesselt zu sein, für den Rest des Lebens…

Kapitel 15

Sara Jensen arbeitete bei *Raider-Garrote*, einer Börsenmakler-Firma im Exchange-Building. Der Eingang bestand aus einer Glaswand. Auf der anderen Seite dieser Wand befand sich eine Lounge, in der Aktienbesitzer und Investoren aus bequemen Sesseln die Aktienkurse der New Yorker Börse auf einem elektronischen Laufband verfolgen konnte. Aber nur wenige Leute gingen tatsächlich in die Lounge. Die meisten – schlanke weiße Männer mit Brillen, Aktentaschen und beginnenden Glatzen – standen mit offenem Mund vor der Glaswand, und wenn die Anzeige ihrer Aktien erschienen war, eilten sie vor sich hinmurmelnd davon.

Koop lungerte mit den Händen in den Taschen zwischen diesen Leuten herum. Er veränderte sein Aussehen täglich. An einem Tag trug er Jeans, weißes T-Shirt, Sneaker und Baseballmütze; am nächsten ein langärmliges Hemd, Khakihosen und Mokassins.

Durch die Glaswand, über die Köpfe der wenigen Leute in der Lounge hinweg, an den Reihen von Männern in weißen Hemden und schick gekleideten Frauen vorbei, die auf Computer-Screens starrten und in Telefone sprachen, konnte er Jensen in einem separaten großen Büro arbeiten sehen.

Die Tür zu ihrem Büro stand normalerweise offen, aber es gingen nur wenige Leute hinein. Fast den ganzen Tag über hatte sie einen Telefon-Kopfhörer aufgesetzt. Oft sprach sie mit jemandem am Telefon und las gleichzeitig in der Zeitung. Auf einem Regal hinter ihrem Schreibtisch waren ein halbes Dutzend verschiedener Computer-Terminals aufgereiht, und immer wieder einmal schaute sie auf einen der Screens; gelegentlich riß sie auch einen Papierstreifen aus dem Computerdrucker, schaute ihn sich an oder stopfte ihn sofort in ihre Aktentasche.

Koop hatte keine Ahnung, was sie da machte. Zuerst hatte er gedacht, sie wäre so was wie eine Super-Sekretärin. Aber sie holte nie irgendwo irgendwas ab, und nie gab ihr jemand eine Anweisung, soweit er das beurteilen konnte. Dann, als einer der Weißhemden einmal mit ihr sprechen wollte, sah er, daß dieser Typ ausgesprochen ehrerbietig ihr gegenüber auftrat. Nein, sie war kein Sekretärin.

Während er sie beobachtete, kam er zu der Überzeugung, daß sie etwas sehr Kompliziertes machte, etwas, das sie schlauchte. Am Ende des Tages war sie dann richtig abgespannt. Wenn die

Weißhemden und die Frauen in den konservativen Kleidern aufstanden, sich streckten, miteinander redeten und lachten und nach Hause gingen, arbeitete sie immer noch mit dem Kopfhörer auf den Ohren weiter. Wenn sie schließlich auch ging, war ihre lederne Aktentasche vollgestopft mit Papieren.

An diesem Tag ging sie etwas früher als sonst. Er folgte ihr durch den verglasten Hochweg zum Parkhaus, überholte sie in der hastenden Menge mit abgewandtem Gesicht. Am Aufzug des Parkhauses stellte er sich in der kurzen Schlange an, spürte die Spannung im Nacken. Er hatte so etwas noch nie getan. Er war ihr noch nie so nahe gewesen...

Er spürte, wie sie hinter ihn trat. Er hielt ihr den Rücken zugewandt. Sie würde zum sechsten Stock hochfahren – wenn sie sich noch erinnerte, daß sie dort ihren Wagen abgestellt hatte. Manchmal vergaß sie, wo sie das Auto geparkt hatte, und lief suchend mit der schweren Aktentasche durch das Parkhaus. Er hatte das mal beobachtet. Heute stand ihr Wagen auf dem sechsten Parkdeck, direkt gegenüber dem Aufzug.

Der Aufzug kam, und er ging hinein, drehte sich nach links, drückte auf sieben und trat dann ganz nach hinten. Ein halbes Dutzend anderer Leute kam mit ihr zusammen in die Kabine, und er verschob sich unauffällig, bis er direkt hinter ihr stand, keine zwanzig Zentimeter von ihr entfernt. Der Duft ihres Parfüms war umwerfend. Eine dünne Haarsträhne hing in ihren Nacken; sie hatte ein Muttermal hinter dem Ohr – aber das kannte er ja schon...

Der Duft war wirklich umwerfend. Ihr Parfüm mit dem Namen Opium...

Der Aufzug setzte sich in Bewegung, ein Mann an der Tür verlor das Gleichgewicht, taumelte ein Stück zurück und stieß gegen Sara. Sie versuchte, ihm nach hinten auszuweichen, und ihr Hintern prallte gegen Koops Lende. Er wich nicht zurück. Der Mann an der Tür murmelte »Entschuldigung«, und Sara drehte fast gleichzeitig den Kopf zur Seite, sah Koop nicht an, sagte ebenfalls »Entschuldigung«, und dann hatten sie das sechste Parkdeck erreicht.

Koop hielt die Augen geschlossen. Er konnte ihre Berührung noch fühlen. Sie hat sich *an mich gedrückt*, dachte er.

Sie hatte ihn wahrgenommen, seinen Körper unter der Kleidung des Chamäleons gespürt, und es hatte ihr gefallen. Sie hatte sich *an ihn* gedrückt. Er konnte ihren Hintern noch in der Leistengegend fühlen...

Koop stieg in der siebten Etage aus, fühlte sich wie betäubt, schwitzte, und er hatte einen irren Ständer in der Hose. Sie hatte das absichtlich gemacht. *Sie wußte*... Wirklich?

Koop eilte zu seinem Truck. Wenn er irgendwie in ihre Nähe kam, würde sie ihm vielleicht ein Zeichen geben. Sie war eine Klasse-Frau; sie würde ihn natürlich nicht direkt ansprechen. Sie würde es ihm anders zu erkennen geben, nicht mit diesem »Lust auf'nen Fick?«-Zeug. Koop startete den Truck, fuhr die Rampen hinunter, rum und rum und rum, wurde fast schwindlig, und die Reifen des Trucks quietschten die ganze Spirale hinunter. Er mußte an ihr dranbleiben.

An der Ausfahrt waren drei Wagen vor ihm. Sara hatte es noch nicht bis hierher geschafft... Der erste und zweite Wagen vor ihm passierten die Ausfahrt zügig. Im dritten saß eine ältere Frau, die irgendwas zu dem Kassierer sagte. Der Mann streckte den Kopf aus dem Fenster seiner Glaskabine und zeigte nach links, dann nach rechts. Die Frau sagte wieder etwas.

Ein Wagen fuhr hinter Koop auf. Nicht Sara. Dann kam ein anderer Wagen mit eingeschalteten Scheinwerfern die Rampe herunter, ordnete sich links ein, fuhr in die Spur für Dauerparker. Sara hatte eine Parkkarte... Er erhaschte einen Blick auf ihr Gesicht, als sie die Karte in den Automaten schob. Der Balken ging hoch, und sie fuhr links von ihm aus dem Parkhaus.

»Blöde alte Kuh, was ist denn los? Warum fährst du nicht endlich weiter?« Koop drückte auf die Hupe.

Die Frau in dem Wagen vor ihm brauchte zehn Sekunden, den Kopf zu drehen und nach hinten zu schauen, dann zuckte sie mit den Schultern und fing an, in ihrer Handtasche herumzukramen. Es dauerte endlos lange, bis sie endlich dem Kassierer ein Stück Papier zuschob. Der Kassierer sagte irgend etwas, und sie fing wieder von neuem an, in der Handtasche herumzusuchen, fand schließlich den Parkschein. Der Kassierer nahm ihn ihr aus der Hand, gab ihr Wechselgeld zurück, und dann sagte die Frau wieder etwas zu dem Kassierer.

Koop hupte wieder, und die Frau sah in den Rückspiegel, fuhr dann langsam los, hielt an der Kurve, bog links ab. Koop schob dem Kassierer seinen Parkschein und einen Geldschein zu.

»Behalten Sie den Rest«, sagte er.

»Darf ich nicht.« Der Kassierer war ein Idiot, irgend ein verdammter Arschficker. Koop spürte wieder diese maßlose Wut in sich aufsteigen. Noch eine Minute, dann...

»Ich hab's verdammt eilig«, sagte er.

»Dauert ja nur 'ne Sekunde«, sagte der Kassierer. Er kramte in seiner Kasse herum, streckte Koop dann zwei Quarters entgegen. »Dann machen Sie sich mal auf ihren verdammt eiligen Weg.«

Der Sperrbalken ging hoch, und Koop fuhr fluchend auf die Straße. Sara nahm immer dieselbe Strecke nach Hause. Er raste hinter ihr her, fegte mit der Lichthupe die Überholspur frei.

»Komm, Sara«, sagte er zu seinem Lenkrad. »Komm, wo bist du?« Nach etwa einer Meile holte er sie ein. Setzte sich hinter sie.

Sollte er neben ihr auffahren? Würde sie ihm ein Zeichen geben?

Könnte sein...

Er dachte noch darüber nach, als sie die Fahrt verlangsamte und nach rechts auf den Parkplatz eines Drugstores einbog. Koop folgte ihr, parkte am Ende des Platzes Sie blieb noch im Wagen sitzen, eine Minute, vielleicht auch zwei, suchte etwas in ihrer Handtasche. Dann schwang sie ihre Beine aus dem Wagen und verschwand im Drugstore. Er überlegte, ob er ihr nachgehen sollte, aber letztesmal war er ja an diesen Ladenschwengel geraten. Bei all den Überwachungs-Spiegeln war es schwer, jemanden in einem Laden unauffällig zu beobachten.

Er wartete also auf sie. Nach zehn Minuten kam sie mit einer kleinen Tüte heraus. Als sie ihren Wagen erreichte, kramte sie in ihrer Handtasche herum, suchte nach etwas. Länger und länger. Koop setzte sich auf. Was war da los?

Sie konnte den Wagenschlüssel nicht finden... Sie machte ein paar Schritte zurück auf den Laden zu, blieb stehen, drehte sich um, ging wieder zum Wagen. Blieb davor stehen, schaute nach innen, richtete sich auf, sagte wütend etwas vor sich hin.

Die *Wagenschlüssel.* Sie hatte die Schlüssel im Schloß steckenlassen und die Tür zugeworfen.

Er könnte jetzt zu ihr gehen und fragen: »Haben Sie ein Problem, Lady?«

Aber während er sie beobachtete, schaute sie sich schnell um, ging zum Heck des Wagens, beugte sich und fuhr mit der Hand unter die Stoßstange. Tastete einen Moment herum, hatte dann plötzlich eine kleine schwarze Schachtel in der Hand. Ersatzschlüssel...

Koop versteifte sich. Wenn Leute Ersatzschlüssel in oder an ihrem Wagen versteckten, dann gehörte meistens auch ein Haustürschlüssel dazu – für den Fall des Falles. Und wenn das bei ihr auch so war – und wenn sie nach dem Auswechseln der Schlösser den neuen Schlüssel schon in der Schachtel aufbewahrte...

Er mußte sich das ansehen.

Koop stieg auf das Dach, sobald die Dunkelheit hereingebrochenw ar. Sara hatte sich umgezogen, trug einen Morgenmantel, und er sah zu, wie sie las, sich Musik aus der Stereoanlage anhörte und kurz durch die Filme im Fernsehen zappte. Er wurde langsam vertraut mit ihren Gewohnheiten: Sie schaute sich nie Talk-Shows oder Sitcoms an. Manchmal Spielshows. Später am Abend sah sie sich die Nachrichtenwiederholungen in den öffentlichen Kanälen an.

Sie mochte Eis, aß es sehr langsam und spielte dabei viel mit ihrer Zunge am Löffel. Wenn sie ein gedankliches Problem hatte und über eine Lösung nachdachte, fuhr sie mit der Hand zum Rücken und kratzte sich am oberen Teil ihrers Hinterns. Manchmal legte sie sich aufs Bett, streckte die Beine senkrecht in die Höhe, starrte – offensichtlich ohne irgendeinen Grund – an ihnen vorbei auf die gegenüberliegende Wand. Dieselbe Stellung nahm sie ein, wenn sie ihr Höschen anzog – sie legte sich mit dem

Rücken aufs Bett, schob die Zehen durch die Hosenbeine, streckte dann die Beine senkrecht in die Luft und zog das Höschen über den Unterleib. Manchmal lief sie im Appartement hin und her und säuberte währenddessen mit Zahnseide ihre Zähne.

Einmal sah sie anscheinend ihr Spiegelbild im Glas der Schiebetür zum Balkon, und sie nahm eine Reihe verschiedener Posen ein, als wolle sie für ein Foto in *Cosmo* Modell stehen. Sie war so nahe, so klar zu sehen, daß Koop meinte, sie würde für ihn posieren.

Sie ging an den Arbeitstagen stets um zwölf Uhr ins Bett. Nur einmal waren abends zwei Freundinnen bei ihr vorbeigekommen, und einmal, als er ihr noch nicht vom Büro nach Hause folgte, war sie erst um Mitternacht zu Hause aufgetaucht. Eine Verabredung? Der Gedanke gefiel Koop nicht, und er schob ihn beiseite.

Wenn sie im Bett lag – nach einer Minute naher Nacktheit und hüpfenden großen Brüsten in Koops Fischglas –, verließ er sie, kaufte sich eine Flasche Jim Beam und fuhr nach Hause.

Man konnte eigentlich nicht davon sprechen, daß er in seinem Haus *wohnte*. Es war ein einfaches kleines Haus im Ranch-Stil in einer Vorstadt, das er möbliert gemietet hatte. Ein Gartendienst mähte den Rasen. Koop kochte nicht, machte nicht sauber, tat kaum etwas anderes dort als zu übernachten, sich manchmal Fernsehsendungen anzusehen und seine Unterwäsche zu waschen. Es roch im Haus nach Staub und Bourbon. O ja, er hatte Wannemaker hergebracht. Aber nur für eine Stunde oder zwei, unten im Keller; man roch kaum mehr was davon...

Am nächsten Morgen war Koop schon kurz vor zehn in der Stadt. Er mochte die frühen Tagesstunden nicht, aber es war wichtig für ihn. Er rief sie im Büro an.

»Sara Jensen hier... Hallo? Hallo?«

Ihre Stimme war höher, als er erwartet hatte, klang ein wenig gereizt. Als er sich nach dem zweiten Hallo nicht meldete, legte sie sofort auf und überließ ihn dem Tuten des Besetztzeichens. Okay, sie war also im Büro.

Er fuhr zum Parkhaus, kurvte die Auffahrt zu den oberen Parkdecks hoch. Normalerweise parkte sie im fünften, sechsten oder siebten Deck, je nachdem, wie früh sie dran war. Heute stand ihr Wagen wieder auf dem sechsten. Er mußte bis zum achten Stock fahren, ehe er eine freie Lücke fand. Er ging zurück zum sechsten, strich mit der Hand unter der Stoßstange ihres Wagens entlang, fand das Schlüsselkästchen. Er machte es auf dem Weg zum Aufzug auf. Ihr Wagenschlüssel und ein neuer Haustürschlüssel lagen darin. Was für ein Glück...

Er war in Siegerstimmung, als er in ihr Appartement ging. Fühlte sich wie ein Eroberer. Wie ein Mann, der nach Hause zu seiner Frau kommt.

Koop verbrachte den halben Tag in ihrem Appartement.

Gleich nach seiner Ankunft stellte er einen Werkzeugkasten vor das Fernsehgerät. Wenn jemand hereinkam, zum Beispiel eine Putzfrau, konnte er sagen, er wäre gerade mit der Reparatur des Fernsehers fertig geworden... Aber es kam niemand in die Wohnung.

Er aß Cornflakes aus einer ihrer Schalen, wusch sie danach ab und stellte sie zurück in den Küchenschrank. Er zog die Schuhe aus und lümmelte im Wohnzimmer herum, schaute ein wenig Fernsehen. Er streifte die Kleider ab, zog im Schlafzimmer die Überdecke von ihrem Bett, wälzte sich in den glatten, kühlen Laken. Masturbierte in ihre Kleenextücher.

Setzte sich auf ihr Klo. Duschte mit ihrer Seife. Strich sich ein wenig von ihrem Parfüm auf die Brust, genoß den Duft. Posierte vor ihrem Spiegel, brachte seinen hellen, fast haarlosen Körper mit den kräftigen Muskelsträngen zur Geltung.

Das hier, dachte er, würde ihr besonders gefallen: dem Spiegel im Halbprofil zugewandt, Arme gebogen, Arschbacken angespannt, Kinn gesenkt.

Er durchsuchte ihre Kommode, fand ein paar Briefe von einem Mann. Er las sie, aber der Inhalt war enttäuschend: Hatte eine schöne Zeit, hoffe, du hast auch eine schöne Zeit gehabt... Er schaute sich im zweiten Schlafzimmer, das als Büro eingerichtet war, einen Aktenschrank näher an, fand eine Akte mit der Aufschrift »Scheidung«. Nicht viel drin ... Jensen war ihr angeheirateter Namen; ihr Mädchenname war Rose. Sara Rose.

Er ging zurück ins Schlafzimmer, legte sich hin, rieb seinen Körper an ihren Bettlaken, brachte sich wieder auf Touren ...

Um fünf war er müde und sehr zufrieden mit seinen Erlebnissen. Er sah die Zeit auf der Uhr auf ihrer Kommode, und er stand auf, zog sich an und machte das Bett; sie würde jetzt gerade ihr Büro verlassen.

Sara Jensen kam kurz vor sechs nach Hause. Sie trug eine Tüte mit Gemüse unter dem Arm, eine Flasche Wein und ihre Handtasche in der anderen Hand. Der feuchte Geruch der Radieschen und Möhren überlagerte Koops Geruch bei den ersten Schritten in die Wohnung, bis hin zum Küchentresen, aber als sie die Tüte und die Weinflasche abgestellt hatte und zurückging, um die Tür zu schließen, blieb sie stehen, runzelte die Stirn, schaute sich um.

Irgend etwas stimmte nicht. Sie roch ihn jetzt, aber nur ganz schwach, unbewußt. Angst durchzuckte sie.

»Hallo?« rief sie.

Nichts ... *Paranoid.*

Die drehte den Kopf, schnüffelte. Da war doch etwas ... Sie schüttelte den Kopf. Nichts, das sie identifizieren könnte. Aber sie war beunruhigt, ließ die Tür zum Flur aufstehen, ging zur Schlafzimmertür, öffnete sie einen Spalt, streckte den Kopf hindurch. Rief wieder: »Hallo?« Tiefste Stille.

Sie ließ die Tür aufstehen, schaute in das Arbeitszimmer, dann ins Bad, schob sogar die Glastür der Duschkabine auf. Es war niemand außer ihr im Appartement.

Sie ging zurück zur Eingangstür und drückte sie ins Schloß. Sie war noch immer beunruhigt. Nichts, worauf sie den Finger legen konnte ... Sie fing an, das Gemüse im Kühlschrank zu verstauen.

Und unterbrach ihre Tätigkeit. Schlich auf Zehenspitzen wieder zum Schlafzimmer. Schaute nach rechts. Eine Tür des Wandschranks stand ein kleines Stück auf. Eine Tür, die sie nur ganz selten öffnete. Sie lief zurück zur Eingangstür, machte sie auf, blieb stehen. Drehte sich um. »Hallo?«

Die Stille schien zu bezeugen, daß niemand außer ihr in der Wohnung war. Sie ging wieder zum Schlafzimmer, schaute zum Wandschrank. Die Tür stand immer noch einen kleinen Spalt auf. Sie atmete tief durch, trat vor die Tür. »Hallo?« Ihre Stimme war jetzt ein wenig ruhiger. Sie schloß die Hand um den Türknauf, spürte die Angst eines Kindes, das zum erstenmal die Kellertür aufmachte. Riß die Tür auf.

Niemand drin, Sara.

»Du benimmst dich wie eine Irre«, sagte sie laut vor sich hin. Ihre Stimme klang gut, und das verringerte die Anspannung. Sie lächelte und schob die Tür mit der Fußspitze zu. Sie wollte zum Wohnzimmer gehen. Plötzlich blieb sie stehen, schaute auf das Bett.

Die Andeutung einer Körperform, als ob jemand auf der Überdecke gelegen hätte... War sie das gewesen? Sie machte das morgens manchmal, wenn sie die Unterhose anzog.

Hatte sie sich heute morgen zuerst angezogen und dann das Bett gemacht? Oder umgekehrt?

Hatte ihr Kopf diesen Eindruck in dem Kissen hinterlassen?

Sie war wieder verunsichert. Strich das Bett glatt. Überlegte, ob sie unter das Bett schauen sollte.

Und wenn sich dort ein Monster versteckte.

»Ich gehe zum Abendessen aus«, sagte sie laut. »Wenn unter dem Bett ein Monster liegt, dann sollte es verschwinden, solange ich weg bin.«

Stille, nichts als Stille.

»Ich geh jetzt«, sagte sie, verließ das Zimmer, schaute zurück. Zitterte das Bett?

Sie ging.

Kapitel 16

Das Verwaltungsgebäude des Carren County war ein Sandsteingebäude aus der Zeit um die Jahrhundertwende und stand mitten auf dem Marktplatz. An der Ostseite des Gebäudes, gegenüber einer Straße mit ausgebleichten Holzhäusern, befand sich ein marodes Musikpodest. Die Westseite wurde von einem mit Taubendreck bekleckerten Unions-Soldaten mit Vorderlader-Gewehr bewacht. Auf der Rasenfläche an der Vorderfront des Gebäudes saßen drei alte Männer mit Jacken und Hüten auf drei einzeln stehenden Holzbänken.

Ein Eichhörnchen ignorierte sie. Als Lucas und Connell an ihnen vorbeigingen, blieben die Gesichter der alten Männer so starr und reglos wie das des Unions-Soldaten.

George Beneteaus Büro lag im hinteren Teil des Gebäudes, mit Blick auf einen Parkplatz, der von großen, ausladenden Eichen beschattet wurde. Man ließ Lucas und Connell durch eine stählerne Sicherheitstür, dann wurden sie von einer Sekretärin durch ein Labyrinth kleinerer Zimmer in Beneteaus Büro in der Ecke des Gebäudes geführt.

Beneteau war ein schlaksiger Mann Mitte Dreißig. Er trug einen grauen Anzug mit Schnurkrawatte unter einem großen Adamsapfel sowie eine Flieger-Sonnenbrille mit Stahlrahmen. Er hatte eine kräftige Nase und haardünne Narben unter den Augen – alte Verletzungen vom Boxen. Ein brauner Stetson lag in seinem Akten-Eingangskorb auf dem Schreibtisch. Er lächelte dünn, zeigte dabei ebenmäßig weiße Zähne.

»Miss Connell, Chief Davenport«, begrüßte er sie. Er stand auf, schüttelte Lucas die Hand. »Das war ja vergangenen Winter ein verdammter Ärger im Lincoln County…«

Seine Feststellung klang wie eine Frage. »Diesmal sind wir nicht auf Ärger aus«, sagte Lucas. Er berührte die Narbe an seinem Hals. »Wir wollen nur mit Joe Hillerod reden.«

Beneteau setzte sich wieder, stützte die Ellbogen auf und legte die Hände ineinander. Connell trug eine Sonnenbrille, die seiner ähnlich war. »Wir wissen, daß Joe Hillerod den Weg unseres Mörders gekreuzt hat«, sagte sie. »*Wenigstens* seinen Weg gekreuzt hat.«

Beneteau starrte sie über seine Hände hinweg. »Wollen Sie damit sagen, er könnte der Killer sein?«

»Es ist jedenfalls eine Möglichkeit.«

»Hmm...« Er schob sich nach vorne, nahm einen Bleistift in die Hand, tippte mit der Spitze auf seine Schreibunterlage. »Er ist ein gemeiner Schweinehund, dieser Joe Hillerod. Er würde sicherlich eine Frau umbringen, wenn er der Meinung wäre, er hätte einen Grund dazu. Aber er bräuchte einen Grund.«

Lucas sagte: »Sie glauben nicht, daß er irgendwie spinnt?«

»O doch, er hat bestimmt eine Meise«, sagte Beneteau. »Vielleicht nicht ganz so schlimm wie Ihr Killer. Aber wer weiß? Es könnte was in ihm stecken, das ihn Spaß dran finden läßt.«

»Sind Sie sicher, daß er sich hier irgendwo aufhält?«

»Ja. Aber wir wissen nicht genau, wo«, sagte Beneteau. Seine Augen wanderten hoch zu einer Straßenkarte des County an der Wand. »Sein Truck steht immer noch an derselben Stelle wie gestern, als sie anriefen – bei seinem Bruder. Wir sind ein paarmal dran vorbeigefahren.«

Lucas fluchte innerlich. Wenn die Hillerods die Polizisten gesehen hatten...

Beneteau erriet seine Gedanken, schüttelte den Kopf, verzog das Gesicht zu einem dünnen, trockenen Lächeln. »Die Jungs haben es in ihren Privatwagen gemacht, und zwar nur zweimal, im Abstand von zwei Stunden. Und unser Funkverkehr ist sicher, wir haben Zerhacker eingebaut. Alles okay.«

Lucas nickte erleichtert. »Sehr gut.«

»Sie erwähnten gestern abend am Telefon die MG-Läufe, die Sie in diesem abgebrannten Lagerhaus gefunden haben«, sagte Beneteau. »Die Hillerods haben verschiedene Werkzeugmaschinen auf diesem Schrottplatz...«

»Tatsächlich?«

»Ja.« Beneteau stand auf, schaute auf das Foto eines vermißten Mädchens an der Wand, sah dann Lucas wieder an. »Ich denke, wir sollten ein wenig Artillerie mitnehmen. Nur für alle Fälle.«

Sie fuhren in Kolonne, zwei Streifenwagen und ein neutraler Van, kurvten über verschiedene Asphaltstraßen und Schotterwege, kamen an ärmlichen, einsam gelegenen Farmen vorbei. Schäbige, wiederkäuende Kühe auf fleckigen, mit verrottenden Pfählen eingezäunten Weiden drehten die weißen Köpfe, um die Kolonne vorbeifahren zu sehen.

»Sie nennen es einen Schrottplatz, aber die hiesigen Typen aus der Szene sagen, es ist in Wirklichkeit ein Verteilerzentrum für gestohlene Harley-Davidson-Ersatzteile«, erläuterte Beneteau. Er saß am Steuer, hatte den Unterarm lässig auf das Lenkrad gelegt. »Sie gehen dabei vermutlich so vor, daß ein Dieb in St. Paul/Minneapolis oder in Milwaukee oder sogar in Chicago eine Maschine klaut, die gut in Schuß ist, und die fährt er dann über Nacht hierher. Sie nehmen sie innerhalb einer Stunde oder so auseinander, schaffen alle identifizierbaren Teile beiseite und setzen den Dieb an der Busstation in Duluth ab. Ist jedoch verdammt schwer, ihnen das nachzuweisen. Aber man hört um Mitternacht oft Motorräder durch unsere Stadt röhren, aber immer nur in eine Richtung. Es kommt nie eines zurück.«

»Wo verkaufen sie denn die Ersatzteile?« fragte Connell vom Rücksitz aus.

»Bei Motorrad-Rallyes, nehme ich an«, antwortete Beneteau und sah sie im Rückspiegel an. »Oder in Spezial-Läden. Es gibt einen großen Markt für alte Harleys, und die Ersatzteile dafür bringen eine Menge Geld, wenn sie sauber sind und der Käufer keine Schwierigkeiten damit zu erwarten hat.« Sie fuhren über einen Hügel und sahen auf eine Ansammlung ineinander verschachtelter Schuppen an der Straße hinunter; daneben war ein Schrotthaufen hinter einem grauen Holzzaun aufgetürmt. Drei Personenwagen, zwei Motorräder und zwei Trucks waren vor den Gebäuden geparkt. Keines der Fahrzeuge war neu. »Da wären wir«, sagte Beneteau und gab Gas. »Wir sollten versuchen, so schnell wie möglich reinzukommen.«

Lucas schaute nach hinten auf Connell. Sie hatte eine Hand in ihrer Handtasche. An ihrer Waffe. Lucas steckte die Hand unter seine Jacke, berührte den Griff seiner 45er-Pistole. »Wir sollten das da drin ganz sachlich abwickeln«, sagte er beiläufig. »Sie sind keine echten Verdächtigen.«

»Noch nicht«, sagte Connell.

Beneteau suchte im Rückspiegel wieder Connells Blick. »Setzen Sie Ihr Pokerface auf«, sagte er in seiner lässigen, gedehnten Sprachweise.

Sie ratterten auf einer schmalen Holzbrücke über einen Wassergraben, und Lucas legte den Zeigefinger der rechten Hand an den Türgriff, während Beneteau auf den Parkplatz zusteuerte. Der andere Streifenwagen raste dreißig Meter weiter zum Ende des Schrottplatz-Geländes, der Van blieb dicht hinter ihnen. Im Van saßen vier mit M-16-Gewehren bewaffnete Deputys. Wenn jemand auf den Gedanken kam, sie mit MGs vom Kaliber 50 unter Feuer zu nehmen, würde man mit diesen Gewehren den MG-Schützen niederhalten...

Der mit Kies angelegte Parkplatz war mit Öllachen bedeckt, und sie schlitterten die letzten Meter bis zum Halt und wirbelten dabei eine Staubwolke auf. »Auf geht's«, grunzte Beneteau.

Lucas war knapp vor Connell aus dem Wagen, ging schnell zur Eingangstür, stieß sie auf, trat nach innen, die Hand über der Gürtelschnalle, in der Nähe seiner Waffe. Zwei Männer standen an einem Ladentisch, einer davor, der andere dahinter, schauten in einen dicken, fettverschmierten Ersatzteilkatalog. Der Mann hinter dem Ladentisch zuckte zusammen, trat einen Schritt zurück, sagte »Hey!«, und Lucas drückte sich durch die Pendeltür am Ende des Tresens, hielt dem Mann mit der linken Hand seine Polizeimarke unter die Nase und sagte: »Polizei!«

»Cops!« schrie der Mann. Er trug ein weißes, von Ölflecken verschmiertes T-Shirt und Jeans. Aus der Gesäßtasche ragte eine dicke Brieftasche, die mit einer Messingkette an seinem Gürtel befestigt war. Der Mann vor der Ladentheke hatte einen Bart und trug die Mütze eines Lokomotivführers. Er trat zurück, hielt die Hände vor sich. Connel war dicht hinter Lucas.

»Sind Sie Joe Hillerod?« fragte Lucas, trat dicht vor den Mann hinter dem Tresen. Der wich nicht zurück, und Lucas preßte ihm die Hand auf die Brust und drückte ihn gegen die Wand. Rechts führte ein offener Türbogen ins Innere der verschachtelten Schuppen.

»Das ist Bob«, sagte Beneteau, der gerade hereingekommen war. »Wie geht's, Bob?«

»Was zum Teufel wollen Sie hier, George?« fragte Bob.

Draußen vor dem Eingang schrie ein Cop: »Achtung, da laufen welche weg!« Beneteau rannte wieder nach draußen.

»Wo ist Joe?« fragte Lucas und drückte Bob noch fester gegen die Wand?«

»Wer zum Teufel sind Sie?«

»Passen Sie auf die beiden auf«, sagte Lucas zu Connell und trat zurück.

Connell zog ihren Revolver aus der Handtasche, einen großen Ruger aus rostfreiem Stahl, hielt ihn mit beiden Händen, die Mündung nach oben gerichtet.

»Und um Gottes willen erschießen Sie diesmal nicht wieder einen, es sei denn, es muß unbedingt sein«, sagte Lucas schnell.

»Verarschen Sie mich nicht«, sagte Connell. Sie richtete die Mündung des Revolvers auf Bob, der einen Schritt auf Lucas zu gemacht hatte. »Bleiben Sie stehen, oder ich schieße Ihnen ein verdammtes drittes Loch in Ihre Nase«, sagte sie. Ihre Stimme war kalt wie ein Eiszapfen, und Bob blieb stehen.

Lucas zog seine Pistole und ging durch den Torbogen in den anschließenden Schuppen, blieb einen Moment stehen, um seine Augen an das Halbdunkel anzupassen. An den Wänden entlang waren Regale aufgebaut, und ein Dutzend freistehender Regale versperrte die Sicht zur rückwärtigen Wand. Die Regale waren vollgestopft mit Motorrad-Teilen, Kotflügeln, Tanks, Rädern, Stapeln von Öldosen, leeren Kaffeedosen voller rostiger Nägel, Schrauben und Bolzen. Auf dem Boden standen zwei offene Dosen mit Schmierfett, zwei offene 250-Liter-Fässer voller Abfall direkt neben Lucas. Ein Metallrahmen, der einmal das Chassis eines Go-Karts gewesen sein könnte, war gegen die Fässer gelehnt. Das einzige Licht im Raum kam durch kleine, verdreckte Fenster in der Rückwand und eine offene Tür rechts hinten. Es roch intensiv nach Staub und Öl.

Lucas ging auf die Tür zu, die Mündung der Pistole nach oben gerichtet, den Zeigefinger neben dem Abzugshahn. Links von ihm, zwischen einer Reihe von Metallregalen hindurch, glitzerte etwas Weißes auf dem Boden. Dahinter führte eine offene Tür in eine Toilette von der Größe einer Telefonzelle; die braunbefleckte Kloschüssel stand direkt hinter der Tür. Lucas ging auf den weißen Fleck zu, der, wie er jetzt sah, aus einer aufgeplatzten kleinen Plastiktüte stammte. Ein Pulver. Kokain? Er bückte sich, steckte den Finger in das Pulver, hob den Finger an die Nase, roch an dem Pulver. Kein Koks. Vielleicht doch nur irgendein Reinigungsmittel für Motorräder... Er tippte eine kleine Prise auf seine Zunge, erkannte sofort den beißenden Geschmack: Speed.

»Scheiße!« Der Fluch wurde dicht neben seinem Ohr ausgestoßen, und Lucas zuckte zurück. Das Regal neben ihm wackelte, kippte auf ihn zu, und Schachteln mit verschiedenen Eisenteilen rutschten aus den Fächern. Irgend etwas Schweres und Scharfes ritzte seine Kopfhaut, während er mit ausgestrecktem Arm das Regal festhielt. Er drückte das Regal zurück, taumelte dagegen, und in diesem Moment sprang ein Mann hinter der nächsten Regalreihe hervor und rannte zur Tür, verschwand.

Lucas löste sich von dem Regal, spürte etwas Feuchtes in seinem Haar, lief hinter dem Mann her. Als er durch die Tür ins Freie stürzte, schrie ihm jemand etwas zu, und er schaute nach rechts, sah Beneteau auf freiem Feld stehen und nach links zeigen, auf den Mann, der auf den Schrottplatz zulief, und Lucas rannte hinter ihm her.

Lucas verlor ihn zwischen den aufgetürmten Schrottstapeln. Alte Autos, die meisten aus den sechziger Jahren; er sah das Vorderteil eines flaschengrünen 66er Pontiac LeMans, genau wie der, den er besesssen hatte, als er bei der Polizei eingetreten war... Lucas schlich zwischen den Stapeln hindurch, ließ sich Zeit: der Mann konnte nicht ohne weiteres über den Zaun klettern, und wenn er es versuchte, würde er sich durch Geräusche verraten. Lucas geriet immer tiefer zwischen die Schrottberge, stieß jetzt auf Autowracks mit handgemalten Nummern auf den Türen – Opfer längst vergessener Enduro-Rennen bei Volksfesten…

Er hörte ein Klirren links von sich, spürte etwas Feuchtes an der Augenbraue. Langte hoch, schaute auf seine Finger: Blut. Was da auch aus dem Regal auf seinen Kopf gefallen war, es hatte anscheinend eine tiefe Schnittwunde verursacht, und sie blutete stark. Tut aber nicht weh, dachte er. Er drang noch weiter vor, um den einen Stapel herum, einen nächsten…

Ein dünner Mann in Jeans, einem verdreckten schwarzen T-Shirt und schweren Stiefeln schaute zum oberen Rand des Holzzaunes um den Schrottplatz hoch. Seine sowieso schon recht dunkle Gesichtsfarbe wurde von einer intensiven Sonnenbräune noch vertieft.

Der Mann starrte auf Lucas' blutigen Kopf. »Mein Gott, was ist denn mit Ihnen passiert?«

»Sie haben mir irgendein verdammtes Scheißding auf den Kopf fallen lassen«, sagte Lucas.

Der Mann zeigte ein erfreutes Lächeln, schaute dann wieder zum Rand des Zaunes hoch. »Das schaffe ich nicht«, sagte er schließlich. Er wandte sich wieder Lucas zu. »Werden Sie auf mich schießen?«

»Nein, ich will nur mit Ihnen reden.« Lucas steckte die Pistole zurück ins Holster.

»Ja, okay«, sagte der Mann und zeigte seine gelben Zähne. Er bewegte sich plötzlich sehr schnell. »Aber vorher trete ich dir noch in deinen verdammten Arsch!«

Lucas kam mit den Fingern noch an der Griff der Pistole, aber dann sauste der wilde Schwinger des Mannes auf sein Gesicht zu. Lucas lenkte den Schlag mit der linken Hand über seine Schulter, schlug gleichzeitig einen kurzen Haken in den Bauch des Mannes. Die Faust schien auf ein Eichenbrett zu prallen. Der Mann grunzte, trat einen Schritt zurück, tänzelte hin und her. »Du kannst mir ruhig den ganzen Tag auf den verdammten Bauch hauen«, sagte er.

Lucas schüttelte den Kopf, bewegte sich nach links. »Mach' ich nicht. Ich werde dir in deine dreckige Visage schlagen.«

»Viel Glück dabei.« Der Mann ging wieder auf Lucas los, schnell, aber ungeschickt, schlug drei hastige, wilde Schwinger hintereinander. Lucas wich den ersten beiden aus, lenkte den dritten wieder über seine linke Schulter, schlug dann eine knallharte Gerade auf die Nase des Mannes, spürte das Brechen des Nasenbeines beim Aufprall seiner Faust. Der Mann stürzte rückwärts auf den Boden, hielt die Hand vor sein Gesicht, rollte sich auf den Bauch, taumelte dann wieder auf die Füße. Blut quoll unter seiner Hand hervor. Lucas strich sich mit den Fingern wieder das Blut von seiner Stirn.

»Sie haben mir die Nase gebrochen«, sagte der Mann und schaute auf das Blut an seinen Fingern.

»Was haben Sie denn erwartet?« fragte Lucas und untersuchte seine Kopfhaut mit den Fingerspitzen. »Sie haben mir den Kopf aufgeschlitzt.«

»Nicht mit Absicht. Aber Sie haben mir die verdammte Nase absichtlich kaputtgeschlagen«, jammerte der Mann. Beneteau kam angelaufen, starrte die beiden an. Der Mann sagte: »Ich geb' auf.«

Benetau stand auf dem Parkplatz und verkündete mit ruhiger Stimme: »Earl sagte, Joe wäre in seinem Haus.« Earl war der Mann, mit dem Lucas gekämpft hatte. »Er hat irre Angst, Bob könnte rausfinden, daß er uns das gesagt hat.«

»Okay«, sagte Lucas. Er drückte einen Wattebausch aus dem Erste-Hilfe-Kasten gegen die Kopfhaut. Es war bereits der zweite; der erste war schnell vollgesaugt gewesen.

»Wir müssen jetzt losfahren«, sagte Beneteau. »Wollen Sie mitkommen? Oder wollen Sie lieber in die Stadt gebracht werden, um die Kopfwunde behandeln zu lassen?«

»Ich komme mit«, sagte Lucas. »Wie steht's mit den Durchsuchungsbefehlen?«

»Wir haben sie bekommen, sowohl für hier als auch für Joes und Bobs Häuser«, sagte Beneteau. »Eine ganz schöne Menge Speed, die wir hier gefunden haben. Hat sich gelohnt.«

»Ja, das hat sich gelohnt«, sagte Lucas. »Es waren bestimmt sechs bis acht Unzen da auf dem Boden.«

»Größter Drogenfund, den wir je hatten«, sagte Beneteau, und er klang sehr zufrieden. Er schaute hinüber zur Veranda, wo Bob Hillerod und Earl in Handschellen auf einer Bank saßen. Den bärtigen Kunden hatten sie laufenlassen; er hatte Beneteau überzeugen können, daß er nur wegen eines Ersatzteiles für sein Motorrad hergekommen war. »Ich bin irgendwie überrascht, daß Earl in der Sache drinsteckt«, sagte Beneteau.

»Es wird schwer sein, das zu beweisen«, sagte Lucas. »Ich habe ihn nicht mit dem Zeug in der Hand gesehen. Er sagt, er wäre in dem Schuppen gewesen, um eine Lichtmaschine zu holen, als plötzlich alle wegrannten. Einer der Männer, die in den Wald da drüben rannten, sei in Panik geraten und hätte den Beutel beim Wegrennen ins Klo werfen wollen. Earl sagt damit wahrscheinlich sogar die Wahrheit.«

Beneteau schaute hinüber zu dem Wald und kicherte. »Die Kerle sitzen in dem Sumpfgelände da drüben fest. Wir brauchen gar nicht nach ihnen zu suchen – wenn heute abend die Insekten aufsteigen, halten sie es höchstens fünfzehn Minuten da drin aus. Wenn überhaupt so lange – sie trugen alle kurzärmelige Hemden.«

»Okay, dann wollen wir uns jetzt mal Joe greifen«, sagte Lucas.

Beneteau überließ die weitere Arbeit auf dem Schrottplatz einem halben Dutzend Deputys, darunter auch Spezialisten von der Spurensuche. Sie fuhren wieder mit den beiden Streifenwagen und dem Van zu Joe Hillerods Haus.

Joe wohnte zehn Meilen vom Schrottplatz entfernt in einem verschachtelten Haus, das aus drei oder vier mit Teerpappe gedeckten ehemaligen Strandhäusern bestand, die zu einer großen Hütte zusammengeschoben worden waren. Etwa ein Dutzend Feuerholz-Stapel waren auf dem unkrautüberwucherten Gelände hinter dem Haus in Form von Indianerzelten aufgeschichtet. Drei Wagen waren vor dem Haus geparkt.

»Ich liebe diesen hinterwäldlerischen Scheiß«, sagte Lucas zu Beneteau, als sie sich dem Haus näherten. »In der Stadt würde man jetzt erst mal ein Notfall-Reaktionsteam ranholen...«

»Das ist ein bei den Liberalen Minnesotas gängiger Euphemismus für Überfallkommando«, sagte Connell zu Beneteau, der nickte und grinsend seine Zähne zeigte.

»...und wir würden die Rolle jedes einzelnen genau festlegen, würden schußsichere Westen anlegen, hätten beste Funkverbindung untereinander, würden uns vorsichtig annähern, alles genau erkunden«, fuhr Lucas fort. »Dann würden wir uns an das Haus ranschleichen, und das Sturm-Team würde exakt nach Plan in das Haus eindringen... Und hier springt man in die verdammten Autos, rast in einer Wolke von Heustaub auf das Haus zu und nimmt einfach jeden fest, der einem in die Quere kommt. Herrlich... Verdammt herrlich.«

»Der größte Unterschied ist, daß wir hier in einer Wolke aus Heustaub vorfahren«, sagte Benetau. »In den Städten fährt man in einer Wolke aus beschissenem Umweltdreck vor... Fertig?«

Sie erreichten Hillerods Haus kurz vor Mittag. Ein gelber Hund mit einem roten Halsband saß auf dem Asphalt vor dem Haus, und als die drei Wagen angerast kamen, stand er auf und verschwand im Straßengraben.

Ein junger Mann mit einem dicken Bauch und einem Bürgerkriegs-Bart saß auf der Verandatreppe, trank ein Bier und rauchte eine Zigarette. Er sah aus, als ob er gerade erst aus dem Bett gekrochen wäre. Eine Harley parkte neben der Veranda, und ein zerkratzter weißer Motorradhelm lag im Gras daneben wie das Fiberglas-Osterei eines Kondors.

Als sie abbremsten, sprang der Mann auf, und als sie zum Halt kamen, rannte er durch die Tür ins Haus. »Das bedeutet Ärger!« schrie Beneteau.

»Auf geht's«, sagte Connell, sprang aus dem Wagen und lief auf die Haustür zu.

Lucas rief: »Heh, warten Sie, warten Sie«, aber sie rannte weiter, und Lucas kam nur auf zwei Schritte an sie heran.

Connell brach durch die Fliegentür wie ein Cornerback beim Football gegen einen Wide Receiver, sah gerade noch, wie der fette Mann einen Treppenabsatz zum hinteren Teil des Hauses hochlief. Connell rannte ihm nach, und Lucas rief wieder: »Warten Sie doch!«

In einem der hinteren Räume kroch ein nacktes Pärchen gerade von einer Bettcouch. Connell richtete die Pistole auf den Mann und schrie: »Keine Bewegung!« Lucas lief an ihr vorbei, die Stufen hinauf. Hinter sich hörte er Connell zu jemand sagen: »Übernehmen Sie die beiden, ich gehe nach oben.«

Der fette Mann war im Badezimmer, hatte die Tür abgeschlossen, betätigte die Spülung. Lucas trat die Tür ein, und der fette Man sah ihn an, sprang dann durch das geschlossene Fenster auf ein Dach dahinter. Lucas hörte draußen die Rufe von Cops, rannte weiter den Flur hinunter, Connell jetzt dicht hinter ihm.

Die Tür am Ende des Flurs war verschlossen, und Lucas trat dicht unter dem Schloß dagegen. Sie krachte explosionsartig nach innen auf. In dem Zimmer kroch ein anderes Pärchen in Unterhosen auf dem Boden herum, suchte nach seinen Kleidern. Der Mann hielt etwas in seiner Hand, und Lucas schrie: »Polizei, Waffe fallen lassen!«, während er dem halbnackten Körper mit der Mündung seiner Pistole folgte. Der Mann schaute hoch, immer noch mit verschlafenem Blick. Er ließ einen Revolver fallen. Die Frau kroch schnell wieder aufs Bett und zog ein Leintuch vor ihre Brüste.

Beneteau und zwei Deputys kamen mit gezogenen Pistolen herangestürmt. »Alles klar?« Er schaute an Lucas vorbei. »Das ist Joe.«

»Verdammt noch mal, was willst du hier, George?« fragte Joe.

Beneteau gab ihm keine Antwort. Statt dessen schaute er auf die Frau und fragte: »Ellie Rae, weiß Tom, was du hier treibst?«

»Nein«, antwortete sie und ließ den Kopf hängen.

»O Gott«, sagte Beneteau und schüttelte den Kopf. »Lassen Sie uns die beiden runterbringen.«

Ein Deputy erwartete sie an der Treppe. »Haben Sie schon einen Blick ins Eßzimmer geworfen, Sheriff?«

»Nein, was gibt's da?«

»Kommen Sie und schauen Sie es sich selbst an«, sagte der Deputy. Er führte sie durch eine kleine Küche, von dort durch einen offenen Türbogen ins Eßzimmer. Zweihundert halbautomatische Gewehre standen dort an die Wand gelehnt. Hundertfünfzig Handfeuerwaffen, glänzend von Waffenöl, waren in Pappkartons auf dem Boden aufgestapelt.

Lucas pfiff durch die Zähne. »Die Diebstähle in Waffenläden... In den Vororten von St. Paul/Minneapolis.«

»Gutes Zeug«, sagte Beneteau und bückte sich, um sich die Gewehre näher anzusehen. »Das ist kein Ramsch. Stammt mit ziemlicher Sicherheit aus Waffenläden.« Da waren Springfield-M1-Gewehre, Ruger-Mini-14- und -Mini-30-Pistolen, Revolver, drei Marine-Leuchtpistolen, einige Marlins, zwei elegante Brownings und eine exotische Heckler-und-Koch SR9.

Benetau nahm die H & K in die Hand und sah sie sich näher an. »Ich wette, diese Pistole kostet tausendfünfhundert Dollar«, sagte er und zielte durchs Fenster auf eine *Folgers*-Dose im Garten.

»Was ist mit der Frau da oben?« fragte Connell.

»Ellie Rae? Sie und ihr Mann haben das beste Restaurant in der Stadt. Genauer gesagt, sie betreibt es, und er kocht. Großartiger Koch, säuft allerdings, wenn er seine depressiven Anfälle hat. Wenn die Ehe kaputtgeht, wird er dauernd besoffen sein, und sie wird sich aus dem Geschäft zurückziehen, und das wird das Ende des Restaurants sein.«

»Oh«, sagte Connell. Sie sah Beneteau prüfend an, wollte wissen, ob er es ernst meinte.

»Hey, das ist sehr wichtig«, verteidigte sich Beneteau. »Wir haben nur zwei Restaurants in der Stadt, und das andere ist ein unappetitlicher Saftladen.«

Joe Hillerod sah seinem Bruder sehr ähnlich, hatte dieselben derben, harten Gesichtszüge. »Ich habe tausendfünfhundert Dollar in bar in meiner Brieftasche, und ich möchte Zeugen dafür haben. Sonst verschwindet das Geld womöglich«, sagte er verdrossen.

Ellie Rae sagte: »Ich kann das bezeugen.«

»Du hältst deinen Mund, Ellie Rae«, sagte Beneteau. »Was zum Teufel hast du hier überhaupt zu suchen?«

»Ich liebe ihn«, sagte sie. »Ich kann mir nicht helfen...«

Ein Deputy führte den fetten Mann ins Zimmer. Er blutete stark aus Schnittwunden von dem Fensterglas am Kopf, den Schultern und den Armen, und er zog ein Bein nach.

»Dieser Trottel ist vom Dach gehüpft«, sagte der Deputy. »Nachdem er durch das Fenster gesprungen war.«

»Er hat im Bad oben Shit runtergespült«, sagte Lucas. *Trottel? Der Kerl sieht wie ein verfettetes Mastodon aus,* dachte er. »Er hat aber etwas von dem Pulver auf dem Klodeckel verstreut.«

»Überprüfen sie das«, sagte Beneteau zu einem der Deputys.

Connell hatte ihren Revolver wieder in der Handtasche verstaut. Sie trat jetzt hinter Hillerod, zog seine in Handschellen steckenden Hände hoch.

»Heh, was zum Teufel...« fauchte Hillerod, drehte den Kopf nach hinten, wollte sehen, was sie machte.

»Sehen Sie?«

Lucas schaute hin. Hillerod hatte die Tätowierung 666 auf dem Fleischgewebe zwischen Daumen und Zeigefinger. »Ja.«

Die Frau, die sich auf der Auszieh-Couch mit dem Mann herumgetrieben hatte, schaute auf Connells kurzes Haar. »Ich bin sexuell belästigt worden«, sagte sie schließlich. »Von den Cops.«

Connell sagte nur: »So?«

Lucas stieg wieder den Treppenabsatz hoch, und Connell folgte ihm. Im Schlafzimmer war ein altersschwaches Wasserbett gegen eine Wand geschoben, daneben stand ein Nachttisch mit einer Lampe, an der Wand am Fußende des Bettes eine Kommode. Magazine und Zeitungen lagen im Zimmer auf dem Boden verstreut herum. Ein Bügelbrett stand in einer Ecke, vergraben unter einem Haufen zerknitterter Wäsche, und das Bügeleisen lag auf der Seite am spitz zulaufenden Ende des Brettes.

Ein langes Schnappmesser mit Hirschhorngriff lag aufgeklappt in einem Haufen von Gerümpel auf der Kommode. Connell beugte sich darüber, berührte es nicht, sah es sich genau an, sagte: »Verdammt, Davenport… In den Autopsieberichten steht, es müsse ein Messer wie dieses benutzt worden sein. Die Klinge ist genau richtig.«

Sie nahm ein Streichholz und drehte damit das Messer vorsichtig um. Die Aufregung in ihrer Stimme nahm noch zu. »Da ist irgendein klebriges Zeug im Gelenk oder wie man das nennt, an der Stelle, wo die Klinge eingeklappt wird. Es könnte Blut sein.«

»Schauen Sie sich aber die Zigaretten an«, sagte Lucas.

Ein Päckchen Marlboro lag auf dem Nachttisch. Es gab keine Camel in diesm Haus.

Kapitel 17

Die Hillerods verständigten einen Anwalt in Duluth namens Aaron Capella. Der Anwalt kam um drei Uhr nachmittags in einem verstaubten Ford Escort an, führte ein Gespräch mit dem Anklagevertreter des County, dann mit seinen Klienten. Lucas ließ sich in der örtlichen Unfallaufnahme die Kopfwunde behandeln; sie mußte mit vier Stichen genäht werden. Danach traf er sich mit Connell zu einem verspäteten Mittagessen. Später hockten sie in Beneteaus Büro herum, machten einen Spaziergang um das Verwaltungsgebäude und warteten darauf, daß Capella mit den Hillerods zu Ende kam.

Die Spurensicherung rief vom Schrottplatz an und berichtete, sie hätten drei Päckchen Kokain zu je einem Pfund hinter einer Wandverkleidung im Badezimmer gefunden. Beneteau war hoch erfreut: alle Fernsehsender im Raum Duluth-Superior rissen sich um Interviews mit ihm.

»Meine Wiederwahl ist gesichert, Davenport«, sagte er.

»Ich werde Ihnen eine Rechnung schicken«, sagte Lucas.

Sie saßen in Beneteaus Büro. Draußen sahen sie Connell mit einer Kaffeetasse in der Hand von einem Café zurückkommen.

»Die Frau sieht gut aus«, sagte Beneteau, während er den Blick wohlgefällig auf ihr ruhen ließ. »Ich mag den traurigen Ausdruck auf ihrem Gesicht. Gestatten Sie die neugierige Frage: Haben Sie... was mit ihr?«

Lucas schüttelte den Kopf. »Nein.«

»Hmm... Hat sie eine Beziehung mit jemand?«

»Nein, soweit ich weiß«, antwortete Lucas. Er wollte ihm sagen, daß sie todkrank war, zögerte jedoch.

»Ich meine, sie ist auch keine Lesbe oder so was...?« hakte Beneteau nach.

»Nein, das ist sie nicht. Hören Sie, George...« Er war sich immer noch nicht schlüssig, ob er von ihrer Krankheit reden sollte, sagte schließlich: »Hören Sie, wollen Sie ihre Telefonnummer haben oder was?«

Beneteau hob die Augenbrauen. »Nun ja, ich komme ja hin und wieder nach St. Paul/Minneapolis... Haben Sie ihre Nummer?«

Aaron Capella war ein Profi. Beneteau kannte ihn, und sie schüttelten sich die Hände, als Capella in das Büro des Sheriffs kam. Beneteau stellte Lcuas und Connell vor.

»Ich habe mit meinen Klienten gesprochen. Eine weitere unterschämte Verletzung ihrer Bürgerrechte«, sagte Capella sanft zu Beneteau.

»Ich weiß, es ist eine Schande«, sagte Beneteau und drückte die Zunge gegen die Wange. »Das Recht von Verbrechern, gestohlene Waffen bei sich aufzubewahren und nebenher Kokain und Speed unter die Leute zu bringen.«

»Genau das sage ich den Leuten immer wieder, und Sie sind der einzige, der es versteht«, sagte Capella. »Kommen Sie, Bich wartet auf uns.«

Unterwegs unterhielten sich Beneteau und Capella über Capellas Segelboot auf dem Lake Spuerior. »... Typ aus Maryland sagt zu mir: ›Ein See ist eben doch nicht vergleichbar mit dem Meer.‹ Daraufhin frage ich ihn: ›Wo segeln Sie denn?‹ Er antwortet: ›Chesapeake-Bay.‹ Und da sage ich zu ihm: ›Sie können die Chesapeake-Bay sechsmal in den Superior stecken und haben immer noch eine Meerenge von der Größe Long Islands übrig.‹«

Bich war der Anklagevertreter des County, ein ernster, rotgesichtiger Mann in einem dunklen Anzug. »Man bringt Ihren Klienten gleich her, Aaron«, sagte er zu Capella. Sie alle folgten dem Staatsanwalt in sein Büro und setzten sich. Bich schloß sich dem Gespräch über das Segeln an, bis ein Deputy Joe Hillerod aus der Arrestzelle hereinbrachte.

Hillerods Lippen verzogen sich zu einem unbeherrschten, höhnischen Grinsen, als er Beneteau sah. Er ließ sich auf einen Stuhl neben Capella sinken und fragte: »Na, wie sieht's aus?«

Bich sprach mit Capella, als ob Hillerod nicht anwesend wäre, aber alles, was er sagte, war auf Hillerod gemünzt: Capella und Bich hatten bereits eine Absprache getroffen.

»Es ist Ihnen doch klar, Aaron, Ihr Klient ist in großen Schwierigkeiten«, sagte Bich geschwollen. »Seine Bewährungsfrist läuft noch zwei Jahre. Der Besitz einer Schußwaffe wird ihn zurück in den Knast bringen. Es wird nicht zu einem Verfahren kommen, nichts derart. Es wird nur eine Anhörung geben. So einfach ist das.«

»Wir würden das anfechten.«

Bich fuhr jetzt schweres Geschütz auf: »Wir haben ihn in einem Haus voller gestohlener Schußwaffen angetroffen. Wir könnten ihn als Vorbestraften schon allein wegen des Besitzes von Schußwaffen vor Gericht bringen, aber es handelt sich zudem noch um gestohlene Schußwaffen. Wir könnten ihn nach Minnesota überstellen, wo man ihm wegen der Diebstähle den Prozeß machen würde... Er käme wieder nach Waupun, müßte den Rest seiner Bewährungsstrafe absitzen, im Anschluß daran müßte er die neu zu erwartende Strafe wegen Besitzes gestohlener Schußwaffen in Wisconsin absitzen, und dann käme noch die zu erwartende Strafe in Minnesota wegen der Diebstähle. Da käme eine verdammt lange Zeit zusammen.«

Der Anwalt spreizte die Finger. »Joe hatte nichts mit den gestohlenen Schußwaffen zu tun. Er dachte, sie seien legitim. Ein

Freund hat sie in seinem Haus gelagert – der Mann, den Sie im Badezimmer erwischt haben.«

»Aha«, sagte Bich und rollte die Augen zur Zimmerdecke.

»Aber wir sollten uns nicht mit diesen Waffen rumschlagen«, sagte Capella. »Das ist eine gesonderte Sache. Wir können doch miteinander reden, oder? Deshalb sind Lucas und Miss Connell ja hier, nicht wahr? Ein netter kleiner Kuhhandel?«

»Wenn er mit uns kooperiert«, sagte Bich und tippte mit dem Finger auf Hillerods Brust, »könnten wir uns dazu durchringen, die Verletzung der Bewährungsauflage – Besitz einer Handfeuerwaffe – möglicherweise zu vergessen. Vergessen, daß wir ihn in dieser Sache bereits eindeutig überführt haben.«

»Worüber soll also gesprochen werden?« fragte Capella.

Bich sah Lucas an. »Würden Sie das Mr. Hillerod erklären?«

Lucas schaute Joe an und sagte: »Ich werde Klartext mit Ihnen reden. Wir haben einige handfeste Gründe zu der Annahme, daß Sie mehrere Frauen ermordet haben. Ihnen die Bäuche aufgeschlitzt und die Eingeweide rausgerissen haben. Sechs oder mehr Morde bis jetzt. Wir möchten Ihnen dazu ein paar Fragen stellen und ehrliche Antworten bekommen.«

Hillerod hatte nach dem Gespräch mit Capella gewußt, was auf ihn zukam. Er schüttelte schon mit dem Kopf, bevor Lucas zu Ende gesprochen hatte. »Nein, nein, ich habe das nicht getan, das ist doch verdammter Quatsch, Mann.«

»Wir werden Ihr Messer im kriminaltechnischen Labor gründlich untersuchen lassen«, sagte Connell. »Es sieht so aus, als ob sich Blut im Scharnier festgesetzt hätte.«

»Ach, Scheiße«, sagte Hillerrod, sah einen Moment unangenehm berührt aus, als er darüber nachdachte, was Connell gesagt hatte. »Wenn da Blut ist, dann kann es nur Tierblut sein. Das ist schließlich ein Jagdmesser.«

»Wir haben aber keine Jagdsaison«, sagte Lucas.

»Wenn da irgendwelches gottverdammtes Blut an dem Messer ist, dann ist es Tierblut – oder ihr habt da was getürkt, nur um mich dranzukriegen«, sagte Hillerod erregt. »Ihr Scheißcops meint doch, ihr kämt mit allem durch!«

Capellas Stimme übertönte die seines Klienten. »Mein Klient erinnert sich an den Buchladen in Madison...«

»Na, dann hat er aber ein gutes Gedächtnis«, wunderte sich Bich. »Ist sieben Jahre her, wenn ich das richtig mitbekommen habe.«

»Ich erinnere mich daran, weil es der einzige Buchladen war, in dem ich je gewesen bin«, knurrte Hillerod.

Capella nahm den Faden wieder auf: »...Und er hat eine Zeugin mit tadelloser Reputation, die damals die ganze Nacht mit ihm in Madison verbracht hat, und er ist sich sicher, daß sie sich unabhängig von unserem Gespräch hier daran erinnern wird. Ich möchte ausdrücklich betonen, daß weder Joe noch ich inzwischen mit ihr in Kontakt getreten sind und daß Joe sicher ist, daß sie sich erinnern wird.«

»Dann verraten Sie uns doch ihren Namen«, sagte Lucas.

»Wir werden Ihnen den Namen nennen und auch die Umstände schildern, unter denen sich diese Lady und mein Klient getroffen haben«, sagte der Anwalt. »Tatsache ist, daß er sie in diesem Buchladen sozusagen ›aufgegabelt‹ hat.«

»Ich habe nichts mit diesen Waffen zu tun«, sagte Hillerod störrisch.

»Wir reden nicht über die Waffen«, sagte der Anwalt hastig und klopfte Hillerod aufs Knie. »Diese Waffensache ist nicht Teil der Abmachung.«

»Wir wissen, daß der Mörder Marlboro raucht«, sagte Lucas und lehnte sich vor, sah Hillerod an. »Sie rauchen doch Marlboro, oder?«

»Nein, nein, ich rauche normalerweise Merits, und außerdem versuche ich gerade, das Rauchen aufzugeben«, antwortete Hillerod. »Ich habe die Marlboro nur dieses eine Mal gekauft.«

»Ihr Klient lügt uns an«, sagte Lucas zu Capella. »Wir wissen, daß er seit Jahren Marlboro raucht.«

Capella sagte: »Er sagt, er raucht Merits... Ich muß ihm das glauben.«

»Merits schmecken doch wie Scheiße«, sagte Bich. »Warum rauchen Sie sie dann? Ist das die einzige Sorte, die Sie rauchen?«

»Na ja, ich will doch aufhören zu rauchen«, sagte Hillerod, scheu zur Seite blickend. »Okay, ich rauche manchmal Marlboro, aber ich habe niemanden umgebracht. Und manchmal rauche ich auch Ventures.«

Der Bluff mit den Marlboros hatte nicht funktioniert... »Wir möchten gerne mehr über diese Sache mit dem Buchladen wissen«, sagte Connell.

»In Madison?« Hillerods Augen verloren für einen Moment die Fokussierung, dann fragte er: »Wieso wissen Sie überhaupt davon?«

»Wir haben einen Zeugen«, sagte Connell. »Sie haben den Laden zusammen mit einer Frau verlassen.«

»Das stimmt«, sagte Hillerod. Dann: »Sie muß es Ihnen gesagt haben.«

»Nein, hat sie nicht«, sagte Lucas. »Unser Zeuge... Nun, ist eine Frau, aber nicht diese Freundin von Ihnen. Wenn es die *überhaupt* gibt. Aber wir wollen ja etwas über diese andere Frau wissen. Die, die am nächsten Tag tot aufgefunden wurde.«

»Ich war das nicht«, knurrte Hillerod. »Die Frau, mit der ich aus dem Buchladen ging, lebt noch. Und sie muß Ihnen gesagt haben, daß ich es nicht gewesen sein kann, weil ich mit ihr zusmmen war.«

»Wie ist ihr Name?« fragte Connell.

Hillerod kratzte sich im Gesicht, starrte Connell wütend an, aber Connell starrte zurück, jedoch so, als ob sie Entomologin sei, die einen nicht besonders interessanten Käfer studiert. »Abby Weed«, sagte er schließlich.

»Wie ist ihre Adresse?«

Hillerod zuckte mit den Schultern. »Ich weiß die Anschrift nicht, weiß nur, wie man hinfindet. Aber Sie können Sie an der Universität finden.«

»Sie arbeitet an der Universität?« fragte Lucas.

»Sie ist Professorin«, sagte Hillerod. »Für Kunst. Sie ist Malerin.«

Lucas sah Connell an, die die Augen zur Zimmerdecke rollte. »Mit wem sind Sie hingegangen? In den Buchladen?«

»War mit niemandem dort«, antwortete Hillerod. »Ich ging rein, um ein Buch über mein Motorrad zu kaufen, aber sie hatten es nicht.«

»Wie lange waren Sie in dem Laden?«

Hillerod hob die Schultern. »Eine Stunde.«

»Das ist aber lange, um ein Buch zu kaufen, das sie nicht mal hatten«, meinte Lucas.

»Ich brauchte nur fünf Minuten, um nach dem Buch zu suchen. Aber dann merkte ich, daß Abby mir diese Blicke zuwarf, und ich habe mich dann noch da rumgetrieben, um auf das Spielchen einzugehen. Sie hatte so schöne große...« Er sah Connell an. »Bugscheinwerfer.«

»Sie ging mit Ihnen nach Hause?« fragte Connell.

»Wir gingen in ihre Wohnung.«

»Und Sie haben die Nacht mit ihr verbracht?«

»Scheiße, ich blieb vier Nächte bei ihr«, sagte Hillerod mit einem kleinen Lächeln, wandte sich an Connell. »Jedesmal, wenn ich versuchte aus dem Bett zu kommen, klammerte sie sich schon wieder an meinen Schwanz...« Das Lächeln erstarb, und er sah jetzt Lucas an. »Der verfluchte Cop war's«, sagte er. »Dieser verfluchte Cop hat mich verpfiffen, nicht wahr?«

»Was für ein Cop?«

»Der Cop in dem Laden.«

Lucas sah ihm eine lange Sekunde in die Augen, sagte dann: »Sie haben diese 666-Tätowierung an der Hand...«

Hillerod schaute auf die Tätowierung, schüttelte wütend den Kopf. »Gottverdammt, ich wußte, daß es dämlich war, diese verfluchte 666... Jeder ließ sich das machen. Ich habe den Leuten gesagt, die Cops werden das eines Tages gegen uns verwenden.«

»Haben Sie in dem Laden einen Mann gesehen, der diesem hier ähnlich war?« fragte Connell und gab ihm das Phantombild in die Hand.

Hillerod schaute es sich an, warf dann allen anderen im Zimmer nacheinander neugierige Blicke zu. »Na ja... Ist kein anderer. Soweit ich mich erinnere.«

»Was? Was meinen Sie mit ›ist kein anderer‹?« fragte Lucas.

Joe hob die Schultern. »Können Sie sich doch denken. Er sieht aus wie dieser Cop.«

»Der Cop?« Connell sah Lucas an. »Woher wußten Sie, daß er ein Cop war?«

»Ich habe es daran erkannt, wie der mich beobachtet hat. Er war ein Cop, glauben Sie mir das. Er hat auf meine Hand geschaut, dann auf mein Gesicht, dann wieder auf meine Hand. Er wußte, was die 666 heißt.«

»Hätte ja auch ein Ex-Sträfling sein können«, sagte Lucas.

Hillerod dachte einen Moment nach, sagte dann: »Stimmt. Hätte sein können, schätze ich. Aber ich hatte das Gefühl, er wäre ein Cop.«

»Und er sah ähnlich aus wie der Mann auf diesem Bild?« fragte Connell.

»Ähnlich ja, aber es stimmt nicht ganz«, sagte er, den Blick auf das Bild gerichtet. »Ich kann mich nicht mehr genau erinnern, aber der Bart war anders. Und mit dem Mund ist auch was falsch. Und die Haare waren kürzer... Aber im allgemeinen sieht er tatsächlich so aus.«

»Der Cop«, sagte Lucas.

»Ja, der Cop.«

»Mistkerl«, sagte Connell verbittert. Sie standen in der Eingangshalle bei einem Wasserspender, und Büroangestellte eilten in einem ständigen Fluß an ihnen vorbei. »Jetzt taucht dieser Cop wieder auf. Und, Davenport – ich glaube ihm.« Sie deutete auf den Flur hinunter auf Bichs Büro, wo Hillerod wartete. »Ich glaube nicht, daß er sich das einfach so aus den Fingern gesaugt hat. Dazu ist er nicht clever genug.«

»Jetzt verfallen Sie nicht gleich in Panik«, sagte Lucas. »Wir müssen die Ergebnisse der Laboruntersuchungen abwarten. Wir haben das Messer...«

»Sie wissen genausogut wie ich... Können wir eigentlich sicher sein, daß dieser St.-Paul-Cop nicht in Frage kommt?«

»St. Paul sagt ja.«

»Es besteht ja wohl auch nicht die Möglichkeit, daß sie in

einem so schwerwiegenden Fall etwas vertuschen wollen«, sagte sie, ließ es nicht eindeutig wie eine Frage klingen.

»Nein, ganz sicher nicht«, stimmte Lucas zu. »Ich habe mit einem der Verantwortlichen gesprochen, und sie haben ihn sehr gründlich durchleuchtet.«

»Verdammte Scheiße«, sagte Connell. Sie schüttelte den Kopf. »Jetzt können wir wieder von vorne anfangen.«

Connell saß am Steuer; sie wollte auch einmal den Porsche fahren. Auf dem Weg zur Interstate senkte sich die Sonne zum Horizont, und die Windschutzscheibe war von Millionen Insekten, die aus den Straßengräben aufflogen, verschmiert. Connell sagte: »George Beneteau war überraschend professionell. Ich meine, für einen County-Sheriff.«

Lucas sagte einen Moment nichts, dann: »Er hat sich nach Ihnen erkundigt. Ob Sie verheiratet wären und so was.«

»Was?«

Lucas grinste sie an, und sie wurde rot. »Er sagte...« Lucas verfiel in einen näselnden Akzent, den Beneteau nicht gehabt hatte: »Er sagte: ›Das ist aber eine gutaussehende Frau‹.«

»Was reimen Sie sich denn da zusammen, Davenport?«

»Ganz ehrlich«, sagte Lucas. Nach einem Moment fügte er hinzu: »Er wollte Ihre Telefonnummer haben.«

»Haben Sie sie ihm gegeben?«

Lucas sagte: »Ich wußte nicht, was ich machen sollte, Meagan. Ich wußte nicht, ob ich ihm sagen sollte, daß Sie krank sind oder was sonst noch. Also habe ich... Also, ich habe ihm Ihre Telefonnummer gegeben.«

»Sie haben ihm gesagt, daß ich krank bin?«

»Nein.«

Sie fuhren eine Minute schweigend weiter, und dann begann Connell zu weinen. Mit offenen Augen, erhobenem Kopf, die großen Hände flach auf dem Lenkrad, fing sie an zu schluchzen, stoßweise. Tränen liefen ihr Gesicht hinunter. Lucas wollte etwas sagen, suchte nach Worten, aber sie schüttelte nur den Kopf und fuhr weiter.

Kapitel 18

Evan Hart hatte eine Hand in die Tasche gesteckt, und seine Stimme war leise und besorgt. Er stand mit dem Rücken zum Balkon und war dadurch von einem dunklen Rechteck eingerahmt. Er trug einen dunkelblauen Anzug und ein konservatives, gestreiftes Hemd, und in der linken Hand hielt er ein eckiges Scotchglas. Die Krawatte hatte er abgenommen und weggesteckt. Sara sah einen kleinen Zipfel seiner Krawatte aus der Jackentasche ragen. »Hast du mit der Polizei gesprochen?« fragte er.

Sie schüttelte den Kopf. »Ich weiß nicht, was ich ihnen sagen sollte.« Sie kreuzte die Arme über der Brust, rieb mit den Fingern über die Oberarme, als ob ihr kalt sei. »Es ist wie mit einem Geist«, sagte sie. »Ich *spüre* etwas, habe aber nie etwas *gesehen*. Da war dieser Einbruch in die Wohnung, und seitdem... nichts mehr. Sie würden mich für paranoid halten – von einer Paranoia erfaßt, die durch den Einbruch hervorgerufen wurde. Und ich hasse es, wenn man mich herablassend-gönnerhaft behandelt.«

»Sie hätten mit dieser Paranoia wahrscheinlich recht«, sagte Hart. »Man kann kein guter Börsenmakler sein, wenn man nicht gleichzeitig auch ein wenig paranoid ist.« Er nahm einen Schluck von seinem Johnnie Walker Black Label.

»Denn da draußen *ist* jemand, der dich erwischt«, sagte sie, einen alten Wallstreet-Witz zitierend. Sie ging durch das Wohnzimmer auf ihn zu. Auch sie hatte ein Glas in der Hand. Wodka-Martini mit drei Oliven. Sie schaute über den Balkon hinweg auf das gegenüberliegende Gebäude, auf den Park. »Um die Wahrheit zu sagen, ich bin tatsächlich ein wenig beunruhigt. Eine Frau in dem Gebäude da drüben ist ermordet worden, und der Mann, der bei ihr war, liegt im Koma. Das ist erst vor ein paar Tagen passiert, zwei Tage nach dem Einbruch bei mir. Sie haben noch niemanden gefaßt – sagen, es wären Angehörige einer Jugendbande gewesen. Ich habe hier aber noch nie irgendwelche Jugendbanden gesehen. Die Gegend galt als sicher. Ich habe früher oft Spaziergänge um den See gemacht, aber das mache ich jetzt nicht mehr.«

Harts Gesicht wurde wieder ernst. Er streckte die Hand aus und strich mit zwei Fingerspitzen sanft über ihren Arm. »Vielleicht solltest du ausziehen.«

»Ich habe einen festen Mietvertrag«, sagte Sara. Sie schaute jetzt nicht mehr in die Ferne, sie sah ihm in die Augen. »Und man hat das Appartement so schön leicht im Griff... Außerdem sagte man mir, es sei sicher. Es *ist* sicher. Ich habe die Schlösser auswechseln und eine Stahltür einbauen lassen. Ich weiß nicht...«

Hart trat auf den Balkon hinaus, schaute sich um, hatte ihr den Rücken zugekehrt. Sie fragte sich, ob sie ihn nervös machte. »Es ist eine hübsche Nachbarschaft. Und ich denke, man ist nirgends völlig sicher. Nicht mehr.«

Sie schwiegen eine Weile, dann fragte sie: »Mache ich dich nervös?«

Er drehte sich zu ihr um, hatte ein schwaches, langsam verebbendes Lächeln auf dem Gesicht. »Ja, ein wenig.«

»Warum?«

Er hob die Schultern. »Ich mag dich zu sehr. Du bist sehr attraktiv... Ich weiß nicht, ich bin nicht besonders gut bei so was...«

»Es ist dir irgendwie peinlich, ich verstehe das«, sagte sie. »Hör zu, laß uns reingehen und hinsetzen, und ich werde meine Hand auf deine Schulter legen – oder umgekehrt –, und dann fangen wir noch mal von vorne an...«

Er zuckte wieder mit den Schultern. »Okay.« Er stellte sein Glas ab, ging durchs Zimmer, setzte sich neben sie auf die Couch, legte den Arm um ihre Schultern, und sie ließ ihren Kopf an seine Brust sinken.

»Nun, ist das jetzt schlimm für dich?« fragte sie und brach plötzlich in ein Kichern aus.

»Nein, es ist überhaupt nicht schlimm«, sagte Evan. Er klang noch nervös, fühlte sich aber gelöst, und als sie den Kopf hob, um ihn anzulächeln, küßte er sie.

Sie fühlte sich gut. Sie verdiente hundertdreißigtausend Dollar im Jahr, machte Urlaub in Paris und Mexiko und Monaco; sie war die Frau mit der stärksten Persönlichkeit, die sie kannte.

Aber eine Männerbrust zum Anschmiegen war einfach... wunderbar. Sie kuschelte sich an sie.

Koop zog sich am Rand des Ventilationsgehäuses hoch – und sah Sara mit dem Mann auf der Couch sitzen, sah, wie sie ihm ihr Gesicht zuwandte und wie der Mann sie küßte.

»O gottverdammte Scheiße«, sagte er laut vor sich hin. »O mein Gott!« Eine Welt brach für ihn zusammen.

Der Mann da drüben legte seine Hand auf Saras Taille, schob sie langsam nach oben, unter ihre Brust. Koop meinte, den Mann zu kennen, dann wurde ihm klar, daß er einen ähnlichenTyp im Fernsehen gesehen hatte, in einem älteren Film. Henry Fonda, so hieß er; Henry Fonda, als er noch jung war. »Verdammtes Schwein!«

Koop stand auf, dachte nicht darüber nach, was er da machte, hielt das Fernrohr vor die Augen, und das Wohnzimmer kam auf ihn zugesprungen. Ihre Gesichter waren miteinander verschmolzen, und der Kerl ging ihr tatsächlich an die Wäsche, grapschte an ihrer Brust herum. Koop fiel ein, daß man ihn sehen konnte, wenn er stehenblieb, und er ging in die Hocke. Hitze stieg in ihm auf, bis hoch zu seinem Gesicht. Er schaute weg, auf den Stahlboden des Gehäuses, hämmerte rasend vor Wut mit den Fäusten darauf ein; und zum erstenmal seit langer Zeit – seit wann eigentlich, oder war es *überhaupt* das erste Mal? – spürte er so etwas wie emotionalen Schmerz. Wie konnte sie das nur tun? Das war doch nicht richtig, *sie gehörte doch ihm...*

Er schaute wieder hinüber zum Appartement. Sie hatten sich jetzt ein wenig voneinander gelöst, redeten miteinander. Dann ließ sie den Kopf auf seine Schulter sinken, und das war fast noch schlimmer als die Küsserei. Koop richtete wieder das Fernrohr auf die beiden, schaute so angestrengt hin, daß ihm der Kopf weht tat. O Gott, er hoffte, sie würden nicht bumsen. Bitte, Sara, mach das nicht. Bitte...

Sie küßten sich wieder, und jetzt beschäftigte sich die Hand des Kerls noch intensiver mit Saras Brust. Koop wurde von Höllenqualen erfaßt, rollte sich zur Seite, schaute weg, entschloß sich, erst wieder hinzuschauen, wenn er bis hundert gezählt hatte. Vielleicht war dann alles vorbei da drüben. Er zählte eins, zwei, drei, vier, fünf, kam bis achtunddreißig, hielt es dann nicht mehr aus und sah hin.

Der Kerl stand jetzt.

Sie hatte etwas zu ihm gesagt; eine euphorische Erleichterung durchzuckte ihn. Sie mußte etwas Abweisendes zu ihm gesagt haben. Bei Gott, sie war dabei, den Mistkerl rauszuschmeißen. Warum sonst hätte er mit der Knutscherei aufhören sollen? Mein Gott, er hatte sie ja auf der Couch gehabt, hatte sie, o Gott, im Arm gehalten... Der Mann nahm sich ein Glas, sah sie an, sagte etwas, und sie warf den Kopf zurück und lachte.

Nein. Das sah doch nicht gut aus...

Dann stand sie auf, ging zu ihm. Schob zwei Finger zwischen die Knöpfe seines Hemdes, sagte etwas – Koop hätte alles dafür gegeben, wenn er Lippenlesen gelernt hätte –, stellte sich auf die Zehenspitzen, küßte ihn wieder, nur flüchtig diesmal, löste sich von ihm, nahm eine Zeitung in die Hand, winkte ihm damit zu, sagte noch etwas zu ihm.

Sie redeten noch weitere fünf Minuten miteinander, blieben stehen, umkreisten einander. Sara Jensen berührte ihn immer wieder, streichelte ihn. Jede ihrer Berührungen war wie Feuer für Koop. Wenn sie diesen Kerl berührte, spürte Koop es auf seinen Armen, auf seiner Brust. Dann ging der Kerl auf die Tür zu. Wollte anscheinend gehen. Beide lächelten.

An der Tür trat sie wieder dicht vor ihn, hob ihm das Gesicht entgegen, und Koop rollte sich wieder auf die Seite, wollte nicht hinsehen, zählte eins, zwei, drei, vier, fünf... Kam bei schnellem Zählen nur bis fünfzehn, drehte sich wieder um.

Sie lag immer noch in seinen Armen, und er drückte sie gegen die Tür. O mein Gott...

Ich muß mir das Schwein greifen. Muß ihn mir gleich jetzt greifen.

Dieser impulsive Gedanke traf ihn wie ein Hammer. Ja, er würde sich den Hurensohn in der Zufahrt greifen. Das Schwein wagte es, sich an Koops Frau ranzumachen...

Aber Koop zögerte, wollte nicht weg von seinem Beobachtungsposten, bis der Kerl aus der Wohnungstür war... Die beiden lösten sich schließlich voneinander, und Koop kauerte sich sprungbereit hin, wartete darauf, daß der Mann endlich ging. Sara hielt seine Hand. Wollte ihn nicht gehen lassen. Zog ihn zurück.

»Du dreckiger Hurenbock...« Er sagte das laut vor sich hin. Sagte es noch mal: »Dreckiger Hurenbock... Ich schneide dir dein verdammtes Herz aus dem Leib, ich schneide dir deinen verdammten...«

Und dann wurde plötzlich die Tür zum Dach aufgestoßen. Ein Lichtstrahl, grell, erschreckend, fuhr über das Dach, traf auf das Ventilationsgehäuse. Koop drückte sich flach auf den Boden, angespannt, bereit zum Kampf, bereit zur Flucht.

Stimmen mehrerer Leute, drei Meter entfernt. Ein scharfes Rascheln, dann ein leiser Knall, als die Tür durch ihr eigenes Gewicht wieder ins Schloß fiel.

Cops...

»Muß aber schnell gehen.« Keine Cops. Die Stimme einer Frau.

Eine Männerstimme: »Es wird schnell gehen, das kann ich dir versprechen. Du hast mich so scharf gemacht, ich kann's kaum mehr aushalten.«

Die Frauenstimme: »Was ist, wenn Kari die Matte vermißt?«

»Wird sie nicht, sie interessiert sich nicht für Camping. Komm, wir gehen hinter dieses Klimaanlage-Gehäuse da. Komm...«

Die Frau kicherte, und Koop hörte die beiden über den Kies näher kommen, dann das Geräusch einer Plastikmatte, die auf dem Kies ausgerollt wird. Koop schaute an dem Entlüftungsschornstein vorbei auf Saras Fenster. Sie küßte den Kerl noch einmal zum Abschied, stand auf Zehenspitzen unter der geöffneten Tür, und er hatte die Hand unter ihre Taille gelegt, fast auf ihren Hintern.

Unter ihm, zweieinhalb Meter entfernt, sagte der Mann: »Laß mich mal an deine Titten ran... O Gott, sind die toll...«

Und die Frau sagte: »Herrje, wenn Kari und Bob uns jetzt sehen würden... O Gott...«

Jenseits der Straße drückte Sara die Tür zu. Sie lehnte sich mit dem Rücken dagegen, den Kopf im Nacken, einen seltsamen, verlorenen Ausdruck auf dem Gesicht, die Andeutung eines Lächelns.

Die Frau: »Reiß mein Höschen nicht kaputt, heh…«

Der Mann: »Mein Gott, bist du feucht, du scharfes kleines Miststück…«

Koop war blind vor Wut, sein Herz raste wie ein Bohrhammer, aber er lag still wie eine Maus da, wenn auch die Wut immer wilder in ihm kochte. Er dachte daran, herunterzuspringen und die beiden da unten kaltzumachen.

Er verwarf den Gedanken jedoch so schnell wieder, wie er gekommen war. Eine Frau aus diesem Gebäude war bereits ermordet worden, und ein Mann lag im Koma. Wenn noch jemand hier umgebracht wurde, würden die Cops wissen, daß *irgendwas* in diesem Gebäude vor sich ging. Er würde es nie mehr wagen können, seinen Beobachtungsposten einzunehmen.

Außerdem, er hatte nur sein Messer dabei. Vielleicht erwischte er nicht beide – und er konnte den Mann nicht sehen. Wenn er groß und stark war, würde es nicht so einfach mit ihm sein und eine Menge Lärm machen.

Koop biß sich auf die Lippen, horchte auf den Fick da unten. Die Frau stieß ein paar Lustschreie aus, aber sie klangen vorgetäuscht. Der Mann sagte: »Kratz mich nicht«, und sie sagte: »Ich kann nicht anders«, und Koop dachte *ach du lieber Gott…*

Sara Jensens Liebhaber würde Koop entkommen. Vielleicht war es besser, ihn laufenzulassen… Verdammte Scheiße.

Er drehte den Kopf, schaute wieder zu Saras Appartement hinüber. Sie ging gerade ins Badezimmer. Er wußte von seinen früheren Beobachtungen, daß sie eine Weile dort bleiben würde. Koop drehte sich vorsichtig auf den Rücken und schaute zu den Sternen hoch, hörte dem Pärchen auf dem Dach unter ihm zu. Gottverdammt…

Der Mann: »Laß es mich mal so rum machen, komm schon…«

Die Frau: »O Gott, wenn Bob wüßte, was ich hier mache…«

Kapitel 19

Greave hatte die Füße auf seinen Schreibtisch gelegt und redete mit jemandem am Telefon, als Lucas am nächsten Morgen zu ihm kam. Anderson schaute gleich darauf herein und sagte: »Einer unserer Freunde von der Mordkommission in Madison hat eine Frau namens Abby Weed vernommen. Sie bestätigt, daß sie Joe Hillerod in diesem Buchladen getroffen hat. Sie kann sich nicht mehr an das genaue Datum erinnern, dafür aber an das Thema der Buchlesung, und es ist die richtige. Sie sagt, sie habe die Nacht mit ihm verbracht, und sie war sehr unglücklich darüber, daß sie polizeilich vernommen wurde.«

»Verdammt«, fluchte Lucas. Aber er sagt es ohne Eifer. Er hatte bei Hillerod kein gutes Gefühl gehabt und nicht viel erwartet. »Hast du Meagan Connell gesehen?«

Anderson schüttelte den Kopf, aber Greave, immer noch am Telefon, hielt die Hand hoch, sagte noch ein paar Worte in die Telefonmuschel, bedeckte sie dann mit der Handfläche. »Sie hat angerufen, sagte, sie sei krank. Kommt später.« Er wandte sich wieder seinem Telefongespräch zu.

Krank… Als Lucas sie am Abend zuvor verlassen hatte, war Connell in einer sehr depressiven Stimmung gewesen. Er hatte sie nicht allein lassen wollen und ihr vorgeschlagen, sie solle mit ihm nach Hause kommen und im Gästezimmer übernachten, aber sie hatte gesagt, es wäre alles in Ordnung mit ihr.

»Ich hätte nicht verraten sollen, daß Beneteau sich nach Ihnen erkundigt hat«, hatte Lucas gesagt.

Sie hatte ihn am Arm gefaßt und gesagt: »Lucas, Sie haben das völlig richtig gemacht. Es gehört zu den netteren Dingen, die mir im vergangenen Jahr passiert sind.« Aber ihre Augen waren unsagbar traurig gewesen, und er hatte sich abwenden müssen…

Greave legte den Hörer auf und seufzte tief. »Wie weit sind Sie mit den Sex-Historien gekommen?« fragte Lucas.

»Nicht sehr weit.« Greave schaute zur Seite. »Um die Wahrheit zu sagen, ich bin kaum über den Anfang rausgekommen. Ich dachte, ich wäre in meiner Appartement-Sache auf was gestoßen.«

»Herrgott noch mal, Bob, vergessen Sie diese verdammte Appartement-Sache«, sagte Lucas mit barscher Stimme. »Wir brauchen diese Sex-Hintergründe möglicher Verdächtiger – und wir brauchen soviel Leute wie möglich, die über diese Mordfälle nachdenken!«

Greave stand auf, schüttelte sich wie ein Hund. Er war ein wenig kleiner als Lucas, und seine Gesichtszüge waren ein wenig feiner. »Lucas, ich kann es nicht. Ich versuche es, aber ich kann einfach nicht. Es ist wie ein Alptraum. Ich schwöre bei Gott, ich aß gestern abend ein Eis, und dann ging mir der Gedanke nicht mehr aus dem Kopf, ob sie sie vielleicht mit einem vergifteten Eis um die Ecke gebracht haben.« Lucas sah ihn abwartend an, und Greave schüttelte nach einem Moment den Kopf und sagte: »Trifft natürlich nicht zu. Natürlich nicht.«

Und dann sagten beide gleichzeitig: »Kein Gift laut Autopsiebericht.«

Jan Reed kam zu Lucas ins Büro. Sie hat wunderschöne Augen, dachte er. Italienische Augen. Man könnte diesen Augen verfallen, ohne Zweifel... Er hatte eine männliche Mini-Vision: Reed auf dem Bett ausgestreckt, ein Kissen unter den Schultern, den Kopf zurückgebogen, kurz vor dem Orgasmus. Sie öffnet im letzten Moment die Augen, schaut ihn an, und das Wissen in diesen Augen, daß er, Lucas, ihr Liebhaber ist, ist die erregendste Sache im Universum...

»Nichts«, sagte er nervös. »Gar nichts.«

»Aber was ist mit den Leuten, die Sie bei dieser Razzia da drüben in Wisconsin aufgegriffen haben?« In ihren Augen stand ein winziger Ausdruck der Belustigung. Sie wußte um die Wirkung, die sie auf ihn hatte.

Und sie wußte um die Razzia. »Eine nicht mit den Morden zusammenhängende Sache«, log Lucas. »Dennoch aber eine gute Story.« Und er plapperte los: »Es geht um eine Gruppe von Leuten, die ›Seeds‹ genannt werden; es gab früher mal eine Motorradbande, die sich ›Bad Seeds‹ nannte, drüben im Nordwesten von Wisconsin, und sie entwickelte sich zu einer kriminellen Organisation. Die Cops nennen sie die ›Heusaat-Mafia‹. Jedenfalls, diese Typen haben die Einbrüche in die Waffenläden in den Vorstädten begangen. Wir haben viele der gestohlenen Waffen bei ihnen wiedergefunden.«

»Das *ist* interessant«, sagte sie. Sie machte sich eine Notiz, klopfte dann mit dem Radiergummi-Ende ihres Bleistifts gegen ihre Zähne, nachdenklich, erotisch... Ich bin zu sehr auf den Gedanken von der Fernsehansagerin und dem oralen Sex fixiert, dachte Lucas. »Diese Waffen-Geschichte kommt genau zum richtigen Zeitpunkt«, sagte sie und schwieg dann. Sie ließ immer wieder Pausen in der Unterhaltung eintreten, wollte ihn damit offensichtlich dazu bringen, mehr aus sich herauszugehen und die Pausen zu füllen.

Lucas fragte in das Schweigen hinein: »Reed ist ein englischer Name, nicht wahr?«

»Ja. Väterlicherseits bin ich englischer Abstammung. Warum fragen Sie?«

»Ich habe über Sie nachgedacht«, sagte Lucas. »Sie haben wunderschöne italienische Augen, wissen Sie das?«

Sie lächelte, klemmte ihre Unterlippe mit den oberen Schneidezähnen ein und sagte: »Oh, vielen Dank...«

Als sie ging, begleitete Lucas sie zur Tür. Sie bewegte sich ein wenig langsamer als er, und so war er schließlich ein gutes Stück vor ihr an der Tür und komplimentierte sie dann hinaus. Sie riecht toll, dachte er. Er schaute ihr nach, wie sie den Flur hinunterging. Sie hatte nichts von einer Sportlerin an sich. Sie war weich, fraulich. An der Ecke drehte sie sich noch einmal um, offensichtlich um zu sehen, ob er ihr nachschaute, und in diesem Moment erinnerte sie ihn an Weather, obwohl diese beiden Frauen doch so verschieden waren...

Der Rest des Tages bestand aus Routine-Papierkram, Lesen alter Berichte, Anstellen von Vermutungen. Connell kam kurz nach zwei herein, noch blasser als sonst. Sie sagte, sie habe am Computer gearbeitet. Lucas berichtete ihr von der Vernehmung Abby Weeds. Connell nickte. »Ich hatte diese Spur bereits abgeschrieben. Unsere Aktion gegen die Hillerods war nichts als die gute Pfadfindertat eines Tages.«

»Wie geht es Ihnen?«

»Schlecht«, antwortete sie. Fügte schnell hinzu: »Es hat nichts mit gestern abend zu tun. Es ist diese... diese große Sache. Sie meldet sich wieder.«

»O Gott, Meagan...«

»Ich wußte, daß es so kommen würde«, sagte sie. »Hören Sie, ich werde mit Anderson sprechen und dann Greave bei diesen Sextäter-Historien helfen... Ich kann an nichts anderes mehr denken.«

Sie ging, kam aber sofort wieder zurück. »Wir müssen ihn kriegen, Lucas. Noch in dieser Woche, spätestens in der nächsten.«

»Nun, ich weiß nicht...«

»Das ist alles an Zeit, was ich in dieser Runde noch habe... Und die nächste Runde wird noch kürzer sein...«

Lucas kam früh nach Hause, fand Weather mit angezogenen Beinen und dem Buch *Die Räuberbrücke* in der Hand auf der Couch vor.

»Sackgasse?« fragte sie.

»Sieht so aus«, antwortete Lucas. »Die Frau in Madison hat Joe Hillerods Aussage bestätigt. Wir sind wieder in den Status der Papierkram-Theoretiker zurückgefallen.«

»Zu schade... Er scheint ja ein echter Mistkerl zu sein.«

»Wir haben ihn wenigstens wegen der Waffen am Wickel«, sagte Lucas. »Die Spurensicherung hat seine Fingerabdrücke auf den meisten der Gewehre gefunden. Und man hat Bolzenschneider und ein Stemmeisen in seinem Wagen gefunden, und man konnte die Spuren dieser Werkzeuge an der Tür eines Waffenladens in Wayzata nachweisen.«

»Was habt ihr denn jetzt noch in der Hand? In den Mordfällen?«

»Mein Gott, ich weiß es nicht ... Aber irgendwie habe ich das Gefühl, daß die Dinge in Bewegung kommen.«

Lucas verbrachte den späten Abend in seinem Arbeitszimmer, ging Andersons Akte über die Mordfälle durch. Sie enthielt jedes Stück Papier, das die Ermittlungsbeamten erstellt hatten, auch die von Greave komplettierten Sextäter-Historien. Weather kam in ihrem Baumwollnachthemd zur Tür und sagte: »Sei bitte noch leiser als sonst, wenn du ins Bett kommst. Ich habe morgen früh einen besonders schwierigen Fall auf dem OP-Tisch.«

»Natürlich.« Er schaute von der Akte auf, das Haar zerzaust, entmutigt. »Mein Gott, in dieser Akte steckt eine solche Unmenge Papier, und soviel davon ist überflüssiger Quatsch. Man könnte auf der Grundlage dieser Papiere mindestens vier Jahre recherchieren und würde doch keine einzige verdammte handfeste Spur finden.«

Sie lächelte, kam zu ihm, strich sein Haar glatt, und er legte den Arm um ihren Rücken, zog sie an sich, drückte den Kopf zwischen ihre Brüste. Es war etwas Animalisches damit verbunden; es tat so gut, und es war so natürlich. Wie bei Mam ... »Du wirst den Kerl fassen«, sagte sie.

Eine Stunde später rätselte er an Andersons Aktenvermerk über die Beobachtung der Gehörlosen herum. Es klang alles richtig: ein Mann mit Bart, der in den Buchladen geht, und er fährt einen Truck. Warum zum Teufel hatten sie das alles mit diesem unsinnigen Nummernschild zunichte gemacht? Er schaute auf die Uhr. Ein Uhr – zu spät, um noch jemanden in St. Paul anzurufen. Er lehnte sich zurück und schloß die Augen. Vielleicht würde ja irgendeine Idee aus den Tiefen seines Gehirns in sein Bewußtsein heraufblubbern ...

Kapitel 20

Koop nahm einen Beutel *Taco Bell's Weiche Tacos* mit auf das Dach, schob ihn auf das Ventilationsgehäuse und zog sich dann selbst hoch. Es war noch so hell, daß Sara Jensen ihn sehen konnte, wenn sie aus dem Fenster schaute, also schob er sich geduckt so weit vor, bis er den Sichtschutz des Entlüftungsschornsteins erreicht hatte.

Er stellte die Tacos zur Seite, schüttelte das Kowa-Fernrohr aus der Segeltuchhülle und überprüfte das Appartement. Wo war der blonde Kerl? War er wieder da? Koops Herz war kalt vor Angst…

Die Vorhänge beider Räume waren wie immer zurückgezogen. Sara Jensen war nicht zu sehen. Die Badezimmertür war zu.

Koop war zunächst einmal zufrieden, setzte sich hinter den Schornstein, machte den Tacos-Beutel auf und würgte die gefüllten Hörnchen herunter. Etwas von der Sahne tropfte auf seine Jacke. Scheiße. Er rieb die Sahne mit einem Papiertaschentuch weg, aber es blieb ein Fettfleck zurück. Er warf das Taschentuch über den Rand des Gehäuses, dachte dann: *Das hätte ich nicht tun sollen.* Er prägte sich ein, daß er das Taschentuch nachher mitnehmen mußte.

Zehn Minuten später kam Sara Jensen eilig aus dem Badezimmer. Sie war nackt, und die Erregung beim Anblick ihres Körpers durchzuckte ihn wie ein elektrischer Schlag, wie die Wirkung von Speed. Er richtete das Fernrohr auf sie, als sie sich an den Frisiertisch setzte und Make-up auflegte. Er sah das gerne, die sorgfältige Arbeit unter den Augen, das Anpinseln der Wimpern, das sinnliche Anmalen ihrer vollen Lippen. Er träumte von ihren Lippen…

Und er sah gerne ihren nackten Rücken – die sanft gerundeten Schultern, die kleinen Hügel der Wirbelsäule vom oberen Rand ihres runden Hinterns bis zum Genick. Ihre Haut war glatt, makellos – bis auf das kleine dunkle Muttermal auf dem linken Schulterblatt. Der lange, weiße Nacken…

Sie stand auf, drehte sich ihm zu, das Gesicht angespannt, die Brüste sanft wogend, und diese wunderschöne Scham... Sie suchte etwas in einer Kommodenschublade. Was? Unterwäsche? Sie streifte eine Unterhose über, zog sie wieder aus, warf sie zurück in die Schublade, zog eine viel kleinere an, betrachtete sich im Spiegel. Trat zurück, schaute sich wieder an, zog an dem elastischen Stoff um ihre Oberschenkel, ließ ihn zurückschnellen, drehte sich um, sah sich ihren Hintern an.

Und Koop fing an, sich sorgenvolle Gedanken zu machen.

Sie fand einen Büstenhalter, der zur Unterhose paßte. Er war anscheinend irgendwie verstärkt, schien die Brüste höher zu rücken. Das hat sie nicht nötig, dachte er, aber es sah doch irgendwie gut aus. Sie drehte sich wieder um, schaute sich an, zupfte wieder an den Beinen der Unterhose.

Posierte vor dem Spiegel.

War zufrieden mit sich, fand sich schön...

»Was machst du da, Sara?« fragte Koop. Er verfolgte sie mit dem Fernrohr. »Was zum Teufel hast du vor?«

Sie verschwand in einem begehbaren Wandschrank, kam zurück mit einem einfach geschnittenen dunklen Kleid. Sie hielt es vor die Brust, schaute in den Spiegel, schüttelte den Kopf, ging wieder zurück in den Wandschrank. Kam zurück mit Bluejeans und einer weißen Bluse, hielt beides an sich, zog es an, stopfte die Bluse in die Hose. Schaute sich im Spiegel an, schnitt eine Grimasse, schüttelte wieder den Kopf, ging zurück in den Wandschrank, erschien mit einem Kleid. Sie zog die Jeans wieder aus, führte Koop einen Striptease vor, erregte ihn... Sie zog das Kleid über den Kopf, strich es am Körper glatt.

»Willst du ausgehen, Sara?«

Sie schaute wieder in den Spiegel, eine Hand auf dem Hintern, zog dann das Kleid aus, warf es aufs Bett, sah nachdenklich zur Kommode hinüber. Ging zu ihr hin, zog die unterste Schublade auf, nahm einen hellblauen Baumwoll-Sweatsuit heraus. Sie zog ihn an, streifte die Ärmel des Sweatshirts hoch, ging zurück zum Spiegel. Zog das Sweatshirt aus, zog den Büstenhalter aus, zog das Sweatshirt wieder an.

Koop runzelte die Stirn. Ein Sweatsuit?

Das Kleid war einfach, aber elegant gewesen, die Jeans salopp, aber passend für fast alle Lokale in der Stadt. Aber ein Sweatsuit? Vielleicht hatte sie einfach nur mal eine Anprobe gemacht. Aber wenn es so war, warum dann so viel Zeitaufwand im Bad? Warum diese Eile?

Koop setzte sich hinter den Schornstein, steckte sich eine Zigarette an, schob sich auf die Knie und schaute wieder durch das Fenster. Sie stand vor dem Spiegel, strich mit den Händen ihr Haar zurück, verwuschelte ihre Tagesfrisur.

Hmm…

Sie hörte plötzlich auf, beugte sich noch einmal zum Spiegel vor, gab ihrem Haar mit den Fingern den letzten Pfiff, ging dann eilig – sogar ein paarmal hüpfend – aus dem Schlafzimmer, hinüber ins Wohnzimmer, zur Eingangstür. Sagte etwas, lächelte und öffnete die Tür.

Gottverdammt.

Der blonde Kerl stand vor der Tür. Er hatte ein kräftiges, gespaltenes Kinn mit einem Grübchen. Er trug Jeans und ein Denim-Hemd und sah genauso zerzaust aus wie sie. Sie trat einen Schritt zurück, zog mit beiden Händen am Stoff ihrer Hosenbeine, deutete einen Knicks an.

Grübchenkinn lachte, trat ins Zimmer und beugte sich vor, als ob er ihr ein Küßchen auf die Wange geben wollte, aber der Zündfunke sprang über, und sie hielten sich in den Armen, küßten sich vor der offenen Appartement-Tür. Koop richtete sich auf, schaute die knapp zwanzig Meter hinüber – auf seine große Liebe in den Armen eines anderen Mannes. Er stöhnte laut, schleuderte seine Zigarette in ihre Richtung. Die beiden sahen sie nicht. Sie waren zu sehr miteinander beschäftigt.

»Verdammte Schweine…«

Sie gingen nicht aus. Koop mußte voller Qual mit ansehen, wie sie zur Couch gingen. Und plötzlich wurde ihm klar, warum sie die Jeans abgelehnt und zwischen dem Kleid und dem Sweatsuit geschwankt hatte: leichterer Zugang…

Ein Mann kann seine Hände nicht unter enge Jeans schieben,

ist doch klar. Zumindest nicht ohne größere Vorbereitungen. Bei einem Sweatsuit gibt es keine Hindernisse. Keinerlei Probleme, seine Hände drunterzuschieben... Und genau das machte Blondy – hatte seine Hände unter Saras Hose, unter dem Sweatshirt, und Sara krümmte sich verzückt unter seiner Berührung. Und dann gingen sie ins Schlafzimmer.

Blondy blieb die ganze Nacht.

Das tat Koop auch, zusammengekrümmt hinter dem Schornstein auf dem Ventilationsgehäuse der Klimaanlage liegend, und er driftete immer wieder von einem Zustand des Wachseins in eine Art Bewußtlosigkeit – keinen richtigen Schlaf, eher so etwas wie ein Koma. Gegen Morgen fing er in seiner dünnen Jacke erbärmlich an zu frieren. Jede Bewegung tat weh. Gegen halb fünf verblaßten die Sterne. An einem strahlend blauen Himmel ging die Sonne auf und schien auf Koop, dessen Herz zu Stein geworden war.

Er spürte es regelrecht: ein Stein in seiner Brust. Und dieser Stein kannte keine Gnade.

Er mußte noch mehr als eine Stunde im Tageslicht warten, bis sich in Sara Jensens Appartement etwas rührte. Sie wurde als erste wach, rollte sich zu dem großen Bündel auf der anderen Seite hinüber, sagte etwas zu ihm. Dann sagte auch er etwas – Koop meinte jedenfalls, er würde etwas sagen –, und die beiden lagen nebeneinander und redeten miteinander.

Zwei oder drei Minuten später richtete Blondy sich auf, gähnte und streckte sich. Er saß nackt auf dem Bett, Koop den Rücken zugewandt, zog dann plötzlich Sara die Decke weg. Sie lag nackt da, und er ließ sich auf sie fallen, schob den Kopf zwischen ihre Brüste. Koop drehte sich weg, kniff die Augen zusammen. Er konnte nicht länger hinsehen.

Aber er schaffte es auch nicht, *nicht hinzusehen.* Machte die Augen wieder auf, sah hin. Blondy knabberte an einer von Saras Brustwarzen, und sie genoß es gierig, krümmte sich, hatte die Hände in sein Haar gekrallt. Der Stein in Koops Brust zerbarst, wurde ersetzt durch eine kalte, unstillbare Wut. Diese verfickte Hure trieb es mit einem anderen Mann. Diese verfickte Nutte…

Aber er liebte sie dennoch.

Er konnte nicht anders.

Und konnte nicht anders als zuzusehen, wie sie ihn flach aufs Bett drückte und ihre Zunge über seine Brust spielen ließ und dann hinunter zum Nabel und dann…

Blondy ging schließlich um sieben.

Koops Denkvermögen hatte schon lange davor ausgesetzt. Eine Stunde lang hatte er gewartet, mit seinem Messer in der Hand. Hin und wieder strich er damit über sein Gesicht, über seinen Bart, als wolle er sich rasieren. Stellte damit in Wirklichkeit den Einklang zwischen sich und dem Stahl der Klinge her…

Als die Tür sich hinter Blondy schloß, dachte Koop kaum mehr an Sara Jensen. Dafür war später noch Zeit. Sie ging zurück ins Schlafzimmer, richtete sich für den Arbeitstag.

Koop setzte seine Fensterglas-Brille und den breitkrempigen Hut auf, sprang vom Ventilationsgehäuse. Er hatte sich gerade noch so weit unter Kontrolle, daß er den Flur kurz überprüfte, bevor er vom Dachzugang aus hineinstürmte; ein Mann stand vor dem Aufzug. Koop fluchte, aber der Mann machte plötzlich einen Schritt nach vorne in den Aufzug und verschwand. Koop lief durch den Flur zum Treppenhaus.

Raste die Stufen hinunter, als sei es ein Hinabstürzen, ein langes, spiralförmiges, unaufhörliches Fallen, nahm weder Stufen noch Treppenabsätze wahr, mit blitzschnell reagierenden Beinen, und seine Schuhe ratterten auf den Betonstufen wie Maschinengewehrfeuer.

Am Ende der Treppe schaute er durch ein Fenster im Treppenhaus in die Lobby. Drei oder vier Leute, Klingeln von Aufzügen, weitere Leute strömten heraus… Frustriert schaute er sich um, rannte dann einen weiteren Treppenabsatz hinunter, in den Keller. Und fand den Notausgang an der Rückseite des Gebäudes. Kurz vor der Tür sah er ein Warnschild, las nur die ersten beiden Worte VORSICHT! NICHT…, riß die Tür auf, rannte ins Freie. Irgendwo hinter ihm jaulte eine Alarmsirene, schrillte wie King Kongs Telefon.

War er von einer Überwachungskamera aufgenommen worden? Dieser Gedanke zuckte durch seinen Kopf, verflog jedoch sofort wieder. Darüber konnte er sich später Sorgen machen. Wichtig war, daß ihn niemand im Gebäude gesehen hatte. Und noch viel wichtiger war, daß er Blondy drüben auf der Straße erwischte.

Koop rannte an der Rückseite des Gebäudes vorbei, um das Gebäude herum. Ein Dutzend Leute auf der Straße, links und rechts, Geschäftsleute in schicker Kleidung... Einige kamen auf ihn zu, einige bewegten sich von ihm weg. Aktentaschen, Handtaschen. Einer mit einem Spazierstock.

Er griff in die Tasche, schloß die Faust um den Griff des Messers. Schaute in die Gesichter, mehrmals. Blondy war nicht darunter. Wo zum Teufel...?«

Koop zog den Hut fester in die Stirn, schaute nach beiden Seiten, ging dann auf den Eingang von Sara Jensens Appartement-Gebäude zu. War er schon nach unten gekommen? Oder ging das nicht so schnell? Vielleicht hatte sie ihm ihre Parkkarte gegeben, und er hatte seinen Wagen in der Tiefgarage stehen... Er schwenkte ein, ging auf die Ausfahrt der Tiefgarage zu. Aber was sollte er machen, wenn der Kerl in einem Mercedes oder Lexus rausgefahren kam? Die Reifen zerstechen und dann auf ihn losgehen? Ja, das würde er tun...

Ein Wagen kam aus der Tiefgarage, eine Frau saß am Steuer. Koop schaute zurück zur Eingangstür – und sah ihn.

Blondy war gerade aus der Tür gekommen. Sein Haar war noch feucht, das Gesicht weich, mit einem zufriedenen Ausdruck. Seine konservative Seidenkrawatte hing lose um den Hemdkragen. Er trug einen Regenmantel über dem Arm.

Koop ging auf ihn los. Rannte von der Einfahrt der Tiefgarage über den Plattenweg auf ihn zu. Er dachte nichts, hörte nichts, spürte nichts, sah nur Blondy, sonst gar nichts...

Merkte nichts von dem Laut, der aus seiner Kehle drang – kein Schrei, eher ein Kreischen wie bei feuchten Autobremsen...

Merkte nicht, daß sich die Leute nach ihm umdrehten...

Blondy sah ihn kommen.

Der weiche Ausdruck verschwand von seinem Gesicht, machte einem erstaunten Stirnrunzeln Platz, dann, als Koop immer näher kam, einer erschreckten Bestürzung.

Koop schrie »Drecksau!«, holte mit dem Messer zu einem kraftvollen, tief angesetzten, aufwärts gerichteten Stoß aus. Aber schneller, als Koop erwartet hatte, machte Blondy einen Schritt nach rechts, und das Messer fuhr an Blondys linker Körperseite vorbei. Sie prallten gegeneinander, kamen ins Stolpern; der Kerl war schwerer und in besserer körperlicher Verfassung, als Koop geglaubt hatte. Koops Gehirn begann wieder zu arbeiten, in Gang gesetzt von einem plötzlichen Angstgefühl. Da stand er mitten auf der Straße und ging mit dem Messer auf einen Mann los, den er nicht kannte...

Koop brüllte wieder »Drecksau!«, ging wieder auf Blondy los. Hörte ihn schreien »Aufhören, aufhören!«, aber es klang weit entfent, wie vom anderen Ufer eines Sees. Das Messer schien aus eigenem Antrieb zu reagieren, und diesmal erwischte er den Kerl, erwischte ihn an der Hand, und Blut spritzte in Koops Gesicht. Er holte wieder aus – und stolperte zurück. Koop war überrascht: Der Kerl hatte ihm einen Schlag versetzt.

Er holte wieder aus, und Blondy wich zurück, schwang die Fäuste. Koop war diesmal auf der Hut, blockierte die Schläge.

Und erwischte ihn.

Erwischte ihn bestens.

Spürte, wie die Klinge eindrang, spürte, wie sie hochfuhr...

Und dann wurde er wieder getroffen, diesmal auf den Hinterkopf. Er fuhr herum, und da war ein anderer Mann, und ein dritter kam dazu, schlug auf ihn ein, schwang seine Aktentasche wie einen Knüppel. Koop merkte, daß Blondy hinter ihm mit einem langgezogenen Stöhnen auf den Boden sackte. Stolperte beinahe über ihn, wich der Aktentasche aus, schwang das Messer gegen den neuen Angreifer, verfehlte ihn, führte einen Stoß gegen den anderen Mann, den, der ihm den Schlag auf den Kopf versetzt hatte, traf wieder nicht.

Die Angreifer hatten beide dunkle Haare. Einer trug eine Brille. Beide hatten die Zähne entblößt. Das war alles, was er sah: Haare, Brille, Zähne. Und die Aktentasche.

Blondy lag auf der Erde, und Koop strauchelte über ihn, sah auf ihn hinunter, sah das scharlachrote Blut auf seinem Hemd, und dann brüllte ihn ein vierter Mann an, und Koop rannte weg.

Er hörte sie hinter sich schreien: »Festhalten, festhalten ...!« Er lief schräg über die Straße, zwischen geparkten Autos hindurch. Eine Frau auf dem Bürgersteig sprang ihm aus dem Weg. Ihr Gesicht war kreidebleich, entsetzt; sie trug eine rote Krawatte und einen dazu passenden Hut, hatte große Pferdezähne – und dann war er auch schon an ihr vorbei.

Einer der Männer kam etwa sechzig Meter hinter ihm angerannt, allein. Koop blieb plötzlich stehen, machte ein paar Schritte auf ihn zu, und der Mann drehte sich um und lief weg. Koop rannte in den Park, über die grasbewachsenen, schattigen Pfade.

Lief und lief. Blut strömte aus seiner Nase. Das Messer klappte wie durch einen Zauber in seiner Hand ein, verschwand in seiner Tasche. Er wischte sich das Gesicht ab, zog den Hut vom Kopf, nahm die Brille ab. Lief langsamer, verfiel schließlich in normalen Schritt.

Und war verschwunden.

Kapitel 21

Am Bordstein vor dem Polizeipräsidium stand ein Fernsehwagen hinter dem anderen. Irgendwas mußte passiert sein.

Lucas stellte den Porsche in einer Zufahrt gegenüber ab und eilte zum Eingang des Präsidiums. Ein Reporter der *Star-Tribune*, ein junger Mann mit Bürstenhaarschnitt und einem Notizblock in der Hand, kam ihm von innen entgegen, hielt ihm die Tür auf, nickte ihm zu. »Gibt's was Neues in Ihren Mordfällen?« fragte er.

»Nichts Wichtiges«, antwortete Lucas. »Was ist denn hier los?«

»Haben Sie das noch nicht gehört?« Bürstenhaar tat so, als sei er erstaunt.

»Ich komme gerade von zu Hause«, sagte Lucas.

»Sie erinnern sich doch an das Pärchen, das da unten bei den Seen niedergeschlagen wurde? Wo die Frau das nicht überlebt hat?«

»Natürlich.«

»Direkt gegenüber ist wieder ein Mann angegriffen worden«, sagte Bürstenhaar. »Vor vier Stunden. Fünfzehn Meter vom ersten Tatort entfernt. Kein Quatsch, Lucas: Ich war dort. Fünfzehn Meter... Dieser Kerl tauchte aus dem Nichts auf, ging wie ein Berserker am hellichten Tag auf einen Mann los. Mit einem verdammten großen Schnappmesser. Er schrie wie ein Irrer in einem Horrorfilm. Er hatte einen Hut tief ins Gesicht gezogen. Aber es war keiner von einer Straßen-Gang. Ein Weißer gegen einen Weißen. Der Mann, der niedergestochen wurde, ist Anwalt.«

»Tot?« fragte Lucas. Er war ein wenig erleichtert – nicht sein Fall.

»Noch nicht. Ist aufgeschlitzt worden. Kriegte das Messer in die Därme. Ist noch im Operationssaal. Er hatte die Nacht bei seiner Freundin verbracht, und am Morgen kommt er aus der Eingangstür des Appartement-Gebäudes, und dieses irre Arschloch geht auf ihn los.«

»Hat er eine Ehefrau oder Ex-Frau?«

»Keine Ahnung«, antwortete der Reporter.

»Ich an Ihrer Stelle würde als erstes danach fragen«, sagte Lucas.

Der Reporter schaute auf seinen Notizblock, der auf einer Seite mit nicht entzifferbaren Krakeleien aufgeschlagen war. »Steht als erste Frage auf meiner Liste«, sagte er. Und dann: »Wow!«

Jan Reed stand in der Eingangshalle, wartete anscheinend auf den Beginn der Pressekonferenz. Sie hatte Lucas gesehen, ihr Kinn gehoben und gelächelt, kam jetzt auf die beiden zu, und der Reporter sagte, ohne die Lippen zu bewegen: »Sie Glückspilz.«

»Nein, bin ich nicht«, murmelte Lucas.

»Lucas«, sagte sie und trat zu ihnen. Große Augen. Wie unergründliche Tümpel… Sie tätschelte ihn auf den Handrücken und fragte: »Sind Sie in diese Sache eingeschaltet?«

Lucas verachtete sich dafür, aber er spürte, daß ihre Anwesenheit ihn beglückte. »Hallo… Nein, klingt aber nach interessantem Fall.« Er wippte auf den Zehenspitzen wie ein Basketballspieler, der auf seine Einwechslung wartet.

Sie schaute zurück zum Raum der Pressekonferenz. »Sieht im Moment noch sehr spektakulär aus. Es könnte sich ja auch als Familiendrama entpuppen.«

»Es ist direkt gegenüber von dem anderen Fall geschehen.«

Sie nickte. »Das ist ja das Besondere daran. Das macht es zu einem interessanten Fall. Und dazu kommt, daß es sich um einen Weißen handelt.«

»Ist das heutzutage Voraussetzung für einen interessanten Fall?« fragte Bürstenhaar.

»Natürlich nicht«, antwortete sie und lachte. Dann senkte sie die Stimme zu einem vertraulichen Murmeln, schloß Bürstenhaar in die Verschwörung mit ein. »Aber man weiß ja, wie das heutzutage so ist…«

Das Gesicht des Reporters lief rötlich an, und er sagte: »Ich gehe besser schon mal rein.«

»Was hat er denn?« fragte sie und schaute ihm nach. Lucas zuckte nur mit den Schultern, und sie wechselte das Thema. »Haben Sie Zeit für eine Tasse Kaffee? Nach der Pressekonferenz?«

»Ähmm«, machte Lucas und schaute sie an. Sie rief tatsächlich gefährliche Gefühle in ihm wach… »Kommen Sie doch in mein Büro«, sagte er.

»Okay… Aber Ihre Krawatte sitzt nicht richtig. Kommen Sie…«

Sie richtete seinen Kragen und die Krawatte, und obwohl er ziemlich sicher war, daß es da kaum etwas zu richten gegeben hatte, gefiel ihm das, und er spürte den ganzen Weg durch die Eingangshalle ihre Finger an seinem Hals.

Connell war das genaue Gegenteil von Jan Reed: eine große, kräftige Blondine, die einen Revolver von der Größe eines Toasters mit sich herumschleppte und Lippenstift als Manifestation der Erbsünde betrachtete. Sie wartete auf ihn. Sie hatte dunkle Ringe unter den Augen.

»Wie geht es Ihnen?«

»Besser; morgens immer noch leichtes Erbrechen«, sagte sie wie nebenher, wischte ihre Krankheit weg. »Haben Sie die Sextäter-Historien gelesen?«

»Ja. Nicht viel dabei rausgekommen.«

Sie sah wütend aus, nicht auf Lucas oder Greave, eher vielleicht auf sich selbst oder auf die Welt. »Wir werden ihn diesmal noch nicht zu fassen kriegen, habe ich recht? Er muß noch den nächsten Mord begehen, ehe wir eine Chance haben.«

»Es sei denn, es kommt noch ein verdammter großer Durchbruch«, sagte Lucas. »Aber ich sehe keinen am Horizont.«

Jan Reed holte nach der Pressekonferenz Lucas im Büro ab, und sie schlenderten durch die verglasten Fußgänger-Hochwege zu einem Restaurant im Pillsbury-Building. Da Reed noch recht neu in Minnesota war, plauderten sie über das Wetter, über die Seen, über das Guthry-Theater und über die anderen Städte, in denen sie gearbeitet hatte: Detroit, Miami, Cleveland. Sie fanden einen Tisch, der nicht allzu nahe an anderen besetzten Tischen stand, setzten sich, Reed mit dem Rücken zur Tür – »manchmal werde ich belästigt« – und bestellten sich Kaffee und Croissants.

»Wie war die Pressekonferenz?« fragte Lucas, während er ein Croissant auseinanderbrach.

Reed schlug ihr Notizbuch auf, schaute hinein. »Wahrscheinlich keine familiäre Sache«, sagte sie. »Der Name des Opfers ist Evan Hart. Seine Freundin, bei der er die Nacht verbrachte, ist seit sieben Jahren geschieden. Ihr Ex-Mann lebt an der Westküste, und dort befand er sich auch heute morgen. Außerdem sagt sie, er sei ein netter Mensch; sie seien auseinandergegangen, weil er ein zu weicher Typ sei. Keine vereinbarten Unterhaltszahlungen oder so was. Keine Kinder. War wohl so was wie eine Jugendsünde. Und sie hat seit mehreren Jahren keine enge Beziehung mehr mit einem Mann gehabt.«

»Was ist mit diesem Hart?« fragte Lucas. »Hat er eine Ex-Frau? Ist er bisexuell? Was macht er beruflich?«

»Er ist Witwer«, antwortete Reed. Sie steckte den gelben Bleistift in den Mund und drehte die Seite um. Eine Haarsträhne fiel ihr über die Augen, und sie strich sie zurück; Weather machte das auch oft. »Seine Frau starb bei einem Verkehrsunfall. Er ist Anwalt bei einer Börsenmakler-Firma, hat was mit städtischen Obligationen zu tun. Ist nicht im Verkauf tätig, hat niemanden in den Ruin getrieben; also auch von daher kein Ansatz.«

»Klingt also nicht nach Schwulensache«, stellte Lucas fest. »Klingt so, als sei der Täter über irgendwas in Wut geraten.«

»Ja, sieht so aus«, sagte sie. »Aber Jensen flippt fast aus. Diese andere Sache ist ebenfalls direkt unter ihrem Appartementfenster passiert.«

»Habe ich auch gehört... Jensen ist der Name seiner Freundin? Und sie war bei der Pressekonferenz?«

»Ja. Sara Jensen. Schicke Frau. Sieht gut aus, betreibt ihren eigenen Investmentfonds, macht wahrscheinlich zweihunderttausend Dollar im Jahr. Kleidet sich entsprechend. Hat eine tolle Garderobe – muß sie wohl in New York kaufen... Sie war echt wütend. Sie will, daß der Täter gefaßt wird. Klang sogar so, als ob sie den Kerl tot sehen will; als ob sie nur zu der Pressekonferenz gekommen wäre, um die Cops aufzufordern, ihn zu fassen und zu töten.«

»Sehr extrem«, sagte Lucas. »Den Kollegen von der Mordkommission stehen schwere Zeiten bevor...«

Die Unterhaltung ging zu neuen Themen über, und Lucas genoß das Zusammensein mit ihr, lachte viel. Reed sah sehr hübsch aus, war amüsant, und sie hatte als Lokalreporterin kurze Zeit im Straßenmilieu gearbeitet – etwas, das sie gemeinsam hatten. Dann kam sie auf Gangs zu sprechen, und während sie redete, hämmerte sie gleichzeitig auch dieses Kodewort in Lucas' Unterbewußtsein. Reed, dachte er nach einiger Zeit, mochte ja einen hübschen Hintern und schöne Augen haben, aber sie war auch eine kleine Rassistin. Rassismus, auf subtile Weise geäußert, kam neuerdings bei den sogenannten Intellektuellen in Mode... War es unmoralisch, mit einer Rassistin zu bumsen? Was war, wenn man sie nicht befriedigen konnte, selbst aber einen Mordsspaß daran hatte?

Er lächelte und nickte, und Reed erzählte schließlich eine – harmlose – Sex-Geschichte von der Affäre zwischen einer Fernsehansagerin und einem Kameramann, die sich in einem, wie Reed sagte, »Fernseh-Van mit schlechter Federung« zutrug:

»... Der Van steht also vor dem Gouverneurspalast, und die Leute strömen rein zum Ball, und dieser große Van mit der Aufschrift ›TV3‹ wackelt rauf und runter, und der Mann der Ansagerin läuft draußen auf dem Bürgersteig auf und ab und wartet auf sie.« Sie spielte während der Erzählung mit dem Buttermesser, drehte es zwischen den Fingern wie den Stab eines Cheerleaders.

Wie Junky Doog, dachte Lucas. Was hatte Junky gesagt, als Greave ihn gefragt hatte, wie ein Mann auf den Gedanken kommen könne, Frauen den Bauch aufzuschlitzen? *Weil die Frauen dich anturnen, deshalb macht man's. Du siehst irgendwo 'ne Frau, und die turnt dich an. Das fährt dir in den Schwanz...*

Die Societas Jesu. SJ.

Oder...

Lucas setzte sich plötzlich ruckartig auf, fragte: »Wie sehen die Wunden dieses Mannes aus?«

»Was?« Sie war mitten im Satz gewesen.

»Die Wunden dieses Mannes, der heute morgen mit dem Messer attackiert wurde«, wiederholte er ungeduldig.

»Ach so... Er erlitt Stiche in den Unterleib«, antwortete Reed, bestürzt über die Barschheit in seiner Stimme. »Zwei oder drei Stiche. Er ist schwer verletzt. Ich nehme an, sie sind immer noch dabei, ihn im Operationssaal zusammenzuflicken.«

»Mit einem Schnappmesser. Der Typ vom *Strib* sagte, es wäre ein Schnappmesser gewesen.«

»Ein Zeuge hat das ausgesagt«, bestätigte Reed. »Warum?«

»Ich muß gehen«, sagte Lucas, schaute auf die Uhr. Er warf ein paar Dollarscheine auf den Tisch. »Tut mir leid, aber ich muß nicht nur gehen, ich muß laufen. Tut mir leid …«

Sie sah nun echt bestürzt aus, aber er lief tatsächlich, sobald er außer Sicht war. Sein Büro war leer, niemand in der Nähe. Er eilte den Gang hinunter zur Mordkommission, stieß auf Anderson, der an seinem Schreibtisch gerade ein Sandwich mit Ei und Salat aß. »Haben Sie Connell gesehen?«

»Ähm, ja, sie ist gerade mal für kleine Mädchen.« Er hatte Eidotter an der Lippe hängen.

Lucas ging zur Damentoilette und stieß die Tür auf. »Connell?« rief er. »Meagan?«

Nach einem Moment ertönte ihre zögernde, in dem gekachelten Raum hohl klingende Antwort: »Ja?«

»Kommen Sie raus hier.«

»Ach du lieber Gott …« Sie brauchte zwei Minuten. Lucas ging im Flur vor der Toilette auf und ab. Er beruhigte sich allmählich. Eigentlich ziemlich unwahrscheinlich, dachte er. Aber die Art der Wunden klang zutreffend …

Connell kam heraus, stopfte ihr Hemd in den Rock. »Was ist los?«

»Der Mann, der heute morgen mit dem Messer attackiert wurde«, sagte Lucas. »Der Angreifer hat ihm mit einem Schnappmesser in den Unterleib gestochen.«

»Lucas, das Opfer war ein Mann, es war am hellichten Tag, da paßt nichts zu unserem Fall …« Sie war verwirrt.

»Er hatte die Nacht bei seiner Freundin verbracht. Sie heißt Sara Jensen.«

Connell sah immer noch verwirrt aus.

Lucas sagte: »SJ.«

Kapitel 22

Sie trafen Sara Jensen im Hennepin General Hospital. Sie lief besorgt im Wartezimmer der Chirurgie auf und ab. Ein uniformierter Cop saß auf einem der Plastikstühle und las im *Road &*

Track-Magazin. Sie führten Jensen in ein Untersuchungszimmer, schlossen die Tür und setzten sich.

»Es wird aber auch verdammt Zeit, daß jemand das endlich mal ernst nimmt«, sagte Jensen. »Aber es mußte ja erst soweit kommen, daß Evan niedergestochen wurde...« Ihre Stimme klang gefaßt, aber es schwang so viel Angst darin mit, daß man das Ende ihrer Selbstkontrolle absehen konnte. »Es ist dieser gottverdammte Einbrecher. Wenn man den gefaßt hätte...«

»Was für ein Einbrecher?« fragte Lucas. Es roch im Zimmer nach medizinischem Alkohol und Haut und Heftpflaster.

»Was für ein Einbrecher?« Ihre Stimme war voller Zorn, steigerte sich fast zum Schreien. »Was für ein Einbrecher? Was für ein Einbrecher? Der Einbrecher in meinem Appartement!«

»Davon wissen wir nichts«, sagte Connell schnell. »Wir sind von der Mordkommission. Wir ermitteln gegen einen Mann, der seit mehreren Jahren Frauen ermordet. Bei den letzten beiden Opfern hat er die Initialen SJ in die Haut geritzt – Ihre Initialen. Wir sind nicht sicher, ob er Sie damit meint, aber es könnte sein. Die Messerattacke gegen Mr. Hart ist mit einer Technik ausgeführt worden, die der bei den Morden an den Frauen ähnlich ist. Die Waffe scheint eine ähnliche zu sein. Der Täter paßt zu der Beschreibung, die wir haben...«

»O Gott«, stöhnte Jensen auf, hielt die Hände vor den Mund. »Ich habe das im Fernsehen gesehen. Den Mann mit dem Bart. Und der Mann, der Evan angegriffen hat, hat auch einen Bart.«

Lucas nickte. »Das ist er. Kennen Sie jemand, der so aussieht? Jemand, mit dem Sie mal eine Beziehung hatten oder noch haben? Vielleicht eine Beziehung, die im Streit endete? Oder ist Ihnen aufgefallen, daß jemand Sie beobachtet, jemand, der sich an Sie ranmachen will, eventuell auch im Büro?«

»Nein.« Sie dachte noch einmal nach. »Nein. Ich kenne ein paar Männer mit Bart, aber ich hatte mit keinem von ihnen eine Beziehung. Und sie sind alle normale, nette Männer... Und außerdem, es ist keiner von ihnen, es ist der gottverdammte Einbrecher. Ich glaube, er ist in mein Appartement zurückgekommen...«

»Erzählen Sie uns doch mal alles über diesen Einbrecher«, sagte Lucas.

Sie trug es ihnen vor: den ursprünglichen Einbruch, den Diebstahl des Schmucks und des Schmuckgürtels, den Geruch des Speichels auf ihrer Stirn… Und sie erzählte ihnen von ihrem Gefühl, daß nach dem Einbruch jemand in ihrem Appartement gewesen war und daß es sich dabei um den Einbrecher gehandelt hatte. »Aber ich bin mir nicht sicher«, sagte sie. »Und Freunde meinten, es sei der Streß nach dem Einbruch, meinten, ich würde mir das nur einbilden. Aber ich glaube das nicht. In der Wohnung stimmte irgend etwas nicht; es ist allerdings nur eine vage Vermutung, als ob etwas Fremdes in der Luft hängen würde. Ich glaube, er hat sogar auf meinem Bett geschlafen.« Sie lachte auf, ein kurzes, keinesfalls fröhliches Lachen. »Ich weiß, das klingt wie die Zwerge bei Schneewittchen: Wer hat aus meinem Tellerchen gegessen? Wer hat in meinem Bettchen geschlafen?«

»Sie sagen also, der Mann habe sie berührt, auf die Stirn geküßt, als er zum erstenmal in Ihrer Wohnung war?«

»Es war eher ein… ein Lecken«, sagte sie und schauderte. »Ich erinnere mich daran – es war wie ein Traum.«

»Wie ist er in die Wohnung gekommen?« fragte Lucas. »Hat er die Tür aufgebrochen?«

Sie habe nichts gehört, sagte sie, und an der Tür seien keine Einbruchspuren zu finden gewesen, er müsse also einen Schlüssel gehabt haben. Aber sie sei die einzige, die einen Schlüssel habe – und der Manager des Gebäudes natürlich.

»Was ist das für ein Mann? Der Manager?«

»Ein älterer Mann…«

Sie gingen das genauer durch: Wer hatte einen Schlüssel, wer konnte an einen Schlüssel herankommen, ein Duplikat anfertigen? Mehr Leute, als Sara gedacht hatte. Angestellte der Gebäudeverwaltung, die Putzfrau. Gab es Hausdiener, die die Wagen der Bewohner des Gebäudes auf Wunsch zu den Parkplätzen in der Tiefgarage fuhren? Ja, gab es… »Aber ich habe nach dem Einbruch ja die Schlösser auswechseln lassen. Er hätte sich meinen Schlüssel zweimal beschaffen müssen.«

»Es muß jemand aus dem Gebäude sein«, sagte Connell zu Lucas. Sie hatte sein Handgelenk umspannt, um seine Aufmerksamkeit zu fesseln. Sie war krank, aber sie war eine kräftige Frau, und ihr Griff wurde durch ihre Verzweiflung noch verstärkt.

»Ja, wenn er tatsächlich ein zweites Mal in der Wohnung war...«, sagte Lucas. »Jedenfalls war er ein Profi. Er wußte, was er wollte und wo er es finden konnte. Er hat nichts durchwühlt. Ein Einschleichdieb.«

»Ein Einschleichdieb?« wiederholte Jensen zweifelnd.

»Ich will Ihnen was sagen: In Filmen werden Einschleichdiebe romantisiert, aber in Wirklichkeit sind sie gewissermaßen geisteskrank«, sagte Lucas. »Sie verschaffen sich einen Kick, indem sie in Appartements schleichen, während die Bewohner zu Hause sind. Bei den meisten Einbrechern ist es hingegen so, daß sie den Bewohnern auf keinen Fall in die Quere kommen wollen. Einschleichdiebe fahren aber gerade auf diesen Nervenkitzel ab. Jeder einzelne von ihnen steht unter Drogen – Kokain, Speed, PCP. Nicht wenige von ihnen sind auch auf Vergewaltigung aus. Und viele von ihnen sind Mörder. Ich will Ihnen keine Angst machen, aber das ist die Wahrheit...«

»O Gott...«

»Der Ablauf des Angriffs auf Mr. Hart läßt vermuten, daß der Täter von der Beziehung zwischen Ihnen und Mr. Hart weiß«, sagte Connell. »Haben Sie mit jemand aus dem Gebäude über diese Beziehung gesprochen?«

»Nein, ich habe wirklich keine engen Freunde hier im Gebäude, grüße höchstens den einen oder anderen«, antwortete Jensen. Dann: »Vergangene Nacht war die erste, in der Evan bei mir geblieben ist. Es war auch das erste Mal, daß wir miteinander geschlafen haben. Wirklich... Man könnte auf den Gedanken kommen, der Kerl wüßte über uns Bescheid.«

»Haben Sie jemand im Büro gesagt, daß er zu Ihnen kommt?«

»Ich habe ein paar Freunde, die wußten, daß wir uns näherkamen...«

»Wir brauchen ihre Namen«, sagte Lucas. Und zu Connell: »Jemand im Büro könnte gelegentlich an ihre Handtasche kommen und sich so den Schlüssel verschafft haben. Und wir sollten die Bewohner aller anliegenden Appartements, im ganzen Flur, überprüfen.« Und wieder zu Jensen: »Haben Sie das Gefühl, daß jemand aus dem Gebäude Ihnen besondere Aufmerksamkeit widmet? Auch nur das kleinste komische Gefühl? Jemand, der darauf bedacht ist, Sie zu treffen oder mit Ihnen zu reden? Oder Ihnen Blicke zuwirft?«

»Nein, nein, nichts dergleichen... Der Manager ist ein ganz besonders netter Mann. Erfrischend normal. Ich meine, verstehen Sie, er ist nicht gehemmt oder hat irgendeinen Tick oder so was. Er ist wie mein Vater... Mein Gott, ich kriege das große Zittern, wenn ich daran denke, jemand würde mich beobachten.«

»Vielleicht ein Fremder?« fragte Lucas. »Ist auf der anderen Straßenseite ein Gebäude, von dem aus Sie jemand beobachten könnte? Ein Spanner?«

Sie schüttelte den Kopf. »Nein. Es ist zwar ein Gebäude auf der anderen Straßenseite – das Gebäude, in dem diese Frau vergangene Woche ermordet wurde –, aber ich wohne im obersten Stock, und der liegt über dem Dach dieses Gebäudes. Ich kann von meinen Fenstern aus über das Dach in den Park schauen, und jenseits des Parks liegen Einfamilienhäuser. Es gibt dort kein Gebäude, das so hoch ist wie mein Appartement. Außerdem ist das eine Meile entfernt.«

»Okay...« Lucas sah sie einen Moment prüfend an. Sie war ein ganz anderer Frauentyp als die bisherigen Mordopfer. Leise Zweifel stiegen in Lucas auf. Sie war elegant, sie war intelligent, sie hatte eine starke Persönlichkeit. Da waren keinerlei Anzeichen von Demut, von Wehmut, von Trauer über die verstreichenden Jahre.

»Ich muß aus dem Appartement raus«, sagte Jensen. »Kann mich eine Polizistin begleiten, wenn ich ein paar Sachen abhole?«

»Sie können Personenschutz haben, bis wir den Kerl geschnappt haben«, sagte Lucas. Er streckte die Hand aus und berührte ihren Arm. »Aber ich hoffe, Sie werden nicht aus dem Gebäude ausziehen. Wir könnten Sie in einem anderen Appartement in dem Gebäude unterbringen und Ihnen Personenschutz geben: bewaffnete Polizistinnen in Zivil... Verstehen Sie, wir möchten diesen Mistkerl fangen, ihm eine Falle stellen, ihn nicht verjagen.«

Connell schloß sich an: »Wir haben keine handfesten Hinweise auf den Täter, Miss Jensen. Wir sind dazu verdammt, darauf zu warten, bis er den nächsten Mord begeht und dabei dann vielleicht Spuren hinterläßt. Das hier ist der erste erfolgversprechende Ansatzpunkt.«

Jensen stand auf und drehte sich weg, zitterte, sah dann auf Lucas hinunter und sagte: »Wie groß sind die Möglichkeiten, daß er... daß er an mich rankommt?«

Lucas sagte: »Ich möchte Sie nicht anlügen – diese Möglichkeit ist immer gegeben. Aber sie ist gering. Und wenn wir ihn jetzt nicht fassen, könnte er warten, monatelang, bis wir den Personenschutz nicht mehr aufrechterhalten können, und dann auf Sie losgehen... Wir hatten vor einigen Jahren den Fall eines Mannes Mitte Zwanzig, der über eine Frau herfiel, die seine Lehrerin in der neunten Klasse gewesen war. Er hatte seit dieser Zeit darüber nachgebrütet.«

»O Gott...« Und dann plötzlich: »Okay. Machen wir es so. Fangen wir ihn.«

Der uniformierte Cop, der im Wartezimmer gesessen hatte, streckte den Kopf durch die Tür und sagte zu Jensen: »Dr. Ramihat sucht Sie.«

Sie gingen durch den Flur zurück zum Warteraum, und Jensen nahm Lucas' Arm, krallte die Finger in seinen Ellbogen. Sie fanden den Chirurgen, gierig an einer Zigarette ziehend und Kekse essend, vor. »Die Verletzungen sind sehr schwer«, sagte er mit leichtem indischem Akzent. »Man kann noch keine Garantien geben, aber wir konnten ihn mehr oder weniger stabilisieren und die Blutungen stoppen. Wenn nichts Unerwartetes eintritt, hat er gute Chancen. Es gibt immer das Problem einer Infektion, aber er ist in guter körperlicher Verfassung, und wir sollten eine solche Entwicklung in den Griff bekommen.«

Jensen ließ sich auf einen Stuhl sinken, schlug die Hände vors Gesicht, fing an zu weinen. Dr. Ramihat klopfte ihr mit einer

Hand auf die Schulter, schob mit der Zigarettenhand den nächsten Keks in den Mund und blinzelte Lucas zu. Connell zog Lucas zur Seite und sagte leise: »Wenn wir sie bei der Stange halten können, haben wir ihn.«

Sie verbrachten den Rest des Morgens damit, die Dinge zu organisieren: Sloan wurde zu Lucas' Team abgestellt, Connell und Greave auf die Leute angesetzt, die Zugang zu Jensens Schlüssel hatten. Fünf Polizistinnen vom Untersuchungs-, Drogen- und Morddezernat wurden zum schichtweisen Personenschutz für Jensen bereitgestellt.

Nach einer längeren Diskussion entschloß sich Jensen, in ihrem Appartement zu bleiben, solange stets eine Bewachung bei ihr war. Damit würde sie nichts aus der Wohnung heraustransportieren müssen, was der Mörder, wenn er zu den Bewohnern des Gebäudes gehörte, eventuell mitbekommen könnte.

Hart wurde um drei Uhr nachmittags aus dem Operationssaal gebracht, immer noch in kritischem Zustand.

Kapitel 23

Koop war noch immer in Rage, als er aus der Gegend der Seen floh. Er konnte nicht an den Kerl mit Sara im Bett denken, ohne keuchend zu atmen, ohne das Lenkrad des Trucks würgend zu umklammern, ohne die Windschutzscheibe anzuschreien...

In ruhigeren Zwischenphasen schaffte er es, die Augen kurz zu schließen und Sara wie in der ersten Nacht vor sich zu sehen, ausgestreckt auf der Bettdecke, die Linien ihres Körpers abgezeichnet unter dem Nachthemd...

Dann aber sah er sie auf Hart liegen, und er fing wieder an zu schreien und strangulierte das Lenkrad. Wahnsinnig. Aber nicht völlig von Sinnen. Er war noch normal genug zu wissen, daß die Cops hinter ihm her sein konnten. Jemand konnte gesehen haben, wie er in den Truck stieg, konnte sich sein Nummernschild gemerkt haben.

Koop hatte seine Untersuchungen in den Jahren in Stillwater angestellt; er wußte seitdem, warum Straftäter geschnappt und verurteilt wurden. Die meisten von ihnen hatten mit den Cops geredet, wenn sie besser die Schnauze gehalten hätten. Viele von ihnen hatten irgendwelches Zeug von ihren Verbrechen aufgehoben – Fernsehgeräte, Stereoanlagen, Uhren, Waffen, Dinge mit Seriennummern.

Einige hoben sogar Kleidung mit Blutflecken daran auf. Und manche hatten Blutspuren hinterlassen – oder Sperma.

Koop hatte darüber nachgedacht. Und sich geschworen, daß er, wenn er je erwischt würde, nichts mit den Cops reden würde. Kein Wort. Und er würde alles beseitigen, was er bei den Verbrechen am Leib getragen oder benutzt hatte; er würde den Cops nicht das kleinste Fitzelchen überlassen, das als Beweismittel gegen ihn verwendet werden konnte. Und er würde immer versuchen, sich ein Alibi aufzubauen – irgendwas, mit dem ein cleverer Verteidiger etwas anfangen konnte.

Er stand immer noch unter dem psychischen Streß des Angriffs auf Hart, als er sich seiner Jacke und des Hutes entledigte. Die Jacke war mit Harts Blut verschmiert, einem großen, braunschwarzen Fleck. Er stopfte sie zusammen mit dem Hut in einen Müllsack und stellte diesen in einer Wohnstraße in Edina zu einem Haufen anderer Müllsäcke. Der Müllwagen war nur noch drei Blocks entfernt. Die Sachen würden noch vor Mittag auf einer Müllkippe landen. Die Brille warf er aus dem Wagenfenster ins hohe Gras eines Straßengrabens.

Er stellte das Radio an, fand einen Nachrichtensender. Er hörte nur Scheiße, Scheiße und noch mehr Scheiße. Nichts über ihn.

In seinem unauffälligen T-Shirt ging er in einen Supermarkt, kaufte einen Sechserpack Quellwasser, einen Rasierpinsel, Rasierseife, einen Plastikeimer und eine Packung Naßrasierer. Dann fuhr er nach Süden zum Braemar-Park, stieg in den Aufbau des Trucks, benutzte den Eimer als Waschbecken und rasierte den Bart ab. Seine Gesichtshaut spannte danach; als er in den Rückspiegel des Trucks schaute, erkannte er sich selbst kaum wieder.

Er hatte ein paar Falten mehr im Gesicht, seit er das letzte Mal bartlos gewesen war, und seine Oberlippe schien sich zu einem dünnen, harten Strich zurückentwickelt zu haben.

Er brachte es nicht über sich, das Messer und die Appartement-Schlüssel wegzuwerfen. Er wusch das Messer ab, so gut es ging, benutzte dazu den Rest des Quellwassers, sprühte danach das Messer und die Schlüssel mit Schmieröl ein, steckte beides in einen Müllbeutel, knotete das offene Ende zu, ging den Hügel hinauf in die Nähe des Eingangs zum Park und vergrub den Beutel neben einer auffälligen Eiche. Er fühlte sich fast nackt, als er von seinem Messer wegging. Aber er würde es sich in einer Woche oder so wieder holen... Wenn er dann noch auf freiem Fuß war.

Befreit von den direkten Beweisstücken für seine Verbrechen fuhr Koop in den Osten von St. Paul. Er hatte das Radio wieder eingeschaltet.

Und hörte auf der White Bear Avenue:

Polizeibeamte sind am Tatort eines brutalen Mordversuches in Süd-Minneapolis zusammengeströmt, der vor etwa einer Stunde und fünfzehn Minuten stattfand. Der Tatort ist weniger als einen Block von dem Gebäude entfernt, in dem vergangene Woche eine Frau ermordet und ein Mann fast totgeschlagen wurde; der Mann liegt mit schwersten Verletzungen noch im Koma, und es wird bezweifelt, ob er sein Bewußtsein jemals wiedererlangt. Im Zusammenhang mit dem heutigen Verbrechen sagen Tatzeugen aus, ein großer, bärtiger Mann mit stahlgeränderter Brille und einem braunen, breitkrempigen Hut sei mit einem Messer auf Rechtsanwalt Evan Hart eingedrungen, als dieser das Appartementgebäude verließ, in dem eine Freundin von ihm wohnt. Hart wird zur Zeit im Hennepin General Hospital operiert; sein Zustand wird als kritisch bezeichnet. Der Täter floh; er könnte zur Flucht eine mintgrüne Taurus-Limousine neuesten Modells benutzt haben. Zeugen sagen aus, der Täter habe mehrmals mit dem Messer auf Hart eingestochen...

Grüne Taurus-Limousine? Was war das denn? Groß? Er war einsdreiundsiebzig.

... War entweder ein Weißer oder ein hellhäutiger Schwarzer...

Was? Sie hielten ihn für einen Schwarzen! Koop starrte ungläubig auf das Radio. Vielleicht brauchte er gar keine Angst zu haben...

Dennoch: Er fuhr eineinhalb Stunden durch die Gegend, raus aus St. Paul/Minneapolis, verlor sechzig Meilen außerhalb der Doppelstadt den Empfang der lokalen Radiosender. Er hielt an einem großen Sportartikelgeschäft an einer Ausfahrt der I-94, kaufte sich ein Hemd, einen Schlafsack, eine billige Angelrute mit Spule, ein Kästchen Angelhaken und ein paar Köder. Er wickelte alles aus den Verpackungen und warf diese, zusammen mit der Rechnung, in einen Mülleimer. Dann fuhr er weiter, nach Norden. Er hatte die Route im Gedächtnis. In Cornell kaufte er sich ein Brot, etwas Bratenfleisch und einen Sechserpack Miller's, behielt die Quittung mit dem Datums- und Uhrzeitstempel, steckte sie in die Einkaufstüte, warf diese unter den Beifahrersitz. Ehe er vom Parkplatz des Ladens fuhr, schaute er sich nach weiteren Einkaufsquittungen um, fand aber keine.

Nördlich von Cornell bog er in den Brunet Island State Park ein und stellte den Truck auf einem leeren Parkplatz in der Nähe einer Bootsrampe ab. Zwei Pick-ups mit angekuppelten Bootsanhängern standen vor der Rampe. Er überzeugte sich, daß niemand in der Nähe war, durchsuchte dann eine Mülltonne und fand zwei Einkaufstüten darin. Die erste war leer, aber in der zweiten steckte eine Quittung. Die Uhrzeit stand nicht darauf, aber der Name des Ladens und das Datum; es war vom Tag zuvor.

Er nahm sie mit zum Truck und warf sie hinter den Fahrersitz.

Auf dem See war nur ein Boot zu sehen, so weit weg, daß er die Insassen kaum erkennen konnte. Koop war kein großer Angler, aber er nahm die Angelrute, befestigte einen Spinner-Köder an der Leine und ging zur Rampe. Niemand zu sehen. Er schlich geduckt durch das Gebüsch zu einem der Bootsanhänger, schraubte die Ventilkappe an einem der Reifen ab und drückte den Ventilstift mit dem Fingernagel ein, bis der Reifen fast platt war. Dann schlich er auf demselben Weg zurück, warf die Ventilkappe ins Gebüsch.

Danach blieb ihm nur das Warten; er ging zum Ufer und warf die Angel aus. Dachte an Saras Verrat. Wie konnte eine Frau nur so etwas tun? Es war doch wirklich nicht richtig...

Er war so tief in Gedanken, daß er verärgert zusammenzuckte, als fünf Minuten später ein Fisch anbiß. Er befreite einen kleinen Weißfisch vom Haken und warf ihn zurück ins Wasser. Scheiß drauf...

Eine Stunde, nachdem er die Luft aus dem Reifen des Bootsanhängers gelassen hatte, kam ein Aluminiumboot zur Rampe gefahren. Zwei Männer in Farmer-Overalls kletterten aus dem Boot und gingen zu dem Gespann mit dem platten Anhängerreifen. Der ältere der beiden stieg in den Pick-up und bugsierte den Anhänger die Rampe hinunter ins Wasser. Der andere Mann bediente – auf der dem Platten abgewandten Seite – die Seilwinde zum Hochziehen des Bootes auf den Anhänger. Als das Boot verladen und der Anhänger aus dem Wasser gezogen war, schrie der Mann auf der Rampe irgendwas, und nach einigen Zurufen hin und her stieg der Mann im Pick-up aus und schaute auf den Anhängerreifen. Koop bewegte sich angelnd auf sie zu.

»Irgendein Problem?« rief er.

»Einen Platten...«

»Oje...« Koop spulte die Leine auf und ging zu den beiden hinüber. Der Fahrer schlug seinem Freund gerade vor, das Boot wieder abzuladen, den platten Reifen abzumontieren, in die Stadt zu fahren und den Reifen flicken zu lassen.

»Ich habe eine Pumpe in meinem Truck«, sagte Koop. »Vielleicht kriegen wir so viel Luft rein, daß es bis in die Stadt reicht.«

»Hmmm...« Die beiden Farmer sahen einander an, dann fragte der Fahrer: »Wo haben Sie Ihren Truck denn stehen?«

»Gleich da drüben, sehen Sie?«

»Wir könnten es ja mal versuchen«, sagte der Fahrer.

Koop holte die Pumpe. »Verdammt schönes Boot«, sagte er, während sie den Reifen aufpumpten. »Wollte auch schon immer ein Lund-Boot haben. Haben Sie das das schon lange?«

»Seit zwei Jahren«, antwortete der Fahrer. »Mußte zehn Jahre auf das Ding sparen; habe es mir für meine Zwecke perfekt hergerichtet.« Als der Reifen voll war, warteten sie eine Weile, dann sagte der Fahrer: »Scheint zu halten.«

»Könnte ja eine ganz kleine undichte Stelle sein«, sagte Koop. »Haben Sie die Reifen überprüft, ehe Sie heute morgen losgefahren sind?«

»Nein, kann man nicht behaupten«, sagte der Fahrer und kratzte sich am Kopf. »Hören Sie, vielen Dank... Aber wir sollten unsere Hintern jetzt so schnell wie möglich in die Stadt bewegen, ehe die Luft wieder rausgeht...«

Koop hatte also Quittungen von zwei Läden, und man hatte ihn beim Angeln in der Nähe der Rampe gesehen; und er hatte sich die Registriernummer des Bootes gemerkt. Aber er mußte sich das noch mal überlegen. Wahrscheinlich sollte er sich besser nicht an die ganze Nummer erinnern, vielleicht nur daran, daß es ein rotes Lund-Boot gewesen war und daß die zwei letzten Buchstaben der Registriernummer LS gelautet hatten... Oder vielleicht, daß die erste Zahl eine 7 gewesen war. Er mußte noch mal darüber nachdenken.

Auf dem Weg durch die Stadt hielt er bei dem Laden an, von dem die Quittung stammte, die er in der Mülltonne gefunden hatte, kaufte einen Slim Jim und eine Dose Bier, stopfte die Tüte samt Quittung wieder unter den Sitz. Vielleicht würde man sich in dem Laden an sein Gesicht erinnern, vielleicht auch nicht – aber er war dort gewesen, er konnte das Innere des Ladens beschreiben, und er konnte sogar die junge Frau beschreiben, die ihn bedient hatte. Zuviel Speck auf den Hüften. Trug einen dunkelgrünen, modischen Overall.

Kurz vor fünf fuhr er zurück zur Doppelstadt. Er wollte in die Reichweite der lokalen Radiosender kommen, um die Nachrichten zu hören. Um zu erfahren, ob man nach ihm suchte...

Man suchte *nicht* nach ihm, soweit er das beurteilen konnte. Eine der abendlichen Anruf-Sendungen war der heutigen Messerattacke und dem Verbrechen im Wohnblock gegenüber in der vergangenen Woche gewidmet, aber die Anrufer waren meistens irgendwelche Irren.

Na also...

Sie suchten nach dem falschen Mann...

Er fuhr zurück zum Braemar-Park, holte sich sein Messer und die Schlüssel zurück. Er fühlte sich danach besser.

Um ein Uhr morgens war Koop zwar noch nicht betrunken, aber dicht davor. Er fuhr mehrmals im Kreis zwischen den beiden Städten hin und her, und die Gedanken an Sara beherrschten seinen Geist immer mehr. Schließlich fuhr er an ihrem Gebäude vorbei. Hinter ihren Fenstern brannte Licht. Ein Mann ging die Straße hinunter, führte einen kleinen, silberhaarigen Hund Gassi... Um ein Uhr fünfzehn fuhr Koop wieder an dem Gebäude vorbei. Das Licht brannte immer noch. Sie war noch spät wach, konnte wohl nach dem Kampf heute morgen nicht schlafen; Koop empfand es tatsächlich als Kampf und nicht als Messerattacke auf Hart. Blondy hatte diesen Kampf herausgefordert, weil er mit Koops Frau rumgebumst hatte. Was blieb einem da anderes übrig?

Koops Gehirn lag wie ein Stein in seinem Kopf, es arbeitete nicht richtig. Und er wußte das. Er konnte es nicht dazu bringen, sich von Sara zu lösen. Dabei gab es andere Dinge, an die er denken wollte. Er hatte sein nächstes Zielobjekt schon vor Augen, war bereit, die Planung in die Tat umzusetzen. Aber er konnte einfach seine Gedanken nicht darauf konzentrieren.

Um ein Uhr dreißig brannte das Licht immer noch hinter Saras Fenstern, und Koop entschloß sich, seinen Beobachtungsposten zu beziehen. Er wußte, er sollte das Risiko besser nicht eingehen; aber er würde es trotzdem tun. Er spürte, wie es ihn unwiderstehlich dorthin zog – wie es einen Nagel zu einem Magneten hinzieht.

Um ein Uhr fünfunddreißig ging er in das Gebäude gegenüber Jensens Appartement-Hochhaus und stieg die Treppe hoch. Körperlich war er gut in Form, bewegte sich so leichtfüßig und geschmeidig wie immer. Es war sein Geist, der ihm Schwierigkeiten machte...

Er überprüfte den Flur. Leer. Mußte leise sein: Die Leute würden nach den letzten Ereignissen sehr schreckhaft auf Geräusche reagieren. Er stieg die Treppe zum Dach hoch, stieß die Tür auf, trat hindurch, schloß sie schnell hinter sich. Er blieb stehen, mit dem Türknopf in der Hand, horchte. Nichts... Er trat unter dem Vordach hervor, schaute zu Saras Fenstern hoch. Das Licht brannte immer noch, aber aus diesem Winkel konnte er sonst nichts erkennen.

Er ging zum Ventilationsgebäude der Klimaanlage, zog sich hoch, kroch zum Entlüftungsschornstein, schaute um die Ecke. Niemand zu sehen... Er lehnte sich mit dem Rücken an den Schornstein. Schaute zu den Sternen hoch.

Er dachte darüber nach, was aus ihm geworden war, nachdem er sich von dieser Leidenschaft so aus dem Gleis hatte werfen lassen. Er wußte, er würde damit aufhören müssen, oder er war verloren. Er konnte sich nur eine Möglichkeit vorstellen, wie er das fertigbringen konnte, und diese Möglichkeit machte ihm zu schaffen. Aber vorher wollte er sie haben, sie genießen, wenn das überhaupt möglich war.

Bevor er sie tötete.

Koop schaute wieder um die Ecke des Schornsteins, erschrak, hätte beinahe den Kopf ruckartig wieder zurückgezogen. Aber nur beinahe. Er verfügte über die Reflexe und die Erfahrung eines Einschleichdiebes, und er hatte es sich antrainiert, sich niemals zu schnell zu bewegen. Jenseits der Straße, hinter Saras Fenster, stand ein Mann und schaute heraus. Er stand etwa zwei Meter hinter der Scheibe, als ob er darauf achten würde, von der Straße aus nicht gesehen zu werden. Er trug eine dunkle Freizeithose und ein weißes Hemd. Keine Jacke.

Er hatte ein Schulterholster umgeschnallt.

Ein Cop. Sie wußten Bescheid. Sie warteten auf ihn.

Kapitel 24

Weather lag zusammengerollt auf der Couch. Der Fernseher war auf CNN eingestellt, und Lucas schaute teilnahmslos zu, brütete vor sich hin. »Nichts?« fragte Weather.

»Gar nichts«, antwortete er. Er sah sie nicht an, zupfte nur an seiner Unterlippe und starrte auf den Bildschirm. Er war müde, sein Gesicht grau. »Nun warten wir schon drei Tage. Nichts. Die Medien zerreißen uns.«

»Ich an deiner Stelle würde mir nicht so viele Gedanken um die Medien machen.«

Jetzt wandte er sich ihr zu. »Ihr Chirurgen braucht euch tatsächlich keine Gedanken darum machen«, sagte Lucas. »Ihr beerdigt eure Fehler.« Er grinste, aber ohne jede Fröhlichkeit.

»Ich meine es ernst. Ich verstehe nicht…«

»Die Medien sind wie Fieber«, erklärte Lucas. »Es baut sich Hitze auf. Die Leute in den Gegenden, in denen Morde passieren, kriegen Angst, und sie rufen bei den Stadträten an. Die Stadträte geraten in Panik – es ist die Haupttätigkeit von Politikern, in Panik zu verfallen –, und sie rufen den Bürgermeister an. Der Bürgermeister wiederum ruft den Polizeichef an. Der Polizeichef ist ein politischer Beamter, der vom Bürgermeister ernannt wird. Also gerät der wiederum in Panik. Und die Scheiße fängt an, den Berg runterzufließen.«

»Ich verstehe diese Panik nicht. Du tust doch alles, was du nur kannst.«

»Du solltest Davenports Grundsatzregel über das Funktionieren politischer Strukturen beachten«, sagte Lucas.

»Die habe ich anscheinend noch nie gehört«, sagte Weather.

»Sie ist sehr einfach: *Ein Politiker wird niemals einen besseren Job finden, wenn er sein Amt verliert.*«

»Das war's? Der Grundsatz?«

»Ja. Und es erklärt alles. Sie klammern sich verzweifelt an ihre Jobs. Und geraten in Panik, wenn die Jobs in Gefahr geraten. Wenn sie gefeuert werden oder die nächste Wahl verlieren, geht's zurück zum Job des Autowäschers.«

Nach einem Augenblick des Schweigens fragte Weather: »Wie geht es Connell?«

»Nicht gut«, antwortete Lucas.

Connells Gesichtshaut war angespannt, dunkle Ringe lagen unter ihren Augen, und ihre Haare standen wirr vom Kopf ab, als ob sie die Finger in eine Steckdose gesteckt hätte.

»Irgendwas stimmt nicht«, sagte sie. »Vielleicht weiß der Kerl, daß wir hier sind. Vielleicht hat sich Jensen auch alles nur eingebildet.«

»Vielleicht«, sagte Lucas. Sie saßen in Jensens Wohnzimmer, Stapel von Zeitungen und Magazinen zu ihren Füßen. Auf dem Couchtisch lag ein Walkman. Im Arbeitszimmer stand ein Fernseher, aber sie konnten ihn nur mit abgeschaltetem Ton benutzen, damit man im Flur nichts hörte. »Ich hatte aber ein gutes Gefühl bei der Sache.«

»Ich auch... Wissen Sie, woran es liegen könnte?« Connell hatte einen dreißig Zentimeter hohen Papierstapel neben sich – Personaldaten und Berichte über Vernehmungen von Angestellten der Gebäudeverwaltung, Appartementbewohnern auf Jensens Flur und jedem Bewohner des Gebäudes mit einem Eintrag ins Strafregister. Sie hatte sich alles angeschaut. »Es könnte daran liegen, daß der Täter ein Verwandter von einem Angestellten der Gebäudeverwaltung ist. Und der kommt nach Hause und erzählt rum, daß wir hier drin sind.«

Lucas sagte: »Die Schlüsselsache ist mir ein Rätsel. Es gibt eine Reihe von Möglichkeiten, wie sich ein Einschleichdieb *einen* Schlüssel zu einer Wohnung beschaffen kann, aber *zwei verschiedene* Schlüssel – das ist mir schleierhaft...«

»Es muß einer der Angestellten sein.«

»Könnte aber auch ein Portier von einem Restaurant sein«, sagte er. »Ich bin auf Portiers gestoßen, die mit Einbrechern zusammengearbeitet haben. Man fährt den Wagen weg, hat den Schlüsselbund, macht einen Abdruck vom Hausschlüssel, notiert sich das Nummernschild, kommt so an die Adresse...«

»Sie sagt, sie hätte nach dem Auswechseln des Türschlosses nie mehr den Wagen von einem Portier einparken lassen«, warf Connell ein.

»Vielleicht hat sie es nur vergessen. Vielleicht ist das für sie so eine Routinesache, daß sie sich nicht mehr daran erinnert.«

»Dann muß es jemand aus ihrem Büro gewesen sein – jemand, der an ihre Handtasche rankommt. Zum Beispiel einer von diesen Botenjungen, die in ihrem Büro aus- und eingehen und kaum wahrgenommen werden. Schnappt sich den Schlüssel, macht eine Kopie…«

»Aber dann sind wir beim nächsten Problem«, sagte Lucas. »Man muß Kenntnisse haben, wie man eine Kopie anfertigt, und man muß eine Quelle haben, die einen mit Rohlingen von Schlüsseln versorgt.«

»Dann ist es ein Botenjunge, der mit einem Einbrecher zusammenarbeitet. Der Einbrecher hat die Kenntnisse, und der Junge den Originalschlüssel.«

»Das wäre möglich«, gab Lucas zu. »Aber wir sind auf niemanden in ihrem Büro gestoßen, dem man das zutrauen würde.«

»Der Freund von einer der Frauen im Büro… Eine Sekretärin schnappt sich den Schlüssel, gibt ihn weiter.«

Lucas stand auf, gähnte, ging auf und ab, blieb vor einem gerahmten Schwarzweißfoto an der Wand stehen. Es machte nicht viel her – eine Blume in einer rundlichen Vase, im Hintergrund eine Treppe. Lucas verstand nicht viel von Kunst, aber dieses Foto hielt er für eine kunstvolle Arbeit. Eine kleine, mit Tinte geschriebene Signatur nannte den Namen des Künstlers: Andre Sowieso, irgendwas mit K am Anfang… Er gähnte wieder, rieb sich mit der Hand im Nacken und schaute Connell zu, die sich erneut mit den Papieren beschäftigte.

»Wie geht es Ihnen heute morgen?«

Sie schaute auf. »Hohl. Leer.«

»Ich verstehe nicht, wie das funktioniert, diese Chemotherapie-Sache.«

Sie legte das Papier zur Seite. »Die Chemo, die man bei mir anwendet, ist vom Grundsatz her schädlich. Sie geht auf den Krebs los, aber sie geht auch auf den Rest meines Körpers los.« Ihre Stimme war neutral, informierend, wie die der Moderatorin einer medizinischen Sendung im Fernsehen. »Sie können sie nur so lange anwenden, wie der Nutzen den Schaden überwiegt. Dann setzen sie sie ab, und mein Körper fängt an, sich von der

Chemo zu erholen, aber dasselbe macht auch der Krebs. Und der Krebs gewinnt jedesmal ein wenig dazu. Ich mache das nun schon seit zwei Jahren mit. Bin inzwischen auf sieben Wochen zwischen den Chemo-Behandlungen runtergesackt. Fünf sind seit dem letzten Mal rum. Ich spüre es schon wieder.«

»Starke Schmerzen?«

Sie schüttelte den Kopf. »Noch nicht. Ich kann es schlecht beschreiben. Es ist ein Gefühl der Leere, der Schwäche, und schließlich fühlt man sich richtig krank, als ob man die schlimmste Grippe auf der Welt hätte. Wie ich das verstehe, wird es gegen Ende sehr schmerzhaft, wenn der Krebs das Knochenmark erreicht... Ich denke, ich werde von anderen Maßnahmen Gebrauch machen, ehe es so weit kommt.«

»O Gott«, sagte er. Dann: »Wie stehen denn die Chancen, daß die Chemo den Krebs vollständig beseitigt?«

»Es kommt manchmal vor«, sagte sie mit einem kurzen, geisterhaften Lächeln. »Aber nicht bei mir.«

»Ich glaube nicht, daß ich mit so was fertig werden könnte«, sagte Lucas.

Die Balkontür war geschlossen, und Lucas ging auf sie zu, blieb zwei Meter vor der Scheibe stehen, schaute hinaus auf den Park. Ein schöner Tag... Der Regen hatte aufgehört, der hellblaue Himmel war gesprenkelt mit Schönwetterwolken, und ihre Schatten segelten über den See. Und hinter ihm eine sterbende Frau...

»Aber die andere Frage außer dem Schlüssel ist doch«, sagte Connell, eher zu sich selbst, »warum er nicht hier auftaucht. Vier Tage. Nichts.«

Lucas dachte immer noch über Krebs nach, mußte sich in die Realität zurückkämpfen. »Sie fangen schon an, mit sich selbst zu reden«, sagte er.

»Liegt daran, daß ich langsam verrückt werde.«

»Möchten Sie eine Pizza?« fragte Lucas.

»Ich esse keine Pizza. Sie verstopft einem die Arterien und macht dick.«

»Welche Sorte essen Sie also nicht?«

»Pepperoni und Pilze«, antwortete Connell.

»Ich lasse eine zum Manager kommen, und wenn sie da ist, laufe ich runter und hole sie«, sagte er. Er gähnte wieder. »Dieses Warten macht mich noch verrückt.«

»Warum kommt er nicht?« fragte Connell rhetorisch und gab sich daraufhin die Antwort: »Weil er weiß, daß wir hier sind.«

»Vielleicht haben wir nur noch nicht lange genug gewartet«, sagte Lucas.

Connell fuhr fort: »Und woher weiß er, daß wir hier sind? Erstens: Er hat uns gesehen. Zweitens: Er hat gehört, daß wir hier sind... Okay, wenn er uns gesehen hat, woher weiß er dann, daß wir Cops sind? Er kann das eigentlich nicht wissen, es sei denn, er ist selbst ein Cop und erkennt uns, wenn wir rein- und rausgehen. Wenn er von uns gehört hat – von wem hat er es gehört? Das haben wir ja gerade durchgesprochen...«

»Pepperoni und Pilze also?«

»Ja, und keine verdammten Anchovis.«

»Natürlich nicht.« Lucas nahm den Hörer ab, runzelte die Stirn, legte den Hörer wieder auf, ging zurück zur Glastür. »Hat jemand das Dach auf der anderen Straßenseite überprüft?«

Connell sah hoch. »Ja. Aber Jensen hat recht. Es ist unter dem Niveau ihrer Fenster. Sie zieht nicht mal die Vorhänge zu.«

»Die Fenster sind aber nicht unter dem Niveau des Ventilationsgehäuses der Klimaanlage da drüben«, sagte Lucas. »Kommen Sie, schauen Sie es sich an.«

Connell stand auf, schaute hinüber. »Aber da kommt doch niemand rauf.«

»Er ist ein Einbrecher«, sagte Lucas. »Und wenn er da raufkommt, kann er genau in dieses Appartement schauen. Wer hat das Dach überprüft?«

»Skoorag – aber er ist nur auf dem Dach rumgelaufen. Ich habe ihm dabei zugeschaut. Er sagte, es sei nichts Auffälliges zu sehen gewesen.«

»Wir müssen uns das noch mal anschauen«, sagte Lucas.

Connell sah auf die Uhr. »Greave und O'Brien lösen uns in einer Stunde ab. Dann können wir ja mal rübergehen.«

O'Brien trug eine braune Tüte, in der eine Zeitschrift steckte, und er versuchte, sie vor Connell zu verstecken. Greave sagte zu Lucas: »Ich habe nachgedacht. Wie wär's, wenn wir alle drei festnehmen, die beiden Brüder und Cherry, sie voneinander trennen und ihnen sagen, wir hätten einen Durchbruch in dem Fall erzielt und derjenige, der als erster mit uns redet und dadurch die Sache aufklärt, würde von einer Bestrafung freigestellt.«

Lucas grinste und schüttelte den Kopf. »Sie denken in die richtige Richtung, aber sie müssen *irgendwas* in der Hand haben. Wenn Sie den Kerlen diesen Vorschlag machen, werden sie Ihnen entweder sagen, Sie sollen sich verpissen, oder, was noch schlimmer wäre, der Mörder ist derjenige, der mit Ihnen redet. Er kommt straflos davon, und Roux hängt Sie an Ihren Eiern aus dem Bürofenster. Also, Sie müssen irgendwas rausfinden.«

»Ich habe was rausgefunden«, sagte Greave.

»Was?«

»Ich bin in einen Zustand der Verzweiflung verfallen.«

»O'Brien hatte ein *Penthouse* in seiner Tüte«, sagte Connell.

»Es ist ein sehr langweiliger Job«, sagte Lucas verständnisvoll.

»Jetzt denken Sie doch aber mal darüber nach«, entrüstete sich Connell. »Was ist, wenn eine Polizistin ein Pornomagazin mit zur Arbeit bringt, in dem Männer mit großen Penissen abgebildet sind? Und die Frau setzt sich hin und schaut sich die Bilder an, dann schaut sie Ihnen auf den Unterleib, dann wieder auf die Bilder. Würden Sie das nicht ein wenig erniedrigend finden?«

»Ich persönlich nicht«, sagte Lucas mit ernstem Gesicht. »Ich würde es eher als Versuch dieser Frau ansehen, ihre Karriere zu fördern.«

»Zum Teufel mit Ihnen, Davenport, Sie winden sich immer wieder raus.«

»Nicht immer«, sagte Lucas. »Aber ich verfüge über einen hochentwickelten Sinn, *wann* ich mich aus schwierigen Situationen rauswinden sollte.« Dann, als sie über die Straße gingen: »Hier wurde die Frau ermordet und der Mann fast totgeschlagen.«

Sie gingen die Stufen zum Eingang hoch und klingelten bei dem Manager. Kurz darauf wurde eine Tür in der Lobby aufgestoßen, und eine Frau in mittlerem Alter kam auf sie zu. Sie hatte ihr Haar noch nicht gerichtet. Lucas hielt ihr seine Polizeimarke hin, und sie ließ die beiden ein.

Nachdem Lucas ihr erklärt hatte, was sie wollten, sagte sie: »Ich werde jemanden holen, der Sie aufs Dach bringt... Das war ja schrecklich – der arme Mann, der da drüben fast erstochen worden ist...«

»Haben Sie gesehen, wie diese beiden Leute hier unten zusammengeschlagen wurden?«

»Nein, da war niemand dabei. Außer den beiden Opfern selbst, meine ich...«

»Wie ich das verstanden habe, befand sich der Mann, als er erschlagen wurde, zwischen der inneren und äußeren Tür. Stimmt das?«

Die Frau nickte. »Eine Sekunde, und er wäre drin gewesen. Sein Schlüssel steckte schon im Schloß.«

»Verdammter Mistkerl, dieser Killer«, sagte Lucas. Und zu Connell: »Wenn jemand diese Schlüssel haben und es verschleiern wollte... Die ganze Sache machte keinen Sinn, also sagte man, es wäre eine Jugend-Gang gewesen. Komisch ist nur, daß das zuständige Dezernat nichts von seinen Vertrauensleuten in den Gangs gehört hat. Und man hätte was gehört, zweifellos.«

Der Name des Hausmeisters war Clark. Er öffnete die Tür zum Dach, sicherte sie gegen das automatische Zufallen mit einer leeren Flasche Lötmasse. Lucas ging über das mit Kies bedeckte Teerpappe-Dach. Greave und O'Brien standen in Jensens Appartement, waren von den Schultern an zu sehen.

»Von dieser Ebene aus kann man nicht viel sehen«, sagte Lucas. Er wandte sich dem Ventilationsgehäuse der Klimaanlage zu.

»Sieht aus, als ob es hoch genug wäre«, sagte Connell. Sie umrundeten es. Der graue Kubus hatte drei völlig glatte Metallwände. In der vierten Wand befand sich eine verschlossene Wartungs-Tür mit einer aufgeklebten Garantieerklärung samt Telefonnummer des Wartungsdienstes. Zum Dach des Gehäuses gab es keine Leiter oder sonstigen Zugang.

»Ich könnte eine Trittleiter holen«, bot Clark an.

»Helfen Sie mir doch einfach rauf«, sagte Lucas. Er zog seine Schuhe und die Jacke aus, und Clark verschränkte seine Finger ineinander. Lucas setzte einen Fuß in diese Steighilfe und schob sich hoch. Seine Schultern ragten jetzt über den oberen Rand des Gehäuses, und er drückte sich mit den Händen auf das Dach.

Das erste, was er sah, waren die Zigarettenstummel. Vierzig bis fünfzig, regendurchnäßt, filterlos. »Mein Gott!« Einer der Stummel war noch frisch, und er beugte sich darüber, sah ihn sich genau an.

»Was ist?« rief Connell.

»Ungefähr eine Million Zigarettenkippen!«

»Ehrlich? Von welcher Marke?«

Lucas schob sich zum Rand, sah auf Connell hinunter, sagte: »Filterlose Camel, jede einzelne von ihnen.«

Connell schaute über die Straße. »Können Sie von da oben ins Appartement sehen?«

»Ich sehe sogar O'Briens Schuhe«, antwortete Lucas.

»Der verdammte Mistkerl hat es *tatsächlich* gewußt«, rief Connell. »Er war hier, hat ins Appartement geschaut, hat uns gesehen... *Und wir waren so verdammt dicht an ihm dran.*«

Der Beamte der Spurensicherung hob den noch frischen Stummel mit einer Pinzette auf, steckte ihn in einen kleinen Plastikbeutel, reichte diesen herunter. »Wir werden es versuchen«, sagte er zu Lucas, »aber erwarten Sie nicht zuviel davon. Manchmal hängt ein winziges Stück Haut an einer Kippe, manchmal genug, um die DNA festzustellen oder wenigstens die Blutgruppe, aber diese Kippen liegen schon eine Weile hier oben.« Er zuckte mit den Schultern. »Wir werden es versuchen, aber ich an Ihrer Stelle würde jetzt nicht den Atem anhalten.«

»Wie groß sind die Chancen, die DNA rauszufinden?« fragte Connell.

Er hob wieder die Schultern. »Wie ich schon sagte, wir werden es versuchen.«

Connell sah Lucas an. »Wir hatten doch gesicherte Übereinstimmungen bei der DNA, nicht wahr?«

»Ja – zwei«, antwortete Lucas.

»Wir müssen uns jetzt voll auf diese Sache stürzen«, sagte sie.

»Ja, sicher.« Er schaute über die Straße. Greave winkte ihm zu. »Wir werden ein Nachtsicht-Infrarotfernglas drüben aufbauen, für den Fall, daß er zurückkommt. Gottverdammt... Ich hoffe, wir haben ihn nicht endgültig verjagt.«

»Wenn wir das nicht getan haben, ist er total irre«, sagte Connell.

»Wir *wissen*, daß er ein Irrer ist«, antwortete Lucas. »Aber ich fürchte, wenn er uns gesehen hat, haben wir ihn total verängstigt und abgeschreckt. Ich kann nur hoffen, daß er sich jetzt nicht eine andere Frau greift. Ich hoffe, er kommt vorher noch mal hierher zurück...«

Kapitel 25

John Poseys Haus hatte drei Etagen. Es sah aus wie eine Schichttorte. Es stand oberhalb eines Gartens mit einem von Trauerweiden umrandeten Ententeich. Von einer Straße, die rechtwinklig zu Poseys Straße verlief, konnte Koop die Rückseite des Hauses sehen. Zwei Balkone, leicht versetzt übereinander, erlaubten die Sicht auf den Garten und den Teich.

Das Warnzeichen eines Sicherheitssystems war neben der Eingangstür des Hauses angebracht. Koop kannte die Hauptmerkmale dieses Systems: magneto-elektrisch gesicherte Türen, üblicherweise verbunden mit Bewegungsdetektoren im Erdgeschoß.

Wenn die Detektoren eine Bewegung erfaßten, lösten sie mit einer Verzögerung von einer oder zwei Minuten automatisch einen Alarm bei einem Sicherheitsdienst aus. Der Sicherheitsdienst machte dann sofort eine telefonische Rücküberprüfung, und wenn diese nicht zufriedenstellend ausfiel, wurden die Cops alarmiert. Wenn die Telefonleitungen durchschnitten wurden, löste das ebenfalls einen Alarm beim Sicherheitsdienst aus. Sobald feststand, daß kein allgemeiner Ausfall des Telefonnetzes in der Gegend vorlag, wurden die Cops in Marsch gesetzt.

Was aber nicht hieß, daß man in das Haus nicht reinkam. Keinesfalls. Zum einen war da der Hund, ein alter irischer Setter. Er zeigte sich oft an den Fenstern der Frontseite, auch wenn Posey nicht zu Hause war. Wenn es einen Bewegungsdetektor gab, war er entweder abgeschaltet oder nur dort installiert, wo der Hund nicht hinkam.

Er würde warten, bis Posey das Haus verlassen hatte, und dann geradewegs einbrechen, entschloß sich Koop. Kein großes Versteckspiel, keine komplizierten Sachen. Einbrechen, zugreifen, abhauen.

Koop war nicht nach komplizierten Feinheiten zumute. Er mußte dauernd an Sara Jensen denken. Spulte immer wieder seine mentalen Videos von ihr ab. Und er sah sie auch immer wieder ausschnittsweise in anderen Frauen – in einer Geste, einem bestimmten Schritt, einem Drehen des Kopfes.

Jensen war ein Splitter unter seiner Haut. Er konnte noch so sehr versuchen, sie aus seinen Gedanken zu verdrängen – es gelang ihm nicht. Früher oder später würde er sich aktiv mit ihr auseinandersetzen müssen. Egal, ob da Bodyguards waren oder nicht...

Aber Koop wußte ja auch ein wenig über die Handlungsweisen der Cops. Sie würden sie eine Weile bewachen, und dann, wenn nichts passierte, würden sie sich auf die Jagd nach einem anderen Verdächtigen machen...

Die einzige Frage war nur: Konnte er so lange warten?

Um halb neun steuerte Koop ein Parkhaus in der Stadtmitte an. Er fuhr hinter einem Nissan Maxima die Rampe hoch, parkte einige Plätze entfernt von ihm ein, stieg langsam aus dem Truck. Der Fahrer des Maxima nahm den Aufzug; Koop nahm die Nummernschilder von seinem Wagen.

Er trug sie zum Truck, trat außer Sicht, als ein anderer Wagen die Rampe hochkam, und klemmte die gestohlenen Schilder dann mit magnetischen Druckknöpfen über seine eigenen. Eine Sache von zwei Minuten.

Posey führte ein sehr geselliges Leben, ging fast jeden Abend aus, in irgendwelche Bars. Koop machte einen Check, rief bei ihm zu Hause an, nach einiger Zeit noch einmal, dann ein drittes Mal. Keine Reaktion. Er fuhr hin.

Der Abend war warm, und es roch nach frisch geschnittenem Gras. In der ganzen Nachbarschaft brummten die Klimaanlagen in den Seitenwänden der Häuser. Fenster und Türen würden geschlossen sein, und er durfte, wenn es sein mußte, durchaus etwas lauter sein als sonst.

Vier Blocks vor Poseys Haus stand eine Gruppe von Teenagern rauchend an einer Straßenecke. Drei Mädchen und zwei Jungen. Lange Haare, Hemden über den Jeans. Als Koop in seinem Truck vorbeifuhr, schauten sie ihn aus zusammengekniffenen Augen an.

Einige gelbe und weiße Verandalichter brannten, und der Klang sanfter Musik drang aus einer offenen, erleuchteten Garage. Nur wenige Autos waren am Straßenrand abgestellt; in dieser Gegend betuchter Leute hatte man das nicht nötig.

Er fuhr am Haus vorbei. Es sah alles normal aus – Posey ließ immer in zwei Räumen die Lampen brennen, wenn er ausging. Koop hatte seinen Koks dabei; er nahm eine Prise, dann noch eine, holte sein Werkzeug unter dem Beifahrersitz hervor, fuhr zurück zum Haus, in die Einfahrt. Wartete einen Moment, beobachtete die Vorhänge, die Straße, nahm das Werkzeug, stieg aus, ging zur Haustür, läutete.

Der Hund fing an zu bellen – laut, bis zur Straße hörbar. Niemand kam zur Tür. Der Hund bellte immer weiter. Koop ging an der Vorderfront des Hauses entlang, schaute ein letztes Mal die Straße hinauf und herunter, ging dann um die Ecke, an der Seite der Garage entlang.

Die Garage hatte hier keine Fenster. Sie stand gegenüber der Garage des Nachbarhauses. Dazwischen war Koop nicht zu sehen. Im Garten hinter dem Haus war es jedoch anders, hier lauerten Gefahren. Koop blieb an der Ecke der Garage stehen und schaute prüfend zu den Häusern an der gegenüberliegenden Straße. In einigen brannte Licht, und zwei Häuser nach links saß ein Mann zeitungslesend hinter einem großen Fenster. Okay…

Koop trug einen Jogging-Anzug, unter der offenen Jacke ein weißes T-Shirt. In der Seitentasche der Jacke steckten seine Fahrerhandschuhe. In einen der Handschuhe hatte er einen Segler-Kompaß, allgemein »Eishockey-Puck« genannt, gestopft, in den anderen eine kleine Plastik-Taschenlampe. Im Hosenbein, entlang der Hüfte und des Oberschenkels, führte er ein fünfundvierzig Zentimeter langes Stemmeisen mit, dessen gebogenes Ende aus dem Hosenbund ragte.

Er wartete zwei Minuten, drei, bis sein Herzschlag sich normalisiert hatte, dann zog er den Reißverschluß der Jacke zu und streifte die Handschuhe über. Als fast unsichtbarer Schatten schlich er um die Garagenecke, weiter zur Rückseite des Hauses, bis er hinter einer Zwergtanne unter dem ersten Balkon stand.

Der Boden des Balkons war zweieinhalb Meter über ihm. Er bog die Tanne, fand ungefähr sechzig Zentimeter über dem Gartenboden einen Ast, der sein Gewicht tragen würde. Er setzte den Fuß darauf, spürte, wie die Tanne sich bog, konnte aber trotzdem die untere Stange des Balkongeländers zuerst mit einer, dann mit beiden Händen umspannen. Er schwang sich hoch wie ein Affe, schürfte sich die Kniescheibe an der Betondecke des Balkons auf. Er wartete ein paar Sekunden, ignorierte den Schmerz im Knie, horchte, hörte nichts, testete dann die obere Stange des Geländers auf ihre Belastbarkeit.

Stabil. Er stellte sich darauf, balancierte vorsichtig, hielt sich am Boden des oberen Balkons fest, umspannte die Geländerstange mit beiden Händen, ließ sich frei schwingen. Als die Pendelbewegung nachließ, zog er sich hoch und kletterte über das Geländer auf den oberen Balkon.

Wieder blieb er stehen, horchte. Der Hund hatte aufgehört zu bellen. Sehr gut. Er befand sich jetzt auf der dritten Etage, vor einem Zimmer, das nach seinen Beobachtungen kaum genutzt wurde. Poseys Schlafzimmer hatte er auf der zweiten Etage ausgemacht, ein Eckzimmer. Dieses hier mußte ein Gästezimmer sein, wenn der Plan des Umzugsmannes stimmte. Und es würde nicht durch eine Alarmanlage geschützt sein, es sei denn, Posey war echt beknackt.

Er hörte nichts, richtete sich aus der Hocke wieder auf, schaute sich die Glasschiebetür an. Der Schiebeweg war nicht blockiert; das machte die Sache einfacher. Er probierte, ob die Tür überhaupt verschlossen war. Sie war es. Er zog das Stemmeisen aus der Hose, hielt seine Spitze gegen das Glas, drückte dann langsam, vorsichtig dagegen. Ein Knacken im Glas, fast kaum zu hören... Er setzte neu an, dicht über dem ersten Punkt, drückte nach unten. Wieder ein Knacken...

Beim drittenmal brach das Glas plötzlich ein, auf einer handtellergroßen Fläche. Das Geräusch war nicht lauter als ein Husten. Er langte durch das Loch, legte den Verschlußhebel um, schob die Tür auf. Blieb stehen. Horchte. Trat ins Zimmer, machte die Taschenlampe an. Ja. Ein Schlafzimmer. Offensichtlich selten benutzt.

Er ging durchs Zimmer zur Tür. Sie war verschlossen. Er nahm den Kompaß aus der Tasche, wartete, bis die Nadel sich beruhigt hatte, strich dann damit langsam über den Türrahmen. Die Nadel schlug nicht aus, außer in der Nähe des Türgriffs, wo sie wegen des Metalls in Bewegung geriet. Die Tür war nicht magneto-elektrisch gesichert; er hatte das nicht anders erwartet, aber man brauchte ja nur wenig Zeit, um ganz sicher zu sein.

Er machte die Tür auf, war darauf gefaßt, den Hund davor stehen zu sehen, aber da war nur der leere Flur, schwach erleuchtet von den unten brennenden Lichtern.

Die Treppe runter, langsam, leise, horchend... Nichts. In die Diele.

Dann: Kratzen der Hundekrallen auf dem Vinylboden der Küche, ein leises *Wuff*... Ein paar *Wuffs* waren okay, aber wenn der Hund außer Kontrolle geriet... Er spannte die Hand um das flache Ende des Stemmeisens.

Der Hund kam um die Ecke der Küchentür, sah ihn, fing an zu

bellen. Ein alter Hund mit steifen Beinen und grauen Haaren um die Schnauze...

»Hallo, alter Junge, komm mal her...«, säuselte Koop. »Komm, alter Junge...« Er ging langsam auf den Hund zu, die linke Hand ausgestreckt, die rechte mit dem Stemmeisen hinter dem Rücken. Der Hund wich zurück, bellte, ließ Koop aber näher herankommen.

»Komm schon, alter Junge.« Noch einen Schritt näher, noch einen...

»Wuff!« Der Hund spürte die Gefahr, versuchte nach hinten auszuweichen...

Koop schlug den Hund wie eine Fliege tot. Das Stemmeisen traf ihn mitten auf dem Schädel, und der Hund sackte zusammen, kam nicht einmal mehr zu einem Winseln, nur noch zu einem letzten leisen *Wuff.* War schon tot, als der Körper den Boden erreichte. Nur die Beine zuckten noch, kratzten krampfartig über den Vinylboden.

Koop drehte sich weg. Kein Grund mehr, besonders leise zu sein. Er überprüfte die Haustür. An der Wand daneben eine Konsole mit einem roten Alarmlicht... Das System war also eingeschaltet, aber er wußte nicht, was das im einzelnen zu bedeuten hatte. Die Kellertür überprüfte er wieder mit dem Kompaß. Keine Reaktion. Vielleicht waren nur die nach draußen führenden Türen durch das Alarmsystem gesichert...

Er schob die Kellertür auf, machte einen Schritt auf die erste Treppenstufe. Okay. Ging die Treppe hinunter, in den Keller – und im gleichen Augenblick, als er den Fuß auf den Kellerboden setzte, piepste das hektische *Biip-Biip-Biip* der Alarmanlage los, nicht sehr laut, nur wenig lauter als ein Wecker.

»Scheiße!« sagte er.

Eine Minute... Er begann, im Hinterkopf rückwärts zu zählen: *Sechzig, neunundfünfzig...*

Der Tresor stand genau an der Stelle, die der Umzugsmann ihm gesagt und in den Plan eingezeichnet hatte. Das Einstellen der Kombination klappte auf Anhieb, und er schaute hinein. Zwei Lederbeutel, zwei Schmucketuis. Er nahm alles aus dem

Safe. In einem der Beutel war Papiergeld. Der andere war fast so schwer wie eine Autobatterie. Vielleicht Gold. Keine Zeit zum Nachschauen...

Dreißig. Neunundzwanzig, achtundzwanzig...

Er rannte die Treppe hoch, zur Haustür. *Biip-biip-biip*, tönte es aus der Konsole. Er zertrümmerte sie mit dem Stemmeisen, brachte das Geräusch zum Schweigen. Der Alarmruf würde auf jeden Fall beim Sicherheitsdienst eingehen, aber wenn jemand draußen auf der Straße vorbeiging, würde er das Piepsen nicht hören.

Koop ging aus der Haustür, zu seinem Truck. Warf die Werkzeuge und die Beute auf den Beifahrersitz, fuhr los, rückwärts auf die Straße.

Dachte: *Vierzehn, dreizehn, zwölf...*

Bei *null* bog er um die Ecke, fuhr den Hügel hinunter zur West Seventh Street. Fünfzehn Sekunden später befand er sich bereits in dichtem Verkehr. Er hatte keinen Cop zu Gesicht bekommen...

Koop schaute sich auf dem Parkplatz eines Burger King seine Beute an. Im ersten Beutel steckten viertausendfünfhundert Dollar in zwanziger, fünfziger und hunderter Noten. Im zweiten Beutel waren fünfzig Goldmünzen, Krügerrand. Schon jetzt war klar, daß das einer seiner besten Beutezüge war. Das erste Etui enthielt eine Goldkette mit einem Kreuz aus zehn Diamanten. Die Steine waren klein, aber keine Splitter. Er hatte keine Vorstellung, was die Kette wert war. Eine Menge, dachte er, wenn die Steine echt sind. Im zweiten Etui lagen ein Paar zu der Kette passende Ohrringe.

Eine Welle der Freude durchlief ihn. Das beste Ergebnis, die größte Beute, die er je gemacht hatte... Und dann dachte er wieder an Sara Jensen, und die Freude verflog.

Scheiße... Er schaute auf die Goldmünzen in seinem Schoß. Er brauchte das alles eigentlich gar nicht. Geld konnte er sich jederzeit beschaffen...

Er wußte, was er wirklich brauchte.

Er sah sie vor sich, sobald er die Augen schloß...

Koop fuhr an Saras Appartementgebäude vorbei. In ihrer Wohnung brannte Licht. Er fuhr langsamer, meinte, einen Schatten hinter dem Fenster gesehen zu haben. War sie wieder nackt? Oder steckte die Wohnung voller Cops?

Aber er durfte sich nicht länger hier herumtreiben. Die Cops beobachteten ihn womöglich…

Er dachte an den Hund, wie er noch mit den Füßen auf dem Vinylboden gescharrt hatte. Er fragte sich, warum sie das taten…

Die Nacht hatte ihn in einen manisch-depressiven Zustand versetzt: Euphorie über die Beute in Poseys Haus, Frustration über das Licht in Saras Wohnung. Er fuhr zur Lake Street, schloß den Truck ab und begann eine Zechtour. Trank sich durch *Flower's Bar, Lippy's Lounge, The Bank Shot* und *Skeeter's*. Spielte Poolbillard mit einem Motorradfreak bei *Skeeter's*. Kaufte sich bei *Lippy's* neuen Stoff und schnüffelte fast das ganze Päckchen auf der Toilette bei *Lippy's* in die Nase hoch.

Der Koks verursachte nach einer Weile heftige Kopfschmerzen bei ihm, verhärtete seine Nackenmuskeln so sehr, daß sie sich wie angespannte Sprungfedern anfühlten. Er kaufte sich eine halbe Flasche Bourbon, ging zu seinem Truck, trank die Flasche fast leer, machte ein paar Übungen: Brücken, einarmige Liegestütze.

Um ein Uhr fuhr Koop, inzwischen betrunken, zurück zur Stadtmitte. Um fünf nach eins sah er die Frau auf das Hotel in einer Nebenstraße der Lyndale Street zugehen. Sie schien ein wenig verunsichert, ein wenig ängstlich zu sein… Ihre hohen Absätze machten *klackediklack* auf dem Pflaster. Und Koop war betrunken…

»Zur Hölle mit ihr!« sagte Koop laut. Er hatte keinen Äther, aber er hatte seine Muskeln und sein Messer. Er fuhr an der Frau vorbei, hielt am Bordstein, ließ den Motor laufen. Griff unter den Beifahrersitz, suchte nach dem Müllbeutel, fand ihn, schüttelte das Messer heraus, stopfte die Schlüssel wieder zurück. Nahm eine schnelle Prise Koks, dann noch eine. Griff hinter seinen Sitz, zog seine Baseballmütze hervor, setzte sie auf.

»Zum Teufel mit ihr«, sagte er. Sie hatte auf dem Bürgersteig jetzt das Ende des Trucks erreicht. Die Nacht war warm für Minnesota, aber sie trug einen dreiviertellangen Trenchcoat. Koop trug ein T-Shirt mit der Aufschrift »Coors«.

Raus aus dem Truck, um die Motorhaube herum – ein wildgewordener Gorilla...

Die Frau sah ihn kommen. Schrie: »Nein!«

Ließ ihre Handtasche fallen.

Alles kokainklar, kokainkraftvoll...

Vollgetankt mit Whiskey. Und voller Haß: »FAHR ZUR HÖLLE!«

Koop schrie es laut heraus, und die Messerklinge sprang heraus. Die Frau wollte weglaufen, außer sich vor Angst. Er griff nach ihr, erwischte sie an der Schulter, am Mantel. »Du kommst jetzt mit mir in den verdammten Truck!«

Er sah das Weiße in ihren vor Entsetzen weit aufgerissenen Augen, zerrte an ihr. Der Mantel gab nach, die Frau zappelte, schlüpfte aus den Mantelärmeln, lief weg. Rannte durch einen Blumengarten neben dem Bürgersteig, auf ein Haus zu, trampelte durch rosa Petunien, verlor einen Schuh, erreichte die Hauswand – und fing an zu schreien. Uringeruch stieg in die Nachtluft...

Sie schrie und schrie. Ein hohes, durchdringendes, lautes Kreischen, ein Kreischen, das in der Straße widerzuhallen schien.

Koop, vollgepumpt mit Whiskey, vollgepumpt mit Koks, die entblößten Zähne so groß wie Grabsteine, war über ihr. »Halt die Schnauze!« Er schlug mit dem Handrücken zu, holte sie von den Beinen. Die Frau keuchte, schluchzte, versuchte wegzukriechen.

Koop packte sie am Fußgelenk, zog sie hinter sich her durch den Blumengarten, und die Frau versuchte, sich an Petunienbüscheln festzuhalten. Petunien...

Sie fing wieder an zu schreien; schrie keine Worte, schrie einfach nur kreischend, und Koop wurde immer wütender, zerrte sie auf den Truck zu.

Dann, irgendwoher von oben:

»He, laß das sein!« Eine Frauenstimme, schrill, so wütend wie Koop. »Laß das sein, du Arschloch, ich rufe die Polizei!«

Dann eine Männerstimme: »Lassen Sie die Frau los!«

Die Leute schrien aus dem Appartementhaus gegenüber auf ihn ein, der Mann aus dem dritten oder vierten Stock, die Frau aus dem sechsten. Koop schaute hoch. Das Schreien seines Opfers ging in Schluchzen über...

»Leckt mich am Arsch!« schrie Koop zurück.

Dann ein Blitzlicht: Die Frau hatte ein Foto von ihm gemacht. Koop geriet in Panik, wollte wegrennen. Die Frau, auf dem Gehweg liegend, sah zu ihm hoch, schrie wieder los, wollte sich von ihm losreißen.

Scheiße – sie hatte ihn aus nächster Nähe gesehen...

Wieder ein Blitzlicht.

Die Männerstimme: »Lassen Sie die Frau los, die Polizei ist unterwegs, hauen Sie ab!«

Und ein anderes grelles Licht, anhaltend diesmal: Jemand machte Videoaufnahmen.

Die Wut röhrte in ihm hoch wie eine Stichflamme, und das Messer hatte plötzlich ein Eigenleben...

Koop krallte die Hand um die Kehle der Frau, riß sie vom Gehweg hoch; die Frau strampelte mit den Beinen wie ein Huhn.

Und das Messer erwischte sie. Sie sackte zusammen, zurück auf den Gehweg, als ob sie in Ohnmacht gefallen wäre.

Koop schaute auf sie hinunter. Seine Hände waren voller Blut; und Blut lief auch über den Gehweg, schwarzes Blut im Licht der Straßenlampen...

»Lassen Sie die Frau in Ruhe, hauen Sie ab...«

Das brauchte man ihm jetzt nicht mehr zu sagen. Panik erfaßte ihn, und er rannte zum Truck, sprang hinein, raste los.

Um die Ecke, um eine nächste Ecke...

Zwei Minuten vorbei... Die Auffahrtrampe zur Interstate hoch... Streifenwagen überall da unten. Jaulende Martinshörner, zuckende Blaulichter... Koop bog sofort wieder von der Interstate ab, zurück ins Straßengewimmel, fuhr nach Süden. Blieb in Seitenstraßen und Gassen.

Nach weiteren zehn Minuten fuhr er auf den Crosstown-Expressway. Er erreichte nach wenigen Minuten den Flughafen. Er zog einen Parkschein, fuhr ins Parkhaus und stellte den Truck ab.

»Miststück!« stieß er zwischen den Zähnen hervor. Aber fürs erste war er in Sicherheit... Er lachte vor sich hin und trank den Rest des Whiskeys.

Dann stieg er aus, strich die Hose glatt, ging nach hinten, kletterte in den Aufbau des Trucks.

Ja, im Augenblick war er in Sicherheit...

Er rollte die Jacke seines Jogginganzugs als Kopfkissen zusammen, legte sich hin und schlief ein...

Eloise Miller starb in einer Lache aus schwarzem Blut, noch ehe die Polizei eintraf.

Und in St. Paul schaute ein Streifenpolizist auf den Hund Ivanhoe und fragte sich, wer zum Teufel so etwas fertigbrachte...

Kapitel 26

»Wir haben Fotos von ihm«, sagte Connell. Lucas traf sie im sechsten Stock des Appartement-Gebäudes gegenüber dem Tatort. Sie hatte sich gerade von einer weißhaarigen Frau an der Tür eines kleinen Appartements verabschiedet. Connell war so aufgeregt, wie Lucas sie bisher nie gesehen hatte. Sie hielt die Patrone eines Fünfunddreißigmillimeterfilms in der Hand. »Fotos von ihm und dem Truck.«

»Ich hörte, wir hätten auch einen Videofilm«, sagte Lucas.

»Ja, Mann, kommen Sie...« Connell führte ihn die Treppe hinunter. »Das müssen wir uns ansehen.«

Im vierten Stock sprachen zwei Cops mit einem dünnen Mann im Bademantel. »Kann man uns das Band vorspielen?« fragte Connell.

Einer der Cops hob die Schultern, sah Lucas an. »Wie geht's, Chief?«

»Okay... Was haben wir denn hier?«

»Mr. Hanes hat Videoaufnahmen von dem Angriff auf die Frau gemacht«, sagte der ältere der beiden Cops und zeigte mit einem Bleistift auf den Mann im Bademantel.

»Ich habe nicht lange überlegt«, sagte der Mann. »Dazu war keine Zeit.«

Der jüngere Cop drückte auf den Wiedergabeknopf am Recorder. Das Bild flackerte auf, klar und beständig: Das Bild eines grellen Lichtes, das in einem Fenster aufleuchtet. Am unteren Rand zwei Beinpaare, die einen Tanz auszuführen schienen...

Sie standen schweigend da und sahen zu, wie das Band weiterlief. Und sahen auf der anderen Seite des Fensters nichts als diese Beine – und selbst die nur für wenige Sekunden.

»Wenn wir es mitnehmen, können unsere Auswerter vielleicht eine Angabe zur Größe des Täters machen«, sagte Lucas.

Der Mann im Bademantel sagte, traurig wie ein Bluthund: »Tut mir leid.«

Der ältere Cop versuchte eine Erklärung: »Sehen Sie, das Licht seines Scheinwerfers wurde von der Fensterscheibe direkt zurück in die Linse der Kamera gespiegelt, und deshalb wird alles, auf was er die Kamera richtete, von diesem Licht überstrahlt.«

»Ich war so aufgeregt...«

Im Flur sagte Lucas: »Woher sollen wir wissen, daß mit den Fotos nicht dasselbe passiert ist?«

»Weil die Frau auf den Balkon ging und die Aufnahmen von dort aus gemacht hat«, antwortete Connell. »Dort war kein Fenster, in dem sich das Blitzlicht hätte widerspiegeln können... In der Midway Street gibt es einen durchgehend dienstbereiten Filmentwicklungsdienst.«

»Wäre es nicht besser...«

Sie schüttelte den Kopf. »Nein. Ich habe mir sagen lassen, daß die automatisierte Entwicklung die zuverlässigste bei diesen Kodak-Filmen ist. Und da ist es egal, wo man sie entwickeln läßt.«

»Haben Sie sich die Frau da unten auf der Straße näher angesehen?« fragte Lucas.

»Ich habe zuviel gesehen«, antwortete Connell. Sie sah Lucas an. »Er ist ausgeflippt. Er hat das Stadium des hinterlistigen, sich an die Opfer ranschleichenden, sehr vorsichtigen Killers hinter sich gelassen. Er ist jetzt Jack the Ripper.«

»Und wie steht's mit Ihnen?«

»Ich bin schon vor langer Zeit letztmals ausgeflippt.«

»Ich meine... werden Sie das durchstehen?«

»Ich werde das durchstehen«, sagte sie.

Ein junger Mann, gerade mit der Arbeit an einem Film beschäftigt, hatte Nachtschicht bei dem Schnellentwicklungsdienst. Er könne alles andere liegenlassen, sagte er, und ihnen in fünfzehn Minuten Abzüge machen, kostenlos.

»Besteht nicht die Gefahr, daß die Aufnahmen auf dem Film dabei vernichtet werden?« fragte Lucas.

Der junge Mann, ein College-Student in einem T-Shirt der *Stone Temple Pilots,* hob die Schultern. »Das passiert höchstens einmal unter tausend – wahrscheinlich sogar seltener. Die sicherste Wette, die Sie eingehen könnten.«

Lucas gab ihm den Film. »Dann legen Sie mal los.«

Siebzehn Minuten später sagte der junge Mann: »Das Problem ist, daß diese Frau versucht hat, aus einer Entfernung von fünfzig bis sechzig Metern Fotos zu machen, bei Nacht, mit einem winzigkleinen Blitzlicht. Dieses Blitzlicht ist dazu gedacht, das Gesicht eines Menschen aus drei Metern Entfernung aufzuhellen.«

»Es ist also nichts drauf!« schrie Connell ihn an, und Spucke zischte aus ihrem Mund.

»Doch, es ist was drauf, man kann es ja sehen«, sagte der junge Mann widerwillig und starrte auf einen der fast schwarzen Abzüge. Auf diesem speziellen Abzug war in der Mitte ein gelber Fleck zu sehen, wahrscheinlich das Licht einer Straßenlaterne, darunter etwas, das wie das Dach eines Trucks aussah. »Das ist genau das, was dabei rauskommt, wenn man im Dunkeln mit einer dieser verdammten kleinen Kameras Fotos machen will.«

Man sah auf den Fotos, daß irgendwas da vor sich ging, aber man konnte nicht sagen, was es war. Nur eine Menge undeutlicher Flecke – die eine Frau sein konnten, die gerade totgestochen wurde...

»Ich kann's nicht glauben!« sagte Connell und ließ sich auf den Beifahrersitz fallen. Sie sah krank aus.

»Ich bin sowieso mit Augenzeugen und Fotos sehr vorsichtig«, sagte Lucas tröstend.

Drei Blocks weiter sagte Connell plötzlich: »Halten Sie an bitte. Da drüben, an der Ecke.« Ihre Stimme klang dringlich.

»Was ist los?« Lucas hielt an.

Connell sprang aus dem Wagen, übergab sich. Lucas stieg aus, ging zu ihr. Sie sah ihn erschöpft an, versuchte ein Lächeln. »Es wird wieder schlimmer«, sagte sie. »Wir müssen uns beeilen, Lucas.«

»Wir befinden uns in einem Feuersturm«, sagte Roux. Sie hatte zur gleichen Zeit zwei Zigaretten angesteckt, die auf dem Fensterbrett qualmte nutzlos vor sich hin.

»Wir werden ihn kriegen«, sagte Lucas. »Wir haben noch die Überwachung von Sara Jensen. Es besteht eine gute Chance, daß er dort auftaucht.«

»Diese Woche noch«, sagte Roux. »Es muß noch diese Woche sein.«

»Sehr bald«, sagte Lucas.

»Versprochen?«

»Nein.«

Lucas verbrachte den Tag nach den Routinearbeiten am Eloise-Miller-Fall mit dem Studium der Sextäter-Historien und mit Anrufen bei anderen Cops. Connell und Greave machten dasselbe. Resultate der Straßenermittlungen trafen ein: Der Killer war groß und kräftig, hatte die Frau zusammengeschlagen, als wäre sie eine Stoffpuppe.

Es gab drei Augenzeugen. Einer sagte, der Killer habe einen Bart, die beiden anderen sagten, er habe keinen. Zwei meinten, er habe eine Mütze getragen, einer behauptete, er habe schwarze Haare. Alle drei sagten, er habe einen Truck gefahren, erinnerten sich jedoch nicht an die Farbe. Weiß und irgendwas anderes. Es hatte auf der Straße nicht genug Dreck gegeben, um Reifenspuren aufnehmen zu können; außerdem waren zwei Streifenwagen und ein Krankenwagen darübergefahren.

Der Autopsiebericht kam. Keine guten Nachrichten. Keine Spuren, die eine DNA-Analyse ermöglicht hätten. Keine Fingerabdrücke. Die Suche nach Haaren noch nicht abgeschlossen...

Um vier Uhr gab Lucas auf. Er fuhr nach Hause, machte ein Schläfchen. Weather kam um sechs von der Arbeit.

Um sieben lagen sie auf dem Bett, die Körper von kühlendem Schweiß bedeckt. Das Fenster stand einen kleinen Spalt offen, und von der dreißig Meter entfernten Straße drang das Geräusch vorbeifahrender Autos, hin und wieder auch das gedämpfte Gemurmel von Stimmen zu ihnen herein.

Weather rollte sich auf die Seite und stützte sich auf den Ellbogen. »Ich wundere mich, daß du dich so gut von dem lösen kannst, was du im Dienst erlebst«, sagte sie. Sie malte mit dem Zeigefinger einen Kreis auf seine Brust. »Wenn ich bei einem Problem so feststecken würde wie du im Moment, könnte ich an nichts anderes mehr denken. Ich würde das nicht fertigbringen.«

»Warten gehört nun mal zu meinem Job«, sagte Lucas. »So war es schon immer. Du kannst den Kuchen erst essen, wenn er gebacken ist.«

»Es werden Menschen ermordet, während du wartest«, warf sie ein.

»Menschen sterben fortlaufend aus miesen Gründen«, sagte Lucas. »Als wir im vergangenen Winter den Wald durchkämmten, hatte ich dich gebeten, nicht mitzukommen. Du hast das abgelehnt, und nur deshalb lebe ich noch. Wenn du nicht da draußen dabeigewesen wärst...« Er strich über die Narbe an seinem Hals.

»Das ist nicht dasselbe«, widersprach sie. Sie berührte ebenfalls die Narbe. Sie stammte zum größten Teil von ihrer Arbeit. »Menschen sterben fortlaufend, weil es der Zufall so will. Zwei Autos stoßen zusammen, und ein Mensch stirbt. Wenn der Fahrer eines der beiden Autos an der letzten Ampel auch nur fünf Sekunden gezögert hätte, wären sie nicht zusammengestoßen, und niemand müßte sterben. Zufall. Aber was du tust... Jemand könnte sterben, weil du ein Problem nicht lösen kannst, das eigentlich lösbar ist. Oder, umgekehrt, wie im letzten Winter – du hast ein Problem gelöst, das unlösbar schien, und Menschen, die vielleicht hätten sterben müssen, leben noch.«

Er öffnete den Mund, wollte antworten, aber sie tätschelte ihm auf der Brust herum und verhinderte damit eine Reaktion. »Das ist natürlich keine Kritik. Nur eine Feststellung. Was du tust ist wirklich... bizarr. Es ist wie Magie, wie Handlesen, hat kaum etwas mit kühler Wissenschaft zu tun. Ich arbeite in der Wissenschaft – wie alle anderen, mit denen ich zusammenarbeite. Es ist Routine. Was du tust, ist... faszinierend.«

Lucas kicherte, in einer verblüffend hohen Tonlage, wie sie sie noch nie bei ihm gehört hatte. Kein glucksendes Lachen. Ein echtes Kichern. Sie starrte auf ihn hinunter.

»Verdammt, bin ich froh, daß du mit mir zusammenlebst, Karkinnen!« sagte er. »Unterhaltungen wie diese könnten mich wochenlang in einem Stück wach halten. Du bist für mich besser als Speed.«

»Wie bitte...?«

»Nein, nein...« Er stemmte sich auf den Ellbogen hoch und sah ihr in die Augen. »Ich meine es ernst, ich brauche das. Niemand hat je zuvor so in mich hineingeschaut. Ich glaube, ein Mann wird sehr schnell alt und rostig, wenn er niemanden hat, der in ihn hineinschaut.«

Als Weather ins Bad ging, stand Lucas auf und lief in der Wohnung umher, nackt, rastlos, von Zimmer zu Zimmer. Das Bild der toten Eloise Miller stand vor seinem geistigen Auge: eine Frau, die auf dem Weg ist, den Hund einer Freundin zu füttern, während diese Freundin für eine Nacht verreist ist. Sie war diesen Weg gegangen, mitten in der Nacht, nur ein einziges Mal in ihrem Leben. Ein einziges Mal zuviel...

Lucas hörte, wie Weather die Dusche anstellte, und er dachte voller Schuldgefühle daran, daß er Jan Reed so attraktiv fand. Er seufzte. Er sollte besser an andere Dinge denken...

Sie wußten so viel über den Mörder, ging ihm durch den Kopf. In Umrissen, wie er aussah, wie groß er war, wie kräftig er war, wie er vorging, und sie kannten die Fahrzeugtypen, die er fuhr – wenn er zusätzlich zu dem Truck tatsächlich diese Taurus-Limousine benutzt hatte. Anderson war dabei, eine Computerüberprüfung über gleichzeitigen Besitz einer grünen Taurus-Limousine und eines Pick-up-Trucks durchzuführen.

Aber so vieles, was sie wußten, war widersprüchlich, und Widersprüche konnten bei einem Gerichtsverfahren verheerende Folgen haben.

Je nachdem, was man glaubte – der Killer war ein weißer, kleiner oder auch großer Polizist (vielleicht aber auch ein Ex-Sträfling), ein Kokser, der entweder einen blauweißen oder rotweißen Pick-up-Truck fuhr, oder aber eine grüne Taurus-Limousine, und er trug eine Brille oder auch nicht, und während er früher einen Bart gehabt hatte, konnte er ihn inzwischen abrasiert haben. Oder auch nicht.

Großartig…

Und selbst wenn man das alles klären konnte, sie hatten nicht einen einzigen Beweis, der für eine Verurteilung ausreichen würde. Vielleicht kommt ja bei den Laboruntersuchungen noch was raus, dachte er. Vielleicht fanden sie an einer der Zigarettenkippen irgendein winziges Hautstückchen, konnten daraus die DNA des Killers rekonstruieren, und vielleicht fand sich in der DNA-Bank des Staates eine dazu passende DNA. So was war schon vorgekommen.

Und vielleicht lernten Schweine noch das Fliegen…

Lucas ging ins Wohnzimmer, schlug ein paar Tasten auf dem Klavier an. Weather hatte angeboten, ihm das Klavierspielen beizubringen – sie hatte im ersten College-Jahr Klavierunterricht gegeben –, aber er hatte gesagt, er sei zu alt dazu.

»Man ist zu nichts zu alt«, hatte sie gesagt. »Komm, trink noch einen Schluck Wein.«

»Doch, ich bin zu alt. Ich kann so was nicht mehr lernen. Mein Gehirn nimmt es nicht mehr auf«, hatte Lucas gesagt und sich den Wein einschenken lassen. »Aber ich kann gut singen.«

»Du kannst singen?« Sie war erstaunt. »Was zum Beispiel?«

»Ich habe *›I love Paris‹* beim Konzert der Abschlußklasse in der High-School gesungen«, sagte er, irgendwie abwehrend.

»Soll ich dir das glauben?«

»Nun, es ist wahr.« Er trank einen Schluck Wein.

Auch sie nahm einen Schluck, stellte das Glas dann auf einen Beistelltisch, durchwühlte, schon leicht beschwipst, ihre Klaviernoten und sagte schließlich: »Aha, jetzt werden wir seinen Bluff aufdecken! Hier habe ich die Noten von ›I love Paris‹.«

Sie spielte, und er sang; bemerkenswert schön, wie sie sagte. »Du hast tatsächlich eine richtig gute Bariton-Stimme.«

»Das weiß ich. Mein Musiklehrer sagte, ich hätte ein großes, vibrierendes Instrumentarium...«

»Das war nicht zufällig eine attraktive Musiklehrerin?«

»Nein, leider ein Mann«, antwortete Lucas. »Komm, trink noch einen Schluck Wein.«

Lucas schlug noch ein paar Töne an, ging dann zurück zum Schlafzimmer, dachte wieder über die Augenzeugen nach. Sie hatten inzwischen mehr als ein Dutzend. Mehrere von ihnen waren zu weit entfernt gewesen, um klare Aussagen machen zu können; einige waren zum Zeitpunkt des Geschehens so verängstigt gewesen, daß ihre Aussagen eher verwirrend als hilfreich waren; zwei Männer hatten das Gesicht des Killers beim Angriff auf Hart gesehen. Einer sagte aus, er sei ein Weißer, der andere meinte, er sei ein hellhäutiger Schwarzer.

Und bei einigen war zuviel Zeit verstrichen, seit sie den Mörder gesehen hatten, und sie erinnerten sich an nichts mehr...

Weather war nackt, hatte das Haar voller Shampoo, und sie beugte sich über das Waschbecken. »Wenn du jetzt an meinen Hintern greifst, warte ich, bist du eingeschlafen bist, und verstümmele dich dann.«

»Dann schneidest du dir aber ins eigene Fleisch, hmm?«

»Na ja«, sagte Weather und fuhr mit den Fingerspitzen durch ihr Haar.

Er lehnte sich an den Türrahmen. »Es gibt da etwas an schönen Hintern, das Frauen nicht verstehen«, sagte er. »Ein wirklich wohlgeformter Hintern ist ein Objekt von derart sublimer Schönheit, daß es fast *unmöglich* ist, die Hände davon zu lassen.«

»Überleg dir eine Möglichkeit, es trotzdem zu schaffen.«

Lucas sah ihr einen Augenblick zu und sagte dann: »Da wir gerade von Hintern sprechen: Es gibt da eine Gruppe von Gehörlosen, die meinen, sie hätten den Truck des Mörders gesehen. Waren sich sogar sicher. Aber sie nannten uns eine unmögliche Buchstabenfolge des Nummernschildes. Eine Buchstabenfolge, die nicht ausgegeben wird – A-S-S.« Er griff jetzt zu.

»Ich schwöre bei Gott, Lucas, wenn du meine Hilflosigkeit ausnutzt...«

»Wie können sie so sicher sein, obwohl die Buchstaben falsch sein müssen?«

Weather stellte das Haarerubbeln für einen Moment ein und sagte: »Viele taube Menschen können Englisch nicht lesen.«

»Was...«

Sie hatte den Kopf noch im Waschbecken, sah ihn unter der Achsel hindurch an. »Sie können Englisch nicht lesen, glaub's mir. Für Gehörlose ist es sehr schwer, Lesen zu lernen. Vielen macht das nichts aus. Oder sie lernen gerade so viel, daß sie Speisekarten und Bus-Fahrpläne oder so was lesen können.«

»Und was machen sie, um kommunizieren zu können?«

»Sie haben ihre Zeichensprache«, sagte sie.

»Ich meine, um *mit uns* kommunizieren zu können.«

»Viele von ihnen sind gar nicht daran interessiert, mit uns kommunizieren zu können. Die Gehörlosen haben eine vollständig eigene Kultur; sie brauchen uns nicht.«

»Sie können nicht lesen und schreiben?« Lucas war sehr erstaunt.

»Nein. Jedenfalls können es viele von ihnen nicht. Ist das denn wichtig?«

»Ich weiß es nicht«, sagte Lucas. »Aber ich werde es herausfinden.«

»Noch heute abend?«

»Hast du etwa andere Pläne?« Er packte wieder zu.
»Nein, nicht wirklich«, sagte sie. »Ich gehe gleich ins Bett.«
»Ich mache erst mal einen Anruf«, sagte er. »Es ist ja noch nicht mal zehn Uhr.«

Annalise Jones war Sergeant beim St. Paul Police Department. Lucas erreichte sie zu Hause.
»Wir haben einen Polizeianwärter als Übersetzer eingesetzt«, sagte sie. »Einen Studenten von St. Thomas. Er schien sich gut auszukennen.«
»Habt ihr denn keinen regulären Fachmann für Gehörlose?«
»Doch, aber er war im Urlaub.«
»Wie komme ich an die Namen der Leute? Der Gehörlosen, meine ich.«
»Oje, zu dieser späten Stunde? Da müßte ich rumtelefonieren.«
»Würden Sie das für mich tun?«

Um elf Uhr hatte er einen Namen und eine Adresse in der St. Paul Avenue. Ungefähr zwei Meilen entfernt. Er holte seine Jacke. Weather, bereits im Bett, rief verschlafen: »Gehst du noch weg?«
»Nur kurz. Ich muß dieser Sache auf den Grund gehen.«
»Sei vorsichtig…«
Die Häuser an der St. Paul Avenue waren bescheidene Landhäuser aus der Nachkriegszeit mit nachträglichen Anbauten und Modifizierungen, kleinen, gepflegten Vorgärten und zurückgesetzten Garagen. Lucas hangelte sich an den Hausnummern entlang, bis er die richtige gefunden hatte. Hinter den Fenstern des Hauses brannte Licht. Er ging über die Zufahrt zur Haustür und klingelte. Kurz darauf hörte er Stimmen, ein Schatten tauchte hinter dem Vorhang des Sichtfensters neben der Tür auf, dann wurde die Tür bis zum Anschlag der Sperrkette geöffnet. Ein kleiner, älterer Mann schaute durch den Spalt. »Ja?«
»Ich bin Lucas Davenport von der Stadtpolizei Minneapolis«, sagte Lucas und zeigte dem Mann seine Polizeimarke, worauf die

Tür ein Stück weiter aufgemacht wurde. »Wohnt Paul Johnston hier?«

»Ja... Ist was mit ihm?«

»Es ist alles okay, keine Probleme«, sagte Lucas. »Wir bearbeiten zusammen mit der Polizei von St. Paul einen Fall, und im Zusammenhang damit möchte ich mit ihm sprechen.«

»So spät am Abend noch?«

»Es tut mir leid, aber die Sache ist dringend.«

»Nun, ich glaube, er ist bei den Warrens.« Der Mann drehte sich um und rief nach hinten: »Shirley? Ist Paul bei den Warrens?«

»Ich glaube, ja.« Eine Frau in einem rosafarbenen Morgenmantel kam zu ihnen, hielt den Mantel vorne zu. »Was ist los?«

»Das ist ein Polizist, er will Paul sprechen.«

Die Warrens gehörten zu den Gehörlosen-Familien in Minneapolis, und ihr Haus war ein informeller Treffpunkt für ihre Schicksalsgenossen. Lucas stellte den Porsche am Ende einer Reihe von Wagen vor dem Haus der Warrens ab. Ein Mann und eine Frau saßen auf der kleinen Veranda, tranken Bier, beobachteten ihn. Er ging zu ihnen und fragte: »Ist Paul Johnston hier?«

Die beiden sahen einander an, und der Mann machte irgendwelche Handzeichen, aber Lucas schüttelte den Kopf. Der Mann zuckte mit den Schultern, stieß einige krächzende Laute aus, und Lucas zeigte ihm seine Polizeimarke, deutete auf das Haus und fragte, diesmal lauter: »Paul Johnston?«

Die Frau seufzte, hielt die Hand hoch und ging dann ins Haus. Kurz darauf kam sie zurück, gefolgt von einem drahtigen, blonden jungen Mädchen mit einem schmalen Gesicht und kleinen grauen Augen. Die Frau setzte sich wieder hin. Das Mädchen fragte: »Kann ich Ihnen helfen?«

»Ich bin von der Stadtpolizei Minneapolis und suche einen gewissen Paul Johnston, der sich im Zusammenhang mit einem Fall, den wir bearbeiten, an die Stadtpolizei St. Paul gewandt hat.«

»Diese Morde«, sagte das Mädchen. »Wir haben darüber gesprochen. Aber es hat sich seither nichts mehr getan.«

»Aber die Polizei von St. Paul hat doch ein Protokoll aufgenommen...«

»Sicher, aber danach haben wir nichts mehr von ihnen gehört... Warten Sie, ich hole Paul.«

Sie ging zurück ins Haus, und Lucas wartete, wobei er jeden Augenkontakt mit den beiden Leuten auf der Veranda vermied. Sie merkten es und schienen zu glauben, er mache sich über sie lustig. Wenn er dann doch unbeabsichtigt einen der beiden ansah und ihm zunickte oder die Augenbrauen hob, kam er sich ziemlich blöd vor.

Das drahtige Teenager-Mädchen kam mit einem untersetzten dunkelhaarigen Mann zurück, der Lucas prüfend ansah, dann einen krächzenden, zornig klingenden Laut ausstieß. Hinter den großen, dicken Brillengläsern sahen seine Augen wie Mondscheiben aus. Er stand unter dem Verandalicht, und die Lichtstrahlen zeichneten einen Heiligenschein um seinen Kopf.

»Ich beherrsche leider die Zeichensprache nicht«, sagte Lucas.

Das Mädchen sagte: »Macht nichts... Was wollen Sie denn nun wissen?«

»Einfach nur, was er gesehen hat. Wir haben einen Bericht über Aussagen zu einem Nummernschild vorliegen, aber die dort genannte Buchstabenfolge gibt es nicht. Der Staat erlaubt keine vulgären Buchstabenkombinationen oder auch nur solche, die leicht anstößig wären. Es gibt also kein Nummernschild mit der Buchstabenfolge ASS.«

Das Mädchen öffnete den Mund, wollte etwas sagen, wandte sich dann aber Johnston zu, ließ ihre Hände fliegen. Als sie fertig war, schüttelte Johnston zornig den Kopf, antwortete seinerseits in der Zeichensprache.

»Er sagt, der Polizist auf der Wache sei ein Blödmann gewesen«, übersetzte das Mädchen.

»Ich kenne ihn nicht«, sagte Lucas.

Das blonde Mädchen machte wieder Zeichen, und Johnston signalisierte zurück: »Er hatte damals schon Angst, sie würden was durcheinanderbringen«, übersetzte das Mädchen. »Der Polizist auf der Wache beherrschte die Zeichensprache nicht.«

»War es denn nicht ASS?«

»O doch. Deshalb hat Paul sich ja so gut erinnert. Dieser Kerl hat sie beinahe überfahren, und Paul sah das Nummernschild und mußte lachen, weil da ASS stand und der Mann tatsächlich ein Arsch – ein Arschloch – war.«

»Aber es gibt keine Nummernschilder mit ASS...«

»Und wenn man es rückwärts liest?«

»Rückwärts?«

Sie nickte. »Für Paul macht es keinen großen Unterschied, ob er etwas vorwärts oder rückwärts liest. Er erkennt nur wenige Worte, und dieses ASS sprang ihm in die Augen. Und deshalb konnte er sich ja so gut daran erinnern. Er wußte, daß er es rückwärts gelesen hatte. Er versuchte, das zu erklären, aber ich nehme an, es ist ihm nicht gelungen. Paul meinte, der Typ auf der Polizeiwache sei ein analphabetischer Blödmann gewesen...«

»Mein Gott... Dann waren die Buchstaben auf dem Nummernschild also in Wirklichkeit *SSA*?«

»Ja, genau das ist es, was Paul sagt.«

Lucas sah Paul an, und der taube Mann nickte.

Kapitel 27

Lucas telefonierte gerade, als er Connells hastende Schritte im Flur hörte, und er lächelte vor sich hin. Sie kam regelrecht in sein Büro hereingeschlittert. Ihr Gesicht war aschgrau, ohne jedes Make-up; müde, verhärmt...

»Was ist passiert?«

Lucas legte die Hand über die Sprechmuschel. »Wir haben vielleicht einen Durchbruch. Erinnern Sie sich an diese Gehörlosen? St. Paul hat die Buchstabenfolge auf dem Nummernschild falsch festgehalten.«

»Falsch? Was kann man dabei falsch machen?« fragte sie wütend. »Das wäre doch saudämlich!«

»Eine Sekunde«, sagte Lucas, sprach dann ins Telefon: »Kannst du mir das rüberfaxen? Ja, ich habe eine eigene Faxnummer. Und hör zu, ich wäre dir dankbar, wenn du mal rüberkommen könntest. Ich rede morgen früh mit dem Boß, sage ihm Bescheid.«

»Was ist nun los?« drängte Connell, als er aufgelegt hatte.

Lucas schwenkte in seinem Stuhl herum, sah sie an. »Der taube Mann, der das Nummernschild sah... Man hat bei der Übersetzung aus der Zeichensprache etwas durcheinandergebracht. Der Polizist, der die Aussage des Gehörlosen protokolliert hat, beherrschte die Zeichensprache nicht... Ich habe mir diesen Bericht mindestens ein halbes dutzendmal durchgelesen und mich dauernd gefragt, was die Gehörlosen denn da durcheinandergebracht haben könnten. Aber ich bin nicht auf die Idee gekommen, da mal nachzuhaken – bis heute abend. Die Buchstaben lauten SSA – ASS rückwärts.«

»Ich kann's nicht glauben...«

»Doch, Sie müssen es glauben.«

»Es kann doch nicht so einfach sein.«

»Vielleicht ist es das auch nicht. Es gibt tausend Nummernschilder mit SSA da draußen, und zweihundertzweiundsiebzig davon sind für Pick-up-Trucks ausgegeben. Und es klang so gut, was ich von dem tauben Mann erfahren habe...«

Anderson kam herein, hatte zwei Pappbecher mit Kaffee in den Händen. Er setzte sich hin und trank abwechselnd daraus. »Hast du die Unterlagen?«

»Sie faxen sie dir gerade rüber.«

»Es müßte eine bessere Möglichkeit geben, so was abzuwickeln«, sagte Anderson. »Alles miteinander zu verknüpfen. Du solltest deine Firma darauf ansetzen, die entsprechende Software zu entwickeln.«

»Okay, okay... Laßt es uns doch mal ansehen.«

Greave, diesmal in Jeans und einem T-Shirt, stieß zu ihnen, als sie durch die halbdunklen Flure zu Andersons kleinem Büro bei der Mordkommission gingen. Lucas erklärte ihm, was sie tun wollten: »Wir wollen uns alles ansehen, was Anderson aus den

Datenbänken des Computers holen kann. Wir suchen nach einem Cop oder einem Mann mit einer Gefängnisstrafe, insbesondere wegen Sexualdelikten oder irgend etwas, was auf einen Einbrecher hinweisen könnte.«

Um vier Uhr morgens waren sie noch nicht auf den geringsten Anhaltspunkt gestoßen, und Lucas und Connell gingen zum Kaffeeautomaten im Flur.

»Wie geht es Ihnen?« fragte er.

»Ein wenig besser heute. Gestern war es nicht so gut.«

»Hmm...« Sie schauten zu, wie der Kaffee in den ersten Becher tröpfelte, und Lucas wußte nicht so recht, was er sagen sollte. Also wechselte er das Thema: »Es ist viel mehr Papier, als ich erwartet hatte. Ich hoffe, wir schaffen es überhaupt, alles durchzuarbeiten.«

»Wir werden es schaffen«, sagte Connell. Sie nippte an ihrem Kaffee, schaute zu, wie Lucas' Becher sich füllte. »Ich verstehe nicht, wie Sie auf diesen Gedanken gekommen sind. Wie Sie auf die Idee kamen, das nachzuprüfen.«

Lucas dachte an Weathers Hintern, grinste, sagte: »Es ist mir irgendwie plötzlich eingefallen.«

»Wissen Sie, als ich Sie zum erstenmal sah, dachte ich, Sie wären so ein geschniegelter Typ«, sagte sie. »Verstehen Sie, so ein richtiger *Boß-Typ.* Groß, adrett-sportlich, trägt schicke Anzüge, kann gut mit Frauen umgehen, hält sich schulterklopfend die ›guten alten Jungs‹ warm, und er steuert höchste Posten an.«

»Und? Haben Sie Ihre Meinung geändert?«

»Teilweise«, sagte sie, nachdenklich, als sei es eine akademische Frage: »Ich meine immer noch, daß da was dran sein könnte – aber inzwischen meine ich auch, daß Sie in gewisser Weise gescheiter sind als ich. Kein geschniegelter Typ...«

Lucas war verlegen. »Ich glaube nicht, daß ich gescheiter bin als Sie«, stammelte er.

»Nehmen Sie das Kompliment nicht zu ernst«, sagte Connell trocken. »Ich sagte *in gewisser Weise.* Und auf andere Weise sind Sie immer noch ein Boß-Typ.«

Um sechs Uhr morgens, als das Licht des frühen Tages flach durch das Fenster schnitt wie Eiszapfen, schaute Greave von einem Papierstapel auf, rieb sich die geröteten Augen und sagte plötzlich: »Hier habe ich eine interessante Sache.«

»Ja?« Lucas schaute auf. Sie hatten inzwischen sieben Möglichkeiten herausgefiltert, keine davon besonders vielversprechend. Ein Cop, ein Wachmann...

»Ein Mann namens Robert Koop. War bis vor sechs Jahren Gefängniswärter. Fährt einen 92er Chevy-Pick-up-Truck, Farbe rot und weiß, keine Zusatzversicherung, Netto-Kaufpreis 17.340 Dollar.«

»Klingt wie eine weitere Möglichkeit«, sagte Connell.

»Wenn er Gefängniswärter war, kann er doch eigentlich nicht das große Geld haben«, sagte Greave. »Gibt an, er würde in einem Fitneßstudio namens *Two Guy's* arbeiten.«

»Das kenne ich«, sagte Lucas.

»Und er gibt seit der Aufgabe des Jobs als Gefängniswärter sein jährliches Einkommen mit fünfzehntausend Dollar an. Wie kann er sich dann einen neuen Siebzehntausenddollartruck leisten? Und er hat ihn bar bezahlt, gab seinen alten Wagen für siebentausend Dollar in Zahlung.«

»Hmm...« Lucas kam zu ihm, sah sich den Computerausdruck an. Auch Connell stand von ihrem Stuhl auf. »Wohnt in Apple Valley. Die Miete für Häuser dort kostet im Durchschnitt wahrscheinlich... wieviel? Eins-fünf?«

»Tausendfünfhundert im Monat für ein Haus und siebzehntausend für einen Truck sind ganz schön viel bei einem Einkommen von fünfzehntausend im Jahr.«

»Verzichtet vielleicht aufs Mittagessen«, sagte Greave.

»Ißt vielleicht gar nichts«, sagte Lucas. »Wo haben wir die Informationen aus seinem Führerschein?«

»Hier...« Greave blätterte mehrere Seiten um, fand das Gesuchte. »Einszweiundsiebzig groß, Gewicht sechsundachtzig Kilogramm«, stellte Lucas fest. »Klein und kräftig.«

»Vielleicht auch klein und stark«, sagte Connell. »Wie unser Mann.«

»Wie lautet sein Nummernschild?« rief Anderson. Seine Finger flogen über das Keyboard. Sie hatten nur zeitlich begrenzt Zugang zu den Dateien des Ermittlungsdezernats. Lucas las ihm die Nummer aus der Zulassungsakte vor, und Anderson gab sie in den Computer ein.

Eine Sekunde später sagte er mit überraschter Stimme: »Mein Gott, da haben wir ja einen Volltreffer!«

»Was?« Es wäre das erste Mal bei diesem Fall... Lucas und Connell eilten zu Anderson, schauten ihm über die Schulter. Als er den Ausdruck aus dem Drucker zog, hatten sie eine lange Liste von Autonummern vor sich, die von Ermittlern vor *Steve's Heizzentrale* notiert worden waren. Die Ermittler glaubten, daß dieser Laden für Herde, Öfen und Kamine nichts als eine Tarnung für Hehlergeschäfte war, aber man hatte bisher noch nicht genug Beweise, um eine Verhaftung vornehmen zu können.

»Hehlergeschäfte in großem Stil«, sagte Lucas, las zwischen den Zeilen des Ermittlungsberichtes. »Für Leute, die Schmuck, Rolexuhren und ähnliches klauen. Nicht für Diebe von Stereoanlagen oder Videorecordern.«

»Vielleicht hat er sich dort nur einen Kaminofen gekauft«, meinte Greave.

»Konnte er sich nach dem Truck nicht mehr leisten«, sagte Lucas. Er nahm sein Adreßbuch aus der Jackentasche und blätterte es durch. »Tommy Smythe, Tommy...« Er nahm den Hörer des Telefons auf Andersons Schreibtisch ab, wählte und sagte dann: »Mrs. Smythe? Hier ist Lucas Davenport von der Polizei in Minneapolis. Entschuldigen Sie, daß ich Sie störe, aber ich muß dringend Tommy sprechen... Oh, mein Gott, tut mir leid... Ja, vielen Dank.« Er kritzelte eine Telefonnummer in das Adreßbuch.

»Haben sich scheiden lassen«, sagte er zu Connell.

»Wer ist das denn?«

»Stellvertretender Chef der Gefängniswärter in Stillwater. Wir sind zusammen zur Schule gegangen... Auch so ein Boß-Typ.« Er wählte die Nummer, wartete. »Tommy? Lucas Davenport. Ja, ich weiß, wieviel Uhr es ist, ich war die ganze Nacht auf den Beinen... Kannst du dich an einen Wärter namens Robert Koop erinnern, der vor sechs Jahren bei euch in Stillwater war? Dann ausgeschieden ist?«

Smythe, die Stimme noch eingerostet vom Schlaf, konnte sich gut erinnern. »... Er konnte nicht überführt werden, aber es gab keinen Zweifel. Zwei Insassen haben ihn völlig unabhängig voneinander verpfiffen. Wir sagten ihm, wir würden ein Verfahren gegen ihn einleiten, es sei denn, er quittiert den Dienst. Das hat er dann getan. Unsere Beweise waren trotz der Aussagen der Zeugen nicht schlüssig genug, ihn vor den Kadi zu bringen.«

»Okay. Irgendwelche Gerüchte über Sexprobleme?«

»Nicht daß ich wüßte.«

»Irgendwelche Beziehungen zu eingebuchteten Einbrechern?«

»Mein Gott, ich kann mich zwar nicht mehr an Einzelheiten erinnern, aber die Antwort ist ja. Ich glaube, er hat sich vor allem mit Art McClatchey angefreundet, der vor Jahren mal ein ganz Großer unter den Einbrechern war. Er hat aber Scheiße gebaut und bei einem seiner Einbrüche eine alte Lady umgebracht, konnte überführt werden. Das war in Afton.«

»Einbrecher?« fragte Lucas.

»Ja. Warum?«

»Hör zu, wir wären dir sehr dankbar, wenn du uns alles geben würdest, was du in den Akten über die Verbindung zwischen den beiden finden kannst. Aber geh auf keinen Fall unter die Leute, stell keine Fragen. Wir müssen die Sache noch geheimhalten.«

»Darf ich denn wenigstens erfahren, warum du diese Fragen stellst?« fragte Smythe.

»Noch nicht.«

»Wir kriegen da doch keine Schwierigkeiten, oder?«

»Ich wüßte nicht wodurch«, sagte Lucas. »Ich rufe dich so bald wie möglich wieder an.«

Lucas legte auf und sagte zu den anderen: »Er hat Drogen an Gefangene verkauft. Kokain und Speed. Einer seiner Kontaktleute war ein früherer Einbrecher namens McClatchey.«

»Das wird ja immer besser«, sagte Connell. »Was machen wir jetzt?«

»Wir gehen weiter die Papiere durch, für den Fall, daß wir auf weitere Kandidaten stoßen. Dann reden wir mit Roux. Und wir werden uns diesen Koop mal ansehen. Aber das muß ganz vorsichtig geschehen.«

Sie hatten schließlich elf mögliche Täter herausgefiltert, aber Robert Koop sah am vielversprechendsten aus. Sie stellten eine Akte mit Informationen von den verschiedenen staatlichen Zulassungsbehörden zusammen – Kfz-Zulassung, Führerschein, einen alten Waffenbesitzschein des Washington County – sowie mit allen Informationen, die sie von den Steuerbehörden bekommen konnten.

Als Koop in Stillwater gearbeitet hatte, hatte er in Lakeland gewohnt. Eine Rückfrage bei der Grundsteuerabteilung des Finanzamtes des Washington County ergab, daß das Haus, in dem Koop gewohnt hatte, einem Ehepaar aus Lakeland gehörte; Koop hatte es gemietet. Eine Überprüfung des Hauses in Apple Valley durch das Finanzamt des Dakota County ergab, daß auch dieses Haus vermietet war. Der derzeitige Besitzer wohnte in Kalifornien, und er hatte im Jahr 1980 eine Hypothek auf diesem Haus von 115.000 Dollar steuerlich geltend gemacht.

»Wenn der Besitzer eine Hypothek von 115.000 Dollar auf dem Haus hat...« grübelte Greave laut vor sich hin. »Wartet mal, ich habe auf meinem Haus 80.000 Dollar... Mein Gott, er kann das Haus nicht für weniger als 1.500 Dollar im Monat vermietet haben. Koops steuerlich angegebenes Jahreseinkommen reicht doch überhaupt nicht aus...«

»Nicht viel in seinen beruflichen Unterlagen«, sagte Anderson. »Wir haben seine Fingerabdrücke von Stillwater, sie sind natürlich auch in seiner Militärakte. Ich lasse sie mir von der Army schicken.«

Das Telefon klingelte, und Lucas hob ab, hörte dem Anrufer zu, sagte »danke« und legte wieder auf.

»Roux«, sagte er zu Connell. »Sie ist gerade angekommen. Dann wollen wir mal zu ihr gehen und mit ihr reden.«

Man hatte Sloan und Del als Verstärkung zu ihnen abgestellt und sie mit einem Lieferwagen ausgestattet, der nur von innen durchsichtige Scheiben hatte und über Zerhacker-Funkgeräte des Ermittlungsdezernats verfügte. Lucas fuhr mit Connell in ihrem Wagen, Sloan und Del benutzten ihre eigenen Wagen, Greave und O'Brien fuhren den Lieferwagen. Sie trafen sich auf dem Parkplatz eines *Target*-Einkaufszentrums und setzten sich in einem Restaurant zu einer letzten Besprechung zusammen.

»Connell und ich übernehmen die erste Schicht«, sagte Lucas. »Wir lösen uns alle zwei Stunden ab; wenn wir den Lieferwagen bewegen, um den Schichtwechsel durchzuführen, muß einer von uns aus einem der anderen Wagen die Beobachtung übernehmen… So, und jetzt wollen wir ihn erst mal anrufen, um zu sehen, ob er zu Hause ist.«

Connell machte diesen Anruf, fragte nach Mr. Clark von der Farben-Abteilung. »Er ist zu Hause«, sagte sie, nachdem sie das Handy ausgeschaltet hatte. »Er klang verschlafen.«

»Dann wollen wir mal«, sagte Lucas.

Sie fuhren an Koops Haus vorbei, einem bemerkenswert sauberen Anwesen in einer Reihe sorgfältig voneinander abgegrenzter Häuser. Sie stellten den Lieferwagen etwas weiter als zwei Blocks vom Haus entfernt ab. Der Rasen sah ordentlich aus, war aber nicht übertrieben gepflegt, und das fast künstlich wirkende Grün ließ vermuten, daß ein Gartendienst sich darum kümmerte. Zum Haus gehörte eine Doppelgarage mit einem breiten Tor. Vor den Fenstern waren Holzblenden heruntergelassen. Weder auf der Veranda noch auf dem Rasen davor lag eine Zeitung.

Als er den Truck abgestellt hatte, kroch Lucas zwischen den Sitzen hindurch nach hinten, wo sich zwei Sessel, ein leerer Kühlschrank und das Funkgerät befanden. Connell beobachtete mit einem Fernglas das Haus.

»Es sieht so schrecklich normal aus«, sagte sie.

»Er hat natürlich kein Schild mit der Aufschrift ›Hier wohnt ein Killer‹ im Vorgarten stehen«, sagte Lucas. »Ich bin mal vor ein paar Jahren auf einen Kerl gestoßen, der in einem Vierfamilienhaus wohnte und von allen Leuten in der näheren Umgebung als großartiger Nachbar bezeichnet wurde. Das war er wahrscheinlich sogar – bis auf die Zeiten, in denen er sich auf den Weg machte, um Frauen umzubringen.«

»Ich erinnere mich an diesen Fall«, sagte Connell. »Ein Irrer… Sie haben ihn getötet.«

»Er hatte es verdient«, sagte Lucas.

»Was meinen Sie, wie der Fall vor Gericht ausgesehen hätte? Ich meine, wenn er nicht getötet worden wäre?«

Lucas grinste leicht. »Sie meinen, wenn ich ihn nicht erschossen hätte… Im Grunde hatten wir ihn festgenagelt. Es war sein zweiter Angriff auf diese Frau.«

»War er irgendwie besessen von der Frau?«

»Nein; ich glaube eher, er war einfach nur stinkwütend. Auf mich vor allem. Wir beobachteten ihn, und er hat das irgendwie geschnallt, schlüpfte uns durch die Maschen und ging auf die Frau los. Es war… der pure Hohn. Er war irrer als eine Maus im Scheißhaufen.«

»Wir haben noch keine guten Beweise gegen Koop beisammen.«

»Das ist eine Untertreibung«, sagte Lucas. »Aber ich bin in dieser Hinsicht auch recht beunruhigt.«

Sie unterhielten sich noch eine Weile, dann ging ihnen der Gesprächsstoff aus. Draußen geschah nichts. Nach zwei Stunden fuhren sie um den Block, tauschten die Fahrzeuge mit Sloan und O'Brien, gingen dann in das Restaurant und setzten sich zu Del und Greave.

»Wir überlegen, ob wir ins Kino gehen sollen«, sagte Del. »Wir haben ja alle die Beeper.«

»Wir sollten besser alle zusammenbleiben«, sagte Connell ängstlich.

»Sagen Sie das noch mal, wenn Sie fünfzehn Tassen Kaffe intus haben«, sagte Greave. »Ich komme schon gar nicht mehr mit dem Pinkeln nach.«

Del und Greave waren als nächste mit der Überwachung dran, dann wieder Lucas und Connell. O'Brien hatte wieder sein *Penthouse* dabei, vergaß es im Truck. Nach der Hälfte der Schicht fing

Connell an, darin zu lesen, sich die Bilder anzusehen, lachte manchmal auf. Lucas machte das nervös, und er hütete sich, zu ihr hinzusehen.

Del und Greave waren wieder an der Reihe, als Koop sich zu rühren begann. Ihre Beeper gingen gleichzeitig los, und alle Leute im Restaurant schauten zu ihnen herüber. »Ärztekongreß«, sagte Sloan zu einem mit offenem Mund dasitzenden Mann, als sie hinausgingen.

»Was ist los, Del?« fragte Lucas über das Telefon.

»Das Garagentor ist aufgegangen«, antwortete Del. »Okay, da haben wir ja auch den Truck, einen rotweißen Chevy...«

Sie sahen Koop zum erstenmal, als er hinter einem *Denny*-Restaurant aus seinem Truck stieg.

»Kein Bart«, sagte Connell, die ihn mit dem Fernglas beobachtete.

»Seit der Sache mit Hart ist er ja in die Schußlinie der Medien geraten«, sagte Lucas. »Er hat sich bestimmt den Bart abrasiert. Zwei der Zeugen im Miller-Fall sagen ja auch, der Täter sei glattrasiert gewesen.«

Koop stellte den Truck auf dem Parkplatz hinter dem Restaurant ab und ging hinein. Sein Gang wirkte angespannt, als ob er irgendwie unter Druck stände. Er trug Jeans und ein T-Shirt. Zeigte einen Körper wie ein Granitfelsen...

»Gewichtheber«, sagte Lucas. »Ein gottverdammter Gorilla.«

»Ich sehe ihn, er hat sich in eine Nische am Fenster gesetzt«, sagte Sloan über Funk. »Soll ich reingehen?«

»Lassen Sie mich reingehen«, sagte Connell.

»Warten Sie einen Moment«, sagte Lucas. Rief bei Sloan zurück. »Ist er allein?«

»Ja.«

»Geh nicht rein, es sei denn, er trifft sich mit jemandem. Bleib ansonsten auf jeden Fall draußen.« Und zu Connell: »Sie bleiben am besten außerhalb seiner Sicht. Wenn sich unser Verdacht erhärten sollte, brauchen wir Sie in der Nähe von Jensen, und dann muß ihr Gesicht neu für ihn sein.«

»Okay.« Sie nickte zustimmend.

Lucas nahm wieder das Mikrophon des Funkgeräts in die Hand. »Sloan, kann er von seinem Platz aus seinen Truck sehen?«

»Nein.«

»Wir werden mal einen Blick darauf werfen«, sagte Lucas. Sie standen vor einer Autowaschanlage. »Auf geht's«, sagte er zu Connell.

Connell fuhr über die Straße, parkte neben Koops Truck ein. Lucas stieg aus, schaute über das Dach ihres Wagens auf den Truck, stieg wieder ein.

»Mein Gott«, sagte er.

»Was ist los?« fragte Connell erstaunt. »Sie wollten sich den Truck doch näher ansehen.«

»Auf dem Armaturenbrett liegt eine Packung Camel.«

»Was?« Sie wollte es anscheinend noch einmal hören.

»Filterlose Camel.«

Connell sah Lucas mit weit geöffneten Augen an. »O mein Gott«, keuchte sie. »Er ist es!«

Lucas griff wieder zum Mikrophon. »Sloan, ihr alle, hört gut zu... Wir haben so was wie eine Bestätigung, daß er unser Mann ist. Jetzt heißt es, Ruhe bewahren. Wir müssen uns zurückhalten. Wir brauchen ein Spezialkommando...«

Kapitel 28

Koop wurde jetzt permanent überwacht, und im Polizeipräsidium wurde der Fall mit den Anklagevertretern besprochen. Thomas Troy von der Staatsanwaltschaft des County erklärte, es lägen noch nicht genug Beweise für einen Haftbefehl vor.

Er und Connell gingen im Beisein von Roux, Lucas und Mickey Green, einem weiteren Vertreter der Staatsanwaltschaft, im einzelnen die Beweislage durch:

- Die Frau, die in Iowa ermordet worden war, hatte ihrer Tochter gesagt, sie habe eine Verabredung mit einem Cop. Koop war nie bei der Polizei, stellte Troy fest.

– Connell: Hillerod ist ihm in Madison begegnet, sagt aus, Koop habe seine Gefängnis-Tätowierung erkannt. Troy: Das klingt irgendwie nach Esoterik, und Esoterik ist im Zeugenstand nicht angebracht. Green: Außerdem kann sich Hillerod nicht daran erinnern, wie er aussah, und Hillerod ist gerade wegen einer ganzen Reihe schwerer Verbrechen sowie des Verstoßes gegen eine Bewährungsauflage verhaftet worden, und er hat ein langes Vorstrafenregister; die Verteidigung wird uns unter die Nase reiben, er würde alles aussagen, was wir von ihm verlangen, um mit uns einen Handel über eine Strafmilderung abschließen zu können – und wir haben ja tatsächlich bereits mit ihm über einen solchen Handel gesprochen.
– Connell: Er ist von zwei Zeugen beobachtet worden, wie er eine Leiche abgelegt hat, und diese Zeugen haben sowohl ihn selbst als auch seinen Truck beschreiben können. Troy: Die Beschreibungen der Zeugen weichen voneinander ab, sogar im Hinblick auf den Truck. Sie haben den Mann bei Nacht und aus einiger Entfernung gesehen. Einer der beiden ist ein polizeibekannter Crack-Dealer, der andere ist sein Kumpel.
– Connell: Die filterlosen Camel ... Troy: Wahrscheinlich haben wir in der Doppelstadt fünfzigtausend Camel-Raucher, und vermutlich fahren die meisten von ihnen einen Truck ...
– Connell: Die Beschreibung des Mannes, der Hart mit dem Messer angriff, trifft auf ihn zu – kräftig und muskulös. Troy: *Groß*, kräftig und muskulös, sagt einer der Zeugen. Koop ist aber eher klein. Außerdem muß der Angriff auf Hart nicht unbedingt im Zusammenhang mit den Morden an den Frauen stehen. Der Mann, der Hart attackierte, hatte einen Bart und trug eine Brille. Koop ist glattrasiert, und in seinem Führerschein ist keine Erfordernis für das Tragen einer Brille festgehalten. Und er hat ja auch heute morgen keine Brille getragen. Die Zeugen waren nicht in der Lage, sein Foto aus einer Reihe ähnlicher herauszufinden.

»Sie arbeiten gegen uns«, fauchte Connell.

»Quatsch«, sagte Troy. »Ich zeige doch nur die elementarsten Argumente einer möglichen Verteidigung auf. Ein guter Verteidiger wird alles, was wir bis jetzt haben, in der Luft zerreißen. Wir brauchen wenigstens einen handfesten Beweis. Einen einzigen stichhaltigen Beweis. Bringen Sie mir einen, und wir greifen ihn uns.«

Koop verbrachte die meiste Zeit des ersten Tages der Überwachung in seinem Truck, fuhr auf komplizierten Wegen durch die beiden Städte, anscheinend ziellos. Er hielt am *Two Guy's* Fitneßcenter, war zwei Stunden drin, fuhr dann weiter, hielt danach nur noch zum Essen an Fast-food-Restaurants, einmal auch an einer Tankstelle.

»Der muß doch langsam merken, daß wir ihn verfolgen«, sagte Del über den durch den Zerhacker geschützten Funk, während sie im dichten Verkehr auf der I-94 zwischen Minneapolis und St. Paul festsaßen. »Oder er ist nicht ganz dicht.«

»Wir wissen, daß er ein Irrer ist«, sagte Connell. »Die Frage ist aber, was er macht.«

»Er ist nicht auf Erkundungsfahrt«, schaltete sich Lucas aus einem dritten Wagen ein. »Dazu fährt er zu schnell. Und er fährt nie zurück, um sich etwas noch mal anzusehen. Er zockelt einfach nur durch die Gegend, scheint kein Ziel zu haben.«

»Wir müssen was unternehmen«, sagte Del. Denn wenn er uns bis jetzt noch nicht ausgemacht hat, wird er es bald tun. Er lockt uns in eine dieser Serpentinenstraßen in den Vorstädten, und dort laufen wir einmal zu oft auf ihn auf... Wo zum Teufel steckt eigentlich das Sonderkommando?«

»Wir sind einsatzbereit«, meldete sich ein Beamter des Sonderkommandos im Funkkreis. »Sobald ihr das wollt, greifen wir uns den Mistkerl.«

Um drei Uhr hielt Koop bei einem *Perkins*-Restaurant und setzte sich in eine Nische. Während Lucas und Connell vor dem Restaurant Wache hielten, schlüpfte Henry Ramirez vom Spezialdienst der Ermittlungsabteilung unter Koops Truck und brachte einen ferngesteuerten, batteriebetriebenen Sender an, befestigte dann mittels einer Magnethalterung einen flachen, batteriebetriebenen Infrarotstrahler auf der Mitte des Daches. Wenn

Koop auf das Dach des Truck-Aufbaus kletterte, würde er den Strahler sehen. Von unten war er jedoch nicht zu erkennen, und man würde den Truck bei Dunkelheit aus der Luft ohne Schwierigkeiten orten und verfolgen können.

Um neun Uhr, bei schwindendem Tageslicht, verließ Koop das Netz der Straßen um den Minnetonka-See und fuhr nach Osten in Richtung Minneapolis. Sie hatten jetzt kein vorausfahrendes Fahrzeug mehr. Es hatte sich gezeigt, daß bei Koops unberechenbarem Kurs ein Vorausfahren nichts brachte. Die Verfolgerfahrzeuge hielten sich weit zurück. Der Lieferwagen mit dem Funkgerät folgte, wurde nicht gebraucht. Die Verfolgung wurde jetzt durch ein Flugzeug sichergestellt. Aus der Luft konnte ein Beobachter mit einem Infrarotfernglas Koops Weg deutlich ausmachen, und man wußte genau, in welcher Straße der Doppelstadt er sich gerade befand.

»Er ist auf dem Weg zu Jensens Appartementgebäude«, sagte Lucas zu Connell, während er Koops Weg auf dem Stadtplan verfolgte.

»Ich weiß nicht mehr, wo ich im Augenblick rumfahre.«

»Wir bewegen uns auf die Seen zu«, funkte Lucas die anderen an. »Connell und ich brechen ab und fahren zu Jensens Wohnung.«

Er rief über das Handy bei Jensen an, bekam aber keine Antwort. Daraufhin ließ er sich von der Auskunft die Nummer des Managers des Appartementgebäudes geben. »Wir haben ein Problem und brauchen Ihre Hilfe«, sagte er zu dem Manager.

Der Manager erwartete sie an der offenen Tür der Tiefgarage. Lucas fuhr hinein, stellte den Wagen auf einem Behindertenparkplatz ab.

»Was kann ich sonst noch für Sie tun?« fragte der Manager und gab Lucas die Schlüssel zu Jensens Appartement.

»Nichts«, sagte Lucas. »Gehen Sie zurück in Ihre Wohnung. Bleiben Sie in der Nähe Ihres Telefons. Gehen Sie nicht in die Eingangshalle.«

Und zu Connell, als sie auf den Aufzug zugingen: »Wenn er in Jensens Appartement kommt, haben wir ihn. Wenn wir ihn dort festnehmen können, ist die Verbindung zu seinem Anpirschen an Jensen und zu den Camel-Stummeln auf dem Ventilationsgehäuse hergestellt. Und die Messerattacke auf Hart kann dann mit den anderen Morden und der Camel, die wir auf Wannemakers Leiche gefunden haben, verknüpft werden.«

»Glauben Sie denn, daß er kommt?« fragte Connell.

»Ich hoffe es. Mein Gott, ich hoffe es.« Sie gingen in Jensens Appartement, und Lucas knipste eine Lampe an, zog seine Pistole aus dem Schulterholster und überprüfte sie.

»Was macht er?« fragte Lucas über sein Handfunkgerät.

»Bewegt sich sehr langsam, aber er bewegt sich«, funkte der Beobachter im Flugzeug zurück. »He, he, wir haben ihn verloren, er fährt unter Bäumen oder irgendeiner anderen Scheiße durch... Aha, da ist wieder ein Aufblitzen, ich hab' ihn wieder... Jetzt ist er wieder weg...«

»Ich hab' ihn«, meldete sich Del. »Er kommt auf mich zu. Fährt jetzt schneller, aber unter Bäumen durch, kommt gleich wieder drunter hervor...«

»Hab ihn«, sagte der Beobachter. »Er fährt wieder um den Block. Wird langsamer...«

»Echt langsam«, bestätigte Del. »Ich bin ausgestiegen, gehe über den Bürgersteig. Er fährt ganz langsam am Appartementgebäude vorbei, richtig langsam, will anscheinend anhalten... Nein, er fährt weiter...«

»Er ist weg aus der Gegend«, meldete der Beobachter nach einer Minute. »Fährt auf den Flußbogen zu.«

»Hat er dich gesehen, Del?«

»Nein.«

Connell sagte: »Na ja, Scheiße...«

»Ja«. Lucas fühlte sich wie ein Luftballon, aus dem man die Luft rausgelassen hatte. Er ging wütend im Zimmer auf und ab. »Gottverdammt!« fluchte er. »Gottverdammt! Was ist mit dem Kerl los? Warum ist er nicht hergekommen?«

Koop fuhr durch das Stadtzentrum zu einer Bar in der Nähe des Flughafens, trank dort drei einsame Biere, bezahlte, kaufte sich in einem Getränkeladen ein paar Häuser weiter eine Flasche Whiskey und fuhr zu seinem Haus. Um kurz nach zwei wurden die Lichter im Haus gelöscht.

Lucas fuhr nach Hause. Weather schlief fest. Er tätschelte liebevoll ihren Hintern, ehe er die Augen schloß.

Koop nahm am nächsten Tag sein zielloses Umherfahren wieder auf, zockelte durch die Vorstädte östlich und südlich von St. Paul. Sie verfolgten ihn bis ein Uhr mittags; dann hielt er vor einem *Wendys*-Restaurant. Lucas ging in ein *McDonalds* am Ende des Blocks. Fühlte sich ausgelaugt, alt, gelangweilt; holte sich einen doppelten Cheeseburger, eine Portion Pommes frites und ein Malzbier, ging zurück zum Wagen, wo Connell Karottenstäbchen aus einer Tupper-Dose aß.

»George Beneteau hat gestern bei mir angerufen, während wir unterwegs waren«, sagte Connell, als ihnen der Gesprächsstoff ausgegangen war.

»Oh, tatsächlich?« Sie hatte ein Talent, ihn sprachlos zu machen.

»Er hinterließ eine Nachricht auf meinem Anrufbeantworter. Er möchte mir mir ausgehen und ein Steak essen oder so was.«

»Was werden Sie machen?«

»Nichts.« Sie sagte es sehr entschieden. »Ich werde mit so was nicht fertig. Ich werde ihn wohl morgen anrufen und es ihm erklären.«

Lucas schüttelte den Kopf und stopfte sich Pommes frites in den Mund, hoffte, sie würde nicht wieder anfangen zu weinen.

Sie tat es nicht. Aber als sie eine Weile später Koop über die Lake-Street-Brücke folgten, sagte Connell: »Diese Fernsehreporterin, diese Jan Reed ... Sie beide scheinen sich ja sehr gut zu verstehen.«

»Ich verstehe mich mit einer ganzen Menge von Medienvertretern gut«, sagte Lucas, unangenehm berührt.

»Ich meine besonders freundlich«, sagte sie.

»Oh, nicht wirklich.«

»Hmmm«, machte sie.

»Hmmm was?« fragte Lucas.

»Ich habe lange nachgedacht. Das ist eines der Dinge, wo, verstehen Sie … ich doch glaube, daß Sie ein geschniegelter Lackaffe sind.«

»Und nicht ganz gescheit«, sagte er.

»Sie haben mir das Wort aus dem Mund genommen«, sagte Connell.

Koop hielt vor einem *Firestone*-Laden, blieb aber im Truck sitzen. Die Beobachter im Überwachungs-Van, die ihn vom Parkplatz eines *Best-Buy*-Ladens aus im Auge behielten, sagten, er scheine ein *Denny's*-Restaurant auf der anderen Straßenseite zu beobachten.

»Er hat erst vor einer Stunde gegessen«, sagte Lucas. Sie standen einen Block weiter – recht auffällig – vor dem Bürogebäude eines Gebrauchtwagenhändlers. »Laßt uns besser mal so tun, als würden wir uns für die Gebrauchtwagen interessieren.«

Sie stiegen aus und gingen auf den Parkplatz, wo sie durch die Scheiben eines Buick-Gebrauchtwagens hindurch Koop beobachten konnten. Nach zehn Minuten auf dem Firestone-Parkplatz startete Koop den Truck und rollte über die Straße zu dem Denny's, stellte den Truck ab und ging hinein.

»Er überprüft von da drinnen, ob er überwacht wird«, sagte Lucas. Und über das Funkgerät: »Del, gehst du mal rein?«

»Schon auf dem Weg …« Dann, ein paar Sekunden später: »Scheiße, er kommt wieder raus. Ich kehre um.«

Koop kam mit einem Becher Kaffee in der Hand aus dem Restaurant. Lucas hielt Connell am Arm fest, als sie auf ihren Wagen zugehen wollte, hob das Handfunkgerät an den Mund. »Del, ihr folgt ihm. Connell und ich bleiben noch eine Minute hier. Hey, Harvey?«

Harvey war der Fahrer des Lieferwagens. »Ja?«

»Halten Sie mal die Videokamera auf den Ausgang des Denny's, damit wir festhalten, wer da rauskommt.«

»Okay.«

»Er war nicht lange genug da drin«, sagte Lucas zu Connell. »Er hat mit jemandem gesprochen. Nicht lange genug, daß es eine Unterhaltung mit einem Freund gewesen sein könnte – also war es geschäftlich.«

»Oder der Freund war nicht erschienen«, sagte Connell.

»Dazu war es nun wieder zu lange...« Einen Moment später sagte er ins Funkgerät: »Da kommt jemand... Oh, Scheiße, Harvey, filmen Sie diesen Typ da! Erinnern Sie sich an ihn?«

»Nein...«

»Ganz-ehrlich-Schultz«, sagte Lucas.

Del, bei der Verfolgung Koops, klinkte sich in das Funkgespräch ein: »*Unser* Ganz-ehrlich-Schultz?«

»Ja«, antwortete Lucas.

Schultz stieg in einen roten Camaro und setzte vorsichtig rückwärts aus der Parklücke. »Kommen Sie«, sagte Lucas zu Connell und drängte sie zum Wagen.

»Wer ist das?«

»Ein Hehler. Sehr vorsichtiger Typ.«

Sie blieben einen halben Block hinter Schultz. Lucas funkte einen Streifenwagen heran. »Drängen Sie ihn an den Bordstein«, wies er die Streife an. »Und halten Sie ihn dort fest.«

Die Streife setzte sich an einer Straßenecke hinter Schultz, stoppte ihn einen halben Block weiter unter einem hellgrünen Ahornbaum. Lucas und Connell fuhren an den beiden Wagen vorbei, hielten vor Schultz am Straßenrand. Ein Kind auf einem Dreirad schaute mit großen Augen auf das Blaulicht und den Cop, der neben der offenen Tür des Streifenwagens stehenblieb. Schultz beobachtete den Cop im Rückspiegel, sah den von vorne kommenden Lucas erst, als er direkt neben ihm stand.

»Schultzie«, sagte Lucas und beugte sich, die Hände auf dem Wagendach, zum Fenster hinunter. »Wie geht's Ihnen, mein Freund?«

»Ah, verdammte Scheiße, was wollen Sie von mir, Davenport?« Schultz war geschockt, versuchte aber, es zu verbergen.

»Was auch immer Sie gerade von Koop gekauft haben«, sagte Lucas.

Schultz war ein kleiner Mann mit einem runden, fleckigen Gesicht. Er hatte dunkle Bartstoppeln, die ein Rasierapparat nicht unter Kontrolle bekam. Seine Augen standen leicht hervor, und als Lucas »Koop« gesagt hatte, schienen sie noch ein Stück weiter herauszuquellen.

»Ich kann es nicht glauben, daß *dieser* irre Hurensohn für Sie arbeitet«, sagte Schultz nach einem Moment. Er stieß die Tür auf, um aus dem Wagen zu steigen.

»Ehrlich gesagt macht er das nicht«, sagte Lucas. Connell stand mit der Hand in der Handtasche auf der anderen Wagenseite.

»Wer ist die Mieze da?« fragte Schultz, nickte mit dem Kopf in ihre Richtung.

»Cop bei der Staatspolizei«, sagte Lucas. »Das ist aber nicht die feine Art, von Regierungsbeamten zu reden.«

»Zum Teufel mit Ihnen, Davenport«, sagte Schultz und lehnte sich gegen den vorderen Kotflügel. »Und was läuft jetzt? Ruf' ich meinen Anwalt an oder was?«

»Schultzie…« sagte Lucas und breitete weit die Arme aus.

»Ich heiße Ganz-ehrlich-Schultz«, sagte Schultz.

Thomas Troy trug einen blauen Militärpullover und Jeans. Er sah adrett, aber auch forsch aus – wie ein Oberstleutnant bei den Fallschirmjägern. Er schüttelte den Kopf.

»Wir haben nicht genug über die Morde in der Hand, selbst wenn er sich dauernd in der Nähe von Jensens Appartementgebäude rumtreiben würde… Wir könnten ihn dennoch unter einem Vorwand aus dem Verkehr ziehen.«

»Wie das?« fragte Roux. »Was schlagen Sie vor?«

»Wir greifen ihn uns wegen des Einbruchsverdachts. Wir haben von Schultz genug erfahren, um eine Verurteilung durchzukriegen. Und wegen des begründeten Einbruchsverdachts bekommen wir sicherlich einen Durchsuchungsbefehl für den Truck und das Haus. Wenn wir dort nichts zu den Morden oder zu seiner Behelligung Jensens finden, nun ja – wir haben ihn wegen der Einbrüche festgenagelt, und in der Anklageschrift lassen wir den Richter wissen, daß wir von seiner Verwicklung in die Morde überzeugt sind. Wenn wir auf den richtigen Richter stoßen, kriegen wir auf diese Weise eine Höchststrafe wegen Einbruchdiebstahls durch und haben ihn erst einmal für fünf oder sechs Jahre im Knast.«

»Fünf oder sechs Jahre?« Connell sprang auf.

»Setzen Sie sich wieder hin«, fauchte Troy sie an. Sie tat es. »Wenn Sie bei der Durchsuchung jedoch was finden, haben wir mehr Möglichkeiten. Wenn wir Beweise für weitere Einbrüche in die Hand kriegen, muß er ein paar Jahre länger in den Knast. Wenn wir Beweise finden, daß er Jensen auflauert, können wir ein weiteres Strafverfahren einleiten, und daraus können sich wiederum weitere ergeben. Und wenn wir etwas finden, das auf ihn als möglichen Mörder hinweist – jede Kleinigkeit, die mehr Beweiskraft hat als das, was wir bis jetzt haben –, können wir ein Mordverfahren einleiten und bis zum Ende der Skala gehen. Und vielleicht werden die ersten beiden Verfahren dazu führen, daß er die Höchststrafe erhält und damit automatisch auch für die anderen büßt.«

»Wir setzen damit auf eine unsichere Karte«, sagte Lucas.

»Wir brauchen doch nichts als ein paar Haare von Wannemaker oder Marcy Lane, und mit den anderen Indizienbeweisen, die Sie haben, reicht das für eine Anklage«, sagte Troy. »Wenn Sie mir *irgendwas* an die Hand geben – eine Waffe, ein Haar, ein paar Blutstropfen, einen Fingerabdruck –, können wir loslegen.«

Connell sah Lucas an, dann Roux. »Wenn wir an ihm dranbleiben, könnten wir ihn dabei erwischen, wie er sich an eine Frau ranmacht.«

»Und was ist, wenn er sie umbringt, sobald er sie in seinem Truck hat?« fragte Roux.

Lucas schüttelte den Kopf. »Er macht das nicht immer so. Wannemaker hatte Spuren einer Fesselung an den Handgelenken. Er hat sie noch eine Weile am Leben gelassen, wahrscheinlich einen ganzen Tag, und mit ihr… rumgemacht.«

»Aber mit Marcy Lane hat er nicht rumgemacht; er kann sie höchstens eine Stunde in seiner Gewalt gehabt haben«, sagte Connell grimmig.

»Wir können uns darauf nicht einlassen«, sagte Roux. »Wir wären verrückt, wenn wir es täten.«

»Ich weiß nicht«, sagte Troy. »Wenn er schon nur ein Messer bei sich hätte, wäre das völlig ausreichend.«

»Wir sollen also warten?«

Lucas sah Connell an, schüttelte dann den Kopf. »Ich meine, wir sollten ihn uns greifen.«

»Warum?« fragte Connell. »Um ihn für fünf oder sechs Jahre hinter Gitter zu bringen, wenn wir Glück haben?«

»Wir haben ihn erst seit zwei Tagen und einer Nacht beobachtet. Was ist, wenn er sich vor dieser Zeit sein nächstes Opfer geschnappt und jetzt unten in seinem Keller hat? Was ist, wenn er es umbringt, während wir draußen sitzen und das Haus beobachten? Wir wissen ja, daß er zumindest eines seiner Opfer noch eine Weile am Leben gelassen hat.«

Connell schluckte. Roux straffte ihren Rücken und sagte: »Wenn diese Möglichkeit besteht…«

»Es ist eine sehr vage Möglichkeit«, fiel Lucas ihr ins Wort.

»Es ist mir egal, wie vage sie ist«, sagte Roux. »Verhaften Sie ihn.«

Kapitel 29

Koop war in *Modiglianis Weine & Spirituosen* auf der Lyndale Avenue, als die Cops ihn festnahmen. Er steckte gerade die Hand in eine Kühltruhe und griff nach einem Sechserpack Budweiser, als ein rotgesichtiger Mann in einem billigen grauen Anzug neben ihm fragte: »Mr. Koop?« Gleichzeitig trat ein großer schwarzer Mann auf der anderen Seite neben ihn, und ein uniformierter Cop stand am Ausgang. Sie waren wie durch Zauberei erschienen; als ob sie ein Talent dafür hätten, aus dem Nichts plötzlich aufzutauchen.

Koop sagte: »Ja?« und richtete sich auf. Sein Herzschlag ging ein wenig schneller...

»Mr. Koop, wir sind Beamte von der Stadtpolizei Minneapolis«, sagte der rotgesichtige Mann. »Wir nehmen Sie hiermit fest.«

»Wegen was?«

Koop stand fest auf den Füßen, die Hände vor dem Körper, zwang sich, keine Bewegung zu machen. Aber seine Rücken- und Armmuskeln zuckten, bereit, zuzuschlagen. Er hatte an diese Möglichkeit gedacht, nachts, wenn er vor dem Fernseher saß und darauf wartete, einschlafen zu können. Er hatte sehr oft darüber nachgedacht – diese Situation war sein häufigster Alptraum.

Widerstand gegen einen Polizisten konnte zu einer schwerwiegenderen Anklage führen als das, was man überhaupt gegen einen vorzubringen hatte. Im Knast hatten sie davor gewarnt, daß die Cops einen einfach abknallten, wenn sie echt scharf auf einen waren und man ihnen die Gelegenheit dazu bot. Natürlich, es waren vor allem die Schwarzen, die so was sagten. Die Weißen sahen es nicht so. Aber alle stimmten in einem überein: Die beste Lösung war ein guter Verteidiger.

Der rotgesichtige Cop sagte: »Ich denke, Sie wissen das.«

»Nein, ich weiß es nicht«, protestierte Koop. »Sie machen da einen Fehler. Sie verwechseln mich mit jemandem.« Er schaute hinüber zur Tür. Vielleicht sollte er es *doch* versuchen... Der rotgesichtige Typ sah nicht nach viel aus. Dem schwarzen Typ konnte er leicht davonrennen, und den Cop an der Tür würde er umrennen wie eine Bowling-Pin. Die Kraft dazu hatte er... Aber er wußte nicht, was draußen auf ihn wartete. Und diese Typen waren bewaffnet. Er spürte, daß die Cops auf irgend etwas warteten, angespannt seiner Entscheidung entgegensahen... Alles im Laden stand überdeutlich vor seinen Augen – die Reihen der braunen Flaschen mit alkoholischen Getränken und grünen Plastikgläser mit Gemüsegerichten, die Stapel der Bierdosen, die Kartoffelchip-Beutel, das schwarzweiße Schachbrett der Fliesen auf dem Boden. Koop spannte die Muskeln an, spürte zugleich aber auch die Anspannung der Cops. Sie waren bereit für ihn, und sie waren nicht sonderlich ängstlich...

»Drehen Sie sich bitte um und legen Sie die Hände auf den Rand der Gefriertruhe«, sagte Rotgesicht. Koop hörte die Aufforderung wie aus weiter Entfernung. Aber da war eine bestimmte Härte in den Worten des Mannes. Vielleicht schaffte er die beiden doch nicht. Vielleicht würden sie ihn zusammenschlagen... Und er wußte ja immer noch nicht, weshalb sie ihn festnahmen. Wenn es nichts besonders Ernsthaftes war, wenn es um den Kauf von Kokain ging, dann würde jeder Widerstand ihm mehr Ärger einbringen als die Anklage selbst.

»Drehen Sie sich um...« Sehr bestimmt jetzt. Koop schaute noch ein letztes Mal zur Tür, atmete tief durch, dann drehte er sich um.

Der Cop klopfte ihn ab, aber gründlich. Koop hatte es in Stillwater oft genug selbst gemacht, um sein professionelles Können zu demonstrieren.

»Legen Sie bitte die Hände auf den Rücken. Wir werden Ihnen Handschellen anlegen, Mr. Koop, einfach nur als Vorsichtsmaßnahme.« Der rotgesichtige Mann war forsch und höflich, und die Anspannung vor einem möglichen Kampf war jetzt verflogen.

Der schwarze Cop sagte: »Sie haben das Recht, einen Anwalt zu nehmen...«

»Ich will einen Anwalt sprechen«, sagte Koop und unterbrach damit das langweilige Gefasel des Cop. Die Handschellen schlossen sich um seine Handgelenke, und er spannte instinktiv seine Muskeln dagegen an, unterdrückte den Anfall einer Art von Klaustrophobie, war unfähig, sich zu bewegen. Der rotgesichtige Mann nahm ihn beim Ellbogen und schwenkte ihn herum, während der andere ihm seine Rechte daherbetete.

»Ich will einen Anwalt sprechen«, sagte Koop. »Und zwar sofort. Sie machen da einen Fehler. Ich werde Sie verklagen.«

»Natürlich... Gehen Sie jetzt zum Ausgang, wir bringen Sie zu unserem Wagen«, sagte Rotgesicht.

Sie gingen an einem Regal mit Kartoffel- und Bohnenchips vorbei, und der schwarze Cop sagte: »Mann, Sie klingen wie irgend so 'n Papagei. ›Polly will einen Anwalt sprechen‹...« Aber er grinste freundlich. Seine Hand an Koops Oberarm griff fest zu.

»Ich will einen Anwalt sprechen.« Im Knast hatten sie gesagt, daß die Cops nach der Belehrung über die zustehenden Rechte sehr freundlich würden, um einen dazu zu bewegen, daß man redete. Und wenn sie das geschafft hatten, wenn man versuchte, sie bei Laune zu halten – weil man ein wenig verängstigt ist und nicht verprügelt werden will –, dann schafften sie auch, daß man auspackte. Red auf keinen Fall mit den Cops, hatten sie im Knast gesagt. Sag kein Wort außer ›ich will einen Anwalt sprechen‹...

Sie gingen durch die Tür, und der Kassierer und ein Kunde gafften sie an. Der rotgesichtige Mann sagte: »Ich bin Detective Kershaw, und der Mann hinter Ihnen ist Detective Carrigan, der berühmte irische Tänzer... Wir brauchen die Schlüssel von Ihrem Truck, um ihn wegbringen zu können – oder wir schleppen ihn einfach so ab, und dann geht das Getriebe in den Arsch.«

Zwei Streifenwagen standen auf dem Parkplatz; einer davon blockierte den Truck, und vier weitere Cops hielten sich einsatzbereit. Zu viele für eine routinemäßige Koks-Sache, dachte Koop. »Die Schlüssel sind in meiner rechten Seitentasche«, sagte er. Er wollte unbedingt wissen, warum man ihn verhaftet hatte. Einbruchdiebstahl? Mord? Hatte es was mit Sara Jensen zu tun?

»Hey, er kann sogar richtig sprechen«, sagte der schwarze Cop.

Er klopfte Koop kameradschaftlich auf die Schulter, und sie blieben stehen, als der rotgesichtige Cop die Schlüssel aus Koops Tasche zog, sie einem der Streifenpolizisten gab und dazu sagte: »Der Abschleppwagen ist unterwegs.« Zu Koop sagte Kershaw: »Zu dem schwarzen Wagen da drüben.«

Als man die hintere Tür des Wagens aufmachte, sagte Koop: »Ich weiß immer noch nicht, warum Sie mich festgenommen haben.« Er konnte nicht anders, konnte seinen Mund nicht halten... Die offene Tür im Fond des Wagens gähnte ihm entgegen wie ein hungriges Maul. »Warum?«

Carrigan sagte nur: »Passen Sie auf Ihren Kopf auf«, legte seine Hand auf Koops Hinterkopf und schob ihn in den Wagen. Sagte dann: »Was meinen Sie denn, warum?« und drückte die Tür ins Schloß.

Die beiden Detectives redeten noch ein paar Minuten mit den uniformierten Cops, ließen Koop auf dem Rücksitz des Wagens braten. Die Türen im Fond hatten innen keine Griffe, so daß man nicht rauskonnte. Mit den auf dem Rücken gefesselten Händen konnte er nicht bequem sitzen, mußte gekrümmt auf dem zu weichen Polster kauern. Und die Rückbank roch leicht nach Desinfektionsmittel und Urin. Koop spürte erneut eine klaustrophobische Panik in sich aufsteigen, etwas, auf das er nicht vorbereitet war. Die verdammten Handschellen... Er kämpfte gegen sie an, verdrehte mit aller Kraft die Handgelenke, zerrte an ihnen, biß auf die Zähne. Nichts zu machen. Die Cops da draußen beachteten ihn nicht. Er war für sie nur ein lästiges Insekt. Warum zum Teufel...

Und Koop dachte: *Sie wollen mich weichkochen.*

Er hatte dasselbe gemacht, als es im Gefängnis mal eine kleine Meuterei gegeben hatte. Wenn die Cops gleich zurück zum Wagen kamen, würde einer der beiden ihn freundlich anschauen und fragen: »Also, was meinen Sie denn?«

Die Cops in Zivil redeten noch eine weitere Minute mit den Cops in Uniform, kamen dann zum Wagen geschlendert, plauderten miteinander, als ob Koop für sie nicht existieren würde. Ein Gitter trennte die vorderen Sitze vom Fond. Der schwarze Cop fuhr, und als er den Motor gestartet hatte, sah er seinen Partner auf dem Beifahrersitz an und sagte: »Ich habe Hunger, laß uns an einem Taco Bell anhalten.«

»Oooh, großartige Idee!« Als sie losfuhren, drehte sich der rotgesichtige Cop um, grinste – und fragte: »Also, was meinen Sie denn?«

»Ich will einen Anwalt sprechen«, sagte Koop. Der Blick in den Augen des rotgesichtigen Cops auf der anderen Seite des Gitters wurde ausdruckslos, und er drehte sich wieder um. Er konnte nichts machen, Koop blieb eisern... Koop lächelte beinahe vor sich hin. Dieses Spielchen kann ich ohne Schwierigkeiten durchhalten, dachte er.

Kapitel 30

Lucas und Connell beobachteten Koops Festnahme von einer *Super-America*-Tankstelle auf der anderen Straßenseite aus, an Connells Wagen gelehnt, eine Eisschnitte essend. Koop kam heraus, Kershaw daneben, Carrigan einen Schritt hinter Koop, die Hand an seinem rechten Ellbogen. »Ich hätte ihn gern selbst festgenommen«, sagte Connell zwischen zwei Bissen.

»Aber nicht wegen Einbruchdiebstahl«, sagte Lucas.

»Nein.« Sie schaute auf die Uhr. »Die Durchsuchungsbefehle müßten inzwischen vorliegen.«

Carrigan und Kershaw schoben Koop in den Wagen. Koops Arme waren angespannt, und die Muskeln traten hervor wie dicke Seile. Lucas knüllte das Papier der Eisschnitte zusammen und warf es in die Richtung eines Mülleimers; er traf nicht, und das Knäuel flog auf den Asphalt.

»Ich möchte zu seinem Haus fahren«, sagte Connell. »Sehen wir uns dort?«

»Ja. Ich warte hier, bis sie den Truck aufschließen und durchsuchen – ich rufe Sie an, wenn wir was Brauchbares finden.«

Lucas wollte, daß die Spezialisten von der Spurensicherung den Truck aufschlossen. »Es könnte hier um ein paar kleine Haare oder so was gehen«, sagte er zu dem Streifenpolizisten mit den Schlüsseln. »Lassen Sie uns warten.«

»Okay«, sagte der Streifenpolizist. »Wer war dieser Kerl?«

»Ein Einbrecher«, sagte Lucas. »Heimlich, still und leise …«

»Er hat mir verdammt angst gemacht«, gestand der Polizist und schaute hinüber zum Eingang des Ladens. »Ich stand an der Tür, und er sah zu mir her, als ob er gleich auf mich zurennen wollte. Mann, er hatte echt irre Augen. War kurz vor dem Ausflippen. Haben Sie seine Arme gesehen? Ich hätte es nicht auf einen Kampf mit dem Mistkerl ankommen lassen wollen.«

Die Spurensicherung kam fünf Minuten später an und untersuchte den Truck. Auf dem Beifahrersitz lag eine halbe Stange filterlose Camel. Im Aufbau auf der Ladefläche fanden sich zwei Säcke mit einem Sand-Salz-Gemisch, Elektrokabel, ein Werkzeugkasten und anderes Zeug.

Zusammen mit den Spezialisten durchstöberte Lucas alles genau, aber sie fanden nichts. Er sah sich Koops Schlüssel an. An dem Bund hingen zwei Truck-Schlüssel, zwei nach Hausschlüsseln aussehende und ein nicht identifizierbarer fünfter Schlüssel. Vielleicht der zu Jenses Appartement. Aber er sah nicht neu genug aus. Man mußte das überprüfen.

»Da haben wir einen hübschen Satz Einbruchswerkzeuge«, sagte einer der Männer von der Spurensuche. Lucas ging zum Heck des Trucks, wo der vorsichtig geöffnete Werkzeugkasten stand. Leider waren Einbruchswerkzeuge kaum mehr als eine leicht abgeänderte Auswahl normaler Werkzeuge. Man mußte stets zuerst den Einbruch nachweisen. Der Mann von der Spurensicherung nahm eine kleine Metallfeile aus dem Kasten und schaute sie sich mit einem Vergrößerungsglas an – wie einst Sherlock Holmes.

»Da sind Metallsplitter dran«, sagte er.

»Das hilft uns weiter«, sagte Lucas. Koop feilte sich seine Schlüssel also wahrscheinlich selbst zurecht, von Hand. »Irgendein Schneidewerkzeug, ein Messer? Ein Seil?«

»Nein.«

»Verdammt... Na ja, nehmen sie den Kasten mit ins Labor«, sagte Lucas enttäuscht. »Wir müssen auf jede Kleinigkeit achten – Fingerabdrücke, Hautfetzen, irgendwelche Flüssigkeiten. Alles.«

Lucas stellte den Porsche am Straßenrand ab und ging über die Zufahrt auf Koops Haus zu. Die Haustür und die Seitentüren standen auf, und zwei nicht als Polizeifahrzeuge erkennbare Vans standen in der Einfahrt, dazu noch Connells grauer Chevy. Lucas hatte fast die Treppenstufen zur Veranda erreicht, als er zwei Frauen sah, die auf der Straße ankamen. Eine von ihnen schob einen Baby-Buggy. Er machte kehrt, ging zu ihnen.

»Hallo«, sagte er.

Die Frau mit dem Buggy hatte Lockenwickler im Haar, darüber einen dünnen Kunstseidenschal. Die andere hatte strohblondes Haar mit kupferbraunen Strähnen. Sie blieben stehen. »Sie sind von der Polizei, nicht wahr?« Nachbarn wissen immer Bescheid...

»Ja... Haben Sie in letzter Zeit Mr. Koop mal gesehen?«

»Was hat er angestellt?« fragte Mrs. Kupfersträhne. Das Baby in dem Buggy nuckelte an einem blauen Schnuller, schaute mit seinen blaßblauen Augen unentwegt Lucas an.

»Er ist im Zusammenhang mit einem Einbruchdiebstahl festgenommen worden«, antwortete Lucas.

»Ich hab's dir ja gesagt«, stellte Kupfersträhne gegenüber Lockenwickler befriedigt fest. Zu Lucas sagte sie: »Wir haben von Anfang an gewußt, daß er ein Krimineller ist.«

»Wieso? Was hat er gemacht?«

»Stand morgens nie auf«, antwortete Kupfersträhne. »Man hat ihn überhaupt kaum gesehen. Höchstens mal, wenn er den Müll rausbrachte. Das war's dann aber auch schon. Er war nie in seinem Garten. Sein Garagentor ging hoch, immer nachmittags, und er fuhr weg. Kam dann mitten in der Nacht zurück, oft um drei Uhr oder so, und das Garagentor ging hoch, und er fuhr rein. Man hat ihn *nie* zu Gesicht gekriegt. Das einzige Mal, daß ich ihn außer beim Müllrausbringen mal gesehen habe, war bei diesem Schneesturm an Halloween vor zwei Jahren. Er kam raus und schaufelte seine Einfahrt frei. Danach hat er einen Räumdienst angeheuert.«

»Hatte er einen Bart?«

Kupfersträhne sah Lockenwickler an, dann richteten sich beider Augen auf Lucas. »Natürlich. Er hatte immer einen Bart.«

Ein kleines Beweisstück mehr, dachte Lucas. Sie plauderten noch ein wenig miteinander, dann entschuldigte sich Lucas und ging ins Haus.

Connell stand in der Küche, machte sich Notizen auf einem gelben Klemmbrett.

»Irgendwas?« fragte Lucas.

»Nicht viel. Was im Truck gefunden?«

»Bis jetzt nicht. Keine Waffe?«

»Küchenmesser. Aber der Killer benutzt keine Küchenmesser. Darauf würde ich wetten.«

»Ich habe gerade mit zwei Nachbarinnen gesprochen«, sagte Lucas. »Sie sagen, er hätte immer einen Bart gehabt.«

»Aha...« Connell schürzte die Lippen. »Das ist interessant... Kommen Sie, wir gehen in den Keller.« Die kurze Kellertreppe führte von der Küche aus nach unten, und Lucas ging hinter Connell her. Der Keller war ausgebaut. Links, durch eine offene Tür, sah Lucas eine Waschmaschine, einen Trockner, einen Wäschekorb und einen Wasserboiler auf dem mit Fliesen ausgelegten Boden stehen. Die Heizung mußte auch dort hinten sein, war aber außer Sicht. Der andere Teil des Kellers war mit einem zweifarbigen Noppenteppich aus den siebziger Jahren ausgelegt. Eine Couch, ein Sessel und ein Couchtisch mit einer Lampe waren an die Wand gerückt. Mitten auf dem Teppich lag, flach ausgebreitet, eine etwa drei mal viereinhalb Meter große Plastikfolie, wie Anstreicher sie als Schutz vor herabtropfender Farbe auslegen. Ein Techniker von der Spurensicherung fuhr mit einem Staubsauger um den Rand der Folie.

»Lag die Plastikfolie so da?« fragte Lucas.

»Nein, ich habe sie dorthin gelegt«, antwortete Connell. »Kommen Sie, schauen Sie sich die Fenster an.«

Vor den Fenstern waren fünf Millimeter dicke Sperrholzplatten angebracht. »Ich habe mir das von draußen angesehen«, sagte Connell. »Er hat die Platten an der Außenseite schwarz angemalt, so daß es, wenn man sich nicht hinkniet und aus nächster Nähe in die Fensterhöhlen schaut, so aussieht, als ob es dunkel im Keller wäre. Er hat sich verdammt viel Mühe damit gemacht: die Ränder sind abgedichtet.«

»Tatsächlich?«

»Ja.« Sie schaute auf die Folie. »Ich glaube, hier hat er Wannemaker getötet. Auf einer Plastikfolie. Im Vorratskeller lagen zwei Dreierpacks solcher Folien. Eine davon ist noch nicht geöffnet. In der anderen war nur noch diese eine Folie. Ich bin hier unten rumgelaufen, und für mich sah es so aus, als ob der Teppich mit einem rechteckigen Tuch oder so was abgedeckt gewesen wäre.

Dann habe ich mir die Möbel angeschaut. Sie stehen so, daß man etwas beobachten kann, das auf der Mitte des Teppichs liegt. Und als ich dann die Plastikfolien fand …« Sie hob die Schultern. »Ich habe sie ausgebreitet, und sie paßte genau.«

»Mein Gott …« Lucas sah den Techniker an. »Was gefunden?«

Der Mann nickte, sagte: »Eine Tonne Scheiße. Ich glaube, dieser Teppich ist nie gereinigt worden, und er liegt wahrscheinlich schon fünfzehn Jahre hier. Es wird ein verdammter Alptraum, das alles zu untersuchen.«

»Nun ja, vielleicht kommt ja was dabei raus«, sagte Lucas.

»Da ist noch eine andere Sache«, sagte Connell. »Oben im Schlafzimmer.«

Lucas folgte ihr ins Obergeschoß. Koops Schlafzimmer war spärlich, fast militärisch eingerichtet. Das Bett war ungemacht und roch nach Schweiß. Lucas sah sie sofort – die Flasche Opium-Parfüm auf der Kommode.

Lucas: »Sie haben sie nicht berührt?«

»Natürlich nicht, aber es würde nichts ausmachen.«

»Jensen hat doch aber gesagt, er hätte sie bei ihr mitgehen lassen. Wenn ihre Fingerabdrücke drauf sind …«

»Ich habe sie angerufen. Ihres war ein Fläschen zu einer halben Unze. Sie läßt sich immer ein solches Fläschchen zu Weihnachten schenken, weil sie damit fast genau ein Jahr auskommt.«

Lucas starrte auf das Parfum-Fläschchen: eine viertel Unze. »Sie ist sich sicher?«

»Ja … Verdammt, ich dachte, wir hätten ihn.«

»Wir lassen es auf jeden Fall untersuchen«, sagte Lucas. »Vielleicht hat sie sich geirrt.«

»Natürlich, wir lassen es überprüfen – sie war sich jedoch sicher. Auf jeden Fall ergibt sich die Frage: Warum hat er Opium-Parfüm im Haus? Hat er eine Obsession für dieses Parfum? Oder mag er es einfach nur? Oder hat er sich welches gekauft, weil es ihn an Jensen erinnert?«

»Hmmm«, machte Lucas.

»Also? Ist es das Parfum an sich oder ist es die Frau?« Sie sah ihn an, erwartete, daß er ein Kaninchen aus dem Zylinder zog.

Vielleicht konnte er das ... Lucas schloß die Augen und sagte dann nach einem Augenblick: »Er hat es, weil es Jensens Parfum ist ... Er schleicht sich nachts in ihre Wohnung, in ihr Schlafzimmer, und irgend etwas erregt ihn. Das Parfum. Oder vielleicht ihr Anblick. Und das Parfum bringt die Erinnerung daran zurück. Wenn er wirklich ausgeflippt ist, was Sara Jensen betrifft, dann halte ich es für möglich, daß er den Inhalt des Fläschchens, das er bei ihr gestohlen hat, vollständig aufgebraucht hat.«

»Halten Sie das denn für ausreichend? Der abrasierte Bart und das Parfumfläschen?«

Er schüttelte den Kopf. »Nein. Wir müssen was Konkreteres finden. Einen einzigen handfesten Beweis.«

Connell trat auf ihn zu, schaute ihm aus höchstens einem halben Meter Entfernung fest in die Augen. Ihr Gesicht war wachsbleich wie eine Dinner-Kerze. »Heute morgen ging es mir wieder verdammt schlecht. In zwei Wochen werde ich mich nicht mehr auf den Beinen halten können. Ich werde wieder eine Chemotherapie machen müssen und meine Haare verlieren. Und ich werde nicht mehr klar denken können.«

»Mein Gott, Meagan ...«

»Ich will diesen verdammten Mistkerl überführen, Lucas«, sagte sie. »Ich will nicht tot sein und im Grab liegen, und er läuft oben rum und lacht sich ins Fäustchen. Sie wissen, daß er der Killer ist, ich weiß, daß er der Killer ist ...«

»Also?«

»Also müssen wir mal miteinander reden. Wir müssen uns was ausdenken.«

Kapitel 31

Koop wurde kurz vor Mittag aus dem Gefängnis entlassen. Er blinzelte vom grellen Sonnenlicht, als er mit seinem Anwalt hinaustrat. Der Anwalt hatte einen Sportmantel salopp um die Schultern gelegt und redete auf Koop ein.

Koop stand kurz vor einem Nervenzusammenbruch. Er hatte

das Gefühl, sein Schädel sei gespalten, würde jeden Moment auseinanderbrechen, und ein feuchter grauer Wurm würde herauskriechen – ein Wurm von der Größe eines Staubsaugerschlauches.

Er mochte Gefängnisse nicht. Nicht im geringsten.

»Denken Sie daran, kein Sterbenswörtchen zu keiner menschlichen Seele, okay?« sagte der Anwalt und wedelte mit dem erhobenen Zeigefinger in der Luft herum. Er hatte gelernt, seinen Klienten nicht mehr damit vor dem Gesicht herumzufuchteln; einer hatte ihm dabei beinahe einmal den Finger abgerissen. Er wiederholte diese Warnung mindestens zum zwanzigstenmal, und Koop nickte zum zwanzigstenmal, ohne jedoch zuzuhören. Er schaute zurück zum Tor des Gefängnisses, spürte, daß die Anspannung nachließ, als ob er aus einer quälenden Hülle ausgewickelt würde wie eine Mumie aus ihren Leintüchern.

O Gott... Seinen Kopf hatte er immer noch nicht unter Kontrolle. »Okay.«

»Nichts, was Sie den Cops sagen könnten, ist hilfreich für Sie. Gar nichts. Wenn Sie meinen, mit jemandem sprechen zu müssen, dann wenden Sie sich an mich, und wenn es wichtig für unsere Sache ist, rede ich dann mit den Cops. Okay?«

»Keine Absprachen, kein Handel mit den Cops«, sagte Koop. »Ich will von so was nichts wissen.«

»Besteht denn irgendwie die Möglichkeit, daß Sie den Mann finden, der Ihnen das Zeug verkauft hat?« Der Anwalt verhielt sich wie ein Briefträger bei der Zustellung eines Telegramms. Zwar irgendwie normal, aber andererseits zu angespannt, zu aufgeregt. Und obwohl er jedes seiner Worte klar aussprach, waren es einfach zu viele, und sie folgten zu schnell aufeinander, ein Sturzbach von »ich meine« und »vielleicht sollten wir am besten«. Koop konnte nicht Schritt mit dieser Wortflut halten und ignorierte sie inzwischen. »Was meinen Sie, hmm? Eine Möglichkeit, ihn zu finden? Irgendeine Möglichkeit?«

Koop griff die Frage letztlich doch auf, hob die Schultern und sagte: »Vielleicht. Aber was soll ich machen, wenn ich ihn gefunden habe? Die Cops anrufen?«

»Nein, nein. Nein, nein, nein. Nein… Sie rufen dann mich an. Keinesfalls die Cops.« Die Augen des Anwalts blieben trotz des Stakkatos völlig ausdruckslos, wirkten wie alte Pokerchips aus Pappe. Koop hatte den Verdacht, daß er ihm kein Wort seiner Story glaubte.

Koop hatte ihm gesagt, er habe das Diamantkreuz und die dazu passenden Ohrringe von einem weißen Jungen – tatsächlich einem Jungen, einem Teenager – gekauft, der ein Freizeithemd der Nationalgarde von Minnesota getragen und sich in der Nähe des *Duck Inn* in Hopkins herumgetrieben habe. Der Junge habe einen dichten schwarzen Haarschopf gehabt und einen Ohrring getragen. Er, Koop, habe das Kreuz und die Ohrringe für 200 Dollar gekauft. Dem Jungen sei klar gewesen, daß er mit diesem Preis übers Ohr gehauen wurde, aber er habe nicht gewußt, wie er das Zeug sonst loswerden sollte.

»Wie erklären wir, daß Sie das Zeug an Schultz verkauft haben?« hatte der Anwalt gefragt.

Koop hatte geantwortet: »Zur Hölle, jeder kennt Schultz… Die Cops nennen ihn ›Ganz-ehrlich-Schultz‹. Wenn man was hat, das man verkaufen will, von dem man nicht genau weiß, wo es herstammt, dann wendet man sich an Schultz. Wenn ich aber so ein gerissener Einbrecher wäre, wie die Cops behaupten, dann hätte ich mich mit *diesem* Zeug ganz bestimmt nicht an ihn gewandt. Er steht praktisch auf der Gehaltsliste der Cops.«

Der Anwalt hatte ihn lange nicht angesehen und dann gesagt: »Okay. Okay. Okay… Sie waren also seit Beginn der Rezession ohne Arbeit, bis auf den kurzen Auftritt in diesem Fitneßstudio, und Sie sahen hier die Chance, ein paar Dollar zu verdienen. Sie haben sich auf die Sache eingelassen, und jetzt tut Ihnen das sehr leid. Okay?«

Koop fand das ganz in Ordnung so.

Jetzt, auf dem Weg aus dem Gefängnis, mit dem unentwegt plappernden Anwalt an seiner Seite, legte Koop die Hände auf die Ohren, drückte seinen Kopf zusammen. Der Anwalt trat einen Schritt zur Seite und fragte: »Ist alles in Ordnung mit Ihnen?«

»Ich mag diesen Ort nicht«, sagte Koop und schaute über die Schulter zurück zum Gefängnis.

Koop hatte Schmerzen. Fast jeder Muskel seines Körpers tat ihm weh. Mit dem ersten Teil der Untersuchungshaft wurde er noch fertig. Wurde fertig mit dem »Vorbeugen und Beine spreizen«. Aber je näher sie der Zelle kamen, um so mehr erstarrte das Blut in seinen Adern. Sie mußten ihn drängen, in die Zelle zu gehen, ihn schließlich hineinstoßen, und einmal drinnen, die Tür hinter ihm verriegelt, saß er einen Moment da, spürte, wie panische Angst ihm die Kehle zuschnürte.

»Verdammte Scheiße«, sagte er laut, schaute in die Ecken der Zelle. Alles war so nah, so eng. Es erdrückte ihn fast.

Er wäre in diesem Augenblick beinahe übergeschnappt. Aber er überwand diese Panik, begann mit Übungen, machte Rumpfbeugen, Liegestütze, Brücken, Kniebeugen, Nackenbeugen, Zehenstände, Handstände. Machte Steigübungen auf dem Bett, bis seine Beine streikten. Er hatte noch nie in seinem Leben so hart an sich gearbeitet: Er hörte erst auf, als seine Muskeln schließlich den Dienst versagten. Dann schlief er ein; träumte wirres Zeug von Schachteln voller Hände und Löchern voller Zähne. Träumte von Gitterstäben. Als er aufwachte, begann er wieder mit seinen Übungen.

Am nächsten Morgen gegen zehn Uhr hatten sie ihn zu seinem Anwalt gebracht. Der Anwalt sagte ihm, die Cops hätten seinen Truck und sein Haus durchsucht. »Ist diese Anklage die einzige Sache, die Sie auf sich zukommen sehen?« hatte er gefragt. »Die einzige Sache? Wirklich die einzige Sache?« Er schien ein wenig verwirrt zu sein. »Die Cops stürzen sich ja geradezu auf Sie. Stürzen sich auf Sie... Diese Anklage – sie ist doch nur nachrangige Scheiße. Nachrangige Scheiße...«

»Ich wüßte nicht, was da noch sein könnte«, sagte Koop. Aber er dachte: *verdammte Scheiße.* Vielleicht hatten sie doch noch was anderes gefunden.

Er traf den Anwalt im Gerichtssaal wieder, bei der Anhörung der Anklage. Er verzichtete auf Anraten des Anwalts auf eine

Voruntersuchung. Die Anhörung verlief zügig und routiniert: fünftausend Dollar Kaution. Ein gewerblicher Kautionssteller bot sich an, die Kaution gegen Abtretung von Koops Truck zu bezahlen.

»Passen Sie ja gut auf den Truck auf«, sagte Koop zu dem Kautionssteller. »Ich bringe Ihnen das Geld, sobald ich es verfügbar habe.«

»Ja, sicher«, sagte der Kautionssteller. Er sagte es recht gleichgültig. Er hatte solche Sprüche schon oft gehört.

»Passen Sie ja auf, daß nichts an meinen Truck drankommt«, knurrte Koop.

Der Kautionssteller mochte Koops Ton nicht, machte den Mund auf und wollte forsch reagieren, aber dann sah er Koops Augen und erkannte, daß er in Todesgefahr war. »Wir werden ihn nicht anrühren«, sagte er und meinte es ernst. Koop drehte sich um, der Kautionssteller schluckte und fragte sich, warum man ein Tier wie dieses aus der Haft entließ, nachdem man es doch endlich eingefangen hatte.

Koop hatte sich noch nicht entschieden, was er tun sollte. Noch nicht genau. Aber er war sich ganz sicher – er würde nicht mehr zurück ins Gefängnis gehen. Er würde das nicht durchstehen. Gefängnis – das hieß Tod. Es durfte keinen Handel mit den Cops geben, auf keinen Fall einen Handel, der ihn ins Gefängnis brachte…

Es bestehe eine gute Chance, daß er freigesprochen würde, meinte sein Anwalt. Die Anklage scheine einseitig auf der Zeugenaussage von Schultz zu basieren. »Ich wundere mich sowieso, daß man Sie überhaupt festgenommen hat«, sagte der Anwalt. »Wundere mich…«

Wenn er dennoch verurteilt würde, müsse Koop wahrscheinlich nur kurze Zeit absitzen – sicherlich nicht mal ein Jahr, obwohl grundsätzlich bis zu sechs Jahre möglich wären. Nach der Verurteilung in einem Vorverfahren aber würde die Kaution bis zum endgültigen Verfahren aufrechterhalten. Er sei also mindestens noch einen Monat auf freiem Fuß.

Wenn er aber tatsächlich zu einer Gefängnisstrafe verurteilt würde, würde er abhauen – dazu war Koop fest entschlossen. Mexiko. Kanada. Alaska. Irgendwohin. Nie mehr in den Knast...

Der Anwalt hatte ihm gesagt, wo er seinen Truck abholen konnte. »Ich habe mich erkundigt, sie sind mit der Durchsuchung fertig.« Er brauchte den Truck. Es war *sein* Truck, er gab ihm Sicherheit. Aber was war, wenn die Cops ihn weiter beobachteten? Was war, wenn sie ihm zu der Bank folgten und rausfanden, daß er dort sein Geld in einem Schließfach deponiert hatte? Egal... Er mußte das Geld holen, um bei dem Kautionssteller den Truck auslösen zu können.

Langsam, langsam...

Das Hauptverfahren war frühestens in einem Monat. Er brauchte in den nächsten fünfzehn Minuten nichts zu unternehmen. Wenn sie ihn verfolgten, würde er das merken. Es sei denn, sie hatten einen Minisender in den Truck eingebaut. Koop legte die Hände an den Kopf – hielt ihn zusammen, damit er nicht platzte.

Er bekam seinen Truck zurück und fuhr damit zu seinem Haus. Es handelte sich um eine reine Routinesache, den Bürokraten war es scheißegal, wenn man nur die richtigen Papiere brachte. Zwei von den dämlichen Fotzen aus der Nachbarschaft trieben sich auf der Straße rum, huschten auf den Rasen, als sie ihn kommen sahen, zerrten einen Baby-Buggy mit sich auf das Gras.

Er sah sie an, formte mit den Lippen: *ihr dämlichen Fotzen ...*

Er drückte schon auf den automatischen Öffner des Garagentors, als er noch einen halben Block entfernt war, fuhr geradewegs in die Garage. Das Tor schloß sich lautlos hinter ihm. Dann ging er zehn Minuten lang durch das Haus. Die Spuren der Cops waren überall zu sehen. Dinge waren weggenommen und nicht wieder richtig zurückgestellt worden. Es war jedoch nichts zerbrochen. Und es fehlte auch nichts, soweit er das auf Anhieb beurteilen konnte. Der Keller sah unberührt aus.

Er ging durchs Wohnzimmer. Ein Sessel stand vor dem Fernseher. »Arschficker!« schrie er. Er trat in die Seite des Sessels, und das Polster beulte sich ein. Koop atmete schwer, sah sich im Zimmer um, starrte auf die lange Wand, die in den Flur bis zum Schlafzimmer führte. Kunststoffvertäfelung... In einem leicht verschmutzten, unscheinbaren beigen Farbton. »Schwanzlutscher!« schrie er die Wand an. Knallte die Faust dagegen. Die Vertäfelung beulte sich ein, zu einem Loch wie ein Krater auf dem Mond. »Arschficker!« Schlug wieder zu. Wieder ein Loch. »Schwanzlutscher!«

Schreiend, immer wieder zuschlagend raste er durch den Flur, hörte erst auf, als er das Ende erreicht hatte. Schaute zurück. Neun Löcher, faustgroß, schulterhoch. Und Schmerz. Benommen schaute er auf seine Hand: die Knöchel von einem Brei aus Blut bedeckt. Er steckte die Knöchel in den Mund, leckte das Blut ab, saugte an ihnen. Schmeckte gut, das Blut...

Er atmete schwer, keuchte wie ein krankes Pferd. Koop wankte zum Schlafzimmer, saugte an seinen Knöcheln.

Das erste, was er im Schlafzimmer sah, war das Fläschchen Opium-Parfum auf der Kommode. Er schraubte den Verschluß auf, schnüffelte, schloß die Augen, sah sie vor sich.

Weißes Nachthemd, schwarzes Dreieck, volle Lippen...

Koop träufelte sich ein paar Tropfen des Parfums auf seine Fingerspitzen, hielt sie unter die Nase, stand schwankend, mit geschlossenen Augen da, sah sie vor sich...

Der Schmerz in den Knöcheln verwischte schließlich das traumhafte Bild von Sara Jensen in seinem Geist, und er holte sich eine Taschenlampe und ging zurück in die Garage. Er durchsuchte den Truck, Zentimeter für Zentimeter, Schraube für Schraube, und er saugte das Blut von den Knöcheln, wenn es zu dick wurde...

Kapitel 32

Lucas trieb sich bei den Männer-Accessoires herum, in der Nähe des Rasierwassers, hinter einem rotierenden Ständer mit Brieftaschen, behielt Koops Haarschopf im Auge. Er trug eine prallgefüllte Leder-Aktentasche in der Hand. Koop lungerte bei der Sportbekleidung für Männer herum, beide Hände in den Taschen, berührte nichts, schaute sich nichts wirklich interessiert an.

Connells Stimme im Ohrstecker: »Was macht er?«

»Schlägt Zeit tot«, antwortete Lucas leise. Eine kleine, ältere Frau blieb stehen, sah ihn an, und er drehte sich weg. »Können Sie ihn sehen?«

»Er ist zwei Gänge von mir entfernt.«

»Vorsichtig, Sie sind zu nahe an ihm dran. Sloan?«

»Ja, ich habe ihm im Auge. Ich gehe rüber zum Nordausgang. Das ist jetzt der kürzeste Weg nach draußen. Ich gehe dann weiter durch den Fußgänger-Hochweg, wenn er in diese Richtung kommt.«

»Gut so. Del?«

»Bin gerade bei der Sportbekleidung angekommen. Ich kann ihn nicht sehen, bin aber genau gegenüber von Connell. Kann sie sehen.«

»Sie sind dicht an ihm dran; er steht hinter dem Hemdenregal«, flüsterte Connell.

»Entschuldigen Sie, können Sie mir sagen, wo ich Herren-Bademäntel finde?« Lucas drehte sich um, schaute hinunter auf die kleine ältere Frau. Sie hatte Ohrenlöckchen wie ein Lamm und trug eine schmale Brille mit dicken Gläsern.

»Drüben bei der Säule vor dem Ausgang«, sagte Lucas.

»Danke«, sagte sie und trottete davon.

Lucas ging an einem Reagal mit Ralph-Lauren-Artikeln vorbei, kam zu den Guess-Parfums. Eine blonde Frau in einem schwarzen Kleid trat auf ihn zu und fragte ihn: »Kennen sie *Escape?*«

»Was?« Er machte einen Schritt auf sie zu, und sie hielt ein zylindrisches Fläschchen hoch, als ob sie sich damit verteidigen wollte.

»Ein kleiner Spritzer?«

Herren-Parfum... »O nein danke«, sagte Lucas, ging weiter. Die Frau schaute hinter ihm her.

Koop bewegte sich, und Connell funkte: »Er schlendert zum Nordausgang. Ganz langsam.«

»Ich sehe ihn«, sagte Lucas.

Sloan meldete sich: »Ich gehe durch den Hochweg.«

»Ich nehme Sloans Stelle ein«, sagte Del. »Meagan, Sie hat er vielleicht schon einmal gesehen, Sie sollten entweder vor ihm durch die Hochstraße gehen oder sich zurückfallen lassen.«

»Es ist noch zu früh, vor ihm da durchzugehen«, sagte Connell. »Ich lasse mich zurückfallen.«

»Ich schließe zu Ihnen auf«, sagte Lucas.

Lucas ging zu einem Glasschrank mit *Coach*-Aktentaschen und schaute den Gang hinunter auf Koops Rücken. Koop war wieder stehengeblieben, höchstens zehn Meter entfernt, ließ die Finger durch einen Kleiderständer mit Lederjacken gleiten. Lucas trat zurück, den Blick auf Koop gerichtet – und im gleichen Moment legte sich eine Hand auf seinen Ellbogen. Ein junger Mann, gekleidet in einen Anzug, stand hinter ihm, ein anderer an seiner linken Seite. Die Frau vom Parfumstand bildete den Schlußstein des Dreiecks.

»Würden Sie mir bitte sagen, was Sie hier machen?« fragte der Mann im Anzug. Ein Ladendetektiv, strammer Bursche, überkronte Schneidezähne... Lucas trat schnell hinter den Ladentisch, aus Koops Sicht, und die beiden Männer folgten ihm dicht auf den Fersen. Der Griff des Detektivs wurde fester.

»Ich bin von der Mordkommission der Stadtpolizei Minneapolis, und wir verfolgen einen Verdächtigen«, sagte Lucas mit leiser, aber scharfer Stimme. Er griff in die Jackentasche, nahm die Polizeimarke heraus, hielt sie dem Mann unter die Nase. »Wenn Sie mir die Tour hier vermasseln, reiße ich Ihnen die verdammten Eier ab und stopfe Sie Ihnen in die Ohren.«

»O Gott…« Der Detektiv schaute auf den Knopf in Lucas' Ohr, dann in sein wutverzerrtes Gesicht. Wurde blaß. »Entschuldigung.«

»Verschwinden Sie aus diesem Teil des Ladens, Sie alle«, sagte Lucas. Er zeigte zum vorderen Teil des Ladens. »Gehen Sie da rüber, getrennt voneinander, und schauen Sie auf keinen Fall zurück.«

»Ich bin…« stotterte der Mann. »Tut mir leid, ich war früher auch ein Cop.«

»Okay.« Lucas drehte sich um, schob sich hinter dem Ladentisch hervor. Koop war verschwunden. »Scheiße!«

Connell meldete sich. »Er ist weitergegangen.«

Roux hatte Angst. Connells Idee hatte ihr solche Angst eingejagt, daß sie drauf und dran war, wieder auf Gauloises umzusteigen.

Aber Jensen war am Tag zuvor bei ihr gewesen, gekleidet in einen superteuren Hosenanzug, eine superteure Aktentasche in der Hand, und sie hatte es Roux klargemacht: Ein Lockvogel-Unternehmen war die einzige Möglichkeit, den Killer zu überführen.

Roux hatte die Wahl zwischen einem Sprung aus dem Fenster und einem Sprung ins Ungewisse gehabt, und sie hatte sich für den Sprung ins Ungewisse entschieden.

»Danke«, hatte Connell zu Jensen gesagt, als sie aus Roux' Büro gekommen und den Flur hinuntergegangen waren. Dazu gehört Mut…«

»Ich will, daß dieser Mistkerl geschnappt wird. Ich will es so sehr, daß mir fast der Kopf platzt«, hatte Jensen gesagt. »Wann kommt er raus?«

»Morgen früh«, hatte Connell erklärt. Ihr Blick wurde abwesend, als ob sie in die Zukunft schauen würde.

»Und Sie…« sagte Jensen zu Lucas. »Habe ich Ihnen schon gesagt, daß Sie meinem älteren Bruder ähnlich sehen?«

»Muß ein gutaussehender Bursche sein«, sagte Lucas.

»O Gott, mir wird schlecht, das hält ja keine Sau aus«, stöhnte Connell. »Mir kommt gleich der kalte Kaffee hoch…«

Sie hatten Koop von dem Moment an verfolgt, als er das Gefängnis verlassen hatte. Hatten ihn nach Hause begleitet, ihn quasi ins Bett gebracht. Sie hatten sich auf die visuelle Beobachtung verlassen müssen; den Mini-Funksender und den Infrarotsender hatten sie vom Truck entfernt. Wenn Koop nämlich über seine Festnahme nachdachte, wunderte er sich wahrscheinlich, wie sie ihm zu diesem Getränkeladen hatten folgen können.

Am nächsten Tag hatte er das Haus ein wenig früher als sonst verlassen. Er war zum Fitneßcenter gefahren und hatte dort sein Programm absolviert. Dann hatte er einen Park angesteuert und einen Langlauf gemacht. Das war für seine Verfolger zu einem Alptraum geworden. Sie waren darauf nicht vorbereitet; sie trugen alle Straßenschuhe. Sie hatten ihn prompt ein halbes dutzendmal aus den Augen verloren, aber letztlich doch nie mehr als eine oder zwei Minuten – immer dann, wenn er bergauf lief.

»Mit diesem Mann ist nicht zu spaßen«, sagte Lucas, als sie Koop beobachteten, wie er zurück zu seinem Truck lief. »Er ist eben in einem geradezu irren Tempo drei Meilen gelaufen. Es gibt Profiboxer, die in schlechterer Form sind als er.«

»Ich würde es mit ihm aufnehmen«, sagte Connell.

Lucas sah sie an. »Quatsch …«

Der Ruger steckte in einem äußeren Seitenfach ihrer Handtasche, und sie zog ihn mit einer schnellen, fließenden Bewegung heraus. Große Hände … Sie ließ die Trommel rotieren. »Doch, ich würde es mit ihm aufnehmen …«

Nach dem Lauf im Park war Koop nach Hause gefahren. Er war eine Stunde dortgeblieben, dann wieder losgefahren und hatte das Verfolger-Team schließlich durch das Kaufhaus zu der Fußgängerhochstraße geführt – dem Zugang zu Jensens Büro.

»Wo geht er hin?« fragte Connell, als Lucas zu ihr aufschloß. Sie hakte sich bei ihm unter, was die beiden wie ein Pärchen aussehen ließ – eine neue Konstellation. »Ist er auf dem Weg zu ihr?«

»Er geht jedenfalls in ihre Richtung«, sagte Lucas. Sie liefen ein wenig zu dicht auf Koop auf, und Lucas schwenkte Connell herum, sie blieben stehen, und Lucas sagte in das Handfunkgerät:

»Sloan, Del, wir liegen richtig, er kommt durch den Fußgänger-hochweg auf euch zu.«

»Es ist zehn vor fünf«, sagte Connell. »Sie wird bald aus dem Büro kommen.«

Sloan funkte: »Wo ist er?«

Del: »Er ist auf halber Strecke im Hochweg stehengeblieben, schaut durch die Verglasung runter auf die Straße.«

Lucas zog Connell zur Seite. »Gehen Sie vor zum Eingang des Hochwegs, schauen Sie rein. Kommen Sie nicht zurück, wenn er in Ihre Richtung schaut.«

Sie nickte, ging auf den Eingang des Hochweges zu, schaute nach links in die Passage, dann zurück auf Lucas, sagte: »Er steht immer noch da und schaut runter.« Sie wartete kurz, hielt den Blick in den Hochweg gerichtet, kam dann zu Lucas zurück.

»Er geht weiter«, flüsterte sie in ihr Funkgerät.

»Hab ihn«, meldete Del. »Kommt aus dem Hochweg.«

»Wir kommen hinterher«, sagte Lucas. »*Raider-Garrote*, Jensens Firma, ist im Exchange-Building.«

Ein weiteres Kaufhaus trennte sie vom Exchange-Building, aber Koop hielt sich dort nicht auf. Er ging jetzt zügig, schaute mehrmals auf die Uhr, passierte den nächsten Fußgänger-Hochweg. Sloan blieb vor ihm, Del wich zur Seite aus, hastete einen halben Block weiter durch einen parallelen Hochweg, stieß dann wieder zum Verfolger-Team.

Lucas und Connell trennten sich wieder, gaben die Pärchen-Rolle auf. Connell trug jetzt ihre große Tasche wie einen Aktenkoffer in einer Hand. Lucas setzte seinen Hut auf.

»Sloan?«

»Irgendwas läuft komisch, Mann«, sagte Sloan, klang atemlos. »Könnte sogar schieflaufen. Ich bin gerade an der Glasfront von Raider-Garrote vorbeigekommen. Bleibe hier stehen, für den Fall, daß er reingeht und vielleicht irgendeinen Scheiß macht.«

»O Gott, Del, bleib dran…«

»Bin schon unterwegs…«

Connell kam zu Lucas zurück. »Was machen wir jetzt?« fragte sie.

»Gehn Sie dicht an ihn ran, aber nicht zu dicht. Ich verständige Sara.« Connell hastete davon, die rechte Hand auf der Handtasche, dicht an ihrem Revolver. Lucas holte sein Handy aus der Brusttasche, drückte die Kurzwahl-Speichertaste, dann die Nummer 7. Jensen meldete sich sofort.

»Es geht los«, sagte Lucas. »Er steht vor dem Eingang zu Ihrem Büro. Schauen Sie ihn nicht direkt an, wenn sich das vermeiden läßt. Er könnte in Ihren Augen lesen, daß was nicht stimmt, daß wir ihm eine Falle stellen.«

»Okay. Ich breche jetzt auf«, sagte Jensen. Sie klang sehr ruhig; Lucas meinte fast, ein kleines Lächeln aus ihrer Stimme zu hören.

»Sie nehmen den Aufzug nach oben?«

»Ja, wie immer«, sagte sie.

Lucas verständigte die anderen über das Funkgerät. Del stieß zu ihm, und sie gingen zusammen weiter. Sloan meldete sich wieder: »Da kommt er. Und Connell hinter ihm.«

»Wir stoßen zu euch«, sagte Lucas. »Del kommt zuerst. Du hältst dich am besten außer Sicht, Sloan... Was macht er?«

»Er schaut durch das Glasfenster ins Büro... Connell ist dicht hinter ihm.«

Del trottete Lucas voraus, spielte den Stadtstreicher perfekt, leicht betrunken, ohne Ziel, sich in den Hochwegen herumtreibend, bis die Geschäfte schlossen, um dann für die Nacht hinaus auf die Straße zu gehen. Die Leute schauten geflissentlich an ihm vorbei, manche auch durch ihn hindurch; niemand aber sah ihn an.

»Ich bin gerade an ihm vorbeigekommen«, funkte er. »Er schaut durch die Glaswand und tut so, als ob er die Aktienkurse auf der Anzeigentafel lesen würde. Jensen ist auf dem Weg nach draußen.«

»Ich bin auch gerade hinter ihm vorbeigekommen«, meldete sich Sloan. »Del, du verschwindest am besten erst mal aus seiner Sicht.«

»Ich komme jetzt auch in eure Richtung«, sagte Lucas.

Einen Moment war es still im Funkkreis. Lucas traute der Sache nicht, blieb im Hochweg zurück, ging hinüber zu einem Zeitungsladen, der wie ein Schwalbennest an den Hochweg angebaut war. Sloan meldete sich wieder: »Jensen ist jetzt draußen. Er geht vor ihr her. Ich folge ihm. Er kommt auf dich zu, Lucas.«

»Ich gehe in den Zeitungsladen«, sagte Lucas. »Ich übernehme ihn dann.«

Einen Moment später zischte Sloan: »O Gott, Lucas, steck dein Funkgerät weg! Ich glaube, er kommt in den Laden!«

Lucas stellte sofort das Gerät ab, steckte es in die Jackentasche, griff nach einem Exemplar des *Economist,* schlug es auf, drehte der Eingangstür den Rücken zu. Eine Sekunde später kam Koop in den Laden, schaute sich um. Lucas sah aus den Augenwinkeln zu ihm hin. Der Laden war gerade groß genug für sie beide und die Theke, hinter der ein gelangweiltes junges Mädchen saß. Koop nahm sich ein Magazin, schlug es auf, drehte das Gesicht dem Hochweg zu. Lucas sah wieder aus den Augenwinkeln zu ihm hin. Koop wandte ihm den Rücken zu, schaute über den Rand des Magazins. Wartete auf Jensen...

Sloan ging draußen vorbei. Lucas stand so nahe bei Koop, daß er ihn riechen konnte – den leichten Geruch eingetrockneten Schweißes. Immer mehr Leute strömten draußen vorbei, nachdem die Büros im ganzen Gebäude schlossen, meistens Frauen, von denen einige noch immer die in den achtziger Jahren übliche Standard-Bürokleidung trugen – blaues Kostüm und flache Schuhe. Koop sah nicht zu Lucas hin; er konzentrierte sich ganz auf den Hochweg.

Ein Mann kam herein, sagte zu dem Mädchen: »Geben Sie mir ein Päckchen Marlboro und eine Packung Cloret-Kondome.« Das Mädchen gab ihm beides, und er bezahlte, öffnete das Zigarettenpäckchen, nahm bis auf zwei alle Zigaretten heraus, warf sie in einen Abfalleimer, steckte die Kondome in das Päckchen und ging aus dem Laden.

»Der will nicht, daß seine Frau die Kondome sieht«, sagte das Mädchen zu Lucas.

»Das nehme ich auch an«, antwortete Lucas. Scheiße. Koop würde ihn jetzt anschauen.

Aber Koop tat das nicht. Er legte das Magazin zurück ins Regal und hastete aus dem Laden. Lucas schaute von der Tür aus hinter ihm her. Ein kleines Stück entfernt im Hochweg sah er Connells blondes Haar und Jensens Rücken. Er legte die Zeitung zurück, ging hinter Koop her, aktivierte sein Funkgerät wieder.

»Sie kommen in deine Richtung, Sloan... Wo bist du, Del?«

»Bin hinter euch. Sloan hat gesagt, du wärst festgenagelt, und ich bin zurückgeblieben, falls er in diese Richtung kommt. Schließe gleich zu dir auf.«

»Aufzüge«, murmelte Connell.

»Ich komme«, sagte Lucas. »Del, Sloan, fahrt schon hoch.«

Del und Sloan bestätigten, und Lucas sagte: »Greave, seid ihr bereit?«

»Wir sind bereit.« Sie warteten im Lieferwagen unten auf der Straße.

»Aufzug«, sagte Lucas, nahm den Mikrophonknopf aus dem Ohr und steckte ihn in die Tasche.

Koop stand direkt vor der Tür des Aufzugs, wartete auf seine Rückkehr. Er würde als erster einsteigen. Vier andere Leuten waren bei ihm, darunter Jensen und Connell. Jensen stand direkt hinter Koops breitem Rücken, starrte auf seinen Nacken. Connell stand neben ihr. Lucas kam an, schob sich vor Connell.

Das Licht des Aufzugs wurde weiß, und die Türen glitten auf. Koop trat in den Aufzug, drückte auf einen Knopf. Lucas schob sich neben ihn, drehte sich jedoch zur anderen Seite, drückte dort auf den Knopf für die Etage, auf der Jensens Wagen stand. Connell ging zur selben Seite wie Koop, stellte sich in die Ecke, wo Koop ihr Gesicht nicht sehen konnte, wenn er nicht den Kopf zu ihr hindrehte. Lucas stellte sich einen halben Schritt vor die Rückwand des Aufzugs, halb Connell zugewandt. Koop hatte bisher noch keinen von ihnen aus der Nähe gesehen, aber was sie jetzt taten, durften sie nicht noch einmal machen, zumindest nicht in den nächsten Tagen. Jensen und eine andere Frau stiegen als letzte ein, und Jensen stellte sich mit dem Rücken direkt vor

Koop. Die Türen schlossen sich, und die Fahrt begann. Lucas konnte Koop nicht sehen, ohne den Kopf zu ihm hinzudrehen. Er sagte: »War wieder ein langer Tag« zu Connell, und sie meinte: »Das sind sie doch alle... Ich glaube, Del kriegt eine Erkältung.«

Plauderei im Aufzug... Die Frau neben Jensen drehte sich um, sah Lucas an, und Jensen schob sich ein wenig zurück, drückte ihren Hintern gegen die Vorderseite von Koops Hose. »Entschuldigung«, murmelte sie, schoß über die Schulter einen Blick auf ihn ab.

In der sechsten Etage stiegen sie aus, zuerst Jensen, dann Lucas und Connell. Die Türen schlossen sich hinter ihnen, und Koop fuhr weiter nach oben, zur siebten Etage, wo sein Truck stand.

»Ich habe das gesehen«, sagte Connell grinsend zu Jensen. »Sie sind ein bösartiges Miststück.«

»Vielen Dank«, sagte Jensen.

»Machen Sie das nicht noch mal«, sagte Lucas, als sie zu den Wagen gingen. »Im Moment läuft alles bestens. Ein bißchen zuviel, und alles geht schief.«

Koop folgte Jensen zu einem kleinen Supermarkt, wartete draußen, während sie Lebensmittel einkaufte.

»Er wird es tun«, sagte Connell. Sie beobachtete Koop durch ein Fernglas. Sie klang euphorisch und wütend zugleich, wie der verletzte Überlebende eines Flugzeugabsturzes.

»Er hat nicht ein einziges Mal den Blick von der Eingangstür genommen, seitdem sie reingegangen ist. Er ist besessen von ihr. Er wird es tun.«

Koop fuhr hinter Jensen her bis zu ihrem Appartementgebäude, umgeben vom Schwarm der Cops, vor ihm und hinter ihm, neben ihm in den Parallelstraßen, ständig sich abwechselnd. Jensen fuhr in die Tiefgarage. Koop hielt an, sah ihr nach, startete dann zu einer Fahrt über die Autobahnen. Er machte eine vollständige Umrundung der beiden Städte über die I-494 und die I-694.

»Komm, fahr zurück, du Arschloch«, zischte Connell. »Fahr zurück!«

Um neun Uhr hielten sie in einer Schlange vor einer Ampel, beobachteten zwei Männer in mittleren Jahren, einer mit weißen Haaren, der andere mit einem Igelhaarschnitt, die auf einer Par-drei-Golfbahn in der beginnenden Dunkelheit versuchten, ihr Spiel noch zu Ende zu bringen. Igelhaar schaffte einen Putt aus sechzig Zentimetern nicht. Lucas schüttelte den Kopf, und Koop vor ihnen fuhr wieder an...

Zehn Minuten später fuhr er auf der I-35 nach Norden. Drehte eine Runde durch Minneapolis – und schwenkte dann, wie ein Satellit auf einer absinkenden Umlaufbahn, langsam in Richtung Jensens Appartementgebäude ein.

»Er fährt zu Jensen«, funkte Lucas die anderen an. »Ich breche ab, warte bei Jensen auf ihn. Wenn er die Richtung noch ändert, laßt es mich wissen.«

Während er auf Nebenstraßen das Ziel ansteuerte, rief Connell über das Handy bei Jensen an, verständigte sie. Eine Minute später fuhren sie in die Tiefgarage des Gebäudes und stellten den Wagen ab.

»Wo ist er?« fragte Lucas über Funk.

»Er kommt«, antwortete Greave. Er fuhr den Lieferwagen. »Sucht anscheinend nach einem Parkplatz.«

»Dann wollen wir mal in Stellung gehen, Freunde«, sagte Lucas. Der Aufzug kam, und Connell und er fuhren hoch.

Jensen erwartete sie an der Wohnungstür. »Er kommt tatsächlich?«

»Wahrscheinlich«, sagte Lucas und trat an ihr vorbei in die Wohnung. »Er ist vor dem Gebäude.«

»Ja, er kommt«, sagte Connell. »Ich spüre es. Er kommt.«

Kapitel 33

Seit der Entlassung aus dem Gefängnis hatte Koop sich vor Sehnsucht nach der Frau verzehrt.

Er konnte an nichts anderes mehr denken.

Mit Muskeln, die von der Überanstrengung im Gefängnis noch schmerzten, machte er seine Übungen, bis er wieder völlig erschöpft war. Er duschte sich und dachte dabei an Sara Jensen...

Er machte einen Lauf im Braemar-Park, die Hügel rauf und runter. Dann fuhr er zu einem *Arby's*, bestellte ein Sandwich, bezahlte, ging ohne das Sandwich aus dem Schnellimbiß. Das Mädchen am Schalter kam ihm damit zum Parkplatz nachgelaufen. In Gedanken war er bei Sara Jensen...

Dann, im Aufzug, stand er Rücken an Rücken mit einem großen Mann in einem teuren Anzug, und Sara stand direkt vor ihm. Auf halbem Weg nach oben war sie ein Stück zurückgetreten und hatte ihren Hintern – wieder einmal! – gegen seinen Unterleib gedrückt. Ja...

Sie wußte Bescheid über seine Gefühle für sie, ganz bestimmt...

Es war ja schon das zweite Mal.

Ganz klar.

Koop fuhr durch die beiden Städte, nahm kaum die Strecke wahr – und fand sich dann, kurz nach Einbruch der Dunkelheit, vor Saras Appartementgebäude wieder. Er ging über die Straße und schaute hoch. Runzelte die Stirn. Irgendwas stimmte nicht mit dem Licht. Sie hatte die Vorhänge im Schlafzimmer ein Stück zugezogen.

Koop spürte einen Hauch von Gefahr. Hatten sie die Sache mit seinem Beobachtungsposten auf dem Dach gegenüber herausgefunden? Warteten sie da oben auf ihn? Aber wenn es so war, hätte sie doch niemals die Vorhänge ein Stück vorgezogen. Sie hätten dann doch alles so gelassen, wie es immer gewesen war.

Egal.

Er würde auf jeden Fall auf das Dach gehen...

»Er ist in das Gebäude gegenüber reingegangen«, meldete Greave. »Er hatte einen Schlüssel.« Greave stand immer noch mit dem Lieferwagen auf der Straße. Del und Sloan waren in Jensens Gebäude mit dem Aufzug nach oben gefahren, sobald sie gehört hatten, daß Koop nach einem Parkplatz suchte. Sloan würde sich in einem anderen Appartement bereithalten, Del auf dem Dach.

»Er hat diesen Mann in dem Gebäude auf der anderen Straßenseite niedergeschlagen und die Frau umgebracht, um an die Schlüssel zu kommen«, sagte Connell. »Ganz bestimmt.«

Lucas sagte: »Ja.«

Connell saß auf dem Boden in der Küche, neben der Theke. Lucas bezog Posten im Flur zwischen Jensens Schlafzimmer und dem Wohnzimmer. Jensen saß auf ihrem Bett. Sie hatte die Vorhänge im Schlafzimmer so weit zugezogen, daß in der Mitte ein etwa sechzig Zentimeter breiter Spalt blieb. Lucas hatte das nicht haben wollen. »Wir sollten alles so lassen, wie es bisher war.«

»Falsch«, hatte sie gesagt. »Ich weiß, was ich tue.«

Sie klang so selbstsicher, daß er sie gewähren ließ. Jetzt machte er ein paar Schritte auf das Schlafzimmer zu. »Kamera läuft«, sagte er. »Aufnahme.«

Sie stand auf. Sie trug einen weißen Frottee-Bademantel, unter dem nackte Beine und Füße hervorschauten. »Ich bin bereit«, sagte sie. »Sagen Sie mir, was er tut, sobald Del es Ihnen durchgibt.«

»Natürlich. Schauen Sie auf keinen Fall in meine Richtung, wenn ich Ihnen etwas sage. Lesen sie einfach weiter.«

Sie hatten sich entschieden, Sara die Rolle der Frau spielen zu lassen, die auf dem Bett liest. Koop würde sie durch den Spalt im Vorhang beobachten können. Sie breitete das *Wall Street Journal* und den *Investor's Daily* auf dem Bett aus, legte sich daneben. »Ich bin ein wenig nervös.«

»Denken Sie daran: Wenn etwas Unvorhergesehenes passiert und ich ›abhauen‹ rufe, dann rennen Sie so schnell wie möglich raus«, sagte Lucas.

Sie hatten ein anderes Appartement im Flur zur Verfügung, das eine ältere Frau bewohnte. Der Manager hatte sie ihnen empfohlen. Die Frau hatte zugestimmt, daß man ihre Wohnung benützen dürfe, aber nur unter der Bedingung, daß sie während der Aktion anwesend sein dürfe. Lucas war darüber nicht glücklich gewesen, aber sie war hartnäckig geblieben, und so hatte er schließlich zugestimmt. Sie war also in diesem Appartement, und sie ließ Sloan ein. Greave wartete weiterhin im Lieferwagen unten auf der Straße, zusammen mit zwei Beamten vom Ermittlungsdezernat.

Sobald Koop Jensens Gebäude betrat – *wenn* er es tat –, würden Greave und seine Partner die Aufzüge an der Schalttafel in der Eingangshalle abschalten und die Treppe sichern. Zur gleichen Zeit würde Jensen von Sloan in das Appartement der älteren Frau in Sicherheit gebracht werden. Del würde vom Dach über die Treppe nach unten kommen und sich im Geräteschrank am Ende des Flurs verstecken.

Wenn Koop vor Jensens Wohnungstür erschien, würden sie warten, bis er in das Appartement einzudringen versuchte – entweder mit einem Schlüssel oder unter Anwendung von Gewalt. Lucas würde das Stichwort geben; Sloan würde von einer Seite des Flurs auf ihn losgehen, Del von der anderen. Lucas und Connell würden aus der Wohnungstür kommen. Vier zu eins…

Connell hielt ihren Revolver in der Hand, überprüfte ihn. Sie hatte Schrot-Sicherheitsgeschosse in die Trommel geladen. Sie rissen massive Löcher in weiches Gewebe, zerfielen aber, wenn sie auf Wände trafen. Sie hielt den Revolver mit dem Lauf nach oben in der Hand, den Zeigefinger entlang des Abzugbügels ausgestreckt, die Trommel an der Wange.

»Auf dem Dach… Er ist auf dem Dach des gegenüberliegenden Gebäudes«, meldete Del vom Dach des Jensen-Gebäudes. Er atmete schwer; er hatte Koop um dreißig Sekunden beim Hochsteigen geschlagen. Und einen Moment später: »Er ist auf das Gehäuse der Klimaanlage gestiegen.«

Koop zog sich hoch, kroch in den Schutz des Entlüftungsschornsteins, schaute über die Straße. Sara lag Zeitung lesend auf dem Bett. Er hatte sie das schon mindestens zwanzigmal tun sehen, dieses schnelle Überfliegen der Zeitungsseiten... Er richtete das Kowa-Fernrohr auf sie, sah, daß sie lange Tabellen studierte. Sie tat es mit intensiver Konzentration. Drehte eine Seite um.

Sie trug einen weißen Frottee-Bademantel, den er zum erstenmal an ihr sah. Er gefiel ihr. Er hob ihr aufregendes, dunkles Aussehen hervor wie kaum ein anderes Kleidungsstück. Wenn ihr Haar naß wäre, würde sie aussehen wie ein Filmstar auf der Bühne...

»Er ist auf dem Gehäuse der Klimaanlage«, sagte Lucas mit ruhiger Stimme zu Jensen. Sie gab nicht zu erkennen, daß sie ihn gehört hatte, aber sie hatte ihn bestimmt verstanden.

»Er hat ein Fernglas und beobachtet sie«, sagte Del. »Mein Gott, er muß sich vorkommen, als wäre er bei ihr im Zimmer.«

»Er kommt sich bestimmt so vor«, murmelte Connell ins Mikrophon. Lucas schaute hinüber zu ihr; sie preßte immer noch den Revolver gegen die Wange.

Jensen ließ die Zeitung sinken und rollte sich vom Bett, ging ins Badezimmer. Das stand nicht im Drehbuch... »Was machen Sie da?« fragte Lucas.

Sie gab keine Antwort, obwohl Koop sie im Badezimmer nicht sehen konnte, ließ ein wenig Wasser in das Waschbecken laufen, ging dann wieder zurück ins Schlafzimmer. Der Bademantel klaffte auf. Lucas sah auf ihren Rücken, aber er hatte so eine Ahnung...

Jensen kam aus dem Badezimmer. Der Bademantel stand offen, sie trug nur eine Unterhose darunter. Ihre Brüste sahen wundervoll aus unter dem Frotteetuch – halb verdeckt, halb sichtbar... Irgendwas beschäftigte sie. Sie ging ein paar Minuten im Zimmer hin und her, tauchte im Spalt zwischen den Vorhängen auf, war dann wieder verschwunden... Es war der beste Strip, den Koop je gesehen hatte. Sein Herz schlug ihm jedesmal bis zum Hals, wenn sie in der Lücke zwischen den Vorhängen erschien.

Dann ließ sie sich wieder aufs Bett sinken, das Gesicht Koop zugewandt, stützte sich auf einen Ellbogen, zeigte eine ihrer Brüste, blättert in der Zeitung. Dann rollte sie sich auf den Rücken, den Kopf auf dem Kissen, setzte die Füße flach aufs Bett, hob die Knie an, legte dann ein Bein über das andere. Der Bademantel klaffte jetzt weit auf, und Koop starrte auf ihre Brüste, die sich unter dem eigenen Gewicht abflachten...

Koop grunzte vor Erregung. Er konnte es kaum aushalten, dieses Bild nur zu betrachten. Und hätte es *absolut* nicht aushalten können, den Blick abzuwenden...

Lucas schluckte, schaute hinüber zu Connell. Sie bekam das alles nicht mit. Sie saß da, starrte blicklos auf den Küchenschrank. Lucas sah wieder zu Jensen auf dem Bett hinüber. Ihre Augen hatten ihn einmal kurz angeblitzt, und er hatte gemeint, ein ganz leichtes Lächeln darin zu erkennen. Mein Gott... Er fühlte jetzt selbst, was Koop fühlte – die körperliche Anziehung, die diese Frau ausstrahlte. Es gingen von ihr irgendwelche unerklärlichen, das Blut in Wallung bringenden Vibrationen aus, wie sie bei Italienerinnen besonders häufig anzutreffen sind. Woher hatte sie den Namen Jensen? Es mußte ein angeheirateter Name sein; was aus dieser Frau da auf dem Bett heraussprudelte, war ganz bestimmt nicht skandinavisch.

Lucas schluckte noch einmal.

Wenn es so etwas wie ein »Polizei-Handbuch für korrektes Verhalten bei der Ermittlungsarbeit« gäbe, würde das, was hier ablief, natürlich strengstens verboten sein. Aber Lucas hatte keine Einwände; wenn das Koop nicht in die Falle trieb, dann würde *nichts* ihn dazu bringen...

Sara stand wieder vom Bett auf, und wieder klaffte der Bademantel auf. Sie ging ins Badezimmer, schloß die Tür hinter sich. Wenn sie das machte, blieb sie gewöhnlich eine Weile drin.

Koop kroch hinter den Schornstein, versuchte, eine Zigarette anzuzünden. Stellte fest, daß die Zigarette feucht war, und merkte, daß sein ganzer Körper schweißbedeckt war.

Er hielt das nicht mehr aus. Er hatte den härtesten Ständer seines Lebens. Er holte sein Messer heraus, drückte auf den Knopf. Die Klinge sprang heraus wie die Zunge einer Schlange.

Zeit zum Handeln...

»Er ist vom Gehäuse runter«, sagte Del. »Heilige Scheiße, er ist runter. Geht über das Dach, durch die Tür...«

»Greave, haben Sie gehört? Jetzt sind Sie dran, Mann«, sagte Lucas.

»Alles klar«, antwortete Greave.

Lucas ging ins Schlafzimmer. »Sara, es ist soweit.«

Jensen kam aus dem Badezimmer, den Bademantel fest zugeknöpft. »Er kommt?«

»Wahrscheinlich; er ist jedenfalls vom Dach runter«, sagte Lucas. Sie war irgendwie verlegen, teilte ein intimes Geheimnis mit Lucas; er hatte ihre Strip-Show ja mit gesehen. »Holen Sie Ihre Slipper.«

Jensen schlüpfte in die Slipper, nahm das vorbereitete Kleiderbündel unter den Arm und ihre Tasche in die Hand, und dann warteten sie. Warteten... Jensen stand dicht bei Lucas, und er fühlte sich in der Rolle des Beschützers, irgendwie als ihr älterer Bruder, als...

»Er kommt aus der Eingangstür«, meldete Greave. »Geht jetzt über die Straße.«

»Ich komme vom Dach runter«, sagte Del.

Greave: »Er hat auch einen Schlüssel für Jensens Gebäude, schließt auf, geht rein, ist jetzt drin...«

»Er kommt«, sagte Lucas zu Jensen. »Gehen Sie.«

Jensen verließ die Wohnung, lief in ihrem Morgenmantel den Flur hinunter, mit der Tasche in der Hand und dem Kleiderbündel unter dem Arm, wie ein Mädchen auf dem Weg zu einer Übernachtungsparty bei einer Freundin. Connell stand auf und ging ins Wohnzimmer, immer noch mit dem geistig abwesenden Ausdruck auf dem Gesicht und dem Revolver in der Hand.

Lucas ging zu ihr, nahm sie am Arm. »Ich will nicht, daß wir gleich irgendwelche Scheiße bauen. Sie haben so einen seltsamen Ausdruck auf dem Gesicht... Wenn Sie auf den Kerl schießen, könnten sie Del oder Sloan treffen. Die beiden werden hinter ihm reingestürzt kommen.«

Sie sah ihn an, sagte nur: »Okay...«

»Hören Sie, ich meine das verdammt ernst«, fauchte er sie an. »Das ist nicht die Zeit für...«

»Es ist alles in Ordnung mit mir«, unterbrach sie ihn. »Es ist nur so, daß ich doch so lange auf diesen Moment gewartet habe. Jetzt haben wir ihn. Und ich darf es noch erleben...«

Lucas war dennoch beunruhigt, ging in die Küche.

Sobald Koop die Tür öffnete, würde Lucas sich mit seinem Körper dagegenwerfen. Dieser unerwartete Aufprall würde Koop zurück in den Flur katapultieren. Del und Sloan würden zur Stelle sein, und Lucas würde die Tür aufreißen und direkt vor Koop stehen. Greave und seine beiden Partner würden die Treppe hochgestürmt kommen...

Sie hatten ihn überführt. Schon allein sein heimliches Beobachten Jensens und das Eindringen in dieses Gebäude würden wahrscheinlich bereits für eine Anklage reichen.

Aber wenn er in Jensens Appartement eindrang, wenn er die Tür öffnete, hatten sie den endgültigen Beweis. Wenn er durch diese Tür kam...

Koop huschte durch die Eingangshalle, geradewegs zum Treppenhaus, zog die Tür auf, ging hinein. Ehe die Tür ins Schloß fiel, meinte er ein seltsames Geräusch zu hören. Ein *Fläpp-Klick* ...

Was war das? Er erstarrte, horchte. Nichts. Nicht das geringste zu hören... Er stieg die Treppe hoch, leise, blieb auf jedem Treppenabsatz stehen, horchte, ging dann weiter.

»Er geht die Treppe hoch«, meldete Greave. »Er ist nicht bei den Aufzügen. Er kommt die Treppe hoch.«

»Verstanden«, sagte Lucas. »Del?«

»Bin bereit.«

»Sloan?«

»Bereit.«

Koop stieg weiter die Betonstufen hoch. Was war das gewesen, dieses *Fläpp-Klick?* Als ob jemand im Treppenhaus gewesen wäre – ein Schritt, eine zufallende Tür... Was es auch war, es mußte von hoch oben im Gebäude gekommen sein. Vielleicht sogar von Jensens Stockwerk... Koop huschte weiter hoch, erreichte die oberste Etage mit Jensens Appartement. Wollte die Tür zum Flur aufstoßen. Stoppte in der Bewegung. *Fläpp-Klick?*

Es führte noch ein Treppenabsatz nach oben, zum Dach. Hatte er es eilig? Nicht *so* sehr, dachte er. Einschleichdieb: geh langsam vor...

Er stieg den letzten Treppenabsatz hoch, benutzte seinen Schlüssel – Jensens Schlüssel –, um die Tür zum Dach aufzuschließen, trat hinaus. Schöne Nacht. Sanfte Sterne, hohe Luftfeuchtigkeit, noch ein wenig Restwärme vom Tag... Er schlich zum Rand des Daches. Jensens Appartement lag hinter dem dritten Balkon von der Dachecke aus gerechnet.

Er schaute über den Rand des Daches. Jensens Balkon lag etwa dreieinhalb Meter unter ihm. Ein Fall aus etwas mehr als einem Meter, wenn er sich an den Dachrand hängte. Kein Problem. Es sei denn, er verfehlte den Balkon – dann war es ein langer, langer Fall hinunter auf die Straße. Aber er konnte den Balkon kaum verfehlen. Er stand etwa eineinhalb Meter hervor und war viereinhalb Meter breit.

Er schaute über die Straße, zu dem Appartementgebäude, auf dessen Dach er so viele schöne Nächte verbracht hatte. Es brannten einige Lichter in Wohnungen, aber nur bei wenigen waren die Vorhänge zurückgezogen, und es war niemand darin zu sehen.

Dreieinhalb Meter. *Fläpp-Klick.*

»Wo zum Teufel bleibt er?« fragte Del aus seinem Wandschrank-Versteck. »Greave? Siehst du ihn?«

»Muß noch im Treppenhaus sein«, antwortete Greave. »Soll ich hinter ihm her die Treppe hoch?«

»Nein, nein, bleiben Sie unten«, befahl Lucas.

Connell war auf das Gespräch in ihrem Ohrhörer konzentriert, und so entging ihr beinahe das leise *Wupp* fünf Meter entfernt. Mit Lucas' »nein, nein« im Ohr erkannte sie nicht einmal, wo es herkam, dachte sich auch nicht viel dabei, sah nach rechts…

Koop landete weich vor der geöffneten Balkontür, mit beiden Füßen gleichzeitig, federte den Aufprall mit den Knien ab. Das erste, was er sah, da in seinem Fischglas, war die blonde Frau mit dem Revolver neben der Wange, an die Wand gepreßt, darauf wartend, daß die Wohnungstür aufging.

Koop brauchte nicht nachzudenken. *Wußte, was los war.* Und es gab keinen Ausweg. Die Wut flammte auf, heiß, tobte aus ihm heraus.

Koop stieß einen wilden Schrei aus und stürzte sich auf die Frau an der Wand…

Connell sah ihn kommen, als er noch drei Meter von ihr entfernt war, und es blieb ihr weniger als eine Sekunde für eine Reaktion. Der Schrei ließ sie erstarren, kreischte in ihren Ohren, und dann schlug Koop zu, mit der offenen Hand gegen die Seite ihres Kopfes. Der Schlag brachte sie zu Fall, betäubte sie, und dann war er über ihr, und sie spürte Blut in ihrem Mund, und der Revolver war nicht mehr in ihrer Hand.

Lucas hörte den Schrei, fuhr herum, sah Koop durch die Balkontür ins Wohnzimmer stürmen, und er schrie ins Mikrophon des Funkgeräts: »Er ist hier, er ist hier!« Rannte los ins Wohnzimmer, sah Koop und Connell auf dem Boden. Connells Revolver schlitterte über den Teppich, verschwand unter der Couch. Koop war über Connell, mit dem Rücken zu Lucas. Lucas konnte nicht schießen, nicht mit Connell so dicht unter Koop; er hob den Arm über den Kopf, schwang die Pistole gegen Koops Hinterkopf. Koop aber schien den Angreifer hinter sich zu spüren; er warf den Körper zur Seite, sah Lucas und den erhobenen Arm. Er zog die Schulter hoch, und der Pistolenlauf traf ihn auf den dicken Schultermuskel, und Koop kam irgendwie auf die Beine und ging auf Lucas los.

Das war kein Boxkampf... Koop richtete sich hoch auf, ging auf Lucas los, und Lucas traf ihn mit einem harten linken Schwinger, aber Koop steckte ihn weg, als sei er von einem Wattebausch getroffen worden, und er schlang beide Arme um Lucas Brustkorb.

Beide taumelten zurück, aneinandergeklemmt wie zwei betrunkene Tänzer, krachten in der kleinen Küche gegen den Tresen, den Schrank, und der Druck von Koops Armen war wie ein Schraubstock um Lucas' Brust, nahm ihm die Luft, schien ihn zu zermalmen. Lucas schlug ihm mit dem Pistolenlauf gegen die Seite des Kopfes, konnte aber nicht weit ausholen. Er hatte das Gefühl, sein Rückgrat würde brechen, und er hielt schließlich die Pistole neben Koops Ohr und drückte ab. Das Geschoß krachte in die Decke.

Der Knall des Schusses einen Zentimeter an seinem Ohr vorbei ließ Koops Kopf zurückzucken, erschütterte ihn mehr als jeder Schlag. Lucas bekam wieder Luft, aber das war kaum eine Erleichterung: Schmerz zuckte beim Einatmen durch seine Brust, als ob ein Knochen sich in die Lunge bohren würde. Anscheinend gebrochene Rippen... Er hielt die Luft an, hämmerte Koop eine Gerade ins Gesicht, aber Koop trat einen Schritt zurück und ließ einen kurzen Schwinger auf Lucas' Rippen krachen. Lucas spürte, wie weitere Rippen knackten, taumelte zurück, hielt hilflos die Ellbogen vor den Brustkorb, mußte wieder einen Schwinger einstecken. Schaffte dennoch einen schwachen Schlag mit der Pistole in Koops Gesicht, schlitzte die Haut seiner Wange auf, konnte ihn damit aber nicht abwehren; Koop schlang wieder die Arme um seinen Brustkorb, drückte zu, und Lucas schwankte, versuchte Schläge gegen Koops Kopf, und beide taumelten in der Küche hin und her. Lucas hörte im Unterbewußtsein, wie Del und Sloan gegen die Wohnungstür schlugen und traten, schrien. Lucas schaute hilfesuchend in diese Richtung. Und Koop drückte zu, schien ihn zu zerquetschen...

Connell landete auf Koops Rücken. Sie hatte kurze, eckige Fingernägel, aber große Hände und kräftige Finger, und sie krallte sie in Koops kleine Augen, weniger als fünf Zentimeter vor Lucas' Gesicht. Lucas sah, wie sie ihre Fingerspitzen in Koops Augenhöhlen stieß, tief hinein, und er dachte im Unterbewußtsein: *Mein Gott, sie reißt ihm die Augen raus...* Und sie grub ihre Zähne in Koops Nacken, mit haßverzerrtem Gesicht – dem Gesicht eines rasenden Raubtieres.

Koop schrie auf und ließ Lucas los, und Lucas schlug ihm wieder mit der Pistole ins Gesicht, ritzte wieder seine Haut auf, brachte ihn aber nicht zu Boden. Connells Fingerspitzen drangen immer tiefer in seine Augenhöhlen, und Koop wand sich, versuchte sie abzuschütteln. Ihre Füße verloren den Halt auf dem Boden, und sie schlang sie um seine Hüfte, drückte die Mittelfinger immer tiefer in seine Augen, und Koop schrie, schüttelte sich, drehte sich, tanzte einen verzweifelten Tanz, und Lucas ging auf ihn los, schlug zu.

Doch dann traf Koop Lucas mit einem wilden, blinden Schwinger, geführt mit dem Rücken der Faust, an der Schläfe. Lucas wurde es für einen Moment schwarz vor Augen, wie in der Situation, wenn eine durchgebrannte Sicherung schlagartig das Licht im Haus verlöschen läßt. Alles um ihn herum verblaßte, und er verlor den Halt, taumelte rückwärts gegen den Küchenschrank, raffte sich dann wieder auf, stürzte auf das ineinander verschlungene Paar zu. Koop war es noch nicht gelungen, Connell abzuschütteln.

Sie hielt ihn immer noch umklammert, ritt auf ihm, und sie schrie jetzt, kreischte wie eine Irre...

Die Wohnungstür krachte auf, Sloan stürzte herein, richtete die Pistole auf das verschlungene, tobende Paar, raste auf die beiden zu, einen Schritt hinter dem strauchelnden Lucas – und in diesem Moment taumelte Koop mit seiner Last rückwärts hinaus auf den Balkon.

Connell spürte, wie Koop gegen das Geländer krachte, dicht unterhalb seiner Hüften. Sie schaute nach unten. Sah, daß sie über der Tiefe hing. Sie löste die Beine von seinem Unterkörper, setzte die Füße auf das Metallgeländer, sah Lucas kommen...

Und Lucas schrie: »MEAGAN!!!«

Connell, die Arme fest um Koops Hals geschlungen, drückte sich mit ihren kräftigen Beinen vom Geländer ab, rückwärts, und beide rutschten über den Rand, hinaus in die Nacht.

Lucas, noch zwei Schritte von den beiden entfernt, sprang auf sie zu, erwischte noch Koops Fuß, aber er glitt ihm wieder aus der Hand, und er krachte gegen das Geländer, spürte, daß Sloan ihn am Arm festhielt. Er lehnte sich über das Geländer und sah die beiden hinabstürzen.

Connells Augen waren offen. Sie löste während des Falls den Griff um Koops Hals, und schließlich stürzten die beiden getrennt voneinander, mit ausgebreiteten Armen und Beinen, nach unten – wie Freifallspringer.

Hinunter auf den Bürgersteig.

In die Ewigkeit.

»O Gott«, keuchte Sloan. Er schaute von Lucas auf das Geländer, dann wieder auf Lucas. Blut strömte aus Lucas' Nase, tropfte auf sein Hemd, und er stand da, über das Geländer gelehnt, gekrümmt, eine Schulter ein ganzes Stück tiefer als die andere, schwer angeschlagen.

»O Gott, Lucas…«

KAPITEL 34

Lucas saß auf seinem Vinyl-Stuhl und starrte auf das Fernsehbild. Es lief ein Film, irgendwas über eine amerikanische Durchschnittsfamilie, die in Wirklichkeit aber aus einem Haufen riesiger Käfer bestand und versuchte, ein Atomkraftwerk in die Luft zu jagen, und einer der Kinder-Käfer rauchte Hasch. Er konnte dem Geschehen nicht folgen, was ihm aber nichts ausmachte.

Er durfte nicht an Connell denken. Er hatte bis zur Erschöpfung an sie gedacht, hatte überlegt, was er hätte anders machen sollen. Eine Zeitlang hatte er sich eingeredet, daß sie bereit war zu sterben. Daß sie es so gewollt hatte. Daß es so besser war als der qualvolle Krebstod...

Dann hatte er das nicht mehr geglaubt. Sie war tot. Er wollte aber nicht, daß sie tot war. Er hatte ihr noch so manches zu sagen. Zu spät.

Jetzt hörte er auf, an sie zu denken. Die Gedanken an sie würden zurückkommen, in ein paar Stunden, für die nächsten Tage und Wochen. Und er würde niemals ihre Augen vergessen können – ihr letzter Blick zurück zu ihm...

Geisteraugen... Sie hatten ihn lange verfolgt.

Aber jetzt nicht mehr.

Im hinteren Teil des Hauses wurde eine Tür geöffnet. Weather war erst in drei Stunden zu erwarten. Lucas stand auf, verzog das Gesicht vor Schmerzen und ging zur Zimmertür.

»Lucas?« Weathers Stimme, besorgt, fragend. Ihre hohen Absätze klickten über den Fliesenboden in der Küche.

Lucas ging in die Diele. »Ja?«

»Wieso bist du aufgestanden?« Sie ärgerte sich über ihn.

»Ich dachte, du wärst beim Operieren.«

»Keine faulen Ausreden«, sagte sie. Sie sah ihn aus zwei Metern Entfernung ernst an. Eine kleine, aber so energische Frau... »Wie geht es dir?«

»Es tut beim Atmen immer noch weh... Steht der Fernsehwagen noch draußen?«

»Nein. Sie sind weg.« Sie trug eine große Schachtel in der Hand.

»Gut... Was hast du da?«

»Eines von diesen ›Dinner-vor-dem-Fernseher‹-Gerichten. Ich stelle es dir ins Fernsehzimmer, damit du dich nicht bewegen mußt.«

»Danke...« Er nickte und humpelte zurück zu seinem Vinyl-Stuhl, setzte sich langsam und vorsichtig hin.

Weather schaute auf den Bildschirm. »Was um Himmels willen schaust du dir denn da an?«

»Ich weiß es nicht«, sagte er.

Die Ärzte in der Notaufnahme hatten ihn über Nacht im Krankenhaus behalten, seinen Blutdruck überwacht. Er habe eventuell eine Gehirnerschütterung, hatten sie gesagt. Mit Sicherheit waren vier gebrochene Rippen festgestellt worden. Einer der Ärzte, der aussah, als sei er höchstens siebzehn, hatte gesagt, Lucas würde bis Mitte des Sommers nicht ohne Schmerzen niesen können. Er klang erfreut bei der Äußerung dieser Prognose.

Weather schob ihre Handtasche auf einen anderen Stuhl, hob die Arme. »Ich weiß nicht mehr, was ich machen soll«, sagte sie schließlich und schaute auf ihn hinunter.

»Wie meinst du das?«

»Ich habe Angst, dich zu berühren. Wegen der Rippen.« Sie hatte Tränen in den Augen. »Ich brauche das aber, und ich weiß nicht, was ich tun soll.«

»Komm her und setz dich auf meinen Schoß«, sagte er. »Ganz vorsichtig natürlich.«

»Lucas, das darf ich doch nicht. Es drückt dich bestimmt.« Aber sie kam näher.

»Das geht, solange ich keine schnelle Bewegung mache. Alles, was ich hastig mache, tut weh. Wenn du dich vorsichtig auf meinen Schoß kuschelst...«

»Aber nur, wenn du sicher bist, daß es dir nicht weh tut«, sagte sie.

Das Kuscheln tat nur ein kleines bißchen weh, und es vertrieb alle bösen Gedanken. Nach einigen Minuten schloß er die Augen und schlief ein. Mit ihrem Kopf an seiner Brust...

Um sechs Uhr sahen sie sich gemeinsam die Nachrichten an.

Roux triumphierend.

Und generös und fürsorglich, alles in einem. Sie stellte alle Detectives vor, die an dem Fall gearbeitet hatten, bis auf Del, der nicht wollte, daß sein Gesicht in der Öffentlichkeit gezeigt wurde. Sie erwähnte Lucas mehrmals als den Kopf der Ermittlungen. Und sie zeichnete ein trauererfülltes Porträt von Connell, die sich so sehr für die Frauenrechte engagiert und ihr Leben geopfert habe, um dieses Monster zur Strecke zu bringen.

Der Bürgermeister hielt eine Rede. Der Chef der Staatspolizei reklamierte einen großen Teil des Erfolges für seine Organisation. Der Präsident des Angestellten-Verbandes AFSCME sagte, Connell sei nicht zu ersetzen. Connells Mutter kam mit dem Flugzeug aus Bimidji, weinte beim Interview.

Wunderbares Fernsehen, und Jan Reed war bei den meisten Sequenzen die Moderatorin...

»Ich hatte solche Angst«, sagte Weather. »Als sie anriefen...«

»Arme Connell«, sagte Lucas. Reed hatte wunderschöne Augen.

»Ich will jetzt nichts von Connell hören«, sagte Weather. »Und zur Hölle mit dir, Lucas. Ich hatte schreckliche Angst. Ich wußte nicht, was ich machen sollte, wenn du bei der Sache umgekommen wärst.«

»Möchtest du, daß ich bei der Polizei ausscheide?«

Sie sah ihn an, lächelte und sagte dann: »Nein.«

Ein anderer Fernsehbericht zeigte die Vorderfront von Lucas' Haus. Er wußte nicht, warum. Ein weiterer Bericht wurde vom Dach des Appartementgebäudes gegenüber dem von Jensen gedreht, und man konnte direkt in Jensens Wohnung hineinsehen. Das Wort *Fischglas* wurde benutzt.

»Das läßt mir das Blut in den Adern gefrieren«, sagte Weather.

»Das kann man kaum glauben«, sagte Lucas. »Bei einer heißblütigen Finnin...«

»Es stimmt jedenfalls. Es läuft einem wirklich kalt den Rücken runter.«

Lucas sah sie an, dachte an ihren Hintern, damals an diesem Tag im Badezimmer. Ihr ästhetischer Hintern, der zur Lösung des Falles geführt hatte...

Lucas bat sie, von seinem Schoß zu steigen, stand dann auf, mühsam, von Schmerz gequält. Er streckte sich vorsichtig, wie ein alter arthritischer Kater, ein Glied nach dem anderen, und plötzlich zuckte ein Lächeln über sein Gesicht, und er sah sehr glücklich aus.

Diese Veränderung kam so plötzlich, daß Weather erschreckt einen Schritt zurücktrat. »Was ist denn mit dir los?« fragte sie. Flippte er vor lauter Schmerzen aus? »Du setzt dich am besten wieder hin.«

»Du bist eine schöne Frau mit einem guten Charakter und einem überdurchschnittlich schönen Hintern«, sagte er.

»Waaas?« Sie war perplex.

»Ich muß in die Stadt«, sagte er.

»Lucas, das kannst du doch nicht machen!« Sie war wütend.

»Ich muß nach Advil«, sagte er. »Ich schaffe das schon. Und die Ärzte haben ja auch gesagt, ich sei nicht schwer verletzt. Ich würde nur mit leichten Schmerzen rechnen müssen.«

»Lucas, ich hatte selbst mal eine gebrochene Rippe«, sagte sie. »Ich weiß, wie weh das tut. Was kann denn so wichtig sein, daß...«

»Es ist wichtig«, sagte er. »Und es wird nicht lange dauern. Wenn ich zurückkomme, darfst du mir den Schmerz wegküssen.«

Er ging sehr vorsichtig in Richtung der Garage, spürte schmerzhaft jede einzelne Prellung. Weather folgte ihm. »Vielleicht sollte ich dich fahren?«

»Nein, ich bin okay, wirklich«, sagte er. In der Küche nahm er den Hörer des Wandtelefons ab, wählte, erreichte die Vermittlung der Mordkommission, fragte nach Greave, wurde verbunden.

»Mann, ich dachte, Sie wären in Isolierhaft«, sagte Greave.

»Sie erinnern sich an den Jungen, der bei den Eisenhower-Docks Handlangerdienste macht?« fragte Lucas.

»Ja, natürlich.«

»Holen Sie ihn ran. Warten Sie mit ihm in der Lobby des Gebäudes. Und bringen Sie ein Handy mit, ich werde von dort aus einen Telefonanruf machen.«

Greave wartete wie verabredet in der Lobby, als Lucas eintraf. Er trug Jeans und ein T-Shirt unter einer leichten Wolljacke, und er hatte – wie Lucas – sein Pistolenholster über der linken Hüfte festgeschnallt. Der Junge saß auf einem Plastikstuhl, er sah verängstigt aus. »Was ist denn los, Sir?« fragte er.

»Wir steigen aufs Dach«, sagte Lucas und ging voraus zu den Aufzügen. Als sie eingestiegen waren, drückte er den Knopf für die oberste Etage.

»Was machen wir da oben?« fragte Greave. »Was haben Sie?«

»Nun ja, Koop ist in den ewigen Jagdgründen, dann wollen wir jetzt mal *diesen* Fall lösen«, antwortete Lucas. »Da der junge Mann hier nicht reden will, habe ich mir gedacht, wir halten ihn an den Fußgelenken fest und lassen ihn von der Dachkante baumeln, bis er uns was sagt, das wir verwenden können.«

»Sir?« Der Junge wich ängstlich zur Wand des Aufzugs zurück.

»War nur Spaß«, sagte Lucas. Er grinste mit schmerzverzerrtem Gesicht, aber der Junge drückte sich weiterhin an die Wand. Von der obersten Etage stiegen sie einen kurzen Treppenabsatz hoch, stießen die Tür zum Dach auf und traten hinaus. Lucas fragte Greave: »Haben Sie das Handy dabei?«

»Natürlich.« Greave zog es aus der Tasche, hielt es Lucas hin. »Nun sagen Sie mir endlich, was los ist, verdammt noch mal!«

Lucas ging zum Ventilationsgehäuse der Klimaanlage. Es sah neu aus, auf dem frisch gestrichenen Metall waren keinerlei Rostflecke zu entdecken. »Wann wurde diese Klimaanlage eingebaut?« fragte er den Jungen.

»Als sie das Gebäude umgebaut haben. Ungefähr vor einem Jahr.«

Hoch oben auf der Ecke war das Firmenschild des Herstellers mit einer Kundendienst-Telefonnummer angebracht, wie Lucas es auch an dem Ventilationsgehäuse auf dem Dach gegenüber von Jensens Appartement-Gebäude gesehen hatte. Lucas klappte das Handy auf und wählte die Nummer.

»Hier ist Lucas Davenport, Deputy Chief bei der Stadtpolizei Minneapolis«, erklärte er der Frau am anderen Ende. »Ich möchte mit Ihrem Service-Manager sprechen... Ja, es hat etwas mit Reparaturarbeiten an einer Ihrer Anlagen zu tun.«

Greave und der Junge sahen ihn verständnislos an, während er wartete. Dann: »Ja, Davenport, D-a-v-e-n-p-o-r-t. Wir sind bei einer Morduntersuchung. Wir wollen wissen, ob Sie im vergangenen Monat eine Klimaanlage im Appartementkomplex bei den Eisenhower-Docks repariert haben. Sie haben die Anlage vor etwa einem Jahr installiert... Wie? Nun, ehm, Sie können sich natürlich bei der Mordkommission vergewissern. Aber dann rufen Sie mich bitte sofort zurück, okay?« Lucas sah, das Ohr am Telefon, Greave an und sagte grinsend zu ihm: »Er kann sich nicht erinnern, muß seinen Computer befragen.«

»Was...?« Greave war so perplex, wie es Weather gewesen war. Er schaute auf das Ventilationsgehäuse, dann auf den Jungen. Der Junge zuckte nur mit den Schultern.

Dann sagte Lucas ins Handy: »Das haben Sie nicht? Die Anlage unterliegt noch der Garantie? Aha, aha... Und diese Garantie würde *alle* Reparaturen einschließen? Okay... Hören Sie, ein Detective namens Greave wird später am Tag zur Aufnahme Ihrer Aussage zu Ihnen kommen. Er wird versuchen, es noch vor fünf zu schaffen.«

Lucas drückte den Aus-Knopf, klappte das Handy zusammen, gab es Greave zurück und sah den Jungen an. »Als wir damals mit dir gesprochen haben, hast du gesagt, du hättest Ray bei der Reparatur der Klimaanlage geholfen.«

»Ja. Sie war kaputt.«

»Aber es kam niemand von der Firma, die die Anlage eingebaut hat?«

»Ich hab' jedenfalls keinen gesehen.« Der Junge schluckte.

»Was habt ihr denn da repariert?« fragte Lucas.

»Keine Ahnung. Ich hab' ihm nur das Werkzeug gereicht und dabei geholfen, diesen Scheiß auseinanderzunehmen.«

»Die Röhren.«

»Diese dicken Rohre«, sagte der Junge. *Röhren* gehörte nicht zu seinem Vokabular.

»Ihr habt nicht am Motor oder sonst was rumgebastelt?«

»Nein, Sir, ich jedenfalls nicht. Niemand. Nur an den Rohren.«

»Was...?« fragte Greave. »Was? Was?«

»Sie haben sie erfrieren lassen«, sagte Lucas.

Greave lächelte verkrampft. »Das soll wohl ein Witz sein.«

»Nun ja, nicht genau erfrieren«, sagte Lucas. »Sie haben sie durch Unterkühlung getötet. Sie war eine ältere Frau und hatte Untergewicht wegen einer Fehlfunktion der Schilddrüse. Sie nahm jeden Abend Schlaftabletten, spülte sie mit einer Dose Bier – oder auch zwei – runter. Cherry wußte das mit den Schlaftabletten und dem Bier. Sie hat wahrscheinlich Witze über ihre Medizin gemacht... Er hat ihr Fenster beobachtet, und nachdem das Licht ausgegangen war, hat er noch eine halbe Stunde gewartet und dann die Klimaanlage eingeschaltet. Und die Anlage hat kalte Luft, die für das ganze Gebäude bestimmt war, in dieses *eine* Appartement gepumpt. Ich wette, in der Wohnung war es kälter als in einem Eisschrank.«

»Heiliger Strohsack«, sagte Greave und kratzte sich am Kinn. »Und das hat sie getötet?«

Lucas nickte. »Alle Leute sagten, es war heiß in den Appartements, weil die Klimaanlage ausgefallen war. Die Fotos von der Leiche zeigen, daß sie zusammengekrümmt auf der Bettdecke lag, daß sie nicht zugedeckt war, eben weil es so heiß war, als sie sich hingelegt hat. Von ihrem Alter und ihrem Körpergewicht her war sie äußerst anfällig für eine Unterkühlung. Das einzige, was jemanden mit solchen körperlichen Voraussetzungen *noch mehr* gefährden würde, wäre Alkohol.«

Greave machte nur »hmmm.«

»Das, was die Sache zu einem klaren Fall macht, ist die Tatsache, daß diese gottverdammten Immobilien-Haie die Garantieleistung nicht in Anspruch genommen haben. Die Anlage unterliegt noch voll der Garantie. Der Typ von der Firma hat mir eben bestätigt, daß sie fünf Jahre lang alle anfallenden Reparaturen übernehmen. Er sagte, wenn sich schon nur eine Schraube in der Verkleidung löst, schicken sie jemand, der sie wieder reinschraubt.«

»Ich verstehe nicht...« Greave konnte es immer noch nicht glauben.

»Halten Sie sich noch mal die Fotos von der Leiche vor Augen«, sagte Lucas. »Sie lag auf der Seite, zusammengekrümmt, in Embryohaltung, als ob ihr kalt wäre und sie unbewußt versuchen wolle, sich vor der Kälte zu schützen. Aber die Schlaftabletten hatten sie außer Gefecht gesetzt. Sie konnte nicht aufstehen. Und der Plan der Killer ging auf: Sie starb. Und es war nicht zu erkennen, woran sie gestorben war. Keine Spuren von Gift. Die Tür war fest verschlossen, die Fenster geschlossen, die Bewegungsmelder aktiviert. Sie haben sie durch Kälte getötet.«

Greave sah den Jungen an. Der Junge sagte: »Jesus, und ich hab' Ray geholfen, all die Rohre aus'nanderzunehmen und wieder zusammenzubauen... Aber ich hab' ja nicht gewußt, was er da gemacht hat.«

»Ich wette, sie haben die Klimaanlage laufen lassen, nachdem die Röhren auseinandergenommen waren«, sagte Lucas.

»Stimmt«, bestätigte der Junge. »Sie sagten, sie müßten 'nen Test machen.«

»Jetzt leck mich doch einer am Arsch«, sagte Greave, und in seinen Augen leuchtete plötzlich ein Funke auf. »Jetzt haben sie aus der alten Zitrone doch tatsächlich ein Zitroneneis gemacht!«

»Ich glaube es jedenfalls«, sagte Lucas.

»Darf ich sie verhaften?« fragte Greave. »Bitte, lassen Sie mich die Mistkerle verhaften!«

»Es ist Ihr Fall«, sagte Lucas. »Aber wenn ich an Ihrer Stelle wäre, würde ich sie gegeneinander ausspielen... Bieten Sie einem von ihnen einen Handel über das Strafmaß an. Sie sind alle Schweinehunde, jeder einzelne von ihnen. Nachdem Sie jetzt wissen, wie sie es gemacht haben, wird einer von ihnen die anderen reinreißen.«

»Haben sie erfrieren lassen...« Greave konnte es immer noch nicht fassen.

»Ja«, sagte Lucas, und er schaute vom Dach hinüber auf die Stadt. In der Ferne war ein kleiner silberner Streifen des Mississippi zu sehen. »Da gefriert einem das Blut in den Adern, nicht wahr?«

Lucas hielt beim Präsidium an, um Roux von dem Zitroneneis zu berichten. »Ist ihr Arsch gerettet?«

»Im Moment ja«, antwortete sie. Sie klang nicht sehr glücklich. »Aber wissen Sie …«

»Was?«

Sie hatte einen Papierstapel von mehr als einem Zentimeter Dicke in der Hand. »In den letzten zwei Monaten hatten wir sieben Banküberfälle, alle von denselben Tätern begangen. Zwei hier in Minneapolis, zwei in St. Paul, vier in verschiedenen Vorstädten. Die Banker machen mir gewaltig Druck.«

»Das ist Sache des FBI«, sagte Lucas. »Banküberfälle gehören in die Zuständigkeit des FBI.«

»Das FBI hat nicht die Absicht, für den Senat zu kandidieren«, sagte Roux.

»O gottverdammt Scheiße …« stöhnte Lucas.

Als er aus dem Präsidium ging, stieß er auf Jan Reed, und sie sah wieder großartig aus.

»O Gott, war ich besorgt um Sie!« sagte sie und machte tatsächlich einen besorgten Eindruck. Sie legte ihm die flache Hand auf die Brust. »Wie ich gehört habe, sind Sie ganz schön zusammengeschlagen worden.«

»Halb so schlimm«, sagte er und versuchte sich an einem betont männlichen Kichern – aber es kam nur ein Winseln heraus.

»Sie sehen aber *tatsächlich* aus, als ob Sie einiges abbekommen hätten«, sagte sie. Sie schaute auf die Uhr. »Ich muß erst in einer Stunde zurück beim Sender sein … Haben Sie Zeit, daß wir zu Ende führen, was wir bei unserem letzten Treffen begonnen hatten – ein Croissant zu essen und einen Kaffee zu trinken?«

O Gott, sie war wirklich attraktiv …

»Das würde ich schrecklich gern«, sagte Lucas. »Aber wissen Sie … ich muß schleunigst nach Hause.«